U0582146

苍灵渡

终结篇

天下尘埃 ◎ 著

CANG
LING
DU

北方联合出版传媒（集团）股份有限公司
万卷出版公司

© 天下尘埃 2021

图书在版编目(CIP)数据

苍灵渡. 终结篇：上下 / 天下尘埃著. —— 沈阳：
万卷出版公司，2021.10
ISBN 978-7-5470-5700-1

Ⅰ. ①苍… Ⅱ. ①天… Ⅲ. ①长篇小说–中国–当代
Ⅳ. ①I247.5

中国版本图书馆 CIP 数据核字(2021)第 166723 号

出版发行：北方联合出版传媒(集团)股份有限公司
　　　　　万卷出版公司
　　　　　(地址:沈阳市和平区十一纬路 25 号　邮编:110003)
印　刷　者：长沙市精宏印务有限公司
经　销　者：全国新华书店
开本尺寸：170mm×240mm
字　　数：580 千字
印　　张：30
出版时间：2021 年 10 月第 1 版
印刷时间：2021 年 10 月第 1 次印刷
责任编辑：张冬梅
责任校对：高　辉
策　　划：张立云
装帧设计：潇湘悦读
ISBN 978-7-5470-5700-1
定　　价：168.00 元(全 2 册)
联系电话：024-23284090
传　　真：024-23284448

目　录　上册

目 录　下册

第一章

联姻得以重回苍灵渡
驱友言明还有大恶战

乾州府内,沐广驰枕着双臂,正在床上沉思,怎么想都觉着清尘应下淮王招郡马的婚约不妥,辗转反侧好一阵子,还是一个翻身起来,决定去找清尘谈谈。到了清尘房门口,呼唤半天没有动静,才知他和刺竹去江边了,于是背着手,出府来找。

才迈出府门,忽地眼睛一直。那正面过来的,不正是刺竹吗?怀里抱着的、披头散发的清尘?!两人都是一身透湿!

沐广驰惊得眼珠子都快掉出来了,拔腿上前,急道:"这是怎么了?"

"没事,下水比画了一下。"清尘满不在乎地跳下地来。

沐广驰这才一颗心落了地,又追问:"黑咕隆咚的,比画个啥?"

"水下龙挑战我啊。"清尘跨过门槛,头也不回。

"谁赢了?"只要清尘没受伤,沐广驰关心的自然是胜负。

刺竹刚要说话,清尘一把拽过父亲:"一言难尽,下次跟你详说。"马上转换话题,"你找我有事?"

"去房间里说……"沐广驰一顿,突地想起了什么,又扬扬手,"你们都去换衣服,等下来我房里。"说完便掉头去了,晃着脑袋,走出一阵子,忍不住又回过头来,看看清尘和刺竹一前一后的背影,皱着眉头,想一想,倏地笑了,伸出食指点点,喜滋滋地去了。

过了长廊就是刺竹的客房,刺竹不进去,反而跟着清尘继续走。

"你到了。"清尘说。

"知道。"刺竹瓮声道,"我先去看看你的伤,替你搭把手换药。"

清尘顿时无语,悻悻道:"奶娘在的,她会给我弄好。"

"哦。"刺竹犹豫着,只好转身。

"刺竹……"身后传来清尘的唤声。

刺竹回头,看见清尘抱剑站在长廊的柱子前,柔顺的头发已经半干,尽数将在一边,圆圆的月亮就在他的头顶上悬着,润泽的月光令空气中缥缈着仙境般的雾气,他微微地仰着头,朝向刺竹,面庞平静,带着细瓷般的釉彩,杏仁样的眼睛又黑又深,闪动着让人难以捉摸的光,精致的鼻子,下边是温润的唇,此刻抛却了平日里惯有的阴森,那嘴角竟有些俏皮和甜美的微翘。

这一刻,刺竹有些恍惚。

是的,清尘美丽,除了美丽,他找不到别的词来形容月下的清尘,来形容这位走下神坛的沐帅。可是,那熟悉的疑惑再次浮上心头,这美丽中,到底是什么让他觉得这般地面熟……

"我真的像个女孩儿吗?"清尘低低的话语传过来,轻柔缓慢,让刺竹感到从未有过的陌生。

这就更像了,温润如玉的长相,加上呵气如兰的清新。刺竹的手动了动,有些无措道:"像啊。"

清尘垂下眼帘,片刻,抬眼,又细声问道:"你喜欢这样的女孩吗?"

"这样的?"刺竹愣了一下,回答,"漂亮,温柔,谁不喜欢?"

"要是不漂亮,不温柔呢?"清尘轻轻地笑了一下。

刺竹眨了眨眼睛,想也没想,张口就说:"萝卜白菜,各有所爱。"

清尘笑了,眼睛弯弯地眯缝起来,露出白白的整齐的牙齿,在月光里泛着荧光:"你喜欢哪样的白菜,或者萝卜?"

刺竹皱了皱眉头,思考一阵,似乎没想到答案,于是手一挥,大咧咧地说:"现在天下未定,不是想这个的时候。"

嘻嘻,清尘笑得更厉害了,抱着剑,靠到了柱子上,整个人陷入了柱子的阴影中,面容也变得朦胧起来。他看着刺竹,只管笑,乐了一阵,忽然又站直了身子,像模像样地清了一下嗓子,一本正经地问:"赵刺竹,我要真是个女孩,你会喜欢我吗？"

呵呵，刺竹冷不丁大笑起来，抬手一拍清尘的脑袋："你以为你是观音菩萨，说话就变，一下是男，一下是女？"

清尘一把打开他的手，愠道："我说，我要真是个女孩呢？"

刺竹哈哈地笑道："第一，你不是女的，就算你不能人道，你也变不成个女的。第二，虽然我还不太明了自己喜欢什么样的女孩子，但是我父母都希望我找个温柔贤惠的女子，当我出门打仗的时候，她就留在家里照顾孩子，孝顺父母。成天打打杀杀的，那可不像个女孩子……"他止住笑，正色道，"这第三嘛，我对娈童一丁点都不感兴趣。"

"我喜欢你，是喜欢你的聪明；我照顾你，是因为，觉得你还是个孩子，"刺竹严肃地申明，"以你的年纪，能做到这样，非常不易，我很钦佩你。对你，就跟安王一样，是爱才惜才，没有其他。"

他说得很慢，希望清尘能把每个字都听进去，然后，他看着清尘，不再说话。

清尘美丽的脸上掠过一丝苦笑，随即，他恢复了漠然，轻轻地，决然地一转身，走了。

清尘走进父亲房中的时候，刺竹已经到了，正在喝茶。

清尘顿了顿，冷声道："赵刺竹出去。"

刺竹愣了一下，清尘又说："你若是今夜留在这里参与了议事，明天一早则必须离开；你若是现在回客房去，明天就不必走了。"

清尘话音一落，刺竹就站了起来："我出去就是。"

清尘做了个请的手势，便不再理会他。

这里刺竹前脚一走，后脚沐广驰就说话了："人家好歹也是客，你看你这态度……"

"你既然要议军机大事，就不该让一个外人来听。"清尘皱着眉头，颇为不悦。

"不是什么军机大事，就是合婚的事。"沐广驰说。

"那就更不应该让他听见！"清尘低声重气。

沐广驰默然片刻，说："告诉他也无妨……他……"

"不行！"清尘断然拒绝，深吸一口气，低声道，"我知道你的想法，可是，照我看，落花有意流水无情，你就不要瞎操心了。"

"可你总不能真的娶依琳郡主吧？"沐广驰忽地高声起来。

"只是婚约，你急什么？"清尘慢悠悠地挑开了真相的一角，"爹，你知道，这样做，都是为了你。到底还有什么事情，是你应该告诉我却不肯告诉我的？你到底预备何时开诚布公？"

沐广驰沉默着，不答。

"回了苍灵渡，我们再好好地谈。"清尘缓缓地起身，靠近父亲，轻轻地俯在他的肩头，细声道，"今夜在水里，赵刺竹差点发现了我们的秘密……还是离他远些点好……"

三天之后，开拔之日。

沐家军分成陆路和水路，分别向苍灵渡换防。

前面已经可见方昌城墙，刺竹偷眼看看清尘，他满脸平静，没有异常。

"我走前阵，你殿后。"沐广驰看了清尘一眼。

清尘漠然道："他不会出现的。"

刺竹低头暗忖，自上次割袍断义之后，清尘和秦骏再也未见，如果秦骏对清尘一往情深，难得的见面机会，他岂会不来？

方昌城内见沐家军旗，吊桥缓缓放下，一单骑出来，勒马立在桥侧，朗声道："奉淮王之命，准沐家军过方昌。"

刺竹定睛一看，来人正是秦骏，手中空空，没有任何兵器。一扭头，去看清尘，他正皱着眉头，有些气恼，那神情，似乎在说：这时候，你出来凑什么热闹呀——

秦骏端坐马上，眼睛眨也不眨地盯着清尘，清尘却目不斜视，视若无物地走过，连脑袋都没有扭一下，全然不理会他眼神中的殷切。刺竹见此情景，不由得心中感慨，这秦家唯一一个中用点的儿子，只怕也会被娈童之好毁了。

一路顺利，过了晌午，进入知樟县，至黄昏时，沐家军在苍灵渡汇合，重新布防。刚刚扎下中军营帐，士兵来报："对岸过来一个女子，还有降将徐卫……"

那不是初尘和肃淳？！

清尘斜了刺竹一眼，说："你把他们一起带回去。"

刺竹无语。此刻自己人都回到了苍灵渡，再也没有理由不走了。他只得起身，慢慢地走向渡口，感觉到身后清尘冷冷的眼光。

"沐清尘！"人还未到，清脆的声音就飞了过来，一脸红扑扑难掩兴奋之情的粉人儿正是初尘，她甜美的笑脸加上甜腻腻的声音，黄莺一般轻巧地掠了进来，开口便道，"赶快欢迎我啊……"

不知道我要赶他们走吗，还这么高兴？清尘眼珠子一转，正好看见刺竹的脸从帐外闪进来，此时那呆驴正瞪着眼睛带着几分忐忑往里瞧着。清尘心里登时就跟明镜一般了，他定是故意放了初尘过来试自己的。当下正了脸色，沉声道："你们三个即刻过渡，不然休怪我不客气！"

初尘仿佛没听见，依旧嘻嘻地笑着，靠了过来，旁若无人道："你还不知道吧，我有个好消息要告诉你呢……"

"我也有个好消息要告诉你。"清尘脸色一凛，冷冷地说，"我已与依琳郡主定下婚约，择日便会完婚。"

初尘脸色有些微变，却仍旧是笑着说："我就是过来讨杯喜酒喝的呀。"

清尘犀利的眼光剑一般刺过来，初尘心里发紧，面上却毫无异常，愉悦道："我就是预备留下来替你打点，等你们成婚了我就走……"她环顾四下一眼，柔声道，"这里除了奶娘，没有一个婢女，我搭个手奶娘肯定喜欢。"

"继续演……"清尘淡淡地瞟着她，不紧不慢地说，"你装傻的功夫愈见炉火纯青了。"

初尘嘻嘻地笑，不说话，但是清尘还是敏锐地发现她挂着笑意的嘴角有些微微发抖，他一咬牙，冷声道："我不需要婢女，你也不可能做我的婢女，沐家军与安王素无渊源，今后更无往来。"一摆手，呼道，"来呀，送客。"

一直站在一旁的肃淳急了，意欲开口说话，刺竹眼疾手快，一把就将他拽了出去。

"沐清尘……"初尘此番再一开口，眼泪唰的一下就流了下来。

士兵已经进帐了，垂首立在一旁候命。

"你心意已决，要娶她便娶她好了，我不过就是想尽点心意，也了了我自己的心愿，"初尘一边淌泪，一边絮叨，"刺竹都告诉你了，安王叔的决定，你若不肯，我也无话可说。看你成亲，你以为我愿意吗？我都能忍着，你就不能容我？"

初尘的眼泪就像溪水一样泪泪地冒出来："你娶了依琳，我们便再无修好的可能，此番若是再走，今生都是敌人，再难相见……我本是有些痴心，幻想着你能为了我，归顺朝廷，可是你有自己的主意，别说我改变不了，就是父皇，也只能徒添遗憾……如今也只剩下最后一个心愿，陪你一段，甘心为婢，看你成亲，我自会离去，彻底死了心，也再无所求……"

初尘说到动情处，呜呜地捂住了脸，满腹的心酸，只剩下一句肝肠寸断的埋怨："沐清尘，你真是好狠的心哪……"

清尘皱着眉头，咬了咬牙关，仿似下了个很大的决心："这样，我们都退一步，你也别说待到我成亲之日了，我也不马上赶你走，就住五天，五天之后，必须离开。"

初尘的嘴里停止了呜咽，扒拉开指头，从指缝里看着清尘，看他脸色虽然平和，但默然中透着僵硬的寒意。初尘暗忖，照清尘说一不二的性格，这结果也算不赖了，见好就收吧。赶紧擦干了眼泪，嘻嘻一笑："五天也成。"

清尘抬眼看她，轻轻地摇了摇头，心道，我又没打算跟依琳成亲，当然不能让你无限期地留下。转念一想又有些好笑，这个乖巧的丫头，变脸倒是真快啊，说哭就掉泪，说笑就咧嘴，这就是刺竹喜欢的类型？好似也算不上温柔啊，不过漂亮可人，乖巧可爱，还真是讨人喜欢……

初尘欢天喜地出去找奶娘了，刚一走，肃淳就进来了，张嘴便说："你就是吃软不吃硬，我也哭哭啼啼一番，你赶我走？"

"你不用哭，我不赶你走。"清尘瞥了一眼亦步亦趋的刺竹，淡淡地说，"你自己的未婚妻，应该自己看牢，别老让别人替你操着心。"

肃淳当即听懂了，斜头望着刺竹鬼笑，初尘要赖刺竹暗恋上自己，估计清尘信以为真了。

刺竹恼了，却也不能声张，狠狠地瞪了肃淳一眼。

肃淳忍着笑，说："清尘，我上次答应了，要送你个礼物，让刺竹回避一下。"

清尘不语，刺竹也不动，肃淳也不管，直接把刺竹推了出去，这才凑近清尘，从背上解下一个包裹，笑吟吟地示意："你看看！"

清尘探手一摸，包裹下，是个方方正正又扁扁的盒子，他迟疑了一下，推过来："多谢了，不敢接受。"

"看看吧。"肃淳殷殷道。

清尘不答，朝帐外喊道："赵刺竹。"

刺竹应声进来，清尘便冲肃淳摆摆手："我让你留下来，是陪初尘，过了五天，你们都回去。"

"这么急干什么呢？"肃淳笑道。

清尘摇摇头，沉默片刻，低声道："还有一场恶战。"

仿佛晴天霹雳，刺竹和肃淳面面相觑。安王无意出兵，那起兵的只有淮王，难道秦阶还会再犯？可是，清尘已经是郡马，淮王还会坐视不理？这不太可能……刺竹缓缓地坐下来，沉声道："五日之后？"

"或许不需五日。"清尘的声音有些沉重。

"你当如何应对？"刺竹关切地问。

清尘默然起身，望向帐外晴朗的天空，他说得很慢："这与你们无关。"

"那……"刺竹还想说什么，清尘已经走了出去，"这几天，我会把自己想办的事情都办好，你们随意。"

"奶娘，这个是清尘的，你收好。"肃淳将包裹递给奶娘，转头看见初尘正独自坐着发呆，于是逗她，"你平素最没心没肺了，好不容易一把鼻涕一把泪地挣来了五天，不开心一下？"

"笑不出来啰。"初尘叹了口气，黯然道，"心上人就要娶亲了，新娘可不是我。"

"那有什么，你这么聪明，想办法赶走她。"肃淳怂恿道，"不到最后关头，决不轻言放弃！"

"那个依琳郡主，你见过的，对清尘可也是痴心一片，而且，他们已有婚约，我还能怎么蹦跶？"初尘软软地趴在了桌子上，"你知道吗，明天，淮王就着人将依琳郡主送过来，这不就意味着，只要清尘愿意圆房，什么时候都可以……"

听到这里，肃淳憋不住笑了，还圆房呢？！一斜头，看见初尘一脸愠色，赶紧解释道："清尘不是不能人道吗？"话一出口，自知失言，顿时张口结舌，哑了。

初尘没好气地瞪了他一眼，又是长叹一声："我欲将心托明月，哪知明月照沟渠……"

肃淳看着她如此颓丧，也没有心情开玩笑了，只垂头陪她坐着，复又想起了自己的心事。清尘是绝顶的聪明，一句不能人道，就掩盖了真相，可是，这始终还是没能躲过淮王的联姻，他到底要怎么娶依琳，肃淳是百思不得其解。"难道我判断失误，清尘真就不是女孩？不对！她就是女孩，"肃淳一遍又一遍地对自己说，"我的直觉绝对不会错的！"

此刻,清尘已经爬到了苍灵渡的山上,遥望对岸通州。

"清尘……"不知何时,刺竹已经到了身后,或者说,他一直跟着清尘,并没有远离。

"你应该过河去。"清尘的语气,已经没有了往日的凌厉,反而显得出奇的温和。

"不管是什么样的恶战,让我留下来陪你吧。"刺竹上前,与清尘并肩,"我负责送初尘公主和肃淳过河。"

清尘侧脸看了看刺竹,没有吭声。

"清尘……"刺竹才一开口,清尘就堵了回去:"不要再劝我归顺,我不会归降的。"

刺竹顿了顿,低声道:"可以告诉我原因吗?"

清尘迟疑了一下,轻声道:"我是对安王有成见……也许,不是成见,而是恨,与生俱来的恨……"

"而我爹,也不想归降,我知道他的想法,却不知道原因,其实这么多年,我一直在寻找原因……"清尘淡淡的声音,在风中散开,"我曾经以为他是恨安王,对安王有成见,但是经过了这些事情,我开始感觉,我爹已经不那么恨他了,非但如此,他们两个,还有些英雄惺惺相惜的味道……"

"诚如你所说,安王是个君子,我一再挑衅他的底线,他却宽容沉稳。只可惜,秉性难改。你不是问我,如何就能算出安王不会出兵阻拦我水走路去乾州吗?"清尘微微地偏头,看着刺竹,因了这特殊的角度,那眼角竟然又漫上了一丝淡淡的妩媚,他的话语却凉凉的带着算计的冰冷,冷傲又张狂,"我告诉过你,得不到的,永远是最好的。安王为人就是这样,为了得到,他能忍,能做到不顾一切,得到了,反而看轻……"

刺竹心底一沉,清尘对安王的成见,竟然如此之深,但是谁又能说,他看得不准呢?安王为了得到沐家军,确实是不顾一切。刺竹想着,缓缓道:"未必得到了就会看轻,得来不易,才会倍加珍惜,这是人之常情。"

"安王不是常人。"清尘蔑笑,"前有旧事,后仍可见。"

"就算前有旧事,那又能代表什么?谁不犯错?你怎知他没有后悔?也许他以后都会以此警醒自己……"刺竹接口道,"一个改正的机会都不给人家,未免太过苛责。"

清尘忽地一笑:"人生沉重,难得如此清静轻松地看看斜阳,不说了吧。"他挺起胸,深吸一口气,望着那金黄即将西坠的太阳,微微地仰起脸,漾起淡淡的笑意,英气的剑眉也拖出了柔和的尾线。

刺竹定定地望着他。夕阳下,清尘的脸镀上了一层黄色的光晕,化解了他曾经寒霜般的凛冽,呈现出一种平和的温暖:"我最大的心愿是什么,你猜?"

"呵呵,"刺竹笑道,"齐家治国平天下。"

"没有这么远大的理想呢,"清尘笑了,轻轻地摇头,伸手一指,"你看啊,夕阳,浮云,晚霞遍天,多美啊……"

刺竹循着他手指的方向望去,也禁不住微笑起来。是的,多美啊!初夏这高远洁净的天空,湛蓝的天幕下,鱼鳞般的云彩层层叠叠,就像丰收的棉花,堆在筐子里,挤成一团,那太阳缓缓西沉,拥着漫天的晚霞,绯红一片,愈远愈淡,到了这头,只留下轻轻的尾痕,江面如碧玉,水流静止如时间停滞。而那头,通州浓郁的山野之中,栋栋茅屋,袅袅的炊烟升起来,扭着婀娜的腰身,召唤回家的人。

"我喜欢站在这里,看苍灵渡的朝阳升起,夕阳落下,"清尘的话语,清幽得如同梦境,"等不打仗了,我就和爹,到这里来摆渡,日出而作,日落而息……"

"这就是我梦想的生活……"清尘站在峭壁之上，闭上眼睛，张开双臂，深吸一口气，长声道，"清平之乐——"

刺竹顿时感慨万千。清尘给他的感觉，总是落差如此之大，就好像第一次城下叫板，那么单薄瘦弱，却是杀气凌厉；看到他的面容，眉清目秀，哪知扬眉便是狂傲自负；沙场上，横刀立马的沐帅，卸下戎装是翩翩少年；声名显赫的他有多少理由不可一世，末了却只有这么一个简单平凡的小小心愿。

这才是真实的沐清尘，是刺竹心里一直在寻求印证的那些影子，它们长久地在刺竹的心头盘桓，始终没有落地，直到此刻，它们终于跟清尘成了叠影。沐清尘，身为沐家军的统领，他虽然厮杀无情，却依旧是本性善良；他虽然铁马金戈，却向往平静。

这一刻，刺竹坚定了信念，只要坚持，清尘一定能被劝服，一定会归顺的。

这么想着，刺竹也有些兴奋，不由得抬起胳膊，亲热地揽住了清尘的胳膊，用力地箍了清尘一下，说："你的梦想一定能实现。"

"托你金口，借你吉言。"清尘长吁一口气，"但愿如此。"

"平凡的幸福，真实的幸福。"刺竹斜着脑袋，看着清尘，呵呵地笑道，"交换一下，我的梦想也告诉你……"

"我猜得到。"清尘咯咯地笑起来，自信满满地说，"娶个名门之后，温柔贤淑，相夫教子,终此一生……"

"到底是聪明人,一猜就是八九不离十,"刺竹晃晃脑袋,得意地说,"可惜呀,沐清尘聪明一世,糊涂一时,还是没猜准……"

"八九离十已经不远了,到底哪里没猜对,愿闻其详。"清尘偏着头,冲刺竹抬抬下巴。

"你想知道?"刺竹嘻嘻地笑,凑过来,倏地一变脸,正色道,"不告诉你!"

冷不丁,脑门上就挨了一拍,清尘的低喝劈头而来:"你有点创意好不好?这招我已经用过了——"

刺竹摸着脑门子,问:"你刚才拍我的那手,是不是我给绑过虎口的那只?"

"是啊。"清尘回答。

"这个忘恩负义的东西,就该剁了它!"刺竹恨恨道。

哈哈,清尘顿时笑翻了。

刺竹弯腰,扯下一根狗尾巴草,叼在嘴里,说:"我告诉你,我可不喜欢什么名门闺秀……娇滴滴一天到晚要人哄着,那也就算了,还虚伪得很呢……"

清尘恍然大悟:"怪不得你喜欢初尘,她确实不娇滴滴,也不虚伪,是个真性情。"

一句话点燃了火药桶,刺竹登时跳脚:"跟你说了,我不喜欢她!你下回再咧咧,我跟你急!"

"行了,行了,别再此地无银了,"清尘摆摆手,"知道为了肃淳,你就是喜欢也不会承认。赵刺竹,你有大局意识,我算见识了。"

"你有完没完?!"刺竹瞪眼道,"信不信我揍你?!"

"原来你还会揍人啊?"清尘大笑起来,揶揄道,"在我心里,一直以为你就是一熊包……个子大,不中用……"

熊包?!神经再大条,也禁不住这刺激太强烈,刺竹恼了,这小子,真该教训一下了!立马伸手一拉,顺势就将清尘往地上一掼,手下还留了情,动作减缓,但依旧是把清尘轻易地摁到了地上,一翻身,骑上去,胳膊肘压住清尘的前胸,气势汹汹地问:"谁熊包?"

"你熊包!"清尘笑得气都喘不过来了,"放手!"

哼!刺竹肘上用力,顶着清尘的喉间,直顶得清尘"喀喀"地咳起来,他忽地想到清尘前胸有伤,又怕伤了清尘,赶紧松了劲,关切地揉揉落肘的锁骨处,轻声问道:"没事吧?"

正觉得手下有些不对劲，感觉有些发软，却看见清尘的脸一片绯红，也没顾上想其他，只当清尘咳嗽呛住了，赶紧扶他坐起来，又是拍背又是掐肩膀，弄得手忙脚乱——

偏偏这背上也不对劲，厚厚的什么，想一想，应是裹布，于是又问："裹布还没拆？真的伤得那么重？"

"行了！"清尘飞快地打开他的手，怨道，"笨手笨脚的。"

刺竹讨了个无趣，只好垂手蹲在一旁。

清尘揉揉胸口，脸上潮红退却，看看刺竹，又觉得好笑，便问："你咋就不顶了呢？我都快支撑不住，就要求饶了。"

"唉，求什么饶呀，那不就是玩儿，还当真了……"刺竹大手一挥，"吓吓你，老虎不发威，你当我是病猫。"

清尘笑眯眯地哼道："你不是病猫，是熊包……"

还熊包?! 刺竹眉毛一竖，食指指向清尘的鼻子："你试一试，再说一遍！"

清尘咧开嘴，笑一下，猛地张嘴，一下就咬住了刺竹的食指！

这下场面可滑稽了，清尘坐在草地上，眼睛笑着，鼻子皱着，就是不松开嘴。刺竹本是蹲着的，指头被咬住，想甩甩不掉，想拔拔不出，痛得他蹲也蹲不稳，站也站不起来，跳也跳不了，坐也不是，只好双膝着地，跪在了清尘跟前，用另一只手指着他的鼻子，叫唤着："你小子太不地道了，你哪能使这样的阴招，太损了……"

清尘笑得抽气，就是不松牙齿，嘴里呵出短促的气流，绕着刺竹的指尖，刺竹一边痛着，一边又痒得不行，可把他给整得龇牙咧嘴，不得安生。

终于，清尘松开了牙齿，刺竹呼地一下抽回手指，气急败坏地坐在地上，咻咻地喘粗气。

"你这么傻呀，不知道求饶？"清尘吃吃地笑。

"哼，"刺竹没好气地回答，"我堂堂赵大将军，求饶?！"

清尘笑得快要岔气了："你这呆驴，你不会用另一只手拍我呀，我一疼，自然松嘴。"

"你禁不起我一拍。"刺竹把手掌伸出来亮了一下，果然，又大又厚实，"我掌力可大了，一掌下去，你只怕会晕。"

"晕算什么，"清尘戏谑道，"反正我横竖不降，你不如一掌拍死我，这样就可以过河了。"

"你当我真傻呢，"刺竹不屑道，"第一，我长着一双虎眼，明明白白地看见你不是只苍蝇；第二，就算你是只苍蝇，我也跟你往日无怨近日无仇，犯不着；第三，我拍你的同时，你有可能无意识地咬断我的手指；第四，我拍死了你，沐家军还不将我碎尸万段。"他干净利落地一挥手，"这种蠢事我不干！"

"哎哟哟，看不出呢，如此精明，"清尘斜了他一眼，止住笑，问道，"别鬼扯了，如实回答，干啥不还手？"

刺竹呵呵地笑道："玩儿，不用当真……让你咬一下，不会死人。"

清尘不高兴地推了刺竹一下，愤愤道："你怎么跟秦骏一样，没意思！"

话一出口，两个人都怔住了，大眼瞪小眼地看着，片刻之后，不约而同地爆发出一阵大笑。两人相对而坐，大声而放肆地笑着，歇斯底里，东倒西歪，一直笑到筋疲力尽，清尘便"嘭"的一下，仰天倒在了草地上，睁眼看着天空，微微地喘着气。

刺竹也如法炮制，四仰八叉地躺倒在清尘边上。

太阳已经沉下去一半了，天空还很明亮，清悠的风吹拂过来，吹动了旁边的小草，那草叶时不时地撩在脸上，微微的痒，很舒服。鼻子里，闻到了阳光暖暖的味道，还有青草的凉香，周遭的一切，是如此美妙宁静。

"清尘……"刺竹侧过脸，望着清尘，"感觉如何？"

悠远的天空下，清尘闭上眼，微笑着，双手搁在腹上，轻声道："很轻松，很舒服。"

"如果可以，我愿意天天陪你来看夕阳，或者，大笑一场，"刺竹柔声道，"你压力太大了，我跟你说过，一根弦，不能绷得太紧，也不能老是绷着。"

清尘心里一动，他原是故意的，逗我开心大笑一场。心里想着，嘴角不由得又漾起笑容，这个呆驴，其实也没想象中那么呆，他虽然很像爹的性格，正直仗义得有些刻板，却比爹更细致更体贴，还有点小幽默……

正想得入神，忽然感觉腿上一个重物压了下来，不用看，就知道刺竹的脚不老实地搭下来了，于是抽抽腿，说："把你的爪子拿开。"

"呵呵……"耳边传来刺竹的干笑声，带着故意，甚至还有一点痞气。

"还不拿开？"清尘眉头一皱，睁开眼睛，正欲瞪刺竹，却猛地一张怪脸落入眼帘，嗬！这是什么呀？唬得他脸色一变，再定睛一看，原是刺竹拿了两根狗尾巴草装饰了那张方脸，长长的草茎，一头插在鼻孔里，另一头的小毛刷折了一下正好撑在眼皮上，就好像眉毛下面又冒出了一根绿色的粗大的眉毛，这下头，两个小指头还把嘴巴往两边拉得老宽,伸出长长宽宽的舌头,显摆着那湿润恶心的肉红色,口水牵出长丝了……

乍一看,清尘吓了一跳,再一看,真是恶心,忍不住抬手没头没脑地拍了过去:"你要死了呀!"话一出口,自己也吃了一惊,这不是初尘的口头禅吗,居然被自己抄袭了。

"哈哈,哈哈!"刺竹爆发出一阵大笑,得意非凡道,"沐清尘,别以为只有你才能整我,我就整不了你!我还会做很多鬼脸,赶明儿一个一个地做出来慢慢吓你……"

清尘耸了一下鼻子,不屑道:"老子吓大的,会怕你?尽管放马过来好了!"

刺竹不乐意了:"你才多大的人?还老子呢……我告诉你,我都不敢自称老子。"

"老子从来都自称老子。"清尘故意逗他。

刺竹知道说不过他,便侧了身,用手撑住脑袋,俯在清尘身旁,轻声问道:"你为何恨安王呢?"

清尘想了想,王顾左右而言他:"有很多原因,总之,说来话长。"

"千里之行始于足下,再长的话也可以慢慢说完的,不是吗?"刺竹的眼睛亮晶晶地看着清尘。清尘的脸上不但能感觉到眼里的温度,还被他呵出的暖暖的气流弄得耳朵痒痒的,他轻轻地挪动了一下脑袋,想躲开点,但显然无用,才移动一点,刺竹便又靠近了些。

清尘无奈,只得闭上眼睛,不说话了。

刺竹不肯作罢,伸手用指腹拍拍他的脸:"你倒是说话呀……"

清尘不耐烦地睁开眼睛,恶声道:"我烦什么你问什么,一边去!"

"你这态度就不对了哈,咱俩还有交情呢……"刺竹悻悻道,"算了,你也就是对初尘态度特别点,重色轻友的家伙!"

"知道就好!"清尘没好气地说,"你以为你是初尘啊,啥时候把自己的鬼脸整成了初尘那个样子,再来问我,保管你问什么,我必定知无不言、言无不尽。"

刺竹闷头想了想,严肃地回答:"行!下回我向初尘借一套衣裙来,打扮一下,再来问你。"

"扑哧"一下,清尘再也忍不住,笑起来:"那还叫什么鬼脸,那就是真正的鬼了!简直是白日见鬼!"

"呵呵,"刺竹贫嘴,"那我一定晚上才这样去见你。"

"别……"清尘赶紧制止,"晚上这样穿出去,人家会以为沐帅我有特殊癖好……不爱美女爱丑女……"

刺竹也自嘲地笑起来,顿了顿,低声道:"你真的要娶依琳郡主?"

"嗯。"清尘闭目养神。

刺竹踌躇片刻,细声道:"不怕耽误人家?"

清尘一下就想到了"不能人道",于是反诘道:"那你们还希望我娶初尘呢。"

刺竹一下哑了。清尘又说:"都是政治联姻,为的是权力制衡,本质上并没有什么区别。"

"所以我就不愿意娶名门望族。"刺竹深有同感道,"挺没意思的。"

清尘不语。

刺竹迟疑了一下,又拍拍清尘的脸颊,涩涩地问:"那咋就伤了那里?怎么伤的?"

这个呆驴,还没完没了呢?为了不露出破绽,清尘只好耐着性子,随手找了个借口:"被马蹬子刮了……"

耳边一下寂寂无声了,清尘心道,这可结束了吧?

"跟你商量件事如何?"刺竹嘴里的气流,再次呵了过来。

只要你不继续纠缠那什么不能人道,我就万事大吉了。清尘鼻子里"嗯"了一声。

"咱俩结拜吧,我挺喜欢你这小人儿的……"刺竹的声音一下高了八度,"我为义兄,你为义弟,"静默片刻,又压低了声音,"等我将来生了儿子,定给你一个,随了你姓沐,做你的儿子!"兴冲冲地一拍清尘的肩膀,"这个主意如何?"

你倒是一片好心,给我沐家传宗接代,问题是,也不管人家乐不乐意。清尘本是气不打一处来,却又不能发火,只能按捺道:"你若只有一个儿子,你妻子会肯?你父母会肯?"

"我家里四个儿子,我父母肯定没问题。我妻子嘛,"刺竹摸了摸脑袋,拍板道,"君子一诺千金,今天说了就要算数。哪怕只有一个儿子,也得给你!"

这头呆驴!我要你的儿子做什么?清尘既好笑又无奈,不由生出些感慨来,刺竹倒是个实在人,为人仗义,一心为自己着想,他日,他若知道了真相,不知该做何感想……

还想着,冷不丁就被刺竹拖了起来:"趁太阳还没下山,赶紧来,先结拜了再说!"

清尘无奈,只得依了他,照着刺竹的把式,依葫芦画瓢地跟他走了个仪式。面对着江尽处,那一抹血样的残阳,听着刺竹那一腔热情地发着誓,满脸肃穆之色,清尘好生无语。两人拜了天地,缓缓起身,清尘便默立着想心事,刺竹轻易就察觉到他神情不对,于是关切地问道:"你怎么了？"

清尘低声道:"我累了。"徐徐坐下,想一想,干脆以臂为枕,躺下了。

刺竹静静地挨着他坐下,轻声道:"哪里不舒服？"

清尘摇摇头:"我只是累,心里累……"

"说出来,我替你分担。"刺竹豪气地说,"我们是兄弟嘛！"

"不能跟你说,你始终是安王的人……有些事,也不好说……"清尘说着,慢慢地闭上了眼睛。那些该自己去想的事情,不可能让刺竹分担。比如,沐家军的将来,即将发生的恶战,还有,他那么多的隐私……

"清尘,"刺竹沉默了许久,鼓足勇气道,"我觉得,你身上,有很多的秘密……"

"我累了……"清尘拧紧了眉毛,每个人都不喜欢别人探究自己的秘密,既然刺竹体贴,那么就用这样的借口来阻止他的深入吧。

果然,刺竹很爽快地说:"那你睡吧。"他盘起腿,忽然说,"我唱歌给你听……"

他会唱歌？一直以为他是五音不全的。清尘好奇着,带着几分盼望,等待刺竹开口。

"啊……啊……哦……"浑厚的声音低沉地响起,拉得老长,缓缓地转着弯,一口气拖得很远,绕起沉缓的旋律,异常的低重,轰响着如归真寺里的钟声,嗡嗡作响之后,又是带着几分轻巧的余音袅袅,仿佛是谁发出绵长的哼声……

这是什么歌？也是一种调子吧,不过,怪好听的,听见这样的调子,莫名地就会被其中的悠扬征服,它有一种粗犷的细腻,和一种无所谓的潇洒,仿佛你正在草原上放眼四野,只看见天苍苍、人渺小。一曲终了,意犹未尽。

"这是什么歌？"清尘回味着,问道。

"蒙古长调。"刺竹笑嘻嘻地说,"攻打蒙古的时候,我跟兵营边上的牧民学的。有位老大爷唱得最好,他总是坐在马上,闭着眼睛,悠悠地晃着长鞭,一副很满足、很惬意的样子……"

"难怪,这里面,有骏马奔驰和月夜狼嚎的味道……"清尘话音刚落,冷不丁就被刺竹拍了一下,"你真是我的知音！竟然听进去了——"

"你知道吗,骏马是蒙古人最喜爱的动物,而狼,虽然是蒙古人的天敌,但他们却是蒙古人最尊敬的动物。蒙古人对狼是又恨又怕又爱又尊重,因为狼冷血、聪明、勇敢果断,而且非常团结,又很看重族类亲情。"提到狼,刺竹的话多了起来,"它们通常是在头狼的带领下,集体出动捕食,各有分工,而且讲究战术。被安排做试探性进攻的狼,是很有牺牲精神的,它们几乎都是必须牺牲自己才能让狼群看到对手的实力。被狼群盯上的猎物少有逃脱,捕获之后,狼又很讲规矩,会孝敬头狼先用。在一个族群里,所有的成年狼都会照顾幼狼……为了生存,有时候中了埋伏的狼会自己咬断被夹住的爪子……狼会掂量得到猎物的可能性,为了得到更多的羊,他们会采取各种各样的策略,或以退为进,或瞒天过海,或声东击西,很多时候要一直到事后你才可能发现它真实的意图……冷血、狡诈,由此可见一斑……"说到这里,他满脸的正色忽地松懈了下来,竟然看着清尘咧开了嘴,开始傻笑:"你其实蛮像狼的……"

话一出口,又是几声讪笑,有些紧张地盯着清尘,预备着他变脸。可是出乎意料的是,清尘的表情很平静,他垂下眼睑,思索片刻,问道:"你喜欢狼吗?"

刺竹露出满口白牙,笑得更傻:"岂止,我欣赏狼。"

清尘轻轻地笑了一下,幽声道:"我觉得,你就像这首蒙古长调……看似平常,内涵深厚。"

"呵呵,呵呵,"刺竹不置可否,兴冲冲地说,"我再唱一遍给你听!"

天色渐渐地暗了下来,这一次,他比之前唱得更加用心,闭上眼睛,仰起脸,沉醉在无限的遐想中,全然没有察觉到,清尘已经悄然地坐起了身,静静地望着他陶醉吟唱。

月亮渐渐地升了上来,刺竹的歌声在山头上盘旋,奔放不乏柔美,热烈不乏含蓄,怅然中还带着逍遥,就像一杯陈年佳酿,香味缓缓地从喉间漫上来,经久不散。

清尘的眼光默默地落在刺竹的脸上,黑红的脸庞久经战斗的风霜,却还是如此年轻,意气风发。他稳重内敛,宽容豁达,有那么多的优点,清尘明白父亲为何会喜欢他。

可是——

清尘淡淡地移开了眼光,望向对岸。通州城里,依稀可见烛光点点,这万家灯火,始终有一盏,是安王爷的。

安王,是他们沐家父子解不开的结。

清尘缓缓地站起了身,脸色沉下去,眼睛里,映着月夜的点点寒光。

你说的一点都没错,我就是一只狼。赵刺竹,你该离狼远一点。因为,狼,始终是冷血的。

初尘懒洋洋地翻了个身，睡意蒙眬地睁开眼睛，恍惚中似乎看见清尘站在床头，于是复又合上眼睛伸个懒腰，呵呵地傻笑起来，原来睡了清尘的床还能梦见他啊……这里正乐着，忽然感觉有人在轻拍自己的脸，还说："醒醒懒丫头，睡得口水都流出来啦……"

初尘百般不情愿地睁开眼睛，忽地一激灵！站在眼前说话的，真的是沐清尘！她一下弹了起来，像个充满了气的皮球，瞪着两个大眼珠子，激动得半天都说不出话来。

清尘的眼光淡淡往下一瞟："穿好衣服。"

初尘一低头，呀，酥胸半露，赶紧抓了前襟一掩，嘟囔道："真没礼貌，进来也不敲门。"

"我进自己的营帐，叫自己的婢女，难道还得请示？"清尘慢悠悠地转身，背向而坐。

初尘嘻嘻一笑，没皮没脸地说："我忘记了。"

清尘没转头，只催促："赶快穿好衣服，准备动身。"

"我不回去！"初尘登时大叫起来，"说好了住五天，这才第二天……"

"我说让你回去了？"清尘哼了一声，"等拖得天晚了，就去不成了。下午依琳

她开始坚信,不管清尘表面看上去多么的冷凛,在他的心底,始终对自己还有柔情。就像那百合,还有这莲花,他也只是单独带她来看,这难道不能说明问题,不能证明,他心里其实还是有她的?!此时此刻,初尘似乎又看到了希望,她觉得幸福就如同头顶的太阳,将她一览无余地笼罩。

"这里是荷香坞。"清尘牵着马,带着初尘上了一艘小篷船。

清尘摇桨,雪尘马立在船头,而初尘则斜斜地坐在船舷一侧,靠着篷子,一路望着。荷叶和白莲纷纷闪开,从眼前流逝而过,初尘一只手垂在水里轻轻掠着,另一只手,则无所事事地拨弄着身旁滑过的荷叶、荷花。荷梗生着小小浅浅的刺,有些扎手,初尘拨弄来拨弄去,似乎是惧怕荷梗刺手,又似乎无心摘花,小船走了很长一溜,她居然还是两手空空。

"有花堪折直须折,莫待无花空折枝。"清尘低吟道。

初尘摇摇头:"看景须用心,景入眼,心不空,盛不下……"

清尘停下摇桨,缓缓地蹲下来,轻声道:"当放下时则应放下,当放眼时则应放眼……"顺手朝身旁一带,弯过一枝白莲,"见异思迁是人的共性,唾手可得多不珍惜。可是你静下心来,看看这手边的一朵……"

他的目光,停在莲上,柔声说:"它含蕊半开,虽没有怒放的艳丽,却也没有含苞的青涩,它的娇羞别有风韵,不是吗?"

"珍惜你所拥有的,去发掘它的美,"清尘低声道,"初尘,夫妻之间应该也是这样。肃淳虽在行伍之中,却有难得的儒雅,他细腻温和,即便你现在觉得不那么理想,但他始终是块璞玉,只要岁月用时间去雕琢,而你用耐心去等待,他一定会功成名就的。"

原来你拉我来,不是为了让我宽心,而是要借事说事,初尘恼了,冷冷道:"我还就不嫁他,任谁都行,比如刺竹……"她恨恨地跟自己拗着劲,"刺竹不行吗?照你这么说,都是璞玉,我选哪块不成?!"

"刺竹……"清尘顿了顿,轻声道,"他也不错……"

哼!只要不嫁你,是谁你都劝我嫁!明明知道我的心思,还在这里装高尚!初尘更加恼火,索性一掀篷帘,钻了进去,不理清尘了。

清尘迟疑片刻,也钻了进去。一抬头,只见初尘瞪着两眼,火气逼人。

清尘坐下,淡淡道:"我就这里跟你说清楚吧……"

"你是故意的！"话没说完，初尘就低声咆哮起来，咬牙切齿道，"别以为我不知道，我嫁了肃淳，你就安心了！"

"你以为你能安心吗？"初尘说着，顺手抓起身边的水瓢，狠劲甩了过来。

清尘眼明手快，一把接住，依旧淡淡道："肃淳和刺竹，你到底喜欢谁？"

初尘恶声道："关你啥事？！"

清尘默然片刻，低声说："赵刺竹一心想扶助肃淳，他就算喜欢你，也不会表露，被你发现了，哪怕直言点穿，他也不会承认……"他看着初尘，缓缓道，"肃淳爱不爱你，并不重要，你是他和安王府都需要的背景……何况，以我对肃淳的了解，他人不坏，也很温和体贴，会好好待你的。日子久了，你就能体会到他的好，自然也就有感情了。"

"你干吗不直接说，嫁了也就认命了，习惯了也就好了？这跟那些个府里的女人有什么区别？"初尘尖声道，"我告诉你，沐清尘，我不甘心！我就是不甘心！"

"我是不会归降的！"清尘猛一下加重了语气，"而且，我永远都不会娶你！"

这是死刑的宣判，是初尘怎么也没有想到，怎么也不愿意接受的，眼泪一下子涌满了眼眶，初尘心酸而绝望地说："你再说一遍！"

清尘咬牙，一字一顿地说："我永远都不会娶你。"

初尘死死地噙着眼泪，不让它掉落，食指指向清尘，恨声道："你有种！这里上有天，下有地，你发誓，你从来都没有喜欢过我——"

清尘眨了眨眼睛，坦然道："我喜欢过你，但仅仅只是喜欢而已。答应你留下来五天，是对你一腔痴心的最后回报，在这五天里，我会对你好，满足你所有与我有关的心愿……我曾经答应过，带你来赏莲，所以，今天，我专程带你来这里，没有别人，只有我们两个……"他缓缓地扭过头，"五天之后，你离开，我们便是永久的敌人。今生，将不复再见。"

初尘心底一挫，疼痛自心间开始，瞬间席卷全身。

清尘一鞠身，掀帘就要出去，忽地又退了回来，面色紧张。

初尘还来不及伤心，就从清尘的面色中发现了不妙，能让清尘紧张的，似乎不是小事……当即心提到了嗓子眼儿，吓得声音都变了调："怎么了？"

清尘一把捂住她的嘴，一下就把她摁倒在船板上，然后，翻到她身上，不由分说地开始解她的衣裙，头也靠了下来，贴着她的脸……

初尘吃了一惊，又急又羞，挣扎着想推开他："你干什么？"

"别动！"清尘贴着耳朵，细声道，"秦阶父子来了……混过去再说……"手上用力，把初尘的脑袋一下按在了自己的脖子一侧，然后，贴着脸，开始耳鬓厮磨起来……

他解开了腰带，即便是做戏，也不能太假，秦阶不傻。

他们的船已经靠过来了，躲闪不及，只能硬着头皮闯关了。此刻清尘手里动作着，脑子里紧张地思索着对策，他最担心的不是自己，而是初尘，一旦秦龙对初尘起了歹心，他如何以一对三？掳了初尘后果更加不堪设想，若是初尘的身份暴露，那可是关系到天下局势的大事呀……

清尘的鼻子上渗出了细密的汗珠，心跳也开始加速，透过薄薄的衣物，传递到了初尘的胸口。初尘何时经历过这样的场面，被一个男人压着，还抱得这么紧，似乎正是男欢女爱的前奏，明知清尘此举是其他目的，绝非要轻薄于她，但她还是又怕、又急、又羞、又恼，憋得一身通红，咻咻地喘着粗气，手足无措。

"抱着我的腰……"清尘抓着初尘的手，伸进自己的外套长袍，咬着耳朵道，"闭上眼睛……"

这里两人抱成一团正折腾得手忙脚乱，忽地头顶一亮，篷帘已被掀开，秦龙粗鲁的声音在头顶轰响："哈哈，果真是你沐清尘！真会选地方，到这里来快活了啊——"

初尘羞得赶紧缩到了清尘身下。

清尘抬头，看见秦龙的身后，一脸横肉的秦阶，还有满脸诧然的秦骏。他缓缓地爬起来，顺手抓起一旁的披风，将初尘掩好，拍拍她说："等我一下，处理好了再进来。"一躬身，出了船篷。

"你他娘的，在岸上不能人道，觉着在水上能行，就整这儿来办事了？"秦龙叉着腰，取笑道。

清尘不紧不慢地理好衣袍，整着腰带，不悦道："我自己的船，自己的婢女，做自己该做的事情，你跑来凑什么热闹？坏我好事！"

"嘻嘻，"秦龙一脸坏笑，又往篷子里瞥了一眼，抬抬下巴，"上回我见过的，那漂亮婢女？"

清尘不否认，粗声道："想要我留给你？我的人，你也想碰?！自己找去！"

"呵呵，"秦龙放声大笑，"你小子就是小气，不就是一个丫头，还舍不得……

还记着上回的仇呢……我给你一句话，我府里的丫头，只要你看上了的，只管拿去，别说一个，就是十个、一百个，都成！"他揶揄道，"只要你小子够能耐，扛得住……"抬手就是一拳，砸了过来，"我瞧你这身板，就是吃上几千条虎鞭，也还是撒不出个种……"

清尘劈手一挡，打开秦龙的拳头，横眉冷对时，手腕一转，抓住了剑柄。"嗖"的一声，剑出半鞘。

秦骏眼见要起冲突，不动声色地拉了秦龙一下，说："沐清尘，我们不是有意要破坏你的好事，今日爹和大哥去叠泉关看我，想来除了吃饭喝酒没有别的消遣，这才提议来赏莲，刚才看见你的雪尘马立在船头，想着都在淮王帐下，冤家宜解不宜结，不如过来打个招呼，怎知由此坏了小将军兴致，真是过意不去。"

"今日来不是与你为难。"虽然是仇人相见分外眼红，秦阶自始至终都寒着一张脸，但此时他也一拱手，出声了。

"唰"地一下，清尘便送剑回鞘，一拱手："请秦将军自便。"

"呵呵，"秦龙又笑，"我等即刻便走，你继续，继续……"抬手一送，满是暧昧。

沐清尘冷冷地打量了他们一眼，折身又进了篷子。此刻，他必须做出一副全然没把他们的出现放在心上的样子，若让秦阶看出端倪就危险了。

船篷外，桨声渐渐地远了。清尘撩开帘子四下看看，确信秦阶父子已经离去，这才飞快地摇起桨来，往相反的方向划去。

什么冤家宜解不宜结，都是狗屁。清尘心里很明白，不管是在任何时候碰到他，秦阶都恨不得生吞活剥，刚才之所以没下手，就是秦骏在话里暗示的原因。他们父子三人是临时起意来赏莲，并没有带什么随从，他们不是怕三个人联手都打不过清尘，而是担心清尘带着婢女来赏莲花，离开知樟的属地，不可能不带随从。沐广驰的一贯做派，不是绝对安全的地方，绝对不会让清尘单独前去，他必在左右。因此，秦阶推断，沐广驰就带人在荷塘附近转悠，人数不得而知，故而他不敢妄动。

清尘知道，秦阶父子当场不起冲突，是为了稳住自己。离开之后，必然飞速调兵，马上就会杀回来。所以，他也必须火速离开，不然，一旦落入秦阶手中，麻烦就大了。

哼，清尘冷笑一声。秦阶，这回错失良机，坏就坏在你多疑，看见我的雪尘马，你即可一边调兵，一边勘测周边，何必非要验证是我亲自骑马而来呢？他倏地想到了秦骏。一定是秦骏在其中斡旋，不然，焉能如此轻易脱身？

"爹，我们刚才根本不需要去验证是不是沐清尘，直接上船，杀了再说……"秦龙用力地摇着桨。

"如果是马夫，你杀个马夫有啥用？"秦阶冷冷地掀了一下眼皮，"沐广驰知道马夫被杀，一定不会善罢甘休，他一定去淮王面前讨说法……只要是动了沐家军的任何人一根毫毛，他都会借题发挥……如今，淮王跟前，已不是我们一家的天下了。"

秦骏低声道："这样会打草惊蛇的。"

"验证了是沐清尘，也可以马上杀了他！"秦龙不耐烦地说，"咋你们两人，都跟他讲客套？！"

"你懂个屁！"秦阶愠道，"你没看那小子，根本没把我们三人放在眼里……他必定是有恃无恐。只要船上一有响动，说不定四下的人就出来了。沐家军神出鬼没，你没有见识过？！"

"要出还不早出来了……"秦龙说，"我们一路过去，也没见着什么。"

秦骏慢声细语道："我们没招惹他们，他们当然不会现身。"

"照我说，根本没随从！"秦龙说。

秦阶摇摇头："我现在还在怀疑，他拔剑就是信号……既然有些言语冲突，他都起意拔剑了，为何只出一半，不是全部？说不定，拔出全部的剑，立起来，沐家军的人就出来了……"

"那小子历来狂傲，有没有随从都不会把我们放在眼里的。"秦龙说，"我就说要立马杀了他，就是有随从出来，我们快点动作，沐清尘死了，他们还有什么辙？！"

"沐清尘从不单独行动。"秦骏轻轻地点了一下。

"你就是人头猪脑！比不得你四弟周全！"秦阶忍不住一掌拍到秦龙头上，气咻咻地说，"你以为沐清尘跟你一样，是个草包？人贼精！他功夫过人，警惕性也高，没看见跟婢女亲热还带着剑……我们三个，一时半会解决不了他，等沐家军的人冒出来，只怕我们羊没吃着反惹一身骚，到时候，他还要去淮王跟前告一状，说我蓄意谋害他……"

"以前淮王妃就偏心他，现在做了郡马了，形势跟从前不一样了……"秦阶愤愤道,"我们以后要动他,就更难了。"

"是啊,"秦骏附和道,"我们要吞了沐家军,必须从长计议,而且动手之前,务必求得万全。"

秦龙不语了,好半天,才瓮声道:"他奶奶的,这个沐清尘长得个娘样,怎的偏偏就是我们秦家的克星?!"憋着劲用力一摇手中的桨,忽地切齿道:"奶奶的,老子一定要活捉了他!"说完兀自呵呵一笑,瞟着秦骏道:"四弟,他那漂亮的婢女归了我,那阴不阴阳不阳的沐清尘,大哥我送你院里去。哈哈,哈哈……"笑得极其淫秽。

秦骏淡淡地回道:"你能抓住再说吧。"

第四章
官道同路露爱子之情
中军贺喜来不速之客

"你小子上回放了沐清尘,他还了你人情没有?"秦龙阴阳怪气地说着,眼睛却看着父亲,"四弟啊,你到底是顾念归真寺师兄弟的情义,还是跟你那死鬼三哥一样,有些与众不同的爱好呢……"他忽地抬高了声音,"你莫不是,这次又是成心放他走?"

"你给我闭嘴!"秦阶倏地吼起来,"划船就划船,咧咧着那么多话!"秦龙缩了一下脖子,悻悻地划了几下桨,又嘀嘀咕咕起来:"咋还没到岸呢……干吗不能从我们下水的码头那上去,非得绕这么远……"

"码头那里开阔,如果沐广驰在,轻易就能发现我们,还是从这边草坡上去的好,有小丘,不打眼。"秦骏抬头望望,说,"就快到了。"

秦龙憋起劲,加快了摇桨的速度,小船噜噜地朝前蹿去。

三人上了岸,秦阶指派秦龙去侦探,自己则和秦骏坐在草坡后边等着。不多时,秦龙回来了,张嘴便说:"我都看过了,四处无人,还沐家军呢,鬼都没有一个……"

"既然没有随从,那我们现在追上去吧。"秦骏说着,提剑起身。

"算了,那沐清尘贼精,有这会工夫,快马加鞭,以雪尘马的速度,还不早入知樟境内了。"秦阶慢慢地站起来,拍了拍身上的草屑。

秦龙气急败坏地看了秦骏一眼，抱怨道："就是你黏糊，前怕狼后怕虎的，多好的机会……"

秦阶默然片刻，瓮声道："你弟弟顾虑的也不全错，小心驶得万年船嘛。"

秦龙不满地斜了秦骏一眼，刚要说话，秦阶又吩咐："折腾了这许久，我也饿了，你走前头，先叫关里的人把饭菜准备好了。"扬扬手，驱赶秦龙先走。

出了小道，踏上了宽敞的官道，秦阶并没有策马，依旧慢慢地走着，秦骏默默地跟在后边。

"骏儿。"秦阶唤着，放缓了步伐，等秦骏上前了，比肩而行。

"爹。"秦骏低低地应了一声。

秦阶瞅了儿子一眼，低声道："你心里许是恨我的吧？"

秦骏摇摇头："没有。"

"你总是跟我不亲……"秦阶的话语有些伤感，"也难怪，小时候，你不知道爹是谁，一直在归真寺长大，等长大了，爹才知道你，你也才知道爹……接回家也住不惯，只好又把你送回归真寺……直到后来从军，也不愿跟在我身边，提出单独守城……老是离得远远的，这么生分……"

秦骏一声不吭地听着。

"你是恨爹，还是怨爹呢？也许，你是嫌弃爹吧。"秦阶轻轻地叹了口气，"爹是名声不好……以后你就会知道了，什么名声，那都是虚的，只要自己过好了，家里操持好了，一辈子舒服了，才是真的！"

"爹要是不争权，就过不上今天这样的日子，那些个有些能耐的将军，谁会把我放在眼里，不是我吃了他，就是他吃了我……就像沐广驰，这些年他是被我制得死死的，不得扩充军备，不然，这时下，还不早就翻身了，第一个要吃掉的，就是你爹我！"秦阶说着，瞥了儿子一眼，语重心长地说，"爹这些年积攒下来的资本、钱财和势力，都是为了你们的将来，爹辛辛苦苦地打拼，又伤神又流血，容易吗？"

"你跟你那三个兄弟不一样，爹虽然从来没表扬过你，但是爹心里明白，你比他们三个都成器。"秦阶说着，声音低了下去，"原先我们秦家是人丁兴旺，四个儿子往阵前一站，不说霸气冲天，那也是威风凛凛……可是，你二哥和三哥，就这样被沐清尘杀了，爹心里恨呀……"

"爹也不想打你，可你太让我生气，胳膊肘往外拐……第一回，你放了他，说你不知道三哥被杀，那也可信；可第二回，在阵前，那么多人，你就这么扛着，你当我们都是瞎子？受了他一剑，你也该死心了吧？偏生今天，又是这样。当然爹也没有十足的理由确凿地证明你是故意的，那是爹真不愿意往这上面去想，你为了沐清尘，可以不去想爹的感受，不去想哥哥的仇……"

"第一回，受了四十鞭子，第二回，虽然挨了一剑，可还是领了三十军棍，爹真不想打你，本就生分，这打来打去，反倒更加不亲了，可是，咬咬牙，还是非打不可，一是为了严肃军纪，二是要你长长记性……"秦阶说着，加重了语气，一字一顿地说，"你要记住，你姓秦，你是秦家的儿子！"

"沐清尘不会领你的情的！"秦阶大声说，"你还记不记得他射杀宣恕？他阴森狠绝，比你爹我更冷血！"

秦骏缓缓地低下头去。

沉默了片刻之后，秦阶缓缓地开口，幽声道："俊儿啊，以后，再不要这样了……爹真的不想再罚你……你小时候受过苦，爹会好好补偿你，爹何尝不想像沐广驰心疼沐清尘一样好好地疼你……"

秦骏垂着脑袋，一声不吭。

"若是为了义气，就放下吧，若是你喜欢他，爹……"秦阶顿了顿，兀自点着头，沉吟道，"只要你好生成婚，生几个孩子，给秦家开枝散叶，爹答应你，一定不杀沐清尘，只要抓了他，就把他交给你……随你的意思处置……"

这话的意思太露骨，秦骏吃了一惊，愕然地望向父亲，半天没缓过神来。似乎只要自己听话，娶妻生子，那么即便是收了清尘做娈童，父亲也能容忍。要知道，自秦豹死后，父亲严令他们兄弟不得玩娈童，死了秦虎后，父亲对剩下的这两个儿子更加看重，一心保全秦家血脉，若非如此，刚才定会不顾一切地杀清尘，思前想后的，实在也是担心儿子们出意外。偏偏此刻，这一番掏心窝子的话，苦口婆心地劝，竟还是故意放自己一马。

秦骏无言以对，他分明地感到，尽管隔阂如此深，明知道他无法认同父亲的为人，但父亲，还是爱他的。一时间，他喉头发堵，哼唧了半天，才讪讪地喊了一句："爹……"

秦阶看着儿子，不由得也是感慨万千，默然半晌，便抬起手来，轻轻地拍了拍儿子的肩膀，刚要说话，忽然听见一阵急促的马蹄声响起，抬头一看，秦龙又迎面跑了回来。

苍灵渡 CANG LING DU

029

"怎么回来了？"秦阶问。

"我在路上碰见吴副将，他送依琳郡主到了知樟境内，交给沐家军就回转了，我正好赶上他，就让他带口信先去关里。"秦龙敏感地看看父亲，又看看秦骏，笑着说，"这一路上就你们两人，我不放心，还是过来找你们，一同走得安心。"

秦阶瞥了秦龙一眼，没有说话，策马走到前头去了。

秦龙缓缓地靠了过来，挂着一脸的笑意，低声问秦骏："爹跟你聊得挺欢啊，都说些什么呢？"

秦骏一眼就发现了他笑容里的虚伪和紧张，便沉声道："爹叮嘱我，早点成婚，为秦家添丁……你折回来，不就是担心爹瞒着你，跟我交代什么吗？"

"呵呵，"秦龙笑了起来，"开始我说，他还发脾气，可不也是担心你玩娈童……"他心里当然高兴，能让父亲认定秦骏玩娈童，对自己掌握秦家可是大有好处的。他想了想，又试探道："爹还说什么了？"

"爹还说……"秦骏一边说着，一边抬头，忽地喊道，"爹，你怎么不走了？"

秦龙一看，果然秦阶停下了，这还不算，掉转马头过来了。他奇怪地望着父亲，却看见父亲一脸愉悦，不禁和秦骏对视一眼，一头雾水。

"我们去苍灵渡。"秦阶说着，晃了晃手中的马鞭。

秦龙莫名其妙："现在去？去干什么？"

"今天，淮王不是要把依琳郡主送去沐家军营帐吗？咱们也去凑个热闹，送份礼物如何？"秦阶小眼珠子一转，脸色更是得意，"依琳可能会忍得住，不晓得淮王妃会做何感想……"他看一眼秦龙，笑道，"你最擅长的，不就是当众戳穿沐清尘吗……"

秦龙一愣，眨眨眼睛，骤然间爆发出一阵大笑："这可是份绝妙的好礼！"

秦骏轻轻地拧起了眉头。

"淮王差郡主过来，就烦劳沐将军照顾了，"胡大人笑着，细声点明，"你们既有婚约，那便无须拘礼，淮王的陪嫁已经送到，何日举行仪式，那就听凭沐将军定夺了……当前正逢战事，一切应由繁入简，若是形势不允，择日圆房便可。"

胡大人朝后轻轻地一摆手，依琳款款上前，俯身下去："敬请公公大人教训。"

"不敢当。"沐广驰赶紧扶起依琳，对清尘使了个眼色。

"你的营帐我都安排好了，"清尘背手而立，"你带着两个陪嫁的丫鬟一起住。"

依琳看着清尘，圆圆的小嘴嗫动着，涩涩地没有吭声。

胡大人顿了一下："敢问小将军,何时准备圆房？"

"依琳是郡主,当然还是要按照礼节,举行正规的仪式,这么马虎草率显得不够尊重。"清尘的回答滴水不漏。

"还是小将军想得周到,"胡大人恭声道,"可是,淮王殿下急着听到好消息呢……只盼着你们小夫妻和和美美,夫唱妇随……"

"不要着急,我这里还要准备几日,等一切妥当了,还要请殿下来参加仪式呢。"清尘说得合情合理,胡大人也不好多言,按照吩咐,该要告辞,可又担心没有完成淮王的托付,心事重重地看了依琳一眼,又硬着头皮说,"小将军说的到底是几日,还是给个准日子吧。"

"人家就是想拖下去,你没听出来？"一阵喧哗声响起,秦阶带着两个儿子走进了大帐。

"什么风把你给吹来了？"沐广驰揶揄道。

"我们父子诚心来贺喜,讨杯喜酒喝呢。"秦阶从腰带上摘下一块玉佩,往案上一拍,"这是我的贺礼,还请笑纳。"

"却之不恭,能得到铁公鸡的贺礼,焉有不收之理？"沐广驰看了一眼,说,"到底是财大气粗,随随便便一出手,都比别人阔气许多。"

"呵呵,"秦阶干笑几声,"我进来这会儿,正好碰见张川、刘畅两位将军出去,问了问他们送了些啥,无非就是布料、糕点,想来我这玉佩不寒碜,也就贸然进来了。"

沐广驰笑了一下,戏谑道："这礼也送过了,还想我留你吃顿便饭？"

"我知道你持军节俭,没打算蹭饭,"秦阶话头一转,看着胡大人说,"不过你要是想省掉请胡大人的这份伙食,还是得赶紧地给个答复,这太极手再推来推去,可就不止招待一顿了……哈哈,哈哈！"

清尘冷冷地斜了秦阶一眼。

胡大人满脸堆笑道："看沐将军是准备三天,还是五天？我自去回复淮王和王妃,到了日子,他们自会过来。"

沐广驰默然片刻,望向清尘。清尘坦然道："前日得信,殿下会将郡主送来,只当依琳是来慰军,没想到还有这层意思……不怕胡大人见笑,刚回苍灵渡安营扎寨,之前没有任何准备,这突然之间要操持成亲事宜,还有些突兀……但是,请淮王放心,一定尽快。所以,请胡大人安心回去,如实禀告,我跟父亲及下属们商量一下,过后便给淮王飞鸽传书,不会叫大人为难。"

这几句话合情合理,胡大人频频点头,正要辞别,那头秦龙已经嚷嚷了起来:"嘿,胡大人你可别听他瞎咧咧……沐清尘何许人也?我敢担保,你这一走,这回信准得泡汤……"他扬起头喊道,"照我说呢,这沐清尘根本就没打算娶依琳郡主,能拖一天是一天!"

"此言差矣,"胡大人倒是不急,摆手道,"跟淮王接亲,何等荣幸。再说了,沐清尘骗我做甚?"

"呵呵,"秦龙笑道,"人家心里有人了,这才磨磨蹭蹭不肯成亲呢,你还什么都不知道……"

胡大人的脸色有些白了,但更白的,是依琳的脸。

秦龙一见话语奏效了,紧接着又开始煽风点火:"真是不巧,我来之前,就今天早上,亲眼看见沐清尘和他那婢女在荷香垸的小船上亲热来着,咱父子三人不小心看到了那场面,可真是香艳……我这浑身火烧火燎的啊,回来一路都憋屈得难受……"

"我本来还奇怪,这沐清尘不是不能人道呢,怎么这会又正常了……敢情这只是搪塞淮王联姻的一个借口啊,"秦龙不怀好意地看看清尘,又看看依琳,"我真是羡慕小将军,不但马上威风,床上也是春光尽收啊……你看看,这早上还搂着婢女,下午就要与新娘洞房了……"

秦龙浪笑几声,自顾自地说:"这本事,我得好好学学……"

众人皆沉默地听完,秦阶瓮声道:"秦龙,人家的私事,要你多什么嘴?男人三妻四妾,实属平常……"

唱双簧啊,看你还要怎么玩。清尘冷笑一声:"该送的礼送了,该说的话说了,秦将军还是准备留下吃饭?"不待秦阶开口,骤然一声喝道,"送客!"

"别介,别急呀。"秦龙晃着两手出来了,笑嘻嘻地说,"我们绝对不吃你沐家军的饭,只留一会儿,为的是依琳郡主若是想走,我们还想护送一程。"

看样子,一定要看完这出戏呀。清尘转了个身,朝向胡大人,胡大人一脸青灰,看着依琳。依琳的脸色很不自然,看得出是在隐忍,她沉默了半晌,才缓缓道:"既然来了,我就不走了。胡大人,你自己回去吧……"

"那……那我如何禀告呀?"胡大人急得先是满脸白,霎时变成了红。

依琳顿了顿,低声道:"你就说,仪式还是免了,找个方便的日子,众将一起吃个饭,清尘申明一下,便可以改口叫沐少夫人了……"

啊?秦龙一下哑了。这算什么,对于一个郡主来说,也算是奇耻大辱了,依琳居然这么能忍?不拂袖而去也就罢了,反而,退了一步,连仪式都可以不要了。这葫芦里卖的什么药? 搞不懂了呢。

清尘淡淡地看了依琳一眼,心底有些吃惊。记忆中的依琳一直是中规中矩、胆小怯弱的,却没想到关键时刻,她居然这么沉得住气。一时间,清尘也好奇起来,她心里到底是怎么想的?

他轻轻地笑了一下,转向秦阶:"秦将军,你这会儿走,可以跟胡大人同路。"

不怕我继续跟胡大人煽风点火,到淮王妃跟前戳你一竿子?秦阶眼皮一翻,小眼珠子转转,招呼儿子:"我们走!"

依琳坐在椅子上,缓缓地喝了一口茶,这才撩起袖子,说:"坐吧。"

初尘看了她一眼,坐下,心想,此番问话,来者不善。

"你是清尘的婢女,来的时间不长吧? "依琳说得很慢,"我记得以前那个婢女叫樱桃,也长得蛮可爱,可惜……"她停下来,问道:"你是怎么跟了清尘呢? "

初尘看了她一眼,不说话。

"买来的? 还是别人送给清尘的? "依琳看着初尘,平静,并没有太多的敌意。

初尘转了一下眼珠子,见帐内无旁人,想来依琳是要示好,先摸清自己的情况再图后事,于是心念一转,有了主意,回答道:"是沐将军把我送给清尘的。"

清尘?她居然直呼清尘的名字!依琳暗暗有些吃惊,便追问道:"那你原来是做什么的呢? "

"我原本也是千金大小姐,家道中落,难以度日,我父母愿把我送来侍候清尘,只希望我将来过好日子,沐将军答应了,我便留在军中,陪伴清尘。"初尘糊弄着。

"这么说,你其实也不算婢女……"依琳踟蹰了一下,面色黯然,心事重重地低着头,也不作声了。

那当然! 初尘心里哼了一声,你给我做婢女还差不多! 再去看依琳,竟是一脸的失落,初尘憋不住想笑,赶紧忍住,说:"如果没什么事,我就先下去了。"

依琳抬起头来,怔怔地看了她一眼,忽然问:"他喜欢你是不是? "

"你说呢? "初尘狡黠地回了一句。

依琳的嘴角不由自主地抖了一下,她随即低低地问道:"他……已经和你在一起了？"眼睛望着别处，紧张而难堪。

初尘当然知道她问的什么，故意岔开了话题："我们天天都在一起啊。"

依琳有些赧然，只得补充一句："你们，有夫妻之实了？"

"秦将军他们不都说了吗……"想到船上的事情，初尘也脸红起来，顺便装出一副羞于启齿的样子，低下头去。

"那……是今天才在一起的？"依琳的声音开始发抖。

"哎呀，郡主还是去问清尘好了……我呀，怪难为情的……"初尘心里打着小九九，她知道，此刻越是欲盖弥彰，依琳就越会认定有那么回事，所以，她一门心思就是要把这趟水搅浑。到了这个节骨眼儿上，就得含含糊糊，而且要赶紧开溜了。初尘这么想着，就急急地起了身。

依琳也急了，一下子站起来，涩涩地叫住她："我再问最后一个问题……"

初尘稍稍地停了一下。

依琳吞了口唾液，艰难地问出口："他……并非不能人道，能行的……是吗？"

这个，我不知道呀。初尘心里一沉，暗忖着，哪个男人会把自己不会人道说出口呢，这比要命更加要命，根据清尘的种种她判断着，应该是真的。可是这会儿，不能让依琳看出什么，初尘急中生智，马上用手捂住脸，好像害羞似的扔下一句："你别问我，要问就去问清尘……"飞也似的跑了。

管他是不是真的不能人道，反正我得让你疑心，又不能让你抓住我的把柄，因为我什么也没说。至于其他，嘿嘿，你可以亲自去问清尘，只要你开得了口……初尘乐颠颠地想，要是依琳认定清尘能人道而不愿意娶她，这里又亲耳听见他跟自己在船上亲热的事，一定会大受打击，说不定，这婚就结不成了……

可是，她隐隐地觉得，自己想得太美了。

还记得上次端午，清尘以不能人道拒婚的时候，依琳掩面而去。而这次，秦龙说出难堪的一幕，面对那样的羞辱，依琳都能忍得。这里面仿佛是有些不同了，依琳到底想得到什么？

依琳若是一气之下甩手离去，就会令初尘日夜祈祷、心花怒放的事情不会发生了。

初尘轻轻地咬了一下嘴唇。不能人道，我不在乎，依琳，你在乎吗？

"少主,郡主请您过去。"

听到通传,清尘不由得皱了皱眉头。

沐广驰停下手中的棋子,抬头看着清尘。

肃淳先就笑了起来,半是逗弄半是揶揄:"好歹也是你未过门的妻子,这头一天巴巴地赶过来,你也该去陪陪人家,怎好让人家独守空房?"

刺竹知趣地站起身来,将手中的棋子放下,顺带收拾着棋盘:"我们也不下了,都早些休息去。"

"我去我的,跟你们下棋何干?"清尘冷冷地哼了一声,却不动作。

"清尘,"沐广驰瓮声道,"你怎么收这个场?"

话语之意,其实肃淳听懂了,他看沐广驰一脸肃色,赶紧拉了他的胳膊,重新摆开棋盘:"来,来,我陪你下棋。"

清尘看了父亲一眼,转身出去。

才出营帐几步,身后脚步声响起,清尘头也没回,直接就喊:"赵刺竹,你不跟着我就没别的事情可干了?"

刺竹靠上来,笑道:"到底是兄弟,不但脚步声听熟了,就连这心里都有灵犀了。"

清尘没好气地乜了他一眼,心道,烦着呢,你还不省心。刺竹知他不情愿跟着,却不走开,亦步亦趋,又不说话。终于,清尘停下了脚步,转过身子,面对刺竹,看着他,也不说话。

"我……"僵持一阵,在清尘淡而锐利的逼视下,刺竹到底还是没能扛住,开口道,"我其实也不知道该说什么好……"

"那你还跟着我?!"清尘斜了他一眼。

刺竹顿了顿,轻声道:"依琳郡主,不论是留是走,对你来说,都是为难……"

清尘一下打断了他的话:"我自有主意。"

"清尘,"刺竹盯着他的脸,眼睛里亮光点点,忽地说,"你会送她走,是吗?"

清尘阴沉着脸,望着他,不说话。然后,一甩袖子,丢下他,疾步走向依琳营帐。

"你来了……"依琳急急地迎上来。

清尘一眼便发现她的笑容有些勉强,眼圈发红,眼睛里还有水意。他只当没看见,坐下来,自顾自地喝茶,心里想着,定是依琳喊了初尘来问话,估计初尘这个鬼丫头也没少出阴招,尽拣刺激的话语说,巴不得依琳赶快离开。

"我给你看样东西吧。"依琳说着,端过来一个木头的大方盒子,放在清尘的手侧,轻轻地打开了——

一盒子的胭脂,五颜六色、大大小小的锦盒、瓷盒。

清尘一刺,心倏地一软。

"这都是你从前送给我的礼物……"依琳顺手拿起一个白色瓷盒子,上面画着一个红妆仕女,翘着兰花指,她细声道,"你看,这一个,是我十三岁那年过生日,你去王府,专程送给我的,这个盒子真是别致,画得清淡,做工又好,人像栩栩如生,我很喜欢。"

说着,她又拿起一个绿色的锦盒,满脸微笑:"这个,是定广一十五年中秋节的前一天,父王带部众去归真寺祈福,你在后山看桂花的时候,偷偷塞给我的……还记得吗?"

"我一直都认为,你是特意去找我,特意给我送胭脂的,不是那日你自己说,是随意逛逛,偶然巧遇……"她一个又一个地拿起胭脂盒,说着一件又一件的往事,仿佛尘封的岁月,都在她低低柔柔的话语里苏醒,像夜幕中的星星,眨着小小亮亮的眼睛,望着他。

清尘的眼光终于从盒子上移到了依琳的脸上。

依琳笑意盈盈的眼睛，看过来，温柔而深情。

清尘缓缓地垂下眼睑，心底一声长叹，唉——

"你老是送我胭脂，每次都是胭脂……不过，每次都是不一样的盒子……我每天都会想，什么时候还能碰到你，你又会送我一盒什么样的胭脂……希望见到你的时候，通常见不到，不过你若出现，那就是真正的惊喜了……总是那么突然，却又仿佛是既定俗成，如期而至……"

依琳紧紧地握着每一个胭脂盒，仿佛这样就可以抓住每一件往事，然后，又轻轻地放下，恋恋地抚摸着，话语中带上了一丝淡淡的伤感："你为什么要送我胭脂呢？我从来没有细想过，直到方才才觉着你是觉得我不够漂亮吧？"

她的眼睛一抬，涩涩的光，直刺清尘的心底。

眼睛一眨，她低头下去，晦涩道："她真的很漂亮……"

清尘嚅动了一下嘴唇，阻止她继续说下去："你跟她比什么。"

"是不应该跟她比，我也不想比……"依琳说着，吸了一下鼻子，"可是，我还是忍不住……她比我漂亮……如果，如果我不是郡主，说不定你也是不愿意娶我的……"

"依琳，"清尘用极低极轻的声音纠正道，"没有如果，你是郡主，我也不愿意娶你。上次，我已经拒婚了。"

依琳一听，浑身颤抖起来，眼睛里顿时注满了泪水。

清尘赶紧扶住她的肩膀，解释道："我身体有缺陷，不能耽误你。你别想太多了，不管你是不是郡主，我都是因为自己的原因不能娶你，而不是你有什么不好。"

依琳眼睛一眨，泪水直直地流下来，她赶紧拭去，怔怔地听完，便又笑了："这样啊……没事呢，可以治的，让父王差最好的御医来……"

"治不好的，"清尘幽声道，"要是能治，早就治好了……"

依琳脸色一紧，踌躇了片刻，才鼓足了勇气，小声问："那……那今天上午……"

"哦，"清尘坦然道，"那不过是权宜之计而已。"

"你知道，我杀了秦阶两个儿子，他若是知道我单独带了婢女去赏莲，一定会下杀手。他们三个人，我未必能赢，只好做了那出戏，好让他们误会沐家军就在边上警戒，我有恃无恐，这才脱身。"清尘如实相告。

依琳偏着头，又把初尘的话细细想了一遍，这才点点头："我相信你。"

清尘笑了一下，轻轻点明："初尘那丫头，跟你说什么了？"

依琳笑笑,有些不好意思。

"你别听她的,"清尘说,"我不知道她跟你说了什么,也不能说那些都是胡说。我只能告诉你,那丫头喜欢我,她的话,你得掂量着去听。"

"那,"依琳突然提议,"让她来侍候我吧,换我的丫头去侍候你。"

女人哪,还是心眼小,依琳和初尘,虽然性情不同,但都是很聪明的。清尘忍不住笑了:"她来的时候,我已经答应过她,只侍候我,不能失信。"

依琳微微地努起了嘴。

"你别心里不舒服,"清尘又笑,"我过几天就送她走,你以后看不到她了。"

"嘻嘻。"依琳笑起来。

清尘缓缓地俯下身,沉声问:"今天,你为什么不离开?多好的理由,可以回去。"

依琳的眼光躲闪了一下,垂下头,红着脸,又拨弄了一下盒子里的胭脂,低声说:"你看看这些胭脂,我都没用过呢……"

清尘明白了,她是想要自己问,为什么不用呢?然后才回答,因为舍不得……其实依琳的潜台词,就是想告诉自己,她是因为爱他,才能忍,才会留。

不,这不是全部的理由。如果仅凭原来的印象,清尘会相信她,可是,有了刚才的那一番对话,清尘开始察觉到,依琳并非思想简单,她和初尘从本质上说,都是一样的,身为帝王家的女儿,不可能也不会被允许心思单纯。

他看着依琳,眼光中渐渐地透出犀利:"真是这样的吗?没有其他?"

依琳瑟缩了一下,低声道:"清尘,没有其他,我也愿意嫁给你的。"

那就是有其他了。清尘嘴角一扯,淡淡地笑道:"其他是什么?"

一阵难耐的沉默,清尘等待着依琳开口,他知道,只要自己坚持下去,依琳会吐露实情。

衣服窸窣的响动声,清尘已经起身了。

依琳惶然地抬起头来,喊道:"清尘……"

清尘站定,俯视着依琳。

依琳缓缓地站了起来,直视着清尘,轻声道:"你告诉我,你跟她,有没有夫妻之实……"

这是交换。清尘感叹一声,聪明的女孩,她表面的谦恭和顺比初尘的装疯卖傻更容易迷惑人,实际上,对于底线,她们都寸步不让。

"没有。"清尘直视着依琳的眼睛,他没有撒谎,也不需要撒谎。

依琳沉默了，她看着清尘，默默地低下头去。

"你来的时候，王妃已经叮嘱过你了，是吗？"清尘一语中的，"你母亲考虑到你弟弟的将来，为了世子之位，要你下嫁于我。只有这样，才能让沐家军成为淮王的亲信，保住沐家军，也保住你母亲的实力和弟弟的将来，制衡秦阶。"

她依旧垂着脑袋，只看见乌黑的发，看不见表情。

"充其量，你就是一个牺牲品，你觉得值得吗？"清尘幽声道，"你是真的愿意吗？"

"我愿意的。"依琳抬起头来，低声道，"母亲问过我，我说我愿意。"

清尘似信非信地看着她，那脸上很纯净，眼底也很清澈，不是谎言可以装出来的纯粹。

"与其跟一个自己不爱的男人做夫妻，还不如守着一个自己爱的人，哪怕只能是守着，看着……"依琳细声道，"即便是这样，外人看来有残缺的婚姻，也比我的那几个姐姐幸运，一样是牺牲，我还有爱……"

"生在这样的家庭，没有权利自己做选择，这就是命，命里还有幸运，那就是幸福了。"依琳说，"我只能是弟弟的垫脚石，能凭借自己的力量增加他的高度，那就值得。"

清尘静静地望着依琳决然的脸，感到点点的痛，正在心头牵扯。此刻依琳柔顺得义无反顾，让他想起了一个人，那就是自己的母亲江祉莲。同样的决然，祉莲是为了追求自己的幸福，依琳是为了一个家族，而淮王妃，是用女儿换江山。她们谁比谁更伟大？这个问题已经不重要，重要的是，她们认为那样坚定的"值得"，或许仍旧换不来幸福。

清尘从未像此刻这样，为她们感到心痛。

这世上的女人都一样，从来都是这么的苦……

"依琳，"清尘柔声道，"你回去吧。"

"不。"依琳断然拒绝。

"回去。"清尘轻声坚持。

"不。"依琳再次拒绝。

清尘沉吟着道："如果日后真有嫡子之争，我向你保证，一定帮你母亲和弟弟。"

"为什么要赶我走？"依琳说，"你给我一个理由。"

"我不可能做你丈夫。"清尘一字一顿地加重了语气。

"我已经说过了，就这样陪着你也很好。"依琳很温和，也很固执。

清尘低沉道："你是个好女孩，温柔，又能替人着想，找个好男人，会幸福的。"

"不。"依琳回答。

"我有不得已的苦衷，以后你就会明白的。"清尘重声道。

依琳默然片刻，问道："你已有心投靠安王，是吗？"

"现无此意，以后如何，尚未可知。"清尘否认。

依琳轻轻地逼问过来："那你是心里有人了，你跟初尘是相爱的，对吗？"

清尘幽幽地叹了口气，说："我喜欢你，跟喜欢她是一样的。"

"这就是承认，你两个都爱？"依琳咬住不放。

"不是爱，是喜欢。"清尘耐着性子纠正，"我对你们两个都是一样的。"

依琳忽地提高了声音："怎么一样？你带她单独去赏莲了，还相处了这么久，可我呢？"

清尘柔声道："你有这么一大盒子胭脂，她都没有。"

"那是不一样的！"依琳说着，咬住了嘴唇。

清尘默然道："你想我怎么样？"

依琳颤声道："你为何不能成全我？"

"我不能娶你，是为你好。"清尘轻轻地拍了拍依琳的肩头，"跟初尘一样，把你们当妹妹看。我会一直对你好的。"

"你让我走，不是为了日后好娶别人吧？"依琳不依不饶。

"不会的。"清尘看着依琳，举起右掌，轻声道，"我发誓，不娶你，也不会娶任何女人为妻。"

依琳死死地盯着他，良久，才不甘心地叹一声："为什么一定要我走？"

"初尘也是要走的。我不想你们两个有危险。"清尘说，"这是战场。"

依琳默默地看了清尘一眼，低声道："我听你的，你让我走，我就走。"

初尘斜斜地靠在柱子上，看依琳从营帐里走出来，便龇牙笑了一下："郡主一路平安。"

依琳站住看了她一眼，低声说："我走了，你也待不长的。"

初尘笑眯眯地不说话，心道：至少比你待的时间长。

依琳折身看了看马车旁送行的清尘，压低了声音对初尘说道："他对我发誓了，不娶我，也不会娶任何女人为妻。"

"你和他，什么事都没有。"依琳幽声道，"至少，我们是站在同一起跑线上的。"

"我是飞毛腿。"初尘鼓了一下腮帮子，不以为然地说，"你以为你跑得过我？"

"嘻嘻，"依琳轻笑道，"我坐马车。还能跑不过你?!"

初尘恼了，狠狠地瞪了依琳一眼，依琳笑得很是舒心，仿佛惹恼了初尘，就是把她给比下去了。

"依琳……"清尘在叫。

依琳转过身，款款地走向清尘，然后停住，从袖笼里拿出一样东西来，说道："清尘，我想你帮我做一件事。"

"嗯。"清尘点头。

依琳手一抬，那个白瓷描画着仕女的胭脂盒躺在手心，轻轻揭开，柔声道："你替我擦一次胭脂吧……"

众目睽睽之下，触及女人的颜面，清尘迟疑着，皱了一下眉头。

"我留着所有你送的胭脂，是为了看吗，是为了赏玩吗？不是呢……就是为了等这一刻，等你菱花镜前为我贴花黄……"依琳幽幽地压低了声音，"你一定是想清楚了，才会送我走……执意送我走，也是情分，我懂的……其实我们心里都明白，此一别，或许今生已不能再见，你总是要成全我一个心愿的，是不是，清尘？"

是的，不比初尘的率性，依琳的精明是不显山不露水的，她已经预感到了什么，可是她却也只是点到为止。

清尘迟疑了一下，伸出食指，点了点盒里的胭脂。

雪白的盒子里，细腻的粉末，殷红如血，在指端滑滑爽爽，清尘淡淡地笑了一下，用指腹轻拍依琳的脸颊，将胭脂点了上去，然后，小心地润开。尽管他很用心，但技艺生疏，手虽然轻柔却不得章法，依琳的脸上渗出红红的一团，还不太均匀，就像一个发热的病人。

清尘鼓捣了半天，这才不得不停下，左右端详着自己的作品，有些赧然，歉意地说："好像弄花了……"

丫鬟赶紧举起菱花镜，依琳望望镜中的自己，无声地笑起来，她抿着嘴，说："很好啊，显得精神多了。"

"呵呵……"清尘笑起来，真是一个愿打一个愿挨。

依琳也点了一下胭脂，纤纤手指对着清尘额间一抹，只见两眉之间，一条短短红红的印痕,使这张清秀的脸更加英武逼人。依琳定定地看了清尘一眼,细声道:"又多了几分神气! 很像二郎神……他们说,眉间点一点红,可以去煞气……"

清尘淡淡地笑了一下。

依琳小心地盖上胭脂盒,轻声道:"我走了。"一扭头,眼底已现水意,她飞快地钻进马车,喊道:"起了——"

马车已经不见踪迹了,清尘还站在原地,一动不动。

初尘走上前去,酸溜溜地说:"少主还真是个多情种子啊。什么时候也替我点点胭脂?"

"你找肃淳点。"清尘硬邦邦地丢下一句,掉头走了。

初尘恨得一跺脚,身子一扭,也走了。

刺竹和肃淳面面相觑。肃淳忽地笑了:"我劝劝她去,依琳被送走了,她不就有机会了?"说完大踏步地跟着初尘走了。

刺竹独自默然地站了一会儿,朝清尘的方向走去。

苍灵渡口,清尘坐在大平石上,低头望着水面。

水平如镜,英俊的少年洒落了一张心事重重的脸,额间,半寸长的一条红印,给他的阴郁添上了一抹明亮,衬上了些淡淡的妖艳。

须臾,水镜里又出现了另外一张脸,宽宽的额头,方正的脸,圆圆的虎眼。

赵刺竹!

清尘不由得皱了皱眉头。

刺竹缓缓地蹲下来,对水里的清尘说:"你到底还是把依琳送走了……"

"昨天她被秦龙一席话打击得……居然能忍住,怎么一晚上过去,还是答应走了呢?"刺竹好奇地问,"你跟她说什么了?"

清尘默然道:"女人嘛,大多抵不过一个'情'字。"

"你是高手,我自叹不如啊。"刺竹本想调侃,一看清尘脸色不好,知道他没有心情,便说,"我发觉,你对依琳也很好……以前看你对初尘好,以为你是喜欢初尘,不过今天看到你对依琳,发现你对她们两人其实都是一样的……"

"我是多情种嘛。"清尘自嘲道。

"不是的……"刺竹缓缓道,"你始终是善良的……"

"这跟善良没关系,我打仗,凭的是本事,不是靠关系、靠后台。"清尘硬气地说。

刺竹默默地看着他,低声道:"你同情她们两个,可怜初尘和依琳,都是被家庭用来做交换……"

"是。"清尘断然道,"是男人,就应该有担当,而不是让女人来牺牲。"

刺竹眨了眨眼睛,无言地望着清尘,好半天,才说:"你冒着淮王大怒的风险,不顾秦阶的觊觎,送走依琳,是为了不连累她?"

"她是无辜的,不应该被卷进来。"清尘的冷酷中含着体恤。

"不完全是这样的吧,清尘,"刺竹站起身,"你已经下定了决心是吗,要拼个鱼死网破!"

"你打得过秦阶吗?纵然你聪明,胳膊能拧得过大腿?"刺竹愤然道,"你岂能让沐家军毁在你的手中?你焉能置天下于不顾?"

"在你的心里,我就是这么狭隘的人?"清尘起身,拍拍灰,冷声道,"我心里想什么,你一点都不知道。别以为你猜中了一点皮毛,就可以自诩为很了解我……"

刺竹愣了一下,慢慢地低下头去,这当口,清尘已经越过了他,朝营帐走去。

"你去哪里?"刺竹跟上去。

清尘走向沐广驰的营帐,吩咐士兵道:"任何人等不得入内。"

士兵长枪一架,就把刺竹拦在了帐外。

天已经微亮,肃淳走了过来,轻轻地拍一下刺竹的肩头:"你在看什么?就这样坐了一夜?"

刺竹的身上沾了些露水,还望着不远处沐广驰的营帐。他想等清尘出来,可是帐内的光亮一夜未熄,偶尔,能看见人影在里面来回走动,却始终无人出帐。

这一夜,沐家父子在商议着沐家军的未来,刺竹不知道,最后的结果会是什么。但是这一晚上未熄的灯火,足可以证明取舍的艰难。

肃淳见刺竹不动,便蹲了下来,轻声道:"这时候还没出来,那就是还没有合计好呢……"

正说着,清尘一掀帐帘,走了出来。刺竹倏地起身,看着清尘。清尘脸色凝重,一言不发地越过他们,径直走向渡口。紧接着,沐广驰跟了出来,徐徐地走在清尘的后面,眉头紧锁。刺竹赶紧靠上前去,肃淳也跟了上去。一行人就这样默默无言地穿过营中,来到渡口的大平石上。

清尘在大平石边缘站定,深吸一口气,望着对岸,良久无语。

然后,他转过身,看了一眼刺竹,喊道:"沐广驰。"

"末将在。"沐广驰低头,一拱手。

"巳时前,全部步兵出谷,占据渡口周边高地,"清尘沉声道,"巳时三刻,水兵集结。"

他在部署战事,看来,归降是不可能的了。刺竹心底沉沉地叹了口气,暗忖,这一次,他提前做好准备,又是要用什么战术来迎战秦阶呢?

清尘的眼光,静默地盯着父亲,他动了动嘴唇,却没有说话。

沐广驰抬头,看着清尘,低声道:"末将领命。"

"爹……"清尘忽然喊道。

沐广驰笑了一下,故作轻松地摆摆手:"你想怎么做就怎么做,你是沐帅,你说了算。"

清尘复又看了父亲一眼,一撩衣摆,走了。

"他等会就要赶我们走了呢……"肃淳凑过来,低声道。

刺竹没有回答,飞也似的奔清尘的方向去了。远远地,清尘已经上山,他也急匆匆地追了上去:"清尘……"

清尘不回头,一直走,刺竹只好一路追到山顶,蓦地看见半人高的杂草丛中,挺拔的清尘,冷凛的一张脸,盯着自己。

刺竹"呵呵"地笑了一下:"你预计秦阶今天就会打过来?"

"他知道我送走了依琳,一定会失去淮王妃的支持,那么,迟或早动手都不会被淮王责罚,自然不会急了。"清尘冷声道,"他会用充足的时间,把一切准备妥当,然后,一举吞了沐家军。"

"呵呵,"刺竹又笑,"难怪你不急着送我们过渡。"

"我没打算送你们过渡。"清尘阴笑一声,"谁知道安王会不会趁火打劫,我要留着你们做人质。"

刺竹一顿,好叵测的沐清尘啊!他转念一想,又奇怪地问道:"既然秦阶现在不一定打过来,你急着布防做什么?"

"我自有我的用意。"清尘漠然道。

刺竹纳闷了,秦阶第一次进犯,清尘向东避往常州,第二次进犯,向西避往乾州,如今,即将迎来第三次进犯,秦阶必然吸取前两次的教训,会在进犯的同时调集重兵守住常州和乾州,清尘已然无路可退,他到底意欲何为?

退到江上?不现实啊,船装不下所有的士兵,而清尘爱兵如子,绝对不会抛下士兵的。而且,步兵已经全数出谷,要撤往水上,时间也不够啊……

刺竹想不出清尘要怎么做，他百思不得其解，默默地看着清尘，再也无话。

太阳渐渐地升起，金剑刺透了薄雾的晨曦，山头静谧，草叶新鲜，露珠盈盈，一幅美丽的山水画，丝毫也没有大战之前的紧张，也丝毫没有了往日战场的血腥。在一片清新的温暖中，清尘孑然而立，面向朝阳。他沉默，专注，严肃，而带着沉重。阳光从他的正面照过来，洒下一层淡淡的黄晕，使他的默然浮起在轻松里；而他的背面，却是带着凉意的阴暗，让他的沉重愈显压抑。

刺竹站在离清尘丈许的位置看着他。这个景象很奇妙，也很奇怪，让刺竹不由自主地想起"矛盾"这个词，清尘身上截然相反的特质太多，总是从一个极端走向另一个极端，变化急速，似乎完全不可能，却能在他的身上得到完美和谐的统一，这只能说太奇特了。

他还记得，清尘的脸，冷凛中，偶尔显露出的媚然，让人感觉多么不可能啊……

这奇妙和奇怪缠绕在刺竹的心头，搅得他脑袋一团糊糊。

正想得入神，忽然听见一个声音在喊："清尘！"

回头一看，来的是沐广驰。

"又在这里看日出？"沐广驰缓步走向清尘，低沉道，"你今日，没有了往日的心情吧……"遂又有些愧疚地说："都是爹不好，让你为难了。"

清尘笑了一下，柔声道："再等一等，我不想让你难受。"

"报——"士兵跑了上来，说，"淮王飞鸽传书。"

清尘缓缓地展开纸卷，看了一眼，交给了沐广驰。沐广驰接过一看，粗黑的眉毛不自觉地跳了两下，拿着纸卷，有些失神。而后，他慢慢地将纸卷揉成一团，紧紧地攥在手心里，重重地咬住了牙关，脸色阴沉了下来。

清尘默然地看着父亲，眼睛闪亮着分明的安慰。

沐广驰沉默良久，长长地吁了一口气，伸手，抚上清尘的脑袋，一下又一下，眼神极其不舍，面色又极其纠结，终于，他收回手，一低头，下定决心道："你做主吧，你是沐帅。"

清尘缓缓地握住父亲的手，轻声道："这一天，迟早要来的，我们一起面对。想开些，不要难过。"

沐广驰笑了一下，很勉强，却也充满了自嘲。

清尘复又转身，望了一眼那初升的太阳，这才不紧不慢地下了山。

"请赵刺竹将军和徐卫将军，还有初尘，到渡口集合。"副将带着士兵，将这一行三人领到了渡口。

刺竹还是没能想出清尘的意图，这里，身边的沐广驰是满脸肃然，一言不发，他也不好相问，正一肚子狐疑，四下张望着，忽地看见清尘走了过来。

清尘一身皮质甲胄，青色的战袍斜穿，黑色的头盔上红缨鲜艳，眼神犀利如刀，脸俊美却冷峻似山壁；腰上斜挎宝剑，还挂着一圈金丝长鞭，正胸前的绑带打着一把"×"，背上一边是长弓，一边是箭袋，只看见那满袋的白色箭羽从肩上露出来，将死战的决心展露无遗；脚蹬一双长靴，高过小腿肚，靴内侧可见褐色的短刀柄；一手按在剑柄之上，一手拿着长戟，虎虎生风地走了过来。

这模样，全副武装，英姿飒爽，迎面过来让人不由得一凛，一股逼迫正从他的体内散发出来，连刺竹都没有想到，卸下了银铠甲，沐清尘的气场依然如此强大。

众将已经聚集船头，在沐广驰的带领下，躬身行拱手礼："沐帅。"

清尘手一挥："登船。"

船缓缓地开动，却不是往西走，也不是往东走，而是直接驶向江心。

刺竹大吃一惊，天啊，难道沐清尘是准备突袭通州?!他脑袋"嗡"的一响，细密的汗珠从额头渗出来，他终于明白，此次为何沐清尘不急于送他们三人过渡，就如他自己所说，是为了把他们作为人质。就算安王有防备，一个公主，一个世子，也足以逼他让出通州城。

他已将通州城视为囊中之物，取来且不费一兵一卒。

好狠的沐清尘啊——

他不但立意划清界限，还不惜恩将仇报，想起他之前种种还清人情之举，此番看来也不过是决然的前奏。刺竹只能扼腕，沐清尘的用心深重，用意深远，真不是常人可以料想的。一想到自己屡屡劝安王秉承仁者之道相待，刺竹此刻悔不当初。作为安王最器重的年轻将领，他竟然没能劝降沐家军，反而会丢失了通州城，此时此刻，刺竹恨不得跳下河去，一死了之，唯有如此，才能洗却他的罪责和羞辱。

"看好他们三个。"清尘的声音冷得没有一丝温度。他是精明的，精明得在瞬息之间，就能猜到他们的所想，然后防患未然。

全副武装的士兵马上靠了上来，两个一组地夹带着他们三个，仿佛防贼一般。

刺竹无计可施，只能无语，他寒着脸，别过头去，却正好看见肃淳那张煞白的脸，目光发直。就在肃淳的头顶上，那桅杆上面，白底黑边，写着大大一个蓝色"沐"字的大旗，正在迎风可劲儿地飘扬，就如同此刻沐清尘的意气风发、所向无敌……

一瞬间，他心底翻江倒海倾吴蜀，只觉得心痛伴着悔恨，汹涌而至。

他不相信，昨日那个对依琳和初尘满是怜惜的清尘，说变脸就无比地冷酷起来，可是，现实就这样活生生地摆在面前。二十二艘大船，两万水军，就算没有他们这几个傻乎乎自愿送上门的人质，对于守兵不足一万的通州城来说，也是灭顶之灾。

刺竹此时最担心的就是安王。万一安王被捉，那王师就几近覆灭了……天下的局势，陡然间就此逆转。而沐清尘显然是要把通州作为一个礼物，来换取淮王对退婚的原谅；要用安王来换取淮王的信任和眷顾；要用这整个的天下，来成就他沐家军的威望。

是的，天下是谁的并不重要，天子是谁的也不重要，对于沐清尘来说，沐家军才是最重要的。只有取得这样丰硕的战绩，依凭天下人的口碑，淮王自此以后，才不敢再妄动沐家军，这才是清尘想到的沐家军的永存之道。

愤怒和悔恨充斥着刺竹的内心，吞噬着他最后一点意识，在愕然和耻辱的混沌之中，他听见自己的牙齿磨得叽叽作响，却又对眼前的一切无可奈何。他没有时间，更没有机会去通知安王，除了懊恼自己的憨厚，痛恨自己的纯良。他早就应该知道并且想到，沐清尘就是一头狼，冷血无情，而他，不该对狼有别样的慈悲和怜恤。

清尘的眼角余光，斜斜地瞟了一眼刺竹那紧紧握住的双拳，嘴角荡过一丝冷笑。

二十二艘虎头大船一直驶到江心，然后，毫无征兆地停下了。

沐清尘的手缓缓地按在剑柄上，望着对岸。

天气很好，阳光灿烂，光线充足，已近晌午，水汽尽散，一切都变得通透清晰。大船一字排开，静静地浮在水面上，示威似的朝着通州城。

"不好了！王爷！"士兵大叫着，跌跌撞撞地跑进了议事厅，"沐家军打过来了——"

安王心底一沉，匆匆上了城墙。

是的，威严的沐家军，就在江心，它停下了，却没有下锚。

全部出动，这是何意？

安王有些着急，在将军们七嘴八舌的议论声中，不停地在城墙上踱来踱去。

那头，清尘已经看见安王上了城墙，他淡笑着，微微地觑了一下眼睛。

清尘抬手朝前一指，沉声道："方向，通州岸。速度，中速。"

刺竹听了，更是恨得牙痒痒，心道：沐清尘，你神气哈，你还中速，明摆着告诉安王，你不想打，要他乖乖让出城池是吧？你这也叫给人情？！

"王爷，沐家军开动了！"易奇第一个叫起来，"我们打出去！"

安王停下了脚步，瓮声道："来不及了……"

"那我们就这样眼睁睁地看着自己的船被沐清尘拖了去？"尉迟迥大声道，"他的目的既是通州城，我们丢船和丢城是一个概念，不如尽力一搏，总好过让他打得我们灰溜溜……"

安王郁声道："初尘公主和肃淳，还有刺竹，都在沐清尘手中。"

众将方才意识到，战与不战，主动权都在沐清尘手里，登时哑了。

未及，王朝雄站了出来："既然不能战，那就撤，让他得个空城……"

"他得了通州，也未必放人，"安王幽声道，"你知道，他会提出用什么来换人质吗？"

将军们面面相觑，过了一会儿，魏煦低声道："沐清尘，莫不是想要王爷？"

安王苦笑着点点头："我想，该是如此，沐清尘放线钓鱼，到底还是瓦解了我们的警惕性……怪只怪，我们太自信，而他，太阴狠。"

"我们该怎么办？"将军们都急红了眼，催促道，"王爷赶紧决断吧……"

安王挺直了背，默默地望着缓缓驶近的船队，半晌，才说："开城门——"

沐清尘，你又想要通州，又想要我，既然已经避不开了，那就最后赌一把吧，横竖也不过是最坏的结果。

他徐徐地抬起头来，望向天幕，在心里幽幽道："祉莲，我知道你的魂灵在这里，如果你真的那么恨我，并且真能忍心，那就让我以这一败来失天下、失名望、失生命，将欠你的还清吧。"

他慢步走下城墙，低声嘱咐："只我一人出城即可，任何人都不得跟随。我一出去，马上关闭城门。若沐清尘把我擒了，尔等即刻弃城而去，固守胶州，不得有半点迟疑，也不得妄图伺机相救。"回头，转身，郑重地握住了尉迟迥的手："今后的一切，都托付你了，务必以天下为重。"

尉迟迥唇下的胡须轻轻抖动着，用力答道："末将领命！"

城门缓缓地打开，安王一个人缓步走了出来。他慢慢地穿过了空坪，走向码头。

船队还在港湾里，来不及发动，当然，他明白，打也是无益，不过是送死。

这会儿，码头空旷安静，这宽阔的四野里，只有他一个孤单的身影，带着视死如归的决心，走向岸的终点。

船头，沐清尘看见了孤身一人的安王。他的眼光紧紧地盯着安王，眉头，也重重地拧了起来，就这样阴沉地看着安王走近。

船已近岸，安王也站到了码头上，他背手而立，平静无惧。

清尘的嘴角扬起了淡淡的笑容。

眼见此景，刺竹黯然合眼，在心底长叹一声。

完了，这回是真的完了。安王竟然还试图最后一次让沐清尘看见他的诚意，可是，他却同自己一样，也忘记了狼始终是狼，怎么可能有人性?!沐清尘如果真有那么好，怎么可能不离开淮王，所谓物以类聚、人以群分，他们，总是相似才会聚首的——

忽听，他听见耳边一声低沉的命令："扬旗。"

刺竹睁开眼，蓦地看见士兵在自己跟前，展开了一面白色的大旗——

通州城墙上，将军们还在紧张地观望着，安王一人即将迎来那威武壮观的船队，众人心头沉重，皆不言语。

尉迟迥的手中握着令牌，伤感而又不甘心地盯着船队，眼睛里渐渐地涌起了红色，忽然，他脸色一变，那愤怒和压抑，急剧地变成了惊愕——

沐家军的大船上，竟然在眨眼之间，挂出了白旗！

投降?!

世上再也没有比此刻沐家军船上的白旗让安王无比意外、无比震惊，又无比感慨。他甚至怀疑自己的眼睛，不是看错了，那就是神话。满眼中，都是那招摇的白旗，铁打的沐家军，这是来投降吗？他来不及去细品心中的五味杂陈，只感叹这严整的沐家军，就连挂面白旗出来，那位置、大小、高度都是这般的整齐划一，一个低调得几近猥琐的"降"字，居然都能被沐清尘写出这般的气势！

二十二艘大船，就这样挂着白旗，横贯着，从水面上挺进过来。

安王从未像此刻感到时间过得如此的缓慢。是的，那船队，载满了时光，从远远的江那头，驶了整整十八年，终于就要靠岸！他用他人生中最精华的岁月，遥望对岸，等待过渡，只是一条江的距离，却是他漫长的十八年啊。人生能有多少个十八年，他的青春，他的岁月，他的从前，他的爱情，他的祉莲，都被阻隔。多少次，他在梦中惊醒，又期盼回到梦中，只因那梦里的百洲城、王府他的家、荷香垸、江家小院，还有什么时候都无法忘却的、关于祉莲的回忆。

一汪碧水，他的十八年，无休止的守望啊。

十八年，受制于沐家军，他不得过江心半步。十八年之后，仍是这个沐家军，将迎他过江。这一刻，安王心潮澎湃，他激动得浑身颤抖，眼眶渐渐地湿润了。在盈盈的氤氲中，那船上的白旗，竟然幻化成了祉莲的身影，一会儿是莲，一会儿是祉莲的脸，浅浅叠叠，若隐若现，布满了他的瞳仁，在泪光中闪动。

他的坚持，到底还是感动了上苍；他的真心，到底还是得到了回复。安王轻轻地抖动着下颌，轻声道："祉莲，这是你给天下人的福祉，是吗？你原谅我了，是吗？所以，你才会给我一个这样的奇迹……"

船队缓缓地靠岸，沐清尘带领众将走下船来。

安王站在码头上，看着清尘稳步走近，在他的身后，是十二名将军，以沐广驰为首，四列三纵。后边，是军士带着的刺竹三人。

此时此刻，他还恍如梦中。

清尘已经走近了，在距离安王两米的位置停下，站直，然后，双手缓缓向上，取下头盔，登时，一张秀美的脸庞，完全地呈现在明亮的阳光下。虽然没有丝毫笑意，只有庄重，但是那面色平和如江面，仿佛这一场郑重无比的仪式，只是生命中可浅浅带过的一笔，与往日无奇。

看着清尘那熟悉的面容,安王不由自主地微笑起来。依照沐清尘的性格,此时他还应该担心清尘诈降,可是,他心里有感应,无比强烈的感应,清尘不会危害他,就好像还未见面,只闻其名时,他心里便会涌起那般的亲昵,这是天生的,没有任何的原因可以解释。

他喜欢清尘,愿意望着清尘微笑,不管清尘态度如何,也不管他们是否敌对。那种喜欢在血液里蛰伏,然后苏醒,渐渐浓重,不为任何所动。

众将也都按照清尘的动作,无声地摘下了头盔。

清尘将手中的帅印高高地举过了头顶,随即单膝着地,低下头去。

城墙上,尉迟迥激动地挥舞着手臂:"快开城门!大开城门!"拔腿就带着众将呼啦啦地跑出城来。

清尘这里一跪，众将也跟着跪了下去。

安王连忙鞠身，一把扶住了清尘："小将军，请起。列位将军，请起。"

清尘没有起身，却抬起头来，望着安王。

安王轻轻地托起他的手臂，轻声道："将军大礼，小王受之有愧，快快请起！"

清尘沉声道："我沐家军愿意归顺朝廷，只有三个要求。"

"你说。"安王躬身，沐清尘有跪拜之礼，他也得有回礼，这样才是礼贤下士的诚意。

清尘朗声道："一，感谢王爷一番好心，但沐清尘不娶初尘公主，并请王爷速速送走公主；二，只要沐家军不重新改编，我沐家父子愿退役回家，但帅印只交赵刺竹将军；三，若是王爷不弃，还肯我父子随军，沐清尘还要特例，单独的营帐带奶娘。"

安王怔了一下，沉吟道："我都答应你。"想了想，又说，"沐家军仍旧是沐家军，你仍是统帅，不必上交帅印。"

"你还可以拥有个特例……"安王再一次俯身，扶起清尘，"我知道你滴酒不沾，今后，营中任何人不得向你劝酒。"

"谢王爷。"清尘站起身，低声回道。

身后众将刚刚起身，那头狂奔而来的安王部下已经一拥而上，大声招呼着："兄弟们……"顷刻间热乎成一团。

清尘看着大家笑逐颜开，正在发愣，忽地脚底一轻，竟被人横身抱了起来，他惊愕之余，挥舞着手，连忙四下里看，却见刺竹和肃淳一脸坏笑，还没反应过来，就被抛到了空中，众人见状，都拥了过来，将清尘接住又抛起，抛起又接住，折腾几个回合，才放了他落地。

清尘脸色微红，似乎有些发窘，他摸着脑袋，半低着头，羞怯地笑了笑。

忽地，周遭嘈杂的声音渐渐没了，他奇怪地抬起头来，却看见众人都看着自己。他眨了眨眼睛，赶紧低头四下看看，发觉身上并无异样，再一抬头，众人忽地又轰然一下笑将起来。清尘倏地脸红了，他的眼光警觉地从将军们身上扫过去，手也默默地按住了剑柄。

"清尘，"刺竹赶紧靠过来，轻声道，"他们那是喜欢你，跟你玩儿呢。"

安王笑着，拍了拍清尘的肩膀："你对于他们来说，高高在上，神秘万端，今天这么近距离的接触，还是头一次，他们看你就跟天外神人似的，紧接着，发现神人也是凡人，会害羞，也会紧张，所以，就乐了……"

"都是粗人，别计较。"安王检讨道，"我这里治军，自是比不上你们沐家军……"他一挥手，众将退下。

清尘笑了一下，随即躬身拱手，低声道："请王爷即刻发动船队，过江吧。"

"你的安排，似乎不止这些……"安王微笑着，说，"都说沐少主聪明过人，惯会用兵，今天，这所有的将领，都听从你的调遣，我嘛，就跟着你，看一看，学一学。"

清尘认真地看了安王一眼，他的神情中肃穆而带着信任，不像玩笑。清尘垂下眼睑，没有出声。

安王静静地看着他，已经猜到他有顾虑，正要开口，刺竹轻轻地靠了过来，低声跟清尘说："你想做什么尽管去做，王爷不是淮王，用人不疑。"

清尘复又抬头看了安王一眼，安王微笑着点点头，鼓励他坐镇指挥。他低头片刻，再抬头，沉声问道："弃我水军不用，全换你的兵勇如何？"

"呵呵，"安王悠然一笑，伸手一摆，做个了"请"的姿势，"沐帅，悉听尊便。"

清尘仰起脸来，嘴角滑过一丝笑意，这笑容，刺竹太熟悉了，自信而带着傲然，仿佛一切尽在掌握之中。这副表情的显露，意味着清尘已经胸有成竹。他会怎么部署？

刺竹此刻跟安王一样，充满了期待。

清尘挺起了胸膛，双手背后，沉声道："沐家军水军，一万留下来驻守通州，另外一万过渡后镇守苍灵渡，其余人等，全数随我过渡。"

话一入耳,尉迟迥顿觉不妙,他有些意外地看了安王一眼,四目相对,安王神色平静。尉迟迥有些站不住了,手里不由得捏了捏刀柄。这情形,有些不对啊。通州守军变成了沐家军,苍灵渡也是沐家军把守,这淮河两岸,只要沐清尘一念之间,瞬间就会变成淮王的了……他脑海里飞速地旋转着,想提醒安王,却被安王的眼光制止,一席话,在喉咙里转了又转,硬是不甘心就此咽下去。

他一咬牙,就要靠近安王,忽然手臂一扯,刺竹的声音响在耳边:"将军的疑惑,安王了然。"

尉迟迥迟疑了一下,不言语了。

清尘说完这句话,眼睛便飞快地瞟了一下众将,然后,淡淡地落在安王身上。他不再说话,只微微地仰起下巴,似在等待安王发问,又仿似带着默然的挑衅,好像在说,这你能答应吗?

安王微笑着点点头,示意清尘继续往下说。

清尘的眼光里迸发出一股锐气,须臾隐去,他移开目光,沉声道:"沐广驰!"

沐广驰赶紧出列,毕恭毕敬回道:"末将在。"

此言一出,安王部下都吃了一惊,知道沐广驰疼儿子,却没见过这样的,儿子为帅老子为将,还如此俯首帖耳。有道是,帐前只将帅,帐下无父子,但是要颠倒过来,难免怪异,也只有治军严谨的沐家军才能做到如此。

"你带魏煦、王朝雄、易奇三人和一万兵马,攻常州。"清尘看了安王一眼,说,"三个时辰内,必须到达并攻克城池。然后,留下五千兵马,易奇守城。"

"末将领命。"沐广驰归列。

"魏煦、王朝雄、易奇!"清尘又叫。

安王不语,只是站在清尘旁边,面带微笑。

三人一顿,互相看看,又看看安王,赶紧出列。

"你三人带通州城一万人马,火速登船过江,出苍灵渡谷口,跟沐家军步兵会师,然后,即刻发往常州!"清尘朗声道,"至叠泉关下,全数休整,不得扎营,不得开战,等我到达,再做部署。"顿了一下,又问:"是否领命?"

三人面面相觑,未作答,只看着安王。

一直不出声的安王忽然开腔了,低低的声音,却异常威严:"凡不听沐帅指挥者,可先斩后奏。"

清尘嘴角掠过一丝不易察觉的笑意,转而看着刺竹,问道:"你愿意陪同安王,还是跟沐将军打前锋？"

刺竹笑呵呵地说："我想打前锋。"

清尘斜过头，淡淡地看着安王，低声道："王爷，你是愿意留下，还是随大军过渡？"

安王微笑着点点头："我也听你的。"

清尘异常认真地看了安王一眼，就在此时——

"那我呢？"肃淳急不可耐地跳了出来。

清尘转身，看了初尘一眼，又看看安王。

安王会意，轻声道："遵沐帅心意，即刻就派人送初尘回去。"

"肃淳……"清尘开声道，却没有说下去，肃淳已经意识到这个送初尘走的人清尘必然会安排自己，有些不乐意，这么好的一个战局，而且又好久没有这么痛快地打过仗了，他是舍不得走的……再说了，心里还是那点小九九，能跟清尘在一起，他如何愿意陪着初尘？刚要张嘴拒绝，又听清尘说："罢了，还是让初尘公主留在通州，以免来回奔波之苦……"

安王闻听此言，心里忽地一动，他似乎意识到了什么，却佯装无事。

清尘干净利落地一挥手："集结！换防！火速登船！"

"呜——"一声长鸣，船队起锚。

船头上，安王、清尘、刺竹和肃淳，还有沐广驰和打前锋的将军们站在一起。

阳光和煦，无遮无拦的甲板上，晒得人有些燥热，好在江风清幽，拂去了大战前的浮躁。寂然之中，清尘战袍的下摆随风掀起，他眉头微蹙，满面肃色，一只手垂立，另一只手按住剑柄，一动不动地注视着前方。

安王在不远处，微微侧身望着他。

阳光下的清尘投影在安王的眼中，只有侧面，看不到他的眼神，也感觉不到平日里的阴鸷，反而显出一张开阔的脸庞，依旧是高高的额头，秀美的轮廓，耳前几丝碎发在风中轻撩，更给此刻的他添上了些许轻盈和柔和，他正出神，不知在想些什么，却不知道安王看着他，也已渐渐入神。他太像祉莲，像得安王一见就心悸。

刺竹缓缓地靠近了沐广驰，低声问道："三个时辰内，攻下常州，有把握吗？"

沐广驰点点头。

"从苍灵渡急行军到达常州，需两个多时辰，天色已黑，兵士正疲，而常州守军虽不过一万，但他们好守，我们难攻……"刺竹思忖道，"三个时辰后，已是子夜时分，夜晚适合偷袭，并不适合打仗啊……"

"呵呵,"沐广驰忽地笑了,"可不就是偷袭。"

刺竹吃了一惊:"常州到百洲城并不远,清尘叛投的消息,难道还没有传出去?淮王一定令秦阶加强常州防守……"

沐广驰并不着急,慢悠悠地说:"淮王现在可能还没得到消息……等我们出了知樟,他就会知道了,再给点合计的时间,哦,应该等我们到达常州的时候,他的援兵才刚刚出发。"

"只怕还没有到常州,就得折回去……"沐广驰咧开嘴轻轻地笑了一下,神秘地压低了声音,"天机不可泄露。"

刺竹也笑了,说:"不说就算了,我长着眼睛,自然会瞪大了看。"

他又凑近了些,低声问道:"开始一点都看不出端倪,清尘,怎么就降了呢?"

沐广驰轻轻地觑了一下眼睛,说:"他呀……"忽地苦笑了一下,"呵呵,不是他,是我犟着……"

刺竹奇怪地看着沐广驰,半天都没理清头绪,这话啥意思?清尘是因为沐广驰坚持才降的?还是沐广驰犟着不肯降?他低头想想,问道:"淮王的飞鸽传书,写的啥?"

沐广驰从前襟里掏出一个小纸团塞给了刺竹:"你自己看。"

刺竹打开一看,忽地明白了。原来,淮王是要沐家父子去百洲解释退婚原委,正是这一纸命令让清尘下了决心。淮王的用意很明显,一是觉得送回郡主羞辱了自己,二是担心沐家军反,所以,要诓骗了沐家父子去百洲城,或者,是为了扣押他们牵制沐家军,或者,是要杀他们以绝后患。因为,苍灵渡是兵家重地,不可能主帅和主将同时离开,必留其一。按照淮王的性格,在骗走而杀之的同时,让秦阶吞并沐家军,是最有可能的。

"清尘这么决绝的性格,为什么还会一再给淮王机会呢?"刺竹好奇地问。他记得,第一次移兵常州,悲愤射杀宣恕,给清尘心中留下了难以磨灭的伤痕,照理,这时候清尘就会跟淮王决裂,但是没有。紧接着,第二次,移兵乾州,清尘依旧回来为淮王效命。到这第三次,送走依琳,在最后关头,清尘还在犹豫,直到这一纸命令的送达,才促使他反目。或言之,只要淮王没起杀心,清尘是不预备背叛他的。

沐广驰默然片刻,低声道:"他是为了我。"

刺竹有些惊讶,想想便又释然。淮王于沐广驰有恩,若是背叛,以沐广驰重义的秉性恐难以接受,清尘只得一让再让,直到无路可退,方才翻脸。明白了这些,刺竹忽地有些动容,以清尘这么小小的年纪,能想得这么细致和周全,又能这样坚忍，实在难得，怪不得他常常是满脸心事，有这般的顾虑重重，怎能不活得沉重？

"他也不容易，我……"沐广驰歉疚地说，"我也不忍心……既然是命，都是定局，我不想再让他为难……"

刺竹顿了顿，徐徐地说出了自己的猜想："清尘他早就想归降了吗？"

沐广驰重重地点了点头："他一头想着我，一头挂着沐家军，这中间，还想着……"一抬眼，看看刺竹，便自嘲道："跟你说也没用，你不会相信的……谁会相信呢？"

都问到这里了，刺竹哪肯作罢，继续追问："他还想什么？"

沐广驰叹了口气，低声道："他还想着天下百姓……他跟我说，归顺了，让出苍灵渡，天下一统，百姓就不用再受战乱之苦，沐家军就可以解散，士兵们平安地回家团圆，以后安居乐业……"

"他可以打过通州啊，可以帮淮王一统天下啊？"刺竹说。

沐广驰摇摇头："清尘说，淮王没有天下仁心，他若为王，百姓遭殃。"

刺竹顿时无语。这么久了，他一直咬定清尘对安王有成见，却从未反省过自己，此时跟沐广驰的一席话，让他觉得非常惭愧，清尘作战做人惯会使诈，却丝毫也不影响他心胸的大气，这显然是刺竹没有想到的。经过了这一次，刺竹方才悟到，不管是寡言，还是凉语，或是冷脸，清尘的心地确实是自己初始认定的善良。

正愣神间，忽然听到沐广驰嘴里轻声嘟囔了一句："其实也是我自私……该来的总是要来，想留也未必留得住，唉……"

刺竹轻轻地拍了拍沐广驰的肩头，对于这样一个重义的汉子，为了儿子，舍弃了多年的义气，难能可贵，他心里一定是非常纠结的，不过好在还有个理由可以给他安慰，就是为了天下苍生，舍小义取大义。这一瞬间，刺竹对沐广驰充满了敬佩，也充满了同情，这个真性情的汉子，在"义"字上高大，却在"情"字上懦弱，也许，失去祉莲，也是他命里注定的。

刺竹大踏步地走近了清尘，一下就揽住了他的肩膀："嘿，兄弟，想什么呢？"

站在旁边的肃淳马上扯下来刺竹的胳膊："你干什么？动手动脚的……"

"我跟他说说话。"刺竹说着，将清尘拉到一旁，还未开口，先就一个笑脸送上去。

清尘斜着眼睛，将他上下一打量，随即冷声道："不想将我碎尸万段了？"

"哪能呢……"刺竹呵呵地笑起来。

"瞧你那拳头捏的,我就是个铁球,也会被你捏碎了。"清尘脑袋一别,不理他。

"记仇呢!"刺竹不屑地在他头上拍了一下,说,"你吓得我,我捏个拳头不行?"

"我警告你,还得继续捏着,指不定等下了船,我就绑了安王,连同这一万士兵,还有你们一干将军,顺带着通州,都送给了淮王……"清尘漠然道。

"你就编吧,这回骗不了我了。"刺竹笑呵呵道,"自此,坚定不移地相信你。"

清尘乜了他一眼:"有你后悔的时候。"

"安王都不后悔,我后悔什么?"刺竹觍着脸笑。

清尘冷笑一声:"过江的时候,你是肠子都悔青了,还想死来着吧……"

这都看出来了?!刺竹吃了一惊,依旧不动声色地笑:"哪能死呢,这么好的世道……"

"少在这里嬉皮笑脸。"清尘冷冷地说,"快靠岸了,准备出动。"

刺竹一下正了脸色,轻声喊道:"清尘……"

清尘默然片刻,沉声道:"王爷还没有分配官职,你可以叫我小将军,或者,沐少将军。总之,在军营里,尤其是打仗的时候,不要没有正形。"

刺竹顿了顿,低声道:"如果安王早有防范之心,在你们出战之时开动了船队,你会如何?"

清尘不语。

"如果通州城门紧闭不开,大军防范,或者出来的不是安王一个人,你会怎样?"刺竹连声追问。

清尘脸色一凛,决然道:"杀了你,迫他让出通州。"

"然后呢?"刺竹完全相信他的话,清尘心狠,可见一斑。

"他未必肯为救你让出通州,那么你必死。"清尘的声音寒意森森,"接下来,用肃淳换,安王必退。再然后,初尘换安王。"

"用这所有的礼物去淮王跟前赎退亲的罪?"刺竹低沉道。

"是。"清尘毫不含糊。

刺竹盯着清尘的眼睛,轻声道:"为什么改变主意了,反戈一击?"

清尘定定地看着刺竹,也压低了声音:"你真想知道?"

"嗯,嗯,嗯。"刺竹赶紧点头。

清尘轻轻地勾了勾手指,示意刺竹靠近些。

刺竹一喜,赶紧把耳朵凑了过来,却听见清尘细弱的声音轻得几乎听不见:

"我现在就改变主意了，还是要杀了你！"

"呵呵，"刺竹忍不住笑起来，"你不会杀我的。"

"为什么？"清尘淡淡地问。

"你救过我，又怎么会杀我？"刺竹倒是很淡定。

清尘眨了眨眼睛，阴森顿时变得真实起来："等到了叠泉关，你睁大眼睛瞧清楚了后，再来说这句话吧。"

刺竹只觉心头一凛，背心登时有些发凉。

叠泉关，守将秦骏。秦骏是清尘的师哥，关系非同一般，而且还放过清尘两次，交情也非同一般，这清尘到底打算如何过关？难道，杀过去——

刺竹看着清尘那凛冽的眼神，杀机已起，顿时无语。杀秦骏？！真下得了手？！清尘若能狠心杀秦骏，那他赵刺竹算什么？！

刺竹无奈地摇摇头，只得一笑了之。沐清尘，依旧是沐清尘，他的善良有底线，他的狡诈始终决绝。

苍灵渡下船后，步兵集结，急速出谷，与埋伏在谷外的沐家军会合，然后，径直开拔常州。

沐广驰端坐马上，吩咐道："带上家伙，急行军。"

家伙？刺竹狐疑地四下看看，却见每个士兵都背着一个人，不对，再细看，是一个草人，也都还穿着衣服呢，像模像样的。他纳闷地问道："这是？"

"待会你就知道了，"沐广驰挥挥手，"一人一个，都背好，赶紧跟上！"

刺竹回头看看，军士正在发草人，他想了想，问道，"总数多少？"

军士回答："三万六千个。"

刺竹顿时惊异，这些草人的个数，似乎早就计算好了，他心里还没放下上一个疑问，下一个疑问又冒了出来，清尘早就算到，安王会按照他的战术行动？这草人，提前算上了通州的一万兵勇？可不是吗，沐家军四万六，一万驻扎通州，一万驻扎苍灵渡，剩下步兵两万六，加上通州一万，不是正好三万六？！

沐清尘，你到底哪句话是真的，哪句话是假的呀？不是要杀我吗，怎么这草人又如此安排？归顺安王，到底是早有预谋，还是临阵倒戈？

刺竹被彻底搞糊涂了。

淮王府,依琳的房间。

晕黄的排灯亮堂堂的晃人,豪华精致的摆设,正中的黄铜香龛里正往外散发着淡淡的薰烟,依琳静静地坐在床侧,手里拿着一条丝帕,轻轻地绞着。淮王妃坐在依琳的对面,看着女儿。

"他叫你回来,你就回来?"淮王妃有些不高兴地说,"回来还一个字都不说……"

依琳低下头去。

"走的时候,我都是怎么叮嘱你的?"淮王妃看着女儿,脸色异常严肃,"胡大人回来告诉我的时候,我还很欣慰地想,你还是知道大局的……可谁知,昨天,居然就自个儿回来了……"她急得提高了声调:"你知道这么做的后果吗?"

依琳望着脚尖,还是不说话。

淮王妃恼了,正要加重语气,忽地门一响,管家跑了进来:"娘娘,不好了……沐清尘归顺安王了!"

淮王妃登时脸色煞白,急速地站起身,却崴了一下,幸亏依琳手快,托住了她,还没等站稳,就疾声问道:"什么时候的事?"

"就在刚才,常州那边来的消息,说沐家军带领安王的队伍,已经离开知樟,正浩浩荡荡开往常州……常州守军请求援助……"管家一口气说完,看着淮王妃。

淮王妃眨了眨眼睛，难以置信道："清尘怎么会反？我不相信……沐家父子重义，不看僧面看佛面，秦阶不待见，可是我淮王妃待他们不薄啊！"

管家轻声道："娘娘，今天上午，王爷发了加急命令，飞鸽传书，要沐家父子进京解释退亲缘由……"

"不是跟他说了不要追究了嘛。"淮王妃陡然怒起，"人家不娶就不娶，怎么就不能相信他是因为不能人道，不想耽误依琳呢。"

"谁让他发令了?! 还召父子俩一块来！这不是司马昭之心——路人皆知吗？难道别人都是傻子，不知道他的算盘?!"淮王妃恨声道，"这是谁给他出的馊主意？"

管家顿了顿，轻声道："是，秦将军……"

秦阶?! 淮王妃顿时恨得浑身颤抖："他不是想沐家军死，就是想沐家军反，这下好了，如意了！"

"糊涂啊，糊涂啊！"淮王妃捶胸顿足道，"这下，大势已去了——"

淮王妃呆立半晌，忽地泪下："沐家军啊，我想留他，他也想留，可到底，还是没能留住……"身子颤了颤，发出一声悲恸的长鸣，"去了也好，我的夫君，终不能成大事……"

复转身，朝向依琳，泪流满面地笑道："我还怨你做什么？把你送回来，该是他对我们最后的情分了……"淮王妃呵呵地笑着，黯然转身："沐清尘，我谢谢你了……"脚步踉跄着走了出去。

依琳缓缓地站起来，看着母亲的背影，紧紧地咬住了嘴唇。

"郡主啊，别站着了，赶紧收拾东西吧，"管家低声道，"百洲城，看样子保不住了。"

依琳依旧呆呆地望着门外，细声道："你说，我还能见到他吗？"

身旁的丫鬟愣了一下，脱口而出："你想被抓住啊？"

依琳凄然一笑，幽声道："是啊，我若是不被抓住，就永远都见不到他了……"

"郡主……"丫鬟难过地喊了一声。

"他是个真正的男人，"依琳死死地盯着远处，沉声道，"如果可以，我还是愿意嫁给他。"一眨眼间，泪水涌流了下来。

常州城外，大军降临。

"围城。"沐广驰手一挥，"火把照亮！"

三万多士兵一举把常州城围了个结实。火把亮起来，刺竹静静地看着火把光中，那密集的人影，忽地笑了。

清尘，我终于明白了……

"张将军，不好了，安王的人马把城围了……"副将跌跌撞撞地跑过来，正好碰见要上城墙的张亘。

张亘心里一惊，登上城墙一看，不由得倒吸一口凉气！

火把通明，兵勇密集，这至少也有七万人马，领头的，居然是沐广驰！

张亘登时急得如同热锅上的蚂蚁团团转。我的城墙再坚硬，这一万对七万，就是砸人过来，都要压死你呀……何况，还有沐家军两万多精锐！这可如何是好？援兵还未到，兵临城下的又是他一贯畏惧的沐广驰，要是叫阵不应，沐家军打前锋，强攻过来，那就一个"死"字——

"援兵到了没？"张亘问。

"已经在路上了。"副将回答。

"还要多久才到？"张亘心急火燎地问。

"估计半个时辰多一点，不要一个时辰了。"副将也急得满头大汗。

"派了多少人马过来？"张亘坐立不安。

"两万，说是百洲的守军，淮王知道，一旦常州失守，百洲城就保不住了，所以才派了这么大队的人马。"副将说，"将军放心，我们依仗城池坚固，一定能抵抗住的。"

"放狗屁！"张亘忽地发起了脾气，"三万对七万，你告诉我怎么抵抗？我告诉你，就是死得早点和晚点的区别而已！"

副将讪讪地闭了嘴。

张亘焦躁地在城墙上走来走去，不停地朝下望着，嘴里叨叨："你可别跟我这时候叫阵……"

结果，越是怕什么，越是来什么——援兵还没等到，沐广驰策马过来了："张亘！"

张亘心虚地直了脖子，叫唤道："我不跟你对阵，有本事你强攻！来一拨，老子给你灭一拨……"

"我要强攻，也不过一个时辰，"沐广驰沉声道，"我说我不想打你，你信不信？"

张亘伸了脖子,细细看过去,沐清尘不在,诓骗的可能性就小了许多,他心思一转,正好,扯一扯话头,也好拖延些时间,于是问道:"那你想如何?"

"我给安王举荐了你,安王说,只要你投诚,决不为难你,还让你带自己的兵。"沐广驰一指身后:"你看,我降了,沐家军还是我的。"

张亘看了看,说:"他还要利用你打仗,当然不会下你的兵权。"

"安王不是淮王,你是在淮王帐下,被调教得小气了吧……"沐广驰的话语里带上了笑意,"我叫你看看,现在安王的手下,也归我沐家军统率……"不待张亘开口,就喊道,"魏煦、王朝雄、易奇,阵前来见。"

一声令下,只见三骑出列,执了火把,取下头盔。

张亘一见,半天不语。沐广驰所言非虚,果然是开山斧魏煦、肩上雕王朝雄和狮虎兽易奇,这可都是安王帐下虎将。张亘倒吸一口凉气,看样子,对常州,安王是势在必得了。

"张亘,你这是在磨蹭时间,等援兵吧?"沐广驰说,"我告诉你,援兵不会来了。"

"淮王的为人,难道你不知道?一旦他知道常州一万人马面临我沐家军七万二千人马,死活打不过,他是不会以卵击石,更不会来救你的,半路上,就会把援兵撤回去,先保百洲城,先救自己要紧。"

"念在同僚一场,我给你一个时辰,援兵不到,你自己拿捏着办吧。"沐广驰喊道,"一个时辰后,你若不投降,又不迎战,我就强攻。"

沐广驰伸手将长刀凌空一挥:"常州城,我必拿下!"

张亘顶着一头大汗淋漓,无头苍蝇一样在城墙上走来走去,转得没找到一点头绪,忽地士兵跑了上来,他喜出望外地问道:"援兵到了?"

士兵顿了一下,气急败坏道:"不知出了啥事,半道上撤回去了!"

张亘一听,只觉五雷轰顶,半天没缓过神儿来。

副将见状,赶紧递了个凉帕子过去,张亘接过来,一把捂住了脸。这凉沁沁的感觉刺激到神经,让他顿时清醒了不少。他拿着帕子出了一会神,猛地将帕子一甩,吼道:"奶奶的!不管老子死活,老子也不管他了!"

"你的人不能送死,叫老子送死!老子反了!"张亘歇斯底里地大叫一声,"开城门!投降!"

清尘将镇守苍灵渡的事宜交代完毕,这才转向安王,拱手道:"王爷,我们还有时间,吃过晚饭才走。"

安王点点头,问道:"那现在,我们做些什么?"

清尘默然道:"我去山上看夕阳,王爷您可自便。"

安王不语,静静地跟在清尘后面,两人缓缓地登上了山。

山头浸染在一片红黄色的暮色里,远远的天幕一片蔚蓝,白云朵朵,好像停滞了一般,静默地望着这两人,而江的尽头,残阳如血,似火轮般地正在坠入江中。

清尘缓缓地站定,面朝通州。

安王看看他,轻声道:"你经常这样,站在这里看通州?"

清尘点点头:"不仅仅是看通州,还看这江山秀美。"

"边看边想,是想着怎样打过去?"安王笑了。年轻人,总是很有进取心的。

"不。"清尘淡淡地说,"我在想,什么时候战争才能结束。"

安王默然片刻,低声道:"你是为了天下苍生才决定归顺的……想不到,小小年纪,如此大气。"

"同时也是为了沐家军。"清尘沉声道,"沐家军是我父亲一手创立的,我们父子迟早要离开,沐家军一定要交到一个明主的手上,我才能放心。"

安王沉吟道:"你很信任刺竹啊。"

"他适合做统帅,不过我指的明主,不是他,"清尘轻声道,"是你。"

"哦?"安王有些吃惊,随即笑道,"能得你如此褒奖,甚是荣幸。"

清尘眨了眨眼睛,面无表情地说:"打完这一战,天下初定,我和父亲便请辞回家了。"

"为何?"安王诧然道。

清尘垂下眼睑,淡淡地笑了一下,没有回答。

"我所指的这一仗,到明天早晨,就会全部结束。"清尘幽声道,"王爷,你现在即可修书,让圣上准备南迁回朝。"

安王再次惊讶了,清尘的意思,明天早上,百洲城便可破,圣驾可以回京师了!他丝毫也不怀疑清尘的能力,但是他这样当仁不让的口气,似乎没有任何的悬念,安王还是难以抑制心底的怀疑。即便破了常州,还有叠泉关,还有百洲的守兵,一夜之间真的可以改朝换代?淮王岂会坐视不理?

沐清尘他到底有哪样的全盘计划?

即便是心底疑惑重重,安王还是没有开口相问。他知道,依清尘的性格,不想说的,半个字也不会透露。这小将军的个性,岂是一个冷,一个傲,一个决然?更多的,还是神秘。

"我没打算让你们父子俩离开沐家军。"安王幽声道,"沐家军虽是淮王的精锐,却不是他的亲信,但是清尘,我要告诉你,沐家军会是王师的精锐,更是王师的亲信。"

"除了打仗,我从来没有更深入地接触过沐家军,但是,我一直都对你们的练兵之术非常赞赏。以后的日子,我会有很多的时间,向你们学习如何治军……"安王的手,轻轻地按在清尘的肩膀上,柔声道,"清尘,国家百废待兴,正是用人之际,像你这样的少年英才,是国之栋梁,应该留下来为朝廷效力。"

清尘淡淡地看了安王一眼,说:"在淮王那里,我们都不能顺应心意,在您这里,就能大展拳脚?依我看,安王也常被朝廷掣肘吧,连您都未必能照心意行事,就别提我了。"

"小小年纪,看问题甚是深刻,说话也直率。"安王呵呵一笑,"我尽我所能。"

清尘默然片刻,低声道:"不瞒您说,这么多年,在淮王帐下,钩心斗角我都腻了……"

安王沉吟半晌,正色道:"你我,可坦诚相对。"

清尘静静地看了安王一眼,意味深长地一笑,转头去看夕阳,再不言语。

安王也转头,去看夕阳。

晚霞满天,绯红如血,那太阳即便已经西斜,沉了一半入水,却仍旧是余威绵长,一股气势,破霞而出,似乎不甘心就这样默默无声地沉没。

不知为何,陷在这样的落日辉煌中,安王有些恍惚。他的眼前,忽地漫起那日的小道,那日的村口。那日,他怀抱着祉莲,就是在这样的景色中,从荷香垸一路回来。他记得,那飞絮般的云,金黄的太阳,漫天的晚霞,如血般鲜艳,美得像一首诗;他还记得,祉莲嘴角微微地笑意,让人迷醉……

"清尘,"安王低声问道,"你母亲是何方人士?"

"她已经去世很多年了。"清尘漠然地回答,一斜脸,眼光中隐约的寒意刺过来,深深地,却飞快地移开了。

安王默然片刻,忽然说:"你长得很像我的一位夫人……"

"她是我这辈子最爱的女人。"安王忽然抬起头来,望着清尘,"打回百洲城是皇上的心愿,我虽然忠君,却也有私心……我要回来,就是为了她……"

"一个故去的人？"清尘不动声色地问了一句。

"她没有过渡,所以我要回来。"安王缓缓地坐在了一块突起的大石头上,他望着通州城,轻声道,"今天我终于回来了……十八年了,你知道吗？在船上的时候,我甚至怀疑自己是在做梦……这一切,真像是梦……如果真是梦,我希望再次睡去,重新来过……"

山风已经带上了点点凉意,拂过安王的衣摆,那英气而威严的脸庞上,骤然间沧桑满面,是沉沉的失落和伤恸:"她一定会保佑我的,她是爱我的……她是善良的,她一定希望百姓过安稳的日子……我从来都没有怀疑过,是的,我一直都坚信,我能过渡,我能回来！"

"我要给她一个交代,可是,她在哪里？"安王黯然地捂住了脸,往事是痛,更是不堪回首,他以为,过了渡,他会开心一点,会放下一些东西,会找到一些安慰,可是,空空的渡口,却让他更加地失落。

她再也没有任何痕迹,就连风里,都没有丝毫的讯息,就这样淡淡地、淡淡地散去,好像昨夜还很浓的江雾,等他在阳光下回首,却毫无踪迹。

安王抹了一把脸,低声道:"我要找到她……"

"你说的是祉莲夫人吧？"清尘轻声道,"我听刺竹说过她的故事……她不是已经水逝香魂了吗……这如何找得到？别说十八年了,就是当日,这江水一冲,谁知道去了哪里……王爷还是节哀吧。"

安王抬头,静静地看了清尘一眼。

他回望着安王,没有回避,坦然,而又平静,带着漠然和冷淡。仿佛与一切毫无关系。

安王长叹一声,低下头去。

用过晚饭,清尘带上一小队人马,跟安王一道,奔赴叠泉关。

"我们要不要快马加鞭？"肃淳不动声色地靠近了清尘。

"不需要,他们没这么快。"清尘看了安王一眼,问道,"刚才的晚饭,王爷吃得不多,是有心事？"

"因为四娘祉莲吧。"肃淳低声道,"他每次提起渡口,都容易失神……"

清尘不语,抬手一鞭,马慢慢地变成了小跑,不多时就到了队伍前面。

肃淳紧紧地跟上,问道:"我给你的礼物,看了吗？"

清尘皱皱眉头,礼物?哦,想起来了,奶娘收起来了,还没看呢。

肃淳见他表情,便明白了,笑着扭过脑袋去,看了安王一眼,回过头来,问道:"你跟我父王在山上都说什么了?"

"拉家常。"清尘说。

肃淳笑了,白白的牙齿在明亮的月光里闪着荧光:"他一定跟你说起了祉莲吧?"

清尘不语。

肃淳把声音更压低了些,说:"他始终有些怀疑,祉莲没死。"

"这跟我有什么关系?!"清尘有些不耐烦地回答。

肃淳怔了怔,赶紧换个话题:"常州城这时候破了吗?"

清尘回答:"没有意外。"

"我猜猜你的战术好不好?"肃淳笑道,"你惯会使诈,这次肯定又是诈。"

"愿闻其详。"清尘瞥了他一眼。

"猜不出……"肃淳歪着脑袋,边笑边说,"我只能猜到,明天拂晓前,大军能进入百洲城。"

清尘终于笑了:"要麻烦你父王赏你一句话:孺子可教也。"

听罢,肃淳有些得意,巴巴地靠上来,又问:"你打算怎么过叠泉关?"他盯着清尘的脸,细声道,"秦骏是守将……是你们师兄弟反目,还是他会放过你?"他瘪瘪嘴,说:"我记得他说过,你们不是敌人,不过现在形势变了……"

"我们必须过关,你会杀他吗?"肃淳的眼睛里,透出一股不同于平日里的锐利来,那神情,跟安王有几分相似。

清尘不语,扬鞭,越过肃淳。

肃淳紧紧地跟上,低声道:"你不会杀他的,清尘,我可以确定。"

清尘骤然回头,通亮的月光下,他的眼睛狼一般地发出一丝淡绿的荧光,倏地不见了。

肃淳不由得一激灵,等他回过神来,清尘已经到前面很远了,而他,落到了安王身边,只听见安王低低的声音满是不悦:"你老黏着他干什么?!"

亥时末,安王、清尘这一队人马和沐广驰大军会合了,集结来到叠泉关下,正好是子夜时分。

关下,大军静默。

关上,剑拔弩张。

清尘缓缓地策马,才要出列,刺竹赶紧拦住,提醒道:"小心他放冷箭。"

清尘置若罔闻,一意向前。至中线,停住。执戟在手,喊道:"秦骏!"

未几,关门放下,一个将军骑马出来了。

刺竹一见那身形,就低声跟安王禀告:"这就是秦骏。"

借着月光和火把的光亮,安王细细地端详了一番,说:"很是英武不凡啊。"

"还很聪明。"刺竹补充道,"他是秦阶众儿子中最特别的一个,没有任何不良习气,口碑也好,人才武艺皆为出众……是归真寺了因大师的徒弟,跟清尘是师兄弟,两人关系非同一般。"

说话之间,秦骏的马已经到达了中线,距离清尘不过半丈,两人对望着,默默无言。

过了许久,终于有人按捺不住。肃淳刚一探身,手还未来得及扯起缰绳,两旁同时伸出两只手来,抓住了他的胳膊,肃淳左右看看,一个是安王,一个是刺竹。安王一脸平静,而刺竹,却偷偷地使了个眼色。

肃淳何尝不知道刺竹的意思,可是,看着清尘跟秦骏这样默立,也不知道他们在眉来眼去间,到底心有灵犀地进行着什么无言地交流,肃淳哪能不急?这个秦骏,深情款款,武艺高强,一表人才,无疑是自己的劲敌呀……

肃淳心里猫抓似的,正急得不行,忽然听见沐广驰瓮声道:"清尘——"

清尘听见了沐广驰的喊声，缓缓地回头看了一下，复又转过头去，盯着秦骏。

秦骏不言语，只是默默地望着清尘。

"清尘——"沐广驰再次低喝一声，声音里带着淡淡的催促之意，还有不悦。

清尘下意识地提了提右手中的戟，然后，左手往后一揪，从马鞍上扯下一个小小的包袱，默默地递过去。

秦骏接过来，轻轻掀开一角。

刺竹眼尖，看见黑黑的一块布，他脑海里一闪，倏地就想起了杀秦豹奔逃的那天夜里，也正是在这叠泉关，在这呼呼的夜风中，他似乎又看见了那一幕——

秦骏解下自己的披风，要清尘披上抵挡风寒，在推托间，披风掉地，秦骏捡起来，硬塞过去，清尘系上披风，却长久地注视着秦骏……

秦骏的声音柔柔地响起，带着淡淡的笑意："你怎么了，清尘？"

那些话语，幽幽地散落在风中，又淡淡地显影出来，就好像嵌在了刺竹的脑海里，经由一个小小的引子，就全抖落了出来，让他在一遍遍的回想中，咀嚼出一种深深的意味。

而此时，头盔下朦胧的脸庞，掩盖不了周身的冷酷，清尘那凌厉的语气虽然低缓了下来，却是在沉沉地压抑，带着渐渐漫上来的凉气，还有一些说不清道不明的情绪,就好像这寂夜里刚起的雾,阴冷潮湿,还迷离虚妄,隐含着一股瘆人的诡佞:"你会永远都对我这么好吗?"

刺竹轻轻地皱了皱眉头,这话里,不是当日的幽深,反而,有丝丝杀气。

秦骏默然片刻,低沉道:"当然。"

刺竹心底一震,世间之事,谁抵挡得过一个"情"字啊。不伦之情,竟也有如此痴恋。

清尘盯着秦骏的脸,冷冷地开腔,又一次问道:"不论我做了任何对不起你的事,哪怕是伤害了你,你也不会恨我怨我,还会一直对我好吗?"

刺竹看见,清尘手中的戟,握得更紧了。

"当然。"此刻秦骏的脸上,有一丝决然,让他的敦厚更显沉重,带上了浅浅的忧郁。

清尘忽地扬起了声音:"如果有一天我们变成了仇人,你还会为我打开关口吗?"

"我们可以不变成仇人的!"秦骏大声道,那声音里,满是不甘心。

清尘咄咄相逼:"我记得,你说过,叠泉关的关门,永远都会为我打开。"

秦骏默然片刻,柔声道:"我为你打开关口,你跟我走……"

这是交换,唯一的交换,我要你放下一切,跟我离开这俗世的纷扰。

"不可能。"清尘断然拒绝。

"沐家军不是非你不可!"秦骏骤然低吼一声,"天下,也不是非你不可!其实这所有的一切,都跟你我无关。"

"休得多言!"清尘厉声道,"我只要你一句话,你放我过关,还是不放?"

"不放又如何?"秦骏的声音缓缓地随风送过来,满是无奈和感伤。他从来都没有违逆过清尘的心意,但是,今时不同往日,他要顾念的东西太多。也许,清尘投降安王,改变了许多东西,可是,有一点始终没有变,那就是他始终都不愿意跟清尘做仇人。

清尘听罢,马缰一勒,雪尘马缓缓退后几步,随即,他的手腕一抖,"唰"的一声,戟已立起,傲然着寒光四射的戟头,指向秦骏。

这架势,已是预备冲过来单挑了。

可是秦骏却丝毫不动,甚至没有去拔腰中的剑,那是他身上唯一的兵器。他静静地望着清尘,一动不动。

雪尘马甩甩脑袋,仿佛是即将起跑的健将,跃跃欲试地踢着蹄子,尘土按捺不住地扬起来,翻滚着,想裹着马蹄朝前冲。清尘的眼光,寒意深深,从戟尖上越过,死死地盯着秦骏。

尽管头盔下是阴暗的投影,看不见他的表情,但是刺竹能感觉到,此刻,秦骏面容上一定满是无奈和凄然。秦骏的沉默,不是犹豫,而是隐忍。

终于,秦骏低沉的声音响起:"刀刃相向,你预备如何?"

"杀了你!"清尘恶声道。

秦骏缓缓地仰起头来,望着黝黑的天幕,无声地苦笑了一下,然后,他望向清尘,幽声道:"我相信,你真是下得了手……那日,中军帐内,你已然跟我恩断义绝……"

这话不妙啊,似乎此仗不可避免了。刺竹的手,默默地摸向了腰间的大刀。他记得,秦骏从来都没有正式跟清尘交过手,但凭他探花郎的名号,功夫肯定不差,而且,他是清尘的师兄,清尘的功夫多数都是他教的,他一定清楚清尘的破绽,真要打起来,动真格的,清尘也许不是秦骏的对手。刺竹这么想着,就握住了刀柄,关键时刻,他必须冲出去救下清尘。

秦骏没有说下去,只是看着清尘。那目光里有太多复杂的成分。

清尘的戟,就这么一直指着,凌厉,杀气浓重。

终于,秦骏深吸一口气,动容道:"我们不是仇人……我不跟你做仇人……我撤出叠泉关,半个时辰后,你们过关。"策马一转身,走了。

清尘缓缓地放下了手中的戟,望着关口。

半个时辰后,关门缓缓地放了下来。清尘策马,走在最前头,默然地走进了叠泉关。

"报,还有十里,就是百洲城了。"士兵报。

刺竹回头,默默地看了一眼月色中行进的士兵,再次疑惑地皱了皱眉头。不打火把,是为了防备被发现,以及隐藏真实兵力,可是这背着的草人,怎么还不扔掉?还要做什么用呢?

他策马,缓缓靠近清尘,低声道:"你有何妙计破百洲城?"

清尘似乎没有听见,蹙着眉头仿佛在想心事。

秦骏?刺竹一忽儿便想到了,他用胳膊顶了顶清尘,问道:"秦骏若是抵抗,你真会杀了他？"

"是！"清尘绝然道。

刺竹顿了顿，低声道："你也没想到，他会如此轻易地放你过关吧？"

"不会再有下次了。"清尘冷声道，虽然是答非所问，却一口气堵住了刺竹的话头。

"清尘，"刺竹幽声道，"等攻下了百洲城，我们约个时间，好好谈谈。"

清尘没有理会他，一加鞭，跑开了。

寅时，百洲城下。

军队潜伏在周边的山上，离城门还隔着三里左右的开阔地带。

清尘下马，站定，喊道："贺礼章。"

一个将军出列，拱手而立。

"你率沐家军步兵两万，背上草人，分别爬到东西南北四个城门下待命。"一转头，吩咐道，"其余人马，全部冲锋过去，分成四队，每队五千人马，由刺竹攻打北门，沐广驰攻打西门，尉迟迥攻打南门，肃淳攻打东门。"

"背上的草人转而绑在胸前。"清尘环顾四下一眼，强调道，"等兵马冲锋到一半路程，贺礼章就点火烧城门。"

刺竹顿时明白了。原来，清尘是要一边用草人烧城门，一边攻打，让百洲守兵无暇顾及两头，另一方面，为了化解百洲城里箭雨攻势，草人可以做抵挡。刺竹不由得心生敬佩，尽管他也能想到，百洲城周边平坦开阔，攻城很快就会被发现，为了最大限度杀敌，百洲守军一定会动用密集箭阵，换了刺竹，也会采取晚间行动的方式，尽量不惊动守军，因为夜色的掩护，箭阵也会减弱力量，但是，这草人，先吓了张亘，后可作为进攻的武器烧城，还可作为防御的武器——盾，这可是刺竹没有想到的。

百洲作为京师，城门异常坚固，在城墙内甬道的两头，外一层是木门，可以烧掉，穿过甬道，内一层是铜铸，必须用粗木撞，清尘的想法就是攻克了木门，士兵进入甬道，就无须顾及箭雨，可以全心全意地撞门。这一刻他心里忽然产生些预感，硬拼并不是清尘的一贯作风，他相信，一定还有更巧妙高明的计谋，但是，清尘为何用这毫无悬念的一招呢？

沐广驰攻打西门，西门有蹊跷……

刺竹心里的疑云越来越重，难道，沐清尘归顺是假，其中有诈？

"我们的重点，就是北门。"清尘伸手一指，就是正前方的城门，"一旦北门外城门冲破，沐广驰和尉迟迥即刻调兵过来增援，以北门为重。"他看了安王一眼，沉声道："拂晓时分，便可破城。"

刺竹的眉头慢慢地皱了起来，越皱越紧。看似没有破绽的安排，怎么咀嚼着越来越不对劲？

一夜的喊杀声震天，火光冲天，到拂晓时分，终于安静了下来。

安王缓缓地穿过战场，空坪里，四处都是插着箭的尸首，士兵们正在清扫战场，将一具具尸首摆好。清尘垂手而立，默默地望着这些静默的遗体，良久无言。

"清尘！"刺竹大踏步地走了过来，边走边系着绑带。

清尘看他一眼："胳膊伤了？"

"没事，皮外伤。"刺竹停步，四下看看，说："这样的伤亡比起往常，算是少的……"

"我厌倦了杀人，"清尘忽地轻声道，"我厌倦了打仗……"

刺竹一怔，默默地望着清尘，却发现他的脸上是从未有过的疲倦。

清尘黯然低头："我只想每个人都能拥有自己想要的生活，清平乐……"

刺竹默然地将手搭在清尘的肩膀上，轻轻地安慰道："就快结束了。"

百洲城里欢欣一片，张灯结彩，喜气洋洋。大街上，挂满了红灯笼，将夜色映衬得分外妖娆。

清尘和刺竹身着便装走在街上。

"军爷……"一位上了年纪的小贩热情地招呼他们。

刺竹笑道："你怎知我是军爷？"

"呵呵，"小贩笑道，"看你们走路的样子就知道……我在这街上摆了十几年的摊子了，大多都是熟面孔，自百洲打下来后，这城里多出的生面孔，又是男儿的，十有八九都是军爷……"

刺竹笑了一下，说："你做小贩，真是可惜了。"

"呵呵，"小贩又笑，"明天圣驾就要回京了，军爷，这一仗打得扬眉吐气，圣上这一高兴，肯定要打赏你们……让我也沾点赏银的光，买我点东西吧……淮王治下，苛捐杂税，我还等着这几日多挣点，过几日，便回淮北老家去看看呢……这都快二十年没回去过了……"

清尘微微地斜头，一眼就看见了小贩摊子上的胭脂水粉，他的眼光静静地落在一个白色的胭脂盒上，半天都没有移开。

"怎么样，看中了吗？给心上的姑娘买了？圣上发了赏银，一定特许你们回家看看，带上一盒胭脂？"小贩察言观色道，"我这胭脂，色正，姑娘们都喜欢，好多回头客呢！"

清尘看了小贩一眼，正准备转身，刺竹却横身过来，探手取过了那个白色的胭脂盒。

"军爷你真是眼光好，这是景德镇的釉瓷啊，光这个瓷盒的价格都不秀气呢……"小贩开始准备要价了，"我这里，都是高档货……不止胭脂好，盒子也精致……"

"多少钱？"刺竹直接问。

"一两碎银。"小贩还没等刺竹回答，就说，"可不二价，不二价了……会赔本的……"

不二价？这是清尘的口头禅啊，刺竹笑了一下，掏钱出来，买了就走。

清尘缓缓地跟上，问道："你买胭脂做什么？"

"逛了一晚上，总要买点什么吧。"刺竹说，"空手来空手去，好像少了点什么似的。"

"东西既然买了，我们回去吧。"清尘说着，就要折身。

刺竹一把拉住他："我知道你不太喜欢热闹，我带你去个好地方，小时候我常去的。"

凌霄河畔，浅浅的水滩，潺潺的流水从石头中滑过，就好像一个婀娜的女人，扭着细腰，迤逦而去。

月亮又圆又大，挂在空中，银光洒下来，给满江的水都披上了银甲，闪亮闪亮地晃动着，煞是好看。

"我小时候，常来这里看月亮，今天的月亮很好看！"刺竹抬头，望着月光，感叹道，"这一走，就是十八年，好像从来都没有看到过这么美丽的月亮了。"

清尘不屑道："你在淮北也好，淮南也好，看到的不都是同一个月亮？"

刺竹呵呵地笑起来："所以说嘛，你这人就是硬邦邦的，没点情调……我心情不一样,肯定看到的月亮就不一样啊……"

"现在我回家了,百洲城啊!"刺竹兴奋地说,"任何时候、任何地方的月亮,都不如这里的好看!"

清尘静静地看着刺竹,悠然一笑。

刺竹感叹一阵,看着清尘,嘻嘻地笑,然后,缓缓地敛去笑容,低头看着手中的胭脂盒,有些出神。

"想着你的心上人了?"清尘笑着问道,"她该是在淮北吧?兴许,明天跟圣驾一起回京?"他知道,刺竹的心上人,该是初尘,如若不是,那也是一个标致的小姐,应该不是寻常之辈。

刺竹徐徐地抬起头来,望着清尘:"我没有心上人。"

"我一直在营里待着,到哪里去找心上人。"刺竹嘟囔了一句。

"这个不用着急,"清尘笑嘻嘻地说,"等圣驾回京了,你们家也搬回来了,会有很多媒人踏破门槛的。"

刺竹摇摇头,长叹一声:"媒妁之言,哪能确保相知相爱。"

清尘顿了顿,说:"你要是真的喜欢初尘……"

刺竹一下瞪圆了眼睛,忙不迭地叫起来:"你怎么没完没了了……跟你说了,我不喜欢她……"他急得不知说什么好,但是看清尘一脸平静,似乎确信无疑,无奈,只得摆摆手:"别提这个,拜托,换个话题。"

清尘垂下眼睑,望着他手里的胭脂,问道:"你买这个干什么?"

刺竹挠挠脑袋:"我也不知道。"

"这呀,只能说明你潜意识里,已经开始思春了。"清尘得意地晃晃脑袋,"赶紧地,叫家里安排亲事去。"

"去你的!"刺竹没好气地照着清尘的后脑勺一巴掌拍过去,"我可告诉你,这盒胭脂,是给你买的!"

"我?"清尘愕然片刻,凑近跟前,神秘兮兮地问,"你也变童?"

"去你的!"刺竹没好气地又拍了清尘脑袋一下。这下清尘不干了,嚷道:"我可是靠脑袋吃饭的!要是被你拍蠢了,你养我后半生!"

"不拍了。"刺竹说着,招招手,"你过来。"

清尘近前,刺竹又招手:"还近点……"

清尘又凑近了些,刺竹这才微微一笑,揭开了胭脂盒,然后,像依琳那样,用食指轻轻地点了一点胭脂,缓缓地伸手,朝清尘的眉间点过来……

清尘一缩,想闪开,刺竹却说:"别动!"

清尘迟疑了一下,就在这一迟疑间,刺竹的手指已经点上了清尘的眉间,轻轻一带,就如那日依琳一样,在清尘的眉间点下了一道红红的印痕。刺竹望着清尘,由衷道:"真是好看……"

清尘静静地望着刺竹的眼睛。月光很亮,亮光折射在刺竹的眼睛里,就好像有什么在流动。这么近的距离去看刺竹,是非常英武的,可是,清尘却敏感地看到,他眼里那不同于赞赏的内容……

"赵刺竹。"清尘缓缓地退了一步,凛声道,"你不是为了让我好看,才买胭脂的吧?"

刺竹轻轻地笑了一下,坦率承认:"我想让你想起某个人。"

"然后呢?"清尘冷声道。

"然后……"刺竹低声道,"然后,你告诉我,为什么?"

"你既然能想到可以用胭脂来点醒我,就能想到其中的原因。"清尘决绝道。说完抬脚欲走,刺竹手快,一下拉住了他的胳膊。

"清尘,为什么要强攻百洲城?你是想消制安王的兵力,还是……"刺竹压低了声音,"想放了淮王……"

清尘一挣,却没有挣脱,刺竹的手,像铁钳一样,掐死了他的胳膊。

"没有人会比你聪明,你惯会用兵,怎么会在这么关键的时刻,用这么拙劣的战术?"刺竹沉声道,"夜晚突袭,草人做盾,这些小细节的创新,可以掩盖你真实的用心,其实,你做的,就是表面上看上去很完美的战术,实际上,给淮王露了一个破绽……"

"尽管谁也没有发觉,也不会怀疑,但是我知道,"刺竹说,"西门是沐广驰进攻,他对淮王有余情,而你,又申明以北门为重点,不管西门战况如何,只要北门外城门被烧,就必须放弃过来增援,而就是这个当口,淮王可以趁乱逃脱……"

"他就是从西门逃脱,去往乾州,自你让出之后,那里是秦阶的重兵囤积之所,"刺竹虎视眈眈地盯着清尘,"你为什么要给淮王留一条后路?"

清尘倏地一回头,眼光如刀,刺向刺竹。

"你刻意地安排着一切,将所有的事情都安排得不露痕迹,除了对你深有了解的我,几乎所有的人都在兴奋着你的归顺,欢呼着百洲城的攻克,没有人怀疑,这一切，似乎来得太轻易……"刺竹瓮声道，"你，心事重重……是被思虑所累，还是在谋划什么翻天覆地的阴谋？"

月光下，清尘的眉间，那一抹艳红的两旁，射出两道寒光，随之而来的，是浑身再也不可抑制的杀气！

刺竹并不惧怕，迎着清尘那要杀人的眼光，毫不怯弱地说："我决不会让你阴谋得逞！"

"嗖"的一声，剑已临喉，刺竹一惊之下，飞快拔刀，反手一挡。清尘的剑，再次凌空刺来，只见白光一道，如闪电直刺，在刺竹横刀而过的瞬间，发出一声脆响！剑刃走偏，大刀飞舞，骤然间，一片刀光剑影，月光下只有刃的寒光。身形骤变，刀来剑往，步步惊心，招招封喉，忽地一下，清尘的剑脱手而去，他倒退两步，捂着手，脸上微微地抽搐着，看着刺竹。

刺竹停下手，默默地看了清尘一眼。自己力气大，对付清尘，也都是选的重刀法，清尘力弱，不是对手，就刚才那招，他奋力强挡，到底还是没挡住。

"虎口又炸开了是吗？"刺竹迟疑了一下，收起刀，低声道，"清尘，你是个英才，安王爱才，我也惜才，可是我真的不明白，你为什么如此冥顽不化？你到底还要我们表现出什么样的诚意？"

第十章

以坦诚换知心隐秘

不求赏提归隐留后话

月光还在静静地照着，丝毫也不受这两人杀气和怒气的对撞，悠悠地铺洒下来，好不自在。河水还在汩汩地流淌，一切都跟它无关，它唱着自己的歌，潇潇洒洒地跑开了。

刺竹缓缓地走过去，拾起了地上的剑，递给清尘："好好想想吧。"

清尘欲用右手接，刚伸出来，又换成了左手，接过剑，插进剑鞘，转身徐徐离开。

刺竹默默地跟上，弯腰一拉，抓住了他的手，同时，不知从哪里掏出一根布条来，一言不发地开始替清尘绑手。

清尘一动不动，任由他捆扎，就在他扎好打结的时候，清尘忽然低声道："你为什么不相信我？"

刺竹怔怔地望着清尘，微厚的嘴唇轻轻地抿了抿，表情很复杂。他等待着清尘开口，清尘却不说话了。

刺竹踌躇片刻，轻声道："我也想相信你，可是，你不要……一念之差……"

清尘抬起眼睛，望着刺竹，平静得就像此刻的月色，没有一点波澜。他叹了口气，低声道："有时候，我希望你永远是从前那个刺竹，呆驴……可是你不是，让我惊喜了。"

刺竹一听，顿时呵呵地笑道："我还是呆驴呢……不然，捆了你去见安王……"

"我的想法,你不会相信的。"清尘转头,默默地朝向河水。

刺竹瓮声道:"你不说,怎么知道我不会相信?"

"因为你不是秦骏。"清尘淡淡地说着,有一丝伤感。

"你说吧,清尘,"刺竹说,"信还是不信,我都会坦白地告诉你。"

清尘沉吟片刻,轻声道:"你猜得一点也不错,我就是想放淮王走……"

刺竹不语,静静地听。

"如果淮王在百洲城被捉,秦阶就会在乾州称王,他有粮饷有人马,还有乾州丰沛的资源。淮王若在,秦阶不会称王,在淮王的管制之下,他怎么也会有所收敛,而不是自称王那么无所顾忌。"清尘说,"减少伤亡的最好办法,就是招安淮王,那样,秦阶自然也就被收编了……"

"这样的出路,比打仗好,"清尘幽声道,"这是其一,我这么做的另两个原因,是为了我父亲和依琳。"

刺竹一怔,没有听错,依琳?清尘还是对她有情的。

"安王为人也算大气,他是皇上的亲弟弟,自然能对皇上有所影响,如果淮王能被招安,只要留下一条命,我父亲的心里,便会好受些。依琳虽是叛王之后,但她毕竟是个女孩,归顺朝廷之后,许配一个人家,一生也就平安了,不会受太大影响……"清尘低声道,"淮王不相信我们会来得这么快,也自恃百洲守兵多,肯定不会提前弃城而去,但是一旦战况不对,他要撤,一定是去乾州,所以,我让父亲去攻打西门,他若是碰见了淮王,定顾及旧日情面,放他一马,而我又适时地调人马回北门,就给了淮王可乘之机,能顺利逃走……"

"就是你想的这样。"清尘望着刺竹,"你全猜对了。"

"我承认,我不磊落。"清尘再次开口,说得很慢,"其实我从开始到最后,都在犹豫,降还是不降……"

刺竹笑了一下:"是因为你爹?"

清尘敏感地看了刺竹一眼。

刺竹笑呵呵地说:"你爹都告诉我了……"

清尘不言语。

"我也知道,你一直在摇摆,一方面,要顾忌父亲的感受,一方面,要为沐家军打算,而另一方面,你其实是很希望能缔结天下和平的……"刺竹看着清尘,微笑起来,"你屯兵知樟,然后上船,是做了两手准备,要么,就跟你自己说的那样,把我们做人质,不但占领通州,还要抓了安王,要么,就是带安王过江,让圣驾回朝。"

"你船停江心,就是试探,如果安王亮出严阵以待的架势,你就能推断他从未信任过你,但是安王没有。接着,你开始进发,如果安王命令抵抗,你就顺势攻城,但是安王没有,他一个人出城,是冒险,也让你看到了他最后的诚意。由此你终于下定决心,将沐家军交给这样一个统帅,能放心;投降安王,也能让天下得到真正的太平,你凭此相信,皇上和安王的治下,百姓至少比淮王治下过得好。"

"我虽然疑虑重重,考虑到从前的种种,还是不放心,所以,才这样来试探你,"刺竹笑着,露出了白白亮亮的牙齿,"我相信你,清尘。"

他从怀里掏出那盒胭脂,朝清尘手上一塞:"送给你,做个留念!"

胭脂盒落在手里,带着刺竹的体温,很暖和,清尘轻轻地握住,笑了一下。

夜已经深了,街道幽暗,两个人默默地走在回营的路上,拉出两条长长的影子。刺竹忽地一下将手臂搭到了清尘的肩膀上,亲热地揽紧了,说:"过几日,上我家去玩。"

"我不喜欢做客,很拘束。"清尘说,"你自己回去吧。"

"让我爹见见你啊,"刺竹大咧咧地说,"你是令人闻风丧胆的倾城将军啊,朝廷里好多官员都想一睹真颜,我爹就是其中一个,对你的战术,那是痴迷得很呢……你到我们家去做客,他绝对欢喜……再说了,咱俩是兄弟,我家就是你家,不用拘束!"

"你不是没有娘吗?让我娘也做你的娘好了……"刺竹笑嘻嘻地盯着清尘的脸,"我娘可是性情好得很呢……"

清尘瞥他一眼,淡淡道:"看你就知道了,遗传嘛,脾气好。"

刺竹有些得意:"你这脾气,有点臭,遗传谁的?沐将军可不是这样的性情,定是遗传了你娘。"

清尘的脸色倏地有些变色,但是他隐忍着,佯装无事。

刺竹死死地盯着他,依旧是笑嘻嘻的。

两人刚到营帐前面,忽听一个人高声道:"你们到哪里去了?"

肃淳三步并作两步地走过来,首先一把就将刺竹的手臂从清尘肩膀上拿下来,这才说:"关系亲密也不用满大街招摇吧?"

"怎么了?"刺竹嘻嘻地笑,"街上这时候哪里还有人?"

"有事么?这么晚了……"清尘问道。

"父王叫我们去,商议讨伐淮王的事。"肃淳说着,拉起清尘的手臂,"快走啊。"

清尘起步间,微微斜头,看了刺竹一眼。

刺竹不傻,他知道,清尘的眼光中,有着某种暗示。

"我已经奏请圣上,五天后,王师即开拔,讨伐淮王。"安王坐在太师椅上,端起茶来,吸啜一口。

清尘低下头去,不语。

刺竹想了想,起身,问道:"王爷是打算兵马取之,还是另有他法?"

"我也想让他归顺……不过,还是先出兵吧,到了方昌就地驻兵,派人去联络一下,只要他有悔改之意,再请圣上定夺。"安王沉吟道,"我的原则是,尽量不要开战。"

刺竹和清尘对视一眼,看见清尘的嘴角漾起了一丝淡淡的笑意。

出得门来,清尘低声道:"谢谢你。"

刺竹停下脚步,认真道:"我说比你说好,你说,别人会认为你还对淮王有情,因为你是降将,万一因此而引起误解就不好了……"他轻轻地拍拍清尘的肩头:"有些话,大家面前不好说穿的,你可以单独跟安王说,安王嘛,比你想象的还要大气些……"

清尘没有说话。

刺竹迟疑着,低声道:"你还是对安王有成见是吗?"

清尘心底一惊,却没有任何表示,只说:"你多心了,我小心点,总是好的。"

"不,"刺竹异常认真道,"你就是对安王有成见,我感觉到了,你心里很深的成见……不过,不管你多么不认同和排斥他,对他,始终还是有个公正的评价……"他顿了顿,仿佛在思虑该用什么词才合适,拧着眉头想半天,可能是难住了,只得悻悻道:"我都不知道该怎么形容,反正啊,觉得你这个成见就好像是天生的一样……"

"你为什么对安王有成见?"刺竹缓缓地俯身,斜着脑袋,盯着清尘的脸,轻声说，"可以告诉我吗？就像我们在河边一样的坦诚……"

清尘怔怔地望着刺竹的脸，这是一张年轻又英俊的脸庞，方正，阳刚，还写满了真诚。他温和又可信，爽朗又稳重，像父亲，却比父亲更加的深邃。清尘一瞬间忽然产生了一种冲动，可以把一切秘密告诉他的，他在关键时刻，会给自己预想的担待。可是，也就是刹那间的恍惚，清尘瞬间便清醒了，即便现在跟刺竹成了战友，成了兄弟，但，他们之间，始终还有距离。

刺竹看着清尘的眼睛，那眼睛里有些柔和的光彩，给他的沉默披上了温柔的外衣，可是，就在一眨眼之间，睫毛后射出来的依旧是淡淡的冷。刺竹知道，清尘心底那深重的戒备，始终都没有放下。

圣驾回京，声势浩大。长长的队伍，延绵数十里，官道旁站满了盛装的百姓，有欢笑、欢呼的，还有激动得哭泣的。

城门大开，安王率众将跪迎圣驾。

忽地，辇车停了下来。

下来一个微胖的中年男子，黄袍加身，气质威仪，却是满脸唏嘘神色，走到城门下，激动地摸着城门，说不出话来。

百姓们都寂寂无声，能见天子容颜，何其荣幸，只是不敢冒犯，都低了脑袋，跪在地上。

清尘一直低头跪在队列中，忽地，一袭艳丽的裙摆荡了过来，伸出一只粉红色的绣花鞋，轻轻地点了点他面前的地面。

清尘默不作声，缓缓地皱起了眉头，就是不抬头。

终于，头上传来低低的一声："沐清尘……"

清尘还是不抬头。

蓦地一下，一张粉脸就凑到了跟前，初尘俯身弯腰，逼近了清尘，笑着，意味深长道："父皇要重赏你，好好想想，你要什么吧……"

听了这话，刺竹缓缓地侧过脸来，深深地望了清尘一眼，眼光一转，却正好看见肃淳，也回头看向清尘，嘴角还是清浅的笑意，那神情，怎么看，都跟秦骏的那么相似，痴迷而温柔……

这忘形了不是?! 刺竹忍不住从地上摸了粒小石子，抖腕就朝肃淳扔过去，正好打在肃淳的腰上，肃淳一愣神，看过来，非但不恼，反而朝着刺竹咧开嘴，呵呵地傻笑起来……初尘想嫁清尘，就得先退婚，随着清尘的归降，一切都好似水到渠成了，肃淳如何会不高兴呢。

刺竹没好气地拧过头，却正好看见初尘走到了自己跟前，他赶紧勾下头去，却听见初尘在头顶一声轻笑，依旧是通透的犀利："赵刺竹，你多关心关心自己的终身大事，操那么多闲心干吗呀……"

裙摆一曳，款款地走了。

回到阔别十九载的皇宫，龙心大悦，在金銮殿上论功行赏。文官武将数十人，一一出列受赏受封。

"沐清尘——"皇上喊道。

清尘出列，跪下："末将在。"

"众卿家都打赏完了，朕特意把你留在最后边，知道为什么吗？"皇上的声音从头顶上传下来，就连殿中的回音都充满了愉悦。

皇上说："你的归顺，改变了天下局势，又在一夜之间，攻下常州、百洲，才使朕圣驾得以回京。朕十九年的思乡梦得你所助，才能实现。你立下此等奇功，朕不知该赏你什么才好，还是你自己说吧，想要什么都行！"皇上说完，满脸笑意地望着清尘，等待着他开口。

百官也都看着清尘，清尘默然片刻，沉声道："请皇上准予臣与父亲卸甲归田。"

请辞？别说安王，就连百官和皇上都异常吃惊，只有刺竹，波澜不惊。

皇上显然没有任何思想准备，一下子还反应不过来，过了一会儿，才沉吟道："国乱还未平定，你还这么年轻，又这么有才华，当然是要思报国啦，如何要说卸甲归田呢……"

安王奏道："此前沐小将军也向本王透露过此意，本王未允。"

"朕，也不会允的……"皇上被安王轻轻一点，马上会意。

清尘默然低下头去。

刺竹出列，说道："沐小将军胸怀大义，为天下苍生享有福祉而归顺朝廷，早日他曾与臣谈起，说天下大局已定，希望归隐田园。臣想，许是多年征战累了，心生疲乏，故而请辞。陛下，安王爷与臣等退朝后会好好劝说沐小将军的。"

皇上一听，心生宽慰，便说："好吧，沐爱卿先回去休养几日，任何时候，都可以进宫来请赏……朕随时准备兑现……君无戏言，君无戏言。"

清尘还是跪着不动,安王赶紧拖了清尘起身,口道:"谢主隆恩。"

皇上点点头,悦声道:"后宫里,太后和内眷们都仰慕沐小将军多时,今日太后懿旨,要留沐清尘用膳,安王,你陪同吧。"顿一顿,又说,"世子肃淳同去。"

"是。"安王和肃淳异口同声地回答。

庄和宫里,太后和皇后,还有位列妃子以上身份的娘娘,都到齐了,正坐着闲谈。

"母后,听初尘说,清尘可是个神奇的人物啊。"信妃娘娘说。

"初尘说话你也信?"皇后笑起来,"这丫头,还不是捡夸张地说……"

"我没夸张!"初尘呼地站起来,拉住太后的手,"皇奶奶,那沐清尘,就像个天外飞人……"她猛一下,提高了声音:"轰!"

太后惊了一下,随即笑起来。

初尘又压低了声音:"他就这样,突然出现在你面前,吓你一跳,然后定睛一看,喔唷……我的个乖乖……清秀飘逸,玉树临风,翩翩儒雅,气宇轩昂……"

初尘说得兴起,学着清尘的样子,一撩下摆,将脚一踏,手掌过头一挥:"众将听令!"

众人都望着她,初尘眼珠子一转,忽地没了词了,放下手,呵呵一笑。

"接下去啊……"珍妃娘娘笑道,"你这好似戏台上的武生一般,我们正看得尽兴,你咋就蔫了?"

初尘不好意思地摸了摸脑袋,笑道:"下面是分配众将差事,每回都不一样的,我咋记得这么齐全?"

"你随意分配一下不就成了,本来也不是真的。"太后笑嘻嘻地说。

"那好。"初尘清了一下嗓子,便站直了身体,所有的娘娘也直了身子,眼睛眨也不眨地望着初尘。这头初尘又是一撩裙摆,脚一踏,手掌豪爽地一挥:"众将听令!"

随即伸手一指:"你,去那边端茶!"换个方向,一指:"你,把椅子摆好!"再一转:"你,去看燕窝炖好了没!你,赶快去把朝服取来!"

众人被唬得一愣,面面相觑,忽地一下反应过来,哄堂大笑。

太后笑得直抹眼泪:"好了,好了,你这是个将军,还是个管事嬷嬷呀……"

"亏你想得出,将军还分配端茶倒水……"皇后憋住笑,嗔怪地看了初尘一眼,"沐清尘哪能是这样的?"

初尘笑嘻嘻地回答:"这不就是你们说的,随意练练嘛……说什么不重要,重要的是气势,气势!"她一边强调着,一边又将裙摆一撩,脚一踏,又要开始的架势——

"打住,打住……"容妃赶紧伸手来拦,边笑边打趣道,"你是小祖宗呢,快别折腾了,给我们留点念想吧……你再这么模仿,我们都没兴趣看沐清尘了……"

"哪能不练了呢,我才找到感觉呢!"初尘不干,强自又要端起架子来,直到太后招手,"好了,我是信了你了……你就饶了皇奶奶,好不容易回到宫里,皇奶奶还想多活几年,不想就这么被你笑死了……"

初尘双腿朝前一蹦,一下就倒到了太后身上,赖在她怀里,说:"你们倒是笑痛快了,倒不让我痛快一下,真是不公平!"

正说着,公公来报:"娘娘,散朝了。"

"沐清尘他们,已经过来了?"皇后问。

"是,"公公回答,"皇上着安王、肃淳陪同过来的。"

容妃赶紧拉了一下初尘的袖子,挤挤眼:"肃淳……"

初尘绷着脸,猛一下把袖子抽回来,同时不耐烦地耸了耸鼻子,一扭头,正好看见太后微笑地看着自己,便又没正形地咧开嘴,嘻嘻一笑。

太后轻轻地摸了摸她的头,细声道:"皇奶奶知道你在想什么……"

初尘眨眨眼睛,笑容散去,静静地看着太后,然后眼睛一斜,瞟了一眼皇后。

太后心领神会,满是深意地笑道:"先看看这个天人再说……"

初尘扭了扭身子,甜蜜蜜地笑了起来。

清尘跟在安王身后,缓缓地走着。

安王回过头,轻声道:"等会儿,不管娘娘们赏你什么东西,都不要拒绝,应下便是。"

清尘低头不语。

"她们都等着看你呢,"肃淳轻轻地顶了顶他的胳膊,"高兴点,别绷着个脸。"

"皇上已经有了重赏的许诺,娘娘们这里,不会是什么大件,你不用担心。"安王看了清尘一眼,说,"你还不太熟悉宫里的规矩,没关系,来多了,就习惯了……其实跟淮王那里也没多大差别的,你这么聪明,完全可以应付。"

清尘依旧低头不语。

肃淳再次拉了拉他的袖子："她们都很和悦，你不要太紧张。"

清尘默然片刻，抬起头来，看着肃淳，细声道："我不喜欢这里。"

肃淳一怔，心里微微有些发颤，这是清尘第一次示弱，是因为这皇宫的威严太过强大，堂皇太过逼迫，还是森严太过让人压抑，对于自由惯了的清尘来说，格格不入。他也许此刻已经意识到了自己不可抗拒，却无法像战场上那样使出妙计连连来脱身，所以，只能用这一句话来表达自己的不情愿。

但是，他能说出这样的话，至少证明，他对肃淳是信任的。

"吃完饭我们就走，不待很久。"肃淳笑了一下，柔声道，"我会一直陪在你身边，有什么不好应对的，我来替你回答，你不出声就是了。"

"宣,安王爷,世子肃淳,沐清尘将军觐见。"公公喏。

一脚踏过正厅的门槛,肃淳忽一下就握住了清尘的手。

清尘正要甩开,刚一起意,那手上却感觉到了肃淳更大的力量。清尘倏地明白,甩不掉的,再一想,还真不能甩开。因为正前方,那满满当当的目光带着温度,全部射向了自己……

"母后。"安王笑着,往旁边一让,这下,清尘完全地暴露在了众人的视线中,他被肃淳牵着,微微地垂着头,看不清面容。

"这就是沐清尘。"安王介绍道。

肃淳轻轻地拉了一下那牵着的手,松开。清尘缓缓跪下,说:"沐清尘见过太后娘娘,见过皇后娘娘,见过诸位娘娘……"

"平身。"太后说着,看见肃淳再次牵住了清尘的手,便说,"肃淳啊,是你太紧张了,还是他呀?"

肃淳呵呵一笑:"皇奶奶,清尘还小呢,他……从未进过宫。"

太后看着清尘,似乎有些局促,便宽和地笑笑,也难怪啊,还是个孩子,这跟那些叱咤风云的传说般的人物相差得太远了呢。可是,人不可貌相……

"抬起头来,让我看看。"太后温和道。

清尘低头不动,肃淳赶紧手中用力,捏了清尘一下,这下,清尘终于抬起头来。

清尘看见一个富贵而华丽的老妇人坐在正前方,皮肤细腻光滑,面色和悦,眉宇开阔,脸略长,下颌圆润而微翘,跟安王有几分相似,脸上虽然有些皱纹,却保养得极好,跟她的老态极不相称的是她的眼睛,黑亮,聚集着精光。清尘心忖,这是一个很精明的老太太呀,安王像她。

而旁边正坐着初尘,微笑着望着自己,清尘赶紧一岔眼,心想太后对初尘的宠爱可不一般。

眼光一闪,看见太后的左边,坐着一个头戴凤冠的女人。高高的额头,眉毛长,而眼尾略略上翘,显得机警,脸有些圆,那鼻子和嘴巴就跟初尘如出一辙。想来该是皇后了,她是初尘的姨妈,外甥像姨,也是正常。

就在清尘默不出声地打量众人的时候,这些人也都静静地打量着清尘。

虽然他比肃淳矮半个头,但在男子中间,也是中等的个头,并不算矮,只是偏瘦,也就越发显得精干了。头发黑,也很柔顺,单髻绑着发带,却没有镶嵌任何珠宝,相对于宫里的华贵来说,略微有些寒碜。他穿着一件将军的朝服,系着腰带,显得腿长,衣袖紧扣,利落大方,往厅中一站,虽然不出声,却英气逼人。

这会儿,清尘抬起头来,一张干净而略显稚嫩的脸庞,可称得上秀美俊俏。敞亮的额头,剑眉英挺,那眼睛却像一个女孩儿,杏核样的形状,瞳仁黑得像墨,眼白清净无瑕;高高的鼻子,鼻梁直直的,到了鼻头,却又精致地一收,剪出个优美的侧影;嘴唇不厚不薄,就是略有些宽,带着红润。到了下颌,也是一个微翘的弧形,将脸型拉长了些,愈发显得英气凛然。

"嘻嘻,"容妃先就笑了起来,"我怎么觉着跟肃淳有些挂相呢……"

一句话挑起了头,娘娘们就叽叽喳喳地说开了,"不说不觉得,还真是呢……"

"你看,你看,尤其两个人站在一起……"

"你们别说,就是跟安王,也是挂像着呢,尤其是脸型……"

"还有眉毛,鼻子……"

众人七嘴八舌地说着,又转向了太后:"太后娘娘,跟您也有几分像呢……"

初尘开始还在傻呵呵地笑,心想这些娘娘们真会拍马屁,就知道见人说话,哄着太后开心,可是,这安王、肃淳、清尘三个人就这么并排站着,细细一比较,渐渐地,她就有些愕然了。

真的,是有些像呢——

太后也拧起了脑袋,左看右看,然后笑了起来:"真是的!话都让你们给说完了……"

"敢情清尘还真是跟我长得像呢,"太后哈哈地笑道,"修儿是最像我的,清尘又有些像修儿,那自然是像我了——"

安王也禁不住侧头,望了望肃淳和清尘,两人牵手站在一起,不说则已,一说明了真如兄弟一般。他怔怔地看着清尘,半天无语。

清尘在众人的评头论足中,不由得红了脸。

肃淳见状,赶紧往清尘跟前一挡,顺势将手一挥,引开了众人的视线,说:"你们光顾着看,也不赐个座……"

太后这时才如梦初醒:"赶紧赐座!"

皇后淡淡地笑道:"安王爷,既然清尘长得跟你有点像,不如顺着我们的眼缘,你就认个义子吧。"

安王还未回答,清尘赶紧答道:"谢娘娘美意,安王爷子嗣众多,未免府中公子们心生罅隙,还是保持上下级称谓为好。"

皇后悠然一笑,说:"鱼目还想混珠,博个好出身,怎么沐将军有些看不来呢?"

这话有些尖刻,显然不太友好,大家不由得眼光复杂地对视一眼,都不知皇后为何会如此说话,就连初尘都替清尘捏了把汗,正惶然间,肃淳说话了:"皇后娘娘,军中多鲁夫,清尘一直在军中待着,说话直来直去惯了,没顾虑那么多,伤了娘娘美意,请娘娘不要见怪。"

"他不鲁啊,我看着挺清秀的。"皇后笑吟吟地说,"可不像鲁夫,我只是觉得奇怪,多好的一件事,他为何要拒绝呢?"

娘娘们都有些紧张地看过来,不知道皇后为何紧揪住不放,这和她平素在太后跟前乖巧的形象有些不协调,而且,她第一次见清尘,实在犯不着啊。更何况,清尘还是大功臣呢,正是皇上看中之人,皇后有为难的必要吗?

"娘娘有所不知,"肃淳不慌不忙地回答,"父王原本也有意要收清尘做义子,只因清尘的父亲沐广驰将军早年丧妻,再未另娶,他只有清尘一个独子,视若珍宝,父王考虑到沐将军未必愿意,所以一直未提……"

"沐将军父子多年相依为命,若是父王收了清尘做义子,恐怕沐将军心里不舒服,因此父王觉得没什么必要。"肃淳紧紧地握着清尘的手,感觉自己的手心因为紧张正在出汗,他强自镇定地说,"清尘不是扭捏之人,心直口快,一时没有将原因讲清,让娘娘误解,也是我和父王之前没有将宫中礼仪之事交代清楚,以至于冒犯了娘娘,请娘娘不要见怪。"

皇后听完,终于干笑一声道:"还是肃淳懂事啊。"

"好了,皇后你也别当真,清尘本是无心,"太后打圆场道,"你们看看,这么小的年纪,一门心思都用到打仗上去了,哪有精力顾及其他啊……总归不是全才,不是这头出色,就是那头欠缺……实属正常。"

太后接着介绍了其他娘娘,又把清尘褒扬了一番,给了些赏赐,其他娘娘也都各自再添上些赏赐,气氛倒是缓和了,太后随即招手道:"时候不早了,上菜吧。"

"修儿……"太后指指自己身边的座位,"过来坐。"又喊:"肃淳,清尘,你们坐这边。"

初尘刚要挪动脚步,皇后背着手,一把钳住了她。初尘赶紧刹住,无事般晃了晃身子,朝肃淳笑笑。

落座后,座位就成了这样的顺序,以太后为中央,左边是安王、清尘、容妃、信妃,右边是肃淳、初尘、皇后和珍妃、珣妃,围成了一个圈。

"清尘,随意点。"太后客气地先起身给清尘夹了菜。清尘说句多谢,一抬头,正好看见初尘直直的眼光,赶紧低下头去。

冷不丁,身边就飘过来一个细细的声音:"我觉得你长得好像安王府中的一个故人……"

清尘微微地斜过头,正好看见容妃微笑的脸庞,对着自己柔声细语:"我是安王妃的妹妹,没进宫之前,常去王府里走动……你挺像那个人的……不过,说了你也不认识……"

"吃菜啊,别拘束。"容妃轻声道,"太后这里的御厨,都是江南一带挑选出来的,厨艺特别好。"

"不知怎的,看见你,我就觉得好亲切……"容妃话语轻柔,特别耐听,"你比我释儿只大了一岁,可是懂事多了,战功又卓著,以后有空,常来走走,也带带他,好吗?"

清尘默然地点着头,一声不吭。

"他老是说要去军营看看,下次,皇上要是准了,让他去找你和肃淳,行吗?"容妃笑意盈盈地说,"刺竹还好吗?要是今天他也一道来就好了……"

清尘有些愕然，怎么说到刺竹去了？

容妃看他的表情，就知道是被绕糊涂了，于是吃吃地笑道："我姓赵，是肃淳的亲姨，也是刺竹的姑姑……"

集粹宫里，皇后屏退了左右，端起茶来，瞥了一眼初尘："跟你说了多少次了，谋定而后动，你今天怎么就按捺不住了？"

初尘脸色一紧，不吭声了。

"沐清尘是不错，可是要我说呀，你跟他，无缘。"皇后放下茶杯，严肃地望着初尘。

"为什么？"初尘讪讪道，"母后……"

"母后？我不仅仅是你养母，还是你亲姨妈，我难道不心疼你？"皇后轻轻地叹了口气，"初尘，你知道吗？容妃就要晋升贵妃了，跟你母后我只有一步之遥了……这次主推她晋升的，还是太后。"

初尘眨眨眼睛，皱起了眉头。太后挺容妃？

"容妃命好，一个儿子聪明好学，另一个厚道懂事，都是太后常常挂在嘴边上念叨的……不像我，流产了一个就不能生养了，"皇后有些黯然，"太后也希望容妃的儿子继位大统，所以一再提携容妃……这里面的原因，当然更多的是因为她跟安王家沾亲带故……"

"太后的心思，你还太小，容易迷糊，但是母后告诉你，任何事情，除了皇上，她都是以安王为第一位的。"皇后紧接着又补充道，"还有肃淳。"

"太后一门心思就希望安王统管大军，这样对皇上、对安王都好，她也放心，毕竟两个都是她亲生儿子。"皇后幽声道，"她最不希望的，就是我掌了兵权，跟安王分庭抗礼。为了让我绝了此意，她就将你赐婚给肃淳，这样，转来转去，都是在自家锅里，我就算争得了兵权，也没有任何意义。"

"肃淳可是她最喜欢的孙子。"皇后低声道，"太后确实非常喜欢你，但是，你们俩，她看重的，铁定只有肃淳。把你嫁给肃淳，一是出于对你的喜欢，二是为了牵制我，三是为了安我的心，但说到底，始终是为了肃淳的将来，要通过嫁你，把我的势力转为肃淳所用。"

"太后是很精明的。"皇后看着初尘，低沉道，"今天，你表现得有些露了，被太后看出来了，她那几句暗示性的话不过是试探，我为你着急……"

"你以为，我真的那么笨，非要跳出来煞风景，让太后不喜欢？"皇后说，"我没有子嗣，又只有你一个养女，这么多年，巴巴地等着太后赐个低贱的女人生的孩子给我领养着，她也一直不吭气。我一边小心地侍候着她，一边培植自己的势力，也是为了保住皇后这个位置，好在多年的经营不差，太后终究还是要顾忌我一些，这才有了你的亲事。如此看来，她不会动我皇后的位置，我也想就此安心，以后在容妃成了皇太后之后，封个圣母皇太后。"

"偏偏你这心思一动，太后就不高兴了，她哪能让你嫁给沐清尘呢？"皇后一语中的，"清尘如此才华，若做了驸马，加上我的关系网，他将一飞冲天，我也会如虎添翼，我当然是乐意，可是太后从此就会睡不着觉了——"

"你的表现，我阻拦不住，只得自己给太后表明态度，"皇后长叹一声，"所以，我才会那样刁难一下，显得不待见他，更亲近肃淳……你以为一个手握兵权的将军，这么多年我都求之不得呢，何必跟他为难呢？但是，没有办法，必须打消太后的疑心，也就是自己拔刀，阻断了与清尘交好的可能，这样太后才不会发难……"

"这么多年，我唯一的失措，就是无法掌握兵权……"皇后怅然道，"沐清尘是需要拉拢的，可是，我们只能暗地里进行……"皇后缓缓地抬起头来，浮起微笑，却有些沉重："你喜欢清尘，想易嫁，还是得慢慢来，要等机会的……"

"太后是不会给你机会的。"皇后的脸上掠过一丝忧郁，"她若确定你想嫁清尘，第一个想到的不是你真心喜欢清尘，而会怀疑是我的指使……我们要是一步不小心，她就会先下手为强，而我们或许满盘皆输……"

"趁她现在还在怀疑，你要小心才是，务必让她放心。"皇后戚声道，"初尘，这么多年，你都看见了，我活得不容易……母后会为你操持，但是，你千万要沉住心、稳住气，不要给母后惹麻烦……"

"清尘虽然有才，也有军队，但毕竟是在安王之下，我们要好好谋划，先得让他慢慢地跟安王这边分离出去，单独带兵，羽翼丰满了才行……"皇后兀自出着神，喃喃道，"这须得从长计议……只是这一次，怕是清尘要对我们有成见了，这也许是太后愿意见到的……"

"以后，要多留个心眼，你看今天，名义上是请清尘，结果呢，太后的身边坐的还是安王和肃淳……"皇后缓缓地说完，一抬眼，却看见初尘一脸愧疚地在流泪。

皇后一怔，眼圈也红了，赶紧伸手拉她："好了，别哭了……以后小心点就是了……"

初尘抹抹泪,说:"这几天,我会常常去太后那里走动,有时间也会要求她着肃淳进宫来的……"她顿了顿,低声道:"肃淳……我们会显得很好的样子……"

是的,肃淳心地好,性情也柔和,初尘向来都能吃住他,之前在通州那样单刀直入他都能接受,要拉着他在太后跟前演戏,就算是明说,也是没有太大问题的。想到这里,初尘忽然觉得有些对不住肃淳……身为肃淳的未婚妻,爱上了别的男人不说,还要求肃淳配合自己哄骗太后,自己在利用肃淳的好,挥霍肃淳的宽容,未免太过分了。

从庄和宫出来,清尘还是低头走路,半个字不说。

肃淳偷偷地笑了一下,猛一下又牵住了他的手,柔声道:"吃饭的时候,看你和容妃聊得挺好,说什么呢?"

清尘缓缓地将手抽出来,回答:"没说什么。"

安王默默地停下脚步,低声道:"清尘,这里是另外一个战场,你必须慢慢学会应对。"

清尘看了安王一眼,没有说话。

"那些娘娘们的话,都是场面上的,不过是应景,讨太后的欢心,什么跟我很像,还扯到太后身上去了,不过是牵强附会,你不用放在心上,"安王笑了一下,"沐广驰看得你那么重,我是不会收你做义子的……可别有什么心理负担啊。"

安王侧身,对儿子笑了一下:"肃淳,你今天的话说得很好,看不出平时跟我说话也还拘谨,这会应付娘娘们倒是周全。"

肃淳有些意外,没想到,为了给清尘解围,一时情急胡咧咧的几句,会得到父亲的夸奖,于是不好意思地笑笑:"这不都是逼出来的吗?再说,宫里来得多,也熟悉,皇奶奶在,我也有底气……"

安王定定地看了他一眼,意味深长地说:"可见,你还是聪明的,想做什么事情,只要用心,就一定能做好……所以,以后有什么事情,还是要投入进去,不能浮在面上。"

安王言毕,又看了儿子一眼,忽然想到,如果平时对他不那么苛责,也许他就能放松一些,在随意的状态下,也许能发挥得更好。此刻,他想到了沐广驰,同样是对待儿子,宽松的爱成就了一个叱咤风云的清尘,而他的严厉,却只带出了谨小慎微的肃淳。

也许，我该是要好好反省反省。

安王这么想着，渐渐地入了神。

肃淳侧头看看清尘，想着想着就笑了起来。

清尘狐疑地看了他一眼。

肃淳嘻嘻地凑近了清尘，低声道："他们都说我俩很像呢……"

"那又如何？"清尘不屑道。

"呵呵，"肃淳极是舒心地笑了起来，附在清尘的耳边说，"夫妻相，你听说过吗？就是两口子，长得很像啊……"

清尘脸上一刺，愠道："你胡说什么？"

"娘娘们不是都这么说吗？"肃淳说，"你别听我父王的，什么场面上应景的话，讨太后欢心，未必全然……你想啊，一个人说我们俩像，可能是应景，可是个个都这么说，而且，还说得有鼻子有眼的，不是说我们脸形像、眉毛像，就是鼻子、下颌像，咋就没有一个人说我们眼睛像呢……那是因为眼睛压根一点都不像，是吧？可见，人家还是照事实说话的……"

清尘猛一下停住，望着肃淳，严正道："以后我不想再听见这样的话。"

肃淳一怔，笑容僵在脸上。

"他们要怎么说我管不着，但是你最好以后也不要再提起这些。"清尘冷声道，"我跟你一点都不像！"

肃淳愣着，缓缓地又笑了起来，轻声道："你不喜欢啊……以后我不说就是了……"

清尘脑袋一别，不理会他。

恼了呢。肃淳抿着嘴，只是不出声，笑得更是开心了，猛地想起一件事来，左右看看，低声道："皇后虽然是个很厉害的人，朝中人脉甚广，但是一贯还算很会为人，今天这般对你，有些出人意料……以后，离她远些吧。"

第十二章 不上心其实人人上心 未明说怎知个个不明

清尘一脚踏进房里，就看见父亲站起了身，微笑道："回来了。"

清尘点点头，笑着将手中的盒子往父亲手上一送："娘娘们的赏赐，送给你了！"

"我要这些有何用？"沐广驰将东西放下，问道，"进宫感觉如何啊？"

"没劲透了……"清尘说着，往椅子上一坐，"一大群女人，就跟小鸟似的，叽叽喳喳叫个不停，搅得我是头昏脑涨……"他长吁一口气，感叹道："女人哪……"

"女人哪……"沐广驰也学着他的口气大声地重复了一遍，然后，呵呵地笑起来。

清尘一震，顿时变了脸色，跳起来，对着父亲的肩膀一拍："你啥意思？"

"就是你想到的那个意思……"沐广驰笑得浑身抖动，又重复道，"这些女人哪……"

清尘恼羞成怒，捏紧了拳头，绷着脸，大喊一声："沐广驰！"

沐广驰呵呵地笑道："我的儿，难不成你还想揍爹？"

清尘哼了一声，噘起嘴，重重地坐下去，扭过身子，不理他了。

"清尘啊……"沐广驰缓缓地敛去笑容，轻声道，"你都十七了……别人到这年纪，都……"他顿了顿，细声道："这仗呢，也快打完了，你以后做啥打算？"

"我已经跟皇上请求卸甲归田了，但是皇上不允，要我再好好考虑。"清尘看了父亲一眼，说，"我们还是做好准备，回东林镇去吧。"

沐广驰沉声道:"那然后呢?"

"你想我怎样就怎样啦。"清尘走过来,揽住父亲的肩膀,"听你的话,好好陪着你,孝敬你。"

"你不可能永远陪在我身边……"沐广驰怅然道。

"我能的。"清尘缓缓地蹲下来,趴在父亲的膝头,看着父亲微笑道,"我永远也不会离开你……"

他的眼睛,含着深情,笑容是这么温柔,话语又是这么动情,沐广驰看着清尘,静静地盯着这双眼睛,禁不住一阵阵心酸,颤声道:"傻孩子……你怎么可能不离开爹呢……爹也不能耽误你……"抬手缓缓地抚摸着他的头,动容道:"你也长得太快了,要是永远都那么小,该有多好……"

"爹只有一个你,只有一个你了……"沐广驰说着,渐渐地红了眼眶,"爹也舍不得你离开……"他默默地停下手,惆怅而伤感。

清尘,我不能这么自私,哪怕是最后一次,还是要辜负你娘的嘱托,这一切,我都阻止不了,你终究是要离开我的……

刺竹一身汗津津地进了门,将长棍架好,躬身在铜盆里洗了一把脸,这才转过头来,走近肃淳。

肃淳坐在桌前,脸上笑着,嘴里小声叨叨,不知在说啥。

"嘿!"刺竹猛地将脸朝向他,问道,"想什么呢?一副走火入魔的样子!"

肃淳吓了一跳,待看清是刺竹,便又偏着脑袋,煞是惬意地开始傻笑,直笑得刺竹都有些犯傻了。他终于忍不住了,一把捏住肃淳的下颌,拧过来,钳紧了,疼得肃淳直叫唤:"哎哟,你干什么呀!"

"说不说呀,不说就钳了你下巴。"刺竹狠声道。

"说呢……"肃淳拿开他的手,还没开口,先就笑了,一副沉浸在甜蜜中不愿自拔的样子,喜滋滋地,又故弄玄虚地说,"你还记得清尘的长相不?"

刺竹心里觉得有些不对。肃淳这样子,怎么看怎么一个花痴……他是单相思啊,可是,清尘是男的呀……刺竹眼见着肃淳在娈童这条路上越走越远,不由生气了,瓮声道:"沐清尘跟你没关系!"

肃淳一下立了起来,不满道:"你扯哪里去了?我是问你,你还记得清尘长什么样子吗?"

刺竹瞪了肃淳一眼，没好气地回答："两个眼睛一个鼻子……"复又重重地强调道，"男人的样子！"

肃淳登时板起脸来，过了一会儿，忽地又笑了，巴巴地凑过来："你仔细看看我……仔细想想，我跟清尘像不像？"

刺竹眨了眨眼睛，愠道："懒得搭理你……还死不悔改了呢……"

肃淳一下拉长了脸，不高兴地摆摆手："我才懒得理你呢。你什么都不懂，榆木脑袋一个！"他似乎要说什么，却忍住了，一个字也没说，起身走了。

看着肃淳的背影，刺竹纳闷了，肃淳玩变童，从前是毫无迹象，这如今也似乎不是，可他对清尘超乎寻常的感情……连不谙情事的刺竹都看出来了，这到底是怎么回事呢？他想得太多了，脑子都有点乱了。要是被安王发现这样的端倪，那可如何是好？

好在清尘没有这份心思。刺竹叹了口气，闷闷地嘟囔了一句："以后，只能少让你接触他了……"一转念，忽地想起了肃淳刚才的问题，长得像不像？

刺竹在脑海里还是细细地回忆清尘的样子，他记得，那次他借着给淮王祝寿假装商议和谈，过了渡，在中军帐内，第一次看到清尘的时候，就有些面熟的感觉。而第一次那么近距离地看清尘，是在路边的凉亭喝茶，清尘的侧面、鼻型和脸型，确有一些说不出的熟悉……

熟悉的感觉从何而来，自己为何又一次次地面对清尘感到恍惚？刺竹似乎找到了一些原因。

他倏地站起身，三步并作两步，大声喊道："肃淳……"

安王静静地坐在书房里，看着衣架上的银铠甲。

今天宫里发生的一幕，在他平静的面容下，激起了怎样的惊涛骇浪，没有人会知道。尽管他要清尘不要上心，可是，他却是真的无法不上心。肃淳和清尘牵手而立的那一幕，没有容妃的那一句话，也就是平常，可是，既然被点穿了，留给安王的，就只有诧然了。

肃淳和清尘，乍一看，没有任何关联，一个清秀，一个儒雅，可是细细看来，却是真的有些相像，这究竟是怎么回事呢？

安王默默地注视着银铠甲，怔怔地出神。忽然，门轻轻叩响。

安王稳住心神，喊道："进来。"

刺竹进来，张口就说："请王爷将今日宫中的事情说一说吧。"

"肃淳没告诉你？"安王说，"你们两个，什么秘密都没有，他一回来，径直去了你那里，怎么会什么都没说呢？"

刺竹摇摇头："他只问了我一句，他跟清尘是否长得像，然后就不见人影了，我找他不着，不如直接来您这里问个清楚。"

他也上心了……安王点点头，把当时宫里的情景说了一遍。

正说着，肃淳也进来了："刺竹，他们说你找我？"

刺竹低声道："找你跟找王爷是一样的。"

肃淳笑了一下，说："你什么时候也关心这些婆婆妈妈的事情了？这些宫里的娘娘们，她们也就是应应景，讨太后欢心，父王当时就说了，不要放在心上……"

"你显然放在心上了呀。"安王淡笑着，锐利从眼中一闪而过。

肃淳脸上一刺，有些不自然地回答："也就是好奇，想验证一下……"忽一下，转向刺竹，"你说我们到底像不像呀？"

刺竹默然片刻，沉声道："不像……他应该是像祉莲的……"

一听此话，肃淳有些急了，却只能笑笑，当作无事，一双眼睛紧张地望着刺竹，心想，别扯起祉莲啊。

刺竹思忖片刻，请求道："王爷，趁部队还要休整几天，让我去趟东林镇吧。"

肃淳心里"咯噔"一下，顿觉不妙。

东林镇，是沐广驰的老家，刺竹的请求，还是跟原来派给他的任务有关。安王轻轻地笑了一下，说："你还真是个执着的人。"

"以前因为是淮王的地盘，办起事来不太方便，现在，没有什么障碍了，我想把从前的疑点一一排查。"刺竹说。

"我跟你一起去。"肃淳笑嘻嘻地要求。

"你别跟着瞎胡闹，"安王没有允许，"才回京师，事情多，王府最近正在规整，营里没什么事，你也回去帮帮你娘，过几日，部队休整完毕，开拔之前，我还要邀请沐将军父子去府中做客，你要府里准备一下……"

"父王，准备也就是一天时间，刺竹要去几天呢……若是不耽误，还是让我跟他一块去，也好一路学些东西啊。"肃淳还在做最后的努力。

安王想了想，说："也不过两三日，还是他一个人去吧。"

肃淳一下没辙了，看着刺竹，眼睑一垂，不再言语。

"清尘！"肃淳喊着，进了院子，一抬头，看见沐广驰正在空坪里练枪，赶紧招呼道，"沐将军好。"

沐广驰斜斜地看了他一眼，说："清尘出去了。"

"他去哪里了？"肃淳笑嘻嘻地问。

沐广驰正要回答，清尘已经进门了，肃淳赶紧迎上去，却听沐广驰在身后喊道："清尘，副将找你议事，已经在屋里等了好一会儿了，你不要耽搁太久，还是正事要紧。"

清尘一边应着，一边看着肃淳。

"父王说，过几日，请沐将军和你去府上做客。"肃淳看着清尘，欲言又止，折头看看沐广驰还在院子里，不停地转来转去，没有一点要回避的意思，只好走近了些，压低声音道，"刺竹这两日，要去东林镇……"使个眼色过去，便不再说了，遂又高声道："等定了具体日子，我再来请你们！"

一拱手，匆匆告辞而去。

清尘望着他的背影，脸色渐渐阴沉，随即，悠然一笑，尽是叵测。

"清尘！"沐广驰在那头叫，"他找你干什么？"

清尘说："你不是听见了，就是请客的事。"

"唰"的一声，沐广驰手中的长枪一刺，闷声道："你离他远点，少来往。"

"知道了。"清尘扬声道，"副将人呢？"

沐广驰侧身马步，长枪一抖："走了。"

"什么走了？"清尘不屑道，"是压根就没来吧……"乜了父亲一眼："就你，也想跟我来这套？"

"跟你学的！"沐广驰身子一转，长枪一转，笑道，"沐帅，受用与否？"

"行了，"清尘翻个白眼过去，嗔怪道，"看你那一身汗，还不赶紧进屋歇歇，喝口水，非在这跟前杵着……你不开口搁那一站，我一看，就知道你想干啥！"

沐广驰手腕一转，收了长枪，瓮声道："我的话，你可记住了？"

"记住了，少跟他来往。"清尘拿起架子上的帕子朝父亲扔过去，"你的心思我知道，放心好了，安王家里的人，我都会保持距离，不去沾染。"

"赵刺竹不是安王家里的人呢。"沐广驰伸手一接，顺势擦了把脸。

"还是沾亲带故。"清尘说，"归为一类。"

"欸，那可不一样……"沐广驰急了，嚷道，"他们不住一个屋里，不是一家人……"说着说着就开始有点张口结舌，这叫啥逻辑？自己都说服不了自己呢。

"我就不知道你急个啥？"清尘抢白道，"敢情他不是跟安王沾亲带故，是跟你沾亲带故啊？"

"呵呵，"沐广驰忽地笑了起来："我是想跟他沾亲带故呢，小伙子，真不错……"

话语未落，脑后一股寒气，竟是剑风凌厉，毫无征兆便刺了过来，沐广驰瞬息之间，下意识地一躲，抄了手中的家伙，往后一弹，俯身一个扫堂腿，转过面来，假意板起脸道："别以为爹老了就可以随便欺负……"

"不欺负你，"清尘嘻嘻地笑着，手下可是毫不留情，"唰唰"又是几剑连刺，逼得沐广驰步步后退，只剩招架之功，眼见得父亲就要反攻了，清尘倏地收手，一个旋转，宝剑入鞘，笑道，"爹，我真不欺负你……非但如此，我还为你考虑了一件好事……等去王府做客那天，我要请王爷做媒，给你配一门好亲事，也找个好女人，侍候你下半辈子……"

沐广驰本来是吹胡子瞪眼，预备跟清尘好好斗斗，一听这话，登时泄了气，不得不软下口气："哎哟，算爹求你了，这可千万使不得……"

"你也有命门啊。"清尘得意地笑道："你以后好生听话不？"

沐广驰悻悻地用长枪顿了顿地面，低声道："怕了你了……"

"那就送我走吧……"清尘笑嘻嘻地逗他，知道这是他死活不会舍得的。

"不行……"沐广驰一听，急了，脑袋摇得跟拨浪鼓似的，"那不是要了我的老命！那可不行——"

"不行你就乖乖听话。"清尘笑着眯缝起眼睛，"我听你的话，你也要听我的，赶紧歇歇，去喝口水。"

此刻，看着父亲那张汗津津、憨厚的笑脸，清尘心里掠过一丝忧虑。

我真的跟肃淳那么像吗？是话由人说？是巧合？是夫妻相？还是真有别的什么可能……

父亲已经越过了身边，清尘嚅动着嘴唇，欲言又止。

不能问的。父亲太脆弱，很多事情，他承受不起。

刺竹将方布抖开铺在桌上，随便找了两件衣服，顺手一扎，就挽上了肩膀，这里提着刀，刚抬步，忽地一愣，肃淳正一脸默然地站在门口。

肃淳缓缓地把门带上，脸色郑重中略带沉郁，跟平素判若两人。

刺竹盯着他，轻轻地皱起了眉头。

"父王并没有提起,你为何主动要求去东林镇?"肃淳坐下来,没有看刺竹,看似平淡的话里,带着无以名状的晦涩。

刺竹低声道:"这是王爷从前交给我的任务,因为局势所限,只完成了一半,现在,没有障碍了,我就必须亲自去画上一个句号。这是我的职责。"他看了肃淳一眼,"王爷不提起,并不代表他无心……肃淳,这个时候,不论是你有心逃避,还是准备欲盖弥彰,都会让王爷对你心生反感……"

肃淳垂下眼睑,满脸纠结的神色,仿佛正在为什么矛盾。

刺竹徐徐地放下包裹,在肃淳的对面坐下,轻声道:"你在担心什么?"

肃淳定定地看了刺竹一眼,移开目光,兀自长叹一声,却不言语。

刺竹默然片刻,压低了声音:"如果清尘是王爷和祉莲的孩子……"

"不可能!"肃淳的眼睛骤然一股厉气,"清尘不可能是父王和祉莲的孩子!"

"你怕王爷换世子?"刺竹的话一下子就堵了过来,肃淳顿时愣住,就在这一瞬间,刺竹的话更是尖锐地刺了过来,"换不换世子,那是王爷的决断,我的职责,就是办好王爷交代的事,给王爷一个真相……如果你因为自己的私心,而想我隐瞒什么,我告诉你,即便我是你表哥,身上担负着赵家和姑姑的期望,也不会昧着良心做这种事情……"

缓缓地结了尾音,忽地又义正词严道:"你别跟那些宗室一样,一天到晚就是玩花样争权夺利,只要你把心思都用到正道上,好好学习,争取建功立业,你这个世子的位置,谁也抢不走,我会帮你的!"他重重地按住肃淳的肩膀,"我们要争,也堂堂正正地竞争,任谁,也没话说!"

肃淳还没听完,脸就红了,转瞬又成了白色,过了一会儿,竟又红了,他气恼地嘟囔道:"哎呀,你想哪去了——"

刺竹愕然,随即狐疑地望着肃淳。

肃淳被他盯得无计可施,只好说:"我问你,如果你去东林镇,发现了祉莲,也就是说,祉莲没死,你怎么办?"

刺竹沉吟片刻,说:"我想过,祉莲没死,她或许就在东林镇沐家。"

"我是问你,你怎么办?"肃淳追问道,"是告诉父王,还是隐瞒?"

"肯定报的。"刺竹毫不迟疑地回答。

肃淳脸色一沉,伸出食指点着刺竹,半晌,一拍大腿:"我担心的就是这个!"

刺竹纳闷着。

话到这里，还不如直说了，肃淳深吸一口气，问道："你觉得父王知道了会怎么做？"

刺竹默然着，不答。他知道，安王对祉莲的爱一如往昔，十九年的思念并没有让一切褪色，反而增添了更多的迫切。如果安王知道祉莲没死，他一定会不顾一切地把祉莲接回身边，接回王府，去填补那闲置多年的四夫人之位，去弥补那多年的遗憾，补偿他对她的亏欠。

"刺竹哥，"肃淳情真意切地说，"就算我求你了，就当祉莲死了吧……你听到的只是一个故事，可是，你用心去想想，她有多么可怜。好不容易才从王府离开，回到沐广驰身边，你如实一禀告，就是棒打鸳鸯……也许，从道义上说，她应该回到父王身边，因为她是父王的夫人！可是，从人情上说，她和沐广驰真心相爱，没有父王的横插竹竿，她和沐广驰才是原配，才是神仙眷侣。法律也不外乎人情，何况，她真心爱的人是沐广驰，而不是父王……"

"她已经够可怜的了，你放过她吧，刺竹……"提起祉莲，肃淳甚是动容，"你是履行了自己的职责，她却要从此夫妻分离、骨肉分离……你觉得像她这样的人，会在乎一个王府的夫人之位吗？"

刺竹紧紧地锁住了眉头，摇摇头，瓮声道："要我欺瞒王爷，我……做不到！"

"你再想想沐广驰，"肃淳见刺竹在动摇，赶紧趁热打铁，"他之前一直顾虑重重不肯归降，最终，还是以天下苍生为重，这样一个大义的汉子，你怎么忍心反过头来就拆散他的家庭？"

"我们这叫什么？过河拆桥！"肃淳正色道，"还有清尘，他之前不是没有想到这种可能，但是他还是归顺了，我们怎么能一达到目的就置别人的感受于不顾呢？你叫他以后如何面对——自己是王府夫人和别人的私生子，自己的母亲不跟父亲在一起，而是要到王府去重做夫人？你让他以后怎么在众将面前做人？他要怎么称呼祉莲，是叫娘，还是叫四夫人？他以后要见自己的母亲，是不是还要经过王爷的首肯，经过王府的层层通传？"

"世事已经够无情的了，你还要这么残忍？！"肃淳闷声道，"刺竹，在你的心里，原则和职责就真的那么重要，一点都不可以通融吗？"

刺竹缓缓地低下头去。

"让她安安静静地生活，一直终老，这样不好吗？"肃淳说，"就当是可怜可怜她，给她一点点幸福的时光……"

刺竹缓缓地抬起头来,轻轻地抿了一下嘴角,低声道:"你刚才说的这些,我想王爷也会考虑的……兴许,看在沐广驰和清尘的面子上,他不会强求祉莲回王府……"

"你错了。"肃淳凛声道,"我不否认父王是个大气的人,可是对祉莲,他做不到……"看见刺竹坚守那该死的原则丝毫也不肯让步,肃淳不得不出言打破他美妙的幻想。

刺竹顿了顿,说:"真有那么一天,我会力谏王爷的。"

"你怎么谏?"面对刺竹的固执,肃淳有些烦躁,忍了又忍,低声道,"父王说这是家事,你还有什么好说的?"

刺竹静静地看了肃淳一眼,说:"所以,你提出跟我一同去,你想通风报信,还是暗中破坏我的调查?"

"是。"肃淳直言不讳地回答,"我会尽一切手段,让你找不到祉莲。"

"可是你去不了了。"刺竹沉声道,"不管最后结果如何,我都会给王爷一个真相。"

他加重了语气,说得更慢:"你早就知道,祉莲还在人世,还在东林镇,祉莲是清尘的母亲?"

肃淳默然片刻,垂下头去:"我只是这么猜的。"

"你总是有证据才能这么说。"一旦涉及真相,刺竹总是不依不饶。

"没有证据，"肃淳抬起头来，"就是直觉，不管你信不信。"

"是你不愿意相信吧？"刺竹猛一下变得咄咄逼人，"你就是压根就不希望清尘是王爷的孩子。"

"我没你说的那么龌龊！"肃淳有些冒火，冲口而出，"清尘永远也不可能做世子……"

"为何？"刺竹的眼睛里，精光乍现，"你为何如此认定？"

肃淳心里一惊，知道失言，赶紧搪塞道："他是沐广驰的儿子……"脑海里倏地又冒出一个现成的理由来："你想啊，他才十七，可父王和祉莲分别已经十九年了，他怎么可能是父王的孩子？"

刺竹沉默着，没有再说话。是的，这是最简单不过的常识啊。

肃淳见他不语，庆幸着侥幸又过了一关，于是轻声道："我不担心清尘……我只是可怜祉莲，王府里可怜的女人还少吗……我娘都未必幸福，我最后劝你一次……"

刺竹不等他说完，已经缓缓地起了身，低沉的声音，依旧没有回转的余地："怎么样处理，除了王爷，谁都做不了主，事实到底如何，等我去过了东林镇再说——"说完一转身，风一般地走了。

"赵刺竹！"肃淳追出来，站在门槛内，气急败坏地一声大喊，"去你那该死的职责吧！"

他忧虑而愤怒，却又无计可施，黯然回屋，垂头丧气地坐下，忽地一下，心里有底了。刺竹，你爱怎么查就怎么查，反正我已经提前给清尘送过信了，以他的聪明，未必能让你查到蛛丝马迹……

三天后，一大早。

安王缓缓地从书案上抬起头来，轻声道："既然如此，还能怎样？"

刺竹一拱手："王爷，末将日后还会留心的，若还有丝毫不妥，末将定然追查到底。"

安王微微一笑，感叹道："你办事认真，性格又执着，我更加没什么好说的了。"

"这几日，你也辛苦了，下去好好休息吧。"安王抬抬手，"今日，我邀请沐将军父子去府里做客，你回来得正好，一同去吧……"

刺竹应下，缓缓退去。

这一路走回营里，刺竹的心里可是说不出的味道，本以为会有一个大大的惊喜，结果一趟回来，竟是一无所获，非但如此，还有点点的苦涩在心头。这苦涩从何而来？刺竹心里明白得很。那就是，疑点还有，却再也无从查处。

正陷在心事里沉沉郁郁，忽地肩上被人一拍，刺竹头也没抬，就喊："肃淳……"

"呵呵，"果然是肃淳的声音，满是愉悦，"那边情况如何？"

刺竹苦笑了一下："遂了你的心愿了。"

"这多好啊……"肃淳笑得没心没肺的，接着又好奇地问，"到底如何啊？"

刺竹闷声道："沐广驰将军的父母已经作古多年，武馆早就不开了，家中还有几十亩地和几个铺面在放租，老宅里还有几个老仆，是一个老管家料理着一切……我去看过老太公他们的墓地，是多年前的老冢，墓碑上，也都刻着子广驰、孙清尘的字样……"

说到这里，他淡淡地瞥了一眼肃淳，又道："我跟老管家唠了唠，听说我是退役回家路过东林的，又从百洲来，便很是有兴趣地问起了沐家军的境况，说他甚是想念少爷广驰和孙少爷清尘，希望有生之年，还能替清尘张罗婚事，能替老太爷娶个孙媳妇进门，也就没有什么遗憾了……"

肃淳在他的注视下，目光有些游离起来，然后，默默地低下头去，只顾走路。

刺竹也轻轻地停下了话语，想起了清尘曾经说过的那些往事，这一次，他去了沐家，亲眼见到那个小院里，确实有一张跟隔壁相通的小门，也问清了清尘小时候确实吃过隔壁那个被唤作"徐姨妈"的奶……

清尘一直在沐家，跟爷爷奶奶住了不到一年，断奶后，沐广驰即把他带走了。

这之后的许多年里，清尘是在归真寺长大，习武，念书，跟秦骏在一起朝夕相处。

一切的一切，都是真实的，也印证了当初清尘的话，真相似乎可以就此了结了，可是，刺竹还是细致地发现了一些小小的疑点。

"我娘身体不好，没有奶水，就让姨妈喂我……我姨妈就嫁在爷爷家隔壁，为了带我，两家还特意打了个小门。"清尘从前的话，似乎是故意要把他绕进去，因为他嘴里的姨妈，怎么听感觉都是亲姨妈，可是，这明明只是隔壁的一个姨娘，正好奶水又多，沐家出了钱，让她做了奶娘，自己的孩子和清尘，两个孩子一同喂。清尘为什么要这么说呢？

而且，据徐姨妈的说法，每次都是清尘的奶奶亲自抱了清尘过来吃奶，吃完便走，从未在徐家停留，后来，干脆就变成了挤奶装在碗里，丫鬟来取，清尘和奶奶都不过来了。这样的防范似乎太郑重其事，是爱得太深，还是另有原因？

刺竹百思不得其解。

清尘的母亲从未在沐家出现过,沐家的老仆,包括老管家,都没有见过清尘的母亲,更不知道她是何许人也……

沐广驰那么爱清尘,为何要把清尘带走?如果是离家后一直带在自己身边,在刺竹看来就没有异常,但是那么小,只一岁的孩子,既然不能带在自己身边,家里的照顾不比归真寺好?东林这么个大镇,私塾不知多少间,还有不少名师,不也比归真寺强?为何不能把清尘留在沐家,跟爷爷奶奶生活,在东林镇上念书,让自己家里武馆的师傅传授武艺,而非要带去归真寺?这里面,似乎有玄机。

一岁的清尘离开沐家,七岁跟沐广驰住到了军营,九岁时第二次回到沐家,此后,清尘每年回沐家一次。这整个过程,使清尘对于沐家的老人来说,也是非常的陌生和神秘。

这些都是小事,最大的疑点,还是清尘的出生。

清尘并未在沐家出生。管家说,有一天,少爷忽然形容憔悴地回了家,一到家,就长跪在中堂,从胸前解下一个小襁褓,里面一个小小的婴孩,正是清尘……

按照管家的说法,沐广驰跪求父母答应了什么,这才把清尘留下,后不到一年即匆匆接走。

管家清楚地记得,清尘来的时候,不过出生数日,时间应该是嘉升二年四月间。

所以,清尘满了十六岁,说是十七岁,这是他的实际年龄。刺竹还找稳婆推算了一下,如果清尘是嘉升二年四月出生,那就应该是嘉升元年六月间受孕,而那时,祉莲还在安王府。到七月底,祉莲死于苍灵渡。

所以,清尘不可能是祉莲的孩子。就算祉莲当时没死,此后一直跟着沐广驰,也不可能怀上并生下清尘。

清尘是谁的孩子已经不重要,他应该是沐广驰的亲生骨肉,而跟安王和祉莲没有关系。

刺竹深深地叹了一口气,清尘像祉莲,正因为这个相像,误导了自己。这里面的可能性太多了,他想,也许是沐广驰碰到了一个跟祉莲非常相似的女子,一时情动,就有了清尘;也许心里只有祉莲一人的沐广驰并不想跟那女子纠缠,所以待那女子生下清尘后,就独自将清尘带回了沐家,而跟那女子撇清了关系……

刺竹看着肃淳,忽地正色道:

"清尘是孙少爷……世子不得玩娈童。"

肃淳脸上一刺，微微有些泛红，他怔了一下，挤出一个笑脸，马上转移了话题："父王邀清尘和沐将军去家里做客，都准备好了，我们一起去接清尘如何？"

怎么还是清尘长、清尘短的？刺竹有些不快，还未开口，就被肃淳拉起了胳膊，径直朝前蹿去："走吧，走吧，接他们去——"

刺竹被肃淳拽着，只听见耳边风声呼呼作响，思绪却又重新浸入了心事中。

肃淳到底在想些什么？他对清尘怪异的感情，他故意的混淆视听……什么"他才十七，可父王和祉莲分别已经十九年了，他怎么可能是父王的孩子"，安王和祉莲在照庆二十三年相遇，却是嘉升元年成亲，嘉升二年七月分离，哪有十九年？从上次离开百洲城，到这次重新回来，也不过十八年……

一路思绪零零散散，不知不觉已经到了清尘家中，肃淳大力拍门声终于把刺竹的思绪拉了回来。

"清尘，走吧！"肃淳兴奋的声音从院子里传来，"府里都准备好了，父王也回家去等着了，特意嘱托我来接你们！"

一进门，清尘在气定神闲地坐着擦拭宝剑，淡淡地瞥了他们一眼，手里还在不紧不慢地动作着。

肃淳笑道："你不换衣服吗？"

"就这样去不行吗？"清尘漠然道，"是请我，还是请我的衣服？"放下帕子，手一抬，剑入鞘。

"你不要多心，我就是顺口说说。"肃淳笑了，四下望望，"沐将军呢？"

"他不去了。"清尘冷声道，"他出门去了。"

肃淳愣了，面露难色："怎么不去了呢？我不是早几日就邀请你们了吗？这没接到你爹，父王又该说我了……"

"不会的，我亲自跟他解释。"清尘眉毛一挑，"我爹昨天就去归真寺了，要明日才回。"

归真寺?! 这三个字又像针一样轻轻地扎进了刺竹的心上。东林镇一无所获，他似乎还可以去归真寺一探究竟。

肃淳无奈，只得说："沐将军早告诉我多好，这下，我又要承担办事不力的罪名了……"

清尘静静地瞟了他一眼，低声说："安王爷定然知道，我爹是不愿意去安王府的,非但如此,我也不想去。不过,既然你们盛情邀请,爹不去,我还是走一遭吧,以免失礼……"

他顿了顿,更加直白地说:"祉莲,始终是我爹的心结……还是不要强求吧……"

刺竹心底又是一刺,清尘如此直截了当,毫不回避地提起祉莲,提起沐广驰和祉莲的关系,这还是头一次,他恍惚中觉得,清尘是刻意的,但是,他不明白,清尘为何要特意往这上头引呢?

一抬头,却正好碰上清尘的眼光,四目相对,只看见清尘的眼里,淡淡的一丝戏谑,仿佛是在挑衅:赵刺竹,你找到真相了吗?你死心了吗?不死心,我还给你指条明道,去归真寺转转,别老纠缠着我,愣是想让我跟祉莲扯上关系!

深深的叵测,就挂在清尘的嘴角,依旧是那不羁的傲然,顷刻间让刺竹挫败满怀。

沐清尘是何许人也,他早就料到刺竹想寻找什么,他也不屑于去掩盖什么,因为,真相就是这样,无须遮掩。这一刻,倒好像他是坦荡的,而刺竹倒有些小人戚戚了。

安王府里张灯结彩,喜气洋洋。一进门,感觉就是大不一样,红色的灯笼一溜排开,青石板的甬道两旁,摆满了粉红色的月季花,一盆挨着一盆,绽放着密匝匝的娇媚,碗口大的花朵硕大肥实,花瓣上闪着釉光,鲜艳欲滴,馥郁的香味连成一片,浮在院子里,好似要把人熏晕了一般。

穿过院子,清尘忍不住侧目,多看了几眼。

"喜欢吗?"肃淳笑吟吟地说,"这是云南进贡来的粉月季,非常稀有的品种,以香气浓郁而闻名。我特意布置的,喜庆中带着清雅,想你也会喜欢……"

清尘淡淡地笑了一下。

缓缓地进入内院,那前院的喧闹一过中门,就成了安静,道旁只有矮矮的茶树,花季已过,是静默的暗绿。

安王府大气而恢宏,从外面看,灰檐白壁,琉璃铺顶,简洁流畅而气势不凡。从里面看,雕梁画栋,古朴典雅。王府的气势仅从占地就可见一斑,一般人家前厅就是正厅,但安王府是从大门进入前厅,再从前厅进入内院,一般府邸也不过三四丈的距离,安王府至少二十丈。甬道宽可过马车,两边的空坪摆放着兵器架,呈现着武将治家的特征。

徐徐朝前,到正厅前面,忽地眼睛一亮,宽大的门楣两边栽着两棵栀子树,齐人的高度,墨绿的叶片,白色的大花,开得煞是粗犷豪爽。院子里自门槛处,月季的浓香淡了，到了这门边，却洋溢着一股馥郁清香，吸入鼻中，顿时神清气爽。

安王跨出正厅来迎，在花香飘逸中微笑着点头，他穿着一件白色的长袍，两条飞龙盘绕前胸，没有了战场上的威风，却又平添了浓浓的书卷味道。

"安王爷。"清尘立定，略一躬身。

"怎么，沐将军呢？"安王看见只有清尘一人，有些意外。

肃淳正要答话，清尘已经抢先一步回答："父亲去归真寺了，明日才能回，派我做代表……"

安王沉吟着，点点头，释然道："广驰呀，就是放不开……也罢，不为难他，随意，随意就好。"

进了正厅，安王说："先去书房坐坐。"

"父王真是看得你起，"肃淳低声道，"一般人等，多数将军，都没去过他的书房呢。"

王府的书房，分为里外两间，外间是王爷的古玩收藏，满屋都是字画瓷器，还有一架子的奇石，可谓是琳琅满目，应有尽有。安王热情地介绍着，清尘却看得索然无味。这是富贵人家的典致生活，对他来说，太过陌生。出于礼貌，他耐着性子听下去，心里却在琢磨着那府中前院兵器架上的兵器，嘴里有一句没一句地回应着。

安王拿起一幅卷轴，甚是自得地打开，自豪道："清尘，你看，这是王羲之的手笔……"

清尘看了一眼，随口道："嗯，是不错。"

看他如此敷衍了事，肃淳忍不住笑了，想逗逗他，于是顺手将另一幅卷轴打开，问道："你看这幅如何？"

"挺好。"清尘瞥瞥，淡淡地回道。

肃淳吃吃地笑着，从书案上再抽出一卷来，展开，跟之前那幅并列提着，问道："这两幅，你看哪幅的字写得好些？"

清尘这才凝神静气，仔细地端详了一番，半晌，才说："都一般……"

刺竹已经发现不对劲了，眼睛一鼓，刚要说话，冷不丁就被肃淳踩了一脚，他一缩，狐疑地看肃淳一眼，却发现肃淳对着清尘一脸坏笑："怎么就得了个一般的评价？"

清尘歪着脑袋，又细细地看了一下，复正色道："很一般。"

刺竹一怔，忽地笑了，却憋着，没有出声。安王有些惊愕地眨眨眼睛，看看肃淳，又看看清尘，也禁不住笑了起来。

肃淳故作讶然道："这个字不好吗？"

"这有什么好？"清尘不屑地摆了摆脑袋，"还没我的字写得好。"

"哦？"安王笑道，"那你写一幅我们看看如何？"小小毛孩，不知道天高地厚呢。

"好，"清尘大言不惭道，"让你们见识一下。"一挥手："摆上家伙！"

刺竹和肃淳连带着安王都乐了。还摆上家伙呢，以为是打仗呢，也不知道说笔墨侍候……

毛毡铺好，宣纸压平，镇尺摆上，狼毫也搁上了笔架，清尘却不动了，抱着胳膊，皱着眉头，半天不语。

"写啊……"肃淳怂恿着，望着刺竹偷笑，刺竹也抿着嘴笑，这个军营里长大的小子，只怕不知道写字，甚至不知道抓笔呢……

安王笑吟吟地看着，不说话。

清尘像模像样地看了一阵，说："换大张的纸。"

肃淳和刺竹赶紧换纸，这张纸可够大，把安王那张紫檀木的书桌都铺满了。

清尘终于不再是抱臂的姿势，他放下胳膊，看着悬笔架上那一溜笔，兀自取了一根最粗壮的抓在了手上。

肃淳再也忍不住了，"扑哧"一下笑出声来。这清尘握笔的姿势，就跟抓着剑柄一样，这哪像写字呀……

可是清尘却镇定得很，他似乎没听见肃淳的笑声，也无视他们的好笑，盯着纸，略一凝神，用那粗鲁怪异的手势，抓着笔，蘸上了墨，就在三人屏神静气地等着他落笔的时候，他的那几根细长的手指，忽然像变戏法一样，以极快的速度，异常灵活地转动了起来，也不过眨眼的工夫，手已换了姿势，握姿正确，而墨，未滴落分毫——

三人有些愕然，就在一愣神间，清尘已经落笔。

沙沙的细响，下笔如有神，在他手腕灵活的翻转之下，几个行楷的大字一气呵成。

横刀立马！

个个字大如盆，虎视眈眈地傲视着一切，那雄壮的霸气和傲然的气势一跃而出，直至内心，令人浑身一震！

三人忽地一噤，书房内，是诧然的安静。

　　清尘缓缓地搁下笔，斜眼看着安王，低沉道："这幅字，比你那两幅如何？"眼光一掠，滑过肃淳和刺竹的脸，就好像刀锋一样，带着寒光和锐利。

　　三人又是一惊。刚才，清尘并非没有用心，并非没有看清那两幅字旁边的落款，他随意之后的敏锐，和粗略之下的精细，再次显露了他内里非同寻常的精明。这一开始，似乎是肃淳在逗他玩，到了此时，方才明白，是他在玩他们三个。

　　安王缓缓地转到清尘的旁边，盯着这四个大字：

　　横刀立马！

　　墨迹未干，苍劲有力，实在是比自己写得好。他是一个将军，沐家军的统帅，他就该是有这样横刀立马的气魄！这四个字，正是他贴切的写照！在磅礴大气的隐约之中，霸气毕现；在傲然不群的桀骜中，威严顿生。

　　安王的眼中，再次浮现起第一次见面的时候，那矫健的雪尘马上，那沉默而凌厉的身影，而他的身后，是同样沉默，却也是同样气势逼人的沐家军……在他一挥戟间，安王脑海里贯透的，不就是这四个字：横刀立马？！

　　这不可一世的气势，只有沐清尘！

　　安王按下心中奔涌的感慨，轻轻地拉住了清尘的手肘，牵引着，走进了里间。

　　屋子正中的架子上，银光闪闪的铠甲，铮亮如新。

"清尘，物归原主。"安王轻声道，"你才是它的主人，永远的主人。"

清尘静静地望着熟悉的银铠甲，默然许久，才低声道："不用了……"

"怎么不用了呢？"安王微笑道，"宝剑赠英雄，这铠甲，当给将军，更何况，本来就是将军的，还给将军也是理所当然。"

清尘缓缓道："可惜，这是淮王送的……还是算了吧。"

安王沉吟片刻，挥挥手，肃淳赶紧从旁边的柜子旁移过来一个蒙着厚毡布的架子，望着清尘微微一笑。

安王轻轻地抬手，示意清尘揭开毡布。

清尘迟疑了一下，扯落了毡布——

满屋子登时一亮，黄灿灿的光芒带着尊贵的堂皇，默然相向。

这是一身黄金的铠甲，炫目又华贵，象征着无与伦比的荣光。

"送给你的，清尘，"安王轻声道，"如果你不愿意接受淮王的旧物，那就接受我的这份礼物吧。"

"多谢王爷的美意，这套铠甲，可能并不适合我……"清尘垂下眼睑，低声道，"王爷此举让我受宠若惊，只是清尘知道，这样的黄金甲，应该是皇室宗亲才配享有，或者说，给肃淳更为合适。"

"呵呵，"安王笑道，"我就是担心你不肯接受……"他想了想，说："身为将帅，岂能没有铠甲？我也不为难你，银铠甲和黄金甲，随你任选一套吧。"

清尘默然片刻，回答："或许，两套都用不上了，我和父亲准备退役回老家去。"

"我以黄金甲相赠，却坚定了你的去意……"安王幽声道，"清尘，你急流勇退，是为了自保吗？"

话一落地，清尘已经单膝跪下，拱手道："安王英明。为沐家军找到合适的统帅，我和父亲的使命业已完成，可以功成身退了。"

"我这里无所谓功高盖主，也无所谓以金甲试探你的心意……你多心了，"安王缓缓地托起他，"我只想表达我对你的器重，告诉你我会比淮王更重用你……只是你小心谨慎，本也是对的。"他幽幽地叹了口气："你不肯接受，我也不会强求，既如此，还是把银甲带回去吧。记得他们都喜欢叫你银甲将军……"

清尘踌躇了一下，似想推辞，末了，还是一躬身："多谢安王美意，末将却之不恭……"

不要黄金甲，其实也挺好……安王有些失落，却仍旧是宽和地笑道："从你卸下银甲的那天起,我就一直期望着有一天能亲手还给你。"

是的,这一天,他其实等得并不久,从沐广驰亲口对他说那句话"他自己留下的,还是让他自己来取"开始,他就有预感,他能得到沐清尘,也能得到沐家军。可是,虽然现在这一切都归属了他,但此刻,他却觉得他并没有真正得到清尘的心,非但如此,他们还离得很远,这个距离,是清尘在刻意地保持,而他无能为力。

走出书房,在去往正厅的路上,清尘默默地拉开了和安王的距离,却不料,肃淳也故意落了下来,嘻嘻地笑道:"你为何要提出把黄金甲给我呢?"

"你是世子。"清尘漠然道。

"没有别的原因了?"肃淳有些不信,随即又舒心地笑道,"若是父王把黄金甲给了我,你穿上银甲,我们是不是很配?"

清尘猛地止步,一斜头,冷冷地望着肃淳,凛声道:"那我等下就禀明王爷,说你想要黄金甲。"

肃淳面上一刺,不语了。

安王走得很慢,显得有些心事。

刺竹迟疑了一下,靠上去,轻声道:"清尘刚归顺不久,还有戒心,是可以理解的。"

"嗯,"安王并不否认是自己不当的举动让事情适得其反,"是我太急切了。"

刺竹想了想,细声道:"王爷您应该知道,任何时候,清尘都不会接受黄金甲的。"

"我知道,我只是希望他能接受……"安王黯然道。

"他接受了银铠甲,并不代表他对淮王还有旧情和眷念。"刺竹的声音压得很低。

安王笑道:"怎么你也如此多心?清尘不了解我,多心是正常,可是你呢,跟随我这么多年,还会认为我的不悦,是因为顾虑清尘对淮王还有情分?"

刺竹一怔,无言以对,只紧紧地跟着安王,不期然间,心思却飘散了,反反复复只盘旋在一个问题里,清尘似乎对安王深有芥蒂,到底是为何?

他并不知道,此刻安王心里想的,跟他思考的正是同一个问题。

清尘的反感,不露痕迹,可是安王却能明显地感觉到。他对清尘有种天生的亲昵,可是清尘却似乎带着与生俱来的恨意,这到底是为何?

一行人进入正厅的时候,安王妃早就等候多时了,她身着正装,头戴金冠,显得异常隆重。看见安王进来,赶紧躬身半蹲,行了个大礼。

"来,美云,我给你介绍介绍,"安王轻轻一侧身,手掌轻扬,指向身后,"这位就是威名远扬的沐家军统领沐清尘。"

"见过王妃娘娘。"清尘赶紧深鞠一躬。

"久仰了。"美云连忙拢起双手,做了个"请起"的姿势。眼睛便带着几分好奇地望过去,心里却在纳闷,这么秀气的声音,仿佛孩子一般,又是单薄的身子,跟自己想象中的统帅似乎差距不小呢。

清尘缓缓地直起身来,眼睑也缓缓地抬起,看向安王妃。

这双眼睛!

美云只听见耳朵里"噌"的一声轻响,是什么?是记忆的锁打开了,是那双曾经远去了的眼睛又回来了,是那十九年前美丽的容颜缓缓地印现在尘封的岁月里……就像苍灵渡那一江碧水,随着阳光晃一晃,炫目中,彩虹出现,而她,就在水波之下,淡淡地望着自己——

"祉莲!"美云忘情地、激动地一把抓住了清尘的肩膀,大声喊道,"祉莲……"一瞬间,眼圈倏地红了。

清尘微微地皱了皱眉。

那双无比熟悉的眼睛里,还是那冰一样的决绝,却再也没有了那如水般的温柔和良善,只是在一皱眉之时,一股凌厉锥心地刺来。美云蓦地一惊,惶然地发现了自己的失态,涩涩地笑着,轻声道:"认错人了呢……"

"真是不好意思,将军……"美云有些赧然,看着清尘禁不住面色发红。

清尘见怪不怪,淡然道:"认错人的多了,无妨。"

美云听罢,心底一动,转眼看看安王,又看看肃淳,不经意间,竟然又失了神。直到安王问一声:"菜都上齐了?"

美云这才如梦初醒,连声道:"都好了,都好了……"

安王吩咐开席,清尘走近,看着满桌的菜有些发怵。

偌大的圆桌,各色佳肴,应有尽有,红红白白绿绿黄黄,素的荤的,天上飞的,水里游的,地上跑的,林林总总,只怕是能想到的,都上了桌了。

"真香啊!"肃淳笑道,"我老远闻见这香味,食欲就上来了……"

美云赶紧招呼起来，安王拖着清尘坐下细细地寒暄，她不由得盯着清尘的脸，又多看了几眼，谁知这一看，竟是一动不动，连落座都忘记了。肃淳赶紧扯着母亲坐下，却看见母亲瞪大了一双眼睛，愣愣地望着清尘。

肃淳觉得有些失礼，低声喊道："娘……"

谁知连喊几声，美云竟像没听见似的，只瞅着清尘眼睛发直。

肃淳急了，赶紧在桌子底下踢了美云一下，美云抽动一下，回过神来，却是满脸狐疑，心不在焉地提起了筷子，下意识地伸手一点，竟是落到了碗里，空夹了几下，还浑然不觉，挂着一脸不可思议的难以置信，长久地发着怔。

"姑姑。"刺竹喊一声，从清尘旁边站起身，探手过来，"我替你盛碗汤吧。"偷偷地给肃淳使了个眼色。肃淳赶紧端起美云的碗，递过来，顺带将母亲的手臂带了回去，说："娘，好像甜品还没有上呢……"

美云终于回过神来，看着肃淳不知所以。

肃淳紧紧地看着母亲，面色有些不自然道："甜品呢？"

"那得饭后才上……"美云顿了一下，反应过来，"现在该是要上酒才对……"

安王淡淡地瞥了美云一眼，说："清尘不喝酒的，就别上了。"

刺竹呵呵地笑着，对美云说："烦劳姑姑吩咐下去，炒个青菜上来吧，清尘偏好素菜。"

"不用那么麻烦，这样挺好。"清尘虽然觉得这一桌子人今天的态度都很怪异，却也只能当作没看见。为免了更多的别扭，他决定尽快告辞。

一顿饭，大家都各怀心事，间或着寒暄，也都是些客套话，有一句没一句地闲扯着，好不容易熬到吃完，清尘不顾安王的再三挽留，匆匆告辞而去。

美云失魂落魄地回了房间，怔怔地坐下，脑海里满是祉莲的影子，不期然间，泪流满面。

"你一贯持重，今天缘何失态了？"安王的声音从身后传来。

美云慌忙起身相迎，她有些惶恐，不仅仅是因为面对沐小将军的失礼，而且也是由于安王进来自己却没有觉察，这两个原因，都能让安王不悦。

安王的眼神里，永远都隐藏着未可知的威严，话语也是一贯的平和里带着居高临下的犀利："你哭什么？"

美云一惊，赶紧用衣袖拭着脸颊，勾着头，不敢说话。

安王缓缓地坐下，幽声道："你坐吧。"

美云默默地坐下，等待着安王开口。她知道，才送走客人，安王便直奔自己的房间，是有话要说。通常这种情况，美云都不会贸然提及，而是让安王掌握所有的主动权。

默然片刻，安王低沉道："他让你想起了祉莲是吗？"

美云长叹一声："太像了——"

"是……"安王颤声，只吐出一个字，心底忽地一酸，半晌都没有言语。

"他是沐广驰的儿子？"美云说得很慢，慢得就好像每个字都比平时说话的节奏长了半拍。

"是……"安王怅然地低下头去。

美云缓缓地抬起头来，看着安王，用低得不能再低的声音问道："也是祉莲的吗？"

安王定定地看了美云一眼，微颦着眉毛，没有回答。

"祉莲还活着？"美云瑟瑟的话语。

安王沉默着，没有回答。祉莲还活着吗？不，他不知道，没有答案。可是他希望祉莲还活着，他是多么希望还能再跟她重逢啊，告诉她，他答应她的，他都做到了。用十八年的考验来收回她的心，他能做到吗？能的，一定能的！

美云静静地看着安王，他的脸上，是平静，可是平静之下，还有那深埋的凛冽，这么多年的夫妻，她太了解他了。即便是分离了十八年，他依然不会放弃；即便祉莲已经为人妻为人母，他依然不会放弃；即便不管是从前，还是将来，他知道祉莲回来只有痛苦而没有快乐，他也不会放弃。她从来都不怀疑他对祉莲的爱是特别的，深刻的，刻入了骨髓，每一天都流动在血液里，就像那石上的雕刻，历经千年风霜，都不会被抚平，可是，他却从来都不会因为祉莲不爱而退缩，不会因为祉莲不需要而撒手，他爱的，就一定要得到，而且是彻彻底底地得到……

美云感到心痛丝丝地揪扯起来，她惶然间意识到，祉莲的幸福，将跟十九年前一样，在安王的跟前戛然止步。他是王，沐广驰有再高的地位，也不可能跟他抗衡。

祉莲，可怜的祉莲，终究还是逃不过……

美云徐徐地起身，抬步，走到安王跟前，轻轻地跪下。

安王漠然地注视着她。

"放手吧,王爷。"美云抬起眼睑,直视着王爷,低沉道,"你就当她死了吧,你就当世上再也没有祉莲这个人吧……"

安王的眼睛里厉光顿现,他微微地觑了一下眼睛,冷冷地哼了一声,瓮声道:"十八年前,离开百洲,独留下她,你是有心要放她一马?"

美云一怔,脸色煞白,低下头去,却沉声道:"是。"

"你好大的胆子!"安王猛地低喝一声,嘴角微微抽搐了一下。

美云再次抬起头来,一反往日的温顺,无惧地看着安王,坦然道:"当日她不肯走,正如你所说,我是能想出很多办法,可以带了她走,比如绑了,比如喂蒙汗药……可是,我没有,我就是希望她能借着这个机会,离开王府,过她自己想要的、自由的生活……"

"自由的生活,就是跟沐广驰在一起,是吗?"安王低低地咆哮一声。

"是!"美云骤声道,"她不属于你!"

安王勃然大怒,抓起桌上的杯子,一把就甩了过来,正好打在美云的肩膀上,茶水飞溅,美云的下颌上沾满了茶水,而茶杯,也滚落在她膝盖边的地毯上,晃了晃,停住了,张着白白的碗口,撩散了茶叶,狼藉了美云一身。

美云微微地颤抖着,不再说话。

在一阵令人窒息又恐惧的沉默中,安王说话了:"你居然敢顶撞我?你不想做王妃了是不是?"

"我告诉你,这个府里,可以让我容忍顶撞的人,只有一个!那就是祉莲!"安王狠声道,"只要祉莲没死,我一定要她回来!"

"十八年来,我一直心有怀疑,只是料想你不敢,没有这么大的胆子,没想到真的如我怀疑的这样,是你,故意让祉莲留下……"安王咬牙切齿道,"如果不是你的故意,我就不用折回去找她,就不会耽误过渡的时间,就不会碰上沐广驰,祉莲就不会死!我和她,就不会分离!"

"我对她的爱触到了你的痛处是吧?你就是容不下一个我真正爱的女人是吧?"安王终于忍不住咆哮起来,"你的温良恭顺都是假的!为了争风吃醋,你连这么歹毒阴狠的手段都使得出来?枉我信任你这么多年!只当是没有感情,还有亲情,但是这一笔,就可以将你在王府这么多年的辛劳一笔勾销!"

不爱就是不爱,这么多年的低眉顺眼,换来的还是一腔冷血。美云此刻,寒心之至，多年的积郁陡然间爆发了，她大声地反驳道："我争风吃醋？你爱过的女人，娶进府里的女人还少吗？哪一个不是我亲自打点的？你有问过我心里的感受吗？"

"你需要有感受吗？"安王针锋相对地反诘，"你有了王妃的位置，你有了儿子，你儿子还是世子，你们赵家也得到了不少荫萌，这还不够，你还想要什么？"

美云双眼一眨，一行清泪顺着鼻子流下来："我想要的，跟祉莲想要的是一样的……"

"我生在赵家，没有选择，所以，我只能认命……你说得对，我已经得到了很多，就不该还有什么感受……"美云泣声道，"所以，我才会可怜祉莲，因为祉莲，她什么都不想要，她只想要感受……"

"王爷，都已经这样了，过去了，忘记吧，放手吧，"美云跪着，移到了安王的脚前，抱住他的腿，哭泣着恳求道，"她跟我们是不一样的人……她要的，你给不了，她爱的，也不是你……放过她吧……"

安王沉默许久，才翁声道："这府里的夫人，可以说，我都爱，也可以说，我都不爱……"

"我爱的，只有祉莲。"他幽声道。

"真是这样的吗？"美云凄然一笑，"为何每一个夫人新进府的时候，你都招呼我额外关照？想必你的爱，就是图个新鲜，过后，也就淡了……这对每个夫人都是一样的吧……在我们的眼里，你的特例，就是风向标，初始有，慢慢就没了……"

"祉莲不一样。"安王一字一顿地纠正。

"那你给过她什么？"美云复又落泪，"你说你爱，你的爱，究竟在哪里？你娶了一个又一个，特例许了一回又一回，她呢，只能默默地看着……你想驯服她，想把她变成我这样，变成其他的夫人那样，可是，你有没有想过，她变了之后，还是她吗？你还会爱她吗？"

"我承认我自私，可是，我爱她。"安王低声道，"这一点，永远都不会变。"

"嗤！"美云冷笑一声，"永远？你的五夫人、六夫人、七夫人是怎么进门的？哪里有什么永远？你从来都不检讨一下是怎么失去她的吗？"

安王一怔。他不得不承认，美云的话刺中了他的痛处，这也正是他多年无法释怀的死结。

他的耳边，再次响起了那个满是寒意和绝然的声音，"你是个骗子……我恨你……"

祉莲——

安王骤然间心痛难持，他缓缓地抬手，捂住了胸口。

"我不怕你误会我阴狠善妒，这么多年，这么多事，我也麻木了……"美云缓缓地低下头去，话轻如絮，"只是祉莲，算了吧，王爷，尚且不说你唤不回她的心，那沐广驰，那沐清尘，以后将如何自处？"

安王深吸一口气，黯然地，用手撑住了额头，沉默片刻之后，他轻轻地拨开了美云的手，站起身，缓缓地朝外走去，低沉道："如果祉莲还活着，我一定要她回来。如果她不肯，我就让她做王妃。如果她还是不高兴，我就遣散所有的夫人。"安王静静地停下了脚步，"如果爱一定要倾尽所有才能证明，那我将不惜一切代价。因为，我已经错过了十八年，不能再错过下半辈子。"

他沉声道："如果清尘是我的儿子，那就一定会成为安王世子。"

归真寺。

了因刚刚教练完拳脚，就在众武僧休息的当口，一个沙弥匆匆过来告之："赵刺竹将军想见您。"

了因想了想，将斜挂的僧袍理正，便走了出去。

甬道处，只见一魁梧背影。了因笑道："赵将军，怎么清尘没有一同前来啊？"

刺竹笑笑，恭声道："沐将军还在寺中吗？"

"今天一大早就离开了，说是明天大军就要开拔，要回去准备东西。"了因笑着开玩笑，"他前脚一走你后脚就来，这是赶场子呢？"

刺竹不好意思地笑了一下，默然片刻，又是躬身一拱手："了因师父，我带有安王密信，能否面见净空大师？"

了因为难道："师父已经在后山面壁多年，辟谷也有一年多了，诸人都是不见的……"

刺竹心里"咯噔"一下，有些不甘心地问："那沐广驰来了他也没见？"

了因点点头："广驰也像你这般不甘心，在后山喊了许久，师父明明是听见了，却始终不答。广驰等了两日，眼见无望，这才走了。"

他看了刺竹一会儿，忽然说："也许清尘来了，或者安王亲自来，他会见一见。"

"为何？"刺竹纳闷地脱口而出。

了因微笑着回答："清尘是师父最喜欢的孩子……至于安王，他毕竟是个王爷，归真寺，也是皇家寺院，见是必须的。"

"那……"刺竹不想就这么放弃，他说，"我带着安王密信，难道不可以视同为安王亲临？"

了因淡然道："若是人来，还有见面之情，不可退却。只是一封信，那么贫僧也可以转呈。"

"师父所言极是，"刺竹沮丧道，"不必了，见不到净空大师，信也就无用了……"他轻轻地从怀中掏出信来，拆开，将信笺递给了因。

了因接过来一看，原来是希望净空大师回答刺竹几个问题。他念一声"南无阿弥陀佛"，归还了信笺。

刺竹黯然地低下头去，一拱手："多谢师父了。"起步欲走。

"将军留步。"了因跟在身后，低声道，"佛语，禅机自在心，无须多问。"

刺竹缓缓地转过头："我并非为问禅机而来。"

"何谓禅机？"了因微笑道，"所有事，一切因，一切果。"

"那就是我无知了，还请大师不要见笑。"刺竹无奈地笑笑，"既然问不到，我也就打算回转了。"

了因也笑了："安王麾下的将军，可都比淮王帐下的好应付啊。"看着刺竹诧异，便补充道，"淮王帐下的将军，多数跋扈难缠。"

刺竹点点头，又是一拱手，示意告辞。

刺竹一抬步，了因又叫了起来："将军留步。"

刺竹只得再次转过身来，面朝了因。

了因笑道："你无功而返，不怕安王责罚？"

刺竹摇摇头，闷声道："安王通情达理，事出有由，不会责罚，只是我心里觉得有愧于安王，也羞于无法尽职。"

了因颔首："赏罚分明，良将也；扪心自省，正人也。"

刺竹一拱手，扯起马缰，转身起步。

"将军留步。"了因又一次喊道。

刺竹无法，转过身来，看着了因，笑道："师父想留我用斋饭？"

了因笑而不语。

"我倒是想吃斋，"刺竹说，"可惜，我是个军人，满手血腥，进佛堂都怕冒犯呢……"

"吃斋只是一个形式。"了因幽声道，"我佛慈悲，放下屠刀，立地成佛。以往的孽债，都可以消弭。"

刺竹长长地吁了口气："谢大师指点。"

了因看着刺竹，轻声道："将军面色晦暗，心事沉重，不知可否告知一二，看贫僧能否帮上忙？"

"此事关系重大，不好言说。"刺竹讪讪道，"这也正是我想面见净空大师的原因所在。"

"原来你不是为自己，而是为职责……"了因仰天大笑，"将军知否，贫僧一而再，再而三地请你留步是为何？"

刺竹一怔，躬身道："小将愚钝，请师父指教。"

了因沉吟良久，问道："贫僧可否解将军困惑？"

"贫僧虽不是高僧，可是佛法无边，你见不到师父净空，见贫僧也是有缘，贫僧若能解将军疑惑，也甚感荣幸啊。"了因说得真心诚意。

刺竹悠然一笑："看来了因师父也是个性情中人……"

"呵呵，贫僧出家之前，也曾行走江湖数十年，直至看破红尘出家，也还兼带着些江湖习气，所以，师父安排贫僧管了惩戒院。"了因说，"你既是清尘带来的，就是清尘的朋友，而且，赵将军的做派，贫僧也略有所闻。实不相瞒，今日三叫留步，实则是想看看将军的为人，果然是忠厚宽和，所以，有心结交。"

"不知贫僧是否能让将军列为可信之人？"了因说完，翩然转身，"惜缘，尽心，不强求。"

刺竹一顿，赶紧跟上，急促道："我当然是相信师父的。"

了因停下脚步，低声道："你可以告诉安王，一切顺其自然……该来的，总会来；该有的，自会有；要去的，留不住……"

刺竹一听，心底一沉，怔怔道："师父，你其实早就知道，我是为何而来……"

了因缓缓地垂下眼睑，怅声道："孽……缘……"

这两字如同晴天惊雷，击破长空，就好像给刺竹那灰暗混沌的思维浇了一瓢凉水，一个激灵，瞬间清醒。

"了因师父……"刺竹刚启唇，还未相问，了因已经给出了答案，"将军，顺小道过了后山，有一座消业峰，是归真寺的属地。半山腰有一冢，是块无字墓碑。逝者若是有灵，将军就能找到，看后，一切便知。"

了因缓缓地侧过身，看着刺竹，幽声道："莫再相问，问也无益。将军自去寻找答案吧。"

"南无阿弥陀佛。"了因竖起手掌，满脸肃色，合眼，默念道，"南无阿弥陀佛——"

往下看看，朝上看看，刺竹估摸着，半山腰应该是到了，可他接下来却不知道该怎么走了。没有路，到处是野草，这也就罢了，竟然还四下里都是坟。

这个消业峰，应该就是一座坟山。

刺竹对着太阳，抹抹额头上的汗，高一脚低一脚地走着，漫无目的，这偌大的一个半山腰，上哪里去找了因说的墓碑呢？这墓碑，又有怎样的蹊跷，能告诉自己一些什么？

山中林荫之下，有清风穿过，带来点点清凉，刺竹跨过一道沟坎，再抬步，忽地觉得有了些阻力，低头一看，一丛矮矮的荆棘挂住了裤子，他弯下腰，将荆棘拨开，就在起身一瞬间，忽地看见右边，有一小块被平整过的土地。

这是座新坟？还是新近有人来修整过？

没来由地，忽然心跳加快，预感到真相，似乎触手可及。

紧走两步，绕过来，只一眼间，不由得又惊又喜。

眼前赫然立着的，真是一块无字的墓碑！

青石板的墓碑，平淡无奇，已经有些年月了，只是那墓碑的造型有些独特，上面是规矩的长方形，下面却雕刻着一朵盛开的莲花，恍若这朵莲托着墓碑。

然后，莲花碑前，是一簇已经有些脱水发干了的荷花，寂静地躺在那儿。

这是谁的坟？

祉莲。除了祉莲，不应该再是别人。

刺竹的意识，直接地指向了祉莲。

谁会有一个这样精细别致的墓碑，一朵栩栩如生的莲？谁会在坟前放上她最爱的荷花？这不是巧合。

他缓缓地绕墓地走了一圈，细细查验了一番。这是一座老坟，至少在十年以上，但是，周边没有零乱的灌木，年年都有人修整，可见是多么的上心。

有人来过,会是谁呢?

刺竹灵光一闪,忽地想到,新近修整过?!时间,怎么跟沐广驰待在归真寺里的时间不谋而合?

来祭拜的人,莫不是沐广驰?!

这不完全是刺竹的直觉,严格来说应该是判断。时间,地点,特征,都吻合。了因口中的孽缘指的是祉莲的姻缘,可见,了因是知道这些旧事。他是清尘的师父,也是沐广驰的师兄,他见证了所有安王离开苍灵渡之后的事情,所以,他才会把刺竹引向这消业峰上的无字碑。

刺竹默默地蹲了下来,看着墓碑,出神。

为什么是无字的墓碑?

他反反复复地咀嚼着这其中的意味,却始终不得要领,只得黯然长叹一声,真相已经落定,可是那些未解的谜,仍旧是谜。他默默地从坟边摘下一片草叶,缓缓地起身离去。

这样的结果,也许才是最好的结果。对于祉莲来说,活着比死了痛苦;对于沐广驰来说,与其祉莲活着还要再一次被拆散,不如就这样天人永隔,胜过生别离;对于安王来说,再也没有了掠夺的可能,遗憾总比痛恨好吧?

还有姑姑美云,自打昨日房门外他和肃淳无意间听到了那番哭诉,让人心悸。一个真实的人,怎么可能没有感觉?而自己,自从看见这墓碑起,就无须再在原则、职责和人情、同情中艰难地取舍。

这一刻,刺竹深信,祉莲,真的是非常善良的,她明知自己活着会带给很多人纠结和痛苦,所以,执意离去。从这个意义上说,祉莲的死,何尝不是完美的呢?这样凄然的决绝,这样彻底的放弃,徒增了他心上这一声无奈的叹息。

祉莲,美丽却是谜一样的女子啊……

刺竹眼前忽地浮现起清尘的模样,一会儿是冷凛的表情,目光如炬,一会儿又是淡淡的笑意,眼角那似有若无的妩媚……

刺竹猛地一怔,正面,平望过去,正对着归真寺后院的檐顶。他记得第一次跟清尘来归真寺,那天晚上,清尘就是坐在这个铺满了燕子瓦的屋顶上,面对着自己此刻站立之处,吹着叶片——

清尘为何会坐在这片屋檐上,朝向此间?为何会吹奏那么低沉伤感的曲调?

尽管没有见过祉莲,可刺竹却认定了一个事实,清尘极像祉莲。如果不是这样,不会有肃淳、安王和姑姑先后的失态。

如此种种,联系起来,让刺竹想到,这不应该是无独有偶,却仿佛是一种默然之中的必然。刺竹心里那曾经模糊的想法,再一次升腾起来,清尘和祉莲到底有没有关系?

"快去看啊,校场比试了呢!"士兵们争相奔走相告,三个一群,五个一堆地赶往校场看热闹。

刺竹刚进营里,刚下马,就差点被这些一涌而来的士兵冲散了,他使劲勒住缰绳,随手抓住一个士兵,问道:"校场比试什么?"

"安王主持的比试,选这次出战的先锋官,将军们已经过了第一轮了,"士兵说,"越到后面越精彩,我们都赶着去看看呢……"

刺竹翻身上马,直奔校场。

西郊校场,已经是里三层外三层了,刺竹刚刚拴好马,易奇的声音就响了起来:"你怎么才来呀?这一仗的先锋官,可是毫无悬念的无冕之王,只要得实了这个先锋官,以后圣上的隆恩,可就滚滚而来了!"

刺竹默默无语地看了易奇一眼。

易奇笑道:"你别急,安王亲点了三员大将,是直接进入第三轮比试的,你是其中之一。"

"还有谁呢?"刺竹好奇地问。

"沐清尘父子。"易奇说,"我还奇怪呢,咋就没有肃淳?不过,肃淳挺争气,已经杀进第二轮了。"

"你回来得正好。"易奇催促道,"赶紧地准备一下,第二轮也快结束了。"

刺竹匆匆走上观战台,一眼便看见沐广驰和清尘坐在安王左侧,他叩拜过安王,按照吩咐,在右侧坐下,瞟一眼台下,长枪迸发的正是肃淳,已经明显地占了上风。刺竹轻轻地松了口气,看来,肃淳进入第三轮没有什么障碍了。眼光一移,正好跟安王四目相对,他嚅动着嘴唇,欲言又止。

安王微微地笑了一下,复又看向校场,似乎并不急于问他此行的结果。

刺竹默然着,望向沐广驰和清尘。沐广驰的心思全然都在观战,脸上的表情随着枪来戟往也相应地变换着,只有清尘一脸波澜不惊,就在刺竹盯着他,揣度他的时候,他似乎察觉到了,犀利的眼神倏地一转,对刺竹是毫不回避,毫不怯弱,直视过来,反叫刺竹吃了一惊,不自然地笑笑,却发现清尘的嘴角滑过一丝似有若无的揶揄。

他在想什么?对这个先锋官,势在必得?

刺竹皱着眉头,正好听见司仪官在叫:"擂鼓,第三次比试开始!"

"进入三关的人员,按名单出列。"司仪官手执名册,念道,"王朝雄……"

"你们三个,最后对决。"安王缓声道,"先看他们比试。"

又是一个时辰过去,场下已见分晓,胜出的将军只有两位,一个是肃淳,另一个就是沐家军水军统领,号称水中钟馗的罗放。

安王环顾左右,微微一笑,轻轻摆手道:"你们三个可以出战了……谁先去啊?"

"廉颇老矣,"沐广驰起身,拱手道,"这样建功立业的好机会,还是让给年轻人吧。"

肃淳打马上来,喊道:"我单挑沐清尘。"

清尘缓缓地起身,看着肃淳,慢悠悠地说:"我不和你打。"他转身,面向刺竹,剑眉一挑,长声道:"你——"

两匹马,相对而冲,"当"的一声脆响,长刀和戟相撞,一侧身,两人照面。

"为何不用大刀?"清尘斜着眼睛,一脸寒霜,"你若让我,我必不让肃淳!"

刺竹一听有些发急,自己的猜想难道有错?清尘应该是不愿参战的,虽然原因很多,但相让似乎是定局,缘何此时,跟自己杠上了?他忽然觉得自己的如意算盘落空了,本想是自己败在清尘手下,再让清尘让给肃淳一个邀功的机会,至少表面上不会有相让太重的痕迹。可是清尘若执意相争,自己的承让也就没有任何意义了。

还在思量间,长戟已经戳了过来,出手凌厉如风,瞬间指向鼻尖。刺竹一偏头,想也没想,抖着长柄,飞刀砍下,一股冷气直劈清尘头顶。清尘迎戟一顶,越过头顶,只听"啪"的一声,戟杆断了!

众人惊呼一声,却见清尘灵巧地避开,刺竹砍了个空,虚惊一场,场上响起一片不约而同的吁气声。

清尘一勒缰绳,雪尘马飞奔,掠过兵器架,他一鞠腰,取下一杆长枪。双手握枪,折头再刺,"唰、唰、唰、唰",只听见声音不断,那枪也如同闪电一般,短短的时间里连刺数下,直看得人眼花缭乱,随即一片叫好声。

刺竹脸色发紧,这速度快得他无暇应对,虽然包了枪头点了白粉,可是他前胸,已经是白点数个。意味着他被刺中了几次。

清尘那惯有的阴冷的笑容,再次出现在脸上,他收回了枪,看着刺竹,压低声音道:"归真寺可有收获?你若心思太杂,不能全力应对,我就能轻而易举地赢。"

刺竹顿时明白了,清尘说这番话,就是在故意扰乱自己的心智。你是故意提及,唯恐我不乱,我岂能上你的当?现在是比试,归真寺的扰心必须先放下。他咬咬牙,手里缰绳一扯,暗暗地发了狠,顺着马的奔跑,罩着清尘的头顶,大刀一掼而下,仿佛带着雷霆万钧挥了过来,这一刻,他心底恨恨道,沐清尘,你再强势,也有弱点的!

这一次,他把刀刃改成了刀背。再恼火,他也还是知道轻重。

清尘再次举起双手,强力去挡,却没料想,刺竹会拼尽了全身的力气,这一压,方觉不妙,用了巧劲竟也甩不开,在刺竹泰山压顶之下,清尘身体往下一挫,那雪尘马无法负重,腿打着颤,竟然跪趴了下去……

刺竹不放手,仍旧重力相压,铆着劲,钉死了清尘。

清尘终于承受不住,侧身跌下马来,倒在了地上。他缓缓地起身,低声道:"你赢了。"

这下轮到刺竹傻眼了,怎么自己就赢了呢?他吼一声:"再战!"随即一跃下马,拔出腰间的刀来,喊道:"起剑。"

清尘本已想走,见他如此执拗,却迟迟地默立着,不肯拔剑。

"起剑!"刺竹呼地一下挥刀,摆出了架势。

清尘仍旧没有拔剑,沉默片刻,他忽然低声道:"我认输。"

四周忽一下寂寂无声。

"第一次通州城下对决,我就输你一式,论短兵器,我打不过你。"虽是认输,却依然傲气,仰着脑袋,斜眼望着刺竹,态度一贯地乖张,清尘扬声道,"我认输。"他说得无所谓,极其随意,仿佛就算那常胜不败的倾城将军的名号就此名誉扫地,也丝毫不会在乎。

在众人的面面相觑中,清尘从容不迫地转身,走出了校场。

这算怎么回事?刺竹愣了片刻,忽地起步,追了出去。

在一片嘈杂的议论声中,安王吩咐道:"比试继续。"

清尘健步如飞,待刺竹追出门外,他已经走出了老远,方向正是营地。

"清尘！"刺竹紧跑几步，追了上去，一把抓住他的胳膊，瓮声道，"你这算怎么回事？"

清尘一拧，甩开他的手，继续走。

"胜之不武！你是成心的！"刺竹追过去，手中用力，死死地捏住了他的胳膊。

"你不是想输吗？"清尘猛一下回过头来，恶声道，"我偏要让你赢！"

刺竹一顿，忽地明白，清尘已经猜到自己的打算，故意出言相激，自己中了圈套了。他有些恼火，愠道："你到底想怎么样？"

"你想怎么样？"清尘反唇相讥，"你不就是想肃淳赢吗？我输给你，你就正好成全肃淳啊！"

刺竹顿时哑口无言。

"你想怎样就怎样，别在我跟前耍花样！"清尘冷冰冰地说，"识相点的，哄得我心情愉快了，或许会配合，否则，你哪样不痛快我就找哪样！"

"我哪里惹了你了？"刺竹莫明其妙地嚷起来。

清尘扭过头去，不理睬他。

一阵难耐的沉默之后，刺竹说话了，他说："这样吧，我们重新比试一下，不顾忌其他，比试一下真功夫。"

清尘背对着他，低声道："我比不过你……"

刺竹愕然，正要说话，清尘又转过身来，看着刺竹，平静地说："我比不过你，你知道我的弱点，也知道怎么应付，就刚才那样，我一样会输。"

"横竖打不过，不如节省时间。"清尘坦然道，"就这么回事。"

刺竹半天说不出话来，不知清尘为何忽然找起了自己的别扭，又不知他为何瞬息之间归于了平静，一时间摸不着了头脑。

"你回营里去吧，有人在等你。"清尘说着，抬步要走。

刺竹一看，他换了方向，不是去营里，也不是校场，于是问道："你去凌霄河？不回营里？"

清尘不答，默然朝前，刺竹想了想，追上去。

清尘猛一下停住了脚步，冷冷道："你母亲、安王妃，还有一个人，等你许久了……"

第十六章

经年征战心倦萌去意
送媒入营眼见赏佳人

刺竹怔怔地望着清尘的背影,想了想,还是跟了上去。

清尘听到了身后的脚步声,头也没回,只加快了脚步,好像要甩掉他一般。

两个人一前一后,后脚追前脚,紧走慢赶,一路到了凌霄河畔。

前面已是河水,清尘骤然止步。

"看你还往哪里走?!"身后传来刺竹的轻笑声。眨眼工夫,他站到了清尘的身旁,依旧是笑着,又几分得意:"我个头比你高,腿比你长,总是追得上的。"

"你跟着我干什么?"清尘皱着眉头,望着河水,闷声道,"不管营里等你的人了?"

"安王妃来了,自然会有人好好招待的,"刺竹说,"我有话同你说呢。"

清尘不语,望着河水出神。

刺竹低声道:"你有心事,清尘。"

清尘眨眨眼睛,低下头去,脚一拨,翻了块石头,一脚踢进河里,激起一朵水花,然后,一圈圈涟漪泛开去,渐渐归于平静。

刺竹默然片刻,轻轻地开了口:"你不想参与此次出兵,是因为秦骏吗?"

"你不想跟秦骏刀锋相对,是吗?"刺竹的话,虽然很轻柔,却还是剥开了一个残酷的事实。

清尘并没有回避,幽声道:"说你傻吧,却总能猜透我的所想……"轻声如耳语："他毕竟是我师兄,这么多年,又对我这么好……那夜大军过叠泉关,他弃关而去,过后听闻,被秦阶杖责……若是到了阵前,我……我仍是会对他举剑,不知道,他……他如何相对……"清尘咬紧牙关,轻轻地摇了摇头,默然地合上了眼睛。

刺竹心底一颤,默默地低下头去。爱,是需要勇气的,更何况,还是不伦之爱。

清尘沉默着,就在刺竹以为他会一直沉默下去的时候,他忽然说话了,低沉的声音,带着无法抑制的疲惫:"我不想再打仗了……打来打去,你觉得有意思吗?争权夺利,为了自己的私欲,让那么多的士兵去拼杀,这跟草菅人命有什么区别?"

"我以前,是很看不惯秦阶,一心想带领沐家军吞并秦家军,尽快结束争斗,减少无谓的伤亡,可是各种关系掣肘,终不能成,最后,反而自身岌岌可危……"清尘幽声道,"我太计较得失,太在乎成败,少年成名,自然就容易被名声所累。"

"是你,在苍灵渡的山上,头一次跟我说起军人的使命,拯救天下苍生的责任。那些话,让我耳目一新,开始审视自己。也就是从那时候开始,我比以往更迫切地希望结束战争,所以,我选择了归顺……当然,也是安王表现出来的诚意,让我看到了执掌天下的胸襟……"清尘低声道,"抉择很艰难。但是一直到现在,我都不后悔。"

"谢谢你,刺竹。"清尘斜过头来,望着刺竹微微一笑。

这一笑,让刺竹登时红了脸,咧开嘴,傻笑一下,算是回应。

"天下大局已定,淮王和秦阶是垂死挣扎,过不了多久,战争就会结束。如你所说,百姓能过上安定的生活,也是众望所归。"清尘缓缓地低下头去,"我和我爹,早有退意,归顺之后,就该功成身退。安王帐下人才济济,我们也无须再征战左右。"

"想想那些死去的士兵,想想他们的家人,那些舍不去的亲情……人生总是要面对太多的生离,太多的死别,每当大战在即,我看见那些士兵的眼神,都感到无比的心痛……他们不想死,他们想回家……我是统帅,我的目标,就是让更多的士兵活下来,"清尘绝然道,"所以,我必须赢,不惜一切手段地赢!我必须坚强,而且我还要让我的士兵看到我的强悍,让他们相信,我能带领他们取得胜利!我必须冷酷,放弃最小的代价,牺牲不能保全的所有!"

"我没有选择。"清尘用力地握住了剑柄,沉声道,"我只错过一次,代价就是,我必须亲手射死宣伯伯……"

刺竹一怔,这竟真是清尘心中无法抹去的伤痕。

"如果一定要出战,那么,杀秦骏,也是必然。"清尘缓缓地抽出宝剑,立起来,看着寒光四射的剑刃,凄声道,"骑着他送的雪尘马,举着他赠的宝剑,刺死他……

事关大局,必不迟疑……只是……"他看着宝剑,再无言语。

只是……只是情何以堪啊……

刺竹静静地望着清尘,他的心上背负着宣恕的伤痕,而即将又会再添秦骏的伤痕。这样的沉重,似乎已经超出了他的负荷。没有想到,雪尘马也是秦骏所送,他们师兄弟的交情,走到今天这一步,纵然是世事难料,却也不得不扼腕,这是战争的罪孽啊。

刺竹正感慨着,清尘默默地收剑入鞘,幽声道:"我记得你说过的那些话……你站在山头,面对夕阳,跟我说,山河美丽多娇,如果没有战火的洗礼,世间会是多么的平和,就像这个端午,大家欢聚比赛会友,龙舟过后,江面竞千帆,商贾云集,百姓安居,想象一下,多么美好的画面……"

刺竹定定地望着清尘,他没有想到,自己的话,每一个字清尘都会记得如此清楚。他有些意外,还有些受宠若惊,不知该说什么好,呵呵一笑,摸了摸脑袋。

清尘看了他一眼,忽地止住了话头,提醒道:"你该回去了。"

"那你呢?"刺竹傻傻地问。

"我一个人待一会儿。"清尘轻声催促道,"你赶紧回去吧……"

"别活得这么累,放轻松点!"刺竹轻轻地揽住了清尘的肩膀,重重地一箍,随即松开,"那我先走了。"

艳阳高照,风景如画的凌霄河畔,背离的两个人,刺竹向营中走去,而清尘独自一人站在清水粼粼的河边。细风拂过岸边的垂柳,荡起柔润的手臂,碧绿的水面皱起满满的波纹,仿佛是在展现媚然的笑颜。

恍惚之间,似乎又回到了苍灵渡,那山头,那斜阳,还有他低沉的话语,仍旧那么清晰,植入了清尘的内心:"身为男儿,就该齐家治国平天下,你我生逢乱世,自保应该不是首要原则,担天下之大任,唯有尔等!"

"沐家军不应该属于你个人,而是属于天下苍生。如果你想让沐家军扬名天下,就必须为百姓而战,百姓才会众口铄金成就它,这难道不是你的理想吗,清尘,两者并不冲突……"

"军人存在的作用是为了缔结和平……保家卫国才是军人的使命,而不是荼毒生灵、为虎作伥,更不是争抢地盘、扩充势力。"

"既然你爹当初组建沐家军的时候就确定了仁义的宗旨,那么沐家军的最大使命,就是为百姓谋福祉。从这一点上来说,沐家军不是你的军队,而是天下百姓的军队。"

"归降吧,清尘,让沐家军为王师平天下,给苍生一个安定平和的生活,这才是正道。"

淡淡的笑意浮现在清尘的脸上,他静静地望着河水,轻声道:"沐家军应该要肩负你说的使命……我该要走了——"

刺竹刚走进营房,就看见三五成群的几堆士兵忽地不作声了,走过去,猛一回头,又看见他们对着自己挤眉弄眼,他心里狐疑得很,紧走几步,一把推开房门——

"刺竹回来了,"美云一脸的如释重负,"我们等了你许久了。"

"儿子,快过来!"赵夫人是个爽快性子,连弯都不绕,直接就奔了主题,嚷道,"你看看,我们带谁来了……"反手一抓,从身侧拖了一个女子出来,忙着给刺竹使眼色:"丹妮儿啊,记得不?陈伯伯的女儿,很小的时候,你们在安王府一起听过戏的……"

陈丹妮?这是谁呀?啥时候一起听过戏?还安王府呢?我都多少年没听戏了?

刺竹一脸茫然,闷头闷脑地走过去,看了那女孩一眼,瓮声道:"你们跑到营里来干什么?"

"哎呀,你以为我想来呀!"赵夫人一听他的话音,似乎不太欢迎,先就不乐意了,抱怨道,"你自己说,我都捎了几回信了?叫你回家一趟,你可好,回来这几天,老是营里有事,整个没见个人……明天就要开拔了,我今天要是还不来,什么都得泡汤!"

"好了,嫂子,好好一个事,干吗非要整得他不痛快呢?"美云笑吟吟道,"刺竹,我们难得来营里,不过就是想跟你说说话……"使个眼色给赵夫人:"王爷赏了糕点给沐将军呢,我们先送过去吧……"

美云不由分说,拽起赵夫人就朝外走,回头还殷殷叮嘱刺竹:"丹妮儿很少出门,这还是头一回跟我们上营里来溜……你们这里没女人,那男人们看了丹妮儿这么漂亮,还不跟着要起哄,只怕吓着她……这样,我们去去就来,你在屋里陪她说着话。"

怕士兵起哄,就别来呀。刺竹没办法,只得悻悻地坐下,招呼道:"陈小姐吧,你喝茶呀……"

嘻嘻一声轻笑响起,那清脆如莺儿般的声音送过来一句话:"刺竹哥哥,你真的不记得我了?"

刺竹纳闷地抬头,看着女孩儿。

面如满月,眼若星眸,弯弯的柳叶眉,唇似樱桃,长得粉嫩娇柔。正望着自己,笑得眼里都快流出蜜来了。

刺竹倏地一下红了脸，赧然地低下头，讪讪道："姑娘，真是不好意思，我真不记得了……"

"你怎么这么腼腆呢，这又是如何被封为宣武将军的？"丹妮儿吃吃地笑道，"你是怕我吃了你啊？"

"你小时候可不是这样的呢……"丹妮儿说，"我只说一件事，你肯定能记起来……"她顿了顿，轻声道，"有一次，安王邀我们几个家长到府里看戏，我们几个小孩子自然不能安心坐着的，在府里乱跑，你和肃淳还有两个男孩子在花园的假山上比赛跳高，结果人家都跳下来了，跳得挺好，只有你，呵呵……"她抿嘴一笑："我当时正好从那底下经过，你罩下来，一下就把我扑倒在地，当时我哭得排山倒海，你被你爹揍得屁股开花，还记得不？"

刺竹恍然，便哈哈地笑起来："原来是你呀！"

"我和肃淳害怕大人听见，拿了好多东西来哄你，你就是不停嘴，哇哇地号哭个不停……"刺竹笑得前俯后仰，"肃淳说，要找个封条把你的嘴给贴上……封条还没找着，大人们就循声而来了……"

丹妮儿也跟着笑："其实也没什么，又没撞坏哪里，就是被吓着了，使劲哭……"

刺竹笑完了，正色道："你还那么爱哭吗？"

丹妮儿脸一红，说："没呢……那不是小嘛，小女孩，总是娇滴滴的……"

刺竹猛地想起一件事来，问道："你怎么今天跟王妃和我娘跑这里来了？"

"这可不是女孩子来的地方，不方便呢……"刺竹说。

丹妮儿脸色一紧，淡淡地泛起红，她偷偷地看了刺竹一眼，见他一脸平淡，便细声道："是王妃和你娘执意拖我过来……说是，来看看你……"

"看我？我有什么好看的?!"刺竹莫名其妙，骤然间，明白过来——

做媒！

屋里轻松的气氛顿时尴尬起来，他傻了眼，艰难地吞了一口唾沫，脑子也不灵光了，好半天，才找出一个理由："王爷早上托付的差事，还等着我去回话呢……你先坐着，等会王妃和我娘就过来了。我……我就不陪了……"脚底一抹油，就想开溜。

丹妮儿一急，顾不上许多，抬脚就跟了出去，眼看刺竹就要出院子了，连忙拉住他的袖子，说："王妃之前吩咐过，要我务必让你等她们回来，她们还有话跟你说呢……"

"回家说也是一样……"刺竹最怕跟女人拉拉扯扯，一见这阵势，当场就急了，这又不能动粗，一时半会肯定纠缠不清，要是让士兵看见，还不笑死去。

"刺竹哥哥……"丹妮儿见刺竹敷衍几句，就要挣脱，也急了，拉着刺竹不肯放手。

这两人，一个硬是要走，一个抵死拖着，正僵持不下，忽地正门处进来一个人，一看这情景，顿时愣住，刺竹和丹妮儿也都吃了一惊。

来人正是清尘。

刺竹慌忙抽回自己的袖子，走到一旁，立意撇清跟丹妮儿的关系。

"刺竹哥哥……"丹妮儿怯怯地叫了一声，有些畏惧地看着清尘。

刺竹见状，又担心吓着丹妮儿，只好出声："丹妮儿，这是沐小将军，找我有事，你先回屋去吧。"

丹妮儿心有不甘地看了刺竹一眼，迟疑了一下，还是回避了。

清尘眼睁睁地看着丹妮儿进了刺竹的房间，这才悠然一笑，嘴角斜斜地，半是调侃半是揶揄地扭着喉咙学道："刺竹哥哥……"

刺竹霎时成了关公脸，没好气地一掌拍过来："你小子找打！"

清尘一偏头，躲开，稳住身形，背剪着双手，正色道："不错，蛮漂亮的……听说是中书令陈永康的小女儿，官宦之家，门当户对，挺好的姻缘啊。"

"你少来……"刺竹愠道，气哼哼地迈出了门槛。

清尘侧身，默默地看了刺竹的背影一眼，低头折了回去。

"这是安王妃送过来的糕点，"沐广驰将碟子推过去，"你尝尝，很好吃呢。"

清尘摇摇头，踌躇片刻，低声问道："我真有那么像娘？"

"嗯。"沐广驰重重地点头，"一模一样，不，你比你娘还要漂亮！"

清尘皱着眉头，不满地乜了父亲一眼，嗔道："由着你说？！什么我都是最好的……能不能说句实事求是的话？"

沐广驰笑了一下，便正了脸色，认真道："爹不骗你，你真的跟你娘很像，尤其是眼睛……不过在爹眼里，你比你娘还要漂亮……人都说，孩子谁带就长得像谁，我带的你，你自然也是像我的，我多帅啊……你又能差到哪里去？！"他摇头晃脑，又是傻笑一阵。

沐广驰忽地一下，不笑了，紧张地问："你怎么想起问这个了？"

"我早就想跟你说了，你一回来，就去了校场，我都没来得及说。"清尘闷闷道，"昨天我去安王府，那安王妃看见我，当场就失了魂，抓着我的手直唤娘的名字……"

哦，沐广驰淡淡地应着，暗里却有些心惊肉跳。

"爹，"清尘迟疑了一下，抓住了父亲的手，看着父亲，"我有个想法。"

"嗯。"沐广驰努努嘴，示意他说。

清尘默然片刻，低声道："我们该是要走了……"

"走什么呀？"沐广驰一下就跳了起来，"爹都没说走，你说什么走呀？刺竹那小子，不是弄了个姐来营里？大伙都议论开了……我特意跑过去看了，是很漂亮，但是不如你，差远了……清尘，爹跟你说，别走，抓住赵刺竹就行了！"

"什么呀，你知道什么呀？！"清尘恼道，"人家是中书令的女儿，名门闺秀，跟刺竹那是门当户对……再说了，人家是安王妃和刺竹娘看中的，怎么都行。还有啊，我问过刺竹了，他喜欢温柔的女孩子，对成天打打杀杀的不感兴趣！"

"我们也是门当户对啊，我们是将军！大将军！跟万户侯平起平坐的！"沐广驰不服气地嚷嚷起来，"谁说你不温柔？这世上，爹还真找不出比你更温柔的呢……"

清尘没奈何地听完，做了个要晕倒的表情，一下便蔫了，趴在桌上，恨声道："沐广驰，你不知羞，我还知羞呢！"

沐广驰气哼哼地坐下，猛地一拍桌子，说："就是不走！我就不信，咱争不过人家！那小娘们儿士兵都看见了，说她腻腻歪歪的，嘿！我就不信，赵刺竹喜欢那样的？！"

"有什么好争的？！"清尘不屑道，"人家看上了，尽管拿去……我们不稀罕！"

"唉，你这话，爹不爱听，爹是真喜欢刺竹呢。"沐广驰皱着眉头，冥想一阵，瓮声道："他不知道呢，他还不知道你是……"

"打住！"清尘说，"我正是要跟你说这事的。"

沐广驰纳闷地望着清尘。

"纸是包不住火的，爹。"清尘说，"以前，沐家军是我们自己的，要怎么做都没有问题，现在，沐家军从属于安王，一切都没有以前那么方便了，总有一天，我的身份要露馅儿的，反正真相一出来，我就待不下去了，不如趁一切还没被戳穿，我们走吧。"

"那刺竹呢？"沐广驰心心念念的，还是放不下。

"刺竹跟我们没关系。"清尘耐着性子说，"他走他的阳光道，我们过我们的独木桥，各不相干。"

"那怎么行呢？"沐广驰说，"我就是喜欢他。"

"你怎么这么一根筋呢，沐广驰！"清尘来了脾气，索性把事情全端了出来，"他是个很执着的人，娘的事情，安王原来交代过，他一直没有放弃，还在查。之前，他去过了东林镇,今天,他又去了归真寺。娘的死,他是确定了,接下来,肯定就是求证我和娘的关系……"

"我的事,也会包不住了……"清尘黯然道,"与其等他查出来告诉安王,不如我们就此离开,他们不查了,我们从此也安生了。"

沐广驰不响了。清尘的性别被查出来,其实也是好事,至少,她可以名正言顺地跟那什么陈小姐去争,可是话说到这里,沐广驰也担心起来,什么都不怕,只怕刺竹真的查到什么不该查出的事情来……

他偷偷地瞟了清尘一眼,轻轻地叹了口气,做了让步:"你打算什么时候请辞啊?"

"我已经写好了辞呈,下午就呈给了安王。"清尘说,"明天开拔前,应该会有答复。如果安王不允,就跟着部队去方昌,再慢慢说服安王。反正这一仗,我是不想参与进去。"

"我们走了,沐家军怎么办?"沐广驰问。

"我跟安王推荐了刺竹,让他统率沐家军。"清尘回答。

沐广驰忽地笑了:"你还说你不喜欢他?!"

"这跟喜欢不喜欢是两回事。赵刺竹很适合做沐家军统领。"清尘没奈何地看了父亲一眼,"沐广驰,你以为我会这么儿戏,把沐家军的统帅当礼物送啊?"

沐广驰斜着眼睛看清尘一眼,瘪了瘪嘴:"你早都想好了,还假意跟我打商量……唉,算了,你是沐帅,我听你的!"

清尘笑道:"你再咧咧,我就拔光你的胡子!"

沐广驰跳将起来,赶紧走人。

"爹!"清尘跟在后面喊了一句,"你后悔归顺了吗?"

沐广驰回头,看了清尘一眼,顿了顿,还是一言不发地走了。

清尘太聪明,他不敢深谈,再谈下去,那个秘密就会在不经意间暴露。他答应过祉莲的,这辈子他已经负她两次,再也不能,再也不能辜负她了,否则,他将彻底地失去清尘,彻底地失去祉莲,并且,永世都不得超生……

清尘沉默地望着父亲的背影,脸色渐渐阴沉下来。爹还有事瞒着他,这件事,一定跟当初虽然不再恨安王了,却执拗着不肯归降有关。为何每每话题一涉及到此,爹便一声不吭,他分明是在逃避,是在顾忌自己的聪明。可是,尽管早有察觉,清尘还是不想点穿,这么多年,爹不容易,他宁可不知道,也不愿意去戳破这层窗户纸,谁知道,揭开的不是伤痕呢?

安王府，书房。

"王爷……"刺竹低声开腔。

安王缓缓地放下笔，说："其实我现在最该做的，就是心无旁骛地打完这一仗……我对自己说，祉莲的事，可以先放一放，等擒住了淮王，天下安定，我有的是时间……"安王紧紧地捏住了手中的笔，对自己说："我有的是时间来处理。"

刺竹迟疑了一下，说："末将倒是觉得，王爷若是知道了真相，会更加心无旁骛。"

安王的手轻轻地抖了一下。刺竹的话语晦涩，似有不祥。

刺竹缓缓地从怀里掏出一方折好的丝帕，打开，拿出一片草叶，轻轻地放到了安王的手边。

安王拿起这片草叶，细细地端详着，神色虽然平静，嘴角却抑制不住在微微地颤抖。许久之后，他轻声道："都确定了？"

"是。"刺竹低声道，"青冢有碑无字，只有石雕莲花一朵相托。"

安王脸上的肌肉抽搐着，半晌，才低低地问道："她，卒于何时？逝于何因？"

刺竹摇摇头："无从得知……我想，净空大师和了因大师应该是知情人，可是，他们一个已面壁修禅，一个是缄口不语……"

"不要为难他们，出家人不打诳语，他们不说，该是祉莲的心意……"安王幽声道,"祉莲的性情,就是如此……"

刺竹迟疑了一下,说:"还有一个人,沐广驰将军,他该是给祉莲送终之人……"

"提起也终是伤,算了……"安王戚声道,"他要是想跟我说,无须我问……"徐徐地摆摆手:"你下去吧……"

刺竹退了两步,又低声道:"属下还会继续调查,清尘跟祉莲是否有关系。"

"平定了天下再说吧……"安王无力地靠在了椅背上,低声道,"有没有关系,重要吗?不……"他惆怅万端地叹息了一声,"也许你姑姑说的是对的,她不属于我……她不愿意属于我,不管我多么爱她,多么后悔……她始终都不肯原谅我,不肯接受我……"

刺竹听见安王的声音,如同梦里伤心的呓语,他不好再多说什么,默默地退出了房间。

一路上,也是心绪沉沉,不知走向了哪里,待清醒过来,忽然发现,自己站在了清尘的门前。屋内还有灯,刺竹转身欲走,想一想,还是抬手叩门。

门应声而开,清尘的脸出现在门后,看着刺竹,微微地斜着脑袋,嘴角滑过一丝清浅的笑意。

刺竹讪讪地笑了一下。

清尘往门里一让,轻声道:"情绪不好?你不是已经去过归真寺,找到答案了吗?"

刺竹不否认,盯着清尘,缓缓地问:"你为何要提醒我去归真寺?"

"我看你纠结得太辛苦,不想你被这些无聊的事情所累。"清尘抬手,倒了一杯茶递过来,他心底微微有些意外,该通透的时候,刺竹从来不木讷,这个男人的傻,每次都是恰到好处。

茶水从壶嘴中流出,淡绿清透。刺竹看着清尘的手,白皙,修长,太不像个男人,也太不像个军人了……他回过神,接了茶,不喝,握在手心,只说:"茶水还很热呢。"

"我才叫烧的,"清尘眼神一掠,淡淡的寒光稍纵即逝,"就等你来。"刺竹温和之后的敏锐,足以引起他的警惕,但是他马上想到这一切就快要失去意义了。

"你知道我去归真寺,能找到什么,"刺竹低声道,"你还知道,我今夜一定会来找你?"

"是。"清尘了然一笑,"喝茶。"

"为什么我要来找你?"刺竹瓮声道,似是问他,又似自问。

"这要问你自己。"清尘再次玩味地一笑,停顿许久,尖刻道,"那是因为你有事要问我。"

"你知道,我要问你什么?"刺竹喝茶,眼睛却一动不动地盯着清尘。

清尘微微地点点头,低声道:"你尽可以问我,只要是我知道的都告诉你。"

刺竹吃了一惊,一直的讳莫如深,在此刻看来,却是如此的坦荡。

"别再纠结那些无用的事情了,你该知道,真相未必能带来希望,也许不知道真相才有希望……"清尘的眼角向上扬着,蕴含着了如指掌的坦然,"找到你想要的东西了?"

"什么?"刺竹心里当然知道答案,却故意不说。

清尘缓缓地吐出几个让刺竹大跌眼镜的字来:"无字墓碑已经告诉了你真相,祉莲,过世很多年了。"

"莫不是你还不相信?"清尘笑起来,仿佛一切都跟自己无关,正以局外人的身份说事,"你想啊,我爹好不容易才跟祉莲在一起,他怎么还会舍得将她一个留下……留下了祉莲,是因为不得不留下,他总有无能为力的时候……"

说得很合情合理,可是,一口一个祉莲,感觉真是怪异……刺竹怔怔地望着清尘,鼓起勇气问道:"你跟祉莲到底有没有关系?"

清尘忽地绽放出一个甜美的笑容,还有丝丝的得意,他拨弄了一下茶壶盖,轻声道:"江祉莲,是我娘。"

刺竹诧然,真相突如其来,他反应不过来。

"奇怪我叫祉莲?你们不是都叫祉莲?呵呵……"清尘轻笑道,"听见我叫沐广驰了吗?"缓缓地提起茶壶续上茶,然后,就这样对坐着,等待刺竹开口。

刺竹沉默良久,才说:"你为何选择在这个时候让真相水落石出?"

清尘脸上的笑容散去,垂下眼睑,沉声道:"我们决定走了——"

刺竹又是一惊,终于醒悟过来。之前,清尘并不希望安王知道祉莲的任何消息,并且一直在撇清自己和父亲跟祉莲的关系,除了对从前的事有些耿耿于怀,也是为了彼此相处不尴尬。如今,他去意已决,无须再跟安王兜圈子,索性交了底,人死了,情了了,也可以走得干净,省得安王日后再去叨扰。

祉莲没有消息,安王就有希望。一旦祉莲之死证实,安王也就死了心了。

沐清尘想得岂止一个细,更是一个深啊。

刺竹无言以对,安王今夜的万念俱灰,只是清尘离开的一个铺垫。如此看来,清尘要走,也是定局了。一时间,他心中有些不舍,替清尘的将才可惜,也为安王失才感到遗憾，喃喃道："一定要走吗？没有什么让你留恋的吗？沐家军，也就这么舍下了？"

"我已经给安王递交了辞呈，推荐你统率沐家军……"清尘的话，再一次将刺竹愕然的眼光集结在自己身上。

清尘没有看他，低声道："沐家军最大的特点，就是灵活机动。我已经禀明安王，天下安定后，军队必然缩编，那时候，或可解散沐家军。众兵勇遵循自愿的原则，愿意留下的，接受改编，要回家的，领了安家费回家……沐家军的士兵都有铜券编号，如果局势不稳，还可张榜重征沐家军，一旦集合仍是原样，保证能在短时间内集结完毕。"

刺竹静静地听着，清尘的话语里并没有很多的感情色彩，恍惚间，他一边惊叹着清尘的冷静，一边感慨着清尘的冷酷。安排妥当，走便是走，绝不拖泥带水。

他轻轻地摇摇头，幽声道："王爷不会答应你的。"

"非但如此，他还会令你为主帅。"刺竹盯着清尘的眼睛，那眼睛清亮，没有往日的冷凛，也没有拒人千里的傲然，反而荡漾着细微的忧郁。刺竹没有去细想那眼里的情绪，一语就点破了缘由："你还是不想去面对秦骏？"

"这一战，一定会赢的。"清尘避而不答，却给出了一个看似毫无边际的答案。

"即便成了敌人你仍不想，去亲自见证他的失败。"刺竹的话低缓，但话里的犀利还是像针一样扎进了清尘的胸口，"他败给谁都可以，只要不是你就行了，是吗？"

"你不能如实把自己的想法禀告安王，担心他怀疑你对秦阶和淮王尚留情分……但是你一意请辞，就不怕安王怀疑同样的动机吗？"刺竹的手轻轻地拍了拍清尘的手，然后，就在桌面上握住了它，沉声道，"你是军人，既然知道阵前免不了交锋，何必退却？"

清尘皱皱眉头，却慢慢地笑了起来，抽出手，复又添茶，怅然道："走一步看一步吧……走不了，就只能到时候再说了……"

刺竹豪气地一拍，抓住清尘的肩膀用力摇摇："你放心，只要不是安王亲点，对阵秦骏，我上！"

清尘默默地低下头去，看着杯中渐凉的茶水失神。

"清尘，"刺竹微笑着，凑近了些，问道，"你啥时候满的十七啊？我第一次见你的时候，通州城下，你才十六呢……"

清尘抬起头来，望着他，不答，只笑，淡淡地拨转了话题："今天那个陈小姐，是你未过门的妻子？"

"哪能呢?!"刺竹正了脸色,"别胡说！"

"还害臊呢,"清尘嘻嘻地笑道,"怎么不是了？一定是安王妃保媒,你母亲十分满意,才带过来的……"

"那是她们的事,别想赖我身上！我可不会干！"刺竹一摆手,有些烦躁。

清尘笑道:"欸,我记得你说过,你喜欢温柔的女孩子……这个陈小姐,小鸟依人,善解人意,符合你的要求……"

"你说点别的行不行？"刺竹恼了,端起茶,一饮而尽,说,"你再揪着不放,我就走了啊！"

清尘停顿片刻,正色道:"不说笑了,我问你,你怎么不喜欢她呢,挺好的姑娘。"

"是挺好的……"刺竹皱皱眉头,却涌起心事来。这丹妮儿是挺漂亮,看上去性情也还好,可是要做妻子,刺竹心里还是有些不乐意。怎么说呢,没什么感觉……

清尘缓缓地起身,冷不丁问道:"你还念着初尘？"

刺竹一怔,刚要辩白——

"她是肃淳的呢。"清尘微微一笑,拉开了门,"你该走了,已经很晚了。"

刺竹白了清尘一眼,不高兴地起身道:"赶什么赶？这么晚了,我们可以一起睡啊。"不顾清尘已经变脸,径地扒拉下外套,腾身就往床上一躺,大咧咧地往里挪着,说,"我还有话没说完呢,我俩一起躺床上说！"拍拍身边的空地:"来,快上床！"

清尘转到床前,垂着两手,极其郁闷地望着他,愠道:"谁准你睡我的床了？"

"初尘不也睡过你的床？"刺竹眼睛一瞪,虎气道,"你咋那么多穷讲究？男女授受不亲呢,初尘是女的,她睡得,我还是个男的,我睡不得？我今天还就不走了呢！"扯过被子,眼睛一闭,索性赖上了。

清尘俯下身来,拍他身上的被子:"我说赵刺竹,你咋脸皮这么厚呢？"

"呵呵,"刺竹也不睁眼,反而缩进了被子,乐滋滋地说:"睡了你的床,发现这人哪,还是讲究点好……你看,你的床,就比我的床软,还比肃淳的干净……嗯,你别说,真舒服,哈哈,还有点香味儿……"

"你起来！我不跟别人一起睡觉！"清尘急了,"你睡这我睡哪儿？"

"睡习惯了不就好了,"刺竹满不在乎地转个身,把脊背对着清尘,"我跟肃淳还经常睡一张床呢,真是……你不愿意,你自个上我房里睡去……反正,我是不会挪窝了……"

清尘嘴巴都气歪了，横竖拿他没辙。他气哼哼地叉着腰，想着要怎么把这个入侵者赶走。

奔波了一天的刺竹真是累了，没多大工夫，居然发出了沉沉的、均匀的呼吸声。他竟然泰然地睡着了！

清尘犹豫了一下，掉头走了出去。

一大早，肃淳大步流星地进了院子，直奔刺竹的房间，伸手推门。可是今天这一推，门却没有像往常那样应手而开，反而纹丝不动。刺竹是个严于律己的人，从来不睡懒觉，每天等到肃淳去叫他的时候，一般都已收拾妥当了，今天是大军开拔之日啊，刺竹怎么地都不会犯糊涂，尤其是在这么重要的时刻更不可能。

肃淳狐疑着拍门喊道："刺竹！刺竹！"

少顷，门缓缓地开了，肃淳的眼睛一瞪，忽地直了——

来开门的，竟然是清尘！

顾不得问话，肃淳一把拉开门，急切切地就往屋里探，四下都看了，没有看见刺竹的身影，这才松了一口气，一直硬着的肩膀放软下来，就听见身后传来清尘低沉的话语："你来做什么？"

"我每天早上都来叫他呀……"肃淳愣了一下，又不放心地看看床上，被子已经叠好，看不出任何蛛丝马迹，可是他心底的疑惑，还有不可言状的担心，还是不小心挂了脸上。他迟疑着，问道："昨天晚上，你睡这里了？那，刺竹呢……"

清尘循着他的眼光，看了一下床铺，低沉道："你想哪去了？"

肃淳愣了一下，扯出一个不自然的笑脸，嘟囔道："我不过就是想知道刺竹上哪去了……"

清尘没有回答，冷冷地瞥了他一眼，抽身走了出去。

安王早早就到了营里，虽然离集合还有一个时辰，但是四处都收拾妥当，面对此次战役，士兵们也是群情激奋，势在必得。就在他为士气高涨，而且一切都有条不紊地提前准备完毕而心生愉悦的时候，忽然发现自己转了一大圈怎么没看见沐将军父子呢？想想昨日收到的辞呈，安王沉吟片刻，走向清尘的房间。

伸手正要敲门，门却轻轻地开了，似乎并没有扣上门锁。

难道他出去了？安王迟疑片刻，推门进去。

屋里，一个魁梧的身影正背对着大门在扎腰带。安王看清后，顿感惊讶和奇怪，下意识地喊了一声："刺竹，你怎么在这里？"

刺竹转过身，看见安王，也有些惊讶，眼睛一眨，却又微笑起来，此刻再次从门里走进来的正是清尘，而他的身后跟着肃淳。

安王也转过身，依次看了每人一眼，终于问道："是怎么回事？"

刺竹笑道："我昨天跟清尘谈心晚了，怕耽误今天的正事，就想跟他挤个铺，谁知他不习惯与人共铺，宁可自己一个人去我那里睡，也不肯跟我将就一晚上……"

话没说完，就听见肃淳"扑哧"一声笑，清尘斜了肃淳一眼，肃淳看着清尘，却笑得更厉害了。

安王没有兴趣追究他们怎么睡的，转向清尘问道："准备好了开拔吗？"

清尘默然片刻，没有回答。

安王看看他，轻声道："如果我哪一天答复了，你就可以离开了。现在，我没有答复你。"然后，他静静地看着清尘，一动不动。他很好奇，这个从前只管发号施令的统帅，面对自己的拒绝，会采取怎样一种态度？他更好奇的是，一心想要脱离，又是如此决绝的个性，面对自己明朗却显然相反的决定，清尘会怎么做？

清尘沉默地看着安王，然后，缓缓地垂下眼睑，似在思索，等他再次抬起眼来复看安王一眼，猛地一低头，回答："末将即刻整装出发。"一拱手，退去。

安王默默地望着他的背影，转向刺竹，低声道："想必沐广驰一直在房间里等着他呢……"随即微笑道："这父子俩，还真有意思……儿子不像儿子，爹不像爹，这爹对儿子服服帖帖……"

"他们相依为命，感情不是一般的深厚，"刺竹深有感触地说，"彼此，都是彼此的唯一和依附，所以，才会这么亲密无隙。"

彼此，都是彼此的唯一和依附……这句话，轻轻一点，却骤然刺入了安王的心上，他倏地想起了祉莲，她要的只是唯一，可是，他给不起，终于等到他有勇气愿意给她的时候，她给予他的，只有决绝的抛弃。一旦错过，便永不回头，直至死——

一阵尖锐的心痛袭来，安王浑身一颤，下意识地扶住了桌子。他不甘心，尽管他知道对比沐广驰，他自叹不如，可是，他也有愤愤不平，沐广驰得到了两次机会，可是他呢，只有一次。如果祉莲也肯给他第二次机会，他一定强过沐广驰，一定的！

"父王……"看见安王神色有些不对，肃淳担心地喊了一声。

安王须臾便从心事里拔了出来，看着肃淳，自嘲地笑笑，说："清尘这番，倒是更加让我刮目相看了。"

肃淳笑了一下："你是不是以为他会固执到底？"

安王微笑着点点头："他桀骜不驯，我一直顾虑的也是，接收了沐家军，如何去统领这支悍旅……"

"王爷多虑了，"刺竹轻声道，"这点我倒是不担心。"

"为何？"安王饶有兴趣地问。

"清尘首先是个军人，然后才是统帅。"刺竹说，"沐家军治军严谨，等级分明，制度严格，如果没有高级将领的以身作则，难能自强而威。所以，清尘既然归顺，必然服从。"

"哦，你提醒我了。居功不自傲，诸事以大局为重，其实从之前事宜就可以看得出来。"安王点点头，"清尘让我想起一句话来，人不可有傲气，但不可无傲骨……"他的手指轻轻地在桌上敲击着，满是怡然和嘉许。

刺竹沉吟片刻，低声问道："王爷，为何没有准沐家父子的请辞？"

安王摇摇头："大战在即，用人之际，岂可随意换将？何况，最了解和最适合指挥沐家军的，还是非沐家父子不可……我想，即便他们执意要去，也该是在大战得胜之后，卸了兵权，得了赏赐，衣锦还乡啊。总不能就这样走得默默无闻，抹杀了那如许的功劳……"

"王爷决定此役交给沐家军，是想给他们做足人情，无憾而归吧？"刺竹轻声道，"王爷有没有想过，他们此时提出要走，其实就是不想掠下太多功劳……"

"怕树大招风？还是怕功高盖主？说到底，不过是担心自身安危……"安王沉声道，"想必在淮王帐下顾虑惯了，所以此番处处畏首畏尾，给我的感觉，竟已不似从前的彪悍将军了……不过终究还是可以理解，以前淮王不待见，还可以投我，如今天下一家，若是不小心得罪了，可就无路可退了……"

"清尘是何等聪明之人……小小年纪，却深谙处世之道。见好就收，急流勇退，安定君心，也保个自安。"安王幽声道，"他对我始终心存芥蒂，其实，我这里何需他如此多虑？"

"所以，王爷希望留下他们，通过相处，消除疑虑，从而打消请辞之念。"刺竹徐徐道，"若换了从前，我也会认同王爷的想法，只是通过昨夜一席深谈，末将觉得，王爷刚才一番所讲，只是其中的原因之一……或许，也不是最主要的原因……"

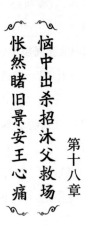

第十八章

恼中出杀招沐父救场

怅然睹旧景安王心痛

安王皱着眉头，看向刺竹。

"王爷有没有想过，此役必赢，清尘想走，就是不想邀功，既然他无意名利，对于沐家军也做了妥善的安排……他说，他厌倦了战争，也许这才是真正的原因。"刺竹慢慢地试探过去，"王爷，倘若可能，准了请辞，如何？"

安王默然片刻，断然摇头："我如此欣赏和喜爱他，怎能就此甘心放他走呢？我能给予他更多的更好的……"

"那未必是他需要的，"刺竹踌躇片刻，轻声道，"想想祉莲吧……"他深知，此话必然触及安王痛处，于是瞥了肃淳一眼，不露声色地转了个弯："这个建功立业的机会，很多人都需要的……"

果然，安王闻言，脸上微微地抽搐了一下，刺竹语气柔缓，语意却甚是尖锐，可是到了后面，话锋却倏地一收，没有明指，实实地却是在帮肃淳说话，安王毕竟是安王，一瞬间之后，释然而笑，伸出食指轻轻点着刺竹，幽声道："你呀你，未必真的铁面无私……"

"你若是放了清尘走，这个建功立业的机会我就给你！"安王认真地看了刺竹一眼，复又瞟了一眼肃淳，低声道，"肃淳，还需要历练……这个历练，先从学会忍耐开始……沉得住气，稳得下来了，再谈建功立业……然后，还要学会放弃，不能因为是世子，就可以把所有的好机会都垄断，这不是帮，反而是害。做世子，最忌讳的就是少年得志，最最忌讳的就是不可一世……"

安王的脸色非常严肃，话语也甚是尖刻。

肃淳微低着头，没有吭声。直到安王走出屋子，刺竹轻轻地推了他一下，他才抬起头来，闷闷道："严格要求我，我只当是爱之深、责之切，可是，你告诉我，清尘可以少年得志，也可以不可一世，为何父王如此欣赏？！"

刺竹安慰道："如果清尘是王爷的儿子，早就不知被训斥多少回了呢……"

"不。"肃淳却超乎寻常地正色道，"不会的。父王喜欢清尘，他对清尘的喜欢，从不遮掩，这跟清尘是谁的儿子没有任何关系……"他不傻，他能感觉到，父王对清尘与生俱来的喜爱，就如同清尘对父亲与生俱来的冷漠，都是溢于言表的。

刺竹笑道："你就当他喜欢清尘，是因为清尘长得像祉莲吧……"

肃淳不响了，耷拉着脑袋出了门，忽地又莫名地停下，居然吃吃地笑了起来。

"你笑什么？"刺竹一头雾水。

"父王喜欢清尘不是挺好吗？"肃淳笑嘻嘻地说，"清尘也许真能成为我们家的人呢……就算父王看不起我，到时候，也难说爱屋及乌……"

刺竹皱皱眉头，没听明白，一抬眼，正好看见清尘和沐广驰出了屋子，正跟安王行礼。

"这次出征，清尘为主帅，广驰，你为主将。"安王说。

"上次校场比试，我已经输了，再担当主帅恐难服众。"清尘垂手道。

"不要拒绝，"安王轻声道，"我想让你封侯。"

清尘一怔，少顷，缓缓跪下："谢王爷厚爱，但万万不可。"

"为何不可？"安王笑意盎然。

沐广驰也跪下了："请王爷体谅，沐家有祖训，可效力朝廷，但不可为官。"

安王一怔，怅然道："难道战争一结束，你们就真的要走？"

"生逢乱世，理担其责，天下天平，则功成身退。"清尘复进言，"王爷，这大好的功劳，对于我们父子来说，意义不大。还请王爷另寻主帅和主将吧。"

安王很是失望，又非常无奈，沉吟许久，才说："这个事情暂且搁下，驻军了方昌再说吧。"

小小的方昌，迎来驻军六万，遍地的营帐，跟乾州城遥相对望。

安营扎寨之后，根据安王命令，整理内务，士兵们是难得的清闲，便聚在一起，趁下河洗澡之前的空当，比画起拳脚来。将军们围拢了看，兴起之时，也上场练上几把，于是喝彩声、吼叫声响成一片。

安王在帐内听得真切，也被吸引出来，站在圈外的土丘上观战。

王朝雄、易奇等虎将一一赤膊上阵，上演擒拿格斗真功夫，都是拳脚了得，你来我往，煞是精彩，不消几刻定了输赢，胜者便绕场一圈，叉腰吆喝着挑战谁谁，被点名者自然不甘示弱，扒了衣裳就上来，又是呼呼满场生风。

肃淳、罗放、刺竹依次上场，最后，剩下了刺竹。他挺着结实的胸肌，胡乱地摸了一把古铜色皮肤上的汗，叉腰喊道："沐清尘！"

清尘正坐在士兵前面，看得津津有味，忽地听见叫自己名字，吃了一惊，愕然间，下意识地摆摆手："我不行呢……"

"堂堂沐帅，岂有不行之理?!"易奇手快，一把扯起了清尘，顺势往场中一推，"沐帅的功夫以灵巧见长，让我们这些鲁夫见识见识！"

清尘迟疑了一下，脚步一退。后边的士兵便在王朝雄的鼓动下喊了起来："帅岂可退？帅岂可退?!"

清尘无奈地回头，却正好看见肃淳端着胳膊，捏着下巴，一脸坏笑。他身后的士兵也起哄了。

"沐帅，加油！"罗放挥起拳头喊起来，跟着，沐家军的士兵也喊起来，一时间，震得地动山摇。

清尘狠狠地斜了肃淳一眼，转向刺竹，缓缓地整好战袍，走了过来。

"王爷，"副将说，"你看他们俩谁能赢？"

安王正要回答，忽地看见面前人影一掠，他伸手一抓，却是沐广驰，脸颊上有些毛汗，想是一路急忙忙地赶过来的，安王笑道："比画比画，想也无妨，沐将军不必情急。"

沐广驰顿了顿，只得站住，看着场中。

"刺竹知道轻重。"安王低声道，"不会有事的。"

沐广驰斜过头，神情复杂地看了安王一眼。

"发什么呆？"刺竹打量了清尘一眼，手一挥，"要不要把上衣脱了，不然，手脚放不开……"

清尘想了想，缓缓地褪下了腰带和战袍，身着短装，站定，两手下垂，看着刺竹,半晌也没亮出招式。

刺竹可不客气,腾手一个黑虎掏心,长驱直入——

清尘依旧淡定,纹丝不动,只待刺竹的虎爪凌厉而来,身形一晃,以极快的速度一侧身,脚步一跨,竟是到了刺竹身后,胳膊肘往后一顶,刺竹只觉后背窝里一痛,那脊柱像要断了一般……不是被重力所推,而是疼痛难忍。他朝前踉跄几步,才稳住步伐,咬了牙又反身直扑过来,到了清尘跟前,忽地拳锋一转,直击清尘腰际。清尘膝盖一弯,软腰一弯,半跪着往后一仰,躲过了这一拳,顺势侧身,单手撑地,飞起一脚,踢向刺竹胸口。刺竹双手倏地抬起,抓住清尘的脚,一扭,清尘也随着身体整个翻转过来,就在双手落地的同时,双腿屈膝猛地一蹬,刺竹偏开脑袋,手里下意识地松了劲,清尘一下便挣脱了出来。

两人再次在场中站定。

又是刺竹先出拳,依旧是黑虎掏心。清尘抱拳,用胳膊肘顶回虎爪,左脚劈叉,踢向刺竹下巴,刺竹双肘屈起挡过,清尘再次飞身起来,一脚踢中刺竹腰间,看似用力极大,刺竹却只是退了一步,随即双手轮番出拳,仿似流星大锤。眼看清尘就要吃拳,忽地一个后空翻,轻轻巧巧就闪开了。众人喊声好,鼓掌不息。

刺竹哪里肯放松,瞪着眼睛,逼着再次过来,腿利索地扫堂。清尘单腿屈膝抬起,金鸡独立避过。却不想刺竹手形一变,双拳变成两掌,对着清尘的胸口就拍了下来——

"砰"的一声,结结实实地拍在了前胸上!

力道虽然不大,但手法极快,清尘不及伸手去拦,就感觉胸前被重重一击,一屁股坐到了地上,瞬息之间,错愕着,又是满脸通红,看着刺竹,飞快地爬起来,脸色一凛,顿时眼底杀机骤现。

在一片哄笑声中,肃淳的脸拉长了。刺竹这头呆驴,拍哪里不好,偏要是这里?!清尘恼了,这样的羞辱于他,就是底线!

沐广驰身体一动,就要上前,安王反手一把拉住他,轻声道:"他们的事情,让他们自己解决……"他观者心明,刺竹和清尘,两个人都没使出撒手锏,招招留有余地,这样打下去,是见不到分晓的,但是刺竹好玩似的这一推,却逼出了清尘的杀气。安王琢磨着,刺竹看似认真,其实是有些逗耍的成分在里头,许是这戏谑般的挑衅伤害了清尘的自尊,不管怎么说,当众摔了屁股,可不是那么好看的……

想到这里,安王忍俊不禁,清尘虽然少小老成,但说到底,年纪太小,还是个孩子呢，这下，刺竹可能会有好果子吃了。他心道：我且擦亮了眼睛，看小娃娃如何整治刺竹吧。

看着清尘一脸寒霜地站在场中，刺竹呵呵地笑道："让你不好好打，先叫土地公公抽你一下屁股！"

清尘深吸一口气，双手一抖，握紧了拳头。沐广驰一见，忽地嘴角一抽，显出些急切来。

终于动真格的了。刺竹心里暗喜，抖抖肩膀，松松筋骨，巴望着跟清尘好好一战。

他牙关一咬，面对着清尘阴沉的脸色，再一次右手出拳，依旧是黑虎掏心。

清尘的脸上划过瘆人的阴鸷："赵刺竹，你用这招上瘾了啊？"话音未落，身体一侧，抓住刺竹的手腕一拧，本以为就此可以痛得刺竹发软，没想到刺竹也暗藏机关，出拳来势凌厉，却是虚晃一招，真正的招式在腋下，是左手欲扣腰带。

清尘的脸上冷冷地笑，像冰花绽开，带着透骨的寒意。他似乎早已洞察，却没躲，反而伸出自己一直背在身后的另一只手，往反方向一拧，一忽儿，将力道全部化解。刺竹担心手腕受伤，赶紧收拳；清尘本可以拉开他两手，用膝盖顶他前胸，却不动声色地松了手。刺竹不敢轻敌，赶紧侧身扫堂腿跟着过来，清尘轻盈地一跳，人须臾便到了刺竹身后，右手搭上刺竹的肩膀，左手臂往刺竹脖子上一带，如同想抚摸刺竹的喉咙一般，就要回抽——

"住手！"一声大吼，沐广驰突然出现，抓着清尘的胳膊一轮，清尘被惯性甩出了半个圈，又被沐广驰一把带回来，才站稳，便听见父亲压抑的咆哮："拿出来！"

招式太快，大家都没反应过来，只是沐广驰的那一声吼，将所有人都震慑住了。

"拿出来……"沐广驰平息了语速，同时，伸过手去。

清尘缓缓地抬起了左手，掌心一翻，只见手腕处，一柄三菱刀样的暗器，贴着皮肤，刃口朝向外头，闪着寒光。

安王不由倒吸一口凉气，若不是沐广驰出手阻止，刚才刺竹只怕已经被割喉了。一时间，他有些目瞪口呆，清尘若是起了杀心，恐怕十头牛都拉不回啊。

"你自己说。"沐广驰的脸上怒气毕现，但话语却仍旧不协调地柔和。

"沐家祖传暗器，只可在危难时刻用于自保，不可主动伤人……"

清尘抬头看着父亲，闷声道，"他推我……"

"是危难时刻吗？需要自保吗？"沐广驰眉毛一竖，威煞顿生。

安王默默地看着父子俩,忽然发现他们的神态非常之像。

此刻,清尘也是一脸杀气,跟沐广驰不同的是,清尘的威严和冷凛之中,还带着瘆人的阴鸷。

"没事,没事。"刺竹赶紧过来,笑着做和解,"我逗弄他,把他惹恼了,也是活该……"

沐广驰巴掌一挥,冲清尘道:"认错。"

清尘下巴扬起,一脸桀骜。

肃淳赶紧拉拉清尘的衣袖,低声劝道:"认个错吧……"

"算了吧,"安王笑起来,"也是刺竹挑衅在先,难能说谁的错。都是大将,都有面子,别让彼此下不了台。"

"暗器伤人,胜之不武,大丈夫行事当光明磊落……"沐广驰顿了顿,虽然恼火,却又不想真的在众人面前拂清尘的面子,于是说,"拳脚比试偷使暗器,那就算输了,赢者定罚,刺竹说,该怎么罚吧。"

刺竹怔了一下,摸着脑袋呵呵一笑:"罚啊?罚什么呢……要不,唱个歌大伙听听?"

众人哄然大笑,不知是谁喊了一声:"沐帅马术了得,给大伙表演一下吧,乐呵乐呵……"此言一出,响应声雷动。

清尘看着父亲,没有动。

沐广驰瓮声道:"输了认罚。"扬手道:"雪尘马——"

清尘翻身上马,奔跑起来。椭圆形的场内,在呼呼的风中,他和雪尘马融为了一体,那样灵巧地在雪尘马上站立、单脚独立、弯腰、翻身,甚至是打筋斗,然后,还表演了飞马下跳、侧行上马,还可以依附着马鞍,把整个人横着跟马肚子平行,整个地躲在马的一侧,让人肉眼无法看见行踪。

士兵们连声叫好,欢声雷动。

最后,清尘以一招燕式平衡轻盈地立于马上,缓缓收身。

"沐将军!走一个!"沐家军的士兵忽地转而朝向沐广驰,喊起来,"起——"

沐广驰默然片刻,呵呵一笑,忽地一偏头,略带着得意地扬手道:"应了!"

清尘下了马,沐广驰坐了上去,一扬鞭,马儿跑起来,沐广驰绕过来,场中的清尘举起手,就在沐广驰拉起他的时候,他单脚踩上马鞍,整个人,呈"大"字形展开,仿佛是一只风筝,迎风振奋。

随后,清尘双脚踩上马鞍,扶着父亲的肩膀,站立在父亲身后,双手伸直,展开,再缓缓地抓住父亲的肩膀,然后,双腿并拢,渐渐地抬起,悬空,与身体成一直线,全部的重心都落在两只手上。这时,沐广驰也松开了缰绳,展开双臂,父子俩就好像凌空飞行的燕子一般,剪尾俯冲,接着,清尘缩回一只手臂,放到背上,只徒手而立。

两手轮换过后,他的脚踩上了父亲的肩膀,直直地站在了父亲肩上,俯视着全场。

马儿已经跑过来了,罗放抄起一根长戟,抛过去:"将军,接着!"

沐广驰接了,将戟平举,清尘俯身,双手抓住戟杆,慢慢地,倒立过来……马背上双手悬空倒立,单手悬空倒立,赢得了一阵阵欢呼声,然后是倒立着反手转向,更是让人目瞪口呆,连叫好都忘记了。

罗放得意地环顾四周一眼,喊道:"再来个倍儿爽的!"

沐广驰"呵呵"地笑着,用力一抛戟杆,双脚向天的清尘顺势松手,便弹了起来,在空中一个反转,然后落了下来,坐实在沐广驰的身后,他双手抱住父亲的腰,忽地侧脸,绽放出一个极其动人的笑容……

这是一个完全不同的沐清尘,阳光、俏皮、美丽、浪漫,还有符合年龄的天真,都在这灿烂的光照下呈现了出来。

"好!"场上掌声、口哨声响成一片。

可是,刺竹的耳边却寂寂无声。四周的沸腾都好像与他无关,他只是静静地看着清尘,清尘正微微地仰着脸,咧着嘴笑,雪白的牙齿,粉红的脸颊,笑得无声却是纵情,此刻清尘更像一个孩子,在父亲的羽翼下享受生活的美好,而不是那血淋淋的战争。清尘的笑脸,是那么的纯净,充满了刺竹的瞳孔,使得他也在不经意中,露出了微笑。

肃淳默默地看着刺竹,眉宇间渗出淡淡的忧虑。

安王看着沐广驰和清尘走过来,眼光徐徐地落在他们牵着的手上。一大一小,一黑一白,那么分明,却又是那么亲密。他的耳边倏地飘过刺竹的话语:"彼此,都是彼此的唯一和依附,所以,才会这么亲密无隙……"

清尘斜着脑袋,看着父亲,脸上挂着甜蜜的笑容,而沐广驰亦是满面笑容,这是他最开心的时刻,有了这一刻,什么不高兴都抛到了九霄云外。

安王好奇地问道:"你们父子怎么配合得这么好?"

"熟能生巧啊。"沐广驰呵呵地笑道,"清尘打小就是这样玩……大凡打仗赢了,士兵们闹着要看,咱父子就走一个……"

安王释然:"大伙都散了,你们也累了,都回去休息吧……"

沐广驰点点头,随即问清尘:"累了吧?爹背你?"

清尘抿嘴笑笑,也不推辞,一下就跳上了沐广驰的背,晃荡着两脚,蜷着沐广驰的脖子,脑袋很自然地靠了过来。

父子俩渐渐地远了,却依然可见两颗脑袋挨得很紧,时不时还有细微的抖动,看情形是聊得很欢。

安王沉默地望着父子俩的背影,他不想去嫉妒,可是他们的亲热还是像风里吹过来的石头一样,硌痛了他的眼睛。

他不得不承认,就在刚才,清尘和沐广驰牵手并列站在他跟前的时候,他又一次不可避免地想起了祉莲。除了沐广驰那张脸,无法褪去时间的沧桑,这幅画面,简直就是十九年前的重演。清尘是那么像祉莲,就连那笑脸,那望着沐广驰的笑脸,那小小的手被沐广驰握住的姿势,都是一样的!

那不是清尘和父亲,那是祉莲和沐广驰,他们在荷香垸,从小船上下来,就是这样,紧紧地牵着,相互偎依着,对视而笑。

穿透了时光和岁月,祉莲还是回来示威了,决绝的报复,像烧红的烙铁一样,灼烫过安王的每一寸肌肤,而那些刻骨铭心的悔恨,再一次像铁钎穿过他的心脏,将他钉死在永不可救赎的罪恶碑上。一切的一切都告诉他,无时无刻地提醒着他,他最爱的祉莲,永远是沐广驰的,他的爱,他的悔恨,他的权势,始终改变不了。

安王深吸一口气,转过身,却看见肃淳一脸心事地看着地面发呆。

"想什么呢,肃淳?"安王低沉道。

肃淳抬起头来,喃喃道:"没什么……"

安王沉吟片刻,怅然道:"你是不是羡慕他们父子?"

肃淳怔了一下,没有说话。

"是我太苛刻了,使得你连心里话都不敢吐露……"安王的话里,隐隐有些伤感，"我也羡慕他们呢……"

"不是的，父王，我没有这样想。"肃淳赶紧澄清。

安王锐利的眼光却像探照灯一样射了过来："那你在想什么呢？"

肃淳低下头去，不语。

安王看了他一会儿，沉声道："你大概也希望你是我唯一的儿子吧……"

肃淳吓了一跳，腿一软，跪下："孩儿绝对没有这样的想法。"

安王叹一声，幽幽道："其实，有时候，我也想试一下，彼此都是彼此的唯一和依附……亲密无隙，到底是什么感觉……"

肃淳愕然地望向父亲，一个字也说不出来。

清尘倒了一杯茶，笑嘻嘻地送到父亲嘴边，甜腻腻地说："爹啊，渴了吧，喝茶……"

"少来这一套。"沐广驰并不受用，翻了个白眼，瓮声道，"你说你今天该是不该？"

"不该——"清尘拖长了声音，死皮赖脸地说，"这不是罚也罚了，你还绷着个脸，怎么着，想沐帅跪下给您磕头？"

"你给我磕头也是应该，"沐广驰没好气地指指鼻子，"我是你爹！"

"呵呵，"清尘笑道，"那是，谁敢说你不是我爹？！"

沐广驰哼了一声，接过茶，喝上一口："知道就好……"顿一顿，正色道，"什么我都可以听你的，刺竹这事，你得听我的。"

清尘瞪了父亲一眼，不语。

"你也老大不小了……"沐广驰才一开口，清尘就反驳："我才十七！"

"那也是不小了！"沐广驰不满地噘了一下嘴唇，沉声道，"刺竹在让着你，你没看出来？"

清尘不语，坐下，眼光转向杯中的茶水，茶水淡绿清冽，一眼到底。

"爹不精明，很多事情不如你，可是就这一件，爹没看走眼。"沐广驰低声说，"他的刀法、枪法都强过你，他是让着你的……就是比拳，以他之力，斗你的灵巧，也不在话下。你自己心里很清楚，所以才会使出暗器……爹不会看走眼，刺竹此人，大智若愚……"

清尘默然片刻，淡淡道："我们终是要走的……"

这下轮到沐广驰沉默了，许久之后，他才游丝般地吐出一句："今天，你是想割伤他，同时隔断所有退路？"

清尘低头看着地面，鼓了一下腮帮子，忽地笑了："沐广驰，你不傻呀……"

"我当时没想到，这会儿才想明白。"沐广驰并没有笑，脸色有些暗淡，"你总是太有主见，爹的话，越来越不顶用了。"

"不是呢，"清尘拍拍父亲的肩膀，故作轻松道，"我知道你喜欢赵刺竹，可是他跟我们不是一路人，人家喜欢大家闺秀，而且，人家家里，也都相好了。你呢，就别多心了……"他"嘻嘻"一笑，调皮地说，"我自己的问题，自己会解决……"

沐广驰听罢，缓缓地站起身来，异乎寻常地严肃："你必须离肃淳远点。"

"我对安王家里的人一点都不感兴趣。"清尘飞快地回答，也站起身来，坦荡地注视着父亲。在清尘的眼光下，沐广驰忽地有些发虚，他一低头，飞快地走出了屋子。

刺竹擦拭着身上的汗，走进营帐，听见肃淳的声音从后边传来，嬉笑的口气满是戏谑："你被清尘的美色迷住了？"

刺竹不悦地转身："什么美色？有你这么说话的吗？"

"刚才，我看你盯着他，眼睛都直了……"肃淳笑着，揶揄道，"我从未见过赵将军如此失态……"

刺竹默然片刻，回忆着当时的一幕，笑道："他有时候真的好像个女孩……那一刻，我真有些恍惚……"

"如果他是女孩，你会喜欢他吗？"肃淳冷不丁问道。

"如果他是女孩？"刺竹笑了起来，"他怎么可能是女孩？你看看，那性格，争强好胜，呼来喝去，出手凌厉……是个男孩也还正常，要是个女孩，那得吓死多少人去……"

"这么说，你对这样的女孩不感兴趣？"肃淳的心终于慢慢地落了地，忽一下，又提了起来，"我说你就是口是心非，嘴里好像不待见人家，其实啊，巴不得成天跟他泡在一起……"

刺竹偏头想了想，便正色道："是了，你说的也对。其实，我还是很喜欢他的，年纪虽小，锋芒毕露，却也是思虑周全，懂得进退……"他点头道，"我挺欣赏他的，也愿意跟他在一起。"

"你可不能跟他在一起！"肃淳急了，"你最好少跟他在一起！"

刺竹狐疑地望过来。

肃淳心虚着，移开了眼光，正绞尽脑汁地寻找搪塞的理由，就听见刺竹瓮声瓮气地说话了："世子不得玩娈童。"

肃淳没好气地顶了回去："谁说我玩娈童？！"

刺竹默然片刻，到底还是说了出来："你对清尘的心思，不太正经。"

肃淳更恼，想要解释，话在喉咙里打了几个转，又生生地憋回了肚子里，只说："我跟你发誓，我决不玩娈童。"

"那就好，"刺竹飞快地接过话头，神色严肃，"以后该是你尽量离清尘远点。"

肃淳忽一下叫了起来："我算是知道你了，平日里看着不吭不哈的，心里尽鬼……你劝父王准了清尘的请辞，就是为了让他离我远点，是不是？"

刺竹一口承认："大部分原因是因为你，一是让他离你远点，二是他走了，你有更多的机会扬名，还有一小部分原因是为了清尘自己，他想走，王爷是留不住的，勉强也没有什么意思……"

肃淳闻言，轻轻地叹了一口气，黯然道："你就从来没想过，还有另外一种解决方式可以皆大欢喜？"他悻悻地一挥手，郁闷道，"算了，我不跟你说，到时候你就知道了，现在还不是时候，反正你横竖也是头呆驴……"

刺竹看着肃淳，紧紧地皱了皱眉头。

肃淳呵呵一乐，又凑了过来，眉毛一挑："那个陈小姐，如何？"

"什么什么？！"刺竹一下红了脸，转背过去。

肃淳可不会轻易放过他，马上攀上刺竹的肩头，满脸暧昧的笑容，怂恿道："赶快应承了吧！你娘和我娘，都巴不得捆了你送进喜堂了……呵呵，你们也算是青梅竹马，姑娘温柔又美丽，长辈喜欢，家室又好，样样都合你心意，多好啊……我可提醒你，过了这个村可就没这个店了，下手一定要快！"

"还下手要快呢？"刺竹乜了他一眼，"你当是抓贼啊？！"

"你的亲事成了，我也放心了。"肃淳吃吃地笑道。

刺竹照肃淳的脑门子伸手就是一拍，愠道："哼哼，你放心？你放的哪门子心？你真当你是我哥呢！"

肃淳翻了个白眼，捂着额头，讪讪道："你要是错过了陈小姐，可是没有后悔药吃的。"

"我后悔是我的事,跟你有什么关系?!"刺竹没好气地说,"我还没想好,你少在姑姑跟前撺掇。"

肃淳眼珠子一转,笑容又堆上了脸:"刺竹哥,别说我没提醒你,要是此役结束了,皇上肯定会大赏将士。你这么大年纪了还未婚配,到时候,可要小心皇上赐婚公主啊……"

这话可结实地刺激了刺竹,他看着肃淳,竟然有些傻了。这样的结果,不是没有可能,别说皇上许个公主,就是许个郡主什么的,那也够他受的……刺竹此刻被肃淳一搅,顿时心乱如麻。

"你别跟我说,你就是想娶一个公主……"肃淳知道刺竹正在头皮发炸,于是乘胜追击,不怀好意地挤眉弄眼,"那我就去跟我娘说,你心高,不甘屈就陈小姐,哈哈……"

刺竹气恼交加,顺手扯起腰带,不由分说地抽在肃淳腿上,嚷道:"让你去胡乱编排,我先打折了你的腿再说……"

肃淳笑着,满屋子躲起来,正闹腾着,忽地听见门外士兵的声音:"安王传中军议事。"

夜已经深了,安王帐内灯火通明,安王还在地图前仔细地查看着,刺竹和肃淳走了进来,安王看了他们一眼,说:"还没到子时呢?"

"亥时二刻了。"刺竹说,"清尘说,今夜子时前他一定回来。"

肃淳迟疑了一下,说:"父王,孩儿觉得,这次让清尘一个人去刺探敌情,太冒险了……"

安王沉吟道:"清尘提出自己一个人去,肯定是有道理的,以他的谨慎来说,多数是有把握,才会这样请求。"

"沐将军昨夜定是无眠。"刺竹探头看了一眼斜对面沐广驰的营帐,低声道。

安王点点头:"我以为,当时清尘提出来的,他会阻止,可是……我想,他们应该事先商量过了。"转向刺竹,问道:"清尘这样做的目的是什么?"

刺竹低声道:"如果要任主帅,不如请战先锋。如果要做先锋,不如请缨细作(探子)……"

"你是说,什么功劳小,清尘就会选什么……不惜屈尊做一探子……"安王笑道,"他先行做了,我便要领情,既然欠下了人情,就不好再强求什么了……"

苍灵渡 CANG LING DU

刺竹没有吭声，他心里隐隐地升起些疑窦，清尘此番去，解释得清，但他为何坚持独身前去？多带一个士兵，甚至是如自己请求的那样，带上他赵刺竹，又有何不可？

清尘为何只能一个人去？他是去见秦骏吗？他们又会谈论些什么？

这一切都是谜，刺竹只能肯定，清尘不会跟秦骏吐露这边的情报，但是他也知道，不管清尘说得多么决绝，其实清尘心里是不想秦骏死的，尤其不想亲手刺死秦骏，正因为如此，他们的谈话，就更让刺竹好奇，会是劝降吗？秦骏对清尘一往情深的考验终是到了，他可以为了清尘在阵前束手待毙，可以为清尘打开叠泉关门，也会为了清尘而归降吗？而清尘，又会许诺他什么呢？

刺竹沉浸在心事里，完全没有察觉到沐广驰进了中军帐，直到肃淳喊一声"沐将军"，他才回过神来。

沐广驰一言不发地坐下，眼睛盯着地面，动也不动。他魁梧的身板在灯光下映出一块很大的黑影，帐中的气氛顿时沉重起来。

帐外梆子声响起，已经亥时三刻了。安王看看帐外，毫无动静，不由得心里莫名地有些发紧，他瞟瞟沐广驰一脸的阴沉，低声道："清尘应该快回来了。"

话音刚落，突然帐外一声高喊："沐小将军回营了！"

只听见马蹄声急促，远远地马儿跑过来，翻身下马走进帐内的，正是清尘。他一路风尘，满脸倦容，徐徐从前胸掏出一张草图来，递给安王："这是乾州城内布防图。"

安王大喜，细细地看来，吩咐："赶紧叫将军们过来，议议如何进军！"

正说着，帐外呼啦啦进来一群将军："我们听说沐小将军回来了，都等不及子时集合，早就帐外等着听令了！"

这里众人对照布防图，都围着地图指指点点，七嘴八舌地议论着，就作战方案各抒己见，安王环顾了一眼，越过众将的兴奋，他却没有看见自己想看见的那两张脸——

一转头，帐中的两排太师椅上，居左边，清尘斜斜地靠着，枕着胳膊，已经睡着了。而沐广驰正解下披风，盖在清尘的身上，他静静地注视着清尘，粗糙的手指，小心地拈去清尘脸上的碎发……

安王怔怔地望着这一幕，良久都没有回身。

众将觉出了异样，便停止了出声，看看安王，又循着安王的眼光，看着沐广驰和清尘。

终于，沐广驰回头看了大家一眼，犹豫了一下，轻轻地拖起了清尘。清尘微微地睁开眼睛，见是父亲，便又把眼睛一闭，靠在父亲的胸前，沉沉睡去。

沐广驰抱起清尘，起身，转向安王，略微地停顿，他沉默地看着安王，眼神之中满是复杂的含义，再看看怀里的清尘，沉默，长久的沉默，而后，又是对安王长久的注视，终于，他一折身，在众目睽睽中，大步流星地走了出去。

安王想了想，回头吩咐："你们继续讨论，我去去就来。"

紧走几步，喊道："沐广驰……"

沐广驰停下脚步，却没有转身。

"你是不是有话想跟我说？"安王问道。

沐广驰沉默的背影，许久之后，他的胸腔里发出低沉的话语："清尘以后再也不能单独去执行任务……"

他转头望向安王，一字一顿地说："你会后悔的……"

这不是请求，这是要挟。如果清尘出了事，沐广驰再仁义，也会做出不顾一切的举动来。安王知道，这一次清尘只身犯险，给沐广驰留下了难以磨灭的恐惧，这个爱子如命的父亲，不知道是怎么熬过这一天两夜的，他的担心和焦虑，只换来了一个决心，那就是更加坚定了从前的信念：清尘，绝不可以再离开自己半步！

"我答应你……"安王轻声道，"他要是回不来，我一定会很后悔……"

沐广驰深深地望了安王一眼，起步离开。凉凉的夜风掀起他的黑色的披风，舞出一片暗色的沉重。

太阳升起，雾气渐散，水面闪着金黄的粼光，长长的淮河就像一条美丽的锦鲤，在欢畅地游动。草地青翠，叶片上挂着露珠，盈盈欲滴，一双军靴，飞也似的踏下，须臾又腾起，踢开，一个身着黑色短装的矫健身影正在练剑，身如燕，剑如风。

草地那头，缓缓走过来一个高大的身影，喊道："清尘——"

清尘收身，站定，看着刺竹。

刺竹俯身，扯下一根草，叼在嘴里，笑着走近，说："昨夜睡得可好？既躲过了议事，又避开了主帅之争，我想，你应该是安心睡得极好。"

清尘悠然一笑，大方道："什么都躲不过你，我也就无须否认了。"

"你放心，主帅不是你。"刺竹说，"先锋也不是你。"

"主帅该是你。"清尘说，"先锋是肃淳。"

刺竹摇摇头："先锋是你爹，主帅是安王。"

清尘淡然道："那安王采用的也该是你提出的战略。"

"我是不是该叫你沐半仙？"刺竹轻声笑起来，"为何是半仙，因为你只猜对了一半……这个进攻的战略，是安王提出的框架，我加注了细节，怎么说，也只有一半功劳。"

清尘笑一下，不语。

"你一点都不关心怎么打？"刺竹很奇怪。

"我只关心什么时候结束。"清尘说，"越快越好，我和爹就可以早点离开。"

刺竹顿了顿，低声道："清尘，也许安王不会准许你们离开……"

"就像对待祉莲一样？"一丝讥讽浮现在嘴角，清尘不屑道，"爱，就一定要占有？！真是可惜，经历了这么多事，他还是如此执迷不悟。"

刺竹看着清尘，冷不丁问道："你为何一直对安王有如此深的成见？"

"有成见，并不代表我不会服从他。"清尘不露声色地把话头岔开，"从前跟秦阶共事，不能忍却能容，一样的道理。"他背过手，看着刺竹，直截了当地问道："你找我，不是来闲聊的，想问什么就问吧。"

"呵呵，"刺竹笑起来，"跟聪明人说话，就是不用绕弯子。"他也不遮掩，开门见山道："去见过秦骏了？"

清尘飞快地看了他一眼，眼中精光一闪而过，随即笑道："你猜结果如何？"

刺竹沉声道："他不肯降。"

"为何出此结论？"清尘正色道，心中不免有些惊讶。

刺竹思忖道："秦骏为人颇为重情，只冲着血浓于水这四个字，他断不会背叛自己的父亲……如果秦阶胜券在握，他还可能离开，但是现在秦阶大势已去，秦骏是不会弃父亲于不顾的。"

"作为军人，他心肠太软，这是个致命的缺点。"刺竹轻声道，"不过，各人的追求不同，只要他认为值得，我们也无可厚非。"

清尘默然，转身望向淮河，轻盈的风吹过来，带着淡淡的水汽，温润无比，却怎么也吹不开他无言的心事。

"嘿！"刺竹忽地一把揽住清尘的肩头，提议道："今天我们好好比试比试拳脚。"

"我不跟你比。"清尘摇摇头，望着水波，面上又现心事。

"没有别人呢，我们都拿出看家本领来，好生比画一次。"刺竹说，"那上几回，都算怎么回事呢……"

清尘摇摇头，幽声道："以前我不知道，现在我才明白，为什么秦骏老是不肯跟我认真比试……"

"为什么？"刺竹虎眉扬起来，眨着眼睛，不明所以。

清尘依旧是摇头，淡然道："我不会跟你比试的。"他缓缓地拨开刺竹放在肩头的手，走到一旁。阳光刺眼，清尘忍不住微微地觑了一下眼睛，他收回水波上的目光，转身离去。

清尘终于明白了秦骏为何不肯同他比试。赢了，担心对方不高兴；输了，又担心对方轻视自己，开始了比试的第一局以后，就会没完没了地比试下去，那有什么意思？赢多了，情分也就没了；输多了，对方也就没兴趣了，总之，没法比试，反而是最好的办法。

清尘不由自主地苦笑了一下。

秦骏的心意，他早就知道，可是秦骏的用意，他只有自己经历过，方才懂得。

"清尘。"刺竹在身后，轻轻地拉住了他的胳膊。

清尘回过头来。

"我话还没说完呢，你就走？"刺竹笑呵呵地说，"也不告辞一下，是不是太没有礼貌了？"

清尘转身，看着他。

刺竹望着面前这样俊美英气的脸庞，低声而清晰地请求道："你还有秘密，能都告诉我吗？就像……开拔前的那个晚上我们的谈话一样，坦诚，深入……"

清尘无奈地摇摇头，笑道："我真是服了你……"想了想，又说，"这样吧，等安王准辞后，我走之前，我们再谈一次，我把所有的一切都告诉你。"

"真的？"刺竹笑道，"难怪连肃淳都说你对我特别的好……"

清尘脸色一刺，微微有些泛红，但是马上便恢复了平静，淡淡道："你对我也不错啊。"

"那是！"刺竹大言不惭道，"我对你，可比对其他人都好。"

"是吗？"清尘忍不住从鼻子里哼了一声。

刺竹一怔，笑着摸摸脑袋，有些不好意思地承认："是呢……我就是对肃淳可能会比对你好一点……"

"可不是好一点。"清尘一本正经地纠正。

刺竹有些不好意思地搓搓手,咧开嘴傻笑。

清尘漠然道:"在男人心目中,兄弟是手足,女人如衣服。"

"啊?"刺竹愕然,半晌之后,才说:"你也是我兄弟呢。"

清尘缓缓地抬起眼睑,刺竹清晰地看到,这双美丽的眼睛里,没有一丝温柔,只有四射的寒光:"如果有一天我与肃淳为敌,你会选择帮谁?"

刺竹不知该如何回答。

"你会帮肃淳吧。"清尘眼睑一垂,再望过来,平静的眼光里仿佛什么都没有发生过,淡得没有一丝锐气,话语也一贯平静没有任何感情:"男人嘛,要么就如我父亲,重义轻情;要么,就如安王,始乱终弃;要么,就如你和秦骏,有情有爱,最后的结果,也只能是以血缘亲疏定选择。"

他轻轻地笑了一下,嘲弄道:"男人对男人来说,都未必是可信的,对于女人,岂不更是如此?"

刺竹怔了好半天,才说:"你兜这么大一个圈子,我都迷糊了,你到底想说什么呀?"

"我想说的是,你对肃淳死心塌地,就不要再说对我很好,有些事情,不点穿,大家都明白,你,还是不要强求我举例吧。"清尘冷笑道,"赵刺竹,我可以不妨碍肃淳,但前提条件是,你必须尽早说服安王,让我们父子离开。"

"否则,我就要娶初尘,然后,以安王义子身份做世子。"清尘的话里,瞬间又恢复了狠绝和冷凛,"不但肃淳会失去一切,安王也会。"

"沐清尘!"刺竹叫道,"你这样做算什么英雄好汉!"

"看在你对我这么好的分上,我杀了秦骏之后,一定先杀你,再夺世子之位,免得你看到那情景,懊悔得咬舌自尽。当时误会我不是归顺,而是倾力进攻通州的时候,你不就有过这样的想法?"清尘的眼角满是嘲讽的冷笑,阴森的话语里,杀气腾腾,"我有了初尘,便有了皇后的支持,到时候,成不了世子,便杀肃淳、杀尽安王公子、杀安王,阻我路者,一个也别想活!"

刺竹被呛得一句话也说不出来,只能干瞪眼。

清尘斜了他一眼,转身走了。

"喂!"刺竹的声音追了过来,"你说的那三种男人,自己是哪一种?"

"我哪一种都不是。"清尘加快了脚步,头也不回。

"奶娘！"清尘进了营帐，刚一出声，蓦地就看见安王坐在帐内，还未及行礼，安王就起身了，微笑道："不必多礼……我等了你好一阵子了，没想到小将军如此勤勉，出门那么早，又练了这许久才回。"

"王爷有事吗？"清尘有些拘谨。

"没有什么大事……就是明日出战之事，战书已下，令你父亲为先锋官，他说让你跟着他，不需要再安排其他事务，你是否同意？"安王轻声问道，"要不，就任副先锋？"

"一切听从父亲安排。"清尘点头。

安王笑道："我知道，你是不愿出头的，这安排，该是早就同沐将军商量好了。"

清尘不语。

安王看了他一眼，只见额头上有汗，衣领处也湿了一圈，于是顺手从旁边的盥洗架上拿了帕子，伸手欲擦清尘的额头，清尘脑袋一偏，紧退两步，抬起手来："王爷，折煞末将了，还是末将自己动手吧。"

安王笑笑，把帕子递过去，又问："这一战怎么打，你有什么想法？"

"听凭王爷做主。"清尘恭声道。

"你一定是有想法的，只是不肯说而已。"安王低声道，"你若立意韬光养晦，我也不能强求。"

"我已经答应你爹了，以后再也不会让你单独去执行任务。"安王说，"你爹很担心，我也很担心……银铠甲已经物归原主了，记得明天开战，一定要穿上。"

"是。"清尘应道。

安王点点头，侧身看了看架子上的银甲，便离开了。

这普天之下，能得到安王亲手擦拭铠甲尊荣之人，没有第二个，只有他沐清尘。可是，不管安王怎么去努力，怎么去走近，他们之间的距离始终未变。他希望更近一步，他希望亲昵清尘，可是清尘却一贯冷淡，就像刚才举帕探手的一瞬，多少将军都可以如此无间和自然，唯独清尘，淡淡地倨然之后，是那般深深的戒备，让安王好生无奈和失落。

乾州城下，两军对峙。

肃淳端坐马上，打量了清尘一眼，笑着打趣道："终于又穿上了……我一看见你穿上银甲，就想起我们第一次见面的情景……"

头盔被削落，发带被刺断，那满头的秀发洒落下来，一摆头间，仰起一张倾国倾城的脸……

肃淳深情地注视着清尘，情不自禁道："一直都期待着你再次穿上银甲，我们一起并肩作战……此番，终是了却心愿了，甚好……"

清尘没有看他，抬手拨拉一下头盔，顺势侧头过去，给了肃淳一个后脑。

"知道吗，你这银甲放在父王那里的时候，他每天必须擦拭一次，不然，能有这么亮……"肃淳轻声道，"这次没有分配你职务，先锋官叫阵后，该是我上，你不要出战。穷寇末路，悍劲倍增，还是小心为上，我不希望你有事。"

清尘斜了他一眼，冷冷道："回你的位置上去。"

"这就是我的位置。"肃淳笑得更厉害了，"我是副先锋，昨晚上才调整的，说是原定的副先锋因故不能到位。"

清尘闻言，不禁有些诧异。他微微探头出去，瞥见刺竹立在安王身侧，心里更是狐疑。

自己不肯做主帅，安王属意的该是刺竹，想来刺竹力推肃淳，便也是执意不肯当主帅，那是情理当中的，可是安王宁肯自己当主帅，也不肯肃淳当副帅，还是定了刺竹，难免让人觉得安王看儿子不来。

做不了副帅也就算了，怎么先锋官也不肯给肃淳，偏就分了个副先锋官呢？安王想让自己做副先锋，一直等到昨天晚上，若是自己松口肯做副先锋，就连这军职也都轮不上肃淳。这肃淳到底是不是安王的亲生儿子呀？当爹的，咋就这么不待见自己儿子？

清尘勒着缰绳，忽地觉得有些看不懂安王了。难道真是自己想错了？以小人之心度了君子之腹？

乾州城墙上，荷枪实弹，严阵以待，却没有任何动静。

安王屈肘，手臂一摆。

沐广驰出列，马立阵前，喊话："沐广驰叫阵，秦军来将！"

护城河的吊桥缓缓放下，城门打开，一单骑出来，手执长刀，立在桥上："我乃飞天龙秦龙，单挑沐清尘！"

安王斜脸，看了刺竹一眼。四目相对间，刺竹皱了皱眉头。

很明显，秦龙想一战立威，振奋士气。清尘前次险些输在秦龙手下，回去后秦龙一定悉心研究过清尘的戟法，此次指明要战，一定是有备而来。

"少废话！赢了我再提要求！"沐广驰吼着，杀了出去。

两人登时打了起来，两柄长刀厮杀一阵，当当声不绝于耳，来往二十多个回合，难分上下。眼见胜算不大，秦龙不想恋战，一策马，回身便走。

护城河吊桥拉起，秦龙还在城墙下沿着河边转悠，似是心有不甘。

"还有何人来战？"沐广驰扬臂，大声挑衅。

安王再次和刺竹对视一眼，情况似乎跟预想不太一样，接下去当是如何？

沐广驰还在叫阵，却无人应战。

安王思忖，秦军不迎战，那就只能强攻，可是士气未振，强攻并没有多少胜算，万一遭遇秦军强力抵抗，攻城不下，那反而会挫伤士气。一时间，有些为难起来。正犯难着，忽地听见身侧马蹄声响起，侧头一看——

左边，雪尘马已经出列，端坐马上的，正是银甲将军沐清尘。

安王再次和刺竹对视一眼，刺竹轻轻地点了点头。

秦军点将沐清尘，却是沐广驰应战，虽未赢未输，却也有些理屈，此时除了清尘出战，恐怕也找不出更合适的办法了。

太阳光下，雪尘马缓缓地走向阵前，马与将融成一体，只有三种颜色。黑的，如墨，是雪尘马的皮毛；白的，耀眼，除了雪尘马身上的白点，就是那炫目的银铠甲，闪着灼灼光芒；冷和重的颜色里，只有清尘头盔顶上的红缨分外艳丽。身影，沉默如山地逼近；杀机，也在缓慢而傲然的步伐里渐进；在躁人的阳光里，一股阴气袭上心头，让人骤然背心一凉。

远远地，看见城墙后头士兵的身影不由自主地缩了缩，本是每个人下意识的动作，但动的人多了，便显出一种集体的瑟缩来。安王的嘴角滑过一丝微笑，原来，威名真是可以慑人的。

他的笑还挂在嘴角，眉头却皱了起来。

清尘预备如何？胜算又几何？

清尘跟父亲点点头，沐广驰迟疑了一下，退了回来。

清尘默默地立在阵前，并无主动发话之意。

秦龙已经按捺不住了，叫道："沐清尘，你这个忘恩负义的小人！你且看看你这一身行头，都是淮王帐下得到，如今却穿了个满当来打旧主！你沐家军有何脸面自称忠义之师?！"

"反了就是反了，你能如何?！"清尘根本不屑于争辩，一句话差点没把秦龙呛死。

"连遮羞布都不屑于顾了，沐清尘，你可真是厚颜无耻！"秦龙气哼哼地说。

清尘没兴趣跟他多言，开口就是一句："你不是叫我来单挑？废话少说，出战便是——"

秦龙却没有那么痛快了，扯着缰绳，不叫放吊桥。

刺竹靠过来，低声对安王说："刚才一战，沐广驰力大，秦龙对决虽只有二十余招，但都是硬招，耗力过多，再战清尘的灵巧，把握不大，他心知沐、秦两家积怨过深，甚怕清尘父子联手，先消耗他体力，然后以巧取命，只怕不敢痛快应战。"

"秦龙，我送你一盒胭脂如何？"清尘幽声道，"若是脸红了，还可假说涂了胭脂……"

场上笑声响起，都知道清尘是讥讽秦龙像个女人。

秦龙有些恼了，却仍旧不动。

"你这不是耽误时间吗？"清尘说，"你叫我单挑，我来了，你又不肯应战，既如此，换个人来，我等着……"

秦龙低头思忖，这阵势，不战也不行，但须小心为上，自己已经出了头阵，换个人也是应当，他那酷似父亲秦阶的小眼睛，又跟父亲极是神似的一转，说："换将出阵！"

一策马，回去了。

"爹！"秦龙进了城门，下马来，跟秦阶耳语，"让骏弟出战。"

秦阶瞥了秦龙一眼，眼底一抹寒光："你想他去送死?！"随即哼一声道，"你倒是会打如意算盘啊！"

秦龙怔了一下，悻悻道："骏弟跟他是同门师兄弟，自然对他了解甚多，只要骏弟能赢，我们就有胜算了。"

"哼，"秦阶白了秦龙一眼，冷冷道，"俊儿喜欢他，几番都下不了手，这会上了阵，就能一反常态？那沐清尘是何等狠绝之人，会跟他讲交情?！"

秦龙无奈，只得再次上马，奔出城门来。

吊桥开始往下放了，清尘见依旧是秦龙出战，便扬声道："我不跟你打，叫秦骏出来！"

秦龙一听，正中下怀，喜滋滋地掉头，又跑了回去。

"爹，你可听见了，那沐清尘可是指明了要骏弟出战！"秦龙一边说着，一边幸灾乐祸地瞟着秦骏。

"他是人脑子，你是猪脑子啊?！"秦阶愠道，"你不会像沐广驰一样，先打着再说?！人家家里人那么团结，你怎么净干些吃里爬外的事情?！"

秦龙一听，登时拉长了脸，心里有气，又不敢发作，只杵在那里，就是不动，等着父亲进一步吩咐。

"我去。"秦骏不等秦阶回答，已经飞身上马。

秦阶站起身，跟在后边叫一声："小心点，形势不对就赶紧回来！"

秦龙看着父亲满脸的紧张，面部禁不住抽搐了一下，再去看秦骏的背影，嘴角骤现阴狠，忽一下，看见父亲回头，赶紧堆上笑，赞许道："骏弟就是敢担待，够兄弟！"

秦阶瞥了他一眼，低沉道："你上马，去吊桥边候着，形势若有不对，赶紧去救你弟弟，要是骏儿受了伤，或者出了事，我头一个拿你是问！"

秦龙缩了缩脖子，讪讪地跨上马鞍，抬手扬鞭，自是去了。

吊桥缓缓地放下，秦骏慢慢地走进，停住。

刺竹终于看清了秦骏的坐骑，那匹纯色的白马，壮硕长腿，体形优美，额头上也是"T"形的一块黑色印记。他心底一动，耳边忽地飘过清尘的话语"骑着他送的雪尘马，举着他赠的宝剑，刺死他……"

是的，雪尘马是秦骏送给清尘的，那么秦骏的坐骑和清尘的有那样一个特殊的印记在额头应该是同出一处，有同样的血统，号称波斯战马。

清尘和秦骏四目相对，良久无语，唯独身下两匹坐骑却碰了碰脑袋，似乎有点亲昵。清尘手中暗暗使劲，狠狠地扯了一下缰绳，雪尘马打着响鼻，不得不把脑袋拧开。

刺竹忽地觉得有些苍凉。马有情，人亦是，只可惜战争横亘，人须无情，马必分离。这么多年的情分，这么多年的好，真的只能剩下举剑相对吗？

"刺死他……"杀气腾腾的三个字，当时从清尘的嘴里吐出来，那么轻，那么无奈，又那么坚定，刺竹紧紧地盯着场上，心里却思考着一个问题，清尘既然不想亲手杀死秦骏，为何又一定要秦骏来应战？

清尘看着秦骏，低声道："我们终于可以真正地比试一次了。"

秦骏没有说话，略长的脸上浮现淡淡的伤感。

清尘却笑了，柔声道："我终于明白了，从前，你为什么总是不肯跟我比试……可惜，等我弄懂了，却无法再回避这一次的比试……人生终有对决，不关乎你我，因为这与你我无关，可是却关乎天下，所以，比不比，由不得彼此的心意……"

秦骏嚅动着嘴唇，长长地吁了口气，问道："你真的懂了吗？"

"是。"清尘点头，却不愿深谈，话锋一转，淡然道，"此一次，是你我之间真正的比试，或者，也将是最后一次比试……因为，结果非是你亡，便是我死……"

清尘说着，退了几步，然后端起了戟。

秦骏也后退几步，举起了长枪。

两马对冲过来,秦骏长枪直刺,清尘的脑袋灵巧地绕了一个圈,枪头从喉间绕到了脖子后,一枪成空。就在错身而过的瞬间,清尘的戟杆反向一捅,用力戳中了秦骏的腰;秦骏动作极快,侧身反头就打,清尘没完全躲过,肩上挨了一杆,铠甲发出一声脆响,城墙上便发出一阵叫好声来。

清尘急速掉转马头,反转双手,戟头戟杆连番打来;秦骏硬是被逼着节节退后,一直到护城河边,他双手举着枪杆一顶,阻击了清尘的凌厉,随即反攻,长枪直至清尘的前胸。清尘一挑,打开,秦骏再刺小腿,清尘腿一抬,又刺了个空,顺势手中用力,握了戟杆一挥,正好打在秦骏的头盔上。秦骏脑袋一震,耳朵里嗡嗡作响,心知不妙,赶紧起枪,以攻为守,顾不得眼神发蒙,上下左右乱刺一通,清尘左躲右避,闪开了。

秦骏听得城墙上叫好,知是清尘已退,这才住手,扶正头盔,抬起头来。

清尘已在中线之外,正预备起冲过来。

秦骏赶紧端正身姿,执枪,策马,冲——

又一次先下手为强,秦骏虚晃一招,本是直指喉间的枪忽地一偏,对着腰际而来,就在众人低声惊呼,以为避让不过的时候,清尘灵巧地朝马鞍左侧一偏,躲过了。此时已经过身,秦骏回马枪马上杀到,枪来戟往,呼呼的打斗声中,两人且战且离,又是难分难舍。

秦骏一路逼了过来,横拍一枪,清尘眼见躲不过去,只得夹住马肚子,反腰仰面一躺,借用铠甲的保护,以缓和秦骏手中之力,可是秦骏将清尘制在马背上,却不肯松劲,死死地压着,清尘一时间动弹不得……

“擒了他!”秦龙见弟弟已然发狠,却有些犹豫不定,疾呼起来。

秦骏一惊,就在这当口,清尘忽地用手抓住头盔,取下来朝秦骏脸上一掷,秦骏只觉眼前黑影一飞,下意识地偏头,却还是有些晚了,回过头来,那脸上赫然一道血印,竟是被清尘头盔上的缨尖划伤了。

也就是在他一分神松力的时候,清尘立起身,奋力横戟,只听“当”地一声,秦骏的脑袋挨了结实的一抽,头盔被打开去,秦骏也应声落下马来。

安王军队大声叫好。

清尘端戟欲加刺,却因白马在前,挡住了下手的位置,只得悻悻地轮了戟杆抽一下马屁股,而此时秦骏趁马走开,已经起枪刺来!

两人一个马上,一个马下,虚招、实招、长刺、短刺、平刺、斜刺、轮刺、连环刺,只看得人眼花缭乱,应接不暇。猛听见一声低喝"起——"

场上瞬间安静,众人定睛一看,清尘手中的戟杆已经腾空而起,被秦骏挑飞,清尘只得策马去接戟,这时间,白马跑过来,秦骏飞身上马,折回了中线。

两人默默地对视片刻,再对冲,清尘先发制人,手中长戟似连珠炮,快速地连着几戳,秦骏则转动枪杆,如同戏台上的武生,来了个大圈连杆,把枪舞成了一个大圆圈,手腕翻转,不停地转着,把自己和马严严实实地保护了起来,使得清尘无从下手。

城墙上再次叫好。

片刻的沉默之后,清尘忽地拔出了马鞍右侧的剑,朝秦骏舞动的枪圈里一扔,只听"当"地一声,剑被甩了出去,秦骏手中的枪也停止了转动,他下意识地去看突然贯入又跌落的东西,还没看清楚是剑,忽然正前方寒风一凛,冷不丁大腿上一阵刺痛,低头一看,清尘的长戟已经毫不留情地刺进了甲胄与马鞍之间的空隙,正是自己大腿的内侧……

他呲了一下牙齿,看着清尘,脸上微微地抽搐着。

出人意料地,场上并没有叫好声,所有人都屏神静气地注视着这一切。尽管清尘和秦骏斗得胜负难分,但似乎秦骏更占上风,清尘多在防守。可是,谁也没想到,先见血的,竟然会是秦骏……

"啊!"清尘没有半分的迟疑,马上追刺过来,戟尖,寒光闪闪地戳向秦骏的喉间——

"嘭"地一声闷响,众目睽睽之下,秦骏的身体从马上飞了起来,重重地跌落在地……

"我要杀了你!"秦龙飞快地跑了出来,大刀挥舞着,砍向清尘!

清尘举戟去挡,胳膊却往下一挫,刺竹心里一沉,这是清尘最弱的一招,却偏生被秦龙阴差阳错地逮着了!刺竹心跳开始加快,刚才对秦骏的最后一刺,想来清尘是用尽了全身的力气,加上开始的打斗,体力消耗太大,这时候,倒叫秦龙占了先机了,这么想着,叫苦不迭道:清尘啊,你真是刚才打糊涂了吧,这一招,你不该接,必须避呀!

就在刺竹担心不已的时候,秦龙阴笑着,自恃力大,开始了泰山压顶。

众人都为清尘捏了把汗,沐广驰已经提起了缰绳,准备随时冲出去。

但是,谁都没有想到,清尘的手腕一抖,竟然松开了戟杆,而雪尘马也同时朝前跃去,清尘马上前胸一挺,后腰一收,丢了戟,却也成功地逃脱了。

秦龙用尽一身蛮力,却砍了个空,他虽恼,却也得意,扬声道:"沐清尘,你戟也丢了,体力也没了,还凭什么跟我打?"

半丈开外,在他放言的同时,清尘一边默默地看着他,一边慢慢地朝后退去,倏地,阴森叵测一笑。

最怕就是看他这样笑,秦龙开始心底发毛,暗忖沐清尘莫非要耍什么花招?脑袋正发紧,忽地看见清尘已经搭箭满弓,指向了自己!

秦龙顿时吓得肝胆俱裂,将近两丈的距离,自己策马砍过去,只怕鞭长莫及,穿杨将军手中的羽箭,一定比自己先期到达,死了,死定了……

"嗖——"一声,箭已离弓,秦龙瞪大的瞳仁里,只有那白白的尾羽,近了——

然而,"当"地一声脆响,箭被打开,一柄剑跌落在地。

在清尘和秦龙的中间,在清尘的左侧,秦骏半撑着身体,吃力地坐了起来,右手无力地落在地上。

"骏弟……"秦龙嗫嚅着,却猛然悟到虽然在阎罗殿前走了一遭,但这不是说感谢的时候,一时间恨从心起!

杀了沐清尘!报仇雪耻!

"啊——"秦龙咆哮一声,举刀便砍了过来!

清尘策马紧走,刚来得及拣起地上的戟,秦龙的刀就砍了过来。清尘横戟挡杀,奋力打开,跑回了中线。

秦龙坐在马上,拎了拎手中的大刀。他知道,自己此时的体力优于清尘,而且,硬招才是制胜之法,一得意,忍不住嘻嘻地笑起来:"沐清尘,只要你答应给我骏弟做娈童,我就不杀你……"

清尘冷笑一声:"你们秦家,注定在我手上死绝。"

秦龙一下变了脸色,嘶吼着砍了过来:"盘古开天地!"

清尘双臂一振,硬是接住了他的当头一砍,戟杆往上一掀,顶开秦龙的长刀,反手一个大圈,用力打过来,秦龙一躲,正好拍在马头上,马发出一声悲惨的嘶鸣,双腿跪下,斜倒下去,秦龙一时没反应过来,脱镫不出,整个右腿都被压在了马肚子下,右胳膊也被马头拦着,难以动弹,他慌乱地挣扎着,却看见沐清尘已经提高了戟!

秦龙骇得魂飞魄散,张大了嘴巴,脸色煞白,只能等死。就在戟尖落下,离喉间不足一尺的时候,忽地,斜出伸出一双手来,用力地抓住了戟杆——

清尘咬牙,狠狠地往下戳着,秦骏却半跪着,死命地将戟杆往上顶。

"松开!"清尘喝道。

秦骏的脸上因为身上的伤痛而抽搐着,手臂用力过度导致全身都在颤抖,他龇着牙,一字一顿地说:"他始终是我哥哥……"

清尘眉毛拧着,眼光犀利如刀,寒光携带着杀机,却丝毫也不见秦骏让步,眼见如此僵持,那里秦龙就快挣脱,一时气急,抽回戟,跳下马来,飞起一脚,将秦骏踢到一旁,提戟再刺!

秦龙已经挣脱,还未爬起来,见清尘刺杀,只得坐在地上,飞快地拔剑,手刚触及剑柄,未料清尘手更快,戟尖一带,就连剑带鞘挑飞了,再是几下,连着刺来,丝毫也不给喘息的机会,秦龙又急又慌,狼狈地以手做腿,往后退去。清尘哪里肯依,长戟如同长了眼睛,一下比一下更快,追着就过来了。

猛一下,腿被抱住,清尘回头一看,是秦骏拖住了自己,他想也没想,抬手就是一杆,照着秦骏的肩膀狠戳,秦骏痛得受不起,顿时松了手,可是清尘再去看时,秦龙不但退远了,爬了起来,而且还趁空捡起了长刀,不由得更加恼怒,抄起戟,大步走近,一言不发,提戟就刺!

两人顿时一场恶战。清尘出戟凌厉如风,快中见狠,秦龙大刀招式严密,硬中有巧;清尘虚招避重招,秦龙实招接轻巧;场上嚓嚓声不断,两人时而单腿,时而扫堂,时而跳跃,时而飞身,张弛避让,砍杀威霸,三四十招下来,杀得天昏地暗,也未见分晓。

刺竹看着,不禁下意识地抓紧了马嚼子,拖得越久,越是不利,清尘是不适合打持久战的,再这样打下去,恐怕会吃亏。他眼睛一眨不眨地盯着场上,忽地觉得有些不妙,秦龙显然也想尽快消耗清尘的体力,加多了使用泰山压顶那当头一劈的频率,前几次,清尘还能直着接,可是这一次,他开始屈膝了,证明体力已经有些跟不上了。

刺竹的头上冒出汗来,自己都能看出的,秦龙焉能不知,只要清尘接招时一跪,就不能再用抖腕那一招巧劲逃脱,因为秦龙的大刀滑下来必会顺势去砍清尘的腿,而清尘的小腿那时将全部露在外面,而且是没有铠甲遮盖的……

打了这么久,秦龙虽然赢不了清尘,却也能发现清尘的破绽,而他反复地使用泰山压顶,说明他已经找到了清尘的弱项,并且找到了制胜的办法。

怎么办?

刺竹咬了咬嘴唇,眼见清尘再一次掀开秦龙,两人各自退后,接下来,又是新一轮的砍杀,刺竹甚至能猜到,第一招,秦龙必是泰山压顶……

忽然，他看见了还在场上站着的雪尘马，有主意了！

就在秦龙起刀的瞬间，"嘘——"一声响起，雪尘马猛地扬蹄，不顾一切地朝清尘跑了过来。

秦龙的大刀已经挥到了头顶，要收也来不及了，而雪尘马此刻已经冲了过来，如果大刀落下，正好砍中雪尘马——

众人都眼睁睁地看着，场上，安静得没有一丁点儿声音。

如果没有奇迹，雪尘马就将死在秦龙刀下，毫无悬念。可是，奇迹出现了——

一个人影，从斜刺里飞扑过来，一把将秦龙扑倒在地，秦龙的大刀脱手而出。

雪尘马已经跑过去了，清尘疾步过来，手中的戟，毫不留情地一刺！

秦骏还趴在秦龙的身上，才抬起头来，却冷不丁被喷了一脸血水，他愕然地低头，只见那长戟已经贯穿了秦龙的喉咙，鲜血溅出来，秦龙浑身不停地抽搐，大张着嘴巴，汩汩地往外冒血，大睁着眼睛，难以置信地望着秦骏，直到那眼里的亮光渐渐地弱淡下去……

"大哥——"秦骏抱住秦龙，长号一声，将痛苦而愤恨的目光投向清尘，声嘶力竭地吼道，"啊——"那悲恸的声音，久久地回旋，仿佛黄土沙场都在轰鸣中动容。

清尘沉默地望着秦骏，面无表情。片刻之后，手一抖，将戟拔出，俯视着秦骏，冷声道："交出乾州。否则，下一个死的，不是你，就是你爹！"

秦骏缓缓地放下秦龙，站了起来，脸上星星点点的血迹，掩盖不了痛心疾首的神情。

清尘脸一仰，傲然道："你可以投降。"

"我不会投降！"秦骏低沉而缓慢，仿佛每一个字都在咬牙切齿，"我说过，我始终姓秦……"

清尘漠然地瞥了一眼秦龙，凛声道："这个姓秦的，我已经杀了。"他斜了一眼城墙上，说："那里还有个姓秦的，迟早也要死我手上。"然后，他直视着秦骏，清晰地说："还有你这个姓秦的，一样逃不过。"

在长久的沉默中，秦骏说话了，声音低沉如同来自地狱，无比地寒冷，无比地绝情，也无比地坚决："那就开始吧……"

偌大的黄土沙场，清尘和秦骏赤手对立，默然而向。

骤然间，清尘出手了，飞拳、直掌，招招都是杀手，秦骏回招稳健，却似乎处于下风,招架为多,进攻较少,且战且退,一直被清尘逼到了护城河边。

"清尘对秦家兄弟,尤为精彩,"安王轻声道,"可惜,秦骏腿受了伤,不然,势均力敌,胜负难分……"

刺竹摇摇头,皱了皱眉头。他总觉得,今天清尘对秦骏的态度有些说不出的怪异……就说此番对决,赤手空拳,还能伤得了什么?别人看不出端倪,刺竹却猜想清尘是有心想放过秦骏,可是,既然想放过秦骏,又何必如此咄咄相逼呢?求胜心切吗?到底是势在必得,还是做给人看的?!

还有秦骏,那就更怪异了。刺竹料想,秦骏的武功,一定在清尘之上,而且相识这么多年,他一定知道清尘的破绽,可是交手这么久,从未见过秦骏使出什么必杀技来,反倒是节节败退。对秦骏,刺竹是有些了解的,秦龙这一死,不可能不在秦骏心里留下伤痕,何况,若不是秦骏为救清尘扑倒秦龙,秦龙也不会这么轻易死在清尘戟下,秦骏内心一定是充满了悔恨和痛苦。可是,在这种情况下,为何还不见秦骏出重手?

这里面蹊跷太多了,多得刺竹要花很多时间去思考,问题是,场面太紧张,容不得他细想。

突然,刺竹瞪大了眼睛,那边,秦骏已经不动声色地开始出击,在清尘快拳之下,秦骏并没有出招抵挡,只是骤然侧身,一把抓住了清尘的手腕,反转一扭,清尘为免脱臼,只得顺着他的力道转身,就在背对着秦骏的一瞬间,秦骏抬脚一踢,清尘"嘭"地一声飞出去,扑倒在地上。就在清尘爬起来的同时,秦骏飞身跃上白马,朝清尘跑了过来——

不好!刺竹一惊,飞快地冲了出去。他终于明白秦骏想干什么了,聪明的家伙……

秦骏的马已经到了清尘身旁,他俯身弯腰,从清尘的身后一把抓住了清尘的腰带,把清尘提了起来——

到了这个时候,所有人都明白秦骏想干什么了,当然也包括清尘,他奋力挣扎起来。

这小子竟想掳了清尘去!沐广驰只觉得全身的血都朝脑门上涌了上来,不顾一切地疾奔而来,试图夺人。可是秦骏盘算得很精,他在早先的打斗中,就引着清尘退到了护城河边,这会上马捉了清尘,须臾便能过河。沐广驰从阵中跑过来,还没过中线,秦骏就能叫升吊桥。只要吊桥一起,沐广驰就鞭长莫及了。

在清尘不停地抗争中,秦骏一边腾出手来应对清尘的又踢又打,一边抓紧策马踏上吊桥。忽地一下,胳膊上传来一阵刺痛,低头一看,清尘抽出了短靴中藏着的短刀,割伤了自己,他咬牙看了清尘一眼,手中一狠劲,将清尘往自己前头一掼,横扛在了马背上,沉声道:"你就是轧断我的胳膊,我也不会松手!"随即嘴角一掼,冲沐广驰喊道:"退回去!再过来一步,别怪我手下无情!"

沐广驰无奈,悻悻地回走了两步,不肯再退,马在原地不停地踢着蹄子,焦躁不安。

秦骏刚一折身,猛然间,身后传来高声:"秦骏!"

回头一看,那头,刺竹已经将秦龙的尸首拎到了马上,正不紧不慢地朝自己这边过来。

秦骏迟疑片刻,从吊桥上缓缓地转过身来。

奏效了。刺竹心里一喜,悠声道:"你放了清尘,我就把秦龙的尸身还给你。"

秦骏默然着,站在吊桥上没动。

他在迟疑,那就再推一把。刺竹故意轻描淡写道:"这一战,沐清尘不是主帅,不是副帅,也不是先锋官和副先锋官,你抓他有何用?"

"秦龙这个尸身,对我们倒是真有用呢,"你既然重情,我就吓吓你。刺竹沉声道:"我们要把秦龙在阵前分尸,然后挂出来,让士兵天天鞭尸,直到腐烂⋯⋯你放心,保证让你和你爹能在城墙上看得见这一切,教训教训城里那帮与朝廷为敌的臣子,也让你们秦家祭奠亲人有个场所⋯⋯"

"呵呵,"刺竹笑道,"你愿意用乾州城来换秦龙的尸首,还是你马上的沐小将军?"

秦骏低头,看着清尘,正好清尘斜着头,恶狠狠地瞪着他。他迟疑了一下,望向城墙,似乎希望父亲给个指示,可是,城墙上静悄悄地,不见父亲的人影,那些将军们也都默默地看着他,没有任何暗示。

刺竹不说话了,徐徐地走近,手则慢慢地摸向了腰间的大刀。

秦骏低头看着清尘,清尘背剪着双手,被制住动弹不得,正脸色僵硬,恼怒地瞪着他。秦骏看着这双眼睛,面上掠过一丝复杂的神情。他抬头,默默地注视着刺竹,在他行进到离自己十步距离时,说话了:"你站住。"

刺竹停下,握紧了刀柄。

"就在这里吧,"秦骏说,"我数到三,你把秦龙扔过来,我把清尘扔过去。"

他再次低头看着清尘,清尘却别过脑袋不看他。秦骏盯着清尘的后脑,望着那乌黑的发,有些失神。经过了前番激烈的打斗,清尘的头发有些乱了,他重重地咬了一下牙关,那被清尘的头盔划伤的印痕此时经肌肉一扯,才干的痂面又绽开了,渗出血来。他的眼光落在自己的手上,掌力正钳着清尘的手。他深吸一口气,缓缓地松开了手,掌心滑到清尘的背上,轻轻地拍了拍清尘⋯⋯

慢慢地直起身,喊道:"一、二、三⋯⋯"

旋即抓住清尘的腰带,奋力一抛——

"呼"地一下,刺竹伸臂,一把接住了清尘,随即策马飞奔,撤回了队列。

秦骏则抱着秦龙的尸首,立在吊桥上,望着刺竹的马远去。

场上,陷入无边的静默。

"你没事吧?"刺竹勒住马,低头见清尘脸色有些发红,便关切地问道。

"没事⋯⋯你抱得太紧了⋯⋯"清尘挣了挣,刺竹这才恍然,赶紧松开了圈着清尘的胳膊,忽地又笑道,"你怎么这么小小的,真跟个女孩一样⋯⋯"

清尘冷冷地掀了一下眼皮:"你原是抱过女孩的?!"

刺竹呵呵地笑:"没呢,我绝对没抱过女孩。"

清尘跳下来,正好肃淳牵了雪尘马上来,他翻身上马,却被细心的刺竹发现了不对劲,才坐稳,一把就被刺竹抓住了手腕,翻过来一看,果然,虎口又炸开了。

"我来,我来!"肃淳说着,赶紧掀起铠甲扯衣襟做绑带,冷不丁地,沐广驰就插在了两人中间,低沉道:"世子,刺竹过来了,安王身边无人,你最好过去。"

肃淳怔了怔,只得折身过去,沐广驰看了清尘一眼,转向刺竹:"你备了绑带没有?"

刺竹连忙把绑带拿出来,一抬头,却看见沐广驰已经若无其事闪到一旁去了,于是笑着对清尘说:"我替你绑吧。"

"不用了,"清尘漠然道,"今天已经不会再有战事。"

果然,话音未落,令声传来:"鸣金收兵——"

中军帐内,众将议事。

清尘缓缓地跪下:"王爷,属下失职,未能胜反被擒,甘愿受罚。"

"谈何受罚?"安王悠声道,"你杀了秦龙,对秦军是个莫大地打击,即便失手被擒,那也是连战两将之后,体力不支,缘何能怪你?况且,没有任何损失……不但无过,还是有功的,休要提罚。"

尉迟迥悄然地和王朝雄对视了一眼。

安王沉吟片刻,低声道:"这一战,似乎就此陷入僵局了,你们看,还有什么好办法没有?"

"怕他个球!"易奇站起来,说,"拖久了士兵就疲了,速战速决,还是强攻好了!"

安王看了刺竹一眼,刺竹轻声道:"困兽犹斗,狗急跳墙,只怕秦阶就此背水一战,会拼尽全力,那伤亡就太大了。"

"赵将军所言极是。"尉迟迥附和。

安王点点头,转向沐广驰和他身边的沐家军将军,笑道:"怎么开会变成了一言堂,骁勇善战的沐家军,有何见解,说来听听。"

罗放顿了顿,开口道:"少主……"话一出口,忽地怔住,自觉失言,赶紧补充道:"我们平素都是听小将军安排,这次的乾州战事,听凭王爷吩咐。"

安王笑笑,望着清尘:"沐小将军……呵呵,你一定有妙计。"

清尘迟疑了一下,低声道:"还是将军们先说吧,小将资历尚浅,多多学习。"

"过谦了……"安王大声笑起来,"今天都累了,大家下去吧,回营后,各自都好好寻思寻思,明天我们再议。"

清尘如释重负,随着众人退去,未回营,径直去往河边。

身后响起哗啦啦的脚步声,清尘无可奈何地叹了口气,赵刺竹……

果然,刺竹笑嘻嘻的声音:"清尘!"说话间,胳膊已经搭上了自己的肩膀:"咱哥俩儿溜溜。"

清尘移开他的手,飞步朝前走。

刺竹紧紧地跟上,问道:"咋不先回营卸了铠甲呢?"

"你去卸啊,跟着我干什么?"清尘头也不回地走着,把刺竹甩下一大截。

刺竹紧走两步跟上来,一把扯住清尘的胳膊:"我看看,虎口绑好了没有……"

清尘甩开。刺竹又抓住,不由分说地就开始绑,嘀咕道:"别那么拧……我从阵前,就一直拿着这根绑带,都跟了你一个时辰了,你好歹让我把这事做了,不然,我还就寸步不离地跟着,烦死你……"

深知刺竹的执着,清尘无法,乜了他一眼,只得由着他绑。等他绑好了,抬头望着自己嘻嘻一笑，便给了张冷脸，漠然道："事情做完了，你可以滚蛋了。"

"你也太现实了，用完就扔……我赵大将军，岂能被你呼来喝去的？"刺竹笑道，"我陪你走走，你不想说话，可我有话跟你说呢。"

又来了……

清尘有些烦，掉过头去，不理他了。

两人一前一后，走到河边。

刺竹站定，沉声道："我一直以为你不愿跟秦骏对决，为何到了阵前，又指名战他呢？"

清尘默然片刻，说："赌一把。"

刺竹怔了一下，轻声道："不是每一把都能赢的。"

"我赢了。"清尘淡然道，"秦龙死了。"

刺竹看了清尘一眼，细声道："赢的，恐怕不止这一点吧……"他顿了顿，低声道："秦骏被你逼到无路可退，至此，也该死心了。"

"你一点都不担心，他回去怎么跟父亲交代？为了救你，阻止秦龙，却反像是帮着你，把秦龙杀了……"刺竹黯然地摇摇头："秦骏为人重情，这一关，就算秦阶跟前好过，他自己心里也难过这个坎儿……"

"秦阶不会罚他。"清尘皱了皱眉头，"以前他儿子多，犯了错，肯定会罚，如今只剩下这一个，无论如何，他都会好好护着的……老来丧子之痛，会让他包容秦骏一切的错误。"

"这样，秦骏就会对父亲更加愧疚。"刺竹接着说，"他就更加不会舍弃父亲而去。"

清尘没有说话。

"你想让秦骏恨你是吗？"刺竹转过身，盯着清尘的眼睛，缓慢而清晰地说，"他对你好，你下不了手，只有他恨你，真的跟你作对，你才能狠得下心。你在逼他，也是在逼自己……因为，宣恝还在你心里，又要再下杀手，你过不了自己这一关！"

清尘深吸一口气："你说得对。"

"可惜……"刺竹幽幽地叹息一声。

"没有什么好可惜的，"清尘漠然道，"生而为敌，天意难违。"

刺竹缓声道："我指的不是这个……我是说，今天阵前他擒了你，或许，是想带你远走。我记得，他曾经不止一次地跟你提过，要远离这些纷争，忘了秦姓和沐姓……只是可惜了，他对娈童感兴趣，如果你是个女孩，就这样跟他走了，其实，也挺好的……"

"这条路，很适合他的性情。"刺竹自嘲地笑笑，"可惜呀，你不是女孩……"

他说着，摇摇头："有时候，我觉得你真是太冷酷，这颗心也好，身上流的血也好，都好像是冰……"他看着清尘，迟疑了一下，细声道："你打小就是这样的吗？喜怒不形于色，情分不记于心，除了大战，除了大局，除了赢，什么都不重要，什么都可以舍弃？"

清尘看着他，脸上浅浅地泛起戏谑，故意道："你看我是这样，我就是这样。"

"你是不是因为不能人道，所以就变成了这样？"刺竹低声道，"我始终相信，你本性是善良的……身体的残疾导致心理变态，是可以理解的，但是仍需要矫正。"

"我是什么样的不重要，重要的是，这一战必须赢，赢了之后，我会尽快离开。"清尘面无表情道，"我跟秦骏的情分到此为止，跟你的情分，也不会长了。"

"谁说的？"刺竹笑道，"即便你真的走了，我以后还可以常常去看你的，东林镇离百洲城也不远的。"

"我们不会回东林镇。"清尘别过头去，"以后，还是不见为好……兴许，难能见着……"

"呵呵，"刺竹岂能被他唬住，只说，"莫不是你现在让我觉得你冷酷，也是故意的？就是想让我也对你怀上成见，不去找你？"

"我可不是秦骏！"他叉着腰，哈哈地笑起来，"我乃赵刺竹是也！"

河水缓缓地流着，无声而悠远，刺竹一直看着清尘，清尘却面向水面，长久无言。

终于，还是刺竹先开口："你很希望秦骏投降是吗？"

清尘缄默以对，连脑袋都没有偏一下。

刺竹凝视着他的侧影，上扬的剑眉，秀美的脸庞，精致的鼻线，忽地笑道："难怪秦骏对你一往情深，你长得还真是特别漂亮……从前我总是搞不懂，那些人怎么会玩娈童，也是看了你之后，才慢慢地理解了……你这个样子，跟女人也没多大区别了……"他上下打量了一番，说："要是换身衣服……也够婀娜了……"

这话似乎说中了清尘的忌讳，他不悦地皱了皱眉头，但还是没有说话。

"你要是个女人，还真是够呛呢……做你男人，还不被你割肉剔骨……"刺竹哼哼了两声，笑道，"秦骏现在不知道在干什么，想什么呢……"

"闭嘴。"清尘低喝一声，"不要再提秦骏！"

"你其实就是不想杀秦骏。"刺竹可没有被他吓住，慢悠悠地说，"阵前，你是有机会杀他的，可是第一戟，你刺了他的腿，第二戟，你本该刺喉，却捅了他的护心镜……较之你杀秦龙的快狠，那可是够手下留情的了……"

"我打不过秦骏。"清尘猛一下打断了刺竹的话，"我一直想要一次真正的对决，可是，他仍旧不肯相对。"

刺竹笑起来:"我也一直想跟你真正比试一次,你也不肯呢。"

清尘默然着,没有答话。

"你要是真要走,走之前,我们无论如何比一次。"刺竹提议。

清尘摇摇头:"我打不过你,连我爹都看出来了……我自己的实力,自己知道,打得过肃淳,打不过你,也打不过秦骏,你和秦骏应该是水平相当的。"

"我不这么认为……"刺竹轻声道,"那天校场比试,我用泰山压顶,你硬接倒地,可是今天,秦龙用这一招,你却轻巧避过……"

唉,清尘心底叹一声,他原是不傻的。想了想,回答:"正是因为吃了你的亏,所以好好地钻研了一下,正好用来对付了秦龙。"

刺竹笑了一下,清尘给出的理由合情合理,可是,他不信。那一日,清尘那些话语,分明就是想逼出自己的得胜心切,好输得不露痕迹。要说到心机,他不如清尘,清尘最厉害的地方,正如安王所说,不是用体力打仗,而是用脑子。他默然片刻,说:"你一直对安王有成见……"

清尘不语。

"你以为只要你不出头,安王就会让肃淳担当要职,至少是个副帅?"刺竹摇摇头,"你多心了,安王岂是那么小气的人。他若是觉得不合适,别说亲生儿子,就是天王老子,也不会照顾面子……所以,肃淳要想得到他的肯定,还必须付出很大的努力。"

他看看清尘,微笑道:"不过,肃淳很难得到安王的喜欢,但你却能很轻易地办到。安王很喜欢你呢,看得出,不是一般地喜欢……"

"你在为肃淳担心?" 清尘犀利的话语一下捅破了窗户纸,"你怕我抢了初尘公主,你还怕世子地位不保……"他一下扬高了音调,"赵刺竹,我已经跟你说过了,我只是想走,你聪明的话,就想办法成全我,若是强留了我下来,谁也不知道会发生什么!"

刺竹一梗,气氛一下子陷入了尴尬。

好半天,刺竹才笑起来:"你说话就不能柔和点?缓和点?"

"我就是这么说话的,你爱听不听!"清尘愠道,"我没心情跟你胡搅蛮缠,滚远点!"他没有心情想那么多,只想安静地待一会儿,可是刺竹一直在耳边唠叨,而且净捡他不爱听的说,怎能叫他不烦躁?!

这话可真不耐听,刺竹也恼了:"你怎么说话呢?!这是你的地方?你说要我滚我就滚啊？"

"我就叫你滚了，你怎么着?!"清尘直起脖子叫唤道，"没本事就别管闲事，回去跟你那陈小姐成亲好了！"心道，自己的事都没梳理好，还来管我?!

"我成不成亲关你什么事？"刺竹毫不示弱地回答，"你看上她了是不是？我介绍给你啊，让安王成全你们啊……"

"那温柔的不是你喜欢的吗？我可不能坏了你好事！"清尘反诘道，"少在这里给我装大方！"

"谁装大方？"刺竹气急，一把抓住清尘的胳膊，"走，走，见安王去，今天死活都要把她给了你，让你还说我装大方！"

"你真要给我，我就接了！"清尘狠狠地甩开手，恶声道，"自己放弃的，怨不得我！以后活该你找个恶婆娘，天天折腾你！"

"你咋这么歹毒呢？"刺竹气得满脸通红，"早知道，还不如让秦骏把你掳了去，辛苦巴巴地换回来气我呢——"

"还真该谢谢你呢！"清尘不屑道，"没给他做娈童，倒叫你逼着去成亲了……"

"我逼你成亲？是谁先逼我成亲了？"刺竹恨声道，"你也烦乱点鸳鸯谱？那还来点我的?!你是我肚子里蛔虫?!你问过我了，我愿意吗？"

清尘立马抢白道："我不点鸳鸯谱，把你送过去给秦骏做娈童好了！"

"你对娈童这么感兴趣，干脆先给我做娈童！"刺竹猛地抓住清尘的胳膊一拧，将他背转过来，清尘没想到他会动手，猝不及防，一下就被刺竹反剪了双手，跪在了地上，动弹不得。

"赵刺竹！"清尘吼道，"看我不杀了你！"

还这么猖狂！刺竹火了，着实想教训清尘一下，重力一压，顷刻间就把清尘面朝下，压倒在草地上，一翻身，整个趴在了清尘背上。

清尘双手被钳住，发力也动不了，又慌又恨，眼看着刺竹的脸凑了过来，叫道："你要干什么？"

"要你做我的娈童！"刺竹开心地说，笑得满嘴白白的牙齿全露了出来，看见清尘急得满脸通红，他可是解气了。

清尘挣扎起来，冷不丁，刺竹就亲了他一下！

耳朵里"轰"的一响，清尘的大脑顿时一片空白，脸倏地红成了关公……

等到反应过来，身上已经没有任何重量了，四下看看，自己还趴在地上，刺竹早就起了身，站在跟前咧嘴傻笑——

清尘默默地爬起来，胸口剧烈起伏着，潮红退却挂上一脸寒霜，那眼光恨不得要吃了刺竹，嘴唇也微微地嚓了起来，就要发狠。

刺竹笑着摸摸嘴："没什么特别的感觉啊……"

清尘的脸刹那间一炸，又红了，顷刻间由红转白，由白转青，虽然拳头紧握，但是牙关一咬，竟一言不发，转身走了。

刺竹见他神色不对，心底一沉，笑容须臾散去，赶紧追上来，问道："怎么了？"

清尘不说话，加快了脚步。

"我跟你开个玩笑，不用这么当真吧……"此时刺竹也觉得玩得有些过了，有些心虚。刚才的举动无异于亵玩，这不是侮辱人吗，清尘一定生气了。

清尘充耳不闻，为了甩开刺竹，竟然跑了起来。

刺竹一顿赶紧撒腿猛追。清尘跑得快，但是刺竹腿长，一下工夫就追上了。清尘猛跑，想让刺竹作罢；刺竹猛追，须臾也不放松，就这么僵持着，平行地跑了好远，还没有停步的意思。

忽一下，清尘伸手一推，刺竹收步不住，一下就被清尘推倒在地，他迅速爬起来，愕然着，悻悻道："你跑什么呀？算我错了还不行……"随即呵呵一笑，"我救了你回来，你还没说谢谢呢，这就将功折过，扯平了，没事了……"

"赵刺竹！"清尘猛地大吼一声，捏紧了拳头。

这架势，可不妙啊。刺竹被吼得全身的汗毛都竖了起来，连忙伸手出来，一边预备防着清尘打过来，一边试图安抚，厚着脸皮笑："哎呀，我就是亲了你一下，开个玩笑，要不，你亲我一下，亲回来……扯平了，也就没事了……"

"嘭"地一下，冷不丁胸口就挨了一记重锤，刺竹痛得龇牙，自知理亏，不敢还手。刚摸上胸口，"嘭"一声，肩膀上又挨了一下，刺竹捂着肩膀，勾着脑袋，低声道："两拳了呢……"

"咚咚咚咚"连续几锤，打得刺竹手忙脚乱，哪里还数得过来，只能下意识地转身，想跑。谁知那拳头追着打，刺竹只剩下抱头鼠窜的份儿了，着实狼狈。好不容易拳头停息了些，刺竹才喘口气，直起身来，呼啦一下，清尘就扑了过来，从背后一把箍住了脖子，刺竹还没反应过来，只觉得脖子上传来一阵剧痛……

清尘松了手，跳下来，冷冷道："这算扯平了。"

刺竹痛得抽气，摸摸脖子，深深地两排牙痕，低头一看，指尖上沾满了渗血，他痛苦万状地低下头去，嘟囔道："你属狗的呀……"

"你说什么？"清尘又吼一声。

刺竹抬起头来，郁闷道："这算什么？打不过就咬？"

"谁咬你了？"跑一阵，打一阵，还咬了一口，清尘这会气也消了，看着刺竹的样子，不禁有些好笑，忍了忍，说，"你自己说的，回亲你一口，扯平了。"

"这也叫亲？"刺竹不甘心地嚷道。

"可不就是亲？！"清尘下巴一扬，"亲得狠了点而已。"

岂止是狠，还见血了呢！这不是要无赖吗？！刺竹无可奈何，只能说："这事总之扯平了，以后不许再追究了。"

"嘻嘻，"清尘没来由地笑起来，说，"你要是敢跟人说，你亲过我，我就把你衣领扯开，让人家看着牙印……"

刺竹一听，慌忙把领子扯起来，掩在脖子上，恼道："你成心的！"

"我是成心的。"清尘大大方方地承认，"以后你要是口不择言，我也揭你的短！"

刺竹缩了缩脖子，悻悻地抱怨："你可叫我以后怎么见人？"

"横竖把脖子包结实点。"清尘哼了一声，脑袋一摆，走人了。

这真是太丢脸了。刺竹恨恨地一跺脚，痛骂自己："赵刺竹，你犯哪门子傻？！这自找的不是？你没事亲他做什么？！还做娈童呢，简直是个活阎罗！"

刺竹一路气哼哼地回了营，刚坐下，肃淳就进来了，喊道："原来你在啊，我到处找你呢，父王说，叫你和清尘赶紧过去议事。"

"沐将军去校场了，我去叫他，"肃淳脱下铠甲，回头一看，刺竹闷闷地坐着不动，又说，"你怎么还不卸甲？你去叫清尘，然后中军帐内碰头。"

刺竹仍是不动，肃淳狐疑着，凑近了，拍拍他肩膀："怎么了？"忽地"咦"一声："你脖子怎么了？"伸手过来，就要查看。

刺竹慌乱地扯起衣领，盖住脖子，忙不迭起身："我叫清尘去了。"

"脱了甲胄吧，你不嫌重啊。"肃淳不由分说地解下刺竹的甲胄，问道，"你脖子上怎么弄的？"

刺竹倏地红了脸，支吾着："没事没事……"飞快地走了。

"砰"地一声响，门被推开，清尘正在换衣服，赶紧将前襟一掩，折头来看。

刺竹直冲了进来，说："走了，安王召唤。"

"你进来不会敲门的？"清尘乜了他一眼，背转身去，披上外套，绑好腰带。

自知不对，面子上却有些抹不开，先前的一口气还憋着，没有咽下去，刺竹气哼哼地顶了一句："自己不关好门，倒来怪我?！"

"你吃了火药是不是呀，赵刺竹！"清尘一边走过来，一边提高了音调，眉毛也竖了起来。

刺竹赶紧退后一步，紧张道："你又想干什么？"

见他如临大敌，清尘忍不住发笑，故意卖个关子："我还能干什么？打又打不过你……"嘻嘻一笑，涎着脸道："那就再亲你一下……"

刺竹一听，头皮发麻，一手伸直了来拦，一手下意识地捂住了脖子，连声道："免了，免了，我担当不起……"

"哈哈，哈哈……"清尘大笑起来。

刺竹不由得红了脸，悻悻道："你可真不地道，咬哪里不好，人人都能看见的地方，我怎么解释……刚才肃淳就在问，我真是……"摇摇头，又是气恼又是无奈。

清尘看着他，轻轻地皱起了眉头，低声道："也是啊，下回要是陈小姐也问起，你怎么解释，让她误会就不好了……"

刺竹眨眨眼，忽地笑了："我就说被狗咬的……"

清尘一瞪眼，顺手抄起桌上的剑劈头就打过来，刺竹赶紧捂住脑袋，往架子后边躲，清尘哪里肯饶过他，一路追着打，揪住刺竹，摁在凳子上，对着他的背，噼噼啪啪打得正解气，忽然，一个声音传来："清尘，你怎么搞得这么大动静？"

随着话音，沐广驰出现在门口，正好看见这一幕：清尘一只脚踩在凳子上，正虎气地扬着剑鞘，刺竹被摁在凳子上，整个人都被打得趴在了桌子上，脸都不见了……

沐广驰不禁目瞪口呆！

清尘赶紧收手，正身，看着父亲。

刺竹也站了起来，还没说话，先就"呵呵"一笑。

沐广驰显然没见过如此阵势，也不知道该如何处理，愣了一会儿，说："一起走吧，安王那里叫议事呢。"

清尘"哦"一声，自顾自地出了门，沐广驰慢吞吞地走在后头，在刺竹掠身而过的时候，悄然地拖住了他，低声问："你哪里招惹他了？"

刺竹怔住，面色有些不自然，笑了笑，不答。

沐广驰默然片刻,偷眼见清尘已经走远了,这才压低了声音,不满道:"你可把我们男人的脸都丢尽了……"

刺竹又是一愣,还没反应过来,沐广驰已经起步了,极是愤愤地扔下一句:"再不强势点,看他以后不吃了你?!"

刺竹站住,莫明其妙地摸了摸下巴,然后摇摇头,跟了上去。

到了中军帐前,刺竹一抬眼,正好看见一个士兵走过来,不由分说地取下他脖子上的缨巾,说:"借来用用,等会儿还你。"圈在了脖子上,这才满意地摸了摸领口,进了帐中。

安王、肃淳、沐广驰和清尘都已经坐好了,只等刺竹。此刻清尘斜眼见刺竹进来,眼光在他脖子上挂着的红缨巾上停留数秒,冷不丁问道:"这么大热的天,仗也没打了,甲胄也卸了,你还挂着缨巾做什么?"

真是刁钻,故意害我啊。刺竹强自镇定道:"忘记取下了呢。"

"取下来吧,捂着汗也不舒服。"清尘的语气是难得的温和体贴,脸上的笑容却显得阴恻恻的。

肃淳狐疑地看了刺竹一眼,这缨巾方才不是取下来了,怎么这会又挂在脖子上去了?他看看清尘,更加奇怪,平素从不多话的清尘,竟破天荒地关心起刺竹来,怎么听着怎么一个怪异……

"无妨,无妨,"刺竹坐下,淡然道,"说正事要紧。"

安王清了清嗓子,说:"叫你们四个来,就是想议一议乾州的战事。今日之战,你们有何看法?"

"方才易奇将军说得有道理,不宜久战,必须速战速决。"沐广驰瓮声道。

刺竹瞥了清尘一眼,说:"今日一战,秦阶丧子,内心沉痛,我们是不是派人去安抚一下,做最后一次努力,争取能劝降……先走这一步,不行,再打。"

"或许,秦阶权衡一下局势,知道大势已去,为保最后一独子,归降也未必。"刺竹的眼光落到清尘身上,"能不战而胜,是最优选择,清尘你还有什么好办法没有?"

清尘不答,望向安王。

"帐前众将都在,你不肯说,现在这里可是方便?"安王笑了,"但说无妨。"

清尘默然片刻,低声道:"只能打,别无他法。"

"秦阶不愿降的话,我们是否可以找找淮王妃?"肃淳轻声道,"清尘,你跟淮王妃素来投缘,你应该是能说动她的……"

"说下去……"安王显示出了浓郁的兴趣,挪动身体,朝向肃淳。

肃淳说:"淮王妃在淮王跟前还是有些倚仗的,淮王帐下言官多是其父亲门生,如果我们能说动淮王妃,由言官集体劝降,那就还有些胜算。"

安王点点头。

"淮王妃最担心的应该是儿子敬臻,只要朝廷能给淮王妃密旨,降了乾州,便不追究造反之罪,并允敬臻世袭淮王之位,那么淮王妃吃了定心丸,自当竭力劝降。"肃淳低声道,"我们从这方面努力,应该希望很大。"

"不追究敬臻之罪是可以的,毕竟他年幼,父亲要造反,他也劝阻不了……"安王沉吟着,有些为难道,"淮王若是归降了,如果皇上不追究罪责,那么淮王安在,圣旨也只能立敬臻为世子,不能直命取淮王而代之;如果皇上追究一部分责任,削去淮王封号,那敬臻也只能是废为庶人,不可能承袭淮王之位;若是处死淮王,敬臻为其子,即是叛王之子,继位也难以服人啊……"

肃淳轻声补充道:"若是淮王不降,密旨立敬臻也没有用……说来说去,为了敬臻,淮王就得死。"他环顾大家一眼,轻声道,"淮王一死,敬臻归降,然后以功抵过,继承淮王之位,这样才是合乎情理的……若是淮王在,那障碍就始终都在。"

刺竹深吸一口气,忽地明白了,肃淳此举其实就是想劝动淮王妃杀了淮王保儿子。

清尘缓缓地低下头去。

安王许久不语,转向清尘,轻声道:"清尘,你一定想了很多,何不一一道明?"

清尘抬起头来,沉声道:"乾州城里局势复杂,淮王妃不可能杀淮王,即便她有心,也下不了手谋杀亲夫……即便她下得了手,局势却不是她能控制的。因为兵权在秦阶手上,一旦淮王死了,秦阶就会拥自己的外甥敬篆上位,非但如此,到时候秦阶还会先行一步杀淮王妃和敬臻,以绝后患。淮王在,秦阶还有所顾忌,淮王死了,乾州就是秦阶的,淮王妃也就完了。所以,淮王妃为了自保,一定会拼死维护淮王。"

"关键还是在秦阶身上。"清尘说,"淮王要降,秦阶不降,便降不成;淮王不降,秦阶要降,便拦不住。"

"有什么办法让秦阶降?"安王满是期待地问道。

清尘默然道:"没有。"

"难道刺竹说的办法,也没有用?"安王轻易不会死心。

"试一试吧……"刺竹忽地插话进来,"秦阶只有四子,连丧三子,只剩下秦骏一个儿子了。想他任何重大决定都会听听秦骏的意见。清尘,你去找找秦骏,让他劝劝秦阶……"

沐广驰和肃淳不约而同地用一种警觉的眼光盯住了清尘。

清尘沉默许久,轻而决绝地摇摇头。

"去找他谈谈……"刺竹从身侧缓缓地伸过手来,握住了清尘放在椅把上的拳头,"至少试一下,跟秦骏谈谈,最后再做一次努力……"

"喝茶!"肃淳冷不丁地将一杯茶朝刺竹递过来,嘴里说着,"让清尘想想,这事也不用这么急着答复……"

刺竹用另一只手轻轻一拨,示意肃淳将茶放下,眼睛仍旧看着清尘,手中也暗暗地用起了力,似在催促。

清尘抬头,默默地望向刺竹。他的眼睛里,有太多的暗示,清尘并非不懂,只是……

　　沉默了许久，清尘才从刺竹的手心里缓缓地抽出拳头，双手交叉一握，低沉道："可以谈一谈，但须做两手准备……"

　　"谈得拢，就照他们的要求考虑，如若不然……"清尘绝然地按住椅把，冷声道，"绑架了秦骏，要挟秦阶。"

　　刺竹静静地看了清尘一眼，垂下眼睑，不知在想什么。

　　"那你预备怎么谈？"安王沉吟道。

　　清尘回答："约了秦骏出来，我一个人跟他谈，只要他肯应约，就好办了。"

　　"不行！"沐广驰断然插话。

　　"是啊，"安王说，"我已经答应你爹，绝不再让你单独行动。"

　　"那我陪清尘去。"刺竹毫不迟疑地提议，眼光望向沐广驰。

　　"我也去！"肃淳赶紧站起来。

　　沐广驰瞥了肃淳一眼，低声道："这个事情有风险，世子还是不要去了……这样吧，清尘若去，刺竹陪着就成。"

　　"为了安全起见，我也去吧。"肃淳并没有放弃。

　　安王看了肃淳一眼，正要开口，刺竹说："秦骏会如何应对，我们都不知道，为保万全，世子还是不要去了。"

"刺竹和清尘去。"安王一锤定音。

肃淳无奈地看了刺竹一眼,闷闷地坐了下来。

刺竹已经换好了夜行衣,就要出门,却看见肃淳郁闷地坐着喝茶,便说:"你不要拘泥于这些小事,趁我们出去,多跟王爷合计合计大事。"

"大事轮不上我,小事又不让我去做……"肃淳悻悻道,"我还真希望不是世子!"

"你胡说什么?!"刺竹正色道,"你身上寄托了多少人的希望,怎么能对自己如此不负责任?!"

肃淳看了他一眼,说:"我就想跟清尘一起……"他顿了顿,欲言又止,只说,"尝尝冒险的滋味,也是一种历练。"

刺竹沉吟片刻,说:"既然是世子,就跟平常人不一样,总是有所失有所得的。"

肃淳抬起头来,盯着刺竹,低声道:"你不要跟清尘走得太近呢。"

"怎么了?"刺竹忍不住笑起来,"别人说我玩娈童?"

肃淳眼神躲闪,支吾着,回答:"说倒是没人说,但总还是别让人误会才好。"

刺竹眨眨眼睛,摸了摸下巴,忽地想起把清尘摁在草地上亲上那一口,便又笑了:"玩娈童有啥意思?男人跟男人……一点感觉都没有……"一抬眼,见肃淳愕然地盯着自己,下意识地提起衣领盖住脖子,说:"你不要玩娈童就好……"

肃淳皱皱眉头,不悦道:"我玩不玩娈童,以后你就会明白了……"迟疑了一下,又说,"你以后别再去牵啊、拉呀、握清尘的手……"

"我不也这样拉过你的手,缘何就不能拉清尘了?"刺竹莫明其妙道,"勾肩搭背都正常呢。"

肃淳一下梗住,憋了半天,这才急中生智地叫道:"人家就会说你玩娈童了!"

"谁爱说谁说去。"刺竹不屑道,"我还睡过清尘的床呢,赶明儿,我还要跟他一块睡呢!都是谁呀,那么喜欢说瞎话……"

肃淳一听急了:"你还跟他一块睡?!"

"我不也跟你一块睡?亲近嘛,就在枕头边上,多好唠嗑呀……"刺竹大咧咧地说,"上次我差点就跟他一块睡了,想跟他说说贴心话,谁知他自己走了,一点都不随意,女孩一般扭捏……我还说他来着……"

肃淳好生无语,看着刺竹,许久,才瓮声道:"此行注意安全。清尘和秦骏那里,不晓得今夜局势如何发展……"

刺竹默然片刻,轻声道:"你不去是对的,谁知道会不会中秦骏的伏击。"

肃淳脸色一紧,望向刺竹,刺竹低沉道:"我估计,秦骏会设伏,不知道清尘心里有没有准备。"

"他那么聪明,一定会想到的,"肃淳说,"要不,你提醒他一下,或者,再多带些人?"

刺竹不语,默然站立,似在思索,缓缓道:"秦骏很聪明……清尘会如何应对?"脑袋一别,已经出去了。

肃淳怔怔地望着门口,想了一下,几步跨了出去,直奔安王营帐。

清尘和刺竹一前一后爬上了乾州城外的山上,远处,依稀可见山顶的灯火,那是秦军守营,顺着山腰摸过去,脚下,已经是水波浩渺。

"你干吗约了这个城隍庙相见?"刺竹环顾四周,后是峭壁,前是山崖,上是秦军守营,下是淮河,只一条羊肠小路进出,易守难攻,易进难出,庙小不过丈许,要打斗都有些放不开手脚,便说,"我们好像没有退路了呢。"

"只有这样,他才会相信我们的诚心。"清尘漠然道,"秦骏一定会设伏,你我只当不知道。"

刺竹吃了一惊,不待相问,清尘就说:"我们只当不知,他或许会不忍下手,一旦点穿,就难说了。"他低声道,"万一形势不对,我们就跳到河里去。"

刺竹心里忽地一亮,明白了。清尘明里不设退路,不管秦骏从上面吊了士兵下来伏击,还是从外面杀进来,他们都下不了山,看上去,似乎秦骏掌握了所有的主动,其实清尘早就安排好了最大的退路——下水。因为清尘水性好,而刺竹,号称水底龙,他们跳下水,比走山路逃跑快得多,而且跳入水后,岸上根本追赶不及,便可从容逃离。

"原来你早就料定了我会跟你一来,而且,只有我会跟你一起来……"刺竹嘻嘻地笑起来。

清尘没有笑,低声道:"你听……"

果然,小庙外头,脚步声近了。

秦骏高瘦的身影,出现在了庙门口。他没有穿甲胄,一身轻便战袍,好像不是来谈判,而是随意散散步的样子。

秦骏缓缓地走过来,没有笑,微微地敛着眉头,气氛似乎再也恢复不到从前的美好,可是一开口,却仿佛一切都不曾改变,还是那么轻柔:"你可是头一次比我到得早呢，从前，都是我先来等你……"

刺竹心忖：那还不是你先到，等你伏击布置好了，我们才出现呢。

清尘漠然道："我跟你提过的事，你考虑好了没有？"

秦骏不答，却看向清尘的手，柔声道："虎口好些了吗？"

"没有……"清尘伸出手来，晃了晃，绑带在秦骏眼前一亮，说，"现时还拿不得剑。"

"那你还挂着剑？"秦骏的语气依旧柔和，眼光不动声色地从清尘腰间扫过，落在斜挎的剑上。

"这剑，什么时候都不离身的。"清尘面不改色地回答。

秦骏微微地笑了一下，伸手过来："让我看看……"

要夺剑？这是随身携带的唯一兵器，清尘给是不给？刺竹正紧张着，却见清尘抬手，把自己的手放在了秦骏的掌心里。

刺竹飞快地看了秦骏一眼，他不明白，这是清尘故意四两拨千斤，还是自己领会错了秦骏的意思？但是一瞬间，刺竹就明白了，秦骏和清尘之间是有默契的，包括一句话未说明的有所指。他之所以得出这样的结论，是因为秦骏的表情已经浮上了笑意。

那不甚明亮的烛光里，秦骏看着清尘的手，笑容漾开来："自己绑的？总是绑不好……"随即，轻巧地捉住清尘的手，解开绑带，重新细致地绑了一遍。然后，他轻轻地握住了清尘的手，轻声道："只要不拿兵器，以后虎口也就不会炸开了。"

"这一仗打完了，或许就再也不用拿兵器了。"清尘回答着，缩回了手。

刺竹在旁听着，只觉得这两个人的话里，隐隐透露出一丝别样的意味来，说的似乎都是停战的事，却仿佛又没有说到一块儿去。

秦骏的眼光转到了刺竹身上："你还带了个人来？"

"这是我的副将。"清尘淡淡地回答，"我爹不放心我一个人行动。"

"他可不是副将，"秦骏轻轻地笑了一下，轻飘飘地说出一个石破天惊的真相，"赵刺竹，他可是副帅。"

"前日阵前他是副帅，今天可就不是了。"清尘不屑道，"你要有心，擒了他去，可以要挟退兵。我不是下午就给你飞鸽传书，约了地址，你可以设伏的……"

刺竹吃了一惊，正有些发蒙，忽地看见秦骏一怔，随即脸上掠过一丝报然，说："那么信不过我？"

"什么都是会变的，何况是人心？更何况我还杀了你三个哥哥。"清尘冷声道，

"你要怎么对我,都是正常。"

秦骏神色顿现伤感,默然了片刻之后,低声道:"你何必这么说话?阵前我若擒了你去,也不会伤你……"

烛光忽明忽暗地闪动,小小的庙里阴影重重。清尘默然片刻,悠然一笑,仰起头来,说:"我们走吧,别理会这一切了。"

秦骏一怔,顿时满脸的惊喜交加,可是,片刻之后,又是黯然,看着清尘,半天不言语。

"你说,只要我跟你走,你爹不投降,你可以降,然后,我们远走他乡。"清尘盯着秦骏的眼睛,一抹精光,亮得如同宸星。

秦骏的脸色异常沉重,他咬了咬牙关,轻而决绝地摇了摇头。

"为何不可?"清尘低声追问,"是什么让你放弃一直以来的追求?"

秦骏深吸一口气,看着地面,似乎是无言面对清尘,声音怯弱细微:"我始终姓秦,他毕竟是我爹……"他徐徐地抬起头来,皱着眉头,那眉间三条深深的沟壑,将他刻画得无比沉重:"如果秦龙还在,我能舍得离开,可是,他只剩下我一个儿子了,你要我怎么忍心?以前种种,他都有责罚,可是唯独这次秦龙的事,他亲眼看见,当场吐血昏死过去,醒后却是只字未提,你让我何以面对?"

"我已经对不起大哥……我不能再对不起我爹,清尘,我不能……"秦骏抑制不住地喊道,"倘使我走出了这一步,便永世都不能原谅自己……"

"所以你就选择舍弃我?"清尘决绝道,"哪怕他是错的,哪怕他带着你走向一条死路,你也会寸步不离地跟着他,义无反顾地走下去?!"

秦骏咬咬牙,一声长吟:"是……"

刺竹此刻只剩下胸中一声叹息了。

"你后悔了是吗?"清尘却不曾表示半点的同情,反而更是凌厉地质问,"如果时光可以倒流,如果你早知道,扑倒秦龙,我就会痛下杀手,你是不会选择救我的,是不是?"

秦骏的脸色有些僵硬,一言不发,眼光转向地面。

"秦龙和我,必须死一个,你会救谁?"清尘冷声问着,猛扯了一下秦骏的胳膊,逼得他看向自己,更决绝地问道,"明知我会杀秦龙,你还会救我吗?"

秦骏看了清尘一眼,没有吭声。可是刺竹却分明地看见秦骏下颌的牙关重重地咬了一下,那咬肌呈现出一种隐忍的决然。他弄不懂,难道清尘忘记了山崖上面和庙的周边秦骏已经布下埋伏了吗？清尘非要对秦骏这样咄咄相逼，一定要惹恼秦骏，到底是为什么？

秦骏缓缓地抬起手，拨开了清尘抓着自己胳膊的手，慢慢地转过身去，低声道："你可以不杀他的……你可以选择不当着我的面杀他……至少，你能做到，在我救你的当时，不要杀他……"

刺竹一怔，这话语里的痛心，是这么明显。也许，从那一刻开始，秦骏就有了解不开的心结了。

可是清尘却不这么看，他出乎意料地微微一笑，甜声道："哦，原来你只是怪我，让你在你爹跟前不好交代啊？"随后，竟是如释重负的"嘻嘻"两声轻笑："我说我当时没想那么多，你相信吗？"

刺竹有些愕然，秦骏也微微地皱了皱眉，不悦道："清尘……"

"我和你哥，你还是偏心我的，"清尘的笑容还在，话语却一凉，"那我和你爹呢，你如何取舍？必得死一个——"

秦骏不语，烛光昏暗，他的脸色也渐渐阴沉下来。

刺竹见势不妙，偷眼给清尘使了个眼色，清尘却当作没看见，反而仰起了下巴，说："今天，只要你跟我走，什么都可以解决……你一不用看我杀你爹，二不用看秦家军被我沐家军所灭，三不用看乾州被安王夷为平地……"

听到这里，刺竹方才明白，清尘并没有放弃劝降的意图。

秦骏默然地挺直了背，静静地望着清尘，幽声道："我不跟你走。"他的眼神，带着无法掩藏的伤感和忧郁，可是，话语却没有半点的迟疑。高高的身影，投射在墙壁上的影子，更加瘦长，也孑然得令人心颤。

刺竹轻轻地咽了口唾沫，他预感着，接下来，清尘可能会爆发，会来上那么阴狠的一句"那就由不得你了——"毕竟，这次前来，他们是做好了准备的，谈不拢，就掳人。可是，看看秦骏的身形，刺竹有些疑惑，秦骏高度跟刺竹差不多，只是没有刺竹这么魁梧，可是若他真如清尘所说，武功跟自己不相上下，他们两人想绑了秦骏，越过崖上和周边的埋伏，可能性似乎不大。

庙里，是死一般的寂静，蜡烛燃烧，忽地"啪"地一声发出轻响，爆了烛花。

"你已经决定了……就这样舍弃我？"狠绝的沐小将军此次竟然没有发飙，他定定地望着秦骏，许久之后，才轻声出言。淡淡的失望，就这样散开来，仿似那一切的努力都归于了零，而他，只能就此认命。

秦骏看着清尘,凝神着全部的深情,还有不舍,黯然道:"我是个男人……"尽管只有细声几个字,可是刺竹能听见,秦骏此刻心里的话,还有一句,请你原谅我。

清尘伸出双手,缓缓地抓住了他的两只胳膊,抬起脸,盯着他的眼睛,低声道:"你知道结果的……你不能回天……"他的脸上,有祈求,但更多的,是痛心疾首。这表情,落在刺竹的心底,忽地一动。从来没见过清尘如此温柔的时候,可是这温柔难得的一现,却是如此叫人断肠。是的,清尘在求秦骏,尽管清尘知道,这只能是徒劳,只能是无力,可是,他却不肯放弃。

秦骏看着他,凄然一笑,亦是低声道:"我说过的,我始终姓秦……"

一句话,包含了所有,原因、未来,一锤定音。他坠落的心意已定。

忽一下,刺竹看见清尘的眼底,漾起水意,他紧紧地抿着嘴唇,似乎这样,就可以抑制得住嘴唇的颤抖,可是,就在几欲落泪的瞬间,他淡淡地笑了一下,松开了手,怅然道:"是啊,你始终姓秦……"

一句话,是黯然,是伤逝,是颓然的松手。他终于明白,他不得不放弃,这结果由不得他。

"清尘……"秦骏唤道,轻轻地向前一步,抬起了胳膊,似乎想拥抱清尘,喉间的话语满是鼻音,仿佛此刻,情已不能自己。他如何能克制?这是他最初、最深、最后,也是唯一的深爱。他怎么能辜负?清尘一次又一次为了他涉险而来,他却不得不拒绝。他缘何能舍得?这一别,或是永诀。

然而,清尘倏地一步退后,冷冷地拉下脸,凛声道:"既然谈不来,那就告辞了!"无半个多余字,当机立断一转身,才出了庙,忽地一愣——

庙外竟然是一片通明!

面前的羊肠小道上,远远地,不过丈许,满是手持兵械和火把的士兵,而站在前头的,正是一脸杀气的秦阶!

仇人相见分外眼红,清尘一怒,未及拼杀,先就一反头,朝紧随其后的秦骏愤然喝道:"你竟是如此彻底地舍弃了我?!"

秦骏却是一脸愕然,这不是他的人马,一念之下的心软,使他放弃了对清尘的埋伏。但他显然没有想到父亲会知道两人私会的消息,也没想到父亲会亲自带了人来抓清尘。

也就是在这一瞬间,清尘飞快地转身,剑已经出鞘,剑锋直指秦骏:"你不知道,离开你之后,我学会了双手使剑吗?"气愤与绝然,让清尘此刻面色阴狠狰狞起来,与刚才庙里那难得一现的柔情相比,判若两人。

秦骏下意识地一闪,未曾拔剑,却眼睁睁地看着父亲的刀已从清尘的身后砍来,而此时,士兵也杀了过来。在一片嘈杂声中,清尘带着剑,飞扑了过来——

与此同时,秦阶的大刀也挥了过来!

秦骏试图伸手去抓清尘,奋力将他一带,可还是有些晚了,就在这短短几秒间,听见"噗"地一声闷响,眼睁睁地看着秦阶的刀砍在了清尘的左肩上,登时血涌了出来,清尘身体朝前一坠,脸上一阵抽搐,痛苦不堪的神情直刺秦骏的心……

"清尘!"秦骏心痛地大喊一声,一下抱住了跌落的清尘。刺竹侧头,见状大惊!

秦阶看见清尘受伤见血,瞬间大受鼓舞,红着眼睛,张牙舞爪地狂吼道:"杀啊!"

刺竹急忙过来支援,清尘甩开秦骏,硬撑着,也朝刺竹靠过去,边杀边退。眼看清尘渐渐体力不支,刺竹心急如焚,奋力杀出一条血路,拎住了清尘的胳膊。

"走!"清尘用尽最后一点力气,将手中的剑一挑,把刺竹右侧的士兵刺开,狠狠地一推,将刺竹逼到山崖边上,将他的手用力打开,狠声道:"跳!"

刺竹看着清尘,一迟疑间,却看见秦骏和秦阶同时扑了过来,在秦阶再次起刀的瞬间,秦骏飞起一脚,将清尘踢下了山崖,刺竹想也没想,照着清尘飞坠的身影,扑了下去——

耳边是呼啸的风,还有身下水流的声音,面上是夜的凉意和水的氤氲,清尘感觉到自己在飞快地坠落,眼前重重的黑暗正在逼近,他什么也看不见,却清晰地记得秦骏的脸……

归真寺里,他曾经那么稚气,然后,一幕幕的画面,他渐渐长大,渐渐英气,渐渐地远离……如果没有战争多好啊——

归真寺里情同手足的师兄弟,没有父辈的宿怨,没有敌对的立场,没有今天这样残酷的割舍,一切,原本可以多么的美好。

清尘大睁着眼睛,看见马背上英俊的少年,由清晰变成模糊,看见他最后踹自己一脚时,那真切的心痛。被捉,即是死,落水,尚有一线生机,他始终不忍心。尽管在父亲和挚爱面前,他无法选择,可是,他却有勇气对自己一次又一次网开一面……

清尘不敢眨眼,因为他知道,也许一眨眼,他就再也看不见视他为挚爱、他视如兄长般的秦骏。

眼泪从大睁的眼睛里直直地落下,水如母亲的怀抱,无隙地拥住了他。

阳光穿透了薄雾，树林里还浮动着淡淡的潮润，欢快的鸟啼穿破了缥缈的寂静，在黛绿的阴影里，风儿悠悠地穿过，像妙曼的少女，迤逦而过。不远处，河水轻轻地冲刷着河滩上的细沙，推出小小的潮汐。两个黑色的身影，一个仰面躺在河边，下半身没在水中，一个趴在沙石上一动不动。

眼前，是一片迷蒙，炫目的光芒晃动着，五颜六色地刺得眼睛都睁不开；嘴里是什么，潮乎乎，渣渣的，舌头捋了捋，竟是沙石……刺竹迷糊着闭上眼睛，划了一下手臂，上边是沙子，下边是水——

他睁开眼，却被阳光刺得一避，赶紧伸手挡了挡，意识忽然一下清醒了，自己这是在河边，正要爬着坐起来，却感觉右手死死地抓着一样东西，是什么？

侧头一看，不禁喜出望外，又不禁百感交集——自己抓着的是清尘啊！

刺竹连忙坐起来，扳过清尘的身体，一眼看见他的脸色，如纸一般的白。刺竹心里一惊，探探清尘的鼻息，微弱但还均匀，这才压下担心，复又开始查看清尘的伤势。肩上砍得有些深，但伤口主要还是在背部，秦阶从背后砍来，受力的自然是背，刀刃下处，入肉寸许，长有半尺。刺竹常年打仗，是见过血的人，此刻看见清尘的伤口也有些心惊，到底是那长长的血痕突兀地显现在雪白的肌肤上，分外扎眼。

他心忖，秦阶这一刀，可是累积了新仇旧恨，玩了命地砍来！幸亏秦骏往斜刺里带了一下，虽然没有完全躲开，可是当时的情况，他还算是反应快的，如果不是那一拖，清尘这半边胳膊怕是保不住了⋯⋯

刀痕虽长也深，却没有伤到筋骨，也不足以致命。此时渗血已经不多了，但仍然必须马上止血，从昨夜到现在，也有好几个时辰了，再不处理伤口，只怕清尘失血太多，也会有生命危险⋯⋯他抬头看看，已经日上二竿，该是卯时了；左右看看，这是下游，估摸着被河水冲了下来；再看看太阳，判断一下方位，知道是安王属地，这才放下心来。想想该是昨夜就被冲上了岸，因此清尘的伤口没有在水中泡很久，可是，当务之急还是治伤，周边除了空旷的河滩，就是寂静的树林，也没有人家，这可怎么办？

刺竹把清尘抱到树林里，抓了些草药过来，放在嘴里一顿乱嚼，这才开始解清尘的衣服。外套除去，内衣解开，这是什么？裹胸布？难道他胸口有伤？

刺竹有些纳闷，依稀记得上次水下打斗，剥了清尘的衣服，就曾见过这厚厚的裹胸，难道上次被刺伤的还没有好吗？

他压下狐疑，想着正好背上的伤还必须得用这么长的绑带，若是胸上的旧伤已经好了，那就可以用来绑背。于是扶起清尘，拨下了他的衣服，不禁又是一愣，皮肤白皙细腻，光滑如凝脂，真如女孩一般。缓缓地绕开裹胸布，忍不住心里又开始嘀咕：一个旧伤，用得着裹这么厚吗？

扬手一挥，最后的裹布落下，刺竹探手扶住清尘的前胸，正欲将他趴放在自己膝头，忽地觉得有些不对劲，手指下，软而厚，富有弹性⋯⋯

刺竹有些僵住了，好半天，终于鼓足了勇气，偏头一看，顿时眼睛一直，脑袋里"嗡"地一响，竟然懵了！

手随即像触电般地缩了回来，一屁股坐在地上，只听见自己心跳得厉害，呼吸都好像不畅了。半晌才平静下来，抬头望天，眼睛难以置信地大瞪着，眨了眨，瞬间面红耳赤——

清尘居然是个女孩！真的是个女孩！

刺竹脸上又开始发烫，浑身的血液在刚才片刻的停滞之后，再一次加速流动，愈来愈快，心脏好像要从嘴里跳出来一样⋯⋯身经百战的刺竹傻眼了，从来没有出过这样的状况，这可如何是好？不该看也看了，不该摸也摸了，可是，男女授受不亲，这伤到底治还是不治？一时间手足无措，急得满头大汗。

他深吸一口气，扶住清尘的背，胡乱地抓起衣服掩住清尘的前胸，这才咬咬牙，探手过来，吐出了口里的草药，细细地涂抹在清尘的伤口上，手指头触到皮肤，难免有些瑟缩之意，他只得硬着头皮，小心地包扎起来……

一个简陋的农舍里，稻草铺着的木板床上，清尘盖着衣服，静静地躺着。

刺竹坐在一旁，默默地注视着她。

高高的光洁的额头，英气的剑眉，眉峰高挑，眉角略微有些长，拖过了眼尾，也就缓和了眉峰的锐气，显出淡淡的妩媚来。她有一双非常美丽的眼睛，若去掉那常有的冷凛和杀气，那双眼睛一定是让人销魂的。此刻，她闭着眼，长长的睫毛正翘着一个卷曲的弧形，浓密的阴影透出慑人的秀美。往下，偏长形的鹅蛋脸，精致的鼻子下分明的人中，还有紧闭着的、有些发白的嘴唇。

这是一张多么美丽的脸啊，虽然苍白，却仍旧难掩清秀动人。这一刻，她没有了凌厉，没有了阴狠，也没有了叵测，沉静柔弱。

不知为何，刺竹的脑海里忽然浮现了那日在归真寺的屋顶上，清尘坐在月光下吹奏树叶，那侧影，秀美的轮廓，带着梦幻般的清丽……然而，一闪之后，更多的还是清尘咄咄逼人的眼神，通透而犀利，透着阴森狠绝……可是，瞬间又忆起，她看向秦骏的时候，淡淡的水意，压抑却充满了期盼的那一种温柔……

那双眼睛，叫人无法忘怀。

真没想到，你真是个女孩！

当时不是没有怀疑过，却被他轻轻地岔开，将所有的疑惑化解在无形之中。不能人道？多好的借口，不用娶亲了……刺竹禁不住笑了一下，那也要你能娶啊，不是?!

猛然间，又想起淮王赐婚的时候，沐广驰情急的一句话："你怎么娶啊？"

刺竹抬手一拍脑袋，哑然失笑，片刻之后，又是无奈地摇摇头。依琳一往情深，初尘倾心仰慕，谁知道你竟然是个女孩？你若不是女孩，她们两个还不会为了争你斗得个天翻地覆！

"清尘，你为何要是个女孩呢？"刺竹喃喃道，有些失神。生而貌美，定然被权势和男人觊觎，沐广驰将她女扮男装，自然是出于爱，想一直把她留在身边，同时也是为了更好地保护她。如今不是淮王帐下，沐家军也不能再独立于大军之外，清尘的性别终究有纸包不住火的那一天，所以，父子两个决定离开。当然，清尘已经十七,该是要成家了,为了清尘的幸福,沐广驰也不可能永远隐瞒她的性别,在一切真相没有揭露之前,离开,是最好的选择。

其实之前有太多的证据表明清尘是个女孩啊……她的声音,她的皮肤,他脱衣服时她的不自然,还有他懵懂无知的冒犯,换来她刻意地回避……

他怎么就这么笨,明明是怀疑过,却木呆呆地没有觉察呢?是她太过冷凛的外表掩盖了真相?还是她细致的伪装打消了他人的疑虑?或者说,他不是没想过,而是压根就不希望她是个女孩。他喜欢她的聪明诡诈,喜欢跟她驰骋沙场,喜欢她当机立断的做派,喜欢从她生硬而简单的回答里探寻她的心事,虽然他仍然觉得自己并不了解她,但是,他希望能了解她更多。

刺竹轻轻地叹了口气。走,已经是不可避免,可是,他有些舍不得。

如果她不是女孩该有多好,他们会成为真正的兄弟,戎马相伴一生。可是,秘密就这样揭开了,即便刺竹守口如瓶,也留不住清尘离开的脚步。

他的眼光,复又落到清尘身上,轻轻地拉起衣服,盖到她的颌下,望着那下颌,不禁又有些恍惚,总觉得面熟,却又找不到出处。

正凝神而思,忽地看见清尘皱了皱眉,于是低声唤道:"清尘……"

清尘的眼睛颤颤地睁开了。

"你醒了……"

"这是哪里?"清尘费力地扭动着脑袋,看了看四周。

"这是猎户平时打猎歇脚的地方,"刺竹说,"我们运气好,我背着你过来的时候,正好有个猎户在呢,我请他给安王送信去了,安王会派人来接我们的。"

"屋子虽然简陋,但有些备用品,"刺竹看了清尘一眼,说,"猎户还给我留下了一些吃的……"他起身,端来一碗汤:"这是他打下的兔子,你流了那么多血,好好补补……"

"中午的时候,我灌了点米汤给你,"刺竹扶着清尘坐起来,递过碗去,"醒来了就好,喝了汤,再好好休息一下。"

清尘强撑着喝了几口,忽地想起什么,摸了摸身上,脸色一紧,随即红了。

刺竹当然知道她的所想,不禁也有些赧然,端着碗,放也不是,不放也不是,起了身,走也不是,留也不是,只得勾着脑袋傻站着。

"你都知道了?"清尘低低的声音响起。

刺竹顿了顿,低声道:"我会守口如瓶的。"

清尘默然片刻,淡淡地问道:"我的剑呢?"

"在这里……"刺竹折身,取了剑递过来,说,"你一直抓着,怎么都不肯撒手,好不容易我才扳开。"

清尘接过剑,看了一眼,慢慢地拔出了剑,随即抬头,淡淡地看了刺竹一眼。眼光虽弱,却隐隐透着寒光。

刺竹心底一惊,却只能佯装不知,重又靠过来,递过碗:"再喝些汤吧,我开始喂了你一些,补充了营养,你才能醒这么快……好在还碰上了这么个好地方,不然,要把你一个人留在林子里,我去找东西吃,还真是不放心。"

"伤口你不用担心,我向猎户讨了金创药,草药也清理完了……"刺竹轻声道,"回了营里,还得好好调养。"

一抬眼,却看见清尘又一次瞪大了眼睛,好像要吃了他一般。刺竹吃了一惊,纳闷道:"又怎么了?"

清尘一下红了脸,狠狠地憋出来一句:"你到底看了几次?"

刺竹无奈,老实回答:"两次……上草药一次,换金创药一次……"顿了顿,补充道:"马上就要天黑了,明天早上还要给你换一次药……安王的人马,估计要明日午时才赶得过来……"

"还要一次?!"清尘只差没尖叫,却猛一龇牙,想是情绪激动,扯动了伤口。

刺竹赧然道:"你既然醒了,那就你来指挥,我闭着眼睛弄,总是可以的……"

"那你不也摸了?!"清尘扬手欲举剑,伤口一扯,她登时贴在墙上,疼得嘶嘶吸凉气。

刺竹也有些恼了,摸着脑袋,悻悻道:"你以为我想摸啊……我这不也是迫不得已……"

清尘眼睛微微一觑,倏地冷眼一射,顿时杀气凸显,拿剑的手骨节凸起,似乎若不是身上有伤,此时还不能动弹,此一剑起,即可封喉。

刺竹一惊,忽地觉得不妙,脱口而出:"你想灭口啊?"

"你说呢?"清尘慢悠悠地哼了一声。

"总得讲个道理吧……"刺竹急了,"我这不是为了救你吗……"

清尘不语,用手指抚剑刃。

刺竹忙不迭地申明:"我可什么都没做……你受伤了,要止血,我只能解开裹布……然后，给你烘干了衣服穿上……除此以外，我可什么都没做……"

剥了我的衣服？烘干了再给穿上？清尘仿佛被针扎了一般，浑身一抽，脸色唰地又红了，看了看自己肩膀上的包扎，还有身上的衣服，又看看刺竹，面色阴沉道："你还说什么都没做！"

刺竹一顿，赶紧解释道："伤口不能进生水……你昏迷不醒，当然不能穿着湿衣服……"

清尘又羞又恼，愠道："我问你怎么烘的？"

刺竹涩涩道："我先烘干了自己的衣服，盖着你，然后才烘了你的衣服……"

清尘乜了他一眼，问："还有谁看见了？"

刺竹一下叫起来："你还真是想要杀人灭口啊……那个猎户走了我才弄的，人家什么都不知道……"

"那就是说，杀了你一个人就解决问题了。"清尘说完，长吁一口气，缓缓地收剑入鞘，靠着墙壁，闭上了眼睛。

迟疑了一下，刺竹探询道："再喝一碗汤？"

"好。"清尘低声说，没有睁开眼睛。

喝完汤，清尘缓缓地躺下，刺竹探身过来，手刚碰到剑，她便一抽，更是抓紧了些，同时狠狠地瞪了刺竹一眼。

刺竹有些无奈，默然片刻，笑道："我知道你是个求万全的人……若不是现在有伤，打不过我，怕不早就一剑结果了我……"

小子，不傻呀。清尘偏过头去，闭眼假寐。

刺竹在侧边坐下，低声道："欸，你也该让我死个明白……"

"说。"清尘干净利落一个字迸出来。

"呵呵，"刺竹笑着，问道，"你明知会有埋伏，还出此招……是因为不入虎穴焉得虎子。可是，你为何非要出言惹恼他呢？"

清尘默然地望着屋顶，轻声道："如果打斗起来，我们就拽他跳崖下水，秦骏水性一般，我们俩是能制住他的。"

"你始终还是不想他死……"刺竹幽声道，"可是，他不动手，你就只能劝……"

"是。"清尘缓缓地闭上眼睛，面上浮现起感伤。

刺竹又问："你以为，如果摆出一副始终仍对他深信不疑的样子，即便有埋伏，他也不会攻击你？没想到，他会出手，是吧？"

"那不是他的埋伏。一定是他手下的亲兵走漏了消息，秦阶才带人来。"清尘漠然道，"因救我反让秦龙被杀，是秦骏心里的一个结，我们之间变得要互相防备，却也不至于要相互为害。"

"你为何如此肯定？"刺竹看着清尘的脸，那脸上一丝清冷，话语里却满是顾念之情。

清尘深吸一口气，缓缓道："他何苦踢我下崖……"

"不……"刺竹轻声戳穿了她，"你不是被踢下崖才明白的，你看到秦阶的时候，就知道秦骏不知情，我只是不明白，为何你还要一口咬定是秦骏联合了秦阶来伏击你，要杀秦骏？"

清尘不答。

刺竹踌躇片刻，说："你想让秦骏心痛……因为你的这个误会，他会心痛，因为对于这个误会他没有机会辩解，会更加心痛……这样，即便我们身处弱势，他也下不了杀手……你在用他做挡箭牌，因为秦阶不得不看重唯一的儿子……事实上，你赢了，他还是违逆了父亲，帮了你……"

"你想说我自私就直说。"清尘冷声道，"你都说对了。我不想死，只要能保自己不死，任何手段我都能用上。"

刺竹一下被呛住了，半天都说不出话来。

屋子里一下变得很安静，刺竹低头看着地面，心里想着刚才的对话，隐隐觉得自己的分析不尽然，清尘的话有些反感和赌气的成分，但是他一时间还不能想得更透。

外头的天色渐渐黑了，刺竹起身，点了支蜡烛。怔怔地望着烛光，他想起了昨夜秦骏在庙里的表情，烛光下的那双眼睛……

他转身看向清尘，忽地直言："秦骏爱你是吗？"

"他知道你是女孩，他一直都爱着你，是吧？"刺竹问得直接而突兀。

清尘徐徐地睁开眼睛，咬了咬嘴唇，吐出一个长音："是——"

"你爱他吗？"刺竹徐徐走近。

"不爱。"清尘的回答依旧干脆。

"那为什么要相许，答应跟他一起走，置身事外？"刺竹的眼睛里现出淡淡的光彩。

"我的事情跟你无关。"清尘的手移过来，握住了剑柄。

"你知道他的命门，也许他唯一的弱点就是你，"刺竹的话语里渐渐有了些凉意，"你可以不爱他，却不该玩弄他的感情，你对得起他吗？他如此深情，你却如此寡义……"

"你要他跟你走，不是置身事外，而是要擒住交给安王，你在使诈。"刺竹凛声道，"你的情真意切，别说骗过了秦骏，也骗过了我。"

"你是在谴责我吗？"清尘握住剑柄的手，因为用力而开始微微地发颤，她压抑着怒气，"赵刺竹，你没有资格。"

刺竹顿时无语。清尘和秦骏，一个愿打一个愿挨，关他什么事？他又有什么资格同情谁、谴责谁?!

"是！"刺竹猛然间昂起头道，"我是没有资格。但是我告诉你，是男人，就该顶天立地，光明磊落，就该像你父亲那样。而不是如你这般，玩弄了依琳，又玩弄初尘，还玩弄秦骏！"

"你聪明又怎么了？"刺竹愤然道，"你的聪明只会用来伤人。"

清尘不屑地哼了一声："我不是男人。"

忽地一下，刺竹偃旗息鼓，清尘的精明就在于抓住要点，一击即溃。

他不响了，清尘却没有决定放过他，冷笑着叫道："去盛碗肉汤来。"颐指气使，仿佛吩咐下人。

刺竹有些愤然，却又想，算了，跟个女人计较什么?! 不吭声，转身出去端了碗来，没好气地往清尘手里一塞，清尘看他一眼，不悦道："不想做是不是？"

刺竹不作声，走开。

清尘喝完汤，抬起碗："拿走。"

刺竹瞥了她一眼，没动。

"赵刺竹。"清尘阴声道，"知道喊不动，会有什么后果吗？"

刺竹看了她一眼，不知她要搞什么鬼，蓦地心里有些发虚。

"等我伤好了，要不杀你，还真对不住你了呢！"清尘脸色阴晴不定，淡淡地语气里，已经是寒意森森，"知道我是冷酷无情的沐清尘就行了……在我不能动手的这段时间里，你若不能信守诺言，走漏了半点风声，我会让你死得很难看……还有，你死之前，我会把你脖子上的咬痕让大家都见识一下，被一个女人咬了脖子，你觉得光彩吗？"

刺竹下意识地摸了摸脖子,半晌无言,心道:这个歹毒的家伙,真是翻脸无情!

"还不动?"清尘眼睛斜着,不阴不阳地补上一句,"你的那个陈小姐,估计也会就此销声匿迹了吧……"

"要我做事就做事!你没事老提她干什么?"刺竹来了脾气,一把扯过了清尘手里的碗。

"我提她你急什么呀?"清尘乜了他一眼,说,"叫你做事就痛快点,不然,以后还有你受的呢……"

刺竹一怔,耳边忽地响起沐广驰那低低的一句埋怨:"你可把我们男人的脸都丢尽了……"他皱了皱眉头,缓缓地走到外屋灶前坐下,不知为何,又失了神。

淮王不肯降,秦骏又没擒到,接下来这一战,该要如何打?只剩下硬攻了吗?六万大军要攻克拥有十万秦军的乾州,谈何容易?调兵吗?这意味着将不惜一切代价夺取胜利,而伤亡亦会更多……

也许,清尘是对的,打仗,是不能顾及情分的,考虑了秦骏,就得死伤更多的士兵。

他猛地悟到,其实,劝降秦骏也好,掳了秦骏也好,以假许骗秦骏也好,不都是想保秦骏不死?清尘的初衷,一直都没有改变……

我真是误会她了——

　　夜深了，刺竹躺在地上，刚刚睡着，忽然，一阵细碎的声音响起，他警惕地睁开眼睛，察觉到清尘轻轻地脚步声走近门边，他迟疑片刻，蹑手蹑脚地跟了出去。

　　门外，几米沙石小径过去就是河边。

　　清尘缓缓地走到河边，坐在一块大石头上，放下剑，抬起右手，用手指当梳子，轻轻地捋着头发。

　　月亮穿过了云纱，银白的光洒落一地，微微的风轻盈地游走着，不时撩起她丝丝秀发。她仰起脸，望向月亮，不知在想什么，长久地出着神。而后，微微地侧脸过来，低声道："出来吧……"

　　刺竹愣了一下，从树后面站出来，呵呵一笑。

　　清尘转过脸来，默然地望着他。此刻，月光镀满了她的脸，浮现出一层银色的光晕，清幽的亮光带着皎洁的色质，漫布她的全身，仿佛她是一个透明的瓷人，晶莹剔透。

　　刺竹心底微微一颤，这感觉，好熟悉，似乎她就是一朵莲，纯白的，寂静地飘向他……

　　两人就这样默默相对，良久无声。

　　"为什么不睡觉？你该是要好好休息的。"刺竹轻声道。

"我没那么脆弱,已经好多了。"清尘淡淡地说,"睡不着,出来透透气。"

"怎么会睡不着?"刺竹缓缓地走到她跟前,找了块小石头坐下,正好跟清尘可以平视,柔声道,"还在想秦骏?"

"不想。"清尘低头,望着脚尖,说,"我是冷酷无情的沐清尘。"

"何苦急着给自己下定语,"刺竹轻轻地笑道,"细细想来,你其实是个蛮多情的人呢……"

清尘抬起眼睑,扫了刺竹一眼。

"我不是讽刺你呢,真的……"刺竹咧嘴笑起来,"我还要跟你道歉,是我误会你了。"

清尘斜了他一眼,掉头过去,望着河水。

"你是希望他跟你走的,即便你利用他对你的爱,来骗他走,也是为了保住他不死……这不是玩弄,我说错了。"刺竹诚恳地说,"当他决定不走之后,你佯装误会对他拔剑相向,其实,也是为了减轻他的痛苦……只有你恨他,先出杀手,才会令他死心,这样,他就不会被无法选择折磨……你这样逼他,也是用心良苦。"

清尘的面上滑过一丝凄然,她低声道:"你错了,我不是骗他……如果他答应,我就会真的跟他离开……"

这个答案有些出乎意料,刺竹喃喃道:"可是,你不爱他呀……"

"我虽然不爱他,但对他,还是有感情的……"清尘幽声道,"我爹不许我们走近,是因为不齿秦阶的为人,如果他这次答应跟我走,也就跟秦阶没有关系了,爹会接受他的……他一直对我很好,我想,这个世界上,再也找不到一个比他更爱我的男人……"

她轻叹一声,怅然道:"不会有人会爱我胜过他的……"

"可是,他还是没有应允……哪怕,这是他长久以来的夙愿,为了秦家,他还是选择留下。"刺竹叹息道,"我能理解他,虽然是敌人,却也是个真男儿。"

"是啊,"她徐徐地闭上眼睛,细声道,"我想他那么爱,应该会不忍心……不忍心拒绝我……能跟我走,便是走了,从此什么都放下了……可是,他不肯……"

"他对我满心愧疚,他日对阵,更会下不了手……"清尘默默地握紧了剑,"他会任由我杀他。"

刺竹静静地望着清尘,低沉道:"既然带不走他,那就只能逼他死心……我想,他知道自己会死,也会选择死在你的剑下,可是,你却不愿杀他……所以,你的选择就是——既然一切都不可避免,那就让彼此全力以赴吧……你们之间从未有过真正的对决,最后一次,要定生死,就交给上天……"

"是这样吗?清尘……"刺竹的话直逼清尘真实的内心世界,"兴许,你还做了最坏的打算,先行死在他的剑下,也免了亲手杀他的残酷……"

"你一点都不怕死。"刺竹缓缓收声,"经过了宣恕,你心已残,再杀秦骏,你即心死。这个世界上,只有一个人你放不下,就是沐广驰……"

"你又错了,"清尘默默地看了刺竹一眼,深深地吸了一口气,"并非所有的事情你都能猜对。"

"如果不是只有一个人放不下……倘若有两个,另一个就该是秦骏吧。"刺竹自嘲道。

清尘低下头,轻声说:"我爹说你大智若愚,看来,你是真真假假,十窍开了九窍。"

一窍不通啊!刺竹顿时拉长了脸,抗议道:"怎么说着说着又扯到我身上来了?!"

清尘苦笑着,摇摇头:"你是心眼太少,我是心眼太多,说不到一块儿去的。"

"这不是正在说吗,怎么就不能说到一块去呢?!"刺竹的执拗劲又上来了,非要求个分明,"你举个例子听听……"

清尘叹口气,无奈道:"你自以为很了解我,其实一点也不了解我……"

"我刚才说的,不是都对了?!"刺竹不服气。

清尘露出一副郁闷的表情:"该猜中的,都没猜出来,不该猜中的,倒是都对了。你说,这哪能说到一块去呢?"

刺竹不依不饶地追问:"哪是该猜中的没猜中,你倒是说呀?"

清尘默然片刻,悻悻道:"懒得跟你说,一头呆驴。"

"不说拉倒!呵呵……"刺竹笑着,抬手欲拍清尘的肩头,"别想那么多……"忽地一下想起男女有别,手就悬在了半空,落不下去了,不尴不尬地摆个姿势,空搁了一会儿,才别扭地收回来,抓了抓脑袋,呵呵一声傻笑。

清尘看着他,皱皱眉头:"你这样被人看见,会起疑的。"

刺竹愣了愣,张口道:"那怎么办?"

"以前如何,以后还是如何吧。"清尘说,"反正,也处不了多久了……"

刺竹听了,闷闷地低下头去,问道:"之前你执意请辞,就是因为这个?"

"不是,"清尘说,"主要是因为我已经厌倦了战争,还有……"她抿着嘴唇,不肯往下说了。

"还有，你想嫁人了？"刺竹忽地冒出来一句，不待清尘回答，自己就哈哈地笑开了。

"啪——"冷不防头顶就挨了一敲，清尘的剑鞘已经打在脑袋上，见她一脸恼羞成怒，刺竹乐了，吃吃地笑着，抬手把剑鞘拨下来，大咧咧地说："男大当婚女大当嫁，这有啥好恼的……"

清尘白了他一眼，没好气地说："等你娶了，我再嫁……你先抓紧着吧……"倏地笑道，"你那个中书令的小姐，是怎么叫你的？"笑嘻嘻地扬起眉毛："刺竹哥……"

一听这有些发嗲的声音，刺竹浑身一颤，连连摆手："你行行好，饶过我吧……"

清尘笑了一下，低声道："她是你喜欢的类型，温柔，体贴，明礼……"

"不说这个了。"对于母亲和姑姑极力撮合的这门亲事，刺竹谈不上喜欢，也不能说讨厌，现在，他可没有心思讨论这些，赶紧回到正题上，"别扯闲谈了，这一仗，仿似陷入僵局了，你说说看，要怎么打？"

清尘摇摇头，出乎意料地回答："没想过。"

刺竹一愣，脱口而出："身为军人，这个都不想，你想什么呢？"

清尘清了清嗓子，一本正经地回答："想嫁人呢……"

刺竹又是一愣，忽地明白清尘是在回敬自己，眉毛一竖，就要生气的瞬间，竟然哈哈大笑起来："这可不打自招?!我刚才说你想嫁人，你还不承认！"

"赵刺竹！你是真真想死啊！"清尘恼了，扬手拿了剑鞘再次拍在他的头上，厉声道，"等我伤好了，还不把你大卸八块！"

刺竹朗声大笑道："那正好，我们终于可以真正地比试一次了……"

清尘斜了他一眼，转过头去。

"生气了？"刺竹仍旧在笑，"你们女孩子就是小心眼儿，不像我们大老爷们儿……你看，你都捉弄我多少回了，我生气了吗？"

清尘一抬手，剑鞘抵住了刺竹下巴，低吼一声："你再说我是女孩！"

刺竹赶紧抬起双手，伸出食指和拇指，把两片嘴巴紧紧地捏了起来，然后，瞪眼望着清尘。

清尘这才收回剑鞘，不作声了。

夜很安静，流水潺潺非常动听。

"清尘……"刺竹问道,"你真的没有想过这场仗怎么打吗？"

清尘默然道："怎么打都会赢的,毫无悬念。"

刺竹幽声道："我记得,你打仗的原则就是尽量减少伤亡……硬攻是伤亡最大的,要你打,你不会选择硬攻。"

"我不是主帅。"清尘低声道,"我也不用考虑这些。"

"军人的职责是什么？"刺竹轻声道,"我不相信你没有想过。"

清尘默默地低下头去,不吭声了。

"现在你受伤了,攻打乾州的战事似乎就跟你无关了……"刺竹轻轻地笑了一下,"你的心愿,可以实现了,不用亲手杀秦骏……"

清尘沉默良久,缓缓道："未必……"

"为何？"刺竹奇怪地问。

清尘迟疑着,回答："秦骏是很聪明的。既然我们已经绝义,他将会全心扶助秦阶,来日阵前,必定叫我应战。"

"不会吧……"刺竹纳闷道,"他不可能下得了手……"明知清尘有伤还要点战,似乎不是秦骏所为。

"他定要胜我,以我的威名为其垫脚,为的是振奋士气。"清尘淡然道,"如果我是他,也会如此。"

"那……"刺竹皱皱眉头,"你会应战？"

清尘不语。

刺竹说："难道你真的抱定必死的决心？宁可死,也不愿杀秦骏？"

"不。"清尘绝然道,"他会拼尽全力,我也会殊死一搏,胜负自有天定。"

"你会杀他吗？"刺竹低声问道。

清尘默然片刻："为振士气,只要赢他,但要摧秦阶心智,必须杀他。"

这一刻,刺竹无言了。他终于明白,清尘的竭力争取之后,是绝然的放弃,她在逼迫秦骏的同时,何尝不是在逼迫自己。自此,战场之上,为了各自的立场,只有厮杀,再无其他。情分仍在,但理智也在,局势左右着,只有取义成仁。

清尘是冷酷的,可是刺竹却不忍心说她冷酷。如果她为了秦骏而输,顾全了手足之仁,却是对朝廷不义,她不能输了自己,输了士气,输掉那么多士兵的性命,所以,她只能舍弃秦骏。然而秦骏呢,却又是那么无奈,他何尝不是这样,顾全了情爱,却是不孝,明知淮王大势已去,他却只能选择跟父亲一同赴死。

刺竹沉声道："我觉得，他不会杀你。"

清尘定定地看了刺竹一眼，说："那他一定会死在我的手里。"言语之中，冷飕飕地充满寒意，月光下清秀的少女，瞬间变成了满脸杀气的沐家小将军。

她嘴角一抿，仰起头来，凛声道："我从来都是，为了赢，而不择手段的……"一斜眼，望向刺竹，"你不也一直这样看我吗？赵刺竹……"

刺竹怔怔地看着清尘，没有回答。

许久之后，刺竹的手轻轻地放在了她的膝头上，沉声道："不要应战，我替你出战。"

清尘看着刺竹，倏地，他的手又缩了回来，涩涩道："又忘了……"不好意思地笑了笑，说，"你有伤，不宜出战。"

第二天早上，清尘被一阵有节奏的闷响声吵醒，出了屋子一看，刺竹正在院子里捣药，看见清尘出来，招呼道："醒了？该换药了。"

刺竹端了药碗过来，说："我把金创药和草药捣在一起了，敷上去能好得快些。"

清尘折回屋子里，坐着不动。

刺竹想了想："要不你把我眼睛蒙起来吧。"

"那你还不把药敷到我脑袋上去?!"清尘没好气地说着，缓缓地转过背去，扒下了衣服。

刺竹走上前来，清尘低头看看裹布，扯开布结，想着缓和一下气氛，减少些尴尬，便说："你伤口绑得很好啊。"

"那是，打仗哪有不受伤的，打了绑带，自然就绑得好了。"刺竹配合着清尘，前面后边绕着圈，解去了绑带，上好药，原样绑上。

"你这伤，一个月才能好全。"刺竹嘀咕道，"右边虎口还没好，左边又伤了肩……反正也不能打了，我去劝劝安王，让你们走吧……"

清尘转头，看着刺竹，忽而轻轻一笑："赵刺竹，你心软了……不忍见我和秦骏对决是吧？"

"都不容易……"刺竹并不否认，轻叹一声，"要是没有战争该多好……"

"快了，战争马上就要结束了……"清尘幽声道，看看刺竹，问道，"打完仗了，你打算干什么呀？"

刺竹想了想，呵呵一笑："头一件事，就是去看看你。"

"看我？"清尘愕然，随即笑道，"看我干什么？"

"看你嫁人了没有……"刺竹回答。

"我嫁没嫁人跟你有什么关系啊？"清尘愈发好笑，"我嫁了，你怎么地？我没嫁，你又怎么地？"

刺竹思忖片刻，一本正经地回答道："你要是嫁了，我就放心了，你要是没嫁，我负责给你找个婆家。"

笑容缓缓地消退，清尘淡然道："你这是操哪门子闲心啊？我的事，不要你管呢……"

"哪能呢，我们是兄弟！"刺竹呵呵地笑着，"告诉哥哥我，你喜欢啥样的男人？"

清尘抬眼看着刺竹，轻声道："我喜欢的男人啊，就是……个头高大，身材魁梧，当过兵，打过仗……"

"就是你爹那样的！"刺竹自信满满地说，"这很容易，我们这一堆将军，随便你挑。"

"我还没说完呢，你咋这么性急？"清尘不满地瞪了他一眼，又继续盯着他的眼睛，低声道，"他呢，要为人老实，待人真诚，脾气呢，该像个男人的时候，就大气豪爽；该像个女人的时候，就温和体贴……"

刺竹憋不住笑起来："这不成了不男不女……"

"你听不听？"清尘恼了，转过身去，"我不说了！"

"听，听！继续说。"刺竹赶紧正襟危坐，"我保证不打断你了。"

清尘没有转身，盯着桌上空空的药碗，脸上掠过一丝怅然，她低声道："他有些黑，一字眉，国字脸，眼睛大，嘴唇厚……"

身后传来轻轻的笑声，清尘愤然一转头。

刺竹正笑得起劲，一见清尘横眉冷对，赶紧正色，却还是有些打不住，露出呵呵两声笑："你说的人怎么好像是我？"

"你有这么帅?!"清尘愠道，"马不知脸长！"

"我就是一字眉，国字脸，大眼睛，厚嘴唇……"刺竹见清尘真的生气了，也不敢笑了，讪讪道。

"大言不惭！"清尘白了他一眼："我还没说完呢！"

刺竹讪笑道："那你说，继续说……"

"不说了！"清尘眉毛倒竖，愤然道，"以后我要再跟你说这些，我'沐'字倒着写！"

刺竹一吓，杵在那里，不敢说话了。

清尘乜了他一眼，不耐烦地挥挥手，恶声道："出去！"

刺竹抬起脚步，悻悻道："女孩子，温柔一点嘛，你这样子，怎么嫁得出去？"

"嗤！"一声金属的摩擦声在空气中响起，拔剑了呢！

刺竹心知大事不妙，飞脚便走。

"清尘——"呼喊声远远地从林子里头传来，清尘一惊而起，急速地走到门外，应道："爹！"

刺竹也匆匆从河边走了过来，朝林子里张望。

远远地，一队人马出现了，清尘倏地一怔，为首的，竟然是安王。

看见清尘站在院子里，沐广驰一跃下马，三步并作两步过来，一把抓住清尘的肩膀，急切地问："伤哪里了？"

清尘疼得一咧嘴："肩膀……啊……爹……"

沐广驰赶紧松手，想看伤又颇有顾忌，搓着手，好生无措。

"清尘，"肃淳也围了过来，关切地问，"你没事吧？"

"没伤到筋骨，都上了药，包扎好了。"清尘别别脑袋，示意父亲到一边去。

肃淳奇怪地看着他们，又回头看看刺竹。刺竹当然知道他们父子会说什么，只装作无事，望着肃淳微微一笑

肃淳走过来，拉过刺竹，低声道："清尘的伤真的不要紧？"

刺竹皱皱眉头："伤得虽然不重，却也不轻。"

"怎么伤的？"肃淳跟着问。

刺竹便把当时的情形说了一遍。

肃淳听完，看着刺竹，忽地问道："你帮他上的药？"抓着刺竹的胳膊，手指已经不由自主地用起力来，用极低的声音问道："你都知道了？"

刺竹一怔，看着肃淳，肃淳的脸色不太对劲，先是白，而后渐渐开始泛红。陡然间，刺竹明白了！

他别过头去，看了周围一眼，低声道："回去再说。"

树林里，一行人马缓缓而过。

刺竹靠近安王，低声道："王爷，清尘伤及肩膀和背部，恐难上阵了，不如准了

他们父子先前的请辞吧。"

安王看了刺竹一眼，笑着，却不说话。

"王爷……"刺竹喊道。

安王轻声道："昨日，圣旨下了，一个月之内，必须夺取乾州。"他转头，看向刺竹，"天下归一，是给太后的寿礼。"

太后的生日，就是下个月二十八，离今天只有四十天不到。

刺竹迟疑着，说："其实，沐将军父子的离开，跟战事胜负已经没有太大的关系。"

安王再次侧脸，矍铄地望了刺竹一眼，微笑道："你我都未曾见识过沐家军真正的本事……"

此话太有深意，刺竹心里"咯噔"一下，明白安王已经决意不让清尘离去。

"这一仗，不但要赢，还要赢得漂亮，沐家军离了清尘的聪明，清尘离了沐家军的骁勇，都不能为继。"安王说，"清尘伤了，不可做将，那便做帅。我期待着破乾州，见识他的聪慧过人。"

话说到此，已经由不得刺竹再多说了。他闷闷地坐在马上，不再言语。

"刺竹……"安王唤道。

刺竹抬起头来，却见安王那锐利的眼神，分明要穿透自己的内心。他默然地望着安王，安王笑了笑，悠声道："你也不愿意用强攻的，有何良策？"

刺竹顿了顿，轻声道："想法是有，还未思虑成熟……"

"明日可否？"安王见刺竹点头，便说，"那就明日午时帐中议事吧。"一勒马，停住了，等着清尘。

刺竹一边朝前走着，一边想着如何破这战局，肩头猛地被人一拍，侧头一看，是沐广驰的笑脸："谢了。"

刺竹笑笑："应该的。"

"应该的？"沐广驰愣了一下，继而又笑道，"嗯，是应该的……"回头看看，便冲刺竹挤挤眼："你应该陪的，怎么叫别人抢了先？"

刺竹一头雾水，回头看看，正好看见肃淳贴近着清尘，一脸笑意。他怔怔地望着肃淳神采飞扬的脸，蓦地失神。

沐广驰呵呵一笑，打马先走了。

刺竹转头过来，夹了一下马肚子，心事瞬间堆上眉间。

第二十六章

舍命相救为爱表心迹
好意游说开口不投机

安王一直等着清尘和肃淳走近，刚开口喊着："清尘……"

"嗖"地一声，倏地一支冷箭射来，与此同时，前头传来沐广驰的疾呼："有敌情！"

刺竹策马回转，这当口，"唰、唰"又是连着几箭射过来，刺竹拔刀挡开，喊道："保护王爷！"

说话间，周边已经杀出人马，粗略一数，不下二十人，他们只有八人，一眨眼间，对方已经把他们包围了起来。

对方全是黑衣蒙面，身形敏捷，手持刀剑，渐渐逼来。不多时，双方杀成一团。

刀来剑往，刺竹在砍杀中，感觉这些人身手不凡，不但武艺高强，还训练有素，很不一般。抬眼望去，沐广驰和侍卫保护着安王，虽然安王是刺杀的重点，但侍卫也不少，五人对付着十余个还不算吃力，就在刺竹溅血一身的时候，沐广驰那里也结果了两个。

刺竹还惦记着清尘有伤，一回头，只见五个人围攻着肃淳和清尘。眼看着清尘渐渐体力不支，肃淳就快顾不过来，刺竹有些急了，大刀起劲，刀锋斩落，狠狠地劈了两个，急急朝肃淳奔去。

刀剑齐下，肃淳上挡下挑，左顶右接，应接不暇，惶然间，眼见长剑刺向清尘，想也没想，奋力将清尘朝旁边一顶，手臂上顿时吃了一剑，复一扬手，刺竹已经杀了过来，那些黑衣人一见肃淳有了支援，转而专攻清尘。

清尘被肃淳推倒在地,伤口剧痛,还未及起身,头顶已是杀机重重。她双脚一旋,虚晃一招,右手将剑奋力一掷,正好插入一人心窝,然此一举,手已无寸铁,眼睁睁地看着双剑朝自己刺来——

忽地眼前一黑,肃淳已经扑了过来,死死地将她罩在身下,只听"噗噗"两声,肃淳的脸抽搐着,看了清尘一眼——

剑直入肃淳的大腿,刺竹的刀也如期而至,那黑色头颅飞了出去,再一斜刃,追向刺中肃淳后背之人,那人剑还未及从肃淳身上拔出,胳膊自肘以下已被一刀斩断。肃淳此时一咬牙,翻身下来,复又杀去……

"当"一声,悬在肃淳背上的剑掉在清尘的手边,抓住,又是一掷,只听见"啊"一声惨叫,树林里突然安静了。

黑衣人的尸首横七竖八地躺在地上,沐广驰和清尘带着剩下的侍卫在四下翻看有无线索,沐广驰扒拉着,扯下了一个人的腰牌,而清尘拉下一块蒙面布,轻轻地怔了一下。

安王站立片刻,环顾四周,说:"赶紧上马,离开这里!"

肃淳斜斜地站着,提了提腿,艰难地撑住了树。

"肃淳!"刺竹叫着,扶住了肃淳,手落在他背上,却感觉潮乎乎一片,定睛一看,肃淳外衣已全被血染红,心底一沉,连声音也变了调,"你没事吧?"

肃淳摇摇头:"没事……只是刺中了肩胛骨,不是要害……"

刺竹想扶他上马,一低头,却看见他裤子外侧也是一片殷红,还未相问,肃淳便说:"大腿刺伤了,并无大碍……"

刺竹定定地看了他一眼,奋力将他一托,送上马去。

营地,中军帐内。

"行刺人的身份搞明白了没有?"安王问道。

沐广驰将搜出的腰牌亮出来,回答:"秦军。"

"在自己的地盘上竟然被他们伏击了。"安王沉吟片刻,"他们怎么知道我们会从那里经过?收到消息我们即刻动身去接清尘,消息即便走漏,秦军也不可能这么快就设伏。"

"碰巧而已,他们不知道我们从那里过,是为其他事而去的。"清尘缓声道,"这蒙面人中有一人我见过,是秦骏的近侍,或许,他也是这次行动的头领。"

"他们二十多个人，应该是奉秦骏的命令，去探交州军情的……"清尘思忖着说，"在回来的路上，那个近侍认出了沐广驰，然后听见沐广驰喊保护王爷，一看我们人少，又有机会刺杀安王，这才放下本职，起了杀心，本想来个顺手牵羊，不想血本无归。"

交州？刺竹心念一动，忽地明白了。交州过去便是蜀州。蜀道之难，难于上青天。秦骏想的，不是依凭乾州，而是要去蜀地。大军过了骑田山脉，将栈道一烧，王师便再难前进半步，到那时，便可自成一国。

"他们去时，一定带了大批金银财宝，不然，无需那么多人马。"清尘徐徐道，"这些钱，是给蜀州太守的。如今他们净身而回，想必蜀州已经答应了秦骏的要求。"

"那也未必，蜀州太守张广泽是个精明之人，秦骏既然想到蜀地可自立，他便也能想到。我估摸着，张广泽一定是收下了钱财，表面上答应了秦骏，但是他却抱着两边倒的心态，若是秦军先过栈道，他便降淮王，若是我们先过栈道，他自然会表明忠心。"肃淳提议，"父王，我们既然杀了那联合的小队，便要抓紧时间，赶紧派兵过了栈道，先占了蜀州，切断了淮王的退路再说。"

安王点点头，吩咐道："速令王朝阳将军，带三万大军，火速进驻蜀州。另调常州守军一万、增城守军一万，即可发往蜀州，尉迟迥统领。"

"到蜀州后，知会张广泽，就说安王预料淮王可能退据蜀州，加驻重兵。对张广泽不可透露丝毫，也不得拿其治罪，一切等灭了秦军再定。"安王默然片刻，又说，"飞鸽传书，令淮北通州、渭州、户榴各派一万大军，两日之内，到此集结。"

吩咐完毕，安王长长地感叹一声道："秦阶的儿子们虽多数不才，但这个秦骏却是个良才。没想到天下就快平定，到了最后关头横生枝节。"

刺竹默默地看了对面的清尘一眼，清尘垂着眼睑，面无表情。

此时，肃淳正侧脸看着刺竹，他的眼光和神情，一览无遗地落在了肃淳的眼里，肃淳皱着眉头，心事重重地低下头去。

肃淳跟着刺竹进了房间，默默地坐着，一直等刺竹换完了衣服，都没有说话。

刺竹转过身来，望向肃淳："你有话跟我说？"

肃淳看着刺竹，沉默片刻，又轻轻地低下头去。

刺竹坐下来，面对肃淳，直截了当地问道："你喜欢清尘是不是？"

"是。"肃淳抬起眼帘，看着刺竹。

刺竹迟疑了一下，轻声道："世子不得玩娈童。"

肃淳忽地一笑，不屑道："现时你都知道了，还这样说?！"

刺竹定定地望着他，无奈而沉重地苦笑着，问道："你什么时候知道的？"

"见她第一眼的时候我就猜到了。不过，已然确定是在练习龙舟时，你湿身的那次……"肃淳没有继续往下说，但刺竹已经释然。是的，这方面，肃淳强过自己许多，他对女性的直觉，是刺竹最为迟钝的一面。

刺竹静静地望着肃淳，感到心底有些寒意，他低沉道："你还知道些什么？"

肃淳如实道："我还知道，清尘是祉莲的孩子。我不希望你找到祉莲，所以，我曾经阻止和暗示过你，不要让父王知道祉莲的消息……"

是的，肃淳是曾经这样做过，不管是因为同情祉莲，不管是为了保护清尘，这点都可以理解，但是知道这样的真相，刺竹还是有些失落，他闷声道："你为什么要对我隐瞒？"

肃淳顿了顿，涩涩道："你太讲原则了，对父王，不会有任何隐瞒……如果我早告诉你，你会告诉父王，到时候，为难的不但是清尘，还有我……"

"我一直维护你，从小到大，我都偏袒着你、顾全着你，可是你呢，却把我当成外人，明知我在千辛万苦地寻找真相，你却可以无视，只为自己打算……"刺竹加重了语气，一下就打断了肃淳的话，"即便我把真相告诉了王爷，也不会把你带进去的，你对我竟连这点信任都没有？"

"你不把我带进去，那清尘怎么办？你难道可以避免把她带进去？"肃淳反诘道。

刺竹瓮声道："真相就是真相，把她带进去是不可避免的。"

"所以我不告诉你！"肃淳激动地抬高了声调，"到了现在你还是这样，我当初的顾虑并没有错，如果还要我选择一次，我依然会选择不告诉你！"

"没有事情是你可以阻止的！"刺竹厉声道，"即便你不说，真相也有水落石出的那一天，你拖延的，只是时间而已。"

"祉莲死了！如果祉莲没死，你会告诉父王，父王会把她夺回身边，到时候，你让清尘如何面对？你让沐广驰情何以堪？你是没有做错，但你就是一个恶魔，你拆散了别人的家庭，你会毁了清尘、祉莲和沐广驰的一切！不管怎么做，你都会有罪恶感，是祉莲的死解救了你！肃淳忿然道，"你有你的忠义，我是没有，但是我从来都不会后悔自己的选择，哪怕在你的眼里，我就是不该有这该死的感性，但总好过你那冷酷的理性！"

冷酷的理性！这五个字一入耳，刺竹蓦地一惊，他陡然间想起了清尘，想起了她提到秦骏的时候他心底的感受。

刺竹默然低下头去,半晌不语。肃淳的话,虽然刺耳,却也不无道理。刺竹太自律,眼里容不得半点沙子,正如肃淳所说,他跟肃淳最大的区别,就是他看重是非曲直、公正道义,而肃淳,更看重的是内心的感受。

"刺竹哥,我是对不起你,可是,我并没有骗你……"肃淳低声道,"我一直跟你说,我不玩娈童,但是我也从来没有否认过我喜欢清尘。她的事情,是个秘密,我不能说的……"

肃淳缓缓地望向刺竹,轻声道:"还有,你那么喜欢跟她在一起……我不希望你爱上她……"他一把抓住刺竹的胳膊,殷殷道:"我真的很喜欢清尘,从第一眼开始我就爱上了她,一直,一直爱着她……"

刺竹皱皱眉头,轻声道:"可是,你能娶她吗?"

"我会努力的……"肃淳缓缓地垂下眼睑,低声道,"我……在所有的事情里,我最对不起的,就是初尘……她以为清尘是个男的,她爱上清尘,我不但没有干涉,还放任,甚至是有意制造了许多的机会……我只是想,初尘若能劝动皇后,先退婚,那我和清尘就有机会……"

"我也觉得自己很卑鄙……"肃淳低着头,艰难地吐着话语,"可是,我不想娶了初尘,让清尘做妾,我也知道,清尘绝不会答应做妾……"

"我没有父王那么贪心,只要有一个清尘,我便知足了……"肃淳抓住刺竹的胳膊,摇着,"刺竹哥,你帮帮我……"

刺竹静静地望着肃淳,没有说话。

他还能说什么呢?肃淳的打算难道错了吗?如果说秦骏爱得深沉,那肃淳呢,又何尝不痴心?为了爱清尘,他们都注定要付出很多,对抗许多自己不能改变的东西,秦骏已经放弃了,肃淳却还在努力。肃淳如果足够卑鄙,可以强娶,但是他这样殚精竭虑,为的是给清尘一个正妻之位。

肃淳只能爱一个,初尘就只能做牺牲,即便有这样大的决心,上天又能成全他吗?

"真是的,怎么伤得这样深……"奶娘心疼地说着,换了药,包扎好,又忍不住叹道,"要是留下伤痕可怎么办?唉,幸亏还只是伤到了肩膀和背,这要是伤了前面,可怎么是好,一个……"

"奶娘……"清尘赶紧低声制止。

"这里没有别人……"奶娘小心地四下看看,压低声音道,"咱也别跟这些男人搅和了,回家去吧……早都跟你说了,打仗不是好玩的……这么小心,还是伤了……"
又想起了什么,绕了裹布过来,问道:"你这伤口,一直都是赵刺竹弄的……"

"是了。"清尘脸一红,打断了奶娘的话。

奶娘瞥了清尘一眼,嘻嘻一笑:"他都知道了?"

"是了,是了!"清尘嘟起嘴巴,不满地扭了扭身子。

"这小伙子,挺细致……"奶娘笑着,替她披上衣服,一边系着衣结,一边轻声
道,"赵刺竹呀,又厚道又温和,别说你爹喜欢他,我看着啊,也合意……"

"你说什么呀?!"清尘连着脖子都红了,恼道,"不准说了!"

奶娘只是抿着嘴笑,拨弄着她转过来,又转过去,才把腰带扣上,便听见门响,
沐广驰的声音传来:"弄好了没?"

"好了,将军进来吧。"奶娘答道。

沐广驰一进门,就着急地问:"伤得如何?"

"没有大碍,"奶娘说,"幸亏刺竹处理得好,也不知他从哪里弄的草药,效果还
真好,包扎时也绑得紧,现在已经封口了,过了几天,就会结痂,后续配上化疤的膏
药,只希望别留下疤痕就好。"

沐广驰点点头,说:"安王派人送了补血的药过来……"一看清尘的脸红着,便
看了看奶娘,奶娘忍不住又笑了起来:"才说刺竹来着。"

"他知道了也好。"沐广驰低声道,"路上,我听见刺竹劝安王,准我们回家。"

清尘抬头,看了父亲一眼。

"早点离开也好,你这个样子,我担心迟早有一天要穿帮……"沐广驰低声道,
"在安王帐下,不比原来沐家军独立成师的时候。"

"安王不松口,我们也不能擅自离开。"清尘沉声道,"他要是有心准我们走,不会
等到现在,既然都到这个时候了,不管谁劝,他都不会同意。这一仗,不可避免。"

"唉……"沐广驰轻轻地叹了一声,怅然地坐下。

"爹,我知道,要你反攻旧主,你内心里有些过意不去。"清尘拍拍父亲的肩膀,
"如今,也不能刻意地做什么,只希望车到山前能有路了。"

沐广驰默然地点点头。

正说着话,忽听门外叫道:"清尘。"

沐广驰拉开门,一眼就看见刺竹站在门外,于是热情地招呼道:"刺竹啊,进来
呀!"一反身,直冲奶娘摆头眨眼,奶娘知趣,赶紧找了个由头,跟着沐广驰走了。

"坐吧。"清尘抬手，倒了杯茶。

刺竹坐下，清尘又说："谢了。"

"不用呢。"刺竹双手有些不自然地在大腿上摸了摸。

这举动落在清尘的眼里，她淡淡地笑了一下，问道："有事吗？"

"是……"刺竹低声道，"是有些事想跟你说……"

"说吧。"清尘坐下，看着刺竹。

若是平日，刺竹准保就是呵呵一笑再开言，今日倒是一本正经，还有些拘束，坐直了，清清嗓子，踌躇片刻，说："秦骏的侍卫，可能只有你认识呢……"他以为，清尘对秦骏有情，就该有所保留，不但这侍卫的身份，就连秦骏退驻蜀州的设想，都似乎可以隐瞒不报。可是，清尘还是说了。这条退路一旦被斩断，乾州便成困境。

清尘当然知道他话里的意思，一语中的："你觉得我很冷酷是吗？"

刺竹无言，低下头去。清尘冷酷吗，只是别无选择而已。

"我是军人，是将军，还是沐家军的统领，"清尘低沉道，"秦骏和沐家军，孰轻孰重？秦骏和天下安定，孰轻孰重？我自有我的原则和取舍。"

刺竹心底叹息一声，抬起头来，问道："真的不管秦骏了？"

清尘淡淡地揶揄道："我都放下了，怎么你还放不下？"

"其实他人不坏，"刺竹郁郁道，"若是能归顺，岂不皆大欢喜？"

"试过了，行不通，"清尘说，"你知道全过程的。"

刺竹点点头，又低头看着地面出神。

清尘纳闷地望着他，终于忍不住了："赵刺竹，你有事就说啊，这算什么呢？要是说不出口，那就请回吧。"

逼到这份儿上，刺竹只得抬起头来，深吸一口气，咬咬牙，说："这世上，真心爱你胜过一切的男人，并不是只有秦骏……"

清尘怔怔地望着他，忽地"扑哧"一声笑起来："除了他，还有你呀？"

刺竹愕然，好半天才反应过来，闷声道："你真的没有感觉吗？"

"感觉？"清尘不动声色地笑了一下，"感觉是有人对我挺好……"

这就是了！刺竹顿时咧开嘴，傻傻地一笑："肃淳喜欢你很久了——"

清尘的笑意还在脸上，嘴角却滑过一丝怅然，她眨眨眼睛，淡然道："你这是来保媒？"

"不是呢，"刺竹脸一红，轻声道，"他和初尘有婚约，想等婚约解除后，再向你表白……"

"那你急着说出来干什么？"清尘敛去笑容,盯着刺竹。

刺竹顿了顿,低下头,小声道:"他很喜欢你,我也觉得你们很般配……如果……如果和初尘的婚约不能解除,其实你也不必在意……他爱的始终是你……"

"你的意思？"清尘的眼角浮起冷笑,"给肃淳做妾,也是不错的选择？"

"始终是皇亲国戚嘛,"刺竹的字句吐得有些艰难,但他还是鼓足了勇气,继续往下说,"肃淳一直在争取,但有些事情,不是他一个人的力量可以左右的……所以,你只要知道他的心意,看到他所做的努力就行了……有了爱,其实很多东西都不需要去在乎……"

清尘静静地望着他,一直到他把所有的话都说完,才淡然道:"听完这些,我才明白,祉莲幸亏是死了,不然,被你找到,也只能回王府……"

话语很轻,却异常尖刻。刺竹悻悻地抬起头来,看着清尘。

清尘冷冷道:"如果今天是肃淳要你来的,烦劳你回去告诉他,我不会跟安王家里的任何人有关系,当然也包括他。"

"还有,我的终身大事不需要你操心。"清尘乜了刺竹一眼,颇为不悦,"就你,也来劝我？你赵刺竹不也是个口是心非的家伙,说什么不喜欢官宦小姐,还不是跟那中书令小姐拉拉扯扯,居然还要劝我为了成为皇亲国戚而去王府做妾……那是你的阳关道,我还只走我的独木桥！"

刺竹闷了一下,瓮声道:"你反正要嫁人的……"

"难道非要嫁给他？嫁谁不行啊？"清尘反唇相讥,"你是我爹,你可以定我终身？"

刺竹哑了,思忖半天,讪讪道:"你这么凶呢……也就是肃淳喜欢……"

"赵刺竹！"清尘气急败坏地一拍桌子,眉毛倒竖,"你当你是谁呀,还嫌三嫌四的！鬼才嫁给你呢,我心里已经有人了,谢谢你美意,要操肃淳的心就操去,别把我扯进去！"

"砰"地一声,刺竹吓了一跳,看着清尘,冷不丁道:"你心里是不是只有秦骏？"

"你懂不懂爱情？"清尘嗤笑一声,"赵刺竹,说你傻吧,你还真不傻,说你聪明吧,你又脑袋里少根筋……"气呼呼地一摆手:"我懒得同你说,滚蛋！"

清尘一屁股坐下来,旋即恨声道:"等我伤好了,立时灭了你！"

刺竹无奈,嘀咕道:"你看你,说话就说话,一不对路就跳起来,喊打喊杀的,哪个女孩子像你这样啊……"

中军帐内,将军议事。

安王环顾座下一眼,沉声道:"大家可有攻城良策?"

"大家也都思量几天了,"安王默然道,"这样,今天换个方式,大家都把想法写下来,下午交给我,若有良策,晚上我再单独传唤。"

众将散去,清尘缓缓地起身,越过还坐着不动的刺竹。刺竹看着清尘,清尘却目不斜视,直直地走了出去。

"清尘……"肃淳跟上去,说,"我们一块合计……"

清尘看了他一眼,低声道:"世子还是回自己房间吧,我那里不方便。"

肃淳拖住了她的胳膊:"你为何老是躲着我?"

清尘默然片刻,低声道:"身份悬殊,不敢高攀。"

肃淳低下头去,黯然松手。

"伤势好转许多了……"奶娘说着,一边收拾着药瓶和裹布,一边看看门口,笑道,"平日里,刺竹一天来几回呢,我估摸着,等会又过来跟你说事了,不是问伤,就是论战……我中午还是备了他的饭罢,你们俩说话,不是一下子就能结束的……"

"他不会来了。"清尘低声道,"以后,你也别再提起他了。"

"怎么了？"奶娘诧异道。

清尘迟疑道，细声道："他要是真不懂，就是傻。太傻了，处起来为难……他要是装傻，我们也没必要强求。"

奶娘静静地看着清尘，轻轻地叹了口气，一抬头，却看见肃淳站在门口，微笑着，有些腼腆。

"世子啊。"奶娘招呼着，看了清尘一眼，便出去了。

肃淳缓缓地走进，将手中的盒子放下，柔声道："父王叫我来给你送些药膏，都是六百里加急从御药房弄过来的。"

"多谢王爷垂爱。"清尘淡然道，"用不了这么多。"

肃淳轻轻地坐下，低低地问道："你不喜欢我们家里的人，是吗？"

"是因为你娘吗？"肃淳的眼睛里荡起深深的感伤，涩涩道，"父王虽然那样，可我，不会是那样的……"

"世子，"清尘眼光一凛，正色道，"初尘是个很有意思的女孩，你应该多去了解她……你们的联姻，不仅仅关乎皇后的势力，也关系到安王府的权势，甚至影响着天下安定。在你成为安王的儿子、成为世子的那一天开始，就意味着你必须承担更多的责任，这责任，将永远地凌驾于你的感情之上。"

"因为你是世子，就没有选择感情的权利。"清尘沉声道，"当然，你也可以像你父王一样，纳几个自己喜欢的侍妾。只是……"她顿了顿，低声道："你既然不愿意成为当年的安王，我也绝不会是当年的祉莲。爱是可以割舍的，到此为止吧。"

肃淳安静地望着清尘，儒俊的脸上浮现起不可抑制的感伤，他嚅动着嘴唇，喃喃道："为何不可拥有？只要努力争取过，哪怕失败了，也不会遗憾，是不是？"

清尘绝然地摇摇头："明知不可为而为之，何异于雕琢朽木？"

这样的爱慕，在清尘的眼里，只是朽木？肃淳心底一紧，情难自禁，他冲动地抓住清尘的胳膊，深情道："你不会知道的，当我看见你的第一眼，你就在我心里生了根！我保守着你的秘密，也分享着这些秘密，我知道自己是幸福的，因为在你生命里，我绝对是一个特殊的人……我为此而荣幸！多少次夜里，我想象你穿裙子的样子，一定美极了……我偷偷地品味着这一切，也一直坚信。我默默地注视你，你一定能感受得到……"

清尘看着他因为激动而潮红的脸，默默地摇摇头，低声道："你该知道一切都不可能，就应该要克制自己……以免将来别人为难，自己也为难。"

"我为什么要克制自己？难道一个人的一生，连真正地去爱一次，都要克制吗？"肃淳怅然道，"我不是刺竹，我没有他那该死的原则和冷静，他能分析，会克制，我不需要！"

清尘缓缓地从胳膊上移开肃淳的手，语重心长地说："将来有一天，你会成为安王。你看看你父王，他虽然不是一个好丈夫，却还算是一个好王爷……以前我讨厌他，现在开始有些理解他了。你毕竟是世子，身上牵系着太多的关系，不能感情用事。"

她的脸上是淡淡的凄清，理智的冷凛覆盖了秀美的容颜，仿佛所有的深情都不能打动她，她就像块寒石，坚定，冷酷。

肃淳默然片刻，低声道："你可以不爱，但你不能阻止我去爱……"

清尘的眼里射出一道犀利的光，停在肃淳的脸上，刺得他的毛细孔有些发麻。她轻轻地别过脑袋，低声道："何必呢？"

肃淳苦笑道："只要我认为值得，就不是何必。"

清尘复又看他一眼，沉沉地叹口气："世子还是回去吧，王爷布置的任务，下午就要交了。"

肃淳徐徐起身，抬步，又忍不住回头，轻声问道："我送给你的那个礼物看了吗？"

清尘抬眼望着肃淳，淡然无语。

肃淳沉吟片刻，柔声道："看看吧，希望你喜欢。"

清尘皱皱眉，思忖的这会儿，肃淳已经离开。她起身走向柜子，打开中层一个木盒子。

白皙细长的手指轻轻地抚过木盒，迟疑片刻，终于，她提起了盒盖……

一瞬间的惊诧，一瞬间的失神，清尘缓缓地盖上盒子，深深地叹了口气。

安王一手拿着一张信笺，左看右看，末了，意味深长地一笑："你们两个倒好像是心有灵犀一般呢……"笑着把将信笺递过去。

刺竹接了，清尘也探头来看，眼光一聚，便也哑然。

两张信笺上，同样都只写了两个简单的字："水路"。

"说说看吧。"安王再次左右看看，"你们俩谁先说？"

刺竹说："清尘先说吧，上回秦阶进犯，他们就是破了水路进乾州的，我是依据这个写的水路，只是想着水路可攻，具体的细节可能还得清尘部署。"

安王点点头，转向清尘："怎么说？"

"当日的情形与今时不同，自然也不能用那日的打法。上次乾州港只有大船两艘，沐家军二十艘大船齐发，强弱悬殊太大，胜也是必然。"清尘走向地图，用手画了一个圈："乾州港呈葫芦形，肚大嘴小，只要秦阶在葫芦口布下重要战力，我们的船再多，也很难攻进去。"

"这次乾州港里秦阶屯船十艘，以港内容积计算，停泊量最多不能超过二十四艘。我们有船十艘，即便打进去了，在那么狭小的水域里，亦是周转不灵，困顿不堪。"清尘缓声道，"要打，无非是诱敌出港，再一举歼灭。但秦阶不傻，秦骏更是聪明，所以，他们不会轻易出港，只会死守。"

"秦阶这次应该会把所有的船都集结在葫芦口，重兵防范，只要阻止我们突破葫芦口，乾州便无忧。"清尘顿了顿，沉声道，"只要他所有的大船都集结到葫芦口，我们便有办法破解。"

安王忽地笑道："是否火攻？"

清尘点点头。

刺竹说："我也想过，不过火攻有一个障碍，就是秦阶的大船都必须连起来，不然一艘起火，其他的船会马上驾离，这样的话，效果不大。"

安王点头称是。

清尘低声道："想办法把所有大船的锚都固定了。"

"这个难度太大。"刺竹沉吟道。

"有难度，但是可以一试。"清尘说，"葫芦口之所以形成葫芦口，是因为两边都是山，水下也是崖边，我们派出水性好的士兵，潜入水下，将锚移至水下崖缝间，再压些碎石，只要届时大船起锚不成，火攻便可奏效。"

"这里面还是有问题，"刺竹说，"不到打仗的时候，秦阶不会聚拢十艘船到葫芦口，我们把握不了船全部到齐的时间，就算船到齐了，即刻也要开战，那么短的时间里，士兵要潜水过去，而且把锚固定好，是很难的……水下光线也不好。再说了，水那么深，士兵要换气，出水的时候难免不被发现……"

"聚拢所有的船，并不是问题。我们可以早下战书，秦阶多疑，也颇为顾忌我的狡诈，为防止我们偷袭，他一定会提前准备，所有的大船，会提早集结到葫芦口。"清尘思忖着说，"水下光线不好，也不是很大的问题，沐家水军常年都有水下训练科目，精锐小队是可以完成任务的……"

"我们须从现在开始，就着手弄清水下地形，做两手准备。能用崖石压住锚的，就用崖石，不行的话，就用粗麻绳，将临近的锚捆起来，让大船之间相互牵制。"清尘看着地图，低声道，"水里换气的问题，绕不过去，只能小心从事。"

安王点点头，又问："接下来呢？"

清尘淡淡道："赵将军定有安排。"

刺竹诧异地望了清尘一眼，不知她为何不叫刺竹，也不叫赵刺竹，而如此生疏地来了个"赵将军"。一转眼，安王正看着自己，于是也未及多想其他，直接进入主题："我们的船全速行驶，到葫芦口时则用羽箭射击，羽箭全部包裹油布点火，同时士兵用长绳将油罐甩到秦阶船上，瓦罐落地即碎，箭落下，短时间内就可让大船着火……"

"靠近秦阶船队时，他们也会用羽箭相对，因此船上还需准备大量盾牌。"刺竹说，"一旦那边着火，我们还要退后，等火烧得差不多了，再进攻。"

安王悠然一笑："此计甚好。"

转向清尘："沐家水军中，遴选偷袭小队成员由你落实。"

"是。"清尘一拱手，领命。

"选人需要多长时间？"安王问道。

清尘回答："一刻钟。"

安王惊异地和刺竹对视一眼，满是狐疑地问道："一刻钟？"

"是。只要宣布命令，着水军精锐来帐前报到便可。"清尘说着，见安王仍是一脸不解，便解释道，"水军平日训练，每半月都有一次技能考核，每组第一名登记造册，编为精锐队，为机动部队，平时跟正规编制中训练，特殊任务时召集，临时组建，完成任务后各自归队。"

安王微笑颔首："原来如此。"

"清尘你打算什么时候去勘察，又准备从哪里下水？"刺竹问道。

"勘察从今天晚上开始，下水之地不可选择方昌水域，虽然近，却也容易被乾州察觉，还是从对岸下水，潜过淮河。"清尘沉吟道，"水军绕道苍灵渡过河，到对岸武平水域，白天在树林里休息，每日亥时后潜水勘探，完善方案细节。"

每日潜过河去，对体力的要求是很高的，可是非但如此，还要在敌人眼皮底下勘探水下情况，在安王看来，这个任务太勉为其难，可是清尘说得却很清淡，他不但要求这队精锐听命去做，还要求他们主动去想——完善方案细节。此刻安王不由得再一次感慨，沐家军这精锐之师，可不是浪得虚名。

刺竹又问："谁为领队？"

清尘顿了顿，轻声道："我为领队。"

"你还有伤，怎么能下水？"刺竹脱口而出。

清尘默然道："我不用下水，在岸上指挥就行，分析他们摸到的情况，再作对策。"

"罗放可以去的，他是水军统领，完全可以担当此责。"刺竹低声道，"清尘你无须亲自去。"

"是啊，"安王说，"清尘你就不用去了。"

正说着，士兵来报："乾州秦阶下来战书，明日辰时备战。"

安王听了，低头思索，一言不发。

士兵退去，刺竹看向清尘，清尘却盯着地面，刺竹朝向安王："王爷……"

"他这时候要打，又是何意？"安王皱着眉头，问刺竹。

刺竹思忖片刻，斜头看了清尘一眼，轻声道："他应该知道，蜀州退路不保了，这才急着要打一次，只要我们攻城不下，便可挫伤我们锐气，以振自身士气。"

安王凛声道："打就打，还怕他不成？吩咐备战！"

清尘已经离去，房间里，只剩下安王和刺竹。

"王爷，"刺竹低声道，"明日之战，攻城不可破，我们可以不应战的。"

"无妨。"安王摆摆手，笃定道，"刚才清尘已经说了，秦阶多疑。我们若是不应战，他会起疑心，提防着我们有其他打算，为了掩护水军的勘探，保证火攻的顺利实施，我们明天不但要出战，而且要端出一副将借此破城的架势来……"

"等会儿我就召集将军们开会，部署明天的出战。"安王说，"横竖都是只摆个大阵势出来，你和清尘都不用参加会议了，早点歇息去吧。"

刺竹看了王爷一眼，欲言又止，终是低头一拱手，告辞。

头顶上忽地传来安王一声轻笑："刺竹，你现在明白我为何留下清尘父子了吗？"

刺竹抬头，满脸不解。

安王悠然而笑，低声道："果不其然，沐家军处处有惊喜，比我想象的还要多。"

刺竹蓦地想起，安王那意味深长的一句："你我都未曾见识过沐家军真正的本事……"是的，安王是精明的，他要的沐家军，可不仅仅是可观的人数和威名，而是能被他真正了解、亦能真正属于他的军队。

这样的安王，再一次让刺竹想起了祉莲。安王立意要得到的，就一定是全部，这一点，从未改变，任何人，任何事，皆如此。所以，在安王未曾了解全部的沐家军之前,是不会准许清尘离开的。

刺竹在心底默默地叹了口气,破乾州,安王是一定要用沐家军做主力的,只有沐家军使出了全身解数,让安王了如指掌了,清尘才能离开。这也意味着,为了保存沐家军的实力,清尘必须竭尽全力,以最小的伤亡换取胜利。

此时此刻,刺竹终于懂得了清尘。不管她放不放得下秦骏,为了沐家军,为了天下安定,她都必须舍弃他。这冷酷并非不能让清尘断肠,但是,就如同她当日射杀宣恕一样,痛也要杀,否则,是更为惨痛的代价。她别无选择。

刺竹就这样闷闷地出了中军帐,思绪万千,一路心不在焉地走着,蓦然一怔,却发现自己站在清尘的帐前,帐内,黑乎乎没有半点灯火,头顶,却是璀璨的星空。

清尘不在?

他一转身,却正好撞上奶娘,只见奶娘抱着的银铠甲,正在月光下发射着冷冷的荧光。

奶娘见刺竹看着铠甲,便笑道:“我才擦好呢,亮吧?”

刺竹复看一眼铠甲,笑了笑。

“清尘说,明日要穿呢,嘱我一定擦亮些,我还蘸了蜡油……”奶娘用手摸着铠甲,得意地说,“月亮底下都这么闪亮,明天要是出太阳,可不知该多晃眼……”

刺竹心底一动:“清尘说明天要穿?她什么时候跟你说的?”

奶娘回答:“吃晚饭的时候说的。”

刺竹心里“咯噔”一下,忽地有些明白了,便问:“清尘到哪里去了?”

“不在帐里吗?”奶娘疑惑地探头看看,发现帐内一团漆黑,不禁奇怪道,“怪事了,上哪去了?只说要自己一个人静一会儿,也不管我铠甲就要擦完了,非得赶了我出去,我只得抱着这一堆东西去了沐将军帐中。可这才多大工夫,怎么灯也熄了,人也不见了?”

刺竹略一凝神,便猜到清尘去了哪里,随即迈开步伐,直奔河边。

岸边一个挺拔的身影,面朝镀满了银光的河面,背手而立,正是清尘。

刺竹张嘴喊道:“清尘!”

清尘回头看了他一眼,没有说话。等刺竹平肩而立,她缓缓地转身起步。

“你去哪儿?”刺竹问道。

清尘不答,加快了步伐。

刺竹三步并作两步追上去："我有事问你呢。"

清尘倏地停步转身，看着刺竹，一脸冷清，如同月光，泛着淡淡的凉意。

"你早就料到明天秦军会挑战的是不是？"刺竹的问题，一点不含糊。

清尘依旧默然。

刺竹加重了语气："明天，秦骏叫阵，一定点你。这个，你也是料到了的，是不是？"

清尘没有说话，平静的脸色中，隐含着点点阴森，她望着刺竹，眼睛里一抹厉光。

"就像你选择放弃秦骏一样，秦骏也选择了放弃你。他明天出战，就是冲着你来的，知道你有伤在身，无法力敌，他若是打败了你，秦军的士气也就高了，我们的士气也就泄了。"刺竹低低的声音里，有些淡淡的逼仄，"你究竟意欲何为"

清尘一言不发，扬长而去。

乾州城下，大军肃立。

安王环视左右，低声道："按照昨夜合计的，占不到上风，也力争平手。"

肃淳迟疑了一下，靠近清尘，低声道："父王有个特别任务交给你，跟我来。"

清尘探头看看安王，安王策马正身，目不斜视，中间隔着几人，也不好相问。清尘暗忖，昨夜将军议事安王没有通传自己参加，原以为没有任务，暗里吩咐些特别事宜，也是正常。于是轻轻策马，跟着肃淳退了下去。

这一退，竟然离开了队列，看肃淳带路的方向，都快到树林了。

清尘问道："到底是什么任务？"

肃淳已经下马，走进一人高的蒿草丛中，用手拨开了一面，说："你过来看看。"

清尘狐疑着探头去望，却冷不丁跳出几个人来，七手八脚地摁住了她，清尘措手不及，被死死地制住，一时间动弹不得，在草里抬起头来，怒目相向："你想干什么?！"

肃淳看着她，轻声道："他是冲你来的，我不能让你去送死。"

手一挥，清尘的银铠甲被扒了下来，随即被五花大绑了起来。

肃淳缓缓地穿上银铠甲，深深地望了清尘一眼，手一抬，头盔落下。

"你疯了！"清尘叫道，"你给我脱下来！"

"不管结果如何，一切罪责，皆由我承担。"肃淳说着，跨上了雪尘马，吩咐左右："你们保护好清尘。"

"你给我回来！回来——"清尘急切地大喊着，却只能眼睁睁地看着肃淳和雪尘马绝尘而去。

"你真是不要命了！"刺竹恨声道，"秦骏是为杀清尘而来，你穿她的铠甲做什么?！"

"刚才那一戟，分明是冲你喉间而去，若不是你翻身躲得及时，已经被穿喉！"刺竹的声音里，抑制不住怒气，还有些后怕，"你掂量一下秦骏的功夫，翻身只到一半，戟已刺下，他下手狠快精准，若非清尘，谁可跟他抗衡？"

"清尘有伤，怎可斗他？肃淳说："那不是叫她去送死？"

"他们迟早是要对决，你顶替她，也只能是白白送死！"刺竹说着，马已经跃入蒿草，一抬眼，正好看见肃淳的侍从和被五花大绑的清尘。清尘此刻正是一脸愠怒。

"快松绑！"刺竹叫着，把肃淳放下来，"赶紧换铠甲！"

清尘抓住马鞍，一脚跨上马镫，肃淳忽地扯住她的胳膊，轻声唤道："清尘……"

所有的深情，所有的担心，都在这一唤之中。默然片刻之后，那银色的头盔转过来，清尘默默地看了肃淳一眼，垂下眼睑，一瞬间的迟疑，她似乎想说什么，可是，最终嘴角一抿，她什么也没说，一掉头，飞身上马，扬鞭疾驰。

刺竹紧跟而去。

肃淳也翻身上马，追了上去。

秦骏还在场中等待。

突然，对面安王的队伍，向两边闪开，让出一条道来。

矫健的雪尘马，驮着一个银光耀眼的身影，从队列中疾驰而来。

太阳，高高地挂在头顶，黄土场中，悬浮着细微的尘埃，清尘踏着马蹄刨过的扬尘，从这细密的尘埃中穿过，她的银甲亮得耀眼，映射着太阳七彩的光，裹着旋风，凌厉而至。仿佛她从天而降，落地的瞬间，灼目的光亮中，不见头盔下的真面目，只有那长戟，刺破了光团，带着寒光直戳而来——

秦骏扬戟一挥打开，反手横扫过去。清尘一低头躲过，策马近其左侧，斜刺其腿，秦骏戟杆一转，旋即打开，顺势将戟杆末端一挑，打了马肚子，雪尘马嘶鸣一声，跳了起来。清尘抓紧嚼子，在挺立的马背上立起来，保持着平衡，就在此时，秦骏的戟已经戳向腰间，清尘为躲避，下意识地一侧身，顿时重心不稳，"砰"地一下跌落下来。

秦骏眼明手快，又是一戟杆打在马屁股上，雪尘马一惊，撒开蹄子跑起来，而清尘的左脚却还挂在马镫里，就这么被仰天倒拖着，一时难以挣脱。

雪尘马跑得快，铠甲在黄土地上拖出长长的一条痕迹，"哗哗"地响声里，秦骏追了过来，长长的戟毫不留情地追刺，直指咽喉。

清尘扔下戟，拔出腰间的剑，一把削断了马镫。人才停住，未及翻身，此刻秦骏的戟追踪而至，清尘就地一滚，躲过戟尖。然而秦骏并没有就此收手，反而执戟连番刺来，清尘在地上连着几滚，就要出了戟的刺程，秦骏哪里肯饶，手一抖，戟飞过来，眼见就要扎到清尘，清尘胳膊一抬，掩住喉间，戟尖"噌"地一声刺在护臂的铠甲上，弹了一下，掉在地上。

清尘飞快地爬起来，拾戟的同时，宝剑落鞘，身形一动，执戟相对。

秦骏在马上默然片刻，拔出了腰间的剑。

一瞬间的迟疑之后，戟出手，剑挥落，场中只见人身晃动，身形异变，戟光剑影，铁刃碰击的脆响不绝于耳，动作活泛矫健让人目不暇接。短时间内，难决上下。

忽一下，动作停止，两人归于静止。

清尘退后几步，将戟立在地上。刺竹眼光一扫，敏锐地发现清尘垂下的左手微微有些发抖，然而倏地她握紧了拳头，右手执戟，左手做撑，再一次指向了秦骏。

刺竹缓缓地垂下了眼睑。清尘左肩有伤，以秦骏的精明，一定是重点击其左侧，清尘经过这一番打斗，左肩已经受力不住了。

场上的气氛依然紧张。

清尘大步跨进，双手端戟，似乎是要直刺秦骏，可是就在接近的刹那，她忽地一蹲，戟杆打了小半圈，狠狠地抽向马腿！

"弩……"马一声惨叫，前腿一曲，跪在了地上。

与此同时，清尘也腾脚跳了起来，挥戟狠狠地朝秦骏打来！

秦骏背上挨了重重一戟杆，翻身落马。

马跑开后，秦骏手握长剑，立在场中。

清尘将戟朝旁一扔，拔出了剑，剑尖斜指向地面，白白的剑刃在阳光下一晃，闪着瘆人的凉气。

两人同时起步，奔向对方。

"当"地一声，剑刃相撞，四只眼睛对视，凛冽而绝然，只有满面的杀气腾腾！

"嗤"地一声，剑刃错开，半丈开外，相对着两张毫无表情的脸上，僵硬如同陌路。

再刺！"当"地一声，双剑绞成一团，秦骏狠了劲压下来，清尘死死地顶着，僵持半刻，左肩疼痛加剧，渐渐承受不住，清尘一咬牙，抬脚就是一下，踢中秦骏膝盖，秦骏一拐，手上松了劲，清尘的剑已经架上了他的肩膀，抹向脖间。

秦骏竖剑一插，横在下巴处，拦住了清尘的剑刃，一个使劲削过来，另一个屈肘奋力阻挡，一时间又成僵局。

忽地，秦骏脑袋一偏，身子随着一转，化解了清尘凌厉的杀气，再站定，倏地出手，剑锋飞快，招招都是直指命门，可是清尘的剑更快，众人只看见白光飒飒，猛一下，秦骏跳开，头盔掉落。而清尘的剑尖上，还挑着他头盔的结绳。

黄土地上，脚步滑过，随即两人舞成一团，打得难分难舍。

猛地，秦骏剑锋偏走，一个斜转，飞脚踢来，当下一片银光飞起，清尘扬着双手飞出了剑阵，"扑通"一声仰面跌坐在地上，这一跤似乎跌得不轻，她撑着地面，想起来却再次跌坐下去，在急切中努力了几次，方才爬起来。

秦骏缓缓地走了过来，站在清尘对面丈许，一言不发，只将手中的剑一挥，"嗖"地一声，耀眼的阳光下，寒意顿起。

清尘默默地挺直了脊梁，握着剑柄，垂手而立。

沉默中，秦骏抬手一拉胸前的结绳，扯着自己身上的甲胄甩了出去。他瘦高修长，微微地皱着眉头，略长的国字脸上表情凝重，而眼里精光四射。在沉默中，有一种无言的威严。

清尘迟疑片刻，取下了头盔，放在脚边，然后，褪下铠甲。一身短装战袍，显出了她的干练，也显出了她的单小，在秦骏的跟前，她似乎只是一个纤弱的孩子。可是，她的脸上，却有着与秀美截然不同的凛然，带着一种视死如归的倔强。

秦骏再一次扬起了剑，清尘却没有动，只死死地盯着秦骏。

刺竹敏锐地发现，清尘的左手臂轻轻地抖了一下，他猛然间，想起了那次校场打斗时清尘的沐家独门暗器……

秦骏举剑刺来，清尘后退一步，左手朝前一甩，"嗖"地一声，秦骏骤然收住了脚步，脸别到一边。回过来，右边脸上现出了一道清晰的血痕。

他伸手摸摸脸颊，只见指尖上殷红的血，咬咬牙，飞身便刺。两人再次纠结成一个剑茧,人在动,剑在飞,当当地碰撞声不绝于耳,秦骏的剑法让人叹为观止,而清尘的灵巧也很好地弥补了她身上的伤情。同出一门的剑法,虽然不曾有飞沙走石的壮烈,但俩人竭尽全力地厮杀,却是在这里演绎出了一道苍凉和悲壮。

刺竹的心底涌满了伤感,这是真正的对决,亦是必然的情殇。

"嘭"地一声,清尘再次飞起,重重地跌落,并且在秦骏的脚力之下,滑出去好远。

她翻身想起来,却在一阵剧痛之下不得不放下右手握着的剑。探身过来,左手抓剑,抵在地上,蜷曲了膝盖支撑着,方才起身。

地上是一小摊血,清尘右臂的衣服已经被割开,看得见皮开肉绽的伤口正在淌血,流满了她整个手背,一滴一滴,缓缓地掉在黄土之上。

看着那殷红的血滴,刺竹忽地感到心痛难以自持。清尘是那么聪明,她早就预料到了这一切吗?难道,她真的打算胜负由天,生死由命?

秦骏的聪明让刺竹佩服,清尘的灵巧最不可抗的就是重力,而他抓住了这样的弱点,两次用重踢给清尘重创。他明知清尘左背有伤,此时却伤了她的右臂,而那重踢更可能踢开了清尘肩上的伤口,就这样长久地耗下去,清尘必然不是他的对手。

清尘抬起手,缓缓地擦去嘴角的血。右手已经无法握剑,左肩和背上的伤口剧痛难忍,但她却必须战斗下去。一咬牙,左手握紧了剑柄,昂起头来。

阳光正对着眼睛,有些炫目,清尘眨了眨眼睛,她感到自己的体力正在退却,可是,她更清楚地知道她不能输!

眼光缓缓地移到秦骏的脸上,看着这双熟悉的眼睛,那里面,全然是陌生的空洞。清尘轻轻地笑了一下。

剑起,秦骏已经出招,清尘却仿佛有些迟钝,慢慢地举起剑,左手握着剑柄,右手扶住剑刃,将剑斜着拦在了自己脸的正前方。

剑气指向了咽喉,秦骏的眼睛里弥漫着杀气,清尘将剑轻轻一晃——

阳光炽烈,剑刃铮亮如镜,一道绚烂的光彩罩着秦骏,眉下映出白色的倒影,秦骏下意识地闭眼偏头,手臂一颤,剑锋擦着清尘的耳畔刺过去,而此时,清尘双手握剑方向一转,毫不留情地插向秦骏的前胸——

近在咫尺的距离,清尘最后奋力地一剑刺入秦骏的右胸!

随着这力气的迸发,她也扑倒下来,一把将秦骏抵在地上,膝盖摁在秦骏的身上,她摇摇欲坠地撑住了手中的剑。她左手握着剑柄,右手握着剑刃,她必须两只手同时用力,否则,无法一剑制敌。她不知道自己用了多大的力气,只感觉右手掌中温热的液体顺着剑刃流下……

悬浮的尘埃舞动起来,带动了阳光的流转,她的眼前开始有些发蒙,耳边却传来清晰的一声大喊:"清尘,小心!"

身后感到刀锋的寒气,她下意识地拔剑,反手一砍,"当"地一声好像响在遥远的国度,她终于在阳光中轻盈起来,跟着尘埃悠悠地飘荡……

营帐内,清尘缓缓地睁开了眼睛,慢慢地扭过头,看见父亲正靠在床棱上打盹,她轻轻地抬了抬手,才一动作,细微的响动已经惊醒了沐广驰,他俯身下来,瞪着血红的眼睛,惊喜道:"清尘,你醒了?"

"爹……"清尘低低地唤了一声。

沐广驰喜极而泣:"没事了,郎中都说没有大碍……爹一直等着你醒来,你都昏迷一整天了……"

说话间,奶娘也近前来说道:"我估摸着你也差不多会醒了,你爹急得胡子都白了好多……"

"是不是啊,沐广驰?"清尘笑着,抬手捏了捏父亲的下巴。

沐广驰呵呵一笑,抚摸着清尘的头,半天不言语,神情甚是伤感。

清尘柔声道:"我这不是没事了吗?"

"爹不该带你到军中来,"沐广驰闷声道,"爹现在只巴望着这场仗早点打完,咱爷俩回家,从此以后,再也不掺和这些事情了……"

"我们很快就能回家了。"清尘说,"这场战役很快就会结束的。"

沐广驰无言,从清尘右手臂上的绑带抚过,轻轻提起右手,黯然地望着虎口处一圈绑带,轻声问道:"疼吗?"

清尘看了一眼右手,想起攥着剑刃使劲下刺的那一刻,掌心中血液带着温度流出……回过神来,淡淡地说:"当时,真的不觉得疼呢。"

"唉……"沐广驰沉沉地叹了一声。

"将军,王爷带人来看少主了。"奶娘轻声道。

沐广驰连忙起身,安王已近床边,清尘挣扎着想起来,安王连忙按住他,问道:"感觉如何?"

"好多了，只是有些无力，吃点东西就没事了。"清尘欠身坐起来。沐广驰赶紧扶住他。

安王着人放下许多药材和补品，又安抚一阵，寒暄片刻，叮嘱他好生休养，便离开了。沐广驰跟着去谢恩，也出去了。看见肃淳和刺竹站在床边，奶娘也悄然离去。

"这一仗，效果奇好呢。"肃淳笑着，坐到床边。

清尘抬眼看着肃淳，他斜穿着战袍，裸露的左肩一侧，绑带从背上一直打到了腋下。肃淳迎着她的眼光，微微一笑："昨日伤了腋下，秦骏那厮，下手狠，专挑铠甲护不着的地儿捅……"

清尘垂下眼睑，不语。

刺竹看看俩人，迟疑了一下，轻轻地退去。

清尘长吁一口气，再次抬起头来，问道："秦骏死了？"

肃淳摇摇头："没死，不过听说伤得很重，一直在昏迷当中。"

清尘皱皱眉头，靠在枕上，闭上了眼睛。

"你那一剑，该是要让他毙命的，可能是你当时体力不支，力道不够，还是扎偏了些……或者是秦骏运气好，身体壮，反正伤了要害，却没能要他的命……"肃淳说，"但是不管怎么样，都重创了秦军，至少他们不敢再贸然挑战，只能困居城中。"

"这跟以前有什么区别，都是毫无进展……"清尘的话语里有些疲惫。

"哪能这么说呢，"肃淳温和地驳斥，"你也不能这么急功近利啊，攻打乾州，可不是一件小事，哪能瞬息之间出结果？此番秦骏伤重，秦阶不但失去了权谋之人，也失去了主心骨，短期之内，他不会有任何作为，而我们呢，"肃淳笑道，"别忘了你的水师精锐还在勘探，秦阶能死守城池，难道还能全歼沐家军水师？"

"秦阶戒心极重，没有把握的话，我们就是下了战书，他也不会应战。"清尘摇摇头，"对于他来说，目前采取的，就是以不变应万变的计策，虽然呆板，却也保险。"

"他不应战，我们就突破不了水路吗？"肃淳沉吟道，片刻又自答，"是啊，如果不能在葫芦口毁他多数战船，我们的大船便不能全数进港，即便是强行进了港，也运转不开，他依港而战，以十艘对我们，守株待兔，进两艘打两艘，进四艘打四艘，我们没有胜算。"

他叹口气："圣旨已下，在一个月的期限内，我们必须破城。父王说，实在没有好计，便只能强攻。"

清尘缓缓地睁开眼睛，看着肃淳，没有说话。

肃淳眨眨眼睛，笑起来，带着嘉许："你可真是英勇……每一次你倒在地上，我都担心你会站不起来，可是，最后，还是你赢了……"

清尘的眼前，再次晃过意识中最后的情形，一切似乎都那么模糊，她问道："是谁喊了一声'清尘小心'？"

"刺竹呀，你还真要好好谢谢他呢……"肃淳说着，一扭头，却发现刺竹已经不在身边了，于是嘀咕道，"刚才一块进来的，这是到哪去了？"直起身，眼光便四下寻找起来。

清尘瞥了他一眼，淡淡地转换了个话题："我当时眼前一片迷蒙，什么都不真切……"

"你知道跟秦骏打了多久吗？"肃淳低声道，"差不多一个时辰呢……"

那么久？清尘吃了一惊。

"你的体力本来就不如他，身上还带着伤，那么长的时间，体力都消耗尽了，亏了你竟然还能撑得住……"肃淳轻声道，"你们打得好激烈，我是看着都揪心……秦骏，竟也狠得了心，下得了手，招招都是致命……"

"最后关头，你用剑刃反光晃了秦骏的眼睛，双手握剑刺下。我知道，你已经筋疲力尽，这是最后一搏，当时也不知怎的，不顾一切就跑了出去……谁知，刺竹比我还快，跟沐将军冲在前头……"肃淳瞪大了眼睛，心有余悸道，"当时的情景，可真是惊心动魄！你的模样已经虚脱，秦阶为了救秦骏，竟然亲自杀了出来，要不是刺竹大喊一声要你小心，秦阶的刀只怕已经结果了你，你回手劈开那刀，自己也倒在地上不省人事。沐将军跟着杀过来，刺竹把你带上了马，跟着秦阶的人杀过来，夺了秦骏便撤回了城中……"

清尘听肃淳说着当时的情景，脸色平静，就像一切都与自己无关，反倒是肃淳脸上一直隐现着忧虑，末了，轻声道："你不该把铠甲脱下来的，这样秦骏伤你，就有了可乘之机。"

"他脱了，我必然也脱，这是公平，也为了赢得光彩。"清尘淡然道，"相比穿着铠甲比剑，还是脱了灵活些。"

"你一点都不顾忌自己身上有伤吗？"肃淳的眼光在清尘身上的绑带上游走一番，低头望着自己的手，好半天，才低低道，"以后，不要再以身犯险了，好吗？"

清尘一怔，深吸一口气，细声道："肃淳，你的心意我知道……只是，你是世子，不可以那么感情用事……如果你出了事，安王跟前我们都不好交代。再说了，该我自己承担的责任，也不能推卸给你。"

"如果这次秦骏重伤了或擒了你，后果不堪设想，"清尘默然片刻，低沉道，"初尘并非不喜欢你，也许是我的种种不当举动误导了她……没有我，她会爱上你的……"

肃淳静静地看着清尘，幽声道："不是她的原因，是我自己，是我的原因……"

"如果是我做了什么让你误会的事情，我很抱歉。"清尘轻声道，"我们是不可能的……如果你愿意，我们可以兄弟相称。"

"像你和秦骏那样，还是和刺竹那样？"肃淳柔和地拒绝，"我不是没有弟弟妹妹,不需要和你兄弟相称。"

"我终是要离开的。"清尘坦然道,"我们也不是一类人。"

"你是在顾忌皇上的赐婚吗?"肃淳忽地直言道,"你回绝我,是不是因为初尘和我的婚约还存在?"

清尘沉沉地叹了口气,她不知该如何回答,才会让肃淳死心。

"相信我,清尘,我会努力去解除这个婚约的,不管用什么办法。"肃淳轻声道,"我只要你,在我能和初尘解除婚约后,给我一个机会。"

清尘沉默许久,才抬起头来,清晰地说:"我相信你会努力去做,但是,我要告诉你,初尘不是你我之间唯一的障碍,我们之间的障碍除了出身,还有……"她顿了顿,一字一顿地说:"我喜欢的,另有其人,不是你。"

"是秦骏吗?"肃淳的眼神异常清亮。

清尘不语。

"我能证明,我比他强的。"肃淳言辞凿凿,"如果世子之位和娶你让我选,我会选择娶你。如果我不能退婚,那么我就没有资格爱你,我会选择退出。因为,你不会是祉莲,我也不是当年的父王。"

清尘再次沉重地叹了口气。

安王帐内,安王察看着地图,眉头紧锁,仿佛一筹莫展,失望地自言自语着:"秦骏这一伤,秦军从主动进攻转为防守,水攻也成了问题,势必战事又成僵局,如果短期之内找不到攻城良策,二十五天后,我们只能强攻夺城。"

"会想出办法来的。"刺竹宽慰道。

安王摇摇头,低沉道:"只看清尘那里还有什么计策……不过他现在还需要休养,我纵然急,却也不能强人所难。"

一说到清尘,安王脸上便浮起了微笑:"千城可得,一将难求。清尘在任何时候都不会让我失望的……"说到这里,不由得又感叹一声,"沐广驰真是养了个好儿子,我若有个这样的儿子,夫复何求?"

"是啊,"刺竹说,"王爷放心,清尘自有军人的素质,哪怕是躺在床上,他也一定会多方思虑的,想法一旦成熟,他会向王爷汇报的。"

"嗯,"安王点头道,"这样,你有空就多去看看他,有什么想法你们两个也可以提前合计好,然后我们再一块商榷。"忽地想起什么,安王从柜子里拿出一包东西来,递给刺竹:"等会儿你就到清尘那里去,问问他还需要什么……这里是上次你姑姑带过来的阿胶和高丽参,你一道带过去给清尘。"

刺竹接了,刚要开口,门外传来肃淳的声音:"父王!"

"进来。"安王转身,看见肃淳,便问,"何事?"

肃淳单膝跪下,沉声道:"请父王答应,乾州一战准许我为先锋。"

安王默然片刻,悠然一笑:"决战,还早着呢。"

"请准予我为先锋。"肃淳再一次正色请求。

"呵呵……"安王笑道,"昨日清尘的英勇刺激你了?"

肃淳勾着头,不承认也不否认。

"起来吧。"安王伸手拉起儿子,沉声道,"肃淳啊,你有压力自然是好的,父王大概也知道你心里怎么想,不过战事难料,父王无法给你什么承诺,只能说,到时候会尽量考虑你的要求,如何?"

肃淳瓮声道:"既然要打,就必有先锋,孩儿希望父王不要尽量,而是绝对。"

肃淳一贯低调而乖巧,此时出乎意料地固执,让刺竹和安王同时感到意外。肃淳口气太硬,让安王有些不悦,脸色也有些发紧:"肃淳,父王自有父王的安排,怎可随意许诺?"

肃淳还想坚持,刺竹在身后轻轻地扯了一下他的胳膊,跟着说道:"世子一心替王爷分忧,心情急切了点,却是可以理解的。"

安王这才脸色稍稍缓和,说道:"肃淳,你和清尘自是不可比的,并不是父王偏心,清尘各方面都略胜你一筹……"顿了顿,似乎出于对儿子面子的顾虑,又说,"当然,他也有缺点,总有稍次于你的地方,比如脾气太硬,太有个性,这些你都强过他的……你的聪明也并不逊色,只不过他从小在军营中长大,统领经验和实战经验都丰富。父王相信,假以时日,你也不会比他差。所以,父王还是那句话,你要忍得、等得、让得才行。"

"不要太在乎乾州这一仗。"安王一句话落了音。但刺竹和肃淳都听出了弦外之音,安王想用清尘做先锋。

刺竹已经发现了肃淳脸上的黯然,为了避免他强求而让安王生气,赶紧拖着他走了。出了营帐,肃淳一把甩开刺竹的手,闷闷地坐在了草地上。

"你今天到底是怎么了?"刺竹对于肃淳的一反常态虽然有看法,却也猜到了其中缘由,便问,"你怕清尘出战再次受伤?"

肃淳看了刺竹一眼,瓮声道:"也不尽然……"心中郁闷,扯起旁边的草叶,愤愤地揪断了,扔在地上。

刺竹低声道："你心里想的什么都不告诉我,我怎么帮你？"

"我想立功,立大功！"肃淳咬咬嘴唇,狠声道,"破乾州的大功,应该可以让我要求退婚而不被处罚……"

刺竹大吃一惊,疾声道："异想天开！你觉得这可能吗？"

"怎么不可能？"肃淳低沉道,"乾州如今是皇上的心腹大患,只要乾州破了,不仅皇上高兴,太后也会开心,而且正值她的生日,一定论功行赏,那时候,是我提出来的绝好时机……"

"我想得很清楚了,乾州一破,天下暂时便无用兵之需,那么朝堂上,因为没有战事和军功,文官将会重掌话语权,皇后的势力多在文官,这样一来,她对兵权的控制欲望就会降低,这个时候,我提退婚,只要太后不反对,初尘也自己有意,皇后就不会坚持,皇上也不会追究,毕竟我还有战功做护身符……"

"那王爷怎么办？"刺竹说,"你这样会将王爷置于何种境地？"

"我不会告诉父王的,"肃淳说,"我会在太后寿诞宴席上直接提出。"

"这之前,我只会跟初尘通气,只要我们朝着一个目标努力,我攻克太后,她说服皇后,事情就会很顺利。"肃淳懊恼地捶了一下地面,愤愤道,"父王不许我当先锋,倒是让我失去一个极好的筹码了……"

刺竹不知道该说什么才好,肃淳已经考虑得很清楚了,虽然打仗肃淳还不如他,但是要论官场之事,肃淳的修为远在他之上。肃淳这一番话,不但让他看到了低调之下肃淳身为世子,对政治天生的敏锐和精准的操控,也让他知道了肃淳退婚的决心,更让他明白了肃淳对清尘的爱,几乎已经到了不顾一切的地步。

刺竹迟疑了一下,轻声问道："初尘那里很关键,你有把握？"

肃淳微微一笑,面色赧然却坚定地说："她会的,她爱清尘……"

"千万别让她知道清尘是……"肃淳四周看看,压低声音道,"只要能顺利退婚,我也顾不了那么多了,只能对不起她……"他的脸上,漫起冷冷的绝然。

刺竹盯着肃淳,看着他眉头一凛,嘴角轻而坚决的一抿,这绝然的神态一入眼,忽地觉得好生面熟,一瞬间,恍惚起来。

"欸……"肃淳推了刺竹一下,"想什么呢？"

刺竹看着肃淳,涩涩道："你刚才的神态,跟清尘有点像呢。"

"呵呵,呵呵,"肃淳笑起来,"神态？岂止是神态?！上次带清尘去宫里,太后和那些娘娘们都说清尘跟我长得很像呢……"他凑近刺竹的耳边,低声道："当然像啦！我们就是夫妻相！天生一对！"

刺竹斜头看了肃淳一眼,肃淳自得地笑着,躺到了草地上,悠然道:"刺竹哥,上天一定会让我们成为一家人的,我心里老早就有这样的预感了,你信不信?"

看着肃淳自我感觉良好的样子,刺竹不觉好笑,起身道:"你就躺着好好回味吧,我还有事,先走一步。"

清尘正在和奶娘说话,看见刺竹进来,奶娘起身想走,清尘缓缓地拉住奶娘,轻声道:"天都黑了,你还去哪儿?我跟赵将军也没什么话说,你正好把鞋垫那最后几针上了,我们早些休息。"

话意里暗示明显,刺竹也不好说什么,站在床边,递上纸包,说:"这是安王着我送来的……"

清尘并没有接的意思,抬抬手,示意奶娘接了去。

"你还有其他事吗,赵将军?"清尘低着头,没有看刺竹,倒是奶娘乖巧,赶紧搬了张椅子放在刺竹身边。

"赵将军不会待很久的……"奶娘走进桌边,刚要倒茶,清尘的声音已经传了过来。奶娘拎着茶壶,一听这话,倒也不是,不倒也不是,有些为难。

刺竹赶紧说:"我不喝茶,说几句话就走。"坐下,看着清尘,俨然一张冷脸,不由得笑笑,轻声道:"我哪里惹了你了?"

清尘漠然道:"谢谢赵将军救命之恩,若无其他事,就请多留些时间给我休息。"一句话,竟然下了逐客令。

刺竹无趣,又不甘心走,硬了头皮坐着不动,问道:"你干吗把铠甲脱掉?"

"这个问题今天下午已经有人问过,"清尘冷声道,"你想要答案,可以去问世子。"

"肃淳啊,"刺竹笑道,"我刚才还跟他在一起,他跟安王请求要做先锋,就是怕你再次受伤呢。"

"你还有别的事吗?"清尘掀起眼皮,冷冷地扫了刺竹一眼。

刺竹一怔,有些尴尬,随即又低声道:"没想到,秦骏真的会下杀手。"

"很正常,当断不断,必受其乱。"清尘说,"我不也如此?!"

"太遗憾了……"刺竹幽声道,昔日情同手足的师兄弟走到今天这一步,难免不让人扼腕。

"没什么好遗憾的,道不同不相为谋。"清尘的冷声,在刺竹听来,却仿佛还有他指，可是，他什么也没说，转而一笑："小将军终究是小将军，到底还是赢了……你怎么想到以剑刃做镜的？"语气里，满是赞许。

"被逼无奈，急中生智而已。"清尘淡然道。

"可惜你肩上有伤，不然那袖子里的暗器，也能重创秦骏。"刺竹说，"真是为你捏把汗，秦骏许就是因为你先让他见血，才有了杀心。"

清尘眼光射来，如剑般凌厉，这一切，竟没能瞒过赵刺竹的眼睛，他居然还能在那不露痕迹中发现秦骏的迟疑，发现自己的逼迫，着实厉害。

"我以为，你会放他一马，或者，听凭他让你输，"刺竹说得很慢，"没想到，你这样狠……"

清尘鼻子里哼出一声蔑笑："我把这当成是你对我的表扬。"

"我没有讽刺你的意思，换了我，也会如你这般。"刺竹低沉道，"我知，你这样做，是为了让秦骏不那么矛盾，其实你心里还是在为他着想……"

"用理智来克制感情，是很痛苦的。"刺竹幽幽道，"对于男人来说，就天经地义，但是对于你来说，太不容易了。"

话语有些煽情，那真切的无奈似乎曾经感同身受，可是清尘冷冷地一摆手："那就去做好你认为天经地义的事情吧，我要休息了，将军请回。"

刺竹无奈，只得起身，轻声道："安王说，战术的事，还请你多考虑，有什么计策，我们俩先合计好，再告诉他……"

"行。"清尘干脆地回答，"将军的想法，可以托肃淳转告，反正肃淳每日都来，我和他合计也是一样，就不用烦劳将军多步了。"

刺竹一怔，呆立半晌，又转换了一个话题："刚才偶然间发现，你跟肃淳有些像……人家都说长得有夫妻相……"

话还没说完，就被清尘打断："将军操心的事情还真不少，如今乾州未破，我想奉劝将军一句，还是把心思放在打仗上面吧。"

刺竹讪讪地闭上嘴巴，还没来得及再次开口，迎头就被清尘扔过来两个字，"送客"。

奶娘将刺竹送出来，刚要说话，里间清尘在叫："奶娘……"她看了刺竹一眼，黯然地摇摇头，进去了。

刺竹站在外头，好一阵发呆，悻悻离去。

"清尘……"奶娘抱怨道，"你这是怎么了？对刺竹这么个态度？"

"以后，你们都无需对他另眼相看，"清尘默然道，"人家无意，我们就不要自作多情了，以免贻笑大方。"

"那……"奶娘踌躇着，问道，"肃淳？"

"肃淳要是来了，你随便找个什么由头拦住他吧，我也不想见他。"清尘烦闷地摇摇头，"这两个人，我都不欢迎，你自己看着办好了。"

奶娘转过头去，不说话了。

一晃二十天过去了，清尘的伤势好转得很快，但从秦军里探来的消息，秦骏还是没有苏醒，而战局也没有丝毫的进展。面对如山的圣旨，安王帐内的议事，气氛一次比一次凝重，浮躁之气渐起。

在众将七嘴八舌地议论中，安王沉声道："今日就到此为止，你们再各自回去思索，若无良策，这几日都不再集中开会。但是训练不可懈怠，随时准备出击。"

众将缓缓退去。安王叫了一声："广驰、清尘、刺竹和肃淳留下。"四人归位坐下。

安王的眼光默默地落在清尘的身上，轻声道："清尘，刚才一直没有听见你发言，我想，你应该是有想法的。"

清尘默然片刻，低声道："秦阶失去了蜀州的退路，必然死守乾州，他不动，我们便无法，只得强攻。"

安王听罢，良久无言。

"父王，圣命只有十天时间了，我们是不是必须不惜一切代价……"肃淳盯着父亲，神色有些忧虑。

安王的眼光仍然停留在清尘身上，半晌，才幽幽一叹，转向刺竹："你也别无他法？"

刺竹没有吭声。

"王爷，还有十天时间，未必无有转圜。"清尘低声道，"所谓百密一疏，我不相信乾州坚如铁壁，一定有薄弱之处可以突破的。不如偷偷潜入城中去摸摸情况，回来再作对策。"

"也只能如此了，"安王问道，"乾州戒备森严，如何进去？这个任务，又该交给谁？"

清尘答道："我去。"

"不行！"沐广驰头一个叫起来。

"清尘去不妥，他伤还没好，体力不行……"肃淳也反对。

"乾州防守太严实，无处可进，只有水路可以一试。"清尘说，"我当时占据乾州的时候,知道乾州城里有条排水渠,直通港口水下,不过两头都有铁杆拦着过不去。如果要探乾州城内的情况,只有这一个办法可行,从水底游过去,弄开铁杆,钻进去,再弄开里面的那道铁杆,才能游进城里……"

"这里面要过四关,从对岸游到葫芦口,这个容易;再游过港口,这个有难度,一是体力要跟进,二是还必须小心,不能让巡逻小艇发现;然后潜进水渠,屏气弄断铁杆,这个难度更大,铁杆怎样才能弄断?要屏气多久才行?渠口有无士兵把守?接着要顺着水渠游过城墙底部,还要弄断里面的铁杆,才能游进城里。开始怎么弄的,后边依法炮制;最后是上水,从哪里上,会不会被发现?"刺竹低沉道,"这些问题都必须要处理好,否则难以成事。"

"赵将军所言极是。"清尘话一出口,刺竹就觉得浑身别扭,"赵将军"这三个字虽然这段时间老是极其认真地从清尘的嘴里蹦出来,但刺竹还是适应不了,不仅仅是因为这称呼里的生疏,还有那如有如无的刻意,让他无语。

清尘根本没有注意刺竹一脸的郁闷,他思忖着,缓声道:"以上问题,我都考虑过。水渠作为外通渠道,是个薄弱环节,一定有人把守。港口里有兵,有人巡查,渠外口在城墙正底下,上边是城墙壁,不太好设守卫,只能是水兵巡查和城墙上重点守卫为主;但是这样,渠内口,即城墙内壁一定设有重兵把守。"

"这条渠是城内唯一的一条排水渠,在大雨如注的时候,渠内水满并且急流,这个时候,整个城墙下的通道都是满的,没有余地,这个时候士兵一般会疏于防范。因为城墙宽约半里,即便水性极好的人要潜进来不换气,但弄断铁杆还需要时间,时间越长,潜入的可能性就越小,士兵觉得无人受得了,所以大凡暴雨天气,必然松懈。"清尘说,"近日会有连续几日的暴雨,我们正好有机会。"

"这些缓缓再说,你怎么弄断铁杆?"安王问了一个最为关键的问题,他想到的是,若是用锯,花的时间未免太长。

清尘说:"有一根结实的粗布带和短木杆即可。"

众人都有些愕然,刺竹眨了眨眼睛,微微一笑,问道:"如何避过水上巡查的士兵?"

"晚上去,士兵巡查会点灯,在水下能看到。"清尘不慌不忙地回答,"他们在明处,我在暗处,避开是没有问题的。"

"那你怎么保持体力,游过将近二十里的水路?"刺竹紧接着又抛出一个问题。

清尘默然片刻,回答:"因地制宜。"

这个回答很含糊,刺竹想了想,又问:"你怎么解决换气的问题?"

"用芦苇秆。"清尘说,"芦苇秆是空心的,衔在嘴里,可以不出水面换气。"

真是聪明!刺竹心里惊叹一声,再问:"你的体力够吗?"

清尘淡然道:"必须够。"

"清尘,"沐广驰瓮声道,"不要勉强。"

"没事的,爹。以前驻守乾州时,我曾经下水仔细勘察过,那里的情况没有人比我更熟悉,应该是我去。"清尘冲父亲点点头。

"你的伤还没全好,要在水里泡那么久……"沐广驰显然非常担心,话语里也满是不情愿,"体力、水性比你好的,不是没有……你只要把细节都交代清楚就好了,用不着亲自去……"

"这是唯一的办法了,"清尘低声道,"如果这次出了差错,乾州就只能强攻,别无他法。"

"但是你去了,就有十足把握?"沐广驰说完,不待清尘回答,就转向安王,"王爷,我的意见,清尘不能去。"

清尘瞪了父亲一眼,沐广驰一脸倔强,并不理会。

安王默然片刻,轻声道:"综合考虑,除了体力之外,从其他方面来看,清尘是合适的。"

沐广驰脸上的肌肉轻轻地抽动了两下，他深吸一口气，似乎想以此平复自己的心态，然后，他说："王爷你答应过我的，不能让清尘单独执行任务。"

安王点点头："当然，去两个、三个都行，清尘自己选择。"

"我去！"肃淳马上来劲了。

"世子去恐怕不合适……"刺竹出声阻止，"还是我陪清尘去吧。"

"我怎么不合适了？"肃淳叫起来，"谁知道我是世子？不让我去，好像你知道会失手似的……"

"世子的安危关系重大，我们会力求圆满完成任务，但也必须做好万一失手的准备。"刺竹沉声道，"我体力好，水性好，在军中是公认的，自然更适合此次的任务。"

安王抬抬手，示意他们不要争论，只问清尘："你选谁？"

清尘低头下去，望着地面，默然片刻，缓缓地抬起头来，低声道："就我一个人去。"

"不行！"沐广驰猛一挥手，冲动地站了起来，脸色发青，很是难看，"我已经说过了不行！"

清尘慢慢地站了起来，伸手想去拉父亲，却不料沐广驰一摆手，吼道："你们都给我出去！"

安王抬起下巴，示意着，刺竹赶紧拖了肃淳和清尘出了大帐。身后，沐广驰的声音，天崩地裂地响了起来："你的儿子是儿子，我的就不是了？"

清尘作势又要进帐，肃淳和刺竹同时拉住了他。

"广驰，你不要激动，"安王的声音永远都慢条斯理，"此话又是从何讲起啊？"

"你少跟我来这套假惺惺的！"沐广驰的声音里满是怒气，"说什么要清尘自己选！你当我们父子两个都是傻子？刺竹才说的，世子安危关系重大，他敢选世子吗？你明知道他不会选世子，还装模作样演戏？！"

安王沉默。

"什么你看重清尘，因为惜才留在身边，说白了，就是利用清尘！老子虽然没证据，但是老子有感觉！"沐广驰的吼声如雷鸣一般，"用了清尘的兵，还想用清尘的头脑，你就该对他好！这顶着脑袋干的差事，凭啥就让他去干？！你想用沐家军当炮灰，为了天下太平，我可以不跟你计较！你要是还想用清尘给你当炮灰，信不信，老子头一个灭了你！"

"你个自私、虚伪、卑鄙的家伙！要是清尘有什么事，我沐广驰跟你没完！"沐广驰显然是气到了极点，怒不可遏之时便口不择言，骂骂咧咧起来。

这态度恶劣之极，什么忤逆、以下犯上、抗命等等，随便治个罪都是可以杀头的。肃淳听得头皮发紧，那边，清尘的脸色也有些发白了。

可是，安王还在沉默。

"你儿子就是儿子，那我的呢？你有儿子一大把，老子就一个！你晓得他的安危重要，我的清尘呢，就不重要了？！"沐广驰吼一阵，火气也差不多发完了，这才慢慢地放低了声音，依旧是怨气重重，"他身上还有伤呢。我问你，那是为谁受的伤？不也是为了成全你安王的名号？你咋就这么恶毒呢，非要这样逼我呢？你都抢了祉莲了，你还想怎么着？我有了清尘，碍你眼了？你不折腾他，你难受是吧？"

"要你放我们走，我们不碍你眼，你不肯，你到底要怎样？"沐广驰一屁股坐下来，愤愤道，"这次清尘单独去做探子，我决不答应！"

长久的沉默之后，安王缓声道："我答应你，乾州破城后，准许你们父子离开。"

沐广驰重重地哼了一声，依旧不满。

"你不做决定，我决不会逼你，也不会不顾你的反对私自下命。"安王低声道，"广驰，你回去后，冷静下来仔细想想，潜入乾州城内的人选，是不是真如清尘所说，到底他还是最合适的……如果你认为有必要，可以选肃淳同行，也可以选刺竹同行，还可以两个人都去。我答应过你的，不让清尘单独执行任务，这个承诺永远有效。"

"我看重世子，并不表示就会轻视清尘和刺竹，他们三个人，除了血缘决定的关系，其他的都一样，"安王语气诚恳，"我甚至还可以说，肃淳只是继承人，但作为统帅，我更看重刺竹和清尘，更愿意把他们比作我的左右手。"

随着安王的话语落地，帐内忽然安静了。

沐广驰垂头坐在椅子上，只是不言。

安王沉吟良久，又说："我理解你爱子心切，我也是做父亲的人……"

这句话甚为动情，沐广驰怔怔地抬起头来，看着安王，搓了搓手，轻声道："作为一个将军，我可能是不应该感情用事，可是事关清尘的安危，我……"

安王的面上漾起一丝苦笑："你只有一个儿子，却能随时委以重任，可是我呢，止如你所说，一大把的儿子，关键时刻，用得上谁？"

"上天对每个人都是公平的，我不可能得到所有的美好……"安王黯然一声长叹，"我一直都羡慕你，有个这么出众的儿子——"

沐广驰听着，红黑的脸上隐隐显出些得意，一忽儿，却又阴沉下去，鼻子里粗气一喘，声音骤然冷凛："你觉得我不配?!所以，当你发现清尘抢不走之后，就决定毁掉他?!"

言辞激烈而突兀，为大义而降，但成见却依然在，错愕登时写满了脸庞，安王一时之间竟不知如何回答，讪讪道："你误会了呢……"

沐广驰脸色一紧，自觉反应过度，便低声道："你不用嫉妒……"思忖着，眼光有些躲闪，"清尘……他不能人道，始终是个缺陷……"

话语徐徐低沉，软了下去，带上了柔和的企求："我就这么一个孩子，我不能没有他……你不会理解的，没有了他，我也活不下去……他无论如何，都不能有任何的意外……"他伸手抹了把脸，握紧了拳头，喃喃道："他是我的唯一，我的全部，我的生命……"

安王点点头，沉沉道："你放心，你不愿意，我决不勉强。"

沐广驰这才起身，一拱手，退下。

出了营帐，一眼就看见刺竹、肃淳和清尘三人站在不远处正望着自己。沐广驰几步跨过去，拉了清尘："回去。"

肃淳眼睁睁地看着清尘一言不发地跟着沐广驰离开，起步欲追，一反头，却看见刺竹进了中军帐，迟疑片刻，还是折了回来，跟着刺竹回帐。

"王爷……"刺竹说，"沐将军不同意，我们就此放弃吗?"

安王沉吟着，幽声道："他会同意的。"

"沐将军很固执呢。"肃淳担心地说。

"他听清尘的，"安王笃定地说，"清尘能说服他。"

刺竹点头称是，却更佩服安王的睿智，想了想，说道："其实沐将军要是冷静下来好好想想，抛开感情上的担忧，这个任务，的确是清尘去最为合适。他熟悉乾州城的情况，也大抵能猜到水渠周边的布兵，而且还亲自勘探过渠下……他提出这个计策之前，一定是考虑过很久，也计划得比较详细了。"

"正是。清尘不但擅出奇谋，而且思虑完备，还能随机应变。"安王由衷地赞许道，"胆大，心细，手狠，无惧，堪称良将……"

"那……王爷估计，沐将军的思想工作还要几天才能做通?"刺竹担心安王对清尘溢于言表的喜欢会打击肃淳的自尊心,赶紧引入正题。

"不急,"安王悠声道,"距密集雷雨天,还有几日。"

肃淳看了父亲一眼,试探道:"父王你会让清尘只身前去吗?"

"当然不会。"安王沉声道,"刺竹同去。"

肃淳顿了顿,轻声道:"我也希望能够同去。"

安王斜了肃淳一眼,刚要说话,刺竹赶紧说:"王爷担心世子安危,世子自然是不能以身犯险。"

"不是这样的。"安王淡然道,"你是世子,只要你有这个能力,能在危险中历练,也未尝不是好事,我即便担心你的安危,也愿意给你这样的机会。但是,这次不让你去,是因为任务太过艰巨,而你各方面能力尚有欠缺,我不放心你跟他们去,是怕你拖他们的后腿。"

话语虽轻,话意却尖锐,肃淳听得一脸通红。

"王爷……"刺竹见肃淳发窘,连忙打起了圆场,"自得悉可能采取水攻后,肃淳一直在练习潜水,每日训练时间都超过了士兵,现时已经进步许多了。欲速则不达嘛,什么事都有个过程的,还请王爷体恤。"

"你这样说也有道理。"安王看着肃淳,语重心长地说,"你是世子,将来要世袭王位,如果是太平盛世,你当然也可以混过一辈子,可是我们手握重兵,你若没有一点看家本领,将来如何服众,如何领兵?难道我一手创建起来的军队,就要眼睁睁地看着你拱手让人?"

"倘使你不抓紧时间好好上进,将来若是别人来争,你守不住,我还不如现时就交给了清尘,好歹也还是自己的亲兵……"安王瞥见肃淳勾着脑袋,只恨不得钻到地缝里去,一副又羞又惧的样子,忽地一下,想起了沐广驰和清尘手拉手时那两张笑脸,心里顿时五味杂陈,于是悻悻地停住了,长叹一声,幽幽道,"我对你是苛责了些,等你将来做了父亲,你也就能理解我了……"

"是……"肃淳羞愧道,"父王说的是,我必须好好向清尘学习。"

安王缓和了口气:"我希望你说的是真心话,而不是嫉妒清尘。"

"我也想,我若有清尘那般出色,就能为父王分忧解难了……"肃淳此刻是无比的失落和自卑。他明白,父王总是对自己的进度视而不见,却总盯着自己和清尘的差距,显然是对自己还有期望,这从另一方面说,也正是父王对自己的看重,可是,他还是忍不住黯然,因为不论他怎么努力,跟清尘的差距从未缩小。他觉得很无奈,也感到很无力,他不知道要怎样做才能让父王满意。

"好了,只要你一直努力下去,肯定能比现在做得好的。"安王见肃淳赧然,猜想他压力大,也无意再针对他,便转向刺竹道,"你做好跟清尘同去的准备。"

刺竹点点头。

"你要记住,"安王加重了语气,重声道,"无论如何,都要保证让清尘平安地回来。"

"我不能让沐广驰失去清尘。"安王一脸肃色,决然道,"我也绝不会允许清尘有任何的意外。"

"是。"刺竹严正地回答。

黑色的夜幕中,只听见倾盆大雨哗哗地声音,铺天盖地地迷蒙,黑暗之中只有湿润而强烈的水汽笼罩全身,在裸露的皮肤上刷上一层黏糊的潮湿。河面上泛着微微的光,在雨滴溅满的水花中晃动。沐广驰又往前走了两步,原先裸露的河滩现在已经漫上了水,脚软软的,两日前还是如茵的草地,这会儿,水已上膝。

依稀的光线中,近处泛起两个大大的旋涡,清尘和刺竹忽地一下从水里冒出头来。朝岸上望了一眼,一转头,又没入水中。

沐广驰巴巴地盯着,却再也看不见清尘,雨下得更大了,密集的雨水打得他有些睁不开眼,可是他却不肯离去。

头顶罩下一片阴影,隔开了雨幕,安王的声音在身旁响起:"广驰,我们还是上岸去等吧……"

"他们还要差不多两个时辰才能到达外渠口……估计拂晓时分才能回来,"安王说:"雨这么大,你还有旧伤,别在水里站着。"

沐广驰默然地跟着安王上了岸,坐在临时搭建的帐篷里,不停地抹着脸,尽管他不言语,但焦灼和担心还是流露了出来。

安王俯身,正想劝沐广驰,蓦地,右眼皮跳了两下,他一惊,背心里骤然一凉,不由自主地打了个寒战,心底也渐渐地浮起忐忑,这会是个不好的预兆吗?清尘和刺竹会出事吗?

刺竹紧紧地跟在清尘的后面游动着,黑夜和大雨给他们提供了绝佳的掩护,他们保持着两尺左右的距离,以确保能相互看见又不妨碍彼此。

远远地，出现了亮光，圆圆的光晕晃动着，似乎是巡逻的小艇。

清尘扬扬手，示意刺竹靠过来，说："等会小艇来了，我们就扒在艇尾的两侧，随着艇走。"

"前几日我已经侦查过了，小艇每个时辰巡查一次，这两天雨大，小艇走得慢，士兵也有些懈怠，估计还没到河心就会回转，我们赶紧过去。"清尘说着，递上来一根芦苇秆，"过葫芦口的时候，就潜下去，用这个贴着船帮换气。"她说："放心，进了港，小艇不会开很快的，我们会在水下待一阵子。"

刺竹跟上，不大工夫，俩人就攀住了船尾，果不其然，小艇未到河心，象征性地转了几转，就往回走了。刺竹和清尘一边借助着水的浮力，一边任由船拖着前行，几乎不用出力。

清尘将头靠在船侧，轻轻地闭上了眼睛。刺竹看着她，知道她此举是为了节省体力，想起那日问她如何游过将近二十里的水路，还能保持体力，清尘答曰因地制宜，原来如此啊。心里不由得暗暗佩服，这么好的主意，也只有清尘才想得出来。

就这样在雨里穿行了大半个时辰，渐渐减缓了速度，清尘也默默地睁开了眼睛，警觉地侧身朝外望了望，做个手势，示意刺竹准备潜水。

忽听不远处一声大喊："口令！"

船上的人随即高声回应道："烟花三月！"

清尘的眉毛倏地一挑，似乎意识到了什么，手掌飞快地一压，随即两人口含芦苇秆潜入了水中。

在水底仰面朝上，刺竹发现这个姿势真是极好，一个是就着芦苇秆换气，另一个好处，就是可以透过尺许的水帷，依稀可见岸上的灯火，而他们的身体，平放着掩藏在船体之下，就是火眼金睛，也未必能察觉。

灯光渐远，已经平安渡过了葫芦口，刺竹和清尘轻轻地浮出了脑袋，再次攀在船尾。

小艇缓缓地拐弯，清尘打了个手势，递过来一根布带，刺竹拉着，两人慢慢地潜入水中，松开了小艇。远处，城墙上的火光映照在水中，清尘和刺竹憋着一口气，奋力朝城墙根游去。此时为了万全，是不能出水换气的，清尘伤未全好，影响速度，而体力和水性都非常好的刺竹正是大显身手的时候。

刺竹脚一蹬，蹿得如同一条活溜的大鱼，手绞着布带，将清尘扯着朝前飞快地行进。不多时,到达城墙根下,摸着斑驳的壁,刺竹正要探头换气,清尘一把拉住他,再次贴着城墙探出了芦苇秆,然后指指前方。

刺竹透过水,看到城墙上灯火通明,其中有一处更是斜插着几盏大灯笼,猜想那便是水渠入口,应该是秦军针对水渠加强了警戒。

俩人衔着芦苇秆,顺着城墙,慢慢地摸向水渠,然后下潜,一切都很顺利。

得益于上方的灯火,水下光线并不弱,清尘递过来一根茶盏粗的短木棍,然后解下腰带,将相邻的两根铁杆串了起来,然后插入木棍,示意刺竹转动。果然,在木棍的作用下,布带纠起来,拉弯了铁杆,扩出一个小小的空间。刺竹将布带移下来半尺,依法炮制,清尘侧身,灵巧地钻了过去,刺竹看看自己的身材,摇摇头。

清尘钻出来,带着刺竹到外边换气,再回来,指指刚才已经扭向一侧的铁杆对面的铁杆,将布带套上,手上一动,刺竹马上明白过来,赶紧又是上下各一搅,空间便又拓大了些。

做完这些,刺竹觉得有些憋不住了,赶紧伸手进去,一把拎住清尘,浮到水渠外,用芦苇秆好好地喘了阵气,这才吸了大口气,再次潜下来。

游过水渠,到达进水口,刺竹动作熟练,也加快了力度,这回非常顺利地就出来了。俩人衔着芦苇秆,在内渠口换气,只见四处通亮,到处有人走动,而士兵的嬉笑近在咫尺。不敢久留,潜入深处,并且尽量减少换气次数,一直游出了约莫三四里,在一处暗地,贴着水渠壁探出头,慢慢地爬了上来。

雨还在哗哗地下着,清尘抹着脸上的水,躬身在墙角,听着远处依稀传来的敲更声,低声道:"现在已经是丑时,我们最迟也必须在寅时原路返回……"她打量着周边,说:"城里人都把这水渠视为城内河,日常浆洗都在这里,顺着这里一直朝前,就是参军府,秦阶应该是在那里……"

"防御图会在哪里?"刺竹问道。

"秦骏的书房里。"清尘笃定地回答。

"秦骏……"刺竹正想说,秦骏不是昏迷未醒吗,难道他昏迷之前制定的防御还没有改变,而且防御图还没转到秦阶手上,仍旧在他的书房中?

清尘似乎猜到了刺竹的疑问,压低声音道:"秦骏应该醒了……"

"啊?!"刺竹张大了嘴,正要相问,清尘眼睛飞快地扫视着四周,细声道:"你还记得刚才进港的口令吗?烟花三月……这样的口令,难道会是秦阶想出来的?他是一介鲁夫,而秦骏,才是饱读诗书的风流才子。秦骏想出来这口令,也必然是因这几日的雨景，才有感而发……"

"口令一般是当日晚间才颁布，不管之前怎样，至少，在颁布口令的时候，秦骏不但醒过来了，而且状况很好，神志清醒，还能思谋战事。"清尘沉声道，"秦阶倚重秦骏的聪明，对他言听计从，所以，防御图一定在秦骏那里。"

"就跟你爹一样，最是听你的话……"刺竹刚想笑，猛一下看见清尘斜眼过来，赶紧正色道，"秦骏确实是个人才，可是，你怎么能确定防御图在书房里，而不是在他床上？他不是还伤着吗？卧床看防御图不也很正常？"

清尘摇摇头："你不了解他。他是个自律意识特别强的人，对寺里的规定遵守得几乎苛刻，习惯也很好……"她看刺竹一眼，轻声道，"寺里从不允许在床上看书，床只用来睡觉，看书必是正儿八经上书桌。"

"除非他不能下床……"清尘微微地觑了一下眼睛，低声道，"可是我猜想，他已经能下床走动了。"

刺竹心底一沉，秦骏醒来了，这似乎不是一个好消息。

参军府,清尘熟门熟路地穿过雨帘,摸进后花园。

"你很熟啊。"刺竹说。

清尘回答:"从前占据乾州的时候,我们住过的。"

"现在我们去哪儿?"刺竹问道。

"秦骏房间。"清尘说,"他肯定住在花园边的西厢房里。"

"为什么?"刺竹奇怪地问。

"他会喜欢那里的,清雅安静,出门就是花园,空气好,适合静养。"清尘沉吟道,"对他的口味。"

刺竹轻轻地笑了一声:"你以前肯定也是选择住在那里……"

清尘看了刺竹一眼。

"因为那种地方也对你的口味,"刺竹笑嘻嘻地说,"你和秦骏口味相同。"

"嗯。"清尘点点头,"分析得很好,不错,有进步了。"

刺竹笑着,刚要说话,清尘一把摁住他的头,缩进了花丛里,顺手还拖过来一枝紫薇花拦在俩人前面。

一队哨兵走过去了。清尘松开紫薇花,斜头看看,刺竹眯缝着眼睛,耸着鼻子,表情很怪异。

"怎么了？"清尘问道。

刺竹抽两下鼻子，深吸一口气，低声道："可憋死我了，差点就打喷嚏了……你躲就躲，还扯枝花过来干什么？这可好，那簇花正好搁我鼻子下头，痒痒啊……"

清尘忍不住笑了，打趣道："人常言，牡丹花下死，做鬼也风流。我送朵花给你，你怎么还来怪我？"

"拉倒吧！"刺竹没好气地回答，"你拿的那是牡丹花吗？"

清尘抿着嘴，无声地笑起来。她的嫣然，迷蒙在雨雾中，荡漾在紫薇花簇簇的空隙里，仿佛感染了眼前坠落的雨滴，水盈盈中都带上了笑容，一闪一闪，如流星般晶莹着从刺竹面前滴落。这一刻，她温柔而美丽，无言而妩媚，像精灵一般的调皮，又好像亲昵的娇嗔，刺竹静静地望着她，蓦然失神。

清尘躬身，轻巧地从花径上穿过，然后蹲下，凑近刺竹耳畔低语："看见没有，那门前站着两个士兵的，就是书房……我猜的应该没错，秦骏的睡房是隔壁，书房里一定有重要东西才会加强警戒。"

刺竹点点头，做了个从两侧包抄解决的手势，清尘点头。

连接着两声轻响，士兵倒地，刺竹用匕首挑起门闩，推开书房门，将两个士兵拖了进去，然后打开所有的窗栓，选了个合适的地点，警觉地注视着外面。

清尘掏出火信子，吹出淡淡的红光，开始在书房里翻找起来。桌面没有，抽屉里没有，书架上也没有……清尘熄灭了火信子，站在屋内紧张地思索着。

"怎么了？"刺竹凑过来，低声问。

清尘摇摇头。心想，房间里没有防御图，为何要派士兵把守？防御图不在这里，那又会在哪里呢？

窗外，远远地响起了敲更声。

清尘缓缓地抬起头来，思忖着，难道真的在秦骏的卧房里？

忽而，浅浅的微笑浮起来，她低声道："走！去秦阶卧房！"

在府里兜兜转转，出了一处拱门，清尘用手带了刺竹一下，示意他慢点。蹑手蹑脚地行进，雨幕中小院寂静，没有士兵，秦阶的东厢房暗色沉沉，没有星点光亮。

清尘一直朝前，逐渐加快了脚步。

刺竹跟在后边，面朝清尘背面，倒退着走，不停地张望着。

不大工夫，到了秦阶睡房门口，清尘掏出匕首，挑开了门闩，然后大大方方地朝两旁一推。刺竹吓了一跳，这是做贼呢，她倒好像到了自己家里一般。

清尘跨进屋内，点燃了火信子，刺竹还蹲在门口东张西望，好不紧张。清尘看他的模样，忍不住好笑，悠声道："进来吧，里面没人。"

刺竹进了屋，飞快地查看了一遍，这才纳闷地问："你怎么知道没人？"

"秦阶睡在秦骏房里了。"清尘说着走近书桌，一眼看见杂乱的桌面，便皱了皱眉头。

"你怎么知道？"刺竹看着火信子映照下清尘微红的脸，奇怪地问道。

"秦阶只有这一个儿子了，还伤成这样，自然会守着寸步不离。"清尘顿了顿，低声道，"虎毒不食子，秦阶为人虽不济，对儿子们还是很在乎的，尤其这还是他最成器的儿子……"

刺竹点点头："是啊，我听说，秦阶曾经因为秦豹玩娈童而当众责打他，但后来接连失去几个儿子后，他公然答应秦骏，若擒了你，一定不杀，交给秦骏处置……为了儿子高兴，就连曾经无法容忍的玩娈童行为，他都可以变成纵容，可见……"

"他真有这么说？你怎么知道的？"清尘斜眼过来。

"秦阶的部下都知道，在秦军中间和乾州城里，这都不是秘密，"刺竹看了清尘一眼，说，"探子回来也禀告过，只是你在场的时候，探子不会说，怕你难堪，过后会单独告诉王爷，所以我们都知道，只有你和你爹可能不太清楚……"

"秦骏可不是玩娈童，"刺竹笑道，"将来有一天，要是秦阶知道了真相，一定会大跌眼镜……"

清尘抬头，犀利的眼神射到刺竹身上，然后，转向桌面，一边翻着桌上的纸张、奏本等，一边皱起了眉头。怎么还是没看见防御图？

她凝神一思考，缓缓地走向秦阶的床边。

刺竹默默地跟着，忽地轻声道："如果秦阶知道你是女孩……"

清尘已经走近了床边，一伸手，探向枕头。

"如果秦阶真的那么在乎秦骏，说不定会为了成全儿子的心意，归顺的……"刺竹的声音很低，清尘已经一把掀开了枕头，果然，一叠图纸就在枕头下！

清尘取过来，展开粗略一看，随即递给刺竹："收好，我们回去！"刺竹正要看，忽听院子里远远地传来一个声嘶力竭的喊声："抓探子！"

清尘一惊，拖了刺竹就往外跑，问道："那个哨兵，你没杀他？"

"没……我打晕了他，"刺竹边小跑边把防御图塞进前襟，问，"你那个确定死了？"

"我拧断了他的脖子，你说死了没？"清尘没好气地乜了他一眼，说，"上屋顶！"

一上屋顶，才发现形势不对，整个参军府，竟好像早有防备一般，内院外院在短时间内，已经一片火光通明。

清尘伸手指了个方向，说："那里是水渠，我们必须不顾一切地过去，越快越好！"

话音一落，俩人同时在屋顶上飞奔起来，地上的人觉察到动静，也蜂拥着追了上来。清尘和刺竹手脚并用，灵巧而快速地翻过一个又一个屋顶，只听见底下一片喧哗，一个声音大喊："方向水渠！水渠警戒！"

"快点！"清尘催促着，脚底一滑，顺着瓦砾滚了下去，刺竹急速一捞，将她拉住，挂着屋檐将她扯了上来。

眼见得水渠那边火光渐亮，清尘心急如焚，低沉道："你体力好，水性好，必须先下渠，不管发生任何事，你都不要管我，否则，他们一旦潜过去，你就很难脱身了……"

"我不会丢下你的……"刺竹说着，狠劲一拉，拖着清尘继续狂跑。

渠边火光更亮，朝城墙根扩散，尽管雨声响亮，但仍然可以听见那头人声鼎沸。清尘暗叫不妙，看一眼刺竹，当机立断道："你往城墙根跑，要赶在他们前面，从那里入水……"

"你呢？"刺竹疾声道。

清尘顿了顿，说："我随后就到，你先走，我们出了葫芦口再会合。"

刺竹点点头，转换了方向，折身奔向城墙根处。清尘默默地望着他的背影远去，一扭头，径直奔向火光最亮处。

士兵们拥在水渠两旁，不断地朝屋檐上和水里张望，忽然，一个黑影，腾空而来，跃入了水渠中。

"抓住他！"领头的士官大喊一声，盯住了刚从水里冒头、一忽儿又潜下去的人影，叫道："撒网！撒网！"

清尘潜行了一段，发现两旁的火光更加耀眼，知道时候差不多了，于是她微微一笑，铆足了劲儿，双腿一蹬，头刚冒出来，一张大鱼网已经铺天盖地而来，将他圈在其中。

　　城墙根水渠口，早先成群的士兵已经赶到前面去抓探子了，这会只剩下几个士兵，刺竹躲在树上，正要伺机下水，忽听那头传来欢快的喊声："抓到了！抓到了！"

　　刺竹心底一惊，骤然明白清尘为了掩护自己自投罗网，只有她引开这里的士兵，自己才能下水……

　　果然，把守的士兵们一听，大松口气，想着没事了，也顾不得渠口的警戒，都跑过去看热闹。刺竹哧溜一下，贴着墙根就下了水。

　　水流在耳边渐逝，刺竹奋力地游着，直到他也找到一艘巡逻的小艇，疲惫地将头靠在船板一侧，这才感到心里如潮汐翻涌地难受，和刀割般地痛楚。

　　清尘聪明，总是可以轻轻巧巧地骗过他。什么随后就到，分明就是使诈，但是受骗的刺竹，再也回不了头。

　　这一刻，在黑暗的雨幕中，他的眼前忽然浮现起她那熟悉的笑容，微微地仰着头，一脸的胸有成竹，嘴角挂着戏谑和不屑的似笑非笑，眼神带着淡淡的轻蔑和自得，眉间是凛然的清傲，眉梢却含着浅浅的妩媚和清幽。她那神情，似乎就是在说，你知道什么，有我呢，我自有决断……

　　刺竹想笑，却蓦地鼻子一酸，险些泪下。

　　他不该丢下她，但是他斗不过她，她懂得他，并且精准地算计了他。可是，她能预料到，自己面临的将会是什么吗？也许，从她说那句"不管发生任何事，你都不要管我"的时候，他就应该警觉的，可是，他太木讷，太愚钝，反应太慢，他甚至到这时候才后知后觉，当她把防御图递给他的时候，就做了最坏的打算。这只是一个职业军人下意识的举动，她从一早开始，就选择了最可能成功的途径，刺竹体力好，水性好，能带走防御图，而她，只能作为掩护存在。

　　什么是最有价值的掩护？刺竹安全地离开，防御图到达安工手上，甚至，小渠的通道不被发现。

　　"口令！"到达葫芦口了，大船上的士兵在喊。

　　刺竹衔起芦苇秆，缓缓地沉下水去。水上的亮光缓缓地透到水下，刺竹睁大了眼睛，却再也看不见旁边那个熟悉的身影，他的心一噤，开始微微地颤抖一下。这么久了，他已经习惯了她在身边，他似乎从来都没想过，有一天，她要是真正不在了,他会怎么样?

就像此刻,他这么想她,他甚至没想到自己会这么想她,想得周围的一切都沾染上了她的气息,想得他开始无比地痛恨自己,为什么做掩护的,不是他,而是她?!

大雨还在下,刺竹疲惫不堪地爬上了岸,树林里,传来一声低喝:"什么人?"

"是我。"刺竹缓缓地走过来,低沉道,"赵刺竹。"

三五个人马上从树林里闪了出来,安王惊喜的声音:"回来就好,晚了些时间,我们正担心呢……"

沐广驰越过刺竹,几步跨进水中,张望。

刺竹一怔,低声道:"清尘被捉住了……"

沐广驰缓缓地转过来,盯着刺竹,尽管光线昏暗,看不真切,但刺竹知道,此刻沐广驰的脸色一定青灰如麻石。

安王沉沉地叹了口气,低声道:"先回去再说吧。"

中军帐内,刺竹自责道:"都怪我,没有杀了那个哨兵,才使事情失控……"他跪下,沉声道:"没有遵照王爷的吩咐,将清尘平安地带回来,末将自知罪责难担,请王爷责罚。"

肃淳定定地望着刺竹,满脸忧虑。

安王默然片刻,转向沐广驰:"刺竹交予你处罚,不论你怎么处罚,本王都不干涉。"

营帐内是令人窒息的沉默,蜡烛都好像被这逼仄的气氛吓坏了,只缩小了身子,尖着耳朵瑟瑟地听着外面的雨声。

许久之后,沐广驰瓮声道:"掩护你,是清尘自己的决定,她这样做,自然有她的道理……不管怎么说,你们带回了防御图,完成了任务……"他摆摆手,站起了身,步履沉重地朝外走去。

"沐将军……"刺竹叫住他,"我一定会把清尘救回来的,请你相信我。"

"我一直都很相信你,"沐广驰转过身,深深地望着刺竹,"我一直都相信,你是强过我的……"他苦笑着,失望地说:"也许在你的心里,很多东西都比清尘重要……"他有些动容,却眨眨眼睛,笑了一下,沉声道:"人都是这样,不到失去了,不会后悔……"他摇着头,提步欲走。

"沐将军……"刺竹又喊一声。

沐广驰顿了顿,缓缓地转过身来,看着刺竹,他的神色中带着忧戚,但还有压抑的愤恨。

"马上就快拂晓了,"刺竹说,"这几天是连续雷雨,最迟今天晚上,我会带一个小队,潜水路救清尘……"他相信,不管怎样的刑讯,清尘都会一言不发的,只要水渠这条通道还在,他就有希望救回清尘。聪明的清尘,也一定会想到这一点的。

"你们去,只会送死。"沐广驰冷笑,"秦阶会任由你们去救他?!"

气氛再一次凝结了起来。

沐广驰垂下眼帘,看着地面,仿佛在酝酿什么重大决定,然后,他深吸一口气,抬起头来,瓮声道:"从早上到晚上,一昼的时间,会发生什么?"

他盯着刺竹的眼睛,缓慢而清晰地说:"你知道的,她是个女孩。"

女孩?安王瞬间瞪大了眼睛。

"你把一个女孩丢在了一堆豺狼中间。"沐广驰说完,坐了下来,一筹莫展地捂住了脸。

营帐内重新陷入沉默,安王惊诧地看着刺竹,刺竹无言地点点头,安王再看看肃淳,肃淳眨眨眼睛,低下头去。安王依旧愕然,清尘是个女孩?!一切都太不可思议,可是,这显然是真相,而且,刺竹和肃淳还先于自己知道。

安王到底是阅历丰富,很快就平复了情绪,他知道,沐广驰选择在这个时候说出真相,为的是尽快想办法救出清尘,毕竟对于一个女孩来说,对于一个让秦阶恨之入骨的沐家军统领来说,在乾州城里的每一分钟都是危险、致命的。

"天亮后,如果到辰时秦阶还没有动静,"安王说,"我亲自去城下跟他谈判,要回清尘。"

沐广驰从掌心中抬起头来,看着安王,低声道:"除非真相公之于世,否则,希望永远是秘密。"

安王点点头,走过去,轻轻地拍了拍沐广驰的肩膀。

什么不能人道?原来,只因她是个女孩。十年的军中生活,为了带在身边,沐广驰对这个秘密的守口如瓶,说到底,只是一个父亲对女儿无比的珍爱。

可是,安王还是禁不住感慨。一个女儿,连一个女儿都可以如此出色,让多少男子逊色。如果之前他因为沐广驰有个优秀的儿子而羡慕不已,现在,就完全是嫉妒了，别说儿子，就连生个女儿都如此彪悍聪慧，胜过他那一大堆的儿子。上天让沐广驰拥有的一切，怎么能让他不羡慕嫉妒痛恨呢？

如果可以，他真的愿意用自己的所有来跟沐广驰做个交换，就换这个女儿，有着祉莲一般的容颜，有着无可匹敌的帅才，堪称完美！

他羡慕，他嫉妒，他恨，清尘，为什么不是我的孩子?!

天色已经微亮，雨渐渐停了。

安王抬起头来，看着肃淳，低声道："有话就说，没事就走，老站在这里干什么？"

肃淳迟疑了一下，问道："父王准备怎样要回清尘？"

安王不答，眼光矍铄地盯着肃淳，忽地问道："你喜欢她？"

肃淳脸一红，低下头去。

安王默然片刻，又冷不丁问道："你一直想退婚，就是因为她？"

肃淳缓缓地跪下，乞求道："请父王成全。"

"你是退不了婚的。"安王冷声道，"你娘不会同意，我不会同意，更重要的是，你皇奶奶绝对不会同意。"

肃淳不言，磕头下去。

"你是世子，不可任性妄为。"安王沉声道，"如果你真喜欢她，可以纳为妾……"

"不。"肃淳抬起头来，认真地说，"我若娶她为妻，便决不纳妾。"

安王不屑地笑了笑："男人三妻四妾很平常。"

肃淳低声道："她虽然长得像祉莲，却不会是祉莲。"

"我当年可以做到的，相信你也能行。"安王清淡地说着，挥手示意肃淳退下。

肃淳站起身，想了想，又跪下，坚定地说："请父王废去我世子的身份吧，在弟弟们中间重新选择一个立为世子，娶了初尘公主，而让我以自由之身娶清尘，哪怕从此后归隐山林，我也愿意。"

他竟有这么爱她？安王有些诧异，随即淡然道："肃淳，父王一直说你不够成熟，此言并不为过……你只知道皇上赐婚，不是说退就可以退的，那我问你，世子是说废就能废的吗？太后那么喜欢你，我纵使想帮你，又拿什么理由来废你？"

"你把事情想得太简单了，暂且不说安王府的将来和荣耀，你想过你娘吗，她辛苦一生图的什么？你想过皇后和初尘吗，对于退婚这样的羞辱，她们会做何举动？且不说弟弟可以娶初尘，难道初尘还会屈尊再易嫁你的弟弟，再受一次羞辱？

你想过太后吗,说到底,你的婚姻事小,朝堂平衡再次被打破事大,她苦心操持的一切就要被你毁了,她会不会迁怒于清尘呢?"安王默然道,"父王希望,最后的结果不要是你不杀伯仁,伯仁却因你而死。"

肃淳低下头去,片刻之后,他抬起头来,轻声道:"父王,如果作为世子,一定要为别人活着,那么我愿意放弃,而选择只为自己做一个一生都不会后悔的决定。"

"如果你不听劝阻,做了这个决定,我保证,你将来一定会后悔的。"安王正色道。

"你没有做出过这样的决定,哪怕是为了祉莲,你即使想过,却始终没有付诸行动,"肃淳一字一顿地说,"你没有后悔过吗?"

安王默然地盯着肃淳,许久都没有说话,最后他说:"我不会废世子,你必须娶初尘。"

"至于清尘,"安王说,"你可以凭自己的本事争取,能得到她的心,你就纳个妾,不能得到她的心,你们就没有任何关系。"

他心底长叹一声,做王,是不能感情用事的。如果清尘是个男孩,他倒是有心让初尘易嫁,只因爱才。虽然他也顾忌皇后会依仗清尘夺权,但他有信心,能笼络到清尘的心。可是,清尘是个女孩,那么,肃淳的宿命就不可改变。

"乾州一破,我即准许沐广驰父子……"安王纠正道,"是父女,离开。"

肃淳笔挺地跪在地上,面如死灰。

安王斜了肃淳一眼,儿子的用心他已经看穿了,肃淳正是利用初尘对清尘不知情的爱慕,意图撺掇初尘自己提出易嫁,只要婚约一解除,肃淳便会把清尘性别公开……肃淳的心机很巧妙,正因为如此,安王开始确定,肃淳是当世子的不二人选。

第三十二章

虽被擒却是有惊无险

知末路还来苦挣生机

　　清尘被五花大绑地推进了厅堂，一个趔趄，险些摔倒，她站直了身，望向堂上。

　　坐在椅子上的正是一脸横肉的秦阶，高大粗壮，满脸沉郁，他干笑两声，摊开两腿，舒适而得意地将手臂长长地搁在旁边的桌沿上，调侃道："哟，瞧瞧，这是谁来了？贵客呀，蓬荜生辉……"

　　清尘脑袋一扭，鄙视地斜眼瞪着他。

　　边上军官一见，火了，吼道："跪下！"

　　清尘站着不动。那军官伸手过来，正欲用膝盖顶其腘窝，迫其下跪，却听秦阶沉声道："不得无礼——"

　　他撩起褂摆，走了下来，在清尘跟前站定，阴声道："沐清尘，沐家小将军，倾城将军，穿杨将军，不可一世的小将军……你曾经是多么神气啊，在淮王跟前，要风得风要雨得雨……穿着你的银铠甲，在我的眼皮子底下舞来舞去，你捉弄我，蔑视我，折腾我，那是多么的风生水起……怎么如今也沦落到这般田地了？"

　　"我还真不相信他们捉到的是你。"秦阶翻着小白眼，哼哼道，"你杀了我三个儿子，还重伤了我小儿子，今天落到我手上，你那么聪明，猜猜我会怎么处置你？"

　　"要杀要剐，随便你！"清尘脖子一梗，厉声道，"不然，我说走便走，你要杀我也没有机会了，别怪我没提醒你，要报仇赶紧！"

秦阶眉毛竖起来,鼻子里喘着粗气,杀气漫上了脸颊,瞬间之后,却是嘿嘿一笑:"少来这套,你现在可是值大价钱……用完了再杀你也不迟!"随即压低了声音,恶声道,"到时候,我要亲自提溜着你,把你这细皮嫩肉的脖子绞断,一路洒着血给我的儿子们祭灵!"

这里正激昂着,忽地门外跑进来一个士兵,凑在秦阶耳朵边上一阵细语,秦阶小眼睛梭溜溜转了几圈,忽地偃旗息鼓了,默然片刻,手一挥:"带下去,严加看管!"

士兵拥上来,推搡着,猛听得一声高喊:"淮王有令!"

"淮王有令,将沐清尘押往王府内院关押,秦将军选亲兵三十人看守。"来人宣布完毕,便凑近秦阶解释道,"淮王说要好好利用这枚有利的棋子,劝将军不要感情用事。因为怕将军恨意太重,先下杀手,故将其押往府内关押。"

秦阶沉吟片刻,点点头。

现时的淮王府其实是原来的乾州太守府邸,清尘被关押在后院之中,看管的士兵里外三层,戒备森严,插翅也难逃。

侍卫把清尘带进房间之后,便一声不吭地松了绑,然后离去。

门外传来铁链拴门的声音,清尘走近窗边,刚一拉,就听见铁链作响,随即士兵声响:"干什么?老实点!"

清尘转过来,一看屋中的圆桌上,除了茶水,还有一个托盘,装着一套换洗的衣服,他想了想,不由得悠然一笑。

安王远远地眺望着乾州城,辰时已到,城里没有任何的动静,既没有把清尘亮出来示威,也没有进行喊话,平静得过于诡异。

安王扬鞭策马前行,朝乾州城环城河边走去,沐广驰和刺竹紧紧地跟在后面。

"请秦将军来见,有事相商。"安王喊话甚是客气。

士兵硬邦邦地回道:"将军有令,任何人等不见!"

安王斜头,跟沐广驰和刺竹交换了一下眼色,便说:"那就请淮王特使来见。"

上边没了声响,估计是士兵报信去了,安王三人便在城下耐心地等待着。

过了约莫一刻钟,士兵回话:"淮王不得空。"

这叫怎么回事?安王思忖着,淮王一定会用清尘做筹码,莫不是还没想好索要什么？他仰起头，沉声道："请转告淮王，务必礼遇沐小将军，任何条件都可商榷。"

上头又是寂寂无声。

一行人无功而返。

"王爷，今天晚上，还是我带人进水路吧。"刺竹说。

安王沉吟道："清尘现在是淮王手里唯一的王牌，他死握着，岂能轻易让你夺走？"

"看情形，他们现在并没有为难清尘，而且，也并不知道清尘是女孩。"沐广驰回头看看城墙，低声道，"再等等，看看淮王开出的条件再说。"

中午又是一场大雨，淅淅沥沥一直下到黄昏。

"淮王特使送信来了，"士兵呈上信件，补充道，"淮王要求三日内给答复，否则，沐小将军性命不保。"

安王拆开信封，看完信笺，良久无语。

刺竹拿过信笺一看，顿时眉间一凛："好大的胆子！"

乾州，淮王府。

依琳轻轻地走进房内，环顾四下无人，只有母亲一人坐在桌前，不禁有些奇怪，低声道："娘，何事叫我？"

"来……"淮王妃招手，示意依琳在自己身边坐。

依琳看着母亲，她在微笑，可是她的微笑中却隐藏着忧虑和伤感，依琳的心一抽，开始加速跳动，声音也颤抖起来："娘，出什么事了？"

淮王妃低下头，看着地面，好一会儿才抬起头来，幽声道："你父王提出了交换条件……"

依琳瞪大了眼睛。

淮王妃长吁一口气，尽量保持着平静，淡淡地说："他拒绝交还清尘，拒绝投降……这是上天给予他的最后一个机会了，多么难得啊……可是，他还是拒绝了……"

"他要安王撤兵方昌之外，要皇上割让乾州属地和水域，昭告天下，准予他自治，并承诺五十年秋毫不犯……"淮王妃冷笑一声，"谋逆就是谋逆，还妄想正名？！"

"大势已去了……"淮王妃怅声道,"皇上岂会允许他自治?太后岂会任由这个钉子长在自己的眼睛里?你父王异想天开,清尘哪有如此重要?"

"即便今日颁了圣旨,过了这个关口,来日剿灭,只需再颁一道圣旨而已,又有何难?"淮王妃冷笑道,"我原本想,皇上重仁义,只要我们有诚意,交出清尘,降出乾州,或许还可活,如今,挟将而威,这一交换,更叫皇上看到了所谓的狼子野心,纵使仁义,谁敢留你?!岂非自作死!"

"自作死!"淮王妃恨声道,"逼得皇上一心清剿!"

倏地,潸然泪下:"我的夫君,到底成不了大事……"

"娘……"依琳瑟瑟道,"皇上不答应,会怎么样啊?"

淮王妃抹去泪水,轻声道:"皇上会不顾清尘的安危,硬攻乾州,灭我满门。"她绝然道:"我们和清尘在皇上的眼里都算不了什么……"

依琳的脸色顿时惨白,她瞪大双眼望着母亲,一个字也说不出来。

过了一会儿,淮王妃平复了情绪笑着,问依琳:"你,还是喜欢清尘?"

依琳红着脸,轻轻地点头。

淮王妃探手,抚摸着女儿的头发,幽幽道:"生在帝王家,何其不幸,而你又为何是淮王之女……"

"唉……"淮王妃轻声道,"依琳,覆巢之下安有完卵,可是娘还是希望能留下你这一线血脉……"情动处,泪流满面:"事到如今,保住一个是一个……"

依琳啜泣起来。

"不要哭了,"淮王妃柔声道,"纵然我们满门必诛,但只要有人肯为你求情,你是能够活下来的……"她颤声道,"因为你是个女孩啊,嫁了人,便归了旁脉……不像你可怜的弟弟,怎么都是个死……"

"皇上会怜惜你,饶恕你的……"淮王妃用手帕捂住口鼻,发出压抑的呜咽,悲声道,"只要你听娘的话……"

依琳望着母亲,泪水像断了线的珠子掉下来。

淮王妃拭去眼泪,握住女儿的手,低声道:"娘不会看错的,清尘是个可信之人,从他上回意欲造反,却把你送回来那件事,娘就知道他对你是有情分的。"

"娘知道,你父王的算盘肯定是竹篮打水——一场空,娘不能坐以待毙,所以,娘要赌一把,就把宝押在清尘身上……"淮王妃凑近依琳,用更低的声音说,"将来,只要清尘肯出面为你说句话,你就无虞了……"她看女儿一眼,幽声道:

"可惜啊，他不能人道，不过，假使你不计较，他能娶了你，即便无后，娘也含笑九泉了……"

依琳登时红了脸，讪讪道："娘，他不会肯的……"

"是啊，"淮王妃有些失神，"从前他就不肯，但娘知道，他也是为了你好，为你的将来考虑……不过你要是能留下命，随便嫁个人也好啊。"她凄然一笑，"娘就希望你好好活着……"

"娘……"依琳哽咽起来。

"不要哭了。"淮王妃细声道，"清尘被捉，我就劝你父王，不可为难他，为了防备秦阶杀他，你父王把他关在府里，娘叮嘱人暗中关照着，暂时无事。"她贴着依琳的耳朵，轻声道，"娘给你挑了个侍女，个头跟清尘差不多……"

淮王妃细细交代完，眉毛轻轻一挑，沉声道："所有的事情都与你无关。"她看着女儿，微笑道，"记住了吗？"

依琳用力地点点头。

清尘正在床上闭目养神，听见门上铁链声响，于是翻了个身，继续朝里假寐。

依琳轻轻地走进来，看了桌上的残羹剩饭一眼，便走近床边，轻声喊道："清尘，你真的睡着了？"

来的是依琳，清尘有些吃惊，便翻转着坐了起来。

依琳羞涩地笑了一下，清尘却敏锐地发现，她的笑容里隐含着忧虑。

清尘低头沉吟片刻，抬起头来，低声道："你不该来的，快些离开。"

依琳眨眨眼睛，细声道："你知道的，我胆子小，不敢偷着来看你的……"

清尘淡淡道："你爹派你来的？"他抱着头，重新往枕头上一躺："今儿一天，我是吃饱喝足，又睡了许久，精气神都养好了，就等着会你爹呢。"

"我娘叫我来的。"依琳说。

清尘没有说话，心思一转，隐隐觉察出什么，看依琳一眼，说："你娘，是不是要我答应娶你，就想办法替我保命？"

依琳怅然道："你要是肯答应，就不是沐清尘了。"

清尘笑了一下："你倒是挺了解我的……"

"要娶，上次不就娶了，还用等到现在……"依琳黯然道，"不说这个了……"

"那说什么呢？"清尘知道依琳素来中规中矩，此番奉了母命前来，定有目的。

淮王妃意欲何为,清尘倒是很有兴趣,估计是跟淮王的意见相左,也许自己会有可乘之机。此刻,他一点都不担心自己的安危,只循了依琳的话头问下去。

依琳听了他的问话,一时语塞,母亲的心思,她不能和盘托出,她要做的,只是让她倾慕的清尘就此自由。

"你要是相信我,就跟我走吧。"依琳说,"你和我的侍女互换衣服,她留下替你。"

那个与清尘一般高的侍女,缓缓转身,褪下了衣裙,轻轻地抛在清尘脚边。依琳随即也转过身去。

清尘愣了一下,俯身捡起了地上的裙子。

"好了,"他说,"拜你所赐,我沐清尘第一回穿裙子……"

依琳扬手,吩咐侍女替清尘梳头。这一收拾,果然几可乱真,依琳看着,难以置信地瞪圆了眼睛,啧啧道:"你……这扮相,只怕真是个女人呢……"

"是吗?"清尘笑道,"这样可以给你省去不少麻烦。"

依琳笑笑,惦记着时间赶紧,便敛了脸色,带着清尘出去了。

清尘拢着袖子,躬身跟在依琳后面,顺顺当当地出了房间,穿过后院,缓缓地跨进内院大门。

正前方忽地传来淮王的声音:"依琳,这么晚了怎么还没回房,在外边闲逛?"

依琳赶紧躬身低头,回答:"屋里燥热,睡不着,出来透透气,马上就回房去。"心里一紧,父王的方向,好像是后院。

"嗯。"淮王停住脚步,看了依琳和侍女一眼,说,"回房去吧。"

依琳走几步,忽然想起了什么,转身,细声问道:"父王,晚饭后听说娘找你,很急切的样子,是发生了什么事吗?"

"你娘找我?"淮王顿了顿,看了后院一眼,调头离去,边喃喃道,"莫不是去了参军府,她没能找到我?"一转眼,看见依琳还站着不动,于是提高了音调:"还不回房去?!"

依琳一听,忙不迭地带着清尘飞快地进了屋子,将门一关,耳朵在门上听了许久,才摸着胸口松一口气。

"你可真能编。"清尘笑嘻嘻地说。

"你还说,我都快吓死了……"依琳拍拍胸口,一副心有余悸的样子,细声道,

"要是父王去了你的房间，那可糟了……"

"嘻嘻，"清尘笑道，"别担心那个了，他现在去了你娘那里，只要开口一问，你就会穿帮，还是担心这个吧！"

"我娘自然会遮掩过去……"依琳说完，心事重重地颦紧了眉。

这句话里的意思已经很明显了，淮王妃和依琳攻守同盟。清尘略微一想，就明白了淮王妃的打算。虽然此刻他的心里也有些沉重，但是想到如此老实的依琳在这样的风险面前，承受力是有限的，实在不忍心让她恐惧，便故作轻松地逗她："想什么呢？后悔了，就赶紧把我送回去……"

"嘿，说什么呀……"依琳咬住嘴唇，不满地看了清尘一眼，"你就这么信不过我？"

清尘强忍着笑，正色道："放了我，你怎么交代？这可是性命攸关的决定，你一定要想清楚啊。"

性命攸关？依琳一听，心头一颤，想起母亲的话，不由得愁肠百结。其实，放不放清尘，乾州迟早都会被攻下，自己一家也难逃诛杀，母亲是在用清尘的命给自己换一条生路，此刻依琳好生悲伤，亲人尽亡，一人独活，又能何趣啊？

清尘在屋子里转悠着，忽一下，看见梳妆台上一根笛子，伸手取了，说："这个送给我了。"

依琳看了一眼，忽地有些恼了："初尘说，你为她一个人吹箫来着……"

还记得初尘呢，那小妮子故意的，不就是为了刺激依琳才这么显摆，依琳还真记到心里去了呢。清尘觉得好笑，把笛子插在腰间，说："你送了我这笛子，下次，我也专门吹箫给你听，如何？"

依琳斜了他一眼，说："你只记得给初尘吹箫，要我的笛子何用?！"

"用处大了呢。"清尘说，"关键时刻，我可是要用它救命的。"

依琳吃着暗醋，还有些恼火，想了想，似信非信道："真的？"

"今天不但你救了我，你的东西也能救我，"清尘说，"这些，初尘都没做过，而且，她也做不到。"

依琳眨眨眼睛，似乎认可了，只说："走吧。"

出了后院门，暗处，一个人轻声叫着："依琳……"

依琳赶紧把清尘带过来，说："堂舅，你要赶快把清尘送到水渠边去！"

那人想了想,低声道:"跟我来……"

清尘一抬步,依琳也跟了上去,堂舅回头道:"你回去!"

依琳咬咬嘴唇,不说话。等这二人一走,她又跟了上来,堂舅摇摇头,只得由她去了。

大树投下阴影,渠边是矮矮的花丛,影影绰绰确是个好掩体。三人扒开竹篱笆钻进去,猫着腰摸到了渠边,堂舅说:"这里是个苗圃,专供府衙内花草的,为了取水方便,就设在渠边。士兵一般只在篱笆外转转,很少进来……"

"将军换衣吧。"堂舅递上包袱。

清尘换上一身黑衣,拱手作别。

"沐将军一路顺利。"堂舅回礼,却看见依琳仍旧不动,一双眼只看着清尘,他默然片刻,挽着包袱,识趣道,"我到外边看着,依琳有话快说,沐将军还得赶紧走呢……"

清尘扯起一根布带,开始缠绕笛子上的洞眼,依琳默默地看着,一声不吭。

"你想说什么?"清尘低声道,"我要走了。"

依琳细声道:"忘了我曾经救过你吧。"

"那岂不是辜负了你娘的苦心?"清尘笑了一下,"何况,救命之恩,怎能说忘就忘?"

"如果你记得我,只是因为我救过你,那么我宁愿没有救过你……"依琳的声音里带着水意,"没有恩情一说,我和初尘才是公平的……"

"你们是不一样的,"清尘斟字酌句,"我不爱她。"

依琳笑了一下,眼泪滑下来,她大睁着眼睛,说:"可是,你也不愿意娶我……"

"不是不愿意……"清尘有些艰难地纠正,"是不能。"

依琳眨眨眼睛,低下头去:"我们还会再见吗?"

"听你娘的话,什么时候都不要放弃,"清尘沉声道,"破了乾州,我一定会去找你的。"

"好,"依琳含泪笑道,"我等着你……"

清尘踌躇片刻,低声道:"我走了。"

"好。"依琳说,"你走了,我再走。"

清尘默默地看了她一眼,顺着渠壁滑入水中,他拿着笛子,浮在水面上,看着依琳。

"走吧……"依琳轻轻地摆手。

他吸一口气,沉了下去。

依琳忽地扑了过来,趴在渠边,泪流满面。

清尘在水底依稀看见依琳的身影在水面上晃动,一转身,朝前游去。

天色全黑,淅淅沥沥的雨又下了起来。

安王已经走到了刺竹和肃淳的营帐前。

自从淮王送信过来,刺竹就有些反常。虽然他平日里话也不多,但这么大的事,即便一时想不出主意,他也会寸步不离地陪在安王身边,以便随时合计。可是今天,知道淮王的条件后,他不但一言不发,而且早早地离开了中军帐,一直到吃晚饭都没有出现。

安王觉得不对劲。

清尘被捉之后,刺竹的整个状态都让人觉得不对劲。他坚决要求今夜从水路突袭救人,不但安王不允,沐广驰也反对,可是他表面虽然不作声了,却让安王感觉不似往日的放心。刺竹开始显得有些不顾一切了,这正是安王所担心的。

刺竹是在自责吗,一个小小的失误导致清尘被擒,他没有做到对安王的承诺,也让沐广驰失望,救人的急切让他失去了一贯的持重,这是刺竹从军生涯中头一次感情用事。安王现在没有时间去思考更多,他最大的担心是刺竹不顾命令,迫不及待地私自采取营救行动。

"刺竹——"安王喊道。

营帐里有光亮,却没有声音。

"刺竹!"安王大声喊道。

"唔……"里面传来了细微而怪异的声音。

安王觉察到异样,迅速伸手掀开帐帘,面前的情景却让他大吃一惊!

帐内，肃淳被结结实实地捆在床上，嘴里塞着布条，发出"唔唔"的叫声，此刻看着安王，更是急切，脑袋拼命想抬起来，双腿也加大了动作力度，踢得床板咣咣作响。

安王扯掉肃淳嘴里的布条，问道："他几时走的？"

肃淳说："天黑后就走了。"

"他还带了哪些人？"安王急切地问道。

肃淳还来不及回答，帐外传来沐广驰的高声："刺竹，出来！"

"广驰你进来！"安王一边喊道，一边解开肃淳身上的绳索。

沐广驰进来看见这情景，心里已经明白了几分，便说："我适才发现罗放不见了，估摸着跟刺竹有关系，这才寻了过来……"

"刺竹只带了罗放一人吗？"安王转向肃淳，厉声道，"你是知情的吧？"

肃淳低下头去，沉默不答。

"世子你怎么也这么糊涂？"沐广驰急道，"秦阶必有防范，这样一去，不是送羊入虎口?!"

"你也是要跟去的，刺竹不允，才把你捆了的吧?!"安王愠道，"知情不报，我回头再找你算账！"拖了沐广驰，喊了副将，急匆匆打马而去。

肃淳迟疑了一下，飞快地跟了上去。

雨还在滴滴答答地下着，不大也不小。前日下水的地方，刺竹和罗放蹲在草丛里，注视着河面，河正中，秦军的巡逻小艇还在转悠，估计绕完这半圈，就要回港了。

"我们是不是要早点走？"罗放问道。

刺竹摇摇头："不行，得到亥时末，等他们再来巡检一次的时候，我们跟上，现在还太早，他们不乏，而且，雨还不够大……"他观望着河面，皱着眉头，心事重重。

忽然，罗放低喊声："不好……"

刺竹回头一看，身后，一队人马正飞奔过来，打着一长溜火把，他心底一沉，暗叫不好，这样的动静，不让巡逻艇上的秦军看见，是不可能的，他们一定会回去报告，加强防卫。再转头一看，果然，那小艇上的兵已经看见了这边的阵势，顾不上绕完后半圈，飞也似的离去了。

安王急鞭直奔河边，"吁"一声勒住马，跳下马来，瓮声道："出来吧。"

刺竹与罗放对视一眼，咬咬牙，只得从草丛中站出来。

"回去。"安王摆摆手。

刺竹低头，不动。

"此番已经惊动了秦军，万万不可造次。"沐广驰说着，示意罗放上马。

刺竹转头，望向河面，而后，他缓缓转身，站在没膝的水中，朝向葫芦口，良久不动。

肃淳涉水过去，拉着他，低声道："回去吧，这步棋肯定是行不通了。"

刺竹盯着河面，仍旧不语。

"刺竹……"安王喊道。

刺竹缓缓地转过头来，低声道："蹲守这么久，秦军的巡查依旧，证明他们并未发现我和清尘潜入的途径，为何不可一试？"

安王幽声道："你怎知他们的巡查依旧，不是钓鱼呢？"

"即便他们不是钓鱼，如今我们一队人马，火把通明地来了河边，他们必然严阵以待，你还如何过去？"安王扬声道，"清尘被擒已经让我大伤脑筋，如果你们两个也出事，这仗怎么打下去?！"

肃淳再次拖了一下刺竹，刺竹徐徐地走上岸，低头不语。

"走吧。"安王说。

刺竹闷声道:"王爷,你们回去吧,我一个人在这里待会儿……"

安王默然片刻,低声道:"你想待多久都行,我们等你。"一挥手,让众人退入树林中,燃上篝火,就地休息。

刺竹重新走入水中,坐在一块礁石上,望着河那边发呆。

肃淳轻轻地靠了过来,低声道:"叫你带上我吧,不然,父王也不会发现得这么快……"

"是啊,好让秦阶就此抓我四员大将。"不知何时,安王也走了过来,冷不丁地插话进来,沉声道,"你怎么选了罗放?沐家军的亲兵啊……"他望着黑沉沉、却隐约映着岸上火光反射着点点黄光的河面,缓声道:"清尘跟我说过,她离开后,沐家军可交由你统率,看来,她是早就交代下去了。"

"我知道你处世稳重,今夜的营救计划也并非不可取,但是,我不想再冒险,清尘被捉,已经打击了士气,若是再出状况,只怕城未攻志先灭……"安王说,"我会尽最大的能力救清尘……"

"淮王的条件你会答应吗?"刺竹抬头,看着安王。

安王沉默着,没有回答。

刺竹复转头,望向河水:"你不会答应的,如果你说你无法答复,那么你可以去请示皇上,可是已经一天了,你并没有奏报给圣上,所以,我知道,你根本就没打算要皇上定夺,因为你心里压根就没想过要答应淮王。"

安王背剪着双手,深吸一口气。

"你心里想的是,先拖着,淮王等不到答复的头几天,不会对清尘怎样,至于以后,你还要慢慢考虑……"刺竹低声道,"如果有办法,你自然会救清尘。但是,如果没有办法,在一城和一将之间,你会选择乾州城。"

话语虽然缓和,意思却甚是尖锐。尽管这是安王的真实想法,但心照即可,刺竹非要"宣"出来,难免不犯安王的忌讳。一贯恭顺的刺竹此刻不合时宜地咄咄起来,不禁让肃淳心头一惊,紧张地看了刺竹一眼,刺竹却仍旧看着河面,动也没动。

"我们都是军人,军人有军人的职责,不能感情用事。"安王出乎意料地平静,只徐徐道,"清尘去之前,未必不知道风险,她早就做了安排,她不做沐家军的统领,还有你在……在一城和一将之间,我相信她也会选择一城。"

安王回头瞥了林中一眼,沐广驰正在篝火旁发呆,一脸沉郁。安王顿了顿,轻声道:"广驰今天为什么一直阻止你这个想法?你告诉我,一城和一将之间,他会做何选择?"

刺竹不语,重重地咬了咬牙关。

安王再次斜头看了沐广驰一眼,沉声道:"如果清尘真有什么,那么,沐家军由你接管……今天晚上,罗放肯跟你走,我想,你能够顺利接掌沐家军。"

黄彤彤的火光,映照在沐广驰沉默的脸上,眉间深深的沟壑锁着沉重的心事,脸上的沧桑也含着忧虑,他的眼光直直地望着篝火,入神地想着什么,连安王坐到了身边他都浑然不觉。

"广驰……"安王唤道。

沐广驰一惊,回过神来,点点头,再望望还在河里待着的刺竹,低声问道:"还没想通?"

"刺竹啊,最大的优点是执着,最大的缺点呢,也是执着……"安王摇摇头,"让他一个人待会儿,静一静也好。"

"刺竹无法释怀的是两个人去执行任务,只回来一个人,如果回来的是清尘,他怎么样都无所谓,可是偏偏回来的是他,他就觉得自己始终都没有完成任务……"安王的眼睛里一抹亮光,深深地聚焦在沐广驰的脸上,"刚才他的言语中,对我颇有看法。"安王低声道:"一城和一将,你如何选择?"

沐广驰看着安王,眉头轻轻地跳了一下,他垂下眼睑,盯着火堆,轻声道:"今天刺竹跟我说,清尘告诉他,秦骏已经醒了,只是具体情况不知,消息封锁得很严密……"他低低地说,"其实,对于我来说,这该算是一个好消息……秦骏在,清尘应该不会受什么苦……"

沐广驰虽然没有正面回答,但是他的答案在话里头,对于一个将领来说,大局为重,但是沐广驰还是小心地权衡着,希望求得万全。

安王悠然一笑:"以前不知道……秦骏,该是很喜欢清尘的吧?"

"他们从小一块长大的,是师兄弟。"沐广驰默然道。

"秦骏这小伙子不错,聪明,重情义,帅气……"安王轻声道,"但是感觉你很不喜欢他……"

"我不齿秦阶的为人,不想跟他们秦家扯上任何关系。"沐广驰瓮声道。

安王笑笑，不动声色道："那你希望同什么样的人家扯上关系？"

沐广驰默然道："德行好的，忠厚人家都行。"

"这个要求倒是不高啊。"安王笑着问道，"忠厚有德的人家，朝廷中的大夫也多着呢……王公贵族也都包括在内？"

沐广驰皱皱眉头，不屑地摇摇头："王公贵族多是金玉其外败絮其中，还有那些个什么大夫，哪个不是老婆一大堆？我们高攀不起，普通人家就好了……"

安王静静地听着，淡淡地瞟了不远处的肃淳一眼，心道：儿子，清尘这里估计你没戏了。眼光收回来，却见沐广驰又望着火堆开始发呆，安王顿了顿，轻声道："淮王的要求，我没有上奏圣上……兴许，缓这么几天，我们还是想不出办法，清尘……"

言下之意，无非就是一城和一将之间的选择。沐广驰苦笑一下，抬起眼皮，看着安王，不无惆怅，又不无失落地说："我懂……"

安王低下头去，事已至此，多说无益。

"啪"地一声，沐广驰折断了手中的树枝，他将树枝扔进火堆中，淡淡地问道："如果被抓住的是世子，你还会选择一城吗？"

安王抬起头来，看着沐广驰，无语。

"如果你只有世子一个孩子，你还会选择一城吗？"沐广驰的眼睛里跳动着荧光。

安王默然片刻，沉声道："我会尽最大努力营救清尘的，请你相信我。"

"我不相信你。"沐广驰的回答透着寒意，"自己的和不是自己的是有区别的。"

"广驰……"安王想证明，也想劝慰，可是此刻，他不知道该说些什么。如果他和沐广驰对换一下，那么，现在不管沐广驰说得如何动听，他也是无法接受。

沐广驰的沉默带着隐晦，倘若他的怒气爆发出来，安王还能好言相劝，但是他一脸的肃杀和不屑，让安王有些心虚。从一开始，安王对沐广驰就有着一种无以言状的歉疚，正是这歉疚，造就了安王心理上的瑟缩。此时，他冠冕堂皇的论调，还有他高高在上的身份，都在沐广驰无言的压力之下，显出一些猥琐来。

在沐广驰的注视下，安王倍感难堪，他窘迫地握着双手，低下头去。

"我希望你说的都是真心话，我希望你能救回清尘。"沐广驰的双手紧紧地握住，低声道，"救了她，你才不会后悔。"

安王淡淡一笑，心道：当然，清尘聪明，是难得的帅才。

沐广驰迟疑着，双拳重重一握，涩涩道："关于清尘，有件事我想告诉你……"

安王认真地看过来。

沐广驰却沉默了，许久之后，才话头一转，低声道："我不确定，你对祉莲到底是怎样的感情？"

"祉莲……"这两个字喃喃出口，安王心底一刺，疼痛从心尖上飞快地遍及全身，他深吸一口气，幽幽道，"我对她的爱，一点都不会比你的少……"

"是吗？"沐广驰揶揄道，"你的爱，好像总是要分成许多份的……"

"不……"安王怅然道，"表面上是那样，实际上，不是的……"

沐广驰掀了一下眼皮，忽地有些尖锐地问道："你喜欢清尘吗？"

说着祉莲，怎么又扯到了清尘？安王顿了顿，回答道："是啊，我非常喜欢清尘。"

沐广驰低下头去，望着火堆，再一次拧起了眉头，似乎内心里正在做着什么斗争，好半天，才缓缓地问道："你喜欢清尘，是因为她像祉莲？"

安王愕然，猛地想到刚才谈话中沐广驰对士大夫的一番评价，随即释然而笑："她们再像，也不可能是同一个人，清尘是清尘，她还是个孩子；祉莲是祉莲，是我的四夫人。我怎么会把清尘当作祉莲？你想到哪里去了？王府有了七夫人，便不会再纳妾了……"

沐广驰愣了一下，他显然没想到安王会想到这上面去，他的本意也不过是抛出这个问题，只要安王问上一句"她们怎么会这么像呢"，他就会再深入下去。可是安王这一番回答，着实打乱了他的计划，他本就嘴笨，心里事一多，更有些转不开了，捋了半天，才支吾着，讪讪道："哦，不……许是我说错了，我也不是这个意思……我的意思是说……"

他挠着脑袋，心里发急，半晌，才挤出来一句："你应该记得，祉莲一直都不想回王府的……"

"唔……"安王嚅了嚅嘴，有些黯然，低低道，"我记得……最后那一次，为了江家逼她回去，还跟家人反目了……"

沐广驰叹了口气，轻声道："祉莲不想回，是因为什么……你想过没有……"

"不喜欢王府，不喜欢我有那么多夫人。"安王郁郁道，"或许，她就是不喜欢我……"他苦笑着，望向沐广驰，却发现沐广驰的目光躲躲闪闪地移到一边去了，似乎有些难言之隐，又似乎在逃避和矛盾着什么。

安王不禁疑惑起来，未及细想，正要相问，忽地看见沐广驰眼睛一瞪，站了起来,安王下意识地循着眼光去看——

刺竹发现了什么,正"哗哗"地朝河中疾进,喊道:"清尘!"

那水下缓缓站起来一个单小的身影,还未立直,又摔了下去。

一瞬间,狂喜涌满了沐广驰的胸口,他忙不迭地跨过篝火,飞奔而去,他绝不会看错,是清尘!

在再次落水的那一刻,一只有力的手臂伸过来,抓住了自己的胳膊,清尘抬头,看见了满脸惊喜的刺竹,他激动得声音都变了调:"真的是你?你是怎么回来的?"

清尘站直身,一斜头,看见沐广驰,微微一笑,唤道:"爹……"

沐广驰解下斗篷,手忙脚乱地给清尘裹上,一边搂了往岸上走,一边说:"回去,先回去了再说。"

肃淳喜滋滋地牵了马跑过来:"清尘,你坐我的马!"说着,就要来拉清尘,冷不丁沐广驰一伸手,隔开了他们的同时,也将清尘往旁边一带,淡然道:"世子的好意心领了,还是不能造成世子的不便,不如让侍卫腾匹马出来吧。"

"侍卫,牵马来!"沐广驰喊道。

安王放慢速度,靠近沐广驰,低声问道:"你刚才的话,还没有说完呢,你说,祉莲不想回王府,是什么原因?是否跟我想的不一样?"

这个答案其实已经接近谜底了,可是,沐广驰却改变了主意。清尘已经回来了,无须安王再下定决心去营救,这或许是冥冥之中佛祖的安排,而祉莲的心愿也是如此。沐广驰决定就此打住,不再提及。他沉吟道:"正如你所说,她不喜欢王府……"

安王纳闷着,忽地想起了什么,奇怪地问道:"开始我们不是说的清尘吗,怎么一下又扯到祉莲身上去了?"

沐广驰愣了一下,一时语塞,正好看见前方肃淳正往清尘身边靠,便有了主意,张口道:"我是说祉莲不喜欢王府,意思是,有的人愿意攀龙附凤,有的人喜欢平淡度日,每个人的想法都不一样,每个人的追求也都不一样……"

他低声道:"清尘和祉莲的心意,差不多的……"

原来如此。安王叹一声,心里泛起丝丝苦涩,却也只能宽和地笑笑,轻声道:"如今我才明白,人各有志,是不能强求的。"

沐广驰顿了顿,晦涩地探了过来:"所以,世子……"

安王一瞬间便明白了,他干涩地笑了几声,点头道:"你的意思,我懂了。"

原来,沐广驰绕了这么大的弯子,就是要说这件事。肃淳喜欢清尘是不争的事实,但沐广驰的态度也很明确,他并不希望清尘走祉莲的老路。

沐广驰到底想说什么?以祉莲入题,点到清尘,只是为了表明清尘不喜欢也不适应王府,不是担心安王纳妾,而是不愿沾染肃淳。其原因,无非也是初尘已经钦定为世子妃,而清尘只能做妾。

安王的脑海里始终盘桓着刚才与沐广驰的对话。他敏锐地感觉到,清尘出现的前后,沐广驰的态度有变化。现今,只有一种解释,那就是沐广驰为了让安王下定决心去救清尘,不惜将清尘许婚给肃淳为妾,只是当清尘莫名地回来之后,沐广驰庆幸自己还没有说出口的屈就,来个了彻底的大反转。

想到这里,安王不禁会心一笑。做父亲的情急,他完全能理解,可是顶天立地的沐广驰也会因为爱女情切而打起的这些小算盘,却让安王感叹,做人的原则不是不可以违反,但必须要看是因为什么事,因为什么人,这件事、这个人,必定就是他一生之中最为重要的。

安王挺直了身板,一扬鞭,马儿慢跑起来,在这缓和的节奏之中,他忽地一怔。

这么长的时间里,他似乎忘记了一件重要的事情。是的,他从来都没有问过沐广驰,祉莲既然当时并没有被刺死,去了归真寺,那后来祉莲又是如何生活的?怎么死的?临终之时沐广驰陪伴着,她又留下了什么话?在那些话里,真的就没有提及他一丁点?

不,他真的不相信,在祉莲的心里对他会没有一丝一毫的感情。哪怕她说恨他,至少,她还记得他,心里还有他……

雨水打在脸上,冰凉,安王感觉到面上流下一股温热的液体,在模糊的视野中,他看见沐广驰高大的背影,端坐在马上一声不吭。

他们父女此役之后便会离开,可是在沐广驰的沉默里,还有真相,那关于祉莲留在人世间的最后一点讯息,是安王记忆里的空白,不管提起来会是多么的痛,他也必须面对。在祉莲的恨里,永远凝固着他的心伤,一个男人给不起的爱和追不回的悔。

雨仍旧淅淅沥沥地下着,没有要停止的意思,刺竹缓缓地跟在清尘的后面,穿行在树林中。他的眼前，不时地滑过刚才的一幕，就在他伸手托起清尘的瞬间，她抬头看了他一眼……光线很暗，她的眼睛很亮，可是除了些许的意外，他没看见别的情绪。

他的失落滚滚而来，淹没了满腔的激动。

坐在大礁石上，他望着水面，心里想的都是她。想到她身陷囹圄，他担心；想到她舍身救他，他感动；想到从前的种种，温馨布满心头；想到她的聪明，他暗笑；想到自己计划的失败，他沮丧、愤怒而又不甘。也许他从来都没有想过，失去她会如何，可是在这分开的整整一天当中，他寝食不安，如坐针毡。

暗夜中的淮河水，满盈盈的，像极了她的眼睛。而他的心，如同这久而不停的雨，潮湿，忧虑，惶然，还带着难以名状的焦躁。他无计可施，却带着最后一点希望，期盼着老天赐予一个奇迹，让清尘回来。所以，他要坚持着，一直等下去，他坚信，只要他坚持，老天就不得不给予他一个答案。

终于，水下出现了动静，深谙水性的他知道，有人来了——

会是谁？他知道一定是她！

"清尘！"他脱口喊道，扑了过去！这一刻，他是多么地激动！因为他知道，奇迹是不会经常发生的。可是他没想到，落入眼睑的，她的眼，她的脸，是那么的平静，平静得淡漠。

她似乎不再是从前的清尘了。

中军帐内,听清尘说完获救的过程,安王正要解散众人吩咐休息,忽听清尘问道:"防御图看了没有?"

"没有。这一天都在设法营救你,"安王说,"不急,你回来了就好,等休息好了我们再合计。"

"还是把防御图拿过来看看吧。"清尘说,"依琳说秦骏伤情反复,自凌晨又陷入了昏迷,秦阶自然守着,应该还未发现防御图被盗,等到明日天亮,淮王就会知道我不见了……到那时,他们会重新部署,这张防御图就没有意义了。"

刺竹取来防御图,展开,跟着大家细细地看过去,不由得心生佩服,秦骏果然才智过人,这通盘的考虑没有薄弱之处,毫无可乘之机。

安王沉吟半晌,说:"天亮后,再叫众将过来商议。"

清尘注视着防御图,忽地悠然一笑,轻声道:"王爷还是吩咐众将,天亮即可攻城。"

安王吃了一惊,俯身再去看图纸,纳闷地跟刺竹对视一眼,问道:"你从哪里攻起?"

清尘伸手划过城墙处,落地有声:"强攻。"

刺竹倒吸一口凉气,雨天地滑,不利出军,此时强攻,秦军倚城而战,占尽优势,伤亡会比晴日时强攻更大。但是他没有吭声,清尘打仗,素来奇招迭出,他这样安排,一定有他的道理。

"说说看……"肃淳兴奋起来,"是不是正面佯攻,侧面偷袭?"

安王的眉毛跳了一下,问肃淳:"如何偷袭?"

"水路!"肃淳说。

刺竹想了想,低声道:"水路不行,昨夜已经惊动了秦军,他们的船队肯定早有防范了。"

清尘点点头,说:"水路非但不能行动,反而要放开。"

安王纳闷了:"这可怎么打?"

"先来个出其不意,再来个浑水摸鱼。"清尘指着防御图,沉声道,"你们看,秦军的防御重点是城墙,过了昨夜,水上也加强了防御,他们唯一没有变动、也不会变动的地方,就是这两面的山。"

大家都探头去看,乾州一面临水,两面环山,只有一面是平坦之地,也就是安王之前确定的主攻之地。水路不可取,但山确是太高,陡峭不平,易守难攻,谈何容易。

"大家都知道,乾州之所以总是被单独占据,确实有它的特点,这山,一面覆盖葱郁山林,面向乾州城内,上兵容易;另一面崖石嶙峋,朝向我方,上兵不易且极易被发现和阻击。所以,秦军认为我们不会从这里突破,也没有把这里作为防御重点。"清尘环视一眼,决然道:"我们就要从这里上。"

安王的手指缓缓地敲打着桌面,他思忖道:"上山跟攻打城墙,差不多是一个意思啊,不都是用人去堆?"

清尘摇摇头:"王爷,正面由你指挥,上山的事,就交给沐家军吧。"

安王默然片刻,轻声道:"清尘,你还有秘密武器?"没有金刚钻哪能揽瓷器活?安王深信,沐家军的能耐,绝对不止表面上看到的一点点。

清尘微微一笑:"沐家军以善于机动著称,自然也就有机动之法。除了精锐小队,还有后备水旅。"

"后备水旅全在步兵之中,头年集训的水兵退下一半做步兵,第二年轮换下另一半,也就是说,沐家军的水师,除了正规的船上作战部队,步兵中也有两万人马,可做备用水师,同样的,水师士兵也可同时兼为步兵。"清尘说,"这才能称之为机动。"

安王吃了一惊，五万沐家军，竟然有四万之众可以作为水陆机动，战斗力不容小觑。他偏头想了想，轻声道："你要上山，肯定不会用后备水旅，那会用什么呢？"

是的，这是最后一战，此后，沐家军将全部交与安王，那么，沐家军的全部都该是让安王了解的时候了。清尘淡然一笑，缓缓道："沐家骑射兵。"

骑射兵？安王有些奇怪，从来没见过沐家军有什么特别的纵队，也未见独特而专门的训练，这个骑射兵，难不成从天而降？

清尘猜到了他的疑虑，徐徐道："骑射兵不是精锐小队。王爷是否还记得第二次秦阶围剿苍灵渡的时候，沐家军的步兵是怎么突围的？"

安王一听，脑海中顿时灵光一闪，是的，他记得当时沐家军突围时全是骑兵，俩人一骑，八骑一列，快速冲下来，飞刀砍过便走，在包围圈中打开了宽约一里的口子，让一万七千士兵在半个时辰内尽数撤去。

"王爷只知其一，不知其二。"清尘说，"当时八骑一列，其实只有最外边的两列是骑射兵，负责打开和保证缺口的宽度，夹在中间不管砍杀，只管飞奔的是新兵。"

"我的骑射兵只有四千。"清尘说，"当时护送了一万三千名新兵。"

安王笑了一下："刺竹基本上猜对了，他说你的战术是老兵夹带新兵，只是没想到你胆子这么大，老兵只四千，新兵却有一万三……"他思忖着，低沉道："水路只带走了少数新兵？如此看来，那大船后边系着的小船上，基本上也都是老兵，或者说，是你的后备水旅？为何这样安排？"

清尘还未开口，肃淳忽地轻笑一声。

"肃淳知道。清尘手势一摆，"还是肃淳说吧。"

肃淳哈哈一声："你当时肯定是做了两手准备，水路走老兵，一旦我们想趁火打劫，以为大船后边拖的都是步兵，必然是先砍断绳索然后专攻大船，那么，小船上的水兵就能偷袭我们，反正我们不出兵就大家都好，一旦出兵，绝对占不到任何便宜。"

清尘嘴角一翘："还有呢？"

肃淳傻眼了，左右看看，摊开手摇摇头。

安王思索着，转向刺竹："还有呢？"

刺竹皱皱眉头，沉声道："新兵老兵没有混装，新兵应该是全部在前面的拖船里。一般的打法，我们不会从正面进攻，而是采取从后面追打的方式，所以，清尘要把新兵放在前面，而让水师统领殿后，一旦打起来，尾船就变成头船，沐家军掉头就全线出击。"

这才是清尘的布局,忽一下昭然。原来她的险招,还是带了保险的。她并不是如安王所见,只是赌了一把,冒险赢了,而是细致的谋划,未曾寄希望于安王一丝一毫。她一边要看安王的诚意,一边步步为营,自力更生。在淮王帐下的际遇,让小小年纪的他学会了自立。别说他从来都没有相信过安王,想必也是从来不会相信任何人。

心机至此,堪称极致。

安王怔怔地望着清尘,良久无言。

"说说你的骑射兵吧。"刺竹轻声道。

"骑射兵跟精锐小队一样,都是机动兵,平时训练如常。只是在招募新兵之时,会特别标注特长,尤其是擅骑擅射的,都会另录名册,然后在训练中,由骑射组长关注和选拔,对有潜质的,会单独训练,训练时间和科目都是组长制定,但不能影响日常训练。也就是说,骑射兵的训练都是插空进行,是自觉行为,由组长组织和带教。"清尘说,"只有意志坚定,不计较得失,吃得苦,本事过硬的人才能成为骑射兵。"

"组长又是何人?"肃淳好奇地问。

清尘掀起眼睑,轻笑道:"你做降将的时候,我曾许你个官,还记得吗?"

"侍卫官?!"肃淳叫了起来。

"没发现什么?"清尘眨眨眼睛。

肃淳搜索了脑子里所有的印象,没有任何发现,于是看着清尘,不说话了。

"侍卫官总共二十人,随侍将军左右,其中,沐将军和清尘各有侍卫官四人,其余将军各有侍卫官两人。"刺竹缓声道。

"还有什么发现?"清尘转向刺竹。

"侍卫官们好像各有团体,散操后,晚饭前,经常三个一群,五个一伙,出外游玩或聚会……"刺竹思索着,说,"照你的说法,就是另行操练去了。"

清尘点点头:"骑射兵的队长就是教你们学军纪的督军郑田,组长就是二十名侍卫官。每个侍卫官最少带二百名骑射兵,自己选拔,自己训练。我爹每年进行一次侍卫官选拔,由二十个小组推举,每组推举三人,择优任职。"

"为什么要用这样的方式?"安王好奇地问。

"这就是机动部队的特征。"清尘说,"我们不可能单独组成兵种,集中选拔是为了挑选优秀,分散训练是为了方便安排,随机召集是为了灵活应战。在平时,沐家军是一个整体,上岸则全部是步兵,下水则转成水师,其中精锐均匀地分布各处,可以带动和提高整个部队的战斗力,到了需要进行专攻的时刻,就必须精中选优,召集小队,以利于发挥最大优势。"

安王不停地点头,赞许道:"这样带兵,确实是非常之道。"

"这是宣恕伯伯的治军之道,我爹操持了十多年。"清尘说,"不敢掠人之美。"

安王摇头道:"非也,非也,他的构想,广驰打下的基础,在你的实施下,应该是更完美才是。"

"这也是不得已的办法,"清尘沉声道,"淮王不允许沐家军做大,那沐家军就只能做强,否则,迟早会被吃掉。"

安王点点头,朝向肃淳:"你呀,好好学学!白去做了一回降将,什么都没发现……"

"我以为清尘故意作弄我呢。"肃淳笑道,"清尘,你说你安排我们去学军纪,到底啥意思?"

"意思就是……"清尘想笑,还是忍住了,说,"就是让郑田看住你们,免得刺探了情报。"

安王忍不住笑起来:"防范森严啊,只一个细作的刺竹,也都只窥见了皮毛……"

所有人都笑了,只有刺竹默默地望着清尘出神,若有所失,不知道在想些什么。这些都分毫不差地落进了沐广驰的眼中,他皱着眉头瞥了肃淳一眼,正好看见肃淳眼睛晶亮亮地盯着清尘,心头有些不爽,便清了清嗓子,说:"清尘,还是抓紧时间说正事吧。"

清尘点点头,再次走近防御图,指着山头说:"骑射兵四千,兵分两路,一千人登东山;三千人登南山,后援一万人马;大部队从西面全线进攻;水军驻北面。"

"具体打法是这样的,大军压进乾州城,只围不打。骑射兵必须先夺取南山,占领后协同后援一万从山上往下打。南山占领后以吹号为令,后援和大军同时进发,内外夹击,打它个措手不及。"清尘说,"夺东山的时间充裕些,城内外开打后,军心动摇,东山骑射兵就是要造势,逼迫山上的秦军逃命,他们必然不会选择回城送死,只会奔向乾州港,这样势必造成港内的混乱,无须我们再做什么,船队就会慌张出港。这时候,一旦有船驶出葫芦口,守在北面的水军出击,逐个击破……"

"此时乾州已经乱成一锅粥,东、南山上有兵,西面是大军,那么,秦阶也会选择坐船出逃,"清尘沉声道,"准备活捉秦阶吧。"

"骑射兵何时出发?"沐广驰问。

清尘看看天色,回答:"现在是子时末,骑射兵丑时三刻出发,寅时末,天亮前,必须占领南山。天一亮,发起总攻。"

"骑射兵丑时一刻集合。"清尘看着安王,不说话了。

安王笑笑:"沐帅,既然部署在胸,就一并吩咐了吧。"

"不敢当,"清尘推辞道,"王爷是主帅,还是王爷运筹吧。"

"你既然不肯做帅,那权且当一回军师总是可以的?"安王征询着,见清尘不语,似是默认了,便说,"那请军师分派职责。"

清尘迟疑片刻,沉声道:"召集所有将军。"

灯火通明的中军帐内,安王端坐正中,面前的案几上,插放着通红的令牌。

将军们都到齐了。安王招手,喊道:"清尘,你来。"

清尘走过来,立在安王身侧。

安王沉声道:"时间紧迫,开始吧。"

清尘挺胸,深吸一口气,抽出一支令牌,凛声道:"肃淳!"

肃淳浑身一凛,赶紧出列,单膝跪下,拱手道:"末将在!"

"令你为先锋官!南山号角一起,引领大军全面出击!"清尘说完,令牌一掷。

"是!"肃淳接过令牌,起身归队,全身都抑制不住地激动起来。这个差事,可是他梦寐以求的啊。

"郑田!"清尘又叫……

军令一概吩咐完毕,众将即刻退去准备,清尘喊道:"先锋官留下。"

肃淳直立,严肃认真地握着腰间的剑柄,等待清尘发令。

这么一本正经,清尘笑了一下,说:"你穿我的铠甲出战。"

"是!"肃淳答毕,笑起来,"那你穿什么?"

"我不穿。"清尘淡淡道,"我不出战。"她看肃淳一眼,低声道,"你应该问我,为什么要你穿银铠甲?"

肃淳怔了一下,问道:"为什么?"

"因为你是世子,是先锋官,银铠甲是身份的象征,而且,秦军会因为银铠甲的出现而动摇军心……"清尘说,"这一仗,你做先锋官,很危险,也很关键,害怕吗?"

"不！"肃淳赶紧挺胸回答，"不害怕！"

清尘点点头："下去准备。"

"分配完了？"安王笑着，慢悠悠地开口，"你好像还忘了两个人呢……"

清尘抬眼，看见偌大的帐中，左右两侧分别只剩下沐广驰和刺竹，便说："赵刺竹将军可以担任副帅，自然不是我这个临时军师分派任务……至于沐广驰将军，"她看着父亲，笑了笑，轻声道，"廉颇老矣，可以休息了。"

沐广驰会心而笑。

"都别站着了，坐下吧。"安王站起身，面朝清尘，低声道，"这就准备走了？"

刺竹一惊，怔怔地望着清尘。

"还是等，仗打完了再走吧……"安王有些不舍。

清尘还未答话，沐广驰就说："之前早就跟部属们交代过了的，这一仗，就算正式交接吧……"

这俩父女，倒是默契非常啊。安王想留，一时又找不到借口，悻悻地望着刺竹，有些不痛快。

刺竹低头想想，轻声道："乾州攻下来，对淮王一族的处置，皇上还是会先听取王爷的意见……"

清尘默然看了父亲一眼，沐广驰点点头，清尘便说："那就听王爷的，战后再走吧。"

安王舒心地笑了："好，好。清尘去休息吧。"

看着安王带着刺竹出帐，一跃上马，意气风发地准备出战。清尘回头看了父亲一眼，笑着问："你不会怪我自作主张吧？"

"我听你的，"沐广驰摸了摸清尘的脑袋，压抑下心头隐隐的不安，柔声道，"不在乎这一会儿的。"他的直觉是那么强烈，此刻，就应该坚持离开，可是，清尘要留，一定是有理由的，正如刺竹所说，淮王那里还有她放不下的东西。所以，沐广驰没有坚持，他的爱一贯纵容，他相信，上天既然阻止了他开口，就会永远地保守秘密，不会再有意外了。

"等我了了一个心愿，我们就走。"清尘的眼睛晶亮地望着父亲。

沐广驰轻叹一声："那，刺竹呢？"

"他跟我们有什么关系？"清尘笑着，挽住了父亲的胳膊，斜过头来，"我都放下了,你还放不下？"

沐广驰瘪瘪嘴,悻悻道:"我是真喜欢他呢……"

清尘笑着,贴近了父亲,低声道:"安王知道我是女孩了？"

"嗯,我告诉他的。"沐广驰瓮声道,"当时你被捉了,他老在我跟前说羡慕我有个这么优秀的儿子,我怕他嫉妒,巴不得你出事,索性就摊了牌……他倒是争取了救你,可我总觉得措施不那么得力……"

"所以,你一急,差点就把我许给肃淳了,只要安王肯救我,你是什么招都准备用上的,是不是？"清尘笑嘻嘻地说,"好在我出现得及时,不然,才死里逃生又要被你送进王府去等死了。"

沐广驰吃惊道:"你怎么知道的？"

"我有顺风耳,听见你跟安王的对话了。"清尘笑得鬼里鬼气。

沐广驰眨巴着眼睛,忽地想起回来的路上肃淳一直跟在清尘身边,便说:"肃淳告诉你的吧,我跟安王说话,他人不在边上,耳朵倒是伸得长呢……"

"你能说,人家不能听？"清尘虎起脸,佯装生气,"沐广驰,你真要把我许给肃淳了,你自己嫁啊,别赖我头上。"

"我？"沐广驰愕然着,呵呵地笑起来,"那也要人家要我才行啊。"

"人家会要你？"清尘反诘道,"要回去当爹啊?!你四肢发达,头脑简单,也只有我,才不会嫌弃让你当爹,你就安分些,乖乖地跟着我过日子。"

沐广驰被抢白了一顿,也不恼,张着嘴傻呵呵地笑道:"我后来不是改口了嘛,肃淳黏着你的时候,我跟安王说清楚了,非但不会让你去王府做妾,就是给肃淳做正室,也是不行的,我们普通人家,还是过自己的平凡日子吧。"说完,猛地想起一件事来,问道,"咋没商量一下,忽然就决定走了？"

"现在已经是最合适的时机。"清尘敛去笑容,低声道,"爹,虽然你是被逼无奈才吐露实情,却也歪打正着。安王是何等聪明之人,我若是男孩,他必然不肯放我们走的,一是怕我们走后自立门户,二是怕你仍心有结节,日后恐反,三是还想用我领军之才,所以,他一定会重赏我们,说不定这次就会任命我为副帅,日后好报请封侯。如果走到了这一步,我们才真正为难,走即是抗旨,留下也不是长远之计,到时候,还是要把实情说出来。"

"横竖是要说的,早说比晚说好。"清尘思忖道,"我是个女孩,倒是了却了安王的心腹大患。因此我估摸着他会让我们离开。"清尘说,"所以,我把银铠甲和先锋官都送给了肃淳,肃淳有了战功,世子的位置稳坐,安王的权势也能得以顺利地延续,这个人情,他总是要记着我们的。"

"安王此人虽然在情事上自私,但为人也还有些气度,我这样安排,也是为了日后平安着想。"清尘默然道,"我是个女孩,翻腾不起多大风浪,军权拱手相让,名利都送给了安王,安王自是会领情的。"

"你想得细,爹不操心这些,都听你的。"沐广驰点点头,又想起什么,问道,"先锋官不给刺竹?"

"刺竹……"清尘皱皱眉头,"在他心里,维护肃淳是第一位的,他不会争功,给了他,他也会让给肃淳,何必多此一举?!"

"那肃淳穿上你的银铠甲,不会有危险吗?"沐广驰有些担心,"太抢眼了,万一出了意外,那可就适得其反了……"

"不会的,爹。"清尘悠声道,"银铠甲代表着我,秦骏既然醒来了,也知道我逃走了,一定会吩咐下去,不许伤害我……这个护身符,给肃淳正好。"

"秦骏居然还没死?"沐广驰皱皱眉头,"你当时可是下了杀手啊……"

清尘摇摇头:"没死也伤得很重……我当时体力不支,竭力了却不知分寸如何。"

沐广驰默然片刻,轻声道:"清尘,你告诉爹,当时,你真是有杀心的?"

"是……"清尘缓缓地闭上眼睛,怅声道,"迟早的事,不会再有回头路……"

沐广驰心疼地揽住了她的肩膀,低沉道:"只要破了乾州,无论如何,我们都走,一刻也不耽误。"

清尘疲惫地将头靠在了父亲的胸前,闭上眼睛。

第三十五章

临败局覆巢下有完卵
独相对情在心口难开

凌晨,号角长鸣,战鼓擂响,震天地喊杀声响了起来。

淮王妃轻轻地起身,关上窗户,那喧闹被隔在外面,变得不那么真切了。

"关上干什么,这屋里人多,闷得慌呢……"敬篆以手做扇,不耐烦地扇着脖子,但那幽幽的风丝毫也缓解不了他心中的焦躁,愈发憋屈起来,便直起脖子叫道,"来人,把门和窗都给我打开,吵死也比闷死好!"

"行了……你就安分点吧。"他母亲秦夫人轻轻地拍了他一下,敬篆白了母亲一眼,不吭声了。

依琳环顾屋中一眼,一屋子妻妾和孩子站的站、坐的坐,都傍着自己的母亲,她看了弟弟敬臻一眼,紧紧地握住了弟弟的手。这时候,身旁的淮王妃也悄然握住了女儿的手,没有言语,可是依琳却感觉到母亲的手冰凉,在微微地颤抖。

巳时,门"嘭"地一声被大力推开,淮王满脸阴沉地走了进来。

所有的人都站起身来,望着淮王。淮王的脸色发青,他反手一摆,侍卫退了出去,只听门外"哐啷"一声响,门已被反锁。众人一噤,吓得脸色苍白。

淮王妃更加用力地抓紧了依琳的手,握得依琳生痛,却不再发抖了。

"乾州保不住了……"淮王一开口,就是噩耗,有几个人软软地滑了下去……

淮王阴沉地扫着四周,低沉道:"我们无路可退,只能跟乾州共存亡。"

苍灵渡 CANG LING DU

295

众人心惊肉跳地面面相觑，无人出声。

"当年既然决定起兵，便也想到了今天的结果，皇上是不会饶过我们的，"淮王凛声道，"本门一族，苟活亦是无望。"

"与其任他们羞辱，当众剐杀，不如保全了颜面，求个全尸。"淮王低下头去，颓废却依旧决绝，"这场仗一开始打，我就决定了，所以，把你们所有人都集中在这屋子里，赢了，我们都出去，输了，我们便就此不要出这间屋子了……"

"今天，所有的一切，都在这里了结。"淮王说着，一挥手，"开始吧……"

秦夫人迟疑了一下，叫道："王爷不可如此气馁，我们还有兵马，还可以东山再起……"

淮王斜了她一眼，问道："兵马在哪里？"

秦夫人一怔，心里还没转过弯儿，敬篆已经忍不住开口了："舅舅会带我们突围的……"

"哦，"淮王淡淡道，"你舅舅秦阶会带我们突围？"

秦夫人觉得不对劲，赶紧不吱声了。可是敬篆不知道天高地厚，还叫嚣着："当然……不过，他不可能带这么多人走……"

淮王默然着，不屑道："那你说，带哪些人走？"

敬篆梗了梗脖子，乜了淮王妃一眼，扬声道："自是父王、我和我娘……突围嘛，不可能一大家子都拖拉着，跑也跑不动，那不是会死一块儿……"

"我看，都是一家人，大家就顾全一下大局，等我们先走了，日后有机会，再来救你们……"敬篆不怀好意地笑笑，"万一……呵呵，这个，以后开枝散叶的事情，自然就是我娘和我来担当的，不会让淮王一脉没落的……"

淮王冷笑一声："你叫他们顾全大局，让你先跑，自己留下等死……你怎么不让别人先跑，你留下呢……"

"我……"敬篆强词夺理，"我是大公子，当然最应该保全我……"

淮王哼了一声："让你亲爱的舅舅保全你吧，我们一大家子还是抱团一块死。"

敬篆眨着眼睛，看母亲一眼，脸色微变。

秦夫人显然意识到了什么，默默地低下头去。

敬篆顿了顿，又叫起来："管你们干不干，等我舅舅来了，让舅舅决定……他说不带你们，你们可也怪不得我了！"

淮王看着敬篆，一字一顿地说："你那个亲爱的舅舅，秦阶，早就跑了……山上的沐家军一打下来，他就跑了……除了一万人马，他只带了一个人，就是他那半死不活的小儿子秦骏……他还记得你是谁?! 淮王大公子? 他嫡亲的外甥?"

淮王气愤地咆哮起来:"你指望他带着你走? 他逃走的时候,谁也不知道! 临走的时候,他还跟我说,他去城门口顶着,誓跟乾州共存亡,城门要破,也得先从他身上踏过去呢……"

"你爹我都不算什么,你是什么东西?!"淮王直起身子,冷声道,"事到如今,你想死也得死,不想死也得死! 等你死了,再去谢你那亲爱的舅舅! 他要是肯带着我们突围,你也不会落到这步田地!"

秦夫人只觉得头顶一炸,身子软软地滑了下来,瘫坐在地上,面如死灰。

敬篆半张着嘴,瞪大眼睛看着淮王,好像一根木头。

"不是我不想带你们走,但凡我有一点办法,又何必出此下策?"淮王长叹一声,"如今,我也是无路可走……既如此,何不如一家人死个团圆……"他黯然地抬手,吩咐道:"拿药来。"

淮王妃含着泪,从柜子里拿出一个盒子来,缓缓地打开,只见那一个个小格子里,整整齐齐地摆放着黑色葡萄大的药丸。

"这药不苦,吃了,也就解脱了……"淮王瞥了一眼,便飞快地别过脑袋去,抖索片刻,唏嘘道,"一个个来,等你们都吃了,我最后……"他转过头来,对淮王妃点点头。

"我是王妃,我带个头……"淮王妃说着,捏起一个送入自己嘴里,咀嚼着,吞了下去,然后喝口水。随后,她拿起一个,喂给儿子敬臻。再走到依琳跟前,轻声道:"来,自己拿一个吃……"

依琳看着母亲,淮王妃淡淡地望着她,眼光里没有任何内容。

依琳低下头去,去看纸盒里的格子,冷不丁发现母亲端着盒子,大拇指在边上的一个药丸上轻点了两下,她马上会意,捏起那个药丸就放进了嘴里。

所有人都服下了药丸,敬臻头一个倒下,淮王妃想去扶,却也不能自持,一下便坐在了地上,就在跌下的一瞬间,她重重地将依琳扯了下来,头一歪,顺势倒在敬臻身上,同时也用袖子盖住了依琳。依琳俯在母亲的胸口下,贴着弟弟,轻轻地闭上了眼睛。

周遭是那么地安静,死亡的气息这么近,依琳感觉到母亲和弟弟身上的温度在缓缓地退却,她一动不动,在母亲的袖底泪流满面。

突袭从丑时开始,到辰时发起总攻,战斗并没有持续很久,还未到晌午时分,乾州城就破了,安王的大军倾城而入。而水路,也跟着传来了大捷。

安王骑着马，缓缓地出了乾州城门，回头望望城墙上新插上的大旗，欣慰一笑，随即转过头来，看看刺竹和肃淳，问道："你猜，清尘现在在做什么呢？"

"她肯定摆好了庆功宴，等我们回去大吃一顿……"肃淳摸着瘪瘪的肚子，笑道，"昨儿折腾一夜，今天又是一气未歇，我还真是饿了。"

"因为你饿了，所以就只记得吃？"安王嗔怪地看了他一眼，目光在血迹斑斑的银铠甲上停留了一会儿，又朝向刺竹，"你说呢？"

刺竹想了想，低声道："清尘可能在睡觉吧。"

"哈哈，哈哈……"安王大笑起来，"我也是这么猜的，要不，我们现在过去看看……"

大营很安静，除了值守的一个小队，其他的士兵都参战去了，这会儿大家都正忙着打扫战场，热闹的是乾州城，这里反倒充满了一种与大战毫不搭界的闲适。

安王示意士兵不要声张，悄然走近了清尘的营帐，正要喊话，忽地帐帘一掀，奶娘走了出来，看见安王有些意外，怔怔地不知说什么才好。

"我们可以进去吗？"肃淳轻声问。

"沐将军在里面……"奶娘说着，赶紧撩起了帐帘。

安王走进去，只看见一桌饭菜，摆着两副碗筷，却是没有动过的样子。

安王探头去看，只见里面的床上，右边挂着半边纱帐，沐广驰正坐在床的左边，斜身拿着鹅毛扇，轻悠悠地朝床里摇着。此刻，他一脸温柔的浅笑，嘴里低低地哼着折子戏，配合着脑袋也在微微地晃动，怡然自得的模样不禁让安王一怔。

沐广驰是一个硬汉，正因为他寡言少笑，也就很难见到温情的时刻，可是，安王已经不止一次从沐广驰望着清尘的眼光里读出深情和宠溺，他全神贯注，不加掩饰，面色如常但满满的笑意始终盛在眼睛里。安王常常在沐广驰那样的眼神中惆怅万般，是羡慕，是嫉妒，也是失落啊。

"哎呀，吵死了……"床上传来清尘睡意蒙眬的不满声。

"不唱了，不唱了……"沐广驰笑笑，柔声道，"你可以起来了呢，要吃点东西的。"

"什么时辰了？"清尘伸了个懒腰。

沐广驰说："已经过了晌午了。"

清尘一骨碌爬了起来，看着父亲，眉头一皱："你还没吃饭？"

沐广驰笑吟吟地说："等你一块儿吃。"

"我在睡觉呢，你又没睡……"清尘瞪了父亲一眼，气咻咻地说，"你自己先吃嘛，老是等什么等呢，搞得我不按时吃饭都好像罪过一样……"

"呵呵，"沐广驰手中的扇子又摇了过来，"咱爷儿俩一起吃饭去？"

"行，先喝点水。"清尘挪到床边，放下腿来，沐广驰一见，赶紧蹲下来，替清尘穿上鞋，又转身从床头柜上倒了一杯水，轻轻地送到清尘嘴边。

清尘伸着脖子喝完水，仰起脑袋问道："乾州那边怎么样了？"

"大获全胜了。"沐广驰说，"战斗晌午前就结束了。"

清尘刚要说话，那头忽地传来一个声音："谈不上大获全胜……"定睛一看，安王带着肃淳和刺竹已经从帐帘边走过来了，笑道，"按照清尘的部署，这一仗虽然艰难却也顺畅，还未及收拾妥当，就急着来见你，方才想起未曾通传，真是失礼……"

"无妨，"清尘的一门子心思，都在安王刚才那句"谈不上大获全胜"上面，疑惑着问，"还请王爷明示，何处不尽人意？"

安王缓声道："秦阶父子不见了……"

清尘眉头一皱，沉吟道："怎么会这样？"

"按照我们的设想，山上下兵后，秦阶就应该去港口，从水路逃，但是水军全歼秦兵，未见秦阶父子踪迹。"肃淳说，"他们没走水路，又是从哪里逃走的？山路，不太可能啊……不过我们已经派出两路兵，分别从东、南两个方向去搜索了。"

清尘默然片刻，轻声道："东，他们往东面逃了。"

"我们开始忘了什么？"刺竹低低的声音，似在自问，又似在问清尘。

"忘了秦骏没死，已经醒了。"清尘深吸一口气，沉声道，"秦骏虽然不能力挽狂澜，但要识破我们的部署，却不是件很难的事。"

"他既然知道进攻的号角是从南山吹响，就知道下兵的主场在南山，由此他也能算到东山的兵只是为了逼出水军……"清尘思忖道，"东山的兵下来后，再无后援，东山是座空山，他抓住了这个空子，从东山逃了……"

"东山过去，是两条官道，一条通往红越岭，一条通往麦城。红越岭深处人迹罕至，是个躲藏的好地方，也适合秦骏爱静的秉性；麦城是个商业集散地，再往前就是丝绸之路了，那里繁华富庶，人多嘈杂……"

清尘缓缓地停住了，眼神望着前方，有些虚无。

肃淳轻声道："我们是不是要赶紧设伏红越岭？"

"不……"清尘幽声道，"所有兵力埋伏麦城。秦骏有伤，他们父子走不了很快，马上飞鸽传书，东面的追兵全部去往麦城，并且通知守军，在麦城出口擒拿他们。"

"麦城？"肃淳有些惊讶。刚才清尘的话意似乎秦骏会选择红越岭，怎么一转口，就变成了麦城？！他愕然道："为什么是麦城？"

"因为他知道，他醒了在我这里已经不是秘密，他以为我会认为他一定去红越岭……"清尘淡然道，"最重要的是，红越岭人少，来几个外人很扎眼，可是麦城天南地北的人多了，要找人可没那么容易。"

"的确，我们要想在麦城找到他是难度很大，所以，没必要浪费精力，"清尘说，"在出城口，雇几辆大车，让所有的士兵都坐在车里等，对外就说，是一支商队在等同伴，要约好了一起出发。城门处如常盘查，以城中有偷盗为名严查马车，这样，为了不引起注意，秦骏虽然有伤，却一定不会坐马车……"

"看身高，看脸色，发现他并不难，"清尘垂下眼帘，低声道，"一定能抓住他的。"

安王静静地看着清尘，许久之后，才轻声道："知道他们被抓住，结果会怎样吗？"

清尘漠然道："知道。"

安王顿了顿，又低低道："秦骏，是你师兄……"对待丧家之犬，安王还有懒得穷追的一丝豁达，可是，面对自己的师兄，清尘的淡泊让人心寒。阵前，那含而不露的深情，亦曾感动过安王啊，安王不信，清尘真有这么冷酷？！

沐广驰紧张地看了清尘一眼，清尘仰起头来，注视着安王，平静地说："秦骏当初选择跟着父亲一条路走到底，而不是归降，我就知道，他心里最放不下的还是他爹秦阶……他太聪明，今后，必成朝廷心腹大患。"

安王笑了一下："胜者为王，败者为寇，他兵败如山倒，要东山再起，谈何容易？"

清尘的脸上划过一丝犹豫，她凝重了脸色，徐徐地吐露出一个真相："早在淮王手下的时候，我就知道，秦阶暗通外藩，不然，秦骏怎么会有汗血宝马，又怎么会送一匹给我？"

雪尘马是汗血宝马？！肃淳和刺竹都吃了一惊。

"雪尘马是纯正的波斯血统，从西域过来，一路的胡人都跟秦阶交情不浅，从前的丝绸之路实质上也一直是在秦阶的掌握之中，如果让他们逃脱，秦阶就会动用存放在塞外的财产，招兵买马，联合胡人攻打我中原……"清尘低声道，"秦骏人虽不坏，但他最大的优点是重情，最大的缺点也是重情，在感情面前，他明知是非却不能取舍，所以，不管他有多么矛盾和痛苦，他的聪明才智，以后只能是被秦阶所用，为虎作伥。"

原来，这才是秦骏取道麦城的真实原因，清尘一开始本不想说得这么透，只想用抓住秦阶父子来阻止这一切，但安王一直要问下去，她也不得不说了。此时惊异的不只是安王三人，还有沐广驰，他脱口而出："你怎么知道这些的？"

清尘看了父亲一眼，细声道："从秦骏送我雪尘马开始，我就起了疑心，一直在调查秦阶与外藩的关系，每年我都会去归真寺，其实有一个很重要的原因就是约见一个常年在丝绸之路上行走的商人，他每年都会把秦阶通过守军收取的保护费的大致金额，以及他跟外藩的利益协议的一些重要内容告诉我。"

"秦阶此人，天生反骨，秦骏有这样一个爹，依他的性情，也只能跟着做坏事。如今天下刚刚归一，百废待兴，最需要的就是休养生息，倘若秦阶出关后攘外族卷土重来，天下又将涂炭。"清尘沉沉地收了尾，"所以，断不能放虎归山。"

安王叹息一声："如此一来，只能是……可惜了秦骏，确实是个人才啊……"他冲肃淳一摆手："赶紧去下令！"

肃淳匆忙出帐。清尘默默地望着地面，一脸寂然，良久无语。

在一片沉闷之中，刺竹徐徐地开口道："破城之后，我们才发现，淮王把全家人都集中在一间屋子里，服下了毒药……"

清尘抬起眼睑，望着刺竹。不知为何，刺竹的眼神躲闪着，在低头的瞬间，脸已泛红，他低声道："所有的人都断气了，只有依琳郡主还活着，丝毫无恙……"

清尘淡淡的眼光转向安王。

刺竹看了清尘一眼，轻声问道："王爷，你预备如何处置依琳？"

安王沉吟道："依琳……救过清尘，又是个女孩，我已经建议皇上给她指个人家嫁了……"

刺竹踌躇着，低低地说："她，或许不愿意呢……"

"那还能如何？"安王缓声道，"会尽量给她找个好人家，王公贵族里，适龄的公子不少，她愿意自己选也行……"

清尘缓缓地低下头去，没有出声。

安王看了清尘一眼，知道她心情不佳，更多的还惦记着追逃的事，对肃淳有些不放心，便出去查看了。沐广驰拍拍清尘的肩头，看看刺竹，也出去了。

帐内异常地安静。

"清尘……"刺竹喊道。

清尘没有抬头，闷闷道："你想说什么？"

"依琳……"刺竹有些说不下去了，依琳的心意，他们都知道。

"我若真是个男的，就娶了她。"清尘的话语里有些凄然。

"就算你是个男的，也一定娶不了她……"刺竹低沉道，"她毕竟是淮王的女儿，而你，又是将军……不管是皇上，还是安王，都会忌讳……"

清尘默默地望向别处，徐徐道："依琳安排妥当了，我便走。"

刺竹静静地看着清尘，她的脸色冷清，看不出太多的情绪，但是刺竹能感受得到，她心底正翻滚着波澜，他迟疑了一下，轻声道："还是不要走吧。"

"理由呢？"清尘的眼光里一抹锐气。

刺竹咬咬牙关，沉声道："相信肃淳，会给你一个交代的。"

清尘眨眨眼睛，忽地笑了："他？他的交代跟我何干？"她猛然间大笑起来，"赵刺竹将军，我真是佩服你……这到底是你的真心所想，还是言不由衷？"

刺竹皱皱眉，眼光心虚地移到了地面上。

清尘渐渐停住笑，沉默片刻，轻声说："你走吧。"

"清尘……"刺竹嗫嚅道。

"我知道你的意思……你维护肃淳，从各个方面……"清尘幽声道，"你会娶陈小姐，我却不会嫁给肃淳，无论他能否退婚……"

"清尘……"刺竹欲言又止。

"你走吧。"清尘摆摆手，"你可以管肃淳的事情，不要管我的事情……用不了多久，我们就不相干了。"

刺竹心头一刺，有些难过，他低头想想，还是退了出去。

帐帘一掀，亮晃晃地刺眼，午后的阳光炙热，刺竹此刻却感到心底冰凉。

清尘的冷淡，有些时候了，他们那亲密的过去，就这样一去不返了。她在刻意地回避，这态度和话语，都分明地表达着她对肃淳的拒绝。从现在开始，清尘在营里的时间已经进入了倒计时，只要依琳的归宿落定，她就会毫无留恋地离开。

刺竹心头满是苦涩，他不知道用什么办法留住清尘，留下来他又将如何面对她？从心底里说，他希望成全肃淳，因为他体会得到，肃淳有多爱清尘；他看见肃淳为清尘做了那么多，哪怕是一次又一次自不量力的相救，都是出于爱她的勇气；他知道，肃淳为了清尘一直在争取，放弃公主、放弃世子之位，但这些不是随随便便就可以做到的。

秦骏爱得深沉，肃淳何尝又爱得不投入？

因此，他，赵刺竹，又算得了什么？

清幽的夜风,拂过铺满了银霜的屋顶,在圆圆的月亮下边,一个熟悉的身影,用手拢着什么,轻声吹奏……

皎洁的月光下,她的侧影像陷在淡淡的雾气中,清幽如梦幻般地迷离着,她秀美的脸在若隐若现中慢慢清晰。他从远处,一步一步缓缓地走近,她听见响动,回头过来,那清亮的眼睛,幽幽地望过来,他情不自禁地微笑起来,柔声唤道:"清尘……"

她平静地望着他,浅浅的凉意在眼中渐浓,仿佛无视他的笑容,而脸上的清冷更是横亘在二人中间,瞬间疏离了他。

他的笑容终于涩涩地退去,怅然着一张脸,讪讪道:"清尘……"

她不语,回过头去,抬手轻轻地解散了头发,披落在脖子两侧,再转过头来,却是嫣然轻笑:"我要真是个女孩,你会喜欢我吗?"

他忽地咧开嘴,傻笑起来:"清尘……"

"以后,你不要再叫我清尘了。"她的脸色倏地一变,冷冷道,"我的事,不要你管。"

"清尘……"他急了,大叫一声,猛然间睁开了眼睛——

面前,是白晃晃的帐顶,四下,是暗夜的沉静,这,原来只是个梦。

刺竹缓缓地坐起来,抹了一把脸。冷不丁,旁边伸出来一只手搭上了他的胳膊,刺竹一惊,侧脸一看,肃淳打着哈欠,正睡眼蒙眬地说着:"你干什么呀?"

刺竹吁口气,低声道:"没什么,睡不着……我出去走走,你睡啊……"

一起身,下了床。

脚步渐渐远去,门扣上了。肃淳缓缓地睁开眼睛,全无一点睡意,他望望门的方向,紧紧地锁住了眉头。

刺竹穿着短褂,信步走着,不觉到了一园子里,抬头看看月亮,心事沉沉无处排遣,四下看看,就在葡萄藤架下坐了下来。

大战过后的乾州城里,祥和安宁,这两日大军狂欢之后,已经撤走一半人马先行回朝,这临时驻扎的院落,更是趋于平静。

再过两日,剩余的大军也要撤走,在此之前,安王等待着皇上的圣旨。圣旨将会派来新一任乾州知府,而依琳的婚事也将尘埃落定。皇上是宽和的,可以放依琳一条生路,但作为叛王之后,绝不可再回京城,绝不会赐以荣耀,也绝不可能许给战将,依琳的归宿,只能是文官之后。

但是,以他对依琳的观察和了解,刺竹觉得,依琳不会接受这样的安排。依琳和初尘是截然相反的两种人,初尘表面泼辣而内心怯弱,依琳表面柔顺而内心倔强,而清尘也正是看到了这一点,才放不下依琳。

刺竹知道,此时的清尘,放下了许多,她厌倦了战争,厌倦了厮杀,厌倦了争斗,只想轻身而去,甚至是要迫不及待地逃离可以预见的、更为残忍的结局,这结局,是依琳的宿命,是秦骏的下场。刺竹不想她离开,哪怕她只多待一分钟,对他来说都是好的。所以,在清尘那样坚决要走的时候,他要暗示,要勾起清尘对依琳的不忍,换取辞别的延期。

可是他也知道,这最终阻止不了清尘的离开。

他还有什么理由可以留下她?

留下她,交给肃淳吗?刺竹一直在说服自己,要为了成全肃淳,劝清尘接受,尽管她一再申明她和肃淳不可能;要为了将来的荣华富贵,劝清尘接受,尽管他知道清尘根本不在乎这些;要为了兄弟之义,割爱,尽管他因此深陷纠结。

在感情方面,他从来都是后知后觉的,不到失去的那一刻,他不会知道,原来,她在他心里,有那么重要。她是男孩的时候,他喜欢她,她是女孩以后,那喜欢直接便转化成了依恋，只是，他从来都没有意识到。

那一夜，淮河边，他牵肠挂肚的担忧，唤醒了早就渗透在骨子里的爱。潺潺的河水里，到处晃动着她的影子，她的一颦一笑、一言一行，一直都刻印在他的脑海里，不能去想，一想就失神。

他想告诉她，他喜欢她，他也是爱她的，可是他怯弱得就像一个初上战场的小兵，只敢心虚地探头，不敢勇猛地行动。是的，就如同他的性格，想得太细，顾虑太多。他希望肃淳幸福，也希望清尘幸福，一个是心爱的兄弟，一个是心爱的女人，如果三个人中非得有一个人痛苦，他一定会选自己。

清尘早早地就放手了，她的聪明，她的了然，还有她的清傲，都促成了她的绝然。他担心过，一直装傻下去，清尘会如何追问，可是她断然地离去，却让他陷入更痛苦的煎熬。他的爱远没有秦骏的那么执着，比如，为了肃淳，他可以放弃，哪怕自己背地里心痛难掩；他的爱也没有肃淳的那么炽烈，比如，他不敢表白，哪怕她的笑意里隐藏着鼓励。所以，注定他是要失去她的，而现在他最痛苦的，不是要把她拱手让人，而是——

我什么都不要求，我只想亲口告诉她，我有多爱她。

可是，我不能说……

刺竹伸出手，缓缓地捂住了脸。

脑海里，无比清晰地浮现出了她的脸庞，淡淡地望着他。她的眼神，无辜，清冷，像把尖刀，插了他的内心，骤然间，浑身抽搐一下。

他知道，她是喜欢他的，就在那日，帐内轻声一句"你走吧"，其实，是她心底最深的温柔，就好像她的体贴，总是不露痕迹地藏在刻意的疏远里，不逼他，远远地避开，淡淡地不去提及。那是她不忍心叫他为难，她那么聪明，早就通透了一切。她知道他想把她让给肃淳；她知道，他不是没有勇气开口，而是顾虑太多不能开口；她知道，只要有肃淳在，他便永远都不会开口；她知道，如果她一直等，他会更加愧疚，所以，她选择放手，然后，离开。

"清尘……"刺竹喃喃道，"你原谅我……"

"清尘……"刺竹复念一声，潸然泪下。

刺竹回到房间的时候，天已经亮了，肃淳穿戴完毕，正要出门去吃早饭，迎面看见刺竹进来，便笑问："你这一晚上跑哪去了？"

刺竹搪塞道："没什么，四处转了转……"

"你呀，仗都打完了，又没敌情了，还这么谨慎……"肃淳说，"等麦城那边抓住秦阶父子，我们就彻底没事可干了。"

刺竹不语，开始换装。

"怎么了？"肃淳凑过来，轻声道，"你有心事？"

刺竹看他一眼，不说话。

"一天到晚都不知道你在想什么，"肃淳忽地叹口气，"别说你有心事，我还郁闷得很呢……"

刺竹瓮声道："怎么了？"

"清尘啊！"肃淳沮丧地坐下来，低声道，"你又不是不知道，按理，战事结束，我跟初尘就得成亲，可我心里想的全都是怎么才能跟她退亲……"

"父王不允，我全部的希望都在初尘身上。我已经修书给她，说此役清尘有大功，务必抓住机会游说皇后，这是唯一的机会，不然，我们俩都完了……"肃淳抬头，见刺竹目光炯炯地望着自己，不由得脸上一红，细细地说："是有些龌龊，可是，除此下策别无他法……"

他沉默片刻，忽地幽幽一笑："我知道，我和清尘之间的障碍只是初尘。如果我能娶清尘为正室，沐广驰也会答应的，是不是？"

他盯着刺竹的眼睛，一字一顿地说："我发誓，我会让清尘幸福的；我发誓，决不纳妾……"他说完，便直直地望着刺竹。

刺竹缓缓地低下头去，望着手中的外衣，沉默。

一只手轻轻地搭上他的胳膊，然后，紧紧地握住，肃淳的声音沉沉地响起："刺竹哥，你知道我喜欢清尘，从第一次见到她我就喜欢她了，我一直喜欢她，不管父王是否同意，不管将来能否得偿心愿，这份爱都不会改变……我可以为了她做一切事情，违抗父王，违抗赐婚，削掉世子名号，都不算什么，我可以抛弃一切，跟她走……"

"你觉得我应该在乎的东西，我都可以不去在乎，因为我爱她，我绝不会让她成为第二个江祉莲！"肃淳的声音有些激昂，但随即又软了下来，忧戚中满含着祈求，"刺竹哥，我能让清尘认可，我是值得她爱的……你帮帮我，你一定能帮我的，从小到大，你对我都那么好，这一次也一样，是不是……"

许久之后，刺竹才抬起头来，艰难地开口道："我会帮你的……"

刺竹默默地穿上衣服，扎好腰带，径直走出门去。肃淳目送他离去，脸上的神情极端复杂。

他并非不知道，可是，他只能当作不知道。刺竹有太多的优点，是他不能企及，而他唯一高于刺竹的只有身份，如果为了清尘，这个身份必须放弃，他不会有丝毫的犹豫，只是，他需要刺竹的承诺。

因为他知道，刺竹说到一定做到。他要得到清尘，刺竹就必须退出，而且，要心甘情愿地退出。肃淳聪明地抓住了刺竹的弱点，一是他的正直守信，二是他的心善和心软，三是他对肃淳经年一贯的维护。

肃淳懂得，这是刺竹的本能，也是自己的卑劣。这么多年来，他享有了刺竹不求回报的呵护和关心，他本应该要报答刺竹，可是，他依然厚颜无耻、不择手段地向刺竹索取，索取的明知道是刺竹最心爱的这个人、最看重的这份感情。

肃淳手扶着桌面，激烈地颤抖着，觉得心底的愧疚一波一波如潮汐般席卷过来，在良知和羞愧的拷问下，他无法原谅自己。如果说一开始利用初尘对清尘的爱慕使的心机是卑鄙，那么这次，他对刺竹用的手段就是无耻，无耻到了极点。

他不止一次地对自己说，等到初尘退婚了，清尘的性别水落石出，我要装成也是刚刚知道……他给自己开脱，这是为了安王府的未来，不得已而为之，反正初尘也不爱自己，她知道真相后，只能怪老天……他发誓，一千遍地发誓，日后好好地补偿初尘。不管将来如何，这样想着，他就有了一丝侥幸，减轻了罪恶感。

可是，对刺竹呢？也许这一生，从此以后，只要看见刺竹，他就会如芒在背、如鲠在喉、如坐针毡，表面的若无其事丝毫也缓解不了他内心的羞惭，不管多少人的仰视，也削减不了他对自己卑贱人格的心知肚明。这一刻，他甚至觉得，自己还不如心底曾经深深不屑的父王，父王爱祉莲，那也是堂而皇之地争，而不似他这般龌龊，耍着小心眼，使着小勾当。

刺竹萧索而缄默的背影，像一根针插在他的心头，他恍然间觉得，哪怕刺竹心甘情愿，哪怕刺竹一点都不计较，这一辈子，他都会理亏着，无颜相对。

"清尘！"肃淳推开门，看见清尘一身短装，正在打绑腿，于是问道，"要出去？"

清尘摇摇头。

肃淳微笑道："我猜一猜，你这是准备走了吗？"

清尘抬头，看了肃淳一眼。

"我知道，你在等圣旨，在等皇上对依琳的安排……"肃淳顿了顿，轻声道，"我不希望你走，所以，我不喜欢圣旨这么快到……如果圣旨一直不下来，你就能留下……"

清尘默然道："那样，依琳就会一直被关着。"

肃淳怔了一下，低声道："我只想着你，没想过其他……你是不是认为我很自私……"

清尘沉吟片刻，轻声道："我对你并没有成见，别想那么多。"

肃淳嗫嚅着，刚要说话，门一声轻响，刺竹的声音传来："清尘，依琳郡主要见你。"

"进来吧，赵将军。"清尘问道，"是圣旨到了吗？"

"是。皇上将依琳许婚给昌平侯家二公子了，要王爷即刻护送去往婆家，择日成婚。"刺竹没有进屋，只在门外说，"依琳一定要见到你才肯走。"

清尘点点头，沉默片刻，说："世子，烦劳你回避一下……"

刺竹和肃淳站在门外，肃淳盯着刺竹的脸看，他听见自己心底沉沉的叹息，在清尘跟前，刺竹神色平静，语气平淡，但是索然的面容之下，肃淳还是能看出他眉间锁紧的心事。

门响了，清尘跨了出来。他换了一身衣服，青色的长摆战袍，玉腰带，短皮靴，腰挎宝剑，素净而英气。

肃淳禁不住轻轻地笑了一下，刺竹的眉头却皱得更紧了，眉间凭空竖起三条深深的沟壑。

清尘提步一走，肃淳就跟了上来，刺竹则远远地落在了后面，三人一路无语，直到看见安王。

"依琳在院子里，她说不看到你，她就不走。"安王的下巴朝内院里扬了扬，"去吧。"

肃淳起步，正要跟进，安王叫住他："你是堂哥，由你护送依琳没问题吧？"

"没问题。"肃淳赶紧正身，朝向父亲，谦恭地等着他发话。

安王叮嘱着路途中要注意的事项，肃淳认真地听着。就在俩人交谈之时，刺竹发现清尘站在内院门口，有些迟疑，想了想，便走了上去。

"进去吧。"刺竹低声道，"都躲了这些天了，总要见面的。"

清尘斜过头来,锐利的眼神一闪,有些寒光拂过刺竹的颜面。

"没有人告诉她真相,她什么都不知道……"刺竹的声音压得很低,"即便王爷下令严加看管,但只要你提出,王爷会允许你见她的。"

"你在躲避,是吗？"刺竹缓缓地,轻轻地剔开了真相,"你其实害怕见到依琳……因为,她想要的,你给不了……"

"但是那不是你的错,"他话头一转,柔和道,"圣上的想法,不是你可以改变的……"

"昌平侯为人慈和,皇上这样安排,还是很仁厚的,"刺竹轻轻地推了一下她的肩膀,"去吧,尽最大的能力安抚她,你能做到的。"

清尘凝神思索片刻,深吸一口气,跨进了院子。

依琳正站在花圃旁的紫薇树下,仰头看着一树粉红色的花朵。

"依琳……"清尘喊道。

依琳缓缓地转过身来,微笑。

清尘的眼光停留在她脸上,依琳此刻的安静里看不到半点的悲伤,也没有丁点的忧虑。她淡淡地笑着,问道:"离我那么远干吗？不能走近点？"

清尘复又向前两步,站在距离依琳一米左右的地方,只觉脚底有些窒窄的声音,低头一看,踩着了落花,他抬起脚,挪开些,却发现不过是徒劳,四下里都是缤纷的落英,于是脚游离着,竟是不知道该怎么放了。

"嘻嘻,"依琳见状忍不住笑出声来,"你怎么这般瑟缩,哪里还像令人闻风丧胆的倾城将军？"

清尘脚一落,抬头,故作轻松地笑了一下:"是了,竟然被你给奚落了……"

依琳眨眨眼睛,忽地不笑了,正色道:"你这几天怎么都不来见我？"

清尘有些语塞,还未及答话,依琳就自话自说道:"我想,是安王不让你见我,还是又去执行什么任务了……或者……"她怔怔地望着他,眼底浮起一丝凄然:"你是去请求娶我了,是吗？"

清尘愣住,还没来得及开口,依琳又说:"你看你这一身衣装,还有鞋子,都是干净的,折痕还在,刚才换的吧？"

"你若不是出去了,风尘仆仆,又何必换衣呢……你不想让我知道你出去了,说不定就是跟我有关的事情……"依琳叹口气,幽声道,"即便我猜错了,可是你能够为了来见我，换身干净衣裳，也足见你对我还是在意的……我也知足了……"

"依琳……"清尘顿了顿，低声道，"有件事我想告诉你，我不想骗你。"

"你没有求皇上许婚吗？"依琳依旧淡定，怅然道，"连我自己都知道，不可能许给武将，你那么聪明，怎么会不知道？不去求也是对的，我也不希望你去求，横竖不会答应，也免了皇上对你多心。"

"不……"清尘迟疑着，细声道，"不是这个事。"

"那是你故意不见我喽……"依琳笑了一下，"你知道没有办法改变我的命运，怕我哭哭啼啼，所以，就躲着我？"

"你以为我当初救你，是想日后凭此要求什么？"依琳的笑容渐渐散去，低声道，"你避而不见，就是因为这个？"

"依琳……"清尘长唤一声，却仍旧说不下去。

"我今天要见你，只想问你一句话。"依琳猛地打断了她。

"你问吧。"清尘说着，低下头去。

依琳轻轻地走进一步，柔声道："你那天答应我的，是真还是假？"

清尘皱皱眉头，不知她所指何物。

依琳低声道："你说，你不会娶我，也不会娶任何一个女人，是真还是假？"

清尘长叹一声："是真的。"

依琳笑了一下："如果可以的话，你会娶我吗？如果皇上准许，你会娶我吗？"

"会。"清尘看着依琳的眼睛，坚定地回答。如果我是个男人，一定娶你。

笑容，缓缓地在依琳脸上绽放，微微的红润就像枝头粉红的紫薇花，她说："我真高兴，你没有骗我。"

"可是……"清尘心知，尽管现在并不是合适的时候，但无论如何再也不能欺骗依琳，总有一天她会知道真相，到时候，她情何以堪？

"不！"依琳急切地堵住了清尘的话头，"不要多说什么了，其他的一切，都不重要了，我不想听……"

清尘默默地低下头去，她内心深感矛盾，伤害是毋庸置疑的，但是，怎样才能把对依琳的伤害减到最小？她没有良策，没有把握，也没有勇气。就在她低头沉吟之时，依琳忽地伸手过来，一把抓住了她的剑柄。

"唰！"地一声，剑已出鞘，执于依琳之手，就在清尘一抬眼间，她已经把剑横在了颈间。

"依琳！"清尘大喊一声，"你别做傻事！"

依琳瞪瞪地望着清尘，眼里水汽渐浓，她轻声道："我其实可以跟他们一起死……但是我之所以苟活到今天，就是为了再见见你，我要亲口问你一句，你跟我说的，是真话还是假话……如果救你的时候来问，为了保命，难保你会说假话，可是现在，你没有必要骗我……所以，我相信，你说的都是真的……"

"他们都死了，你觉得我一个人活着有意思吗？"眼泪滑下来，依琳颤抖着嘴唇，哽咽道，"我知道最后的结果是什么……不管你愿不愿娶我，皇上都不会准许……要我守着一个自己不爱的男人过一辈子，我没有那样的勇气……我今天得到了自己想要的答案，我很高兴，但是我怕，怕我还活着，以后再听到你的消息，不是今天这样的答案……我会受不了……"

"我发誓，依琳，我发誓，绝对不娶任何一个女人……"清尘抬起手，伸过来，柔声而又坚决地说着，"放下剑。"

依琳轻笑着，退后一步，轻声道："人生真是无奈……但是谁可以选择？"

"来生再见吧，清尘……"剑刃寒光一闪，刎颈而过，血，顷刻间涌了出来，依琳在坠地之时，落入了一个温暖的怀抱，她的眼睛里，映上清尘英气而痛心的面容，依琳笑着，轻叹一声，"能死在你怀里，我已无憾……"

"依琳……"清尘长唤一声，泪如雨下。

此刻，院门一侧，正站着目瞪口呆的安王、肃淳和刺竹。目睹此情此景，安王有些难以自持，身子晃动着，被刺竹扶住，他沉沉地低下头去，兀自摇头叹息不停。

过了许久，清尘才放下依琳，脱下战袍，轻轻地盖在依琳身上，回身一拱手，问道："王爷，如何操办依琳的后事？"

安王默然片刻，低声道："既然她不愿意嫁……那就葬在淮王夫妇墓旁吧……"

安王正在屋里同刺竹议事，忽然士兵通报："沐将军和小将军求见。"

刺竹心里"咯噔"一下，倏地一紧。门开处，沐广驰和清尘一身布衣走了进来。

安王笑道："这是准备走了？"

沐广驰回道："如今局势平定，我们父子也没什么事了，家里的祖业还要人打理，想着还是要尽早回去，请安王准许。"

"你们这模样，都收拾好了，我还能不准？"安王说着，轻叹一声，自语道，"依琳的后事办完了，我想着，也留不住你们了……"

"日后若还有用得着的地方，敬请王爷调遣。"清尘恭敬的声音里，有些例行公事的客套。

安王若有所思地看了清尘一眼，踌躇片刻，低声道："我要和沐将军谈点事，刺竹和清尘先到偏厅去喝茶，待会儿再叫你们。"

安王回身，看着沐广驰，却是良久无言。

沐广驰端起茶杯，望着那绿莹莹的茶水，喝了一口，喉间淡淡的清香回旋，心头却散开了浓浓的苦涩。

"广驰……"安王缓缓地坐在圆桌一侧，低声道，"我知道，你们父子无心功名……你能以天下百姓为重，放下对我的成见，我很佩服，也很感激你……这虽然算是我的成就,但却是你和清尘带领沐家军拼出来的,没有苍灵渡的归顺,只怕现今我还在通州屯兵……"

"我知道,你这一走便不会再回来了,或许此后再无相见之期……"安王的语气黯然,充满了不舍,还有些伤感,他顿了顿,抬起头来,望着沐广驰轻声道,"广驰,这些日子,我可谓是真心与你相交,只是不知你心里到底是如何看待我……"

沐广驰盯着地面,沉沉道:"也还算是君子吧。"

安王如释重负,浮起一丝欣慰的笑意,这才细声道:"那,你对我的恨意,是否可以放下了?"

沐广驰重重地长吁一口气,淡然道:"我不恨你了。"

安王点点头,伸手拍了一下沐广驰的肩膀,幽声道:"离别在即,再见无期,能否尊称一声广驰兄弟,能否请你跟我说说祉莲……"

沐广驰静静地抬起头来,眼睛一眨不眨地看着安王,喉咙里滚过一声低沉的轰鸣:"你念着她,是因为你介意她跟我在一起了,还是因为她救过你的命,跟其他女人不同?"

安王摇摇头,眼睛有些发直:"都不是……我只是想她……"他吸了一下鼻子,却倏地红了眼圈,看了沐广驰一眼,轻轻地别过头去。

"你当然是希望她活着的,"沐广驰幽声道,"如果她还活着,你会怎么做?"

"说实话……"安王低声道,"我会再一次把她夺回来。"

沐广驰有些意外,他没想到安王的回答这么直白,即便是假设,安王也丝毫不掩饰自己的想法,从前他要抢祉莲,现在也一样不会放弃。沐广驰顿了顿,揶揄道:"从前,你得到了她的人,得到了她的心吗?还要抢,谁知不会是重蹈覆辙呢?"

"不会的!"安王绝然道,"这一次,我绝对不会再错过!她想要如何,我就如何,遣散了家中的夫人,只留她一个王妃,我把余生都给她,你怎知她不会满意?!"

"我不是没有得到过她的心,我得到过的,我知道她也动过心,我知道她爱过我,我知道的,我知道……"安王喃喃地念叨着,不甘心地说,"只是我太大意,我没有在意她的想法,我若是再坚持一下,再细心一点,再爱她多一点,她是不会弃我而去的……"

沐广驰看着他,淡淡的眼光里有点点凉意,似乎是讥讽,又似乎是怜悯,但在安王看来,更多的还是幸灾乐祸。

"沐广驰,有些话我放在心里很久了,一直想跟你说。"安王压抑着激动,一字一顿地说,"你想过没有?你和我的争斗,从来都不是公平的……"

"你从一开始,就拥有跟祉莲的青梅竹马,拥有跟祉莲的婚约,拥有跟祉莲那么多的美好时光,可是我呢?除了一见钟情,除了我一个人单方面的爱,什么都没有。在祉莲眼里,身份、金钱和权势,算得了什么?我跟你,在最开始的时候,根本就不可比。"

"祉莲可以恨我,但是你不能……如果不是你给我制造了可乘之机,江家也不可能被我攻破。第一次,你舍下她,可以说是情非得已,你差点让她死在外头,你让她丢尽了颜面,但她却还是轻易就原谅了你。第二次,如果你带她走,我也不会有机会,可是你为了淮王,生生地甩下了她……"安王的声音慢慢地低了下去,"不管我是个什么样的人,但对当时的祉莲来说,我就是虎狼。她眼睁睁地看着你逃命而去,而把她丢给了虎狼……"

"当时的情景,谁能不动容……你真是铁石心肠啊!沐广驰,我佩服你做得出,我安修是做不出的……"安王叹息,"是你让她绝望,才有了我的后来。我利用了江家,就算我卑鄙,也是你残忍在前。"

"如果是公平竞争,也许我争不过你,可是你放弃了,我为何不能进入她的生活?你选择了淮王,选择了所谓的义,那么作为交换,你就要失去祉莲,命运这样才叫公平。"安王默然道,"可惜,不公平的还在后面……"

"她给了你两次机会,可是我呢,我没有抛弃她,虽然我也哄骗过她,可是那都不是什么伤筋动骨的哄骗,当我意识到的时候,我补救了,我承诺她的,我做到了,但她,就是不肯再给我机会……她若像对你给我两次机会,我不会像你一样错过,我会紧紧地抓住……"安王皱紧了眉头,仿佛陷入难以自拔的痛苦当中,"我缺的只是比你少一次的机会,一次……"

"她为什么不肯给我第二次机会?她怎么就知道,我不会比你做得好?我一次错误都不可以犯,你为什么可以犯两次?"说到激动处,安王愤愤中,禁不住心痛难耐,动情一刻,忽地泪下,"就连死,她都要选择回到你身边去……是你不要她的,可是,我却这么这么地爱她……"

沐广驰紧紧地咬住牙关,身体也轻轻地颤抖起来。

一阵心悸的沉默之后,安王低声道:"十八年来,我多少次梦回惊醒,多少次回想起从前,每一次想起她,除了心痛,还是心痛……过了苍灵渡之后,我一直私下里打探着她的消息,直到知道祉莲已经去世,我是什么什么都不想了……"

沐广驰沉默着,盯着杯中的茶水发呆。

"广驰，"安王终于说到了正题，"请你告诉我，祉莲后来是怎么生活的？"

沐广驰幽幽地长叹一声，轻声说："她……被救起后，一直身体不好，了因说，心伤太重……后来生孩子的时候，又失血过多，拖了一些时候，终是不治，便去了……"

生孩子？安王怔了一下，低低道："孩子？"

沐广驰掀了一下眼皮，细声道："清尘……"

"啊！"安王有些惊讶，随即又觉得应该是这样，毕竟，清尘跟祉莲长得太像。

"其实……"沐广驰迟疑了一下，说，"那天，刺竹想私自去救清尘的夜里，我跟你在水边，当时，我问你喜欢清尘是不是因为她像祉莲……"

安王点点头，他记得。

"其实我当时是想告诉你，清尘是祉莲的孩子。"沐广驰缓缓地低下头去，声音也变得又轻又细，"我只是希望，你能看在祉莲的面上，救救清尘。"

原来如此，安王叹一声："难怪我总觉得你这半截话着实蹊跷。"

"没什么了，说开就好了。"沐广驰一拍大腿，意欲起身，似乎要结束这最后的谈话。

"广驰……"安王轻轻地按住了沐广驰，踌躇着，涩涩道："我还想问你一个问题……"

沐广驰的心一下提到了嗓子眼里，他神色极不自然地摸了摸鼻子，双手局促地按在了腿上。他不想安王看出自己的不安，竭力克制着，却禁不住小腿在裤管里轻轻抖动起来。沐广驰感到从未有过的惶然，他最害怕的事情似乎就要发生了，但他显然没有思想准备，他从未想过要怎样来遮掩，怎样来搪塞，怎样蒙混过关……

其实沐广驰的担心是多余的，他要是知道此刻安王的所想，一定会为自己的庸人自扰好笑。因为此时的安王比沐广驰还要紧张，他站起身来，捏了捏拳头，终究下了个很大的决心，又有些难为情地问道："祉莲，临终之时，可有说什么……有没有提及我……"

这个答案，是他内心里最深的恐惧，他唯恐失望，唯恐绝望，唯恐伤心，所以，从来都不敢假设。可是他必须问，因为他知道，如果沐广驰就此走了，他这一辈子恐怕再也没有机会问了。

沐广驰一听，立马松了口气，默然片刻，低低道："没有……"

安王的脸色"唰"地白了，身体微微地晃了晃，仿佛无力般滑落到椅子上，怔怔无言。

沐广驰静静地起身，一拱手。

"你打算什么时候走？"安王虚无缥缈的声音里回旋着苍白。

"马都备好了，准备即刻动身。"沐广驰低沉道。

"唉，也好……"安王长吟着，喊道，"刺竹……"

刺竹进来了，身后紧跟着清尘。

安王吩咐道："沐将军这就要走了，你带上两千两黄金，护送一程。"

"不必了。"沐广驰连忙推辞，"王爷客气了，末将家有祖业，糊口还是没有问题的，这些黄金还是留做军资吧……还有刺竹，军务繁忙，我们自己走就行了……"

"沐将军一向清淡，不想劳师动众地走，也可以理解，可是，"刺竹动情地劝道，"不跟您昔日同甘共苦的部属们道个别吗？这似乎有些不近人情啊……要不，"他提议，"吃过午饭再走吧，做个小范围的告别，就王爷、世子、我和沐家军的罗放、郑田作陪如何？"

"是啊，不在乎这一时半刻的。"安王也附和着，尽量挽留，"现时白日长，你们的马快，吃了午饭出发，天黑前也一定能回到东林镇的。"

沐广驰淡淡地看了清尘一眼，清尘漠然道："沐家军的帅印早就交给了赵刺竹将军，他们也认可，昨日已经跟他道过别了，这个时候，他们都在训练，还是不要打扰为好。"

去意坚决，已不能强留。安王怅然着，正要松口，刺竹已经抢先了一步："沐将军，请恕我唐突，有句话，不知道当讲不当讲。"

清尘一抬眼间，警觉还在眉间，沐广驰已经答话："有什么不当讲的？！"他以为，刺竹无非是因为不肯留下吃践行饭，最多也不过是指出自己不尊重安王，但是留还是走，安王明显不会强求。所有的人中，只有清尘觉得不对劲。

刺竹故意不看清尘，转向安王："秦骏聪明过人，只怕我们都无法预料他的下步动作……这次清尘出了妙策，如果能顺利抓到他，那是最好，万一失手，而你们又走了，只怕在短短的时日中，不待我们再出良策，秦骏就已如蛟龙入海，无迹可寻了……"

"其实要抓秦阶父子，须得是最了解他们的人。在这营里，沐将军是熟悉秦阶做派的，所以说，这件事还非将军不可。"刺竹的话语滴水不漏，明地指向沐广驰，实则是指清尘，"沐将军一心为了天下，当然不会坐视秦阶逃逸、攘外族危社稷。既然这么多天都待下来了，何必不再等几天？等抓获了秦骏，大家都安心了，再走也不迟啊,沐将军,你说是不是？"

沐广驰哑然,飞快地看了清尘一眼。

清尘斜眼看着刺竹,刺竹却偏过头,只当不见,任那带着寒意的精光罩着脸颊,自是不语。

"广驰,好事做到底,送佛到西天,我看,再等个几天吧。"安王悠然一笑,轻声道,"抓获秦阶父子后,你们一切随意,如何？"

沐广驰脸色一僵,再去看清尘,淡淡的眼神,平静无澜,万般无奈之下,只得应道:"好吧。"

前脚一出安王的房间,后脚沐广驰的一声低吼就劈头而来:"刺竹,你什么意思？"

刺竹垂着脑袋,似乎有些理亏:"凡事只想求得完全。"

沐广驰怔了一下,有些无可奈何,却仍旧愤愤地想说什么,清尘拉了他一下,低声道:"我们回去。"

沐广驰悻悻而疑惑地看了刺竹一眼,终是什么也没有再说,跟着清尘走了。

刺竹默默地望着他们离去的背影,缓缓地低下头去。

"刺竹……"不知何时,安王站在了身边。

刺竹一回头,只见安王满脸意味深长的笑意:"你是有其他目的的,刺竹。"

刺竹没有否认,再次转头过去,盯着沐广驰和清尘的背影,长久地出神。

安王也没有再说话,跟刺竹一样,望着前方两个渐行渐远的背影,那一大一小的两个投影,单小的在前,坦然倔强,魁梧的在后,心事重重,像极了许多年前他曾经看到过的祉莲和沐广驰在一起的情形。

清尘是祉莲和沐广驰的孩子,兼具了两个人所有的优点,一个完美的孩子。

安王跟刺竹并肩而立,就这样满腹心事地看着父女俩的身影不见,这才幽幽道:"一个人一辈子最怕的是不是明知是件会让自己后悔的事情,还是要去做？"他拍拍刺竹的肩头,转身离去,轻轻地丢下一句:"更悲哀的是,还要找很多的理由来说服自己不后悔……"

夜已经深了,乾州港边,清尘背手而立,望着暗黑色的河水冥思。

身后传来轻轻地脚步声。清尘平静地注视着前方,略一侧身,沿着河岸走开,在不动声色中渐渐加快了脚步。

身后的脚步跟着加快，带上了小跑。清尘也提速，健步如飞。

终于有人按捺不住了，喊道："清尘！"

声音急切却带着些许瑟缩，顺着风追过来，清尘知道躲不过，索性停住，倏地回转，站定，冷面而对。

迎面正是骤然收步，有些无措的刺竹。他踌躇着，轻声道："清尘……"

"赵将军也来散步，真是好雅兴啊。"清尘漠然道。

"我猜你可能在这里，"刺竹勉强地笑了笑，说，"来跟你说点事。"

"如果是关于肃淳的，就不用说了。"清尘冷冷地说，"我还有事，告辞。"

"清尘……"刺竹喊道。

清尘已经越过了他，虽然停步，却没有转身，只说："我知道，你费尽心思把我们留下来，一是想慢慢劝我接受肃淳，二是，擒拿秦阶父子的任务，安王交给肃淳负责，你想保个万全。"

"赵刺竹，你要维护肃淳我没有意见，你跟他是血亲，这是可以理解的，只不过……就算所有的人都不知道，你却是晓得，我不愿意再见秦骏，尤其是看着他在自己的计谋下被抓获，以阶下囚的面目相对。"清尘说，"安王不许我们走，那我们只能等，秦阶父子被抓回来后，我不希望再有什么枝节，至少，不是由你来横生枝节……"

"凡事不可太过，你留一点好印象给我吧。"她默然片刻，低声道，"除非你已经拿定主意，日后铁定不再相见……"

刺竹浑身一颤，低头下去，不语。清尘迈开了步伐。

"清尘，"刺竹喊道，"等一下。"

清尘无奈，再次停步，望着璀璨天幕，长吁了一口气。

刺竹低低的声音响起，带着淡淡的惆怅："你不肯接受肃淳，是因为我吗？"

清尘转过头来，盯着刺竹片刻，忽地"扑哧"笑出声来："赵将军，你想太多了吧？"

"我……"刺竹一时语塞，一咬牙，先自红了脸，粗着喉咙说，"这次回京后，我就准备跟陈小姐定亲了。"

清尘敛去笑容，轻声道："恭喜赵将军了，我走时会先送一份贺礼的。"

"祝你们举案齐眉，白头偕老。"清尘扬声道，"没什么事，我就先走了。"

这才一转身，刺竹又喊："清尘……"

清尘没有转身，顿了顿，还是起步了。

"兄弟一场……"刺竹幽幽的声音，低沉地散落，"走之前，让我看看你穿女装的样子……"

清尘什么也没有说，身影瞬间走远。

刺竹呆呆地站在原地，目送着清尘远去，感到心痛一点点地漫上来，渐渐地箍紧了他。他不敢动弹，动一下，便是锥心的痛。许久之后，他才憋出一口幽幽的气，挺了挺胸，正好硌到了胸口那硬硬的信封。这是他明天将要发出的信，给了因师父的。

天下安定，战事休，将军退。因为肃淳心里有了清尘，不论清尘是不是会嫁给肃淳，刺竹给自己选定的归宿，都是归真寺。爱在心底，不能言说，唯有回到她长大的地方，遐想她曾经的点滴，才能慰藉他的相思。

他为什么要骗清尘？他从来不骗人，这唯一一次违反做人的原则，骗的竟然是自己最爱的清尘。骗是出于爱，只有他彻底地退出，清尘才有可能接受肃淳，权且把这看作是他在狠心逼迫清尘吧，只是因为，他相信肃淳能说到做到，他相信肃淳不是安王，他相信肃淳能给清尘幸福，就好像他冥冥之中也会觉得祉莲还给了沐广驰一段情之后，还会回到王府，去印证安王的诺言，而这个诺言，将由肃淳来实现。

没有谁能理解刺竹的痛苦，他对肃淳狠不下心，却对自己狠得下心：就像安王说的，他找尽了借口，想说服自己不后悔；就像清尘说的，清尘是他和肃淳兄弟感情的一块试金石，他放下了爱情，选择了亲情；就像当年的沐广驰，他扼腕叹息，却终也免不了走上了这条老路……

所有的一切，唯有对清尘的愧疚无法释怀。他感觉自己是个逃兵，她掩饰了嘲笑，只留下冷淡。他今天所说的话，对于清尘来说，意味着什么？意味着他察觉到了清尘的心思，却出言拒绝；意味着他承认之前的一切，都是自己在装傻；意味着在他心里，肃淳比清尘更重要；意味着他就是一个彻头彻尾的懦夫，不但懦弱而且绝情，装傻在前辜负在后，亲手掐灭了全部的希望。

刺竹知道，经过了今天晚上，清尘永远也不会原谅自己。

这该是他想要的结果，可是，他没有半点欣喜，反而，痛不欲生。

他多想告诉她，这都不是他的真心话；告诉她，要她留下来，不仅仅是为了肃淳，还有他自己舍不得，因为只有他自己知道，这一别，或许是永诀，多看一眼便少一眼，多待一刻便少一刻……这些不能说出口的爱，即将冰封，而在冬季到来之前，他多想存留多一些她的影像，好在漫长的余生来温暖自己。

刺竹缓缓地蹲下去，倾尽了满腔的柔情，低低地吟道："原谅我，清尘……"

"将军……"奶娘轻轻地推门进来，欲言又止。

沐广驰抬头，看着奶娘一脸难色，便问："还是没有吃饭？"

"这都两天了，"奶娘叹口气，低声道，"东西不吃，夜里也是翻来覆去的，我劝着，只是不语，这孩子要这么下去可怎么了得啊？"

"还能如何……"沐广驰沉沉地叹息，"她心思本就多，如今大了，愈发……"他黯然地用手撑住了额头。

清尘的心思他怎么会不知道？说到底，还是怨刺竹。既然清尘都决定放下了，一走本可百了，偏偏刺竹不撒手。中间横着个肃淳，纵情，是对兄弟不义，克制，是对清尘的不公，沐广驰是过来人，不难体会刺竹的为难，但这样纠缠下去，别说清尘，就是沐广驰都觉得别扭。

自从那日辞行未得获准，清尘就把自己关在房间里，这都两天了，沐广驰急得有些六神无主，有心想去找刺竹谈谈，毕竟解铃还须系铃人，可是明知谈不出结果，清尘也会因此而恼火，沐广驰眼见得原先亲密无间的俩人变成陌路，除了干着急，按兵不动地焦躁着，却也无计可施。

正跟奶娘大眼小眼地看着，忽听外头喊声："沐将军，小将军，安王急召！"

沐广驰一惊而起，意识到麦城出了状况，三步并作两步出了房间，迎面就看见清尘,便说:"你不用去,王爷要是问起,我说你不舒服……"既然跟刺竹见面是尴尬,那就回避好了。

清尘回答:"我心里有数。"不待沐广驰再出言阻止,已经飞步而去。

安王的房间里,气氛异常凝重。

风尘仆仆的肃淳一脸灰黑,而刺竹眼巴巴地瞅着门口,清尘一出现,他又飞快地将眼光移开了。

"长话短说吧。"安王沉声道,"肃淳——"

肃淳赶紧坐直了身体:"我们依照清尘的计策,在出城口设伏了马车和士兵,可是,意外也出现在出城口……"

肃淳设伏完毕,忽地从麦城郊外来了一队胡人,约莫五六百人,肃淳以为他们要进城,没想到他们竟然在城门口停了下来,马匹和人一下就隔开了肃淳兵士假扮的商队,然后,城里开始有商队出来,胡人接了商队,径直朝塞外方向而去。肃淳觉得不对劲,但看看那些胡人都是弓弩随身,人数众多,而自己带领的区区不足百人,追也不是,不追也不是,匆匆跑去跟守城将领商量。就在这段时间,城内断断续续,却又异常密集地出了几趟商队,中间还夹杂着些百姓。

等到守兵发现这些出城的人几乎全是男子,跑去通报的时候,肃淳才悟出,那是秦阶从乾州带走的一万亲兵,已然出城。这才火急火燎地跑回来,商量对策。

清尘默然地盯着地面,思路慢慢地转着,渐渐清晰起来。

秦骏的一万人马,显然是分批走的,在安王攻打乾州之前就悄然撤退了,攻城之时,至少有半数已经出了麦城,这随秦骏出城的,该是最后一批,估计也就是护送秦阶父子离开乾州的那队人马,总数该不过千人。

秦骏早就知道乾州守不住,这也就意味着他早就想好了要走麦城这条路。

那么,他的最终目的是什么呢?

清尘站起身,缓缓地走近安王房中悬挂的那张大地图,仰头,细看。她的目光,轻轻地停在了一个红点上——回头关。

回头关在楼兰山脉之上,是个易守难攻的隘口,关下还有个丽水城,城里有方圆几百里唯一的水源。一般的商队出了回头关,在丽水补充了水囊,接着就要进入沙漠地带了,再深入就是胡人的领地。要是惧怕塞外风沙,在丽水还可以回头,所以这中原与大漠的接口之处,就叫回头关。

出了麦城去回头关，需有七日路程，路途炎热，还要经过一个风沙口，若是天气不好，路途耽误，缺水就会危及生命，每人都要带足平日所需两倍的水量。因此，一旦秦骏占领了回头关，安王的队伍即便是到达了目的地，进入不了丽水城，水的补给供应不上，也会在关下活活渴死，毫无战斗力可言。

"秦骏想在丽水城自立一国，"清尘伸出纤长的手指，点了点丽水城，说，"这里是咽喉之地，中原兵力不可及，胡人过路不可缺，商贸的枢纽，进可以挟中原，退可以制胡人，过境则可收人头税、注水费等一切秦阶能够想到的盘剥收益。"

"你们来之前，我们也是这样猜测的。"安王点点头，"当务之急，是怎么应对？"

清尘坐回位置，皱着眉头，只是不语。

"大家都说说，"安王点着刺竹，"你先说。"

"我估计，秦阶分批而出的兵早在我们攻打乾州之前就已经和胡人里应外合占领了回头关，丽水城肯定也在他们的控制之内，正因为那边的守军已经被灭，所以没有任何消息传来，我们因此而疏忽无察。所以，会有胡人在麦城外接应秦阶父子。"

刺竹分析道："这样看来，如果当时肃淳自不量力先行开打，胡人就会直取麦城……现在想想有些后怕，以秦骏的聪明，要是知道抓捕他的领队是世子，一定会出手抓肃淳的。胡人灵活机动，有备而来，而我们预计不足，守军只有两千人不到，要在短时间内全数集中到出城口很困难，而且怎么打，也毫无章法……没有打起来，还是幸事……"

一抹浅浅的冷笑挂上了清尘的嘴角，稍纵即逝。刺竹说的是事实，但是替肃淳开脱的痕迹太明显。肃淳可以不应战，但临阵慌乱无主见，却是最大的败笔。在当时的情况下，作为领队，肃淳最应该做的，就是坐镇关城门，加强麦城警戒，然后火速派人回来求援，而不是自己扔下一大堆士兵，慌慌张张往回赶。

安王自然也听懂了刺竹的意思，皱了皱眉，有些不悦，催促道："这些没必要反反复复陈述，重点说后面，接下来我们怎么个做法？"

刺竹有些赧然，顿了顿，随即恢复如常，沉声道："屯兵麦城，再做打算。"

"来人！"安王喊一声，"令王朝雄，即刻领兵两万，发往麦城，到达后，关闭麦城城门！"

"万万不可！"刺竹一急，脱口而出，"此时麦城还有秦阶探子，我们只可悄然增兵，不能关闭城门，暂时还是做出一副对秦阶占领了回头关毫不知情的样子出来……"

安王沉吟片刻，吩咐道："夜间进兵五千，其余人等隐蔽城外。"

清尘缓缓插话道:"距城十五里处,有三个村落,古塔村位于官道边,后面还有干楼和风球两个村子,其中风球村傍山,人口不多,居住分散,适合部队隐蔽,把营地安扎在风球村的山后吧。"

"照清尘说的去做。"安王说完,挥退士兵,同时严厉地斜了肃淳一眼。

肃淳惶然低下头去,心底暗叫不妙,父亲的严厉从来不会因为自己的身份而有所偏袒,他紧张地反省着自己,知道接下来必然要面对父亲声色俱厉的责难。

"肃淳——"安王一声长唤,声音里的威严逼仄而来,像炸雷一样响在头顶。

肃淳一噤,跪下,勾头。

安王的话语里全是压抑的怒气:"你这算不算临阵脱逃?"

肃淳觉得有些委屈,但是不敢回话,在父亲的愤怒面前,最好的方法就是沉默。

"严格来讲,这也不算脱逃……"出人意料地,此时发声的竟是沐广驰,他平和地说:"世子是在秦阶父子和胡人离开之后,确认没有敌情了才回来……只是处置不当,不是临阵脱逃。"

安王摇头:"你是一个领队,这个时候,你要当机立断地指挥部署,而不是急得神经错乱,毫无主张……多少士兵看着你,你都不知道该怎么办,那些士兵谁又知道该怎么办?!是你领导他们,还是他们领导你?!"

"麦城还有守将,世子把士兵留下,自然归守将调度,"沐广驰缓缓道,"这是经验不足所致……据我所知,这也是世子第一次脱离大部队,领队执行任务……"

"正因为是第一次,才更要把计划做完备!小心才能驶得万年船!"安王脸色凛然,愠道,"如果秦阶一出城,马上带胡人反攻入城,身为世子,你这一走,士兵会怎么想?他们以为你逃命去了!他们也都会学样,就不会留下守麦城了!秦阶可以不用一兵一卒就得到麦城!可是我们以后要想夺回来,必须得付出多少伤亡?!"

"这些你都想过没有?"安王克制着,说得很慢,"我来告诉你,这样的情况下,你必须留下,赶紧部署,然后火速来搬救兵……即便秦阶回马杀来,你带着士兵死守,还能为我们去增援赢得时间,麦城便是无虞,你也一样无虞……"最后那句"你也一样无虞",安王是咬牙切齿地说出来的,谴责之意深重。

肃淳一震,涩涩道:"父王,孩儿……不是贪生怕死之辈……我真是没想……没想过秦阶可能反攻……"

"你是领队,你怎么能不想?你必须穷尽一切可能,确保万全!"安王长叹一声,

"你是世子,既然你去了,就该想到擒拿了世子对秦阶意味着什么……他虽然不能挟天子以令诸侯,但是,他可以用来制约我,甚至制约皇上……"

"如果真是那样,我安修只能强兵推进,不管你的死活……"安王沉声道,"世子是你的荣耀,也是你必须用生命捍卫的责任!"

若是放在从前,清尘会认为安王此举做戏的成分偏多,但是经过了这些时间的相处,她开始相信,安王大气,也远比父亲苛责,在安王跟前,一是一、二是二,并没有过多的人情可讲。清尘默默地看着安王,心底一叹。对于部队来说,安王是个合格的统帅,但是对于肃淳来说,有这样一个父亲,未免太过冷酷了。

"来呀。"安王说,"肃淳身为领队,职责履行不当,拖下去,军棍五十。"

刺竹脸色一变,飞快地看了安王一眼,正要出言,沐广驰已经起身了:"王爷,军规有明令,职责履行不当,未造成损失者,最高只罚三十军棍。"

安王默然道:"世子犯法,罪加一等。"

肃淳已经起身,默默地退了出去。安王紧跟着起身,也走了出去,直到前坪里,看着肃淳无言地趴在长凳上。士兵一棍下去,肃淳咬牙不吭声,安王喊道:"停。"

他默默地挽起胳膊,扣上褂摆,从士兵手里拿过军棍,举了起来——

"啪、啪"地声音下来,沐广驰脸上轻轻地抽搐了几下,忽然,他一步上前,劈手抓住了安王的军棍,低沉道:"够了,已经三十了。"

"五十。"安王说着,望向沐广驰,因为用力,他脸色发红,鼻尖上也冒出了汗珠,却并没有停下的意思,挣了挣,试图甩开沐广驰的手。

可是沐广驰抓得更紧,脸色也不是很好看,瓮声道:"你这三十棍顶得过五十棍了,你再这么打下去,这孩子就残了……我问你,这是你的孩子不是?"

安王毫不示弱地说:"我打我自己的孩子。"

"他一直没吭声,他知道自己错了,"沐广驰眉毛一竖,忽地高声道,"你是孩子太多了吧,所以你不在乎?!"

"就跟对祉莲一样,是吧?!"沐广驰脱口而出。

这话显然刺激了安王,就在他黯然失神的一刻,沐广驰已经横手一掼,把军棍甩了出去,然后,他深深地望了安王一眼,扭头走了。

这一眼,情绪太过复杂,里面有太多的东西,让安王看不懂。意味深长而又无限晦涩,有些不满却又带着淡淡的庆幸,似乎还有责怪,又仿佛有点歉疚……安王咀嚼不出那太多的深意，只是直觉沐广驰的眼睛里有秘密，这秘密，好像跟自己相关。

"爹……"清尘跟在沐广驰身后，轻轻地叫了一声。

沐广驰回过头来，看清尘一眼，清尘低声道："你刚才……那似乎是他们的家事……"

沐广驰默然片刻，不知怎的，忽地一下又火起，愠道："没见过这么当爹的！"

清尘瞪大了眼睛，有些好笑："你这是生哪门子气啊，那是人家教训自己的孩子。"

"……"沐广驰顿时无语，看着清尘，蓦地突然叹口气，说，"别说这个事了，我有我的想法。"

"你的想法？"清尘再也忍不住了，笑起来，"爹，不是一直以来，都是我的想法就是你的想法，怎么你也开始有自己的想法了？"

沐广驰歪着脑袋，想一想，然后说："这话怎么听着这么怪……"一忽儿，明白过来，直着喉咙叫唤道，"你又想捉弄我是不是？是我是你爹，还是你是我爹？"

"你是我爹。"清尘亲热地挽起沐广驰的胳膊，细声道，"爹，今天我不问你原因，但是以后，我们不管安王家的事情好吧？"

沐广驰怔了一下，遂低声道："他打肃淳，你就这么看得过眼？"

清尘摇摇头："肃淳……安王罚他，虽然有些重，却也是事出有因，军纪总不是只为士兵制定的。"

"我说的不是这个……"沐广驰顿了顿，问道，"你觉得安王是个什么样的人啊？"

"他是什么样的人跟我们有什么关系呢。"清尘笑着，"我们迟早是要走的，没必要跟他扯上什么关系。"

"我只是问你对他的看法。"沐广驰侧脸盯着清尘，"说说。"

清尘思忖着，回答："安王这个人，大气，睿智，也爱才惜才，为人虽有些手段，却也不失德行，还可以吧。"

沐广驰神色有些暗淡，轻声道："我记得你以前是很讨厌他的……"

"现在我虽然不那么讨厌他了，但是我还是不喜欢他呀。"清尘说，"你知道的，我归顺过来，不是因为他，只是想早点结束战争，百姓过上安定的生活……当然，也是看在皇上比准土仁厚。"

"那，你觉得安王这个父亲，做得怎么样？"沐广驰的眼光飞快地从清尘脸上扫过，便垂下了眼睑。

清尘皱皱眉头，边思索着边回答道："兴许是有些恨铁不成钢吧……他是个王爷,要在孩子面前树立跟外头一样的权威,也属正常……"她看父亲一眼,轻轻地依偎过来,细声道:"爹,安王的孩子摊上那么个爹,是他们的命,我呢,还是喜欢你这样的爹……"

她涎着脸呵呵一笑:"你嘛,又不敢打我,又不敢骂我,我说怎地就怎地,你说一个这么好的爹,就是你不要我,我还不干呢……安王的孩子,除了荣华富贵让人惦记,其他的,实在也没什么意思……"

这话沐广驰爱听,瞬间便笑眯缝了眼,得意扬扬地揽着清尘的肩膀,乐滋滋地说:"那是,你要没了我,上哪去找这么听话、这么疼人的爹……"

"是啊,我很幸运,"清尘扯着父亲的胳膊,挂在脖子上,说,"不是安王这个爹不好,世上的爹,可能多数都是他那样的,只是……"她嘻嘻地笑道,"只是你这样的爹太少了,凤毛麟角……所以就显得太特别了——"

沐广驰听罢,心情沸腾得就像熬开了的油锅,热乎乎滚烫烫,喜得只差没冒油了,当即扬着眉毛道:"就是嘛,当爹,我是天下当得第一好的,哈哈……"

清尘看见父亲高兴了,也就顺着杆子往上爬,一跃就上了沐广驰的背,说:"你背我。"

沐广驰自是乐意,一路走着,又问:"刚才安王问攻打回头关的事,你怎么不吭声?"

清尘趴在沐广驰背上,耸耸鼻子,凑近耳畔,低声道:"他们不能老依赖我,老是我出谋划策,便老是会走不了了……"

气流暖暖地呵在耳朵上,痒痒的,沐广驰此刻幸福着,心道,果不其然……便笑道:"我只看见你眼珠子转来转去,就知道心眼又来了……"

"安王这个人,心眼不少,对付他,还是多想点事情的好。"清尘皱起眉头,"其实怎么打回头关,我确实还没想出什么好办法。"

她默然片刻,圈住沐广驰的脖子,细声道:"爹,安王……仔细想想,他也没什么很令人讨厌的地方,严格地说,儒雅沉稳,睿智平和,威严大气……他对我没有坏心,虽然有娘的从前,但是他既不因为祉莲而偏爱我,也没有因为我是沐广驰的孩子而嫉妒,感觉只是欣赏一个小辈,亦是怀柔,可是不知道为什么,我就是不喜欢他,不想看见他,只想离他远远的……"

"爹,我们要是能够离开,就永远都不要再回来了……"清尘轻轻地抚摸着父亲的后脑勺,柔声道,"其实我知道,你不会回东林镇,你会去的地方,只有我知道……"她伸长了脖子,探过脑袋,斜着脸,调皮而亲昵地望着父亲一笑,眼神一闪，仿佛在说：沐广驰，你的心思瞒不过我……

那熟悉的笑容，在沐广驰眼前晃动着，恍惚间，就变成了祉莲的笑脸……

清尘长大了，越来越像祉莲了，而且又这么聪明，聪明得有时候都让沐广驰胆战心惊，可是这丝毫也没有阻碍他对她的爱，这些感情就像随着时光刻到了骨髓里，无法割舍。

沐广驰心底苦涩翻滚，他慢慢地走着，下意识地箍紧了清尘环在自己腰间的小腿，在心里一遍又一遍地对自己说：沐广驰，这是祉莲留给你的最珍贵的赐予，你再也不能辜负她，你也不能失去清尘，清尘是你的生命，是你的唯一……

伴着"咯咯"的笑声，清尘还在小声地说着什么，但是沐广驰一句也没有听进去，他的脸上依然挂着笑，那笑容，却渐渐地漾起了失落，随之一凛，眼圈微微地红了。

你可以这样对肃淳，也能这样对别的孩子，你太多了，可以不在乎，可是我视若珍宝的，岂能去你那里受委屈……

脚步沉沉的沐广驰并不知道，自己的身后一直尾随着安王怅惘的眼光。

清尘的身上有着太多祉莲的影子，虽然她们有区别，但是祉莲的孩子不假。一想到这么美丽又聪明的孩子，居然是祉莲和沐广驰所生，安王的心就如刀割一般。尽管他不承认，可是他明白，自己从来都没有真正得到过祉莲。

他不甘心，他多么希望清尘是自己的孩子，是祉莲和自己的孩子，他一定会给予清尘所有的爱，除了把亏欠祉莲的都给清尘，还有他身为父亲的、能够给予的所有。他会像沐广驰一样，宠溺她，纵容她，不再顾忌平衡的原则，不要权威，不要限制，痛痛快快，纵情地只爱她一个……他甚至可以比沐广驰做得更好，因为他比沐广驰更有权势。

可是，老天不给他机会，就像当年的祉莲一样，他的机会只有一次，祉莲给过那一次之后，再也没有了。

安王缓缓地转身，将心酸翻转于身后。

把清尘留下来，是刺竹的借口，却是安王的期盼。他想把清尘收为义女，却无法开口，因为他知道，沐广驰绝对不会答应，尤其是在今天的事情之后……

因为多，所以不在乎。

这句话，深深地刺痛了他。

月光中，刺竹穿过庭院，走近安王的书房，叩门。

"进来吧。"安王放下笔，看见刺竹进来，说，"坐。"

"请王爷吩咐。"刺竹恭声道。

"没有什么吩咐，只想跟你谈谈心。"安王说着，在刺竹旁边坐下。

安王打量了刺竹一眼，轻声道："你姑姑来信了，说是陈家小姐的事情，要我问问你的意见，如果没问题，家里就要下聘了。"

刺竹大吃一惊，推辞道："仗还没打完，谈婚论嫁不好吧。"

"照你这么说，不抓住秦阶父子，所有的将军都不结婚了？"安王哈哈笑道，"你也不小了……今天不扯远了，就问你一句，对陈小姐中意不？你只要点个头，这事我替你担待了！"

刺竹脸色一紧，支吾道："我……我还没往这上面想……"

安王精矍地望着刺竹，沉声道："那你都往哪上面想着呢？"

"我……"刺竹张皇地看了安王一眼，心虚地低下头去。

"刺竹啊，"安王伸手，轻轻地拍拍他的肩头，低声道，"让我说你什么好呢？"

刺竹脑袋垂得更低，只是不说话。

"肃淳这次受罚，没有十天半个月好不了，"安王默然道，"我派你和清尘三天后出发,先行去麦城勘探情况,制定可行的战斗方案;等肃淳能骑马后,我和沐广驰带着大部队再开拔过去。"

跟清尘单独前去? 刺竹一时语塞,承应不是,拒绝也不是。

"不愿意吗?"安王不动声色地瞥刺竹一眼,悠然问道。

刺竹矛盾着,没有回答。

"清尘对情况的了解,不论是秦阶父子,还是回头关,都比你我想象的要多,她今天不吭声,是有想法的。"安王眉毛一挑,"做探子,你们两个打合手,是绝配。"

刺竹依旧不语。

安王话锋一转,冷不丁说:"肃淳的想法我知道,初尘的心思我也能猜到,不过,太后,还有皇后,可不会让他们如意。"他淡淡一笑,轻巧地拨开了长久的隐晦:"你觉得清尘会去王府给肃淳做妾?"

刺竹移动了一下脚尖,不由自主地把脚往里面缩。一切尽入安王眼中,他浅笑着,直直地问道:"你喜欢清尘是吧?"

脸色微微泛红,刺竹闷闷道:"不敢……"

"不敢?"安王大笑起来,"是不敢,还是压根就不喜欢?"不待刺竹发声,他又说,"不敢是因为肃淳吧。"

刺竹一震,顿时面红耳赤。

"你是拿定了主意,不管肃淳能不能娶到清尘,你都不会搅进来,以免兄弟反目,或者见面尴尬,是吧?"安王微微地觑了一下眼睛,说,"肃淳怎么想的,我大概也知道一些……你太实在……不过我告诉你,我并不赞成你这样做。"

刺竹抬起头来,虎目大瞪,看着安王。

"清尘不喜欢肃淳,难道你看不出来吗?"安王淡然道,"就算她喜欢肃淳,也不会给肃淳做妾,且不说她多么心高气傲,以后跟初尘在一个屋檐下,怎么想都是怪异……"

安王顿了顿,开诚布公地说:"我想留下清尘,靠肃淳是不行的,只能靠你。"

"这是任务,特殊任务,秘密任务。"安王嘴角滑过笑意,满是老谋深算。

刺竹愕然,不知该如何回答。

"回去吧。"安王轻轻地摆手,想了想,又补充一句,"今天打肃淳,既是该要受罚,另外,也是我故意的……"他看着刺竹,戏谑道:"你不是一直挂心世子安全吗?他这一伤,就不能行动,刺探军情这么危险的事,就只能交给你和清尘了……"说完，颇觉好玩，自顾自地笑了起来。

刺竹脸上红一阵、白一阵，又是不解，又是恍然，又是局促，又是赧然，才退两步，安王的声音再次传来，一语双关："要想任务执行得顺利，尽早去找清尘……女孩子的心思，尤其是清尘这样性格，等到她对你死心了，那就一切都晚了……"

"机会只有一次，"安王的话语里，沉沉的失落和惆怅，"你不要像我一样，后悔的滋味，不是那么好尝的……"

刺竹耷拉着脑袋走出房间，呆立着发傻好一阵子，忽地起步，哗啦啦跑起来，直奔清尘的房间。

"来，再吃个狮子头……"沐广驰看着清尘，满是爱怜地说，"早两天还扛着劲呢，现在知道饿了……别吃那么快，会噎着的……哎呀，饿鬼投胎啊……"

清尘嘻嘻地笑着，嘴巴鼓鼓地吞下最后一口饭菜，说："沐广驰，我吃饭你也急，我不吃饭你也急，你能不能别这么操心呢？"

"我怎么能不操心呢，我是你爹……"沐广驰涩涩地凑过来，低声道，"真的想通了？"

"什么通不通的？！"清尘乜了他一眼，"又要打仗了，不吃饱点怎么有力气啊？"

沐广驰默然片刻，把凳子挪过来，复又问道："你跟爹说句实话，真是想通了？"

"什么呀什么呀……"清尘一摆手，想含糊过去。沐广驰却不干，扯了她的胳膊，只问："低头不见抬头见，以后咋弄？"

清尘眨眨眼睛，冥想一会儿，说："尽量别跟他待在一起就行了，省得大家都难受。"

"中！"沐广驰一拍桌子，"爹以后啊，一步都不离开你，就算他赵刺竹出现了，只要你一个眼色，我一准就把他拖开。"

"我的爹呀，你可真是……"清尘无奈地摇摇头，"赵刺竹何等聪明的人，他需要你拖开？他看见我，还不跟看见瘟神一样，只恨他爹娘少给他生了两条腿，早就跑得影都没了，你呀，省省吧……"

"那……"沐广驰挠挠脑袋。

清尘堆砌谄媚的笑，冲父亲挤挤鼻子："别失落，不是没事可给你干……还有个肃淳啊，是个跟屁虫，你负责把他拖开就行……"

"呵呵，"沐广驰连连点头，"跟安王家的人保持距离……"

父女俩正有一句没一句地瞎掰着,忽地门一响,刺竹风一般地跑了进来,张口就叫:"清尘,安王——"话才出口,猛一下,看见沐广驰满脸愕然,顿时哑了。

清尘脖子一梗,背心有些发凉,心生烦躁,仗着背对着刺竹,赶紧对沐广驰挤眉弄眼,示意父亲赶紧把刺竹弄出去。

沐广驰连忙站起身,说道:"赵将军啊,这么晚了……上我房里聊去……"这头就来拉刺竹的胳膊,没想到刺竹一侧身,直截了当地说,"沐将军,我找清尘有点事,烦劳您回避一下。"

沐广驰便傻了,看看刺竹,看看清尘,不知怎么办才好。

清尘心知父亲为难,便冷冷地问:"有什么事就快说,我要休息了。"

刺竹讪讪道:"安王分派了个任务给我们两个……"

"紧急吗?"清尘的态度依旧冷淡。

"也……也不急……"刺竹欲言又止。

"那就明天再说吧。"清尘毫不留情地下了逐客令。

刺竹有些无措:"我就跟你说几句话……"

"公事等明天议事厅去说。"清尘并不通融。

沐广驰已经拉住了刺竹的胳膊:"赵将军,还是走吧。"

刺竹无奈,只得退出房间。沐广驰跟着出来,才进院子,刺竹忽地一转身,折入清尘的房间,反手将门一扣,冲外边说道:"沐将军,我跟清尘说几句话就走,你放心,只有几句话……"

沐广驰顿了顿,悻悻地转身,想了想,往安王处去了。

清尘依旧坐姿未变,背对着刺竹,冷淡地说:"赶紧说完,赶紧走。"

刺竹缓缓走近,看着清尘的后脑勺,蓦地心酸:"清尘……"

清尘不说话。

刺竹已经转到了她的正面,在对面坐了下来,俩人距离不过两尺。

刺竹看着桌上的饭菜,笑了一下,故意缓和气氛:"怎么这么晚才吃饭?"

"安王分派了什么任务?"清尘直奔主题,"你不用故意缓和关系,即使跟你无话可说,但是执行任务的时候,我还是会尽心的。你该知道,我是个军人,知道自己的职责。"

话语冰凉,刺竹只能当作不在意,轻声道:"安王派我们两个先去麦城勘察,制定作战方案。"

　　清尘沉吟片刻,问道:"什么时候出发?"

　　"三天之后。"刺竹回答。

　　"知道了,"清尘漠然道,"我会准备好的,将军请回吧。"

　　例行公事的口气,拒人于千里之外,刺竹顿感失落,低唤一声:"清尘……"

　　"夜已经深了,将军留在这里多有不便,"清尘徐徐道,"世子那里,还需要照顾,将军请自便。"

　　刺竹顿了顿,低声道:"安王把肃淳接到他旁边的厢房安顿了,有专人照顾。"

　　清尘眉头一皱,没有吭声。

　　"我们谈谈好吗?"刺竹干涩的提议,有些底气不足。

　　清尘默然许久,幽声道:"算了吧……"

　　刺竹张嘴,刚要说话,清尘又细声道:"你的想法我知道,安王的用意我也都明白,有些事情还是不要点穿的好,免得大家生分了还要尴尬。"

　　刺竹一怔,嗫嚅道:"这……"

　　"你走吧,赵将军,公务是公务,其他的,该是如何还是如何。"清尘说,"共事是缘分,分散各安生。"

　　刺竹静静地望着清尘,她的脸色平静,可是他却感到沉沉的失落,怅然道:"你还是要走?"

　　"我不会留下来的,"清尘说,"如今,也就是留一天是一天而已。"

　　"我……"刺竹欲言又止,迟疑一阵,才言不由衷地说,"可惜了,你的将才……"

　　"你比我行。"清尘低声道,"你对命令是绝对服从,对长官是绝对效忠,我嘛,达不到这样的火候。"

　　"你是在讽刺我吗?"刺竹喃喃道,"你就当是为了我留下来吧。"

　　"赵刺竹……"清尘长叹一声,惆怅万端,"安王想留我,把你使出来……你到底忠于职守,真的来做呢……"

　　尽管一开始清尘就话里有话,可是真要这么直白地说出来,刺竹还是惊讶。清尘太聪明,什么都瞒不过她的。这一刻,刺竹忽然觉得清尘的诡诈,跟安王的精明是多么的相似,就连战术都如出一辙,安王是若无其事地运筹帷幄,清尘是不动声色地心底行事,斗心机,势均力敌。

　　"安王……"清尘淡淡地苦笑一下,"他何其精明,打伤一个肃淳,解决所有的难题。你我都不过是他的棋子。"

"世子和初尘的婚事不会动摇，上有太后和皇后，这绝然不是安王可以控制的。强娶我为世子妾，未免太强人所难。所以，他命令你留下我。"清尘嘴角滑过一丝阴笑，"肃淳欺负你心软，安王利用你的忠心，我只是不明白，你夹在中间两头为难，如何就想起来找我了呢？"

"我记得，你已把我划归兄弟妻一类，不可欺。即便我不嫁肃淳，你也没有再相往来的心。"清尘的眼睛里射出锐利的光，直逼刺竹的内心，低沉的声音里掩藏不住咄咄的犀利，"何不如就这样呢，赵将军。"

刺竹的心慢慢地沉了下去，仿佛捆着千钧的铁砣，再也浮不上来了。他缓缓地抬起头来，无措地望着清尘。清尘的眼睛像浮着冰块的池塘，刺骨的寒意瞬间包围了刺竹，也冰冻了他好不容易才燃烧起来的勇气，刺竹瞬间成了冻人，从里到外都僵硬如棱。

"我爹因义而负祉莲，却也是敢作敢当，你呢？"清尘一字一顿地说，"你是个懦夫。如果你只有靠别人的推动才能迈出自己的步子，那么你就根本不需要自立，顺着别人安排的轨迹生活吧，这样说来，陈小姐很适合你。"

她轻而决绝地说："我们，从来都不是一路人。"

绝望，如乌云压顶，刺竹觉得自己堕入了黑暗的深渊。他不知道自己是怎么走出清尘房间的，深一脚浅一脚，直到脚下一软，湿凉的感觉透上来，他才惊觉，自己到了河边，脚已经踩到了水里。

河水潺潺，静夜里的水声异样的温柔，可是刺竹却感到锥心的疼痛。

清尘的绝然带着鄙视，这鄙视来源于她看透了事情的本质，如同这刻刺竹的彻悟。重义本没有错，错就错在不能敢作敢当，他的牺牲、退让、隐忍和煎熬，在清尘看来就是懦弱。是兄弟，争一把又如何？花落谁家，给予祝福便释然，那才是痛痛快快！

何至于让清尘不屑？

他们曾经很近，即便是他退缩之后，那距离都未曾缩减，可是这夜之后，他们咫尺天涯。她给过他机会，一次又一次，隐晦，体贴，可是，他还是没能抓住。

那一日，沐广驰跟安王说话，他俩站在门外等待。清尘一反常态地转过脸来，就这样一直虚无地看着刺竹，刺竹却不敢看她的眼睛。他虽然拿定了主意不让她走,但是他知道,她是来辞行的,对于她来说,错过这次,便再也没有下次了。即便如此,最后他仍然不说一个字。

她会怎么想他?爱,却没有勇气;喜欢,却不敢承认;强留,仍旧不够大方,她的沉默中隐隐带着冷笑,他的无言无端地透着猥琐。

也许清尘说得对,还是不要说穿的好……点明了,她是这么失望,也就不再给他希望。

可是,清尘怎么会知道,他今夜是想来向她表白的,安王的狡诈给了他勇气,让他可以暂时忘却肃淳,哪怕还要用任务给自己充气,至少可以无所顾忌地豪迈一把,但是这天边的曙光还未透现,就被清尘用乌云蔽盖。她做人跟打仗一样,有胜算自当竭力,无价值便毫不留情地舍弃。

晚了……

刺竹懊恼着,"扑通"一声跳进了河里。河水凉凉的,瞬间淹没了他,他睁着眼睛往下沉去,只看见黑暗中,清尘的眼睛那么亮,那么美,那么妩媚,那么冰凉,一眨不眨地望着他。

"你是为清尘来的吧?"安王抬起茶壶,亲自给沐广驰斟了一杯茶。

沐广驰瓮声道:"末将愚钝,还请王爷明示。"

安王笑着,轻声道:"刺竹跟清尘很般配是吗?"

"他们已经没有来往了。"沐广驰大咧咧地一挥手,端起茶。

"呵呵,"安王轻笑道,"那是因为肃淳……"

沐广驰的手不由自主地一抖,茶水泼了出来,桌布上浸润了一大片茶渍。

"刺竹是个厚道人,太老实了,嘴巴也笨,这些年都待在营里,情事方面,开窍得晚……"安王只当没看见沐广驰的错愕,淡淡道,"初涉爱河,难免犯错,多担待些吧……"

沐广驰轻轻地叹了一声:"不瞒你说,我一直担心当年的故事重演。"

"不会了,"安王幽声道,"已经有过教训了。"

一抬眼,正好迎上沐广驰难以置信的眼光,安王自嘲地笑笑,戏谑道:"谁说就必须一成不变?"他长吁一口气,沉声道:"广驰,我们都老了,年少轻狂,谁没做过错事?都放下吧……清尘不是祉莲,我也不会允许肃淳走我当年的老路。"

沐广驰不语了,转着手中的杯子,半晌无言。

安王默然片刻，低声道："别走了，留下来吧。"

"不！"沐广驰脱口而出，想都没想，几乎是下意识地抗拒。

安王顿了顿，思忖着，轻声道："等拿下回头关，擒获了秦阶父子再说吧。"伸手给沐广驰续上茶，又说："清尘啊，可惜了是个女孩子……"

"这个我倒是无所谓，反正不管男孩女孩，我养老就都指望她了。"提到清尘，沐广驰的脸上浮现起笑容，"招个上门女婿，过过含饴弄孙的日子，很好。"

安王忍不住笑了："你培养这么一个技艺超群的孩子，就是为了招个上门女婿养老？"

"那是她的天资，"沐广驰摆摆手，"我不过就是舍不得，想把她一直带在身边而已，没想那么多……"

安王点点头，又说："不过你这个上门女婿啊，要招进门还真有点难度，清尘眼光太高。"

"没事。"沐广驰大咧咧地说，"她看不上，就咱爷俩自己过，也挺好。"他呵呵地笑着，心满意足而又无所谓。

安王怔怔地望着沐广驰，他脸上的向往和幸福叫安王嫉妒，一瞬间，安王的失落填满了胸怀。这原本也是祉莲想要的生活啊……

刹那间的失神，安王回过神来，轻声说："我看哪，这俩孩子的事，我们就这么推一把，其他的，就不要管了，随他们自己去。"

沐广驰深深地望了安王一眼，问道："你干吗那样打孩子？"

"唔……"安王低声道，"错了就该罚，床上躺几天，反省一下，那里，也方便刺竹和清尘先走。"

"从小到大，我都没动过清尘一根寒毛……"沐广驰说，"她一瞪眼睛，我就没脾气了……"

"看得出。"安王幽幽道，"要是清尘是我的孩子，我也舍不得打……肃淳虽然是我的儿子们中最长进的一个，可是比起清尘来，还是差了些。就说麦城的地形，肃淳已经去过了，形同没去，可是清尘没去过，丁是丁卯是卯，说得头头是道……你说我该不该罚他？这像个领将吗？"

"清尘从小待在军营里，对地形有着天然的关切，自是会时时留心，而且她暗中调查秦阶跟胡人的关系很久了，这些相关的资料都不会忽略。肃淳不一样，他到营中时间不长，又没有单独领战的经验……作为局外人，说句不该说的话，你有些拔苗助长了。"沐广驰摇摇头,"清尘,也不是没有缺点,你看看那脾气,阴阴阳阳,跳脚起来比我还凶呢……"

"我可不敢惹她……"沐广驰抽了一口凉气,随即又呵呵地笑起来,"沐帅……"他有些自得地晃着脑袋,好笑着又很陶醉,不知道回忆起了跟清尘之间的什么趣事,只暗自笑得脸上的皱纹都成了堆,乐陶陶地一斜眼,蓦地看见安王一脸沉郁,脑袋一低,眼光便飞速地躲开了。

安王本来想着心事,看着沐广驰也是随意,可是眼光交汇的一刻,沐广驰一刹那唯恐避之不及的躲闪,不知为何,就深深地烙在了他的心上,画出一个大大的问号。

疑问到底在哪里?

沐广驰是个顶天立地的汉子,无论如何都不该心虚,可是,这眼光里的心虚,还是让安王真切地捕捉到了。

在这之后的很长时间里,安王都没有想明白,沐广驰的软肋是清尘,在看自己的一瞬间,沐广驰到底在担心什么……

一前一后两匹马,奔跑在黄土官道上。

刺竹抬手又挥了两鞭,马的腾蹄更加密集,可是距离清尘却好像越来越远了。雪尘马的脚劲好,腿也长,估摸着是赶不上了。刺竹有些无力地想着,眼前的情景真是像极了他和清尘的现状,她随心所欲说走就走,等不等他完全在于她的兴趣,只要她决定了一直前行,不论他怎么努力地追赶,距离都变得更加遥远。

这一刻,刺竹有些懊恼。他觉得自己做了件蠢事。如果不是安王的提醒,他还醒悟不了。可是,如今面对清尘的回避,他异常无力。想到这里,刺竹苦闷起来,一忽儿,又想起临行前沐广驰郑重其事的一句"我把她交给你了",他猛地一惊,抬头去看,清尘人影不见。刺竹一急,打马飞奔,箭一样朝前奔去。

弯道一转,是个凉亭,蓦地看见雪尘马挂着缰绳在一旁的槽子里喝水。再一看,清尘正坐在凉亭里喝茶。原来是在等我啊。刺竹心里一喜,下了马,走过来,扫一眼桌上,调侃道:"这么恨我?备一碗都不成?"

话音刚落,小老板就送上来一碗茶,说道:"您可冤枉这位小哥了,茶钱都付过了。"

刺竹坐下来,端起碗,只望着清尘笑,清尘并不看他,低头将碗中最后两口喝完,起身正要走,刺竹一把拉住她:"不急赶路的,陪着喝会儿茶也不行吗?"

清尘淡淡道:"赵将军,我早就到了,已经坐一阵子了,茶也喝完了,先走着,你随意。"

"清尘……"刺竹的手不但没松，反而抓得更紧，"我们以前不是这样的……"

清尘望着前方面无表情道："以前那样……其实也不好……男女有别……"

"你知道，这不是真正的原因。"刺竹用力往下拽一下清尘的胳膊，"坐下，我们好好说会儿话。"

清尘缓缓地转过脸来，看着刺竹，很慢很慢，几乎是一字一顿地说道："既然你说这不是真正的原因，那也就是说，你知道真正的原因……既然你知道真正的原因，那还有什么好说的呢？"

一句话，刺竹被呛住了，半天无语。失神半刻，他终于无力地松开了手。

清尘却徐徐地坐了下来，轻声道："赵将军，擒住秦阶父子再也不要强留我们了，安王还是权倾天下的安王，肃淳有肃淳的富贵，你有你的生活，而我沐家父子，什么都不求，只想离开。"

刺竹静静地抬起头来，看着清尘。

清尘微微一笑，低声道："就像前些日子那样，许是最好的。"

"我知道我很蠢。"刺竹忽地说，"你也知道我很蠢，要想明白一件事情，总是比别人慢半拍甚至更长时间……"

"该聪明的时候，你可一点都不糊涂。"清尘摇摇头，站起了身，"算了吧，赵将军，就这样到此为止吧。"一转身，走开了。

"如果祉莲爱安王，也会给他第二次机会的，是不是？"刺竹的声音有些冲动地跟了过来。清尘一措，却没有回头。

"沐广驰有过两次机会，安王没有，"刺竹沉声道，"我值不值得你给第二次机会？"

赵刺竹真的蠢吗？不是自己说自己蠢，就是真的蠢，他什么都知道。清尘默默地闭上了眼睛，一咬牙，绝然地摇摇头。

冷不丁，清尘胳膊又被抓住，刺竹的声音就跟他的性格一样执着："为什么？你不告诉我原因，我就一直不放手……麦城不要去了，任务也不要执行了……"

清尘长长地叹了口气，转过身来，看着刺竹，轻声道："是安王让你醒悟了吧？如果肃淳再一次当面求你，你怎么办？安王妃也来求你，你怎么办？或者安王改变主意，逼我入王府为妾，你怎么办？若是圣上突发奇想，把我许配给肃淳，你怎么办？你不会选择我的。不管我给你多少次机会，结果都会是一样，因为我在你心里远没有那么重要。"

刺竹的脸色微微发白，渐渐转青，但这回他没有松手，他说："你恨我……"

"现实点吧，赵将军。不能相守，便放手。"清尘幽声道，"不管是打仗，还是做人，都不要感情用事。"

不要感情用事？刺竹苦笑一声："乾州城里，你为何舍身救我？"

"若你是肃淳，我也会救你，若你是别的其他人，我也会救你……"清尘平淡地回答，"秦阶抓了别人，也许会杀，抓了我，却不会杀。尤其是秦骏没死，这样我就无虞。"

她说得合情合理，轻描淡写，刺竹明知并不完全是这么回事，也只能怪自己嘴笨，恨得咬牙切齿，却半个字也挤不出来，死死地抓着清尘的手，瞪着她。

清尘则侧头望着别处，满脸漠然。

俩人就这样僵持着，过了好半天，刺竹忽地问道："如果可以选择，你是不愿意跟我一起来执行任务的，是不是？"

"是。"清尘并不避讳。

刺竹眉毛一挑，低沉道："你说，你在我心里没有那么重要，你凭什么这么说？"

"这个问题，你应该问你自己。"清尘有些不耐烦了。

"好。"刺竹说，"既然你认定在我心里不重要，那么，我在你心里就重要了？哪里显得我重要过？"

清尘顿了顿，默然道："你在我心里不重要。"

刺竹难以置信地望着她，低声说："你在报复我，是不是？你恨我，是不是？"

"你觉得我这么小气？"清尘摇头，"我报复你什么，恨你什么?! 有必要吗?! "

刺竹的眼睛一眨不眨地望着她："你喜欢我的，是不是？"

清尘不语，眼神游离。

"祉莲给了沐广驰两次机会，不……应该是三次，所以才有了你……"刺竹说，"告诉我，你一次错误也不能允许吗？"

"算了吧……"清尘长吟道，"赵将军……"

刺竹一怔，动情道："别再叫我赵将军……"

清尘终于转过来，给了刺竹一个正脸："回不去了……你该是知道的，我选择了成全你……我也还记得你喜欢温柔的女孩子，不喜欢成天打打杀杀的……既然都决定了娶陈小姐，家里也都赞同，就不要再折腾了……"

她的眸子美丽，却清冷，瞳仁里折射出淡淡的排斥，隐含在若有若无的虚浮中。

刺竹的心慢慢地凉了下去，他手中用力，轻而坚决地想将清尘拉近些。可是清尘的身子晃了晃，脚步并没有移动。

"你急着离开，是不是因为不想再见到我？"刺竹话语里有很深的失落。

"你打算这一辈子都不见我了，是不是？"刺竹的语气更重了，"你们不会回去东林镇的，是不是？"

清尘心底泛起淡淡的惊讶，但是，她依旧平静无澜。

刺竹踌躇着，低声道："我跟你说声对不起，能不能留下来？"

"不能。"清尘声音低沉。

"那你说啊，你要我怎么做？我不知道该怎样做……"刺竹喃喃道。

清尘默默地低下头去："只要你什么都不做就行了。"

刺竹看着清尘，怅然着，幽幽道："难道我们就一直这样？"

"不会尴尬很久了，"清尘深吸一口气，"别多想了，多花点心思抓秦阶父子吧。"她心里有些后悔，应该直接去找安王，拒绝跟刺竹同行。可是事已至此，她只能硬扛下去。

"你在怪我强行把你们留下来，你还怪我，心里只有肃淳没有你……"刺竹固执地说，"我知道的。"

"你知道，我不想再见秦骏，一剑之后，再见亦是无意义……"清尘低声说，"安王本已准许，你却不肯……"

"我心里不想你走……"刺竹说。

"所以我才说，你自私，为了肃淳，也是自私，为了你自己，还是自私，"清尘冷声道，"你不但懦弱，而且自私。"

"清尘……"刺竹长唤一声，满腹的话语不知从何说起。

"既然躲不过，那就这样吧，"清尘皱皱眉头，"我自当助你完成这次任务，你也不要再纠缠不清，就当是回报吧。"

"回报什么？"刺竹瓮声道，"我不接受这个交换。"

"我可以自己完成这个任务，你只要跟着我，无须插手。"刺竹一字一顿地说，"我不依靠你，任务完成了，就不存在交换，那么，我还可以有一个要求。"

清尘眼里滑过淡淡的叵测，她假装思索片刻，慢吞吞地说："好吧……"

刺竹松口气，只听清尘又补充道："如果你要求过分了，我不会应的。首先，就是除了留下来……"

她总是精明诡诈，占不到任何便宜的。刺竹无奈地看她一眼，低下头去。

竟是真的上当了。清尘沉默片刻，岔开话题道："我们先去风球村知会尉迟迴一声,不做停留,便去麦城。"

谈话进入公事,显然是清尘不想再继续深入下去。军务要紧,刺竹不得不松开手,看着清尘走向雪尘马。起步,飞也似的跑过去,猛一下腾身上了雪尘马,策马便走。

清尘眼睁睁地望着,亦是奇怪又无奈,只得折身上了刺竹的马,跟着起步。才跑出一段,就见刺竹减慢了速度,登时明白,原来是怕自己又甩掉他,索性就抢了马。除了嘴笨,心思还是活络,真像沐广驰。想到这里,清尘不禁轻叹一声:赵刺竹,该出手时不出手,该放手时不放手,何必呢?

到达麦城的时候,已经天黑,守将贾成龙邀着一起吃过饭后,各自回房休息。

刺竹满腹心事,躺上床也是合不上眼,索性便去找清尘。

清尘的房间没有灯光,刺竹喊道:"清尘……"

里间没有回应,刺竹想了想,心底一惊,折身便往马厩去。还好,雪尘马还在,刺竹刚吁口气,忽地看见清尘手里拿着水囊走了过来。

"你要去哪里?"一声疾问来得突然,把清尘惊了一下,她抬头看看刺竹,冷冷道,"你从哪里冒出来的?"

"你别想甩掉我!"刺竹愠道,"我今晚就睡马厩里了!"

一丝玩味浮起在清尘的嘴角,她扬了扬眉毛:"睡吧,有的是干草。"随即把水囊挂在马鞍上,大步流星地走了。

你以为我跟你开玩笑呢!刺竹气恼地钻进马棚,将干草一铺,还不忘把雪尘马的缰绳系在小腿上,这才两手一枕,望着草棚顶上那茅草缝隙里的天幕久久地出神。

清尘的冷淡,应该不是恨,她不是那么小气的人啊。可是如果不是恨,那是什么原因呢?

望着头顶黑色天空中闪亮的星星,刺竹知道,明天又是大太阳的天,这一路过去,燥热难耐,五六天的路程,有得熬。他担心,清尘受不受得了。就这么想着,面前又慢慢浮现起那熟悉的容颜,恍惚间,似乎又看见她坐在归真寺的琉璃屋顶上,手拢着树叶吹奏……他记得,她把头发捋过来,轻声问着"如果我是个女孩,你会喜欢我吗",她脸上的神情,柔美,令他心田发颤……清尘最美的,还是那双眼睛,清亮,会说话,这该是最为传神的遗传。刺竹好像明白了,安王缘何会爱上祉莲,实在是因为这双眼睛的美丽,摄人心魄,无法抗拒。

微笑,缓缓地漫起在刺竹的脸上,他扯起一根草,叼在嘴里,然后伸展了胳膊,搭在旁边的草垛上,就好像亲热地揽着清尘。

龙舟上,他赤裸的上身贴着清尘,在那血脉和毛孔的偾张下,清尘的惶然……还有她看着他毫无顾忌地脱裤子,那一刻的窘迫……刺竹拈了拈手指,这几个指头,曾经在出水的一刻,拨了清尘的领口,指腹在水中,滑过她的颈间,细腻溜溜的感觉,他以为是水流的润滑,他看见清尘出水时的目瞪口呆,心里只有不解和疑惑……

还有那恶作剧的一亲,刺竹下意识地摸了摸自己的脖子,伤口早就好了,可是怎么都觉得那疤痕总还存在着……竟是真的被个女人咬了,这以后还怎么见人?

刺竹有些恼,却又猛地想起沐广驰紧张兮兮却又讳莫如深的表情,那样躲闪而瑟缩的一句"你又怎么惹了她了?"一句话,把两个牛头马大的男人那一点心虚全袒露了出来。刺竹叼着干草,摸着脑袋,呵呵地笑了起来。

点点滴滴,像苍灵渡的河水,轻缓地流过,刺竹在这些清晰的片段里,被丝丝的甜蜜浮了起来,飘荡在回忆里,呼呼睡去。

天色已亮,清尘出了房门,径直来到马厩,一看,刺竹斜躺在草垛上,睡得一脸笑容,她的眼光默默地在他小腿上停留了一会儿,那里正拴着雪尘马的缰绳。

清尘一扭头,出了马厩,自行去吃早饭。正吃得起劲,刺竹走了进来,说:"这五六天路程呢,一个水囊怎么够?我已经吩咐他们准备去了,我们俩各带四个水囊。"

"如今正是天热的时候,越往沙漠走气候越是难受,白天热,晚上冷。"刺竹又说,"我给你备了一件皮袍,还带了个小帐篷……"

清尘一声不吭地听着,埋头喝粥。

刺竹盯着她看了一会儿,忽然伸手过来,压住了她的碗,皱着眉头道:"你昨晚上故意整我?"深更半夜,挂上一个水囊出走?只怕不到第二天下午就干死了……

清尘想笑,忍住,起身道:"我吃完了,赵将军慢用。"

"我不跟你计较,只当你整我几回,就当是原谅我了。"刺竹一把抓住她,笑道,"我为你设想这么多,连句谢谢都不说?"

清尘淡然道:"任务是两个人执行,我说要主事,你不肯,那我就只好让你主事了,所以你为我操持,是应该的。"随即眉毛一挑,将军道,"要不,还是我指挥你?"

"欸——"刺竹赶紧摆出制止的手势,疾声道,"那不行,这要你答应我一个要求……你又想算计我?不行——"

清尘笑起来,看着刺竹,眼底的狡黠一点点地逼过来。刺竹有些乱了,脸色一正,倏地红了,嗫嚅道:"笑什么笑?有什么好笑的?"

"我以前难道没看着你笑过?"清尘哼一声,"还大将军呢,我笑一下你脸红什么?"

刺竹便瞪大了眼睛,说:"以前,以前你是男的,管你怎么看着我笑!现在,现在你怎么能这么笑?"

清尘一听,登时变脸,厉声道:"这可是你说的,我不能对你笑。"

"诶……"刺竹又急了,"我不是这个意思……"

"你就是这个意思。"清尘一甩手,走了出去。

刺竹愣了好半天,这才一拍脑袋,恨声道:"又着了你的道!"

从麦城出发,一路走来,树荫渐少,十多里之后,极目之中,便再也难寻芳草了。周遭没有任何人家,官道上也没有行人,四处空空荡荡,宽阔平坦的土地上铺着薄薄的黄沙,随着风舞起来,盘旋在四野之中,尽显荒凉和贫瘠。

清尘站在胡杨林里,擦着汗水,望着远处,不知在想什么。

刺竹轻轻地靠过去,递上水囊。清尘用手挡回来,折身,坐在树下,阴影里,只见她眉头紧皱,一脸凝重。

"想什么呢?"刺竹挨着她坐下,笑嘻嘻地说,"这次我主事,你不用想那么多,跟着我混,准有饭吃。"清尘不语,悄然往旁边挪了挪。

刺竹再次递过水囊来:"喝口水啊,你看你的汗,衣服都湿了。"

清尘看他一眼,接过水囊,喝了几口水,那汗更加出得厉害了,一粒粒珍珠般地滚下来。刺竹看着,想也没想,抬手就用自己的袖管铺头盖脸地朝清尘脸上抹过来,清尘一侧身子,说:"男女授受不亲。"

"你不是男的吗?"刺竹呵呵地笑,调侃道,"现在天下人,谁敢说沐帅是女的?派沐家军灭了他……"

清尘斜了他一眼,起身,拍拍身上的灰,就要上马。

"等一下。"刺竹说着,在自己马上的一大捆行囊中掏呀掏,弄出一个大大的竹斗笠来,不由分说地往清尘头上一罩,还没等清尘反应过来,那几根手指头便无比灵活地给她系上了结绳,随即咧开嘴呵呵一声傻笑。

"弄完了?"清尘冷冷道,"这样我也不会记得你的好,反正你主事,都是你应该做的!"

"是……"刺竹笑着,又伸手,掏一阵,摸出一块黑色的大布出来,再次往清尘头上一罩,捆好,就变成了一个连着斗笠的大斗篷。

"这样最好,能遮阳,又凉快。"刺竹满意地说,"我早几天就请教了那些当地人,现学现用。"

清尘懒得理他,跨上马,却看见刺竹可怜巴巴地拉着缰绳,不甘心地问:"我把你收拾妥当了,你咋就这么狠心,也不问问我呢?"

"你能收拾好我,还能亏待自己?"清尘没好气地说,"快点赶路,不要磨磨蹭蹭。"

"误不了事。"刺竹悻悻地抽出另一个斗笠,给自己戴上,这才说,"我问到了一条近路,可以缩短一天半路程,咱走那条路。"

清尘眼珠子一转,好小子,不吭不哈的,早有谋划啊。

"不过,那条路很难走,要过两个风口,运气不好的话,还能遇上沙尘暴。"刺竹脸上的笑容淡去了,肃色顿起,"清尘,治气归治气,你可不能离我太远。啥事都好说,这事我可不是跟你开玩笑。"

清尘不屑道:"你说的不都是正事?哪件是开玩笑的?"

刺竹怔了一下,忽地咧嘴一笑:"要是我说让你嫁给肃淳是开玩笑的,你相信吗?"

"不相信。"清尘非要跟他对着干,"我已经准备听你的了,嫁给肃淳也不错……反正他也答应让我成为正室……"她眼角余光偷瞄着刺竹,一本正经道,"临行前那三天,我每天都陪着肃淳呢,所以也没工夫去给你汇报我俩发展的情况……"

刺竹的脸色不由自主地灰了,无趣地瘪瘪嘴,哑了。

清尘笑了一下:"后悔了吧,不该跟我同路。"

"不后悔。"刺竹瓮声道。

"为什么?"清尘仰起下巴,眼睛斜斜地俯视着他。

"我知道你会一路捉弄我。"刺竹一开口,倒叫清尘有些吃惊了,他说,"只要你捉弄了我之后,能心情愉快,我也无所谓。"

清尘眨着眼睛,还寻思着话里的意思,刺竹忽地哈哈大笑起来:"清尘!你说你不喜欢肃淳,你会主动去找他?骗鬼呢!你要耍我,我就配合你一下……这下,上当的可是你了!"

清尘闻言大恼,扬手就是一鞭,抽在刺竹的马屁股上。马嘶叫着跑开了,刺竹还不忘回过头来笑。清尘嘴一噘,恨恨地骂道:"赵刺竹!你吃了熊心豹子胆了!看我怎么收拾你!"

第四十一章
斗嘴打诨傻人也不傻
讲话细陈假说实不假

太阳悬在头顶，发出耀眼的白光，炙烤着大地，一股股热浪从脚底冒出来，熏得人昏昏沉沉。到处都是黄沙，刺得眼睛发酸发痛，一个接着一个的沙丘，仿佛永远也没有尽头。

清尘坐在马上，挥汗如雨，衣服湿了又干，干了又湿，沾在身上就跟湿纸片一样，横竖都觉得透不过气来，仿佛每个汗毛孔都被憋住了。她觉得一阵阵恶心，身子晃了晃，眼前渐渐炫舞起来，她想伏在马背上，背一弓，却摔了下来。

刺竹赶紧跑过来，扶起清尘，扛在马背上，然后找了个背阴的沙丘，把清尘放下来。一看，清尘嘴巴发干，面色通红，已经昏迷了。刺竹赶紧喂了她几口水，然后支起帐篷，把清尘放了进去。

清尘睁开眼睛的时候，刺竹正坐在一旁，望着她笑："醒来了？你醒得可真是时候，星星都出来了……"

清尘转过头一看，帐篷外，正是满天星辰。凉悠悠的风从外边吹进来，很舒服。帐篷里的小马灯，发出晕晕的黄光，将小小的帐篷照耀得满满的。

"好些了吗？再喝点水吗？"刺竹把水囊凑近清尘嘴边。

清尘摇摇头，坐了起来："我没事。"

"你中暑了，我给你喂了点丹药。"刺竹轻声道，"如果你好些了，我有个想法……"

清尘转过头，刺竹微笑道："我们选择晚上走，早上也走一会儿，等天气一热起来，我们就找个地方休息……从这里过去，有个沙漠小峡谷，那就是第一个风口。如果现在动身，估计明天上午能到，到了那里，就能好好休整一下了。"

"走吧。"清尘起身，低头道，"都怪我，耽误行程了。"

"怎么这样说呢？"这条路短一些，但是难走些，商家都不走这边……刺竹笑道，"今天多亏了你，我才想起晚上行走，也是额外收获啊。"

俩人收拾完毕，顶着星光上路，果然凉爽许多。

"清尘……"刺竹问道，"这么好的月色，吹个曲子给我听吧。"

"没有树叶，吹不了。"清尘回答。

刺竹只得作罢，又问："你那天在归真寺屋顶上吹的，是首什么曲子？好听。"

清尘想了想，答曰："《水莲吟》。"

水莲？刺竹一惊，忽地想起那夜的梦境，碧水流淌，一朵白色的莲旋转着，幽幽地漂近……

"那是我爹教我的曲子，"清尘说，"也是他最喜欢的曲子，每次吹起这支曲子，我就知道他在想祉莲。"

祉莲？刺竹忍不住笑道："你一口一个祉莲，我听着还真觉得怪异。"

清尘也笑了，更正道："我娘。"

"你为什么不叫她娘？只叫祉莲？"刺竹好奇地问。

"我叫爹也是直呼其名，"清尘想了想，说，"我从来没有叫过娘。"

"那是为何？"刺竹诧异道。

"她生下我没多久就死了，我没叫过她娘。"清尘说。

刺竹叹一声："也是个可怜的女人啊。"

"之前是有些可怜，不过，她跟我爹一起的时光，还是快乐的，"清尘默然道，"我觉得，她能重新回到爹的身边，这辈子应该已经没什么遗憾了。"

刺竹点点头，想起了什么，忽地问道："你不喜欢安王，对安王有成见，是不是因为你娘？"

"是啊。"清尘并不否认，也不掩饰，"我就是讨厌他，不管他做什么，怎么做，反正横竖我就是喜欢不起来。"

"安王还是很不错的。"刺竹笑道。

"总的来说是不错，"清尘说，"所以，尽管我和我爹都不喜欢他，但为了天下太平，我们还是选择了归顺朝廷。"

刺竹闻言，轻轻地皱了皱眉，清尘这番说辞，倒是验证了他长久的猜测。可是，越是这样，刺竹越是疑惑。沐广驰不是个小气的人，而且从这么长时间来看，他跟安王的心结已解，那到底是为何还抗拒安王呢？

天幕辽阔，清风习习，俩人默默地走了一段。

"一到晚上，我就会想起你在屋顶吹奏的情形，"刺竹问道，"你那天晚上，是不是想去后山看看你娘的墓？因为我在，所以没去，只是吹吹曲子给你娘听……"

"是。"清尘幽声道，"我们都不想你们知道，我是祉莲的孩子。"

刺竹笑起来："你跟祉莲长得这么像……瞒得过去吗？"

清尘也笑了："要不是我主动让你知道，你就是怀疑一辈子也找不出答案。"

"那是。"刺竹沉吟道，"我估计你爹是担心安王像从前对祉莲那样，又动你的心思，所以隐瞒你的性别，也隐瞒你的出身。"

"安王没动心……"清尘低声道，"除去巫山不是云，从这一点看来，他对祉莲或许是真心的。"

"我能理解他。"刺竹说，"要把心爱的女人让给别人，需要多大的勇气，安王做不到，也是可以理解的。"

"你做得到啊。"清尘揶揄道，"赵刺竹不是常人，是圣人。"

刺竹顿了顿，轻声道："等我们回去，大军来了，我预备跟肃淳好好谈谈。是男人，就公平竞争，不管你选谁，其余一个就退出。"

清尘勒住马，回过头来，严正道："我谁也不选。赵刺竹，军务你主事我没意见，我的私事，你少做主。"

"我没做主啊，你自己做主啊，选谁，选不选，都由你决定。"刺竹嘟囔道。

"我听这话里怎么这么言不由衷呢？"清尘耸着鼻子，不屑一顾，"你都说自己嘴笨了，嘴笨就少说话。"

刺竹虎起脸，不满地瞪了清尘一眼。

清尘嬉笑着，转过头去，淡淡道："那个陈小姐挺配你的。你不是一直都喜欢温柔的女孩子吗，等你出门打仗了，她就在家孝顺公婆、相夫教子，这应该也是你的理想生活。"

"我不喜欢官宦小姐。"刺竹闷声道。

"我说的是温柔的女孩子,别跑题。"清尘一下拗过来,"你爹娘都同意了,安王妃保媒,你就认了吧。"

"我的事情跟你有什么关系?!"刺竹恼了。

清尘不恼,反而笑道:"我管你的事,你也知道生气?那你管我的时候,干吗不想想自己?!"

刺竹一梗,一不小心又进了套子。他懊恼着,猛地一勒缰绳,飞快地跑走了。

清尘抿嘴偷笑,不紧不慢地跟在后面。

绕过两座山丘,刺竹的马甩着尾巴,在沙山上等着。清尘慢慢地走近,等着刺竹开口。刺竹仿佛还在为刚才的事生气,缄默不语。

我正不想跟你说话呢。清尘心里哼哼道,找个法子让你闭嘴,还真是容易。这想法刚抬头,刺竹就出声了:"你以后别跟我提陈小姐。"

"那就提肃淳。"清尘哈哈一笑。

刺竹猛地把手里的缰绳往下一扔,清尘心道,又生气了,斜眼一瞄,片刻工夫,刺竹竟然又挽起了缰绳,没事人一般,低声道:"我说那话的时候,不是不知道你……"

这回轮到清尘要跳起来了:"这跟我有什么关系?"

"人人都知道我喜欢你呢。"刺竹慢悠悠地说。

清尘一怔,她一直以为刺竹不会承认,至少会说不出口,但是她没有想到,他说出来的时候,会这么平静,仿佛深思熟虑很久了才会气定神闲地宣布。

"我以前是想找个温柔的女孩子,但是真有个温柔女子出现,比如陈小姐,我却发现,自己并不喜欢这种类型……我喜欢长久相处着,自然而然产生感情的那种感觉,成天打打杀杀的也没什么不好……"刺竹说得很慢,"打打杀杀只是一种外在形式,人的内在是否温柔,是要用心感受的……"

"别人都说你冷酷,可是我却知道你很温柔。"刺竹的声音,低沉富有磁性,在空旷的沙漠中扩散,"你有一种与众不同的表达方式,我能懂你。"

"我想你是喜欢我的,可是我不知道你为什么不承认……"刺竹幽声道,"没关系,你不承认我承认,我就是喜欢你。"

"我会找到答案的。"刺竹沉声道,"我一定要找到答案。"

清尘静静地望着他,许久,缓缓道:"答案,我可以告诉你,就是……你迟疑的那时候,我发现,秦骏更值得我去爱。"

刺竹的脸"唰"地白了,星光在他眼中暗淡下去,他盯着清尘的眼睛,仿佛难以置信,可是,清尘的脸,冷冷地就像寒冰,没有他说的温柔,也再不是他懂得的表达。

"你说真的?"游丝般的话语飘过来。他真的不愿意相信,自己也只有一次机会。

"嗯。"清尘点点头,面无表情地离开。

太阳缓缓地冒出了地平线,炎热瞬间便席卷了过来,无处可逃。漫漫黄沙重新变成一个大火炉,不知疲倦地烘烤着一切。

俩人徐徐走下沙丘,远远的前方,是个甬长的峡谷。

刺竹勒住马,找了个天然的壁洞,对清尘说:"进去吧。"

虽然只是一个小洞,但洞里跟洞外完全是两个天地,峡谷本就阴凉,这洞里更是舒适。刺竹铺好篷布,清尘往上一躺,只觉眼皮沉沉,不消半刻,就睡着了。

醒来的时候,谷顶日头正健,估摸着是未时。斜头一看,刺竹也枕着包袱睡着了,手里还拿着展开的地图。

清尘静静地望着刺竹熟睡中的脸,出神许久,终于还是扭过头去,望着谷外。

她不知道刺竹打算怎样,这条路现在还没出现过什么意外,如果真的这么好走,为什么那些商人要舍近求远?

"不睡了?还早呢……"刺竹爬起来看着她,然后翻开包袱,递过干粮,"一定要吃饱喝足,养好精神,今天晚上有场大仗。"刺竹的眼睛里,亮晶晶的光,透着军人特有的强悍,他说:"这个峡谷,叫野狼谷。"

"你害怕吗?清尘。"刺竹轻轻地笑了一下,"上百头狼呢。"

清尘看着他清亮的眸子,不语。

"跟紧我,"刺竹柔声道,"如果雪尘马跑到了前面,你就不要回头。"他的眼睛里,那一抹深情,像极了父亲,又跟父亲的不同,同样是出于对她的保护,他比父亲少了慈爱,多了眷念。

她在他的注视中,低下头去,执拗着,再也不肯抬头。

时候已近黄昏,清尘忽地站起身来,说:"现在就走。"

"你先走,我等一会儿。"刺竹想了想,"探一探虚实,到底有多可怕。"

清尘偏头看他一眼,心知他在盘算大军怎么过,所以不肯争取在这有利的时间里离开峡谷,非要跟狼群来个短兵相接。狼是夜行动物,一百多头齐来进犯,那可不是闹着玩的。

"你先走，出了谷到前方二十里的地方等我。"刺竹环顾四周一眼，说，"峡谷长十里，我们在入口处，往里走可能会越见窄了……狼一般的活动范围在方圆近百里，但是只要你离开了峡谷这个巢穴之地二十里，燃好篝火，狼是不敢靠近的。"

"狼喜欢追逐掉队的单个猎物。"清尘抬头看了看谷顶，"它们非常聪明，总能想出对付我们的招数，我们必须在天黑前出谷，不然，它们会从上面和两头围攻我们。"

刺竹跨上马，扬声道："我喜欢跟你一起执行任务，因为你是个聪明的同伴。"

"这个野狼谷，不止一个狼群，它们有各自的地界，只要我们越过一个地界，那么就归另一个地界的狼群接管，在它们争夺猎物的对峙中，我们有些投机取巧的余地。"刺竹笑道，"假设这里有两群狼，我们实际上需要对付的，只是视我们为猎物的这群，另外一群不会越界，假使冒险越界，也会遭到这群的围堵，反而是好事。"

他扬起鞭，策马缓走，掉头过来："你走前面。"

清尘越过刺竹的身侧，淡淡地斜脸一瞥，刺竹见她脸上肃色渐浓，便笑道："别担心，我是杀狼的好手。"

清尘从鼻子里嗤笑一声。

"我的本事你还没见识过呢。"刺竹说，"我跟我爹常常到山林中射狼，我最好的成绩是十头。"

"吹吧，继续吹牛。"清尘说着，眼睛到处瞟看。

"这个安王可以做见证。"刺竹说，"他也跟我们一块去猎杀狼……那年我十五岁，钧县野狼成灾，白天都出来咬人，安王就带了亲信去杀狼，我爹喊我同去。那一次，我一个人杀了十头狼，安王自此就把我带到军中来了。"

"杀狼是有技巧的。"刺竹比画道，"狼的鼻脸突出，头部和口部非常有力，它最致命的袭击通常是扑倒，然后咬颈，所以，在它扑过来之前，你得先出手，或捅，或砍，必须一刀毙命，罩着面门或者脖子砍，若是伤了它的肢体，没能毙命，它会比之前更勇猛……狼是狠绝的动物，也知道自我牺牲的价值，它知道自己活不了了，也会尽最大限度伤害你，以便给同类减少危险和伤亡……"

"狼群的进攻跟打仗一样，讲究战术，通常先是围而不打，然后有一小阵试探性进攻，只要你露出了一丝一毫的怯意，他们便会群起而攻之。"刺竹看着清尘，笑道，"你有时候就跟狼一样，所以，狼在你这里是占不到半点便宜的。"

清尘扭过脑袋："都说你深藏不露，原来哄女人的功夫也是如此。"

"我这可不是哄你，"刺竹大咧咧地说，"狼已经够奸诈了，你比狼还奸诈。"

清尘一梗,脸上有些挂不住了,恨恨地瞪了刺竹一眼,不说话了。

刺竹嘻嘻一笑,涎着脸道:"我真是夸你呢……只不过我嘴笨,不知道怎么样把话说圆了,听上去更像那么回事……"

清尘白了他一眼,便转开了眼光,四下到处打探起来。忽然,她看到路边上一堆白骨,正细看,刺竹的声音淡淡地传过来:"这该是那些商队的马、骆驼……"他顿了顿,低声道,"应该还有人……"

慢慢地,路边的尸骨渐渐地多了起来。

忽地,前头一阵细微的响动。

"这是母狼发出的警告。从这里开始,就有狼穴了。"刺竹说,"这个季节,是狼繁殖的季节,一般公狼出外觅食,母狼留在洞里照料小狼。"

正说着,路边的几个洞穴里站出几只母狼,竖起耳朵,警惕地盯着他们。

"不用管它们,我们要装作对它们不感兴趣的样子,好像不知道洞里有小狼。"刺竹说,"它们顾忌小狼的安危,不敢贸然进攻,只有公狼们回来了,它们才会变成主动。"

清尘默默地走着,眼光不停地跟母狼们对视,冷凛碰着阴狼,彼此敌视着,却也无恙,就这样井水不犯河水地走了一阵,刺竹忽然说:"清尘你记住,狼的肢体动作是有表示的,强者会翘起尾巴来瞪视弱者,而弱者则伏下耳朵,示出喉咙来,表示臣服。"

话音刚落,刺竹猛地一下跳起来,手起刀落,一下就砍掉了右前方一只刚从洞中站出来的母狼,随即爬上去,再出来时,手里抓了两头褐色厚软毛的幼狼,毛茸茸的像小狗,头挤在一块,"呜呜"地叫着。

刺竹麻利地将幼狼裹进怀中,然后拖起了母狼的后腿,又朝前走去。那被砍死的母狼软塌塌地从地上扫过,留下一路殷红的血。

清尘皱皱眉头,正要问刺竹何意,却看见刺竹回过身来,看了一眼后面。

清尘回头一看,瞬间便瞪圆了眼睛。

后面,齐刷刷地一群狼跟着。

"这是留守在洞里的母狼,都出来了,它们想夺回本群的幼狼。"刺竹淡然道,"继续朝前走。"

一直往前,越过白骨森森的狭长之路,天色也慢慢地暗了下来,夜色缓缓地来临。

刺竹再次勒住马回头,远远地,母狼们停住了,站在身后几丈开外,默默地盯着他们。

"这里是另一个狼群的地界。"刺竹用力，一下把母狼的尸首甩出去好远，说道，"从母狼的数量来看，那个狼群很大，估计有四十多头狼。"

"这头幼狼刚满月，还在吃奶，"刺竹说，"我之所以选了这头母狼杀，就是看它肚皮紧绷，奶头鼓胀饱满，是头胎生育，也是刚刚发奶的样子。这一路看来，发现这头母狼毛色光亮，体形匀称，是刚成年的母狼，这样好的货色，也是狼族中的美女了……刚才我又细看了一下，这群母狼中，姿色都还没能胜过她……"

刺竹没来由地笑将起来："头狼喜欢择优交配，估计这两个狼崽是头狼的。"

"母狼是我杀的，但是那群狼不管是为了给母狼报仇，还是要夺回小狼，都会对我穷追不舍，势必威胁到这群狼。"

刺竹抬头看了一眼天色，猛地一下再次挥刀，以迅雷不及掩耳之势，再次砍飞一头母狼，然后从马鞍上抽出一个筒袋，进了洞里，一气提溜出一袋幼狼出来，挂在马鞍上，然后再次将母狼的尸首甩向对面的狼群。

清尘皱皱眉头，他这是干什么？略微一想，便明白了。故意制造两个狼群之间的矛盾，先一个狼群在头狼的带领下寻仇，必然要越过后一群狼的领地，赵刺竹到底还是利用了狼派的相争。

正凝神间，忽听头顶传来一声满是张力的长嗥。

清尘抬头一看，身后那谷顶，站着一头身形硕大的狼，正仰起脖子叫着。与此同时，谷里响起了此起彼伏的叫声，反射着各种各样的情绪，愤怒、惊恐、悲伤，就好像一家之主回来了，留守的急着将满腹的心酸委屈诉说。

清尘心底一凉，意识到狼群回来了，这是他们的交流，头狼已经知道了事情经过，怒不可遏之后，必然是疯狂的报复。

"是时候了。"刺竹默然地跟清尘对视一眼，低沉道，"一直往前，不要回头，雪尘马能跑多快就跑多快——记住我说的话！"

清尘刚意识到他想干什么，刺竹手里的刀又一次扬了起来，狠劲地拍向了雪尘马的屁股。

"啪！"地一声，雪尘马又惊又痛，飞快地腾起蹄子，剑一般地射了出去！

清尘下意识地拉住了马嚼子，只听见风声呼呼，雪尘马像一道闪电，划过峡谷，此刻作为高贵的战马之后，血液里奔涌的速度变成了神灵赋予的驰骋，黑暗无法左右它对方向的选择，一种潜意识的迸发不再需要它的眼睛，只有奔跑，只要奔跑，它就是战神的使者，蹄下飞起旋风，不可战胜。

不知跑了多远，雪尘马才慢慢地降下速度。清尘端坐在马上，缓缓回头，月色清朗，却看不见峡谷。她转过头，朝向前方，愣神片刻，忽地打马转头，喝道："回去！"

狼群狩猎时会全体出动协力合作，在追赶猎物时，它们会一直跟着猎物，一追数十里，直到猎物筋疲力尽时才加以扑杀。如果遇到成群的猎物，它们会先加以追赶，当猎物中比较年老体弱或生病者渐渐落后脱队了，就猎杀这些落后的猎物。

清尘知道，没有狼群追自己，是因为刺竹是个落单者。刺竹还杀了两个狼群的母狼，挟持着两窝幼狼，不论从哪个因素分析，他都会是狼群的目标。

一路上，他絮絮叨叨，异常地多嘴，说的那些不都是告诉清尘单独一人时如何应付狼群？！

雪尘马风驰电掣般地跑着，面上凉风拂面，清尘的额头上却冒出了密密匝匝的汗珠。

狼群涌了过来，刺竹勒住马，亮出了刀，白亮的刀刃子在明亮的月光下射出寒光。刺竹逼视着狼群，示威似的晃了晃马两边的筒兜。

聪明的家伙，你们若是不顾忌狼崽，想咬马肚子，那就冒险试试。

狼群慢慢地停住了，看着刺竹，眼睛里绿荧荧的光，在黑暗中像鬼火一闪一亮。

刺竹偷眼看了看山顶，绿光点点。公狼在上面，母狼在下面，形成了包围圈。刺竹默默地揪紧了缰绳，猛地一下转身便跑，同时挥刀，看也不看，奋力砍向两旁——

他只有在公狼从峡谷顶上发起攻击之前离开峡谷，才有可能脱身，因为母狼不会离开巢穴太远，他离开峡谷，是为了减少对抗的狼的数量，也是为了防止公狼一窝蜂地从峡上跳下来袭击。

周遭听见了"噗、噗""嘭、嘭"的声音，那是砍中了狼和狼的尸体跌落在地上的声音。刺竹在一片血腥之中冲出了峡谷。

身后嗷嗷的叫声更加威猛，过一阵，声音渐渐地淡了。

刺竹跑到一个小丘上，站定，转过来。

狼群已经跟了过来，数量不少，约莫三十几头，悄无声息地站在不远处，阴森地瞪着他。再往后大约十来丈，还有一群狼，数量略少，正懒散地趴在地上，那头狼也只是悠悠地踱着步子，似乎对近处这场讨伐刺竹的战役毫无兴趣。

好家伙，你想坐山观虎斗，然后渔翁得利啊。刺竹抓住装两只狼崽的小筒兜晃了晃，狼崽发出柔弱的叫声，狼群一下子紧张起来，头狼的身子倏地一震，看着这边不动了，地上的狼也翻身立了起来，有按捺不住的，就想起步，头狼一声低吼，狼们头碰头，悻悻地退了回去。

头狼缓缓地立起上身，坐在了沙地上。

刺竹笑笑，转头又走，速度不快，虽然没有回头，却紧张地留意着身后的动静。

忽地，一个黑色的物体飞快地窜过面前，然后，又是零星几个。

刺竹不动声色，加快了速度。

到底还是被狼群围住了。

远处，那头狼带领的另一支队伍，只做远观。

狼们交头接耳一番，好像商议出了什么结果，慢慢地走出十来只狼，朝前慢慢靠近，缩小了圈子。

刺竹拎起大筒兜，示威似的晃了晃。筒兜里幼狼滚动着，乱成一团，发出恐惧的叫声。

狼们停住了脚步，互相看看，又转头看看狼群里似乎头狼的位置。

"嗷——"一声低吼，如同催促。狼们再次掉过头来，朝刺竹逼近。

刺竹伸手揪出了一只幼狼，狠狠地朝狼群一砸，幼狼划了几下脚，呜咽着死了。

几头狼靠近幼狼，怜惜地拱着，发出低闷的"呜呜"声，其中一只围着转了几圈，有些痛苦难耐的样子，用嘴叼起幼狼，跑了回去。

"嗷！嗷！嗷——"头狼的吼声几近咆哮，带着威严。

狼包围的圈子在缩小，刺竹从背上又抽出一把刀子，左右手各一把刀，然后他不慌不忙地两边瞟一眼，选中了右边两头狼挨得很近的位置，猛一下冲过去，扬手一刀，立起身，探出去，又是一刀，眨眼间，三头狼就死在了脚下。

刺竹再次坐直了身子，冷眼望着面前的狼群。

头狼所在的外圈子围拢了过来，刺竹知道，头狼极端恼怒，等不及了，它发狠了，总攻就要开始了。

果然，一声低噑之后，寂静的狼群骤然发起进攻，疯狂地扑了过来！

刺竹左右厮杀，只见眼前黑影迭起，举手挥刀，只管砍杀，正杀得一片昏暗之时，忽地听见"唰唰"几声，耳边"嘭嘭"声不断，一声急喝从远处传来："快走——"与此同时，狼群的攻击更凌厉，红了眼的狼群不顾一切地朝刺竹扑过来，刺竹一边砍杀一边招架，到底还是杀出了一条血路，突破了重围。

迎面看见清尘对奔过来，刺竹又惊又喜，只见清尘长剑一刺，身后再次传来"嘭"地闷响，刺竹回身，再是砍杀几头狼，俩人遂飞快地朝前跑去。清尘侧身，一把扯过刺竹的筒兜，翻转了往地上一倒——

"清尘！"刺竹喊一声，还没说出下半句，忽地看见清尘的身体一侧，小腿一插，竟是灵巧地背转了过来。奔跑的马背上，她抽出一把羽箭，拉满了弓。

倏地，她斜头看了刺竹一眼，刺竹嘴唇翕动着，想说什么，却没有说，一迟疑间，清尘的箭已出弦——

"嗖——"

"噗、噗、噗——"

那围着幼狼的几头狼尽数被射杀。剩下的狼还欲穷追，头狼一声大吼，狼们便都停住了。

清尘手中的箭缓缓地放回箭匣里，她的眼光终于从狼的身上收了回来，转身朝前，策马越过刺竹。

俩人一前一后跑了大概五里，忽地感觉天色阴沉了下来，满天的星星不见了,仿佛一股黑雾渐渐地起来。隐隐地,危险而叵测的气息袭来,阴森如同阎罗的眼。

"清尘!沙尘暴来了!"刺竹喊道,"别往前了,赶紧找个背风的沙丘……"

声音散开,清尘回过头来,脸色倏地一紧,骤然喊道:"快点,别回头!"一抬手,又去摸箭。

刺竹疾声道:"别射,等一等!"

他猛一下勒住马,转过身来。

黄沙渐渐漫起,在时舞时落的间隙里,那个黑色的硕大的头狼身影就在一丈开外,停住了,坐立着,似乎端详着他们。

刺竹扯下筒兜,俯身将出口朝下,将两只小狼崽轻轻地抖了出来。然后,他小心地转过马身,奔向清尘,说:"走吧。"

黄沙扬了起来,刹那间便是铺天盖地,飞沙走石一片混沌,什么也看不见了。

醒来的时候已经是第二天早上,清尘扯掉蒙在面上的布,一把掀开帐篷,坐在地上不停地朝外吐着嘴里的沙子,在脸上又是拍又是摸,正忙得不亦乐乎,忽然听见头顶传来一声轻笑,她想也没想,抓了一把沙子扬过去。

"我跟你有深仇大恨啊?"刺竹哗啦啦地带着沙,从沙丘上走了下来,斜摆着腿在清尘跟前坐下,"沐帅,你睡着了,还是我侍候着呢……这布是我给你盖上的,帐篷也是我搭好的……你呢,只知道睡,啥都不操心……"

"你说了你主事的。"清尘狡猾地觑了一下眼睛。

"可你是沐帅啊。"刺竹有些不服气地说,"你怎能占着茅坑不拉……"猛地一下打住,生生把最后一个字吞回了肚子里。

"沐家军已经交给你了。"清尘说,"以后别来烦我。"说着双手一枕,复又躺在了沙地上。早晨的沙地还没有经过太阳的暴晒,凉丝丝的,挺舒服。

"这是出来执行任务呢,你怎么说着说着又躺下了?"刺竹推推她,"原来你是这么懒的?!"

清尘闭着眼睛,慢吞吞地回答:"你不是说白天休息,晚上赶路吗,我是听从你的指挥啊。"

"我现在说动身。"刺竹拉她一下,"起来了。早起的鸟儿有食吃,办完事早点回家。"

"我没有翅膀，不是鸟，不需要早起。"清尘哼了一声，依旧没睁开眼睛，"谁跟你回家？各回各的家。"

"再说，你也说错了。"清尘杠上了，"虫子也有起得早的、起得晚的，你是早起的鸟儿，你只能吃到早起的虫子，我要是晚起的鸟儿，也饿不死，那还有晚起的虫子不是？"

刺竹一下被呛住，半天说不出一个字来。

"太阳要升起来了，把帐篷搭好吧。我再睡会。"清尘大言不惭道，"沐帅的安危就交给你了，沐帅昨夜还救过你的命呢。"

"真的要起来了，前面还有个大风口，我们必须改变策略，趁天气好的时候赶紧走，沙尘暴一起就赶紧休息……"刺竹用力地拖起清尘，清尘只好起身，坐着看刺竹收拾帐篷，捆上马背，一会工夫，又躺下了。

刺竹一见，无可奈何地过来，看清尘闭上了眼睛，眼珠子一转，笑道："你再不起来，我亲你了。"

"你……"清尘不屑道，"给你十个胆子，你也不敢。"

刺竹想了想，俯身下来，一边加重了呼吸，对着清尘的脸上吹气，一边蜷起两个指头，飞快地在清尘脸上按了一下。

清尘倏地睁开眼睛，眼里都要冒出火来。刺竹嘻嘻一笑，伸出食指和中指比画着："我没胆子，他们有胆子……"

清尘没好气地瞪了他一眼，气呼呼地起身，上了马。

帐篷外，狂风呼啸，就像一双粗鲁的手，恨不得将这个帐篷扯烂揉碎。沙石打在帐篷上，啪啪的声音不断，刺竹加固了一下杆子，说："没事的，挺得过去，这样的沙尘暴已经差不多是极致了。我们的帐篷小，却也正好，不招风，一半固定在沙丘里，牢靠。"他看了清尘一眼："你睡吧，一早上就那么欠睡的样子……"

清尘躺下。

帐篷真是小，两个人并排躺着，一点空隙都没有了。刺竹盘腿，点上马灯，开始看地图。

清尘皱起眉头，把手放在肚子上，深吸一口气。

"你不舒服？"刺竹关切地问道，"你是不是不舒服？"记忆中，清尘从来都不矫情，今天的怪异一定有原因。

"我不喜欢沙漠。"清尘答非所问,"我喜欢有水的地方。"

刺竹笑起来:"你是不是渴了?"

清尘瞪了他一眼:"说喜欢水就是要喝水啊?"

"我不就是联想了一下……"刺竹说,"这也值得生气?"

"懒得跟你说。"清尘愠道,"不念书的大老粗,没点情调。"

"肃淳有情调啊……"刺竹脱口而出,却后悔得只想扇自己耳刮子,赶紧岔开,"我不是大老粗,我读过很多书的……"

"除了《孙子兵法》。"清尘戏谑道,"还有,斗大的字认识一箩筐。"

"你这人讲话可真不耐听,"刺竹哼哼道,"我读过四书五经,唐诗宋词,《资治通鉴》,等等,等等。"

"比我还读得多呢。"清尘故意鲁声道,"斗大的字我一个不认识。"

"好好说话,别老拧着个脖子。"刺竹忍不住拍了一下她的脑门。

清尘顿了顿,轻声道:"其实秦骏也有情调呢……"

"那你就不用回来了。"刺竹顺着说,"留在丽水,做什么……压寨夫人如何?"

"是有这个想法。"清尘不嫌自己脸皮厚。

"你是个女孩子,知道点羞好不好?"刺竹说,"睡觉睡觉,哪那么多废话?不要你睡的时候,闹着要睡,要你睡的时候,话这么多……"

清尘斜他一眼,转过背去,不理他了。

大约过了一个多时辰,外面的风沙丝毫还没有减小的意思,刺竹看地图也累了,便探头看看清尘,问道:"你睡着了?"

清尘不答,好像睡着了。

"我给你讲个故事啊。"刺竹呵呵笑起来,"从前有个傻瓜,人家说他傻,他老是不服气,于是人家问他,我要到你家去,你不想见我,我敲门的时候,你怎么办啊?傻瓜精明地回答,我说没人在家!"

清尘的后背轻轻地抽动起来。

刺竹又问:"你到底睡着了没?"

"睡着了。"清尘瓮声瓮气地回答。

"你怎么这么傻呢……"刺竹放声大笑。

清尘缓缓地转过身来,正色道:"傻瓜,逗你玩呢。"

刺竹一梗，再也笑不出来了，这下轮到清尘大笑了，说："那傻瓜可一点都不傻，人家就是存心逗你们这些看客呢……"

刺竹顿觉无趣，吹灭了马灯，躺下了，说："睡觉。"

过了好一会儿，清尘坐起来，只看见两点闪亮在刺竹脸上，凑过来一看，刺竹的眼睛瞪得跟铜铃似的。清尘吓了一跳，问道："还不睡，想什么呢？"

刺竹答："我在想昨夜那头狼。"

"嗯……"清尘示意他说下去。

"我觉得它好像沐广驰。"刺竹刚说话，冷不丁额头上就挨了一记。刺竹叫道："你要我说的，你又打我！"

"它哪里像沐广驰了？"清尘愤愤道，"你不是说我像狼，就是说我爹像狼，你是有预谋的吧。"

"小人之心度君子之腹。"刺竹解释道，"我是觉得它爱护孩子的那种行为，像沐广驰……它的狼群相对较小，所以为了保存实力，并抢回自己的孩子，一直忍耐着，我们跟大狼群打斗的时候，它不插手，我没有懂它的意思，以为是想坐收渔利，可是，后来你把那窝狼崽倒在地上之后，我看见它有了反应，似乎是看到了希望，觉得我们可能不会杀狼崽。"

"我们在杀大狼群的时候，其实它也在后边帮忙，似乎想我们领它的情，放了狼崽，也不要伤害它的族类。我们跟大狼群的这一仗，似乎会让它成为峡谷的大族。我想利用它，到底还是被它利用了。"刺竹说，"狼是非常敏锐的动物，它应该比我们先预知沙尘暴的到来，这也是那个大狼群没有继续跟来的主要原因，它们不是不想报仇，而是它们也先要躲避沙尘暴，这个头狼为什么不怕沙尘暴，一直跟着我们，它就是想要回孩子……"

"所以，我还给它了，它走了，"刺竹说，"清尘，我觉得狼也是有感情的动物，我能懂那个头狼。"

清尘不语，看着刺竹。她有些吃惊，没想到，刺竹手脚不停跟狼厮杀的时候，还能腾出工夫去看那后边的另一群狼。她也终于明白，她倒出狼崽的时候，刺竹想说的话是什么。他可以为了活命而杀狼，却不想伤害幼狼，这个男人着实心软，太善良。

"不知道为什么，看见那个头狼，我就想起沐广驰，觉得他们很像。"刺竹说，"讲求大局，坚忍，义气，重情。"

他支起脑袋,侧身望着她:"你在想什么呢?"

清尘淡然道:"我会向沐广驰转达你对他的赞赏。"

这当然不是真心话。刺竹无奈地摇摇头,清尘的心思,从来都不会袒露,问也问不出,他不想深究,想了想,沉声道:"你知道,沐广驰还有哪里跟狼像吗?"

"狼是雌雄配对的,夫妻之间感情很好,彼此照顾极为体贴,能终生厮守,若一方意外而亡,另一方会独身竭力抚育后代成长,有时候未亡者伤心欲绝,也会自绝殉情。"刺竹低低道,"头狼一定是因为痛失爱妻,不愿意再失去孩子,所以甚至不惜违反自己做狼的原则。"

"痴情,沐广驰痴情。"刺竹沉吟许久,又说,"其实,安王也痴情。"

清尘憋不住一声轻笑。

刺竹坐起来,正色道:"你就是对他有成见……人总是会有不得已的时候,当年沐广驰不也为义舍弃了祉莲?"

"安王也是为义?"清尘反诘。

"虽然安王不是为义,但安王也有自己要顾忌的东西……"刺竹说,"人在江湖,总有身不由己的时候。"

清尘的话语凉了下来:"这话听着,怎么好像是在为你自己开脱一样呢?"

刺竹愕然间,听见清尘细缓地说了一句:"这帐篷里没点灯呢,所以,说的都是瞎话。"

最后一个字落地,除了外头风沙声,便再无其他响动了。

"清尘,"刺竹到底还是忍不住,先发声问道,"你害怕吗,要不要点灯?"

"反正也睡不着,我们还来说说狼,好不好?"刺竹仿佛忘了刚才的不愉快,自顾自地说起话来,"我挺羡慕那些狼夫妻的,恩爱,体恤,忠贞,又有责任……"

"我希望过狼这样的生活,自己出去挣口粮,妻子在家守着爹娘,带带孩子,等着我回家,那美满的小日子……"刺竹感叹一声,无限向往,"多好啊!"

清尘不说话,心道,那你留在这里做狼吧。

"你喜欢这样的生活吗?"刺竹笑着,白白的牙齿呲出来。

清尘不语,心说,我可不愿意在这沙漠地做狼。

"我们两个现在就像两头相依为命的狼……"刺竹伸手拍了一下清尘膝头,猛地想起什么,呵呵一笑,摸摸脑袋,"又忘了……"

清尘转过头去,不看刺竹。

刺竹又点点她的肩膀,轻声道:"这里没有其他人,你把头发放下来,我看看……"

清尘回头,看他一眼,不出声,也不动。

"真挺好看的……"刺竹笑嘻嘻地说,"我当时怎么就没想到你是个女的呢?"

清尘没好气地乜了他一眼,索性给个脊背过去。

他忽然伸手,没来由地摸了一下她的后脑勺,说:"这么些天,都没梳过头……"

"梳梳头吧。"变戏法似的,拿出一把梳子来,在清尘眼前一晃。

清尘轻轻地拨开,瓮声道:"你不知道晚上是不能梳头的吗?"

"为什么呀?"刺竹惊讶地问,随即偷笑,到底还是开口说话了。

"梳头给鬼看啊。"清尘说,"我自己有梳子,不要你操心。"

"你就当我是鬼啊,梳给我看……"刺竹毫无顾忌地大笑起来。

"你脑袋坏了!说自己是鬼!"清尘不知怎地就生气了,低吼一声,"我说不梳就不梳!"

刺竹知道自己又说错了话,惹恼了清尘,再也不敢出声,埋头想一阵,只当清尘还为之前的事情耿耿于怀,只得无趣地躺下,想想不甘心,又幽声道:"清尘,我一开始是希望你跟肃淳好,他人好,家世好,什么都好,你跟着他会幸福的……可是,后来安王跟我说了那么多,他说,肃淳不可能退婚,你也不可能嫁给肃淳……我忽然明白,我安排不了一切……如果真的要照我安排的去做,肃淳娶初尘不会幸福,你心里放不下也不会幸福,我看着你们这样,也不会幸福……与其三个人都痛苦,何必不堂堂正正竞争一回,输了也光彩!"

"赵将军,你很光彩。"清尘也躺下来,不过是在刺竹的脚那头,她说,"恭喜你,你输了。"

刺竹腾地一下坐起来:"你选肃淳?"心脏一阵猛跳,不知道是着急,还是紧张。

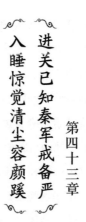

清尘平静地回答:"别操心了,我谁也不选。"

刺竹不说话,鼻子里喘气渐渐粗了,过了一会儿,冷不丁问道:"你都跑出峡谷很远了,还回去干什么?"

"去救你啊。"清尘毫不避讳,"这次执行任务,我什么都没准备,你要是死了,我怎么回去?"

"你不是关心我?"刺竹的话语有些气哼哼的。

"不是。"清尘冷冷道,"我哪有闲工夫关心你,千万别想多了。"

"你真的不是关心我?"刺竹又问。

清尘躺下来,转过背,说:"不是。"

刺竹挪了过来,一把扳住清尘的肩膀,异常认真地问道:"你到底有没有喜欢过我?"

"没有。"清尘回答。

"那你以前……"一听刺竹要翻旧账,清尘赶紧说,"沐广驰喜欢你,非逼着我去问的,我问过了,你没那意思,不就算了,谁还死命揪着你不放啊?"

"你喜欢温柔的嘛……"清尘蜷起身子,岔开话题,"睡吧,时候不早了,明天还要赶路。"

"明天就到回头关、丽水城了,只怕没时间问你了⋯⋯"刺竹放软了声音,"清尘,你知道我笨,想不明白,你给我句真话,你到底喜欢过我没有?"

"我要是回答没有喜欢过你,你是不是准备把我出卖给秦骏?"清尘不回答,只是王顾左右而言他。

刺竹不说话了,固执地坐着,等待清尘回答。

清尘也不说话,闭上眼睛自顾自睡去。

"自从乾州城那次之后,我就发誓,任何时候都不会丢下你,也不会让你替我承担任何风险,"刺竹一字一顿地说,"不管你喜不喜欢我。"

帐外狂风肆虐,刺竹的每一个字都带着重量,沉沉地落下来。

一上午的跋涉之后,在一处背阴的沙丘后,刺竹支起帐篷,四下观察一番,又拿出地图来看看,说:"我们就在这里休息,马帮大概两个时辰后就能到达。"

"哪来的马帮?"清尘说着,爬进帐篷里躺下。

刺竹皱皱眉,跟着掀开帐篷,问道:"你怎么又要睡了?"探头一看,发现清尘的脸色疲惫中透着淡淡的青白,便关切道:"你不舒服?"

清尘摇摇头,闭上眼睛。

"换好衣服再睡吧,"刺竹说着,递过来一套跑马商人的外套,"安心地睡,他们来了我叫你。"

话音刚落,只听远处一声呼哨。

刺竹站起身,回两声呼哨,那边又叫两声,刺竹再回三声,那边也叫三声。

"是他们。"刺竹跑上了山丘,挥舞着手,喊道,"这里!"

一队人马涌了过来,清尘惊奇地在马队里发现了刺竹的副将,还有几张熟面孔。

"沐帅。"蒙在脸上的头巾揭下来,那稚气未脱的脸,让清尘吃了一惊,"五阳,你怎么也来了?"

"赵将军亲自点名的。"五阳笑嘻嘻地说。

清尘瞥了刺竹一眼,心中狐疑,五阳才十四岁,又是家中独子,当时就是为了保住他的安全,所以留在身边做自己的侍卫官,这次刺竹怎么把他也调过来了?暂且不提这个,清尘此刻却已经明白,原来刺竹兵分两路,一路扮成商队走明路,他们这一路冒险,其实是在探路,似乎对于如何攻打回头关,刺竹早就有了想法,这一趟来,是为了完善设计方案。

"按照原先的安排,留下水和食物,四个人留在这里守好马匹。"刺竹翻身上马,"其余的,马上出发,混过回头关。"

"清尘,"他喊道,"我们俩的马都必须留在这里,秦骏很容易认出雪尘马,这个商队里一匹战马也不能出现。"

回头关设立在楼兰山脉的狭隘之地,进入关口前,地势就慢慢地高了,两个山包之中,夹着回头关。即便是过了关口,还有一个狭长的通道要走,尽头,就是丽水城。丽水城就在楼兰山脉脚下,背阴而且拥有一口大泉水,是沙漠里一个绝好的去处。正因为这样的地理条件,此处占地不大却非常富庶,是商贩集中和流散之地。

进关口的时候盘查得非常严格:来处去处?逗留几天?运送何种货物?马匹人数?都一一登记,好在马帮的领头经验丰富,对答如流,守关的领将终于挥手,示意可以过关。

"你这些丝绸,抽税三百两银子。"军士说着,伸出手来。

领头吃了一惊:"啊?咋地涨了这么多?原先也就一百两不到啊……"

军士哼一声:"如今涨了。"

"那不可能,我回来也带了货的,就十来天前,比这还多,才一百两……"领头心疼钱,叫道,"涨,那也得说个道理,朝廷有明文规定……"

"朝廷?!"军士冷笑一声,"这里已经不归朝廷管了!"

领头一吓,磕巴道:"那……那归谁管?"

"秦将军!"军士有些不耐烦道,"算你运气好,只是涨点价,赶紧交了税走人……不定哪天打起仗来,你就是愿意交钱都过不去了……"

领头听罢,忙不迭地交了银两,瑟瑟问道:"敢问军爷,是哪位秦将军啊?"

"秦阶!"军士大声说,"威震将军秦阶!安王都打不过的……"

"啊……"领头顿时满面愁容,连声道,"还是不要打吧,我们都指望这条路挣钱吃饭呢,多交点税都成,千万别打仗,打起来,我们还怎么活呀……"

"你哪那么多废话!再说一个字加收一百两!"军士吼一声,"快滚!"

一队人就这样过了关，出了通道，顺顺当当进了丽水城。刚进城门，就看见地上跪着一个十四五岁的孩子，戴着孝乞讨。几个人围着看，指点一番，走了。

刺竹探头去看，不觉慢了脚步，清尘伸手扯扯刺竹，示意他快走，刺竹却不急，在旁边找了个面善的小贩，买了他一摞饼，问道："这咋回事呢？"

"惨啊……"小贩问，"你们是才进关的商队吧？"

"是啊。"刺竹的眼睛到处看着。

"你得庆幸自己混了条命回来。"小贩又问，"关税涨了，你们吱声了没？"

"涨得这么厉害，哪能不吱声呢，"刺竹笑嘻嘻地说，"我们还想把朝廷的规矩搬出来，才啰嗦两句，就喊打喊杀的……"

"天变了呢。"小贩低低地说，偷看四处。

"知道。换了秦阶将军管这里，"刺竹假意毫不在乎，"只要交银子过关就行，俺们不管那么多……"

"你们真是运气好呢。"小贩扬扬下巴，"你问的那个孩子啊，是个商队领头的小孩，头一次跟着爹出来混马帮，他爹也是个老把守，我们都认识的……前两日进关的时候，被杀了，商队就散了，东西都是各搬各的，没人顾这孩子，末了，孩子一文钱没有，还要葬父，筹措路费回家……这都第三天了，跪这儿，给钱的也没几个……"

"这商队的人也太不义道了！"刺竹愤愤道。

"商队都是凑起来的，各自管各自的货物，虽然有个头，但只是结伴走，如今领头死了，路还要赶，货还要去卖，自然也就重新选个领头，还得往前走，这孩子也不是自个儿的，谁也不能带着啊……"小贩说，"他爹的货物人家没动，所以，他就在这卖。可是，那都是些银饰，中看不中用，原是要运到外藩供那些个贵族享用，这穷地方，都是想挣钱保肚子，谁用那些东西，所以，也卖不出去……"

刺竹回头又看了看那孩子，说："不买货物也可以，施舍点钱，总是可以的，怎么都这么没有同情心啊？"

"唉，这你就有所不知了……"小贩说，"这里都是火葬，这孩子不肯，非要把爹的尸身运回家去入土为安。孝心是可嘉，可是你说，一个孩子，给他多少钱，他一个人都不可能回得去，还拖个死人，只怕没到半道就会被沙子埋了。这里的人不施舍他钱，也是为他好，凑足了钱，他拧着要一个人走，也是个死，反正不给他钱，他走不了。"

"还是等回头的商队吧，只要有商队从胡人那边过来，要回麦城那边，看能不能带上他……这几天是没回来的商队，过些日子有了，也难说，人家带个小孩愿意，可是还要拖个死人，你说多晦气……谁干啊？"小贩看那孩子一眼，压低声音道，"我估摸着，秦阶占地，朝廷不会不管，这仗迟早是要打的，一打起来，这孩子怕是回不去了……可怜那家里的女人，死了丈夫，孩子也没下落……"

小贩叹口气，不说话了。

刺竹望着那孩子，出了好一阵子神，便又问道："他爹怎么死的？"

"过关的时候，涨了税，没敢说半个字，只巴着快点走人，结果，军士起了疑心，就给杀了……"小贩一番话，听得清尘有些惊心，细想一下，便也觉得正常。生意人，都在乎钱，斤斤计较惯了，通常都是要涎着脸讲价的，比如自己这个商队的领头。那领头不问只急着走，当然让人起疑。

"他干啥不问啊？"刺竹奇怪地问，"你不是说，是个老把头吗？"

"是老把头，胆儿小，不是那些滑头人，"小贩说，"我们都去求情了，说认识他，老在这条路上讨营生的，但是秦将军不肯，说是宁可杀错一千，也不放过一个，就给砍了。后来还要砍商队其他人，我们联合着担保，说都是熟客，这才幸免……"

刺竹沉声道："秦将军？是秦阶，还是秦阶的儿子？"

"秦阶。"小贩说，"知道还有个小秦将军，是他儿子，可是从来没露过面，只是听说这些新规矩都是那小秦将军制定的……包括过关要问什么问题……"

刺竹皱皱眉头，军士漫天要价是故意的，一是为了敛财，二是为了试探商队的态度，找出奸细，秦骏这招，聪明阴狠。

"你们是秦将军来后第二支进来的商队，那是第一支，"小贩指指地上的孩子，说，"现在该知道自己算运气好的了吧，后边的商队，还不知有几个会被砍掉脑袋……"小贩摇摇头，愁闷道："再这样下去，商队怕来了，丽水城也难得再热闹了。"

"我们哪知道这么多，只想着挣钱辛苦，能省就省，不就厚着脸皮想跟他们讲讲价，呵呵，不行就算了，行就赚了。"刺竹说话，也是一口商贾味道，又扯了几句闲谈，就提着饼，拉着清尘回客栈了。

进了屋子，清尘刚要往床上躺，刺竹一把拉住她，说："等一等，我叫他们准备热水去了，这几天你都没好好洗个澡……"

"我可以不洗澡躺一会儿吗？"清尘噘了一下嘴，有些孩子气。

"你不嫌脏？"刺竹笑起来，"还是女孩子呢……"笑容才露出一半，猛地看见清尘斜眼冷对，赶紧噤声。

就这工夫，清尘已经上了床，侧身向里。

门轻响，热水送来了，刺竹迟疑着，望着床上的清尘一眼，绞了帕子，凑近了，想替她擦脸，探身一看，清尘的脸色发白，眉头紧皱，有些痛苦的模样。刺竹赶紧摸摸她的额头，冰凉，刚要问，清尘已经打开了他的手，只说："你出去吧，我休息一下就没事了。"

"你中暑了？要不我给你刮痧？"刺竹说着，就准备动手替清尘扒开衣领。

"不是。"清尘低声道，"我……肚子有点不舒服。"

"我看看……"刺竹说完，又觉失言，赶紧说，"我去叫个郎中来。"

"不用了，过了这两天就没事了，"清尘说，"郎中来看，会暴露我们的，再说，也没必要请郎中。"

"你这样不行啊。"刺竹咬咬牙，"你要是不在意，我给你揉揉，就这样，隔着衣服……"

清尘赶紧捂住肚子，无奈道："女孩子的毛病，只这两天，过完就好了。"

刺竹愣愣地，似懂非懂，他皱着眉头想了想："我娘以前好像也有过肚子不舒服，喝口热茶，然后用热帕子捂一捂，就会好些。"

刺竹蹭蹭地就再次下楼，弄来一盆滚烫的水，帕子浸下去，掂着指头，飞快地去捞，两个指头扯起帕子，因为烫得厉害，飞快地移到另一只手上，这只手又急着拧水，挤一下松开，换手，再挤，一边吹着，一边反反复复地倒腾着，终于把帕子拧成了一个球形，仿佛跟自己干架似的，顾不得烫，狠心就是一绞，然后深吸一口气，像是被烫坏了，猛甩几下手，好像这样就可以降温……

清尘躺在床上，出神地望着他。他那么专注地做着这一切，仿佛那盆烫水，那个帕子，就是他全部的世界。她缓缓地合上眼睛，心头点点酸涩。

赵刺竹，有太多优点，执着，就是他最大的优点。可是清尘知道，世界上很多事，不是执着就可以改变的。

耳边轻微的响动，是刺竹的脚步声，他将那坨帕子像烤烫的地瓜一样，轮流在两个手掌中抛来抛去，直走到床边。

清尘缓缓地坐起来，眼光淡淡地落在刺竹烫红的手上，手掌厚实宽大，被烫得鼓胀通红，就像一颗充盈的心脏。

"愣着干什么呀？都要凉了。"刺竹把帕子递到她手边，"趁热，快点！"

清尘抬头，直看着他，不动。刺竹怔了一下，方才如梦初醒，赶紧转过身去。

清尘这才小心地撩开衣服，将帕子轻轻地敷在小腹上。汗毛孔在滚烫之下紧缩，然后舒缓地张开，一阵热气浸润丹田，暖和了冰凉的小腹，也温暖了深处的器官，疼痛也似乎被热浪驱逐了。清尘发出一声低低的长吟，全身都松弛了下来，疲惫而舒服地闭上了眼睛。

清尘感觉到面上，湿润温暖的帕子轻轻地拂过去，额头上，滑到鼻子，然后眼睛、脸颊，下巴，甚至是耳朵后边、脖子，一个地方都没有省略，还有手，手臂，都擦得很仔细。整整四天了，她没有洗过一次脸。流下的汗，咸咸湿湿，被热浪熏蒸干，再盖上一层，加上风里的尘土，汗毛孔都被堵塞了，好像皮肤已经不会呼吸，跟她此刻一样，周身都在憋屈着，吃力地喘息。

刺竹擦了一遍又一遍，清尘感到自己慢慢地清爽起来，周身那些细微的、敏感的感觉都在苏醒，她觉得倦意沉沉……

有人抱住了自己，轻轻地移放到了枕头上；有人用清水小心地将着额边的头发；有人轻柔地拿开了她的手，在小腹上，新换了一块热帕子，温度微微烫，正好……

"清尘，你说我自私，真是一点都没说错，我应该要跟王爷说，不让你来这一趟的……"那个声音，饱含着深情和愧疚，"可是我想跟你单独在一起，想找机会跟你解释……"

有人为她扇起了幽幽的风，执起了她的手……

他的眼光，温柔地包围过来，她陷在当中，浑然无觉，静静地睡去。

天气是这么热，清尘额头上渗出了微微的汗，刺竹轻轻地揭去帕子，拉下罩衫。尽管疏离了这么久，他做一切还是这么熟稔，仿佛他们之间还是那么无隙，有时候，他甚至会忘记她的性别，只记得自己满心喜欢的那个小兄弟。

窗户开着，外间没有一丝风进来，刺竹手中的扇子加大了幅度，像赶蚊子一样，一来一去扇遍了清尘的全身。眼睛，始终都没有离开清尘的脸。

她静静地躺在床上，脸微微地侧向外面，她的冷凛、狠绝和阴森，在这个时候，都消失不见了，长长的睫毛在眼睑上投射下一片阴影，衬着略微有些苍白的皮肤，显出一丝娇弱。这似乎就是她本来的样子，强悍也好，固执也好，精明也好，在她安静沉睡的时候，展现在他面前的，只有秀丽和柔美，惹人怜爱。

刺竹默然地望着她的脸，禁不住浮起淡淡的笑容。她醒着的时候，他怕看她的眼睛，可是她睡着的时候，他却会忍不住想起她的眼睛。美丽的眼睛，像蕴含着一汪秋水，生气的时候，是冰水；微笑的时候，是春水……一池碧波荡漾着他的心，刺竹一边想着，一边心说：你就是汪洋，浸透了我，我也不怕，我是水底龙啊……

她的呼吸很均匀，鼻翼微微地翕动，带着轻轻的颤。刺竹长时间地盯着她的鼻子，越看越觉得熟悉。再往下，人中，嘴巴，下巴，真是似曾相识的线条。刺竹皱起了眉头，心底疑惑不已。

移回眼光，再去看清尘的眉毛，她的眉毛是标准的剑眉，阳刚之气浓郁，只是到了眉尾，有些轻微地挑起，也正是这个改变，让她的脸形拉长了些，也缓和了剑眉的锐气，润出了一些媚然。军中的生活决定了清尘的习惯，她不化妆，也不会像那些小姐一样修剪眉毛，她脸上所有的五官都是天然的，毫无雕琢的痕迹，也正是这份自然，让刺竹猛地一惊——

这张脸，真的好像肃淳！尤其是在睡着的时候！

刺竹常常跟肃淳同睡，肃淳贪睡，自然是刺竹叫醒他。每次叫肃淳起床的时候，刺竹都有些犹豫，因为肃淳睡得太香，他有些不忍心，所以，常常会在床边等上一会儿，然后才开口轻唤："肃淳，该起床了……"

此刻，刺竹轻而易举，而又惊异地发现，清尘和肃淳的相像。

他心头长期徘徊的熟悉感觉，原因竟然在此。可是这么长时间，他为何没有发现？是他压根就没有去想，还是太没放在心上。他记得肃淳曾经说过的，宫里的娘娘们都说肃淳和清尘相像，肃淳因此沾沾自喜认定为夫妻相……

刺竹猛地拍了一下大腿，自己是细作出身啊，为何会对这些蛛丝马迹置若罔闻呢？他们两个都离他太近，他一直都当肃淳喜欢清尘走火入魔、胡言乱语，所以没有去细想这里的缘由……

清尘跟肃淳，怎么可能相像？

刺竹的手心渗出了汗，他恍然间意识到，自己一直在真相跟前盘桓，这一次，是真的要探底了。

十九年前的故事，并没有完全袒露，那其中，还有很多不为人知的隐秘。

房间里很安静，刺竹轻轻地摇着扇子，异常活络地把脑海中那些散碎的片段一点一点联系起来，他费力地思索着，终于找到了线索……

四月！

他记得，清尘说过，祉莲生下她没多久就去世了；他记得，每年清尘都会去归真寺，她曾经故意说是去等依琳，实际上是去拜祭祉莲，而清尘每年去的月份，都是四月间，依琳的生日也在四月间。四月该是祉莲的祭月，清尘每年四月来归真寺，是来为母亲扫墓，而依琳恰巧是四月的生日，她也就顺带给她带盒胭脂做礼物。这从他上次去看过无字碑，看过碑前的荷花就可以确定。所有的，都是符合的。

他记得安王说过的故事里，祉莲最后一次回娘家喝药的场面；他记得上河村，二娘见到清尘时候那怪异的表情；他还记得，沐家对清尘身世的讳莫如深……一切的一切，其实都指向了真相。祉莲想喝的，应该是堕胎药，但是在江母的阻止下，她的心愿落了空。为了隐瞒身怀有孕，祉莲不愿看御医，一直到苍灵渡重逢。她其实就是想死在沐广驰剑下，既不愿意让安王知道有这个孩子，也不愿意生下这个孩子……可是，她完全没有料到，沐广驰舍不得她死，一招瞒天过海，她死里逃生，也生下了清尘。

想到这里，刺竹的心口渐然发紧。

祉莲，死对于她，或者才是真正的解脱，可是，她却不得不还活下去……沐广驰本是想以假死来了断她跟安王的孽姻，重新回到自己的怀抱，甚至不惜将安王的孩子视同己出，他的爱是那么深，可是，她的心伤是那么重。到底还是撒手人寰……

从未见过这么让人心痛的女子啊，岂止是一个可怜可叹……

刺竹终于明白，清尘为何会对安王有那样深的成见，只因为她在母亲身体内孕育的十个月中，每一天都被祉莲浸透在内心的痛苦和仇恨里。祉莲把她对安王的恨，根植在了清尘的骨髓里，把她对生命的不甘心，根植在了清尘的血液里。清尘，不是祉莲对人生的眷顾，而是祉莲对命运的痛恨。

可是，不应该是这样啊，她是安王的女儿啊。尽管从来都不知道她的存在，但是安王是那么希望有个她。刺竹甚至能够确定，如果安王知道这一切，会是怎样的欣喜若狂，他一定会像他曾经允诺的那样，毫无顾忌地把她捧在手心里，把所有的爱都给她，把整个的世界都给她！

清尘，不仅仅是沐广驰的生命，也是安王的生命啊。

刺竹此刻一点也不欣喜，想到沐广驰，他心头就像压了一块沉甸甸的大石头。

发现真相，禀告安王，其他的，自有安王处理。这是刺竹一贯做事的原则，只讲职责，不讲感情。可是，这一次，他犹豫了。

沐广驰是条汉子。爱得痴心，爱得坦荡，也爱得无私。为了义气，他舍弃了祉莲，那是怎样的愧疚？安王夺走了祉莲，他何其无奈？亲手刺向祉莲一剑，那是怎样的心痛？包容下安王的骨肉，那样贴心地疼爱着清尘，你能说他不够深情，没有真情，不够大度？刺竹终于明白，为何沐广驰当时迟迟不肯归顺，为何他跟安王解开了心结却还无法热络，为何要急于带着清尘离开，他只是害怕，害怕像当年失去祉莲一样地失去清尘。

刺竹无法不动容，命运对于沐广驰真是太不公平。他的一生光明磊落、大义凛然，上天却要残忍地、一次又一次地夺去他的珍爱。如果刺竹说出真相，安王不会放手，说到理，亲生的骨肉当然归亲爹，沐广驰留也留不住；说到情，祉莲早已故去对安王是个多大的打击，刺竹比任何人都清楚，如果知道祉莲给自己留下了一个孩子，安王绝对也是要用命来争夺的，何况这个孩子还是安王一贯喜欢和欣赏的清尘！

额头上开始渗出细密的汗珠来，刺竹的内心陷入矛盾和纠结，他多么希望这不是真相！

愁肠百结中，又想起肃淳那一句质问："世事已经够无情的了，你还要这么残忍?！在你的心里，原则和职责，就真的那么重要，一点都不可以通融吗？"刺竹不由得轻轻地叹息了一声,一抬眼,却看见清尘已经睁开了眼睛,正看着自己。

"醒了?"刺竹敛去心事,微微一笑。

清尘坐起来,漠然道:"赵将军犯难了,无计可破回头关?"

"不是……"刺竹正色道,"我决计不会欠你人情的,别老想着拿这个说事。"他匆忙将眼神避开,只怕精明的清尘从中发现什么隐情,赶紧转开话题,"你是先洗澡,还是先吃饭?"

"洗澡吧。"清尘说着,一摸小腹,倏地红了脸。

刺竹当然知道她为何尴尬,连忙转过背去,小声说:"我也没当你是女孩子……"话一出口,横竖觉得不妥,没当还说出来干什么?梗了梗脖子,半天接不上下句来,就这么噎红了脖子。

清尘瞥他一眼,发出一声嗤笑

"唉,"刺竹心思一转,嘻嘻一笑,探头过来,"清尘,你到底多大了?"

"十七啊。"清尘偏头想想,"你二十二了吧,比我老了五岁呢……"摇头道,"真是老呢……"

刺竹强自按下心中的波澜,轻描淡写道:"我哪有二十二,我二十一岁零九个月,还要三个月才满二十二,现时还不能算是二十二岁。"他呵呵地笑道,"我只大你四岁多,别说我记性不好,你好像才满十七不久……"

"你怎么这么计较?还扳着指头数月份……"清尘不屑道,"我四月份已经满了十七了,就算你减掉几个月,横竖也还是比我老多了!"

四月!

两个字似有千钧重,一下就砸了下来,尽管只是验证怀疑,心里早有提防,可是这一刻,真相还是猝不及防地打乱了刺竹的阵脚。

清尘十七岁,嘉升二年四月出生,那就应该是嘉升元年六月间受孕,而那时,祉莲还在安王府,直至她"命陨"苍灵渡,已珠胎暗结两个月了。

清尘是安王的孩子!是安王跟祉莲的孩子!

最不希望的真相,才是真正的真相,刺竹顿时无语。他看着清尘,又觉心头沉重,不由得锁紧了眉头。

清尘看着他,黯然间失落,只当他是不高兴自己嫌他老,觉得对自己这么好,自己还在不停地拉大彼此间的距离,定然是心底愤愤不平。这么一想,不由得好笑,便挑了挑眉毛,扬起下巴道:"不高兴了?"

那扬眉的神态,傲慢不屑,带着不可一世的俯视,竟然可以跟安王重合,天啊,如此神似!

刺竹心底又是一刺,咧开嘴,想用憨笑掩饰过去,一瞬间,嘴角仿佛挂着秤砣,愣是笑不出来了。

清尘没有理会他,走到水盆边,用手试试,还是温的,便说:"这水温正好,我洗澡了,你先出去吧。"

刺竹应了,缓步走向屋外,只听身后一声门响,怔怔地站住,思绪纷乱,一片迷惘。

她是安王的女儿啊,她有祉莲的眼睛,却有安王的眉毛、安王的鼻子、下颌和脸型,她有祉莲的决绝,也有安王的精明和大气。她是上天一个完美的作品,带着满身的恨意出生,却在重重的爱中生长。这一切,多么让人匪夷所思,又多么让人惊叹。

上天为什么要这样安排呢?一个女儿,两个父亲,两个同样视她为珍宝的父亲,如何取舍?这个难题,摆在了刺竹的面前,他头一次对自己是否要坚定不移地履行职责产生了犹豫。

刺竹坐在清尘房间的门口,也不知过了多久,忽听楼下一阵喧哗,探头一看,大厅里进来了一队士兵,叫嚷着掌柜出来,要查房,而打头的领将,竟然是秦骏!

刺竹大吃一惊,赶紧轻轻地拍门,压低声音喊道:"清尘,快开门!"

门一开,闪进去,清尘已经穿好了衣服,手里拿着梳子,正在梳头。

"秦骏来了!"刺竹警觉地说,"不知道是不是走漏了风声,循迹而至,还是例行查房。"

清尘皱皱眉头,不语。

门外,传来了士兵的查问,领头的一五一十地做着回答,倒也滴水不漏。

清尘竖着耳朵听着,忽地笑道:"这个老麻雀,你从哪里找来的?"

"他本也是行伍出身,以前跟着我爹打仗,后来淮王造反,他没跟着朝廷过淮河,留了下来,为了讨生计,一直在这条道上跑马帮,也快二十年了。"刺竹说,"今天幸亏是他,不然,说不定我们也在关口就被砍了头了。"

"秦骏很谨慎,"清尘思忖道,"你看,我们是顺利过关的第一支商队,他居然亲自来查房,可见是抱着一个都不错过的打算。"

刺竹低声道:"看他走路的样子,似乎恢复得不错。"

清尘问道:"你估摸着他是会要把商队的人都叫下去,还是一间间上来查房?"

"管他怎么查，我们不能下去。"刺竹说，"他认识我们两个。"

他匆忙走到窗边，朝后街望去，只见外头平静如常，猜想秦骏只是出于小心，例行查询。斜眼，对面的楼里，有人家晒了衣服在外面，那是些女人衣服，花花绿绿，在风里像旗帜一般招摇。他眉头一皱，计上心来。

刺竹探出身子，伸出剑鞘，挑了人家衣服，乱七八糟地扔在地上，回头对清尘道："赶紧上床。"

清尘嘀咕一声："混得过去吗？"

门外已经传来了纷沓的脚步声，士兵上楼了，领头的声音也传了过来："还有两个人，不知道在不在房间，还是出去逛去了……"

刺竹连忙拖着清尘上床，放下纱帐，一把就将清尘摁在床上，自己则半跪着，紧张地望着门口。

"开门……"领头的叫道，"小秦将军来查房了……"

话没说完，"砰"地一声，士兵飞脚就踢开了门，满眼狼藉，四下里都是男人女人的衣服，那纱帐也遮得严实，屋子里说不出的暧昧。

刺竹看了清尘一眼，忽地伸手，照着她的胳膊狠狠一揪，清尘痛极，忍不住"啊……"一声叫唤。

门口的人愕然片刻，忽地明白了这声音中的隐晦，都憋不住想笑。

"还不赶快出来！"领头的叫道。

刺竹假作紧张道："头……头儿，我……我还光着呢……"

"这个……这个……"领头赔着笑脸，细声道，"憋了好些天了，这刚一到，猴急猴急的……让将军见笑了……"

秦骏冷冷的声音传来："这两个人都是你马帮里的？"

"是……本就是两口子，"领头呵呵地笑，"刚成完亲，钱要挣，舍不得老婆，就带了来……呵呵，呵呵……"

"马帮里不是不准带女人吗？"秦骏起了疑心。

"不带走，就留在丽水，我们回来的时候，再把她带回家。"领头的是个比猴还精的，一说话就信誓旦旦起来，"不信你去问掌柜的，我们今儿一订房，她这里就交了两个月的房钱，都安排妥当了，歇了今夜，明儿就走了，所以，你看，把这壮小伙子急得，大白天都等不到晚上了……"

秦骏看了看纱帐里头，似乎有人影，却也不真切。他瞟了一眼地上的衣服，皱皱眉头，转身走了。

走廊上终于安静了，清尘扬手就是一下，重重地打在刺竹身上："你真是下得了手啊！"

"这不是情势所逼嘛。"刺竹说，"演戏也得往真了演，不然秦骏会识破的。"

"幸亏你叫了一声……证明床上有个女的……"他嘻嘻地笑，"才叫领头的会意了……"

"他要是非等着你穿了衣服下床，看你怎么收场！"清尘瞪了刺竹一眼。

"不会的。"刺竹笃定地说。

清尘狐疑着，转着眼珠子，想一下，不明白，便又问道："咋这么肯定？"

刺竹还没说话，先又笑了起来，说："你傻啊……秦骏是个没成亲的人，碰上人家两夫妻亲热，他尴尬不？若是换了别人，说不定就非要我出来，可他不会，因为他是个读书人，知道礼义廉耻，非礼勿视，我们两夫妻行事，他自然要回避，还查什么查？"

道理是这个道理，可是……清尘恼了，一脚把刺竹踢了下去："谁跟你两夫妻，还行事呢？！"

秦骏此时已经到了楼下，忽听头顶"嘭"一响，领头的捂住嘴巴，挤眉弄眼朝着马帮的兄弟"嘎嘎"地笑道："这也折腾得太狠了点吧……"

秦骏斜了领头的一眼，复又望望楼上，走了。

刺竹跌坐在地上，好半天才回过神来，站起来，垂着手，低声道："我说的是，秦骏会这么认为，又不是真的，值得生气吗？"

清尘想想也是，就不追究了，只说："这个领头的，真是厉害，看不出呢。啥时候说啥话，谎话都叫他给编圆了，这也是本事。"

刺竹只笑不答，忽地问道："要是秦骏知道是我俩在床上，会怎么办？"

清尘盯着刺竹，一字一顿地说："他一定会当场杀了你。"

"我没那么容易死。"刺竹笑道，"不过，我当时还真想看看他被气得脸斜嘴歪的样子……让他误会我们俩已经有那么回事了，才好呢……"

"你想得美呢，"清尘说，"他有那么笨，不想着我们是来刺探情报的，反而急着吃醋？"

嘿嘿，刺竹咧着嘴笑，满脸傻气。

清尘乜了他一眼："别笑了，该办正事了。"

刺竹笑容一下散开，挺直了背，严肃道："回头关被秦军占领的消息传开之后，短时间内，马帮会减少一些，大家都会先观望，然后试探，会断断续续有些马帮出行。这段时间马帮不会多，秦骏稳妥起见，一定会亲自盘查……"他思忖着说，"有了前两天的事情，他一定会改变策略的，比如，除了寻根问底，还会招来城里的小贩，验证马帮面孔的生熟……"

"这些我都不担心，"刺竹沉声道，"我担心的是，他对进来的都如此不放心，那对出去的，又该有多严格……怎么出去，我们要趁早打算。"

清尘默默地听完，双手一枕，躺在床上，说："随你怎么整，反正我不操心。"

怎么又躺下了？刺竹看了她一眼，轻笑道："你都快成懒婆娘了……"

"嗯，就是懒啊，"清尘一点也不恼，"我都懒得回去了，就待这，挺好的……"她闭眼假寐，"不如这样吧，你弄来了情报，然后就把我送给秦骏，以此为条件，换你回去，我也乐得不用再折腾。"

"你说什么呢?!"刺竹生气了，使劲拍她一下，"还有比这更傻的主意吗?!"

清尘忍不住笑了一下："你不是说，想看看秦骏气得脸歪鼻斜的模样吗？把我交给他的时候，你就跟他坦白一下，刚才我俩在床上行事来着……保管你能达成心愿。"

刺竹气得要死，又不知该怎么回，干脆伸手，一把捂住了清尘的嘴。

她张开眼睛，一边扒他的手，一边在他的掌心中发出"唔唔"的叫声。

刺竹松开手，闷闷道："以后别说胡话。"

"我跟你说真的呢。"清尘坐起来，低声道，"你把我交出去，然后你走，再带了大军打过来。秦骏不会杀我的，至多，我也就是等一段时间而已。"

刺竹默默地瞪着她，过了一会儿，瓮声道："不行。"

"他不会碰我的，"清尘淡然道，"你跟他说，我们已经行过事了……"

"那叫行过事了？"刺竹的脸一炸就红了。

"脸红什么呀？一个大男人！我都没红脸，你看你，红得跟关公似的。"清尘斜了他一眼，不屑道，"不就是那么一说，还怕我毁了你的清誉，害你以后嫁不出去？"

"嫁出去的是你，不是我……"刺竹愤愤道，"我是娶进来……"

"行了行了，都一样，我们家以后肯定是招郎，不也是娶进来！"清尘不耐烦地摆摆手，"你真是个木头脑袋！"

"你想啊，我们已经行过事了，你却把我给卖了，我肯定是恨你的，是不是？"清尘循循善诱道，"秦骏自然是希望得到我的心的，在这种情况下，他只会对我好，不会为难我半点，你就放心地去吧……"

你就放心地去吧……刺竹忍不住嘀咕起来："这话听着，怎么跟要我安心闭上眼睛去死一样啊？人家丈夫要死了，妻子总是说，孩他爹，我一定把孩子养大，给公婆送终，你就放心地去吧……"

这比喻还真是形象。"哈哈，哈哈……"清尘笑得前俯后仰，眼泪都出来了。

"真是晦气。"刺竹嘟囔道，"我不干！"

清尘嘻嘻哈哈笑了一阵，说："我逗你玩儿呢。"然后闭上眼睛，不说话了。

刺竹静静地盯着她的脸，幽幽问道："即便我们真的行过事了，秦骏也不会在乎吗？"

清尘缓缓地睁开眼睛："他不会在乎我们有过什么，只会在乎我心里有没有你。"

"你心里有我吗？"刺竹忽然问道。

清尘异常狡猾地回答说："要是秦骏这么问，我得见机回答。"

"事实上呢？"刺竹追问，毫不放松。

"你要是真想看秦骏脸歪鼻斜的样子，我就说有。"清尘吃吃一声轻笑。

"现在我就问一句，你心里到底有没有我？"刺竹的眼睛里一抹精光，投射在清尘的脸上，严丝合缝地罩住了她，连一丝一毫的破绽都不放过。

清尘却置之不理，低声道："你看不到他那副模样的，秦骏很少在脸上表露什么情绪。"

她是在回避，刺竹知道，她永远也不会说出真正的答案。他沉默许久，幽声道："不是这样的，他喜欢你，就表露在了脸上。只要是看见了他看你的样子，是人都知道他喜欢你。"

"今天晚上，去丽水郡守府窃取军机资料，你就不要去了。"刺竹看着清尘，认真地说，"你留在房间里。"

"为什么？"清尘追问。

刺竹顿了顿，回答："我不想让他看到你。"

"我们偷偷地去，他看不见的。"清尘说。

"不，他能感觉到，哪怕他看不到你，也能感觉到你来了，就跟我一样。"刺竹沉声道，"男人对自己心爱的女人，和最看重的对手，都是有直觉的，这样的感应，只有身为男人才会知道，你是不会懂的……"他忽地伸手，摸了一下清尘的脑袋，眼睛里，晶莹的光芒一闪而过，随即低声道，"饿了吧？我端东西上来给你吃。"

第四十五章
探军机落匕首暗战起
欲出关多险阻去路难

刺竹下着楼,有些深一脚浅一脚。他知道,清尘刚才不是玩笑话,她是说真的。她冰雪聪明,不但知道他的担心,也想出了办法,不管是出于顾忌他的面子,还是为了避免他为难,所以才用玩笑的口吻说出来,希望他好好考虑。

心里乱如麻,端了面饼,走到厨房门口,才想起没有拿稀饭,折身回来将稀饭放上托盘,一转身,又想起没装咸菜,后来快上楼了,忽地想起要带些茶水上去,就这样反复折腾了几个来回,再回到厨房,刺竹忽地将托盘一搁,不动了。

这算什么?用清尘来换自由和情报,我还是个男人吗?

不行!我会想出办法来的,一定顺利回去跟大军会合。刺竹下定了决心,手脚麻利地把食物归齐了,"噔噔噔"就上了楼。

刺竹一进门,笑嘻嘻,啥事也没有一般地喊道:"吃饭了,清尘。"

清尘走过来,坐下,拿起面饼,咬一口,眼睛一直望着刺竹。这小子到底懂了没有?挺沉得住气啊。刺竹不看她,埋头喝稀饭。

"多吃点,今天晚上任务还很重呢,指不定还没时间合眼……"清尘说话恢复了一贯的阴阳怪气,"明天就打算回转了吧,怎么回去想好了吗?"

刺竹故意摇头晃脑,将稀饭喝得哗哗响,准许你对关键问题避而不答,不许我如法炮制?!

"当当——"清尘忍不住用筷子敲了敲他的碗,不悦道,"你平时吃饭也没这么夸张啊,做给谁看呢?示威啊?那该示威的是我吧,你说今晚不带我去,我还平和着呢……"

"嗙——"刺竹将碗一放,愣头愣脑道,"怎么回去的事情,我考虑着呢,总之不会欠你的人情。"

警惕性真高。清尘一怔,原是懂了呀,不领情还发脾气呢,于是好笑又好气,扬声道:"今晚我也出去遛遛……"

"不行。"刺竹抢过清尘手中的面饼,卷上咸菜,又塞回给清尘,说,"你在屋里睡觉。"

"老睡什么呀?"清尘说,"人都会睡傻了。"

刺竹没来由地笑了:"你不是喜欢睡觉吗?"

"那也不能老睡啊,我都睡饱了呢。"清尘喝口稀饭,"该出去活动活动筋骨了。"

"你别去,"刺竹顿了顿,低声道,"秦骏似乎已经感觉到你来了,我有感应。"

清尘看着他,那凝重的神态,令她觉得有些陌生,赵刺竹虽然不善言辞,却是个爽朗不拘小节的人,今天他一反常态地显出这样的顾虑重重,她有些不习惯。

"至于吗?"清尘笑起来,"他感觉到了又怎么样?"

刺竹踌躇片刻,轻声道:"其实,我挺后悔的……不该带你一起来,应该把你留在麦城。起先也不该阻止你离开,不然这时候,你就该在东林镇了……"他低下头去,"我是挺自私的,光想着自己舍不得。那天在帐篷里,我都觉得好浑……我对自己说,赵刺竹,她走你都舍不得,你真的舍得她嫁给肃淳啊?"

短短的沉默之后,他继续说:"这一路上,我一直在想,安王是想成全我们,可是我干吗非要拉你一块来?这么危险,要是把你放在家里,不安心得多?!"

放在家里?又说错话了不是?!清尘想笑,扯了扯嘴角,却没能笑出来。

"秦骏,可能是我这辈子碰到的真正的对手,他太聪明了,"刺竹咬咬牙关,缓缓地搓着那宽厚的手掌,然后,紧紧地一握拳,沉声道:"决计不能让他发现你。我已经决定了,这次行动你不参与。"

"我一定会平安地把你带回去,不会把你留给任何人。"刺竹站起身,一字一顿地说,"尤其是秦骏。"

"梆!梆!"更声响起,一身黑衣的刺竹站起身,从腰上扯下头罩,套在了头上。

清尘缓缓地从短靴边上抽出一把匕首,插入刺竹的短靴里,说:"小心。"

"秦骏是个细致讲究的人,他喜欢把所有的东西都归类整理摆放,屋子里总是井井有条的，"清尘细声道，"一般人，重要的东西都喜欢随身携带，可是，他恰好相反，越是重要，就越是放置得随意……你若是不想要他发现，取走了自己想要的东西，还要另外找个模样相同的放在原位上，只要他暂时不去翻看，是可以给我们节省不少脱身时间的……"

"还记得上次吗？"清尘说，"东西不在他睡房里，而是在书房。"

刺竹点点头。

清尘无言地递过来一样东西，刺竹接过来一看，似乎是一叠折好的图纸，背面隐约可见黑的、蓝的、红的线条。好诡诈的清尘，早就做好了秦骏防御图的替代品，他忍不住笑了，小心地把图纸拢入前襟。

"你还后悔带我一同来吗？"清尘揶揄道。

"还是后悔……"刺竹咧开嘴，傻笑道，"都让你想完了，显得我好蠢……"

清尘乜他一眼，问道："谁跟你一块去？"

"五阳，"刺竹说，"其余人在府外和客栈周围分成四个点，等待接应。"

"你就带五阳一个人？"清尘皱皱眉头，有些意外，还有些担心，"五阳可没什么侦察经验。"

"怎么没有？他经验丰富着呢。"刺竹摸着胸口，得意扬扬地笑起来，"精明过人的沐帅，他如何就把你瞒过去了呢？"

"什么呀？"清尘扬扬下巴，"别故弄玄虚了，说吧。"

刺竹正色道："知道五阳家里为何把他送来当兵吗？"

清尘回想着当初征兵的情景，是觉得有些玄机，只不过此后一桩事接着一桩事，五阳跟在身边做侍卫官，因为年纪小，清尘也就没怎么放在心上，刺竹这番问起来，她觉得里头有名堂。

"他呀，在家里的时候，就喜欢小偷小摸……人家猜到是他，就是找不到证据，风言风语传到他父母耳朵里，父母觉得丢面子，但也不能把他怎么样，后来听说沐家军治军严谨，就把他送部队里来了，指望着沐家军把他往正路上引。"刺竹说，"当时征兵的时候，我在旁边呢，后来留了个心眼，查了一下情况。他犯的都不是什么大错，无非是看母亲跟人吵架怄气了，就把人家祖传的宝贝偷了，扔到他们家粪坑里……人家背后说了他不耐听的，就把人家里的牛偷到一大户人家田里去吃禾苗，惹得那大户人家闹起来，逼着赔钱……其实也就是报复，孩子气呢，调皮。"

"这做派，有些像你，有仇必报啊。"刺竹吃吃地笑道，"这么些日子，发现他在沐家军里也还安分，本性不坏，人也机灵，是块当细作的好材料，这一回，拉出来历练历练。"

"来之前，我试探过他的本事，果然有些拳脚功夫，踩点设计也是可圈可点，下手轻巧，不拖泥带水，最重要的是，知道见好就收，不贪心。"刺竹说，"好好带着，将来一定会有大出息。"

清尘默然道："我一直自诩为细致入微，可是比起你来，还是有些差距。"

"你是真的谦虚，还是故意给我面子？"刺竹笑得整张脸只看见那几颗白牙晃动，眼睛鼻子都挤到一块不成形了。

清尘正要说话，忽听头顶屋檐上传来细微的声响，于是低声道："该走了。"

刺竹扯起黑布，蒙住了口鼻，深深地看了看清尘，说："我走了。"

清尘点点头，推开窗户，刺竹躬身出了一半，冷不丁又回过头来，轻声问道："你告我一句，心里到底有没有我？"

清尘静静地看着他，低声道："等你回来，我就告诉你答案。"

"你怕我不回来呀？"刺竹笑起来，眼睛里浓浓的意味，"说话要算数啊。"一扭头，走了。

他为什么要问，是担心回不来，担心永远也无法知道答案，可是他心里更明白，她不说，就是逼着他，要他回来，因为她算死了他，不知道答案，死都不会甘心。

很多事情，就这样改变着。以前执行任何任务，他都不畏惧，可是这一次，他开始有了担心。他知道，这担心，是因为自己有了牵挂。他不嫉妒清尘的聪明，但是作为一个男人，他愿意承担所有，不愿意清尘去冒险，而且从心底里说，他不愿意清尘跟秦骏碰面，不愿意他们有更多的往来，尽管嘴里不会承认，但是他心里分外明白，这其实就是在吃醋。

为了清尘，他愿意面对今后无穷无尽的担心，但是现在，他要拿出一百个小心来对付秦骏。从军这么些年来，他终于找到了旗鼓相当的对手，无论是在战场上，还是在爱情中，秦骏绝对都是个重量级的人物，刺竹知道，自己必须打败他，只有打败了他，才能赢得战局，赢得清尘。

这是两个男人的对决，关乎清尘，却不应该牵扯进清尘。

刺竹转了一下脚踝，清尘给的匕首硬硬地插在那里，提醒着他，她还等着他回去呢。刺竹深吸一口气，对自己说，男人的事情，就该男人来解决。

丽水郡守府，据说是大漠里最美丽的花园，尽管被黑夜包围着，秀美之气依然在府邸上空徜徉。幽幽的水渠绕着府里，苏州园林的景致被照搬过来，花花草草掩映之下，芳香袭人，长廊里悬挂着一排昏黄的灯笼，淡淡的光芒扩散过来，铺洒在拱桥之上，让人恍惚间好像置身江南水乡。

秦骏的房间并不难找，他虽然是行伍之人，却也满腹诗情画意，每次落脚之处，都在静处的花园之中。刺竹带着五阳，越过睡房，悄然潜入了书房。

清尘的猜想果然不错，防御图就在书桌上堂而皇之地放着，刺竹收好之后，不忘将清尘的假图放好。得手欲走，忽地看见五阳站着不动，眼睛直勾勾地望着墙上。

刺竹循着望过去，猛地一震。

外间的光线正好照在这面墙上，挂的那幅画，画上之人，正是清尘啊，挑眉瞪眼，满脸凛然，斜步扬剑，战袍翻飞，好生英气。

这丹青的功力，真是了得，秦骏别号探花郎，绝不是浪得虚名。尤其是笔下的清尘，一笔一画，似乎都蘸满了深情，跃然纸上，何止一个传神！

刺竹看得如醉如痴，却骤然间被五阳一扯，赶紧撤了出来，匆匆离去。

俩人刚上屋顶，准备沿来路返回，却发现前面一片亮光。俩人只好趴在屋顶上，一边查看，一边思索着退路。

亮光近了，秦骏的声音传了过来："今天到的那个商队，按理明天就会离开，你们务必盯紧他们，有任何异动赶紧报告。"他停顿了一下，又补充道："他们往胡人那边走，倒是没事，要是不走了，或者往回走，那绝对就是安王的探子。"

"记得登记在册的人数，离开的和进来的，必须一个不差……"秦骏默然片刻，想起了什么，强调一句，"唔，他们会留个女人下来，找机会，还是要探探虚实……"

他隐隐觉得，自己疏忽了什么，可是想一想，似乎又没什么异常，于是，吩咐完警戒事宜，便示意众人退下，自己回了房间。

刺竹做了个手势，跟五阳起身，悄然行走在屋檐上，突然，五阳脚底一滑，顺着屋脊溜了下去，刺竹眼明手快，伸手来抓，却没有抓住，眼看着五阳滑下去，刺竹赶紧朝前一扑，抓住了五阳的手臂。斜斜的屋顶，没有任何勾绊，俩人只能由着惯性往下落，五阳已经掉下去了，刺竹还死死地抓着他。一直滑到屋檐尽头，眼看俩人都会落地，还不知弄出多大的声响来，刺竹急中生智，猛一下打开双腿，用短靴的前头钩住了屋脊边的琉璃瓦棱。好在琉璃瓦偏滑，为了稳固，工匠们一般都会在屋顶最后一排琉璃瓦处钉上方条,刺竹用靴尖抵住了琉璃瓦和方条间的缝隙,终于使俩人免于落地。

然而,"噌"地一声轻响,短靴里的匕首被惯性甩了出来,掉在草丛边上。

五阳斜头看看匕首,正要示意刺竹松手,让自己下去捡匕首,刺竹眼一瞥,看见秦骏房间里有了动静,秦骏的身影映在窗户上,脑袋动了一下,似乎听见了什么,正朝这边打量。

刺竹赶紧一拽,把五阳拉上了屋顶,顾不得许多,飞速离去。

秦骏转头,凝神细听,屋外很安静,白色的纱窗外光线朦胧,一切如常。他缓缓地站起身,走向屋外,的确,没有异常,夜静谧,花香怡人。

秦骏挺直胸,深吸一口气,悠悠地散起步来。忽然,就在碎石小径边上,他的脚踩到了一个硬硬的东西。低头看看,捡起来。

一把匕首——

长不过一个手掌,厚重的古铜把手,剑刃弯弯的,内面刻着一个小小的"清"字。

这个字,还是他手把手地教她刻的呢,就是在这把匕首上。

他不会认错的,这是清尘的随身匕首,她从小就喜欢把它插在短靴里,做防身之用。如果说小时候还有什么是比秦骏在她身边待的时间更长的,那就只有这把匕首了。

秦骏抬头看看屋顶,面色沉寂淡然。

清尘,我的感觉真是一点都没错,你真是来了。你到底还是来了,我一直等着跟你重逢呢。

他的嘴角滑过一丝意味深长的浅笑。

客栈里,那个要留下的女人会是你吗?如果不是你,又怎么解释,这个丽水城里,我唯一没有正面会过的女人呢?丽水城太小了,你能躲到哪里去?

既然来了,就不要回去了吧,清尘……

那一剑,我想,你并不是真的想要我死……

他的笑容缓缓地扬起来,渐渐地浓了。

丽水城有了清尘,便完美了,他这一生已趋于完美。

终其此生,只等这一刻。

"来呀!"秦骏喊道,士兵应声而来,秦骏低沉道,"明日那商队出城之时,务必等我到场。"

他转身走向房间。心头泛上来淡淡的不安。

那个床上的男子是谁?

会是他吗?赵刺竹——

这个名字他印象深刻,从叠泉关,赵刺竹跟在清尘后面出现的那一刻起,他就有预感,来者不善。赵刺竹,这个堪称自己这辈子唯一敌手的男人,安王手下最为骁勇沉稳的大将,他的存在,对自己是个极大的威胁。

秦骏在空气中,嗅到了战争的腥味。如同狼,闻到一股陌生的气息进入了自己的领地,来的不是猎物,是敌人。这是侵入者的挑衅,那个强劲的对手,觊觎着他手中的城池,也觊觎着他圈定的伴侣。

是时候对决了,秦骏握紧了匕首,在心底凛然道,来吧。

"东西拿到了?"清尘倒茶。

刺竹扬了扬防御图,默然片刻,低声道:"匕首掉在郡守府里了。"

清尘一惊,脸色微变。

"都怪我不小心,差点从屋顶滑下去,赵将军是为了拉我,匕首才脱出靴子的。"五阳讪讪道。

"没你的事了,下去休息吧。"刺竹淡淡道,"不是什么大不了的事,别放在心上。"

五阳这才舒了口气,退去了。

清尘看了刺竹一眼,刺竹嘿嘿笑道:"别吓坏他了,还是个孩子。"

"秦骏认识那把匕首。"清尘说。

"有没有那把匕首,他都知道你来了。"刺竹沉声道,"放心吧,有我呢。"

"明天必须离开。"清尘决然道,"秦骏看见了匕首,会有动作的。"

"明天回不去,还得等一天。"刺竹摇摇头,"我们的商队要离开,只能往胡人那边去……还想退回去,不可能了,秦骏张好网,就等着捉我们了。早先约好的商队,明天才从胡人那边过来,我们原本可以在丽水城换人,混在回去的商队中过回头关,现在看来,也很难了……秦骏应该会亲自把守回头关,逐个人查验的。"

清尘默然道:"商队已经修整一天了,再耽搁时间,秦骏会起疑的。"

"我有办法。"刺竹温和地说,"今夜还很安全,你早点休息,明天,我们就换地方,不住这里了。"

清尘点点头："赵将军也累了，下去休息吧。"

沐帅这派头……刺竹想笑，看见清尘转身，一把抓住她胳膊："沐帅……"

"还有何事？"清尘淡淡道，听见刺竹轻笑，一下悟到现时不是平素，自己的口气不合时宜，便清了一下嗓子，换个口气问道："还有什么事啊？"

刺竹涩着脸道："你说，回来告诉我答案的。"

哦，清尘仿佛刚刚想起，眼珠子转了半圈，看着刺竹，背剪着双手，又清了一下嗓子，说："沐帅今天累了，明日再议。"

刺竹一听，不乐意了，伸出食指来点了点，说："你出尔反尔，明知故犯，要军法处置。"

清尘皱皱眉头："哪里的军法？"

"沐家军的军规啊。"刺竹不知有诈。

清尘大言不惭道："我是沐帅，军规我说了算，今天，此刻，这条作废。"

这太没道理了！刺竹急了："咋能这样呢？！"

"我是沐帅啊。"清尘仰起下巴，傲然道。

刺竹咻咻地呼着粗气，忽地笑了："现在沐家军归我管了，你不是沐帅，我才是头。"

"谁可以做证？"清尘问道。

"别欺负我找不到证人！"刺竹一喜，开心地说，"你忘了，五阳在呢……"

"你去把五阳叫来问问。"清尘硬撑着不松口。

"好！你等着！"刺竹说着，急冲冲地出了门，脚才一跨出门槛，倏地听见身后一声响，清尘已经从里头扣上门了。

刺竹恍然大悟，居然又进了她的迷魂阵，什么证人，分明就是要把他赶出来，摆明了赖账，拒绝回答问题！他气恼交加，又无可奈何，在门口站了一阵，悻悻地去了。

第二天一大早，商队起身收拾，眼看就要上路了，竟然集体腹泻起来，一个接着一个往茅房跑，拉得腿都软了，坐在客栈大堂里直哼哼。掌柜本想取笑他们，谁知自己也跟着上趟，连着店小二、杂役、厨师无一幸免。最后叫了郎中来看，只说是食物有些不干净，天气太热变质了，所以这一客栈的都拉肚子。

领头的拉得脸发白，还强撑着跟掌柜的吵架，说是坏了身体、误了行程，愣是让他赔了房钱和伙食费，这才嘱咐众人皆回房休息，明日是否动身，待晚间碰头商议。

门轻轻地开了，刺竹走进来，看看桌上的饼，笑道："怎么不吃啊？"

清尘坦然道："这客栈里，人人都吃的只有水和饼，水不会有问题，因为全城都喝一口泉……这饼嘛，为了不要上茅房，我还是不吃的好。"

刺竹嘻嘻地笑起来，拿过一张饼，送到清尘嘴边："说的一点都没错，只是忘了一点……"他笑呵呵地说，"你的面饼，是我今早上从外头单独买来的，放心吃吧。"

"买的谁的？"清尘咬口饼，咯吱咯吱地嚼着，嘴里含糊道，"胆子好大，不怕出了嫌疑，走漏风声？"

"我买的那个小贩的……"刺竹指指窗下。清尘知道，就是上次搭讪了好久的那个小贩。刺竹说，"我跟他说，我喜欢他的饼，要带着路上吃，昨晚上一口气订了他四十张饼，今早上去拿……哦，刚才还跟他说好话来着，要他今天先卖我订了的，走的那天再去取新鲜的，反正四十张饼，一分钱不少他的。"

他做事，想得还真细呢。清尘吃着饼，不说话了。

刺竹站在窗边，朝外头望着。

清尘气定神闲地问道："有商队过来了？"

"晌午时分会到。"刺竹回头看看清尘，问道，"你咋一点都不着急呢？不怕秦骏来找你？不担心商队无法准时到达？也不着急我们怎么出回头关？"

"这有什么好急的。"清尘说,"凡事你操着心,我只管饭来张口,衣来伸手。"

刺竹鼓了一下腮帮子,嗔怪道:"真是一个懒婆娘。"

"放心,懒婆娘不会嫁给你。"清尘瘪瘪嘴,"懒婆娘适合在丽水做压寨夫人,秦骏断不会嫌弃我是懒婆娘。"

"我又不是嫌弃你,我只是说你一下嘛。"刺竹坐下来,眼睛看着清尘,柔声道,"生气了?"

清尘垂下眼睑,不语。

"你可不能嫁给别人,"刺竹顿了顿,一本正经地说,"我们已经行过事了……"

清尘眉毛一凛,短暂的停顿之后,仿佛针扎了一般,跳起来:"不就那么一说,你还当真了?!"

"是你自己说行过事了的。"刺竹忍着笑,故意拉长了声音,"你毁了我的清誉,你要负责。"

清尘想也没想,扬手就是一拍,结实地打在刺竹的肩膀上。

刺竹连忙抬起胳膊去挡,清尘还想再打,忽听楼下小二喊起来:"掌柜的,回马帮了——"

两人飞快地对视一眼,刺竹说:"你待房间里别动。"折身就下去了。

过了一阵子,刺竹上来了,拿着一个小包袱,身后,还跟着一个蒙面纱的女人。

清尘看刺竹一眼,刺竹说:"把衣服换一下,就跟我走。"

门开处,只见圆桌前坐着一个布衣女子,模样普通,瑟瑟缩缩。

刺竹环顾一眼,竟没有看到其他人,便喊道:"清尘。"

床那边有了动静,帐帘在动,缓缓地出来一个人,从头到脚都裹着胡人的衣服,裙纱宽大而艳丽,像一段天空中遗失的彩虹,一块淡黄色的面纱盖得严严实实,走路扭扭捏捏。

刺竹想笑,走过去,迟疑了一下,轻轻地用指头挑开了面纱烫金的宽边,只看见窄窄的缝隙里,一张白皙的侧脸,秀美的轮廓,只是脑袋斜着,眼睛避开望着别处。

"清尘……"刺竹唤道。

她回过头来,看他一眼,眼神仍旧是犀利,却带着一些难堪和惶然,不经意间的瑟缩,一下就刺中了刺竹的内心,他怔怔地看着她,失了魂。

猛一下，她伸手一扯，将面纱罩好，异常严肃地哼了一声："你故意的吧，弄套女人的衣服给我穿……"

"你是女人，不穿女人的衣服？成天疯疯野野的！"刺竹伸手一拉，拽着她就走，"叫你穿就穿，哪那么多废话！"

刚下楼，大厅里领头正跟几个伙伴说事，看见刺竹带着一片灿烂飘下来，便支起腿，吹起了口哨，相互间挤眉弄眼一阵，便故意喊道："赵爷，这谁呀？给咱说说，这谁呀——"

刺竹轻轻地松开清尘的胳膊，背剪双手，像模像样地"嗯"了一声，不开言先就笑了，憋住了笑，正色道："这是我从胡地买过来的老婆。"

清尘心里恼火，缓缓地靠过去，伸手使劲一掐，刺竹痛得一咧嘴，却作不得声，嘴巴一歪，扯起嘴角展现一个笑脸。

众人哄笑起来，叫道："揭开头纱看看——"

清尘担心刺竹真的揭头纱，赶紧又是一掐，刺竹痛得一龇牙，立马会意，直起脖子叫道："看什么看！都回去看自己老婆去！"忙不迭地拉着清尘出了门，塞进一辆马车。

"去哪里？"清尘问道。

"到胡人巷去。"刺竹说，"混在那中间，秦骏就找不到你了。"

胡人巷是胡人聚集的居住之地，自己这身打扮，也是合适那里。清尘不说话了，低下头去，寻思着刚才的一幕，难道是要自己冒充买来的胡人新娘过回头关？那刺竹又怎样脱身呢？

刺竹坐在马车里，静静地看着清尘，微微低垂的头，不知在想什么心事。面纱轻微地抖动，嫩黄中透出浓浓的娇媚。买来的新娘？刺竹无声地咧嘴一笑，踌躇片刻，伸出手，轻轻地揭开了面纱……

清尘觉察到动静，抬起头来，一双乌溜溜的眼睛正好看见面纱撩起处刺竹的脸，方方正正一张国字脸，黑黑的皮肤，圆圆的虎眼，怔怔地望着自己。

又来揭面纱！这有什么好看的？清尘微微地皱起眉，有些不满地噘起了嘴。

刺竹却无声地笑了起来，嘴角弯弯向上仰起，露出几颗整齐的牙齿，眼神清清满含着笑意，好像装满了蜜糖的缸子，什么浓情蜜意都溢了出来。

"清尘，你不穿男装多漂亮……"他直直地望着她，喃喃道，"要是不打仗，真的很幸福……现在的感觉，就像在揭盖头……"

她深深地望了他一眼，不说话，低下头去，再也不肯抬头。她伸手过来，轻轻地拉下了面纱。

清尘坐在地板中央的毡毯子上，打量着四处。

房间里的摆设充满了异域风味，矮矮的木桌，四下都没有凳子，地毯上卷着铺盖，似乎那就是床。头顶悬挂着一条条彩带，按胡人的说法，是幡，用来做吉祥物件。正中的墙上，挂着一个牛头骨，底下横搁着一把弯刀。

眼神转回来，脚边是一个托盘，放着银质的壶，很是精巧，一个银碗，也煞是可爱。清尘端起碗，喝了一口奶茶，浓浓的香味中夹杂着一股说不明的膻味，清尘吞也不是吐也不是，只好硬着头皮咽了下去。

刚放下碗，就听见脚步声，抬头一看，刺竹和领头的进来了，带着一个胡人的老妈妈进来了。

领头的和老妈妈用听不懂的语言嘀咕一阵，老妈妈俯下身来，细细地看了清尘一眼，跟领头的点点头，自是去了。这里领头的又跟刺竹合计了一番，也出去了。

屋子里很安静，头顶的天窗上阳光射进来，将局部的浮尘照得清清楚楚，那一粒粒微尘在阳光下炫出银色的光，自由弥漫，时而聚合，时而离散。

刺竹缓缓地坐在了清尘的对面，端起清尘喝过的奶茶，一饮而尽，轻声道："晚上，我还要出去，再勘察一下城防布置，四更之前回来。到天亮的时候，领头的带商队就要离开丽水城了，他们走后，我们就混在回去的商队中，过回头关。"

这一夜，似乎特别的漫长。

清尘睡在地上，听着地上的动静，四更天的时候，刺竹回来了，倒头便睡。到拂晓的时候，老妈妈轻手轻脚地进来，清尘一骨碌坐了起来，却见老妈妈只是笑。她把手中一个尺许宽的大盒子轻轻地打开，里面摆满了各种各样的化妆用品……

天已经亮了，清尘缓缓地站到了镜子跟前。一身暗红色邋遢的胡袍，虽然腰身极好，却标志着此刻低贱的身份——一个被买来做老婆的胡女。脸上，脖子上，手上涂抹了黄膏，显得人很脏，可是，在老妈妈的巧手下，那弯眉还是长长细细地注满了异域风情，鼻子显得特别高，眼睛显得特别深，嘴巴涂满了蔻丹，厚而丰润。

就在她望着镜中不认识的自己发呆的时候，老妈妈给她编上了两根松松蓬蓬的大辫子，就那么突兀地斜在前胸。老妈妈提起地上褐色的头巾，盖在了她的发上，这才点点头，递过来一把很旧的胡琴，要她拿着。

清尘拿着琴，仔细地看了看，然后，轻轻地拨断了其中几根弦，想了想，又拧断了上头的一个把手，从地上抓着泥，胡乱敷了几把。

刺竹不知什么时候已经坐起了身，怔怔地望着她，对视的一瞬间，微微一笑。那意味，似乎是嘉许她心细，又似乎是在宽慰她不要太多担心，还似乎在他眼里，她只是个小小的孩子，他的笃定中带着丝丝的宠溺，只一笑间，清尘忽然觉得有刺竹在，自己真的好像不要操那么多心。

远远地听见街道上起了一阵小小的喧哗，那是商队在启动。按理，不超过半个时辰，他们也要离开，可是，刺竹还没有回来。

房间的门忽地被推开了，一个身材矮胖，显得极为结实的男人走了进来，一脸横肉，豁着牙，说道："磨蹭什么?!我买了你是回来吃干饭的?!以后手脚不利索点，侍候不好，老子就把你卖到娼馆里去！"

"快点！"那男人粗鲁地吼着，冲外面扬手道，"都给我抓紧点，马上出发！"

清尘被绑起了双手，背着那把胡琴，被马帮的人拽着出来，牵在马后。她挂着面纱，露出小半张脸，偷眼四下看着，只见角落里站着几个衣衫褴褛的胡奴，戴着铁链脚镣，脚踝处，依稀可见厚厚的血痂。

"都起来，给我走！"领头的吼一声，清尘抬头，看见这个所谓买自己的男人，正憋着劲挥舞着鞭子，抽向这群手无寸铁的胡人。

她四下里看着，心里却渐渐没底了，刺竹呢？他不会是因为走不出去，就留下来了吧？自己这样出去了，他怎么办？这么想着，心里乱了。正扑棱扑棱地七上八下着，忽地背上挨了一棍子："懒婆娘，还不快走！"

一句"懒婆娘"入耳，她一个激灵，回过头去，却看见一张完全陌生的脸，凶神恶煞地瞪着自己，还没来得及斜一眼过去，一个大巴掌就扇了过来，揪着衣服掼了过去，一个趔趄跌在土里，爬起来赶紧跟着马帮走，咬牙切齿都顾不上了。

回头关口，长长的马帮沿着狭长的通道站立着，等候着士兵验关。一把大大的阳伞，一张太师椅，秦骏坐着喝茶，领头的弯腰含胸恭敬地站在一旁，大胖肚子都憋得打起折来。

货物验完了，交毕税银，就开始验人。每个人都走到秦骏跟前，让他仔细打量一番，摆手就算过了。

队伍很长，过了许久，才轮到清尘。

清尘罩着面纱，缓缓地站住。领头的一脸堆笑地对秦骏说："将军，这是我买回家做小的……一个胡女，长得不赖……"讪讪道："将军，这个……就怕您嫌脏，您要是对胡女有兴趣，下回，下回我一定专门给您带个黄花闺女回来……特漂亮的，腰子扭得就跟没有骨头一样……"说着，还像模像样地模仿了一下，大胖身子晃动着，不知是在扭腰，还是在甩屁股，士兵忍不住偷笑起来。

秦骏斜了他一眼，闷声道："去了头巾。"

马帮伙计似乎是怕犯忌讳，只看着领头的不动手，领头的赶紧过来，伸手扯下头巾，看秦骏一眼，马上又把头巾盖上，涎着脸，呵呵一笑。

眨眼的工夫，怎么看得清？秦骏瓮声道："我不打你老婆的主意，只是看一下……你再这么遮遮掩掩，今天就别想走了。"

领头的一听，有些着急，赶紧把清尘的头巾去掉了，攥在手里，紧张兮兮地注视着秦骏。

秦骏瞟了一眼，的确是个胡女，个头高挑，眉毛弯弯，眼睛盯着地面，也看不出什么异样。他的眼光落在她背后的胡琴上，说："弹首曲子来听。"

领头的赶紧解开清尘手上的绳索，然后把胡琴拿过来，塞到清尘手上，做了个弹的手势。清尘迟疑了一下，将右手缓缓地放在左胸口，给秦骏行了个礼，这才弯着腰，慢慢地把胡琴呈了过去。

领头的看着，随即恍然，讪笑道："将军，一路上打着过来，不小心……你看，弦断了几根，弹不了了……"转身拿起胡琴，凑近了些，说："您看，琴把也给折了……"

秦骏看着胡琴，没说话。

领头的顺手将胡琴一掼，甩了出去，说："这破玩意儿，还留着做啥——"

却不料想，清尘提脚，飞快地跑过去，捡起来抱在怀里，缩在一旁，只是不语。

"老子才扔，你就去捡！一把破琴……"领头的觉得失了面子，扬手就是一巴掌，打在清尘头上，她一下没受住力，"扑通"一声就跪在了地上，还抱着琴不肯撒手。

"够了！"秦骏低吼一声，"那怎样也是人家家乡带来的旧物，留着也不妨碍你。"

领头的一听，赶紧喏喏地应着，不敢多话了。

秦骏沉声道:"马帮快走完了吧?"

"还有六个买来的胡奴。"领头的回答。

"带过来看看,不用停了。"秦骏说着,端起杯子喝了一口茶。

"将军累了吧,"领头的赶紧过来,拿了扇子轻轻地照着秦骏摇起来,细声道,"我这马帮,可是这条道上最大的了,百来号人呢……将军真是负责,一个个地看……呵呵,我都站累了,将军不觉得吧,都验了快一个时辰了……"

秦骏点头,眼光从徐徐通过的几个胡奴身上扫过,看他们的手腕和脚腕,看他们身上和背上的伤,并无多话。

马帮就这么过了,缓缓地出了回头关。

清尘换回男装,走出帐篷,看见刺竹站在正前方,望着自己甜甜地笑着。清尘莫名地有些恼,愠道:"看什么看?笑什么笑?"

刺竹压低声音道:"你穿女子的衣服真好看,到底还是让我看着一回了……可惜,是胡人的衣服,要是汉服,一定美若天仙。"

清尘当作没听见,正色道:"闲话少说,回转。"

"你听我的,我主事呢。"刺竹笑笑道,"你跟着我,半步也不许离开。"一转身,看见雪尘马正好在跟前,便双手搭起,喊道:"来吧,沐帅。"

清尘一脚踩在他手上,飞身上马,刺竹又笑:"一点客气都不讲呢。"

"你比沐广驰如何?我平时都是沐广驰垫脚呢。"清尘哼一声,自顾自地朝前走了。

刺竹赶紧跨上马,靠上去,轻声道:"我们这次跟马帮分开走,还从原路回去,安王那边,大军应该已经集结了。"

清尘吃惊地看了他一眼,问道:"你有战术了吗?"

"有了。"刺竹说完,又是嘿嘿一笑。

清尘沉吟片刻:"这么快就进发?"

"对。"刺竹说,"我们一到达,即刻再次出发……"他看看清尘,柔声道,"只有几个时辰的休息,你撑得住吗?"

清尘不说话,狐疑着,不知刺竹葫芦里卖的什么药,想了想,问道:"客栈里那个汉人女子,到底是怎么回事?"

刺竹笑了,低声道:"那是早先就安排好的,准备照计划撤退,计划一直都没有变啊,只是你不知道而已……"

原来他早就想好了退路，只是故弄玄虚。清尘斜了他一眼，不满道："你早有预谋，就是要我穿一次女人衣服是吧？"

刺竹徐徐地敛去笑脸，轻声道："不是呢……那个汉女，其实是特意叫马帮领头的从胡地买过来的，前天晚上从你房间出来，我就叫五阳出了丽水城……丽水城并不是无懈可击的。"

清尘转过头，认真地盯着刺竹的脸，黑红的脸上肃色满面，他的稳健深藏其中，滴水不漏。

"这一招金蝉脱壳，必须要有一个汉女。"刺竹说，"为了迷惑秦骏，该真的时候，不能有一点假。但是他很聪明，所以回去后，我们必须马上发兵，务必赶在他醒悟过来之前就兵临回头关前。"

"那你预备用什么战术？"清尘偏头问道。

刺竹脸上微笑浮起，却只是笑而不答。

清尘心中差不多明白了。他们这一走，秦骏一定回去客栈看个究竟，当他发现那个汉女不是自己，一时之间会产生自己还在丽水城中的错觉，接下来的几天里，他会仔细搜索。当然他是聪明的，不几天就会起疑，马上部署防御，只不过前几天不会那么警惕，毕竟马帮回程还有七天时间。而刺竹就是试图在秦骏疏于防范的这几天里突袭。

清尘顿了顿，轻声问："我们跟大军是在野狼谷外会合，还是风口某处？"为了争取时间，大军不会等到他们回了麦城才出发。

真是聪明。刺竹笑道："明天早上，野狼谷外，我们会合。"他停顿了一下，补充道，"只有一万人马。"

"是沐家军吧？"清尘见刺竹点头，又问，"那其余五万人马呢？"

刺竹回答："大张旗鼓，今天早上从麦城出发，走马帮的路过来。"

"这些部署，你都是怎么安排的？"清尘奇怪地问道，拿到防御图前，刺竹不可能早有战术。

刺竹默然片刻，沉声道："五阳通知马帮领头的买个汉女去丽水，再折回来，在我们之前，他先出关去了。"

"他怎么出的关？"清尘惊讶地问。

"我说过的，他将来一定是个优秀的细作。"刺竹说，"他有他的办法出关，等见着他了，你自己问他。"

"既然你也是用他的办法出的关,为何不直接告诉我?!"清尘白了刺竹一眼。

刺竹瓮声道:"我也不知道他用什么办法出的关,我跟你一起出来的。"

清尘冷冷地别过脸,不理他了。刺竹忽地笑起来:"你没认出我呀,我就夹在胡奴里啊……"说着,挃开袖子,果然,一圈红红的血痂样的东西,没剥干净,还沾在手上。

"你比我会演戏,心细如发。"刺竹说,"我最担心秦骏认出你,还好……"

"马帮领头的是你的人?"清尘问。

"不是,我让人给了他钱,要他换了汉女,带个胡女出关,他一直以为你就是个胡女……"刺竹淡淡地笑着,"五阳以胡奴身份进了城,然后换成我,他走了,我一直在胡奴里头,马帮领头的完全不知情……"

怪不得下手那么狠,毫不留情。清尘原本还以为那胖领头人是个厉害细作,没想到,压根就是个真正的商人,在秦骏跟前,也就不存在演戏一说了。

可是,还有地方不对啊……

第四十七章
出师不利赵将军犯难
偷袭未得沐清尘恼怒

清尘细细地想着,又问:"五阳才走了一天,他回去干什么?"照刺竹的说法,明天野狼谷会合,一万精锐早就出发了,而大军今早出发,也跟五阳回去沾不上边啊。五阳回去,应该不是通知出发,而是部署战局。

刺竹的战局,到底如何安排?

"呵呵,"刺竹的笑声飘过来,"到时候你就知道了。"

"你出发前,就定下了大军开拔的日子,是不是?"清尘望着前方,空气似乎凝固了,滚滚的热浪拉成一道屏幕,不由得轻轻地觑了下眼睛。

"到野狼谷会合后,我派二十个人送你回麦城,"刺竹轻轻地将清尘斗笠上的罩布拉了拉,柔声道,"你好生休息。"

"我不需要休息。"清尘说,"我不回去。"

"打仗是男人的事情……"刺竹迟疑了一下,低低地说,"我不想秦骏看到你。"

"好吧。"出乎意料地,清尘一口答应。刺竹看了她一眼,觉得她的干脆中有古怪,却也抓不着把柄,只好不语了。

野狼谷外,人员会合,分派完毕,各自出发。

"清尘……"清尘正要上马,刺竹徐徐地走过来,拉住了她的缰绳,看着她,欲言又止，半晌，才说，"路上小心。"

清尘点点头。

刺竹磨蹭着，又摸了摸雪尘马的脖子，看着清尘，笑一笑，低头看着地面，竟有些腼腆。

"我要走了。"清尘说。

刺竹无奈地抬起头来，拍拍马脖子，眼睛看着清尘，说："走吧。"手里却还捏着缰绳不放。

清尘顿了顿，问道："赵将军，需要我留下来吗？"

刺竹深吸一口气，异常坚决地回答："你回去。"松开了缰绳。

清尘上马，低头深深地望一眼刺竹，刺竹也正抬头看着她，对视之间，仿佛千言万语，清尘却淡然地一偏头，说："赵将军，就此别过了。"

"等我回去了，你记得给我答案。"刺竹说，"还是那个问题，你一直没有回答我呢。"

清尘没有回头，扬手一鞭，飞驰而去。

刺竹望着她的背影好一阵出神，直到扬尘渐渐平息，人影远远不见，这才翻身上马，一挥手，喊道："出发！"

沙丘后边，匍匐着大队人马，刺竹和几个副将正在碰头，进行着最后的磋商。

夜色慢慢地降临了，沙漠的夜，黑暗无边，透着与白天截然不同的凉沁。而今夜的寂静中，一丝丝玄瑟游走，飘浮着诡异的凄清。

忽然，轰隆隆的声音响起，火把照亮了天空，大队人马从沙丘后奔向了关口前的宽阔地带……

回头关内的秦军士兵被这骇人的声势吓了一跳，随即抄刀拿戟，都拥到了高高的关墙上，朝下望去。

为何还不见剑拔弩张的架势出来，这似乎不是秦骏的作风。刺竹觉得有些不对劲，一挥手，队伍在弓箭射程之外停住，盾牌立了起来，挡在长长的队伍前头。

果然有异常！

"噜、噜、噜——"连接不断的响声之后，只见城墙上木板的壁都翻转了过去，再转过来时，竟是插满了铁刃的铜壁，这是回头关刺猬一般的铠甲呀，岂能轻易闯过去？

刺竹默默地望着那铁刃铜墙，重重地咬下了牙关。

这不是秦阶新近的准备，这该是多年前就有了准备，即便是回头关还没有被秦阶占领的时候，就有了这防御措施，这意味着回头关一直都在秦阶的掌控之中，对朝廷一直有所隐瞒。秦骏凭此有恃无恐，而他赵刺竹，此刻却有些进退两难。

手中的火把还在燃烧，但是刺竹知道，原计划的火攻必须取消，因为关口的城墙并非他原来料想的木材在外、土坯在内，而是铁刃铜墙在外，木材在中间，后面还有厚厚的土坯。火能烧红铜壁，却要怎样才能烧穿木材？土坯的厚度，要多大的冲击才能垮掉？只因这从来都不曾知晓的铁刃铜墙，浇灭了刺竹的信心和斗志。

他意识到，没有奇谋，破不了回头关。

刺竹回头，低吼一声："退回沙丘后，扎营。"

刺竹进入营帐，依旧眉头紧锁，伸手去摸腰间的水囊，却摸了空，正抬手要叫人，一个水囊已经从前头递了过来，刺竹抬头一看，兀自愣住。

清尘——

她坐下，轻声道："我疏忽了，秦骏很聪明，绝不会只安排一条退路……去蜀地是首选，丽水城，他也一直没有放弃。"

"最后的安身之所，他会殚精竭虑地安排。"她看了一眼刺竹手中的水囊，低低说道，"大军要五天后才能到达，我们的存水，只能保证四天，等大军来了，回头关还没有攻下，大军也将面临水竭的困境。"她说得很轻很轻，但这丝毫也不会减少现实的沉重，安王带领的大军到达后，补给的水供应不上，情况会更糟，没有水，大军只能坐以待毙，毫无战斗力。

刺竹不语，默默地想着心事。

清尘想说，要不要派人去通知大军暂时停住，可是，她迟疑了一下，没有说出口。

"副将。"刺竹喊道，"吩咐下去，控制饮水量，务必坚持到大军来后。"

清尘愕然地看了刺竹一眼。这个时候，不考虑退兵吗？

刺竹没有看她，却很明白她的心思，沉声道："既然来了，就当一战，不然，会助长秦骏威风。"

清尘默默地看了他一眼，眼神清冷，难掩忧虑。

时间就这样缓缓地过了三天,每一分钟都那么难挨。太阳炙烤下的沙漠,就像一个大火炉,尽管都缩在大帐篷里,可是焦渴还是异常折磨人。只有到了晚上,士兵们才出来透气,躺在沙子上,等待着漫漫中统帅可能传来的决定。

"沐帅……"郑田轻轻地靠了过来,在清尘身边坐下,低声道,"赵将军到底在等什么?"

清尘摇摇头。

郑田顿了顿,涩涩道:"我们……还是继续听他的?"

"嗯。"清尘点头,"他个性稳重,不会贸然行事,如今叫大家这样等,肯定也是有安排的,你们要相信他。"

"可是……"郑田犹豫着说道,"我看他这两天都没有出帐篷呢,也没有任何交代出来……万一秦军攻过来,我们怎么应对……"

"不会的。"清尘笃定地说,"秦军知道我们水不够了,能渴死我们,何必费力气呢?!他们不会主动出关应战的。"

"明天就是第四天了。"郑田迟疑着,问道,"沐帅,我们……还是坐等?"

"对。"清尘站起身,拍去沙子,"你去告诉士兵们,统帅已有安排,少安毋躁,养好精神,准备大战。"

进了帐篷,看见刺竹和衣而卧,正在呼呼大睡。清尘不解地眨着眼睛,半天没找出他安之若素的原因,于是半跪下来,盯着他熟睡中的脸,揣摩起来。

这是一张标准的国字形脸,黑红的脸膛,略厚的嘴唇,睡得平静。清尘努力地想从这沉沉的睡容中找出一点担心来,可是,没有就是没有,刺竹此刻就像一个没有任何心事的大男孩,单纯地睡着。

他居然能睡得着?他不担心大军到了怎么办?他有办法破关?清尘费解地拧着眉头,寻思着,刺竹不是这么不知道轻重的人啊,这到底是怎么回事?

"皱着眉头就不好看了……"一个低沉浑厚的声音从刺竹嘴里响起,他噘了噘嘴唇,却没有睁开眼睛。

还装呢。清尘站起身,刚提步,冷不丁就被刺竹抓住了小腿:"娘子莫走……"

清尘恼了:"谁是你娘子?"

刺竹翻身,骨碌一下坐起来,没皮没脸地笑道:"我做梦,说梦话呢。"

清尘哼了一声,揶揄道:"赵将军可是让我刮目相看了,回头关就在眼前,不想打仗想女人?!"

刺竹呵呵笑道:"睁开眼睛自然是想打仗,这闭上眼睛,必须得想女人。"

"为什么呀?"清尘故意问道。

"男人嘛,打仗是职责,想女人,是天性。"刺竹说,"闭上眼睛的时候,想什么都是本能。"

清尘垂下眼睑,不语。刺竹很少这样嬉皮笑脸,这是否是个不好的预兆?

刺竹看着清尘,轻声道:"不问我梦见了谁吗?"见清尘没有回答的兴趣,便自顾自地说:"我梦见水边上,一个女孩披散着头发,雪白的皮肤,亮亮的眼睛……"

"你是不是渴了?"清尘关切地问道。

"别打岔!"刺竹手一挥,不耐烦地说,"正说到关键地方呢……"

刚要继续,清尘又极其认真地问:"赵将军是不是想喝水呀?"

"我说水就是要喝水啊?"刺竹一梗,忽然想起来时路上似曾相识的对话,愣一下,忽地笑道,"你报复!"

清尘没有笑,淡然道:"能不能请赵将军说一下你的部署?"

刺竹笑着,看着清尘一脸凛然,便不笑了,柔声道:"别担心,有我呢。"

"大军来了,你怎么交代?"清尘皱皱眉头,"六万人马等在回头关前,晚一刻出兵都是要削弱士气的。"

他咧开嘴,带着几分傻气的憨笑:"清尘,你为什么老是要回避话题呢?"

清尘瞪了他一眼,不屑地转过头去。

"你知道我梦见的是谁,为什么阻止我说下去……"刺竹盯着她的眼睛,"你什么时候能给我答案?"

"没有答案。"她异常冷凛。

"破了回头关,你给我答案。"他沉声道。

清尘一转身,头也不回地走了。既然知道没有结果,还非要答案干什么呢?从这句话里,她已知晓他有破关之策,这就够了,其他的,都跟她无关。

夜灯初上,幽静的房间里,淡黄的宣纸铺放桌面,丹青点点,一朵洇染的红色牡丹含羞在枝头展颜,雍容娇媚。秦骏全神贯注地提着笔,细细地勾勒着,只听秦阶在旁边咂嘴:"骏儿,你这能耐,咱秦家十八代都找不出第二个来……"

他转着小眼珠,笑吟吟道:"只明儿看你的儿子、咱的孙子,能不能得点你的遗传,把咱秦家武夫的种也敷上点墨香……"

秦骏停下笔,看了父亲一眼,轻声道:"爹,我知道你想说什么……成亲的事,缓一缓……"

"别缓了,"秦阶靠过来,殷殷道,"爹就只剩你一个儿子了,指望你开枝散叶呢……别那么死心眼儿,非得找个情投意合、样样都般配的,照爹说,看上一个收一个,别嫌多,给爹一帮孙子,爹以后决不再烦你……"

秦骏默然片刻,低声道:"再等一等,这次大战之后,我给你个交代。"

秦阶看着秦骏,长叹一声,黯然道:"你还记挂着沐家小子?"

秦骏不语,低头画牡丹。朱笔过处,细细的花瓣边缘,不规则的断续,深深浅浅,内面是殷红一片扩散着,像极了那张嫣然的脸庞。秦骏出神地望着,忽然想起了那天的情景——

客栈的楼梯上,布靴缓缓拾级而上。他不急,屋内留下的女人,除了她还能有谁?

房门被推开了,一个惊慌的妇人回过头来,收拾得干净的布衣裳,黄黄的脸,恐惧不安。

他的心一沉,竟然不是清尘。

他疯了般地找,胡人巷,满城之中,毫无踪迹。她来了,又走了,就这样轻轻巧巧地消失在他的眼皮子底下。他不相信她就这样走了,可是他感觉得到,她已经不在这城里了。

这一次,更让他意识到,他必须抓住她,否则,这一辈子他都可能再也见不到她了。

"你哥哥是这样,你也是这样……"秦阶伤感的话语飘过来。

秦骏放下笔,低头,沉声道:"请父亲不要伤害清尘。"

"上一次,我看在你的面子上,没有为难他,谁知道竟然跑了!最后还破了我的乾州城!"秦阶哼了一声,"这小子,难不成真有三头六臂?!"

"你喜欢他,他不喜欢你,要是抓住了还不杀,留着准是个祸害。"秦阶断然道,"他就是我秦家的天敌,你看看他,杀了你三个哥哥,还伤了你,甚至放言要灭我秦家!太嚣张了,这小兔崽子,长得跟个梅花鹿似的,脑瓜子又跟个狐狸似的,也不知道沐广驰这匹夫怎么把他给养出来的!气死我了!"

"你不要伤害他,把他交给我就行了,我会给你一个交代的。"秦骏又重复了一次。

"不伤害他……"秦阶哼哼唧唧,万分不情愿地说,"抓住不立马杀了,准保翻天……"

"我能对付得了他。"秦骏说,"上次是我伤了,心力不佳,不然他逃不了。这次,不会了……"话一说完,兀自神伤,这次,清尘还是逃了。

秦阶沉默许久,终于妥协了,低沉道:"你必须答应我一件事……"

秦骏抬头看了父亲一眼,细声道:"我答应你,一定好好成家,给秦家添丁,延续子嗣。"

"行!"秦阶一拍大腿,站了起来,"有你这句话,爹也舍命陪你一遭,只要你给我生下孙子,其他的,我都随你!"

秦骏轻叹一声,心道,我不玩娈童。

"早些睡吧,伤才好呢。"秦阶拍拍秦骏的肩膀,朝屋外走去,回身掩门的一瞬间,正好看见秦骏仰首,望着墙壁发呆,秦阶的眼光缓缓地移到墙上那幅画上,看着那英姿飒爽的沐清尘,无奈地摇摇头出去了。

秦骏从清尘的画像上收回目光,转回桌前,提笔,在画上龙飞凤舞地题上:国色天香。

复搁下笔,又是怅然。

清尘,留下你,不是难事;得到心,不是易事。可是,我无论如何,也不会再让你离开,先留住人,再来得到心吧。

"赵刺竹"这三个字,再次在他心里打了个旋。这个将军好生厉害,波澜不惊地出入了一趟丽水城,谁知道,他是否波澜不惊地进入了清尘的心呢?我会把你从清尘心里赶走的,我们有青梅竹马,你们却还没有同生共死过,一切都该来得及。

"来呀。"秦骏喊道,"今夜沐家军会有动作,不管他们怎么挑衅,我们都必须按兵不动。"

握着清尘的匕首,重重一攥,脸上瞬间展开清浅的笑意。

清尘,看我怎么捉了你,小时候,那么多次,我都让着你,这次,不会了……

你既然来了,就不要走了。留在丽水城,看我怎么白成　国。

夜色浓重,一声令下,沐家军紧急集合,整装出发。

回头关下,陈兵一万,火光映天,"沐"字大旗飘扬,可是那铁刃铜墙,依旧静默无奇。

刺竹策马出列,缓缓地走向关口,距半里之遥,站定,沉声道:"安王麾下,沐家军统领赵刺竹挑战。"

半个时辰过去了,关内毫无动静。

黑色的头盔下,刺竹轻轻地皱了皱眉头。本想借秦骏读书人的清傲,来个激将,以探虚实,可是,秦骏竟然如此沉得住气,偏不应战。刺竹死死地盯着关墙之上,心里却在思考如何逼开关门。

身后传来不急不缓的马蹄声。

刺竹头也没回,一伸手拦住,低沉而威严地命令:"你回去,不得出战。"

可是,雪尘马的头还是越过了他,停住长腿,优雅万端地站定,清尘摘下头盔,仰起头来,徐徐道:"告诉秦骏,沐清尘来了。"

一盏茶的工夫,关门响起厚重的声音,慢慢地开了,秦骏骑着马,出现在场上。

"看清楚了吗?"清尘瞟了刺竹一眼,低声道,"关门浇铸的铜墙很厚,火攻是无法奏效的,必须改变战术。"

"我要生擒秦骏。"刺竹忽然说。

心有灵犀啊。清尘嘴角笑意顿起,幽声道:"先后退,见机行事。"她以为他只是要探虚实,没想到他要的竟然也是秦骏。

刺竹缓缓地退后了。秦骏却也站得远远的,不过来。

"秦骏。"清尘喊道,"你降了吧,我说话算数。"

秦骏瓮声道:"你连过来几步的诚意都没有,我怎么相信你?"

刺竹担心地看看清尘,怀疑秦骏要耍花样,只怕清尘上当,没想到清尘也是诡诈,硬气地回道:"你没有居心不良,怎么也不敢过来?"

"防人之心不可无。"秦骏直白地说,"你可是杀过我一次了。"

"你不是没死吗?"清尘哼一声,"一朝被蛇咬,十年怕井绳,你秦骏就这点出息?!"

被清尘如此抢白,秦骏赧然,迟疑了一下,策马上前,走到清尘跟前丈许的位置,冷不丁眼前银光一晃,竟是一条软甲银鞭甩了过来,直缠颈间。动作快而狠,秦骏虽然意外,却也早有防备,就在软鞭降至的瞬间,右手拔剑一挑,只听"唰"地一声,软鞭缠住了剑,扯得绷直。

偷袭啊,诚意呢?秦骏轻轻地笑了一下:"小时候就是这样,长大了依然旧习不改……"

清尘本想索了秦骏的脖子,就这么拖过来,没想到偷袭没能得逞,心里恼火,嘬着嘴,狠劲一抽鞭子,秦骏反手一转,不但绕紧了鞭子,反而端剑一刺,直指清尘的肩膀。清尘匆忙侧身躲过,猛听刺竹在喊:"回转!"

清尘心底一惊,忽地意识到,秦骏正是趁这一侧身,意图来抓自己腰带,下意识地往下一堕,索性翻下了马,站在地上。直起身,正好看见秦骏腾空的左手,真是预备好了要抓自己的。她"噌"地一声抽出剑,横在了面前。

秦骏坐在马上,缓缓地从剑上脱下软鞭,束在马鞍上,淡然道:"这个软甲银鞭,也是我送给你的呢……你若是还想要,自己来拿,我给你留着……"

清尘恨恨地觑了一下眼睛,扬起剑,刚要杀上前去,忽地脚底一空,竟是被拎了起来。一斜头间,刺竹已经将她带上了马背,然后,他退回去,一挥手,低吼道:"退兵!"

秦骏默然地看着沐家军退去,索然地回到了关内。

清尘坐在沙地上,刺竹把水囊递过去,只见她眼光如剑,恨不得将他一剑封喉。刺竹忍不住笑道:"傻瓜呢……"

"将军!"郑田在帐外叫。

"进来。"刺竹吩咐道,"按计划行事,每隔两个时辰集结一次队伍,前去叫阵,无人应阵,一个时辰后就退回来。照此频率,一直到大军到达。"

郑田退去,刺竹回过头来,看见清尘狐疑的目光里已经没有了愤愤,便说:"看不懂了吧?"

清尘白了他一眼,他摸着胸口,呵呵地笑起来:"可算是在你面前扬眉吐气一回了,我这都憋屈好久了……"

"攻而不打,瞎折腾什么?!"清尘不屑道。

刺竹不答,默然片刻,冷不丁冒出一句:"秦骏一门心思就想把你擒了去。"

"他想抓我跟我想抓他是一样的。"清尘还在为刚才没有顺利得手而恼火,气咻咻地说,"都是为了增加手里的筹码。"

"不是的。"刺竹缓声道,"他想捉你,跟这场战役没有任何关系。"

清尘一怔,看着刺竹不说话了。

"作为统帅,我命令你,再不得出战。"刺竹闷声道,"你必须服从命令。"

清尘默然片刻,轻声道:"如果秦骏真的抓了我,你们不用顾忌我,该怎么打就怎么打。"

"你还以为他不会把你怎么样吗?"刺竹幽声道,"清尘,现下生擒秦骏,是个冒险。如果他还是从前的秦骏,也许能行……"

"从他开口的第一句话,我就知道他早有防备,如今你出手偷袭,是无法奏效的。他因为你而出来,是对你有情,可是,这份情,已经不再是从前。他仍旧爱你,可是这爱已经不那么单纯。他对你的防备,从你刺他那一剑开始,有了理智,有了冷酷……你不能再用从前的眼光看他了……"

"我要你擒他,也是试他,他不但有了防备,而且处心积虑想要擒你……他是不会伤害你,但是他会用你来制约我们……"刺竹低声说,"难道你还听不懂吗?他要你这个人,也要用你来要挟我们退兵。"

刺竹看着清尘,一字一顿地说:"我们抓他和他抓你绝对不会是一样的。"

清尘看着刺竹不说话。她不停地眨着眼睛,眼睛里淡淡的光散开,飘起一丝落寞。

"他希望你去冒险,但我不会拿你去冒险。"刺竹决然道,"从现在开始,你就在帐篷里休息，一步也不许离开。"

　　清尘沉默许久，才悻悻道："我是个军人，不让打仗，还能干什么？"

　　"可以干的事情多了，睡觉也行啊，"刺竹挨着她坐下，柔声道，"放心吧，有我呢。"

　　他转过头，看着地上的沙子，轻轻地说："我不希望秦骏再看到你，不希望你去面对秦骏……我赵刺竹历来稳重，如果说真有一时冲动做过什么错事，那就是不该在你请辞的时候，以秦骏逃匿未归而留下你……"

　　她不说话，也看着地上的沙。

　　"清尘……"刺竹喃喃道，"我不想你有事，打仗是男人的事……你可以说我自私，但是我不想看见秦骏看你的眼神……"

　　不知过了多久，帐篷里的烛心忽然轻轻地晃了一下，似乎有风吹进了帐篷。

　　刺竹缓缓地站起身，斜头望着清尘微微一笑："是时候了呢。"

　　帐外，士兵通传："大军还有半个时辰即可到达。"

　　刺竹整好甲胄，看清尘一眼，复又说道："你随大军一起，不可再贸然行事。"

　　"一切有我呢。"言毕，他忽地笑了起来，仰着头，爽朗豪气。

　　清尘怔怔地望着他，见他胸有成竹一般，笑得纵情，哑然片刻，不由得也微微一笑。

　　大军已到，帐外却依旧安静，清尘闷坐在帐内，等了约莫半个时辰，既不见父亲过来，也没有了刺竹的消息，想了想，终是一咬牙，出了帐篷。

　　眼前，好状观而奇异的景象啊。地上，一块块的黑布，是什么？士兵无声而紧张地忙碌着，扎着绑带，居然无暇理会她。清尘一路走着，感到风渐渐地大了，她将开脸上被吹乱的头发，终于看见了父亲……

　　清竹紧走几步，拉住了沐广驰的胳膊，喊道："爹！"

　　沐广驰亲昵地摸摸她的头，说："五阳带信过去，叫我们把奶娘带过来照顾你，谁知路上她中暑了，歇着呢，你过去看看她。"

　　安王看了清尘一眼，似是无意道："肃淳接到旨意，回京和他娘一起进宫商议迎娶事宜了。"

　　刺竹竟然是叫五阳回去接奶娘？清尘有些吃惊，不过是肚子有些不舒服，想来男人照顾不方便，他居然会想到把奶娘带过来。心里不由得暗暗感叹，这个赵刺竹，表面上好像懵懂不开窍似的，却也体贴入微。

最让清尘感到别扭的是安王的态度,自打知道她是个女孩,态度也由欣赏变成了怜爱。这一下貌似无意地提到了肃淳,绝对是有意的,放宽她的心,把她推向刺竹?这些男人的心,缘何都如此玲珑?

"刺竹说,三更的时候,会是西南风,从风口那边刮过来,风力很大。"沐广驰的话,打断了清尘的思绪。

清尘忽地明白了刺竹的计策!

用大风筝带人过去,顺风而进,在这黑夜,神不知鬼不觉。秦骏此刻正被关前一拨拨叫阵不应的沐家军迷惑着,以为除了叫阵刺竹再无他法,可谁知,还有一招偷天换日。

清尘一顿,呼啦啦地朝沙丘上跑去,那是最高的地势,一定从那里出发。

果然,刺竹正在绑风筝,一扭头,忽地看见清尘跑了过来。他停下手,望着她,可是她却停住了。

在不甚分明的光亮中,只看见清尘蹙着眉头,轻轻地咬着下唇,愈发像个孩子了。刺竹笑了一下,说:"叫你不要出来,想要军法处置?"

清尘不语。身后,安王和沐广驰已经过来了。

"我就怕你看见,知道好玩,一定要去……"刺竹笑道,"这个我玩过几回,你还是个生手,不合适,老实待在这里。"

沙丘下,那头,关前,沐家军正鸣金收兵。这也正是突袭兵要出发的号令。

风沙已经起来了,天地间,扬尘起,混沌一片。刺竹背着黑色的大篷布支架,缓缓地回过头来,深深地望了清尘一眼,借着风力一鼓,呼啸而去——

清尘一顿,疾步去追,却猛一下被沐广驰攥住了胳膊。

满眼间只有风沙。可是他站在沙丘之上的身影,却那么清晰地嵌在她的脑海里,还有他最后那一眼,只有她能懂其中的意思。他会回来的,讨要属于他的那个答案。

也不过一个时辰的工夫,天色微亮之时,关口被打开,沐家军涌进了回头关。

两千精锐的沐家军从天而降,趁着夜色,攻下了回头关。

可是,回头关地势太高,风力只够送精锐进入通道夹壁,无法穿越那么长的通道进入丽水城。所以,即便回头关被攻破了,丽水城却还是秋毫无犯。

刺竹浑身污血,在通道内查看。秦骏原本为了防御抵抗方便,挖了一条水渠供应回头关,如今回头关失守,他进入丽水城死守,就把闸门关了,渠内还有剩水,但也在渐渐枯竭。

"我们的水还能保证两天,但是刚刚过去战役,士兵需水量有所增加,"安王抬头看看天,"白天太热,通道内能待的士兵不多,多数在外面搭帐篷,不论从体能来说,还是从供水来说,都不能拖。"他说:"两日内,必须攻克丽水城。"

"实在不行,我们就强攻。"沐广驰说,"背水一战,速战速决。"

"上兵伐谋,其次伐交,其次伐兵,其下攻城。"刺竹看了清尘一眼,低声道,"再给秦骏一个机会,只要他肯降……"

清尘皱皱眉头。她知道,秦骏若是想降早就降了。她默默地望了一眼刺竹身上的污血,不动声色地退了出去。

秦骏一方面严格地控制着水源,以扼制住大军的咽喉,另一方面,以逸待劳,所以虽然他城内士兵不及安王大军数量多,却是占尽优势。

刺竹一夜未眠,虽未受伤,体力尚可,却也不太适合此时出战。即便他去叫阵,秦骏也一样不会应战。此时,最好的办法还是要擒住秦骏。

刺竹掀开了帐帘,喊道:"清尘……"

奶娘回身道:"赵将军啊,清尘出去了。"

"出去了?"刺竹皱皱眉头,笑着问道,"她肚子不痛了?怎么你一来她就活蹦乱跳了,你给她吃了仙草啊……"

"哪里呢,"奶娘细声道,"她呀,每个月总有那么几天,女孩子的毛病,过了那几日,自然就好了……"

刺竹这才听明白,讪讪地红了脸,支吾一阵,问:"她到哪里去了?"

奶娘摇头,正要说话,忽地沐广驰满脸红红地进来了,似是赶得很急,声音也有些紧张:"清尘跑丽水城下叫阵去了——"

不好!刺竹心底一沉,飞快地寻了马,赶鞭就走。他当然知道清尘是去干什么的,但是他也更清楚,秦骏正张网等着她呢。

秦骏已经出城了,这次俩人毫不客气,一见面就打上了。

正打得难分难舍,清尘忽地从口袋里抓出一把沙子,对着秦骏的眼睛撒去,秦骏头一偏,避过,再回头,冷不丁,清尘又是一把沙子撒过来,秦骏手快,扯起披风一挡,寻思着,这花样该玩完了,没想到才一抬头,又是一把沙子迎头而下……

眼睛都快睁不开了，秦骏心知不对劲，赶紧策马回奔，清尘哪里肯饶，夹马追过来。

刺竹已经赶到了阵前，看见清尘在追秦骏，一边飞马过去，一边喊道："小心有诈！"

话音未落，忽地斜刺里跑出两名秦军士兵，挥手一撒，一张大网罩头而下，清尘愕然间，下意识地拿剑去砍，可是，到底还是慢了半拍。刺竹远远地只眼见得清尘和雪尘马都被兜入了网中，坠在地上，被拖向城内。

刺竹只觉得脑袋一炸，全身的血都涌了上来。他"啊——"一声大喊，挥舞着大刀，不顾一切地冲了上去！

风在耳边呼呼作响，阳光火辣辣地射着，炫目中刺竹看不见其他，眼里只有地上那张被拖得腾起了沙尘的粗大渔网，只有网里拼命挣扎的清尘，他心急如焚，再也顾不得其他！

终于，他追到了！扬手砍断结绳，砍开渔网，终于看见了清尘，灰头土脸，却是安然无恙，他的一颗心终于落了地，喘息着，蹲下来，情不自禁地抱住了她……

一抬头，四周尽是闪亮的戟尖，再回头一望，城门在身后。

低头，一脸灰土的清尘望着他，眼神有些凄然。刺竹眨眨眼睛，微微一笑，抬起手，轻轻地捋了一下清尘额前的碎发。

"不会有事的。"他柔声道。

"欢迎自投罗网，本想抓一个，一下来了俩。"秦阶阴森的声音炸响在头顶，他转头对正擦着满脸沙子的秦骏说，"你想怎么处置都行，我不管了。"径直离去。

秦骏看看抱着清尘的刺竹，好像被阳光烫到了眼睛一样，嘴里轻轻地发出一下嗤声，命令道："捆起来。"

泉池边，是石头砌成的一个大圆空坪，大块麻石中央有两个丈许的小池子，一个地势稍高，一个稍低，估摸着是喝的水和用的水分开取用。泉水从泉眼里汩汩地流出来，先入上池子，再入下池子，然后顺着池子边凿出的小漕缓缓地流走。长方形的小池深约一米，清澈见底，泉水流下激起的水波微微荡漾，像姑娘的身段一样妙曼。

太阳炙热，整个空坪都笼罩在熏烤的熔炉里。天干物燥，池边虽有些许湿润的水汽，晃着阳光呈现出彩虹的色泽，可是湿汽在白光的照射下更显温燥。

刺竹和清尘被五花大绑摁压着跪在泉边。秦骏并没有把他们捆绑在立柱上干晒,而是牵着一根绳子,给予了他们一定的活动空间。但是没过多久,刺竹就发现,秦骏这么做,并不是好心。

三个时辰过去了,他们无须再被摁压,只能无力地跪在地上。清尘缓缓地用膝盖挪向池边,想喝水,可是,绳子太短,她无法靠近水池。头顶太阳悬着,人就好像秋天的干辣椒,挺着被暴晒。身体已经脱水,口干舌燥的她,望着近在咫尺的水池,渐渐绝望。

清尘终于明白,士兵为什么对他们不管不顾。她甚至能想到,秦骏一定在某个阴凉的角落里看着他们。

我不会求饶的,哪怕干死。清尘徐徐地躺在太阳底下,闭上了眼睛。她感觉自己就像一条嫩仔鱼,离开了原本滋润的水泽,被摆在平底的烘锅上,上头太阳晒着,下头炉火焙着,只等撒上些盐,就可以上桌了。

也是一道美味的佐酒小菜呀。她轻轻地笑了一下,想起了父亲最喜欢吃这样的咸鱼仔,唔,爹爹,我现在就是你嘴边的小咸鱼了呀。

耳边响起了细微的摩挲声,清尘疲惫地斜头看了看,似乎是刺竹,正在向池子移动。

你傻呀,秦骏怎么会让你喝到水呢。清尘想说话,嚅动着干裂的嘴唇,却什么也说不出。热啊,憋啊,眼睛里一片白光,闭上了眼皮也无济于事。额头上的头发丝丝缕缕像水草一般地贴在皮肤上,黏黏糊糊,无比难受。汗似乎再也流不出了,身体如同一块被拧干了的帕子,挤不出一丁点水分,正摊放着,被太阳晒干。她听见了自己粗重的喘息,由清晰变成了虚幻,身体似乎慢慢地变得不是自己的了……

刺竹靠近了水池,似乎绳子够长。是秦骏粗心吗?不,他俯下身,发现不管怎么努力,哪怕手就此勒断,他的嘴唇永远都够不着水面,伸出了舌头,也只离那么半寸,就是半寸!

水汽吸入鼻子,干渴的喉咙似乎要伸出一只手来探寻这水。可这近在眼前、唾手可得的水,如同海市蜃楼。半寸的距离,其实就是生死,就是天堂和地狱。刺竹知道,秦骏给予自己的绝望,要强过给清尘的打击千万倍。

你渴求的,看得见,感受得到,但就是那一点点的距离得不到!

一扇半开的窗户里,秦骏正端坐着喝茶,身后,侍从兵正在摇着蒲扇。他在幽暗中看见刺竹缓缓地从水边退回来,跪着,移向了清尘。

他想干什么？商量一下，还是劝说清尘投降？他会用清尘来换取水喝吗？

秦骏的眼睛一眨不眨地盯着日头下的刺竹，他不相信，刺竹真是个那么铁骨铮铮的汉子，难道就能抗拒焦渴的折磨？

刺竹缓缓地挪到了清尘身边，缓缓地斜起了身体，将清尘的脸和上身尽可能地遮蔽在自己身体的阴影之中，他就这样俯视着她。

秦骏默默地看着，他低下头去，抿了一口茶。茶水微苦，入喉后却有一股清香升上来，盘旋在舌尖。秦骏慢慢地靠在椅子上，轻轻地闭上了眼睛。

"将军，沐清尘似乎有些神志不清了……"士兵轻声禀告。

秦骏看了一眼窗外，清尘仍旧躺在地上，刺竹还跪着，垂着脑袋，衣裳尽湿。

赵刺竹，还真能撑啊。秦骏探头看了看日头，未时三刻了，他们在火辣辣的日头底下跪了快五个时辰了。他沉吟片刻，吩咐了几句。

小坪里响起了脚步声，刺竹强撑着抬起头，看见一个老妈妈拎着木桶走过来。他转了一下麻木的脖子，发现周围并没有看守的士兵，低头略一沉吟，艰难地挪了过去，看着老妈妈。老妈妈迟疑了一下，对他点点头。

绳子牵向水面，刺竹弯下了身体，垂下头，他的嘴仍然距离那水面半寸。

老妈妈用桶子拨弄着水，水面晃荡起来，这时候，一个士兵出现了，吼道："干什么？"

老妈妈吓了一下，赶紧将桶一沉，提了水走了。水面不停地晃动，在老妈妈桶子压下去的时候，水面抬高了，正好半寸。刺竹就在这一瞬间，猛地张大嘴巴，含了一口水。水面瞬间落下，老妈妈走了，士兵斜了刺竹一眼，走开了。

刺竹慢慢地挪回到清尘身边，俯下身去，对着清尘的嘴巴，把那无限宝贵的一口水喂进了她干枯的嘴里。

她已经睁不开眼睛，但是鼻间能感觉到他的气息，那温厚的唇贴过来，有水的甜，有汗的咸。意识最后弥留的瞬间，她知道这水来之不易，喉间的润泽激活了体内的泉眼，一颗晶莹的泪水顺着清尘的眼角滑落……

幽静的房间里，阴凉怡人，雪白的小瓷勺搅动着凉凉的酸梅汤，秦骏放下碗，默默地望着床上的清尘，幽幽地叹了口气。

他擦拭干净的那张脸，纸一样苍白着，仍旧渗出点点虚汗，干结的嘴唇起了壳,好像干涸的土地在龟裂,眉头皱着,胸口微微地起伏,虚弱得让人心疼。他抬手,将她散落的头发捋顺,轻轻地铺放在枕头上,然后,静静地看着她。

长长的眼睫毛微微地颤了颤,清尘慢慢地睁开了眼睛,好半天,才看清白色的帐顶,还有床边的秦骏。

她就这样一言不发地望着他。眉眼还是那样的眉眼,跟儿时没有多大区别,可是他的眼神,再也不是从前的眼神,那个儒雅、柔和、良善的少年,变得冷凛、无情、阴骘,终于像个真正的叛将了。

"清尘……"他微微一笑,"喝口酸梅汤。"

"你为什么不降?"她陡然开腔,声音干涩嘶哑。

他垂下眼睑:"我爹曾经江州屠城,你以为圣上会饶过他?百姓能容他?"

"我爹是不会降的。"他抬头,看着她,"我也不会。"

她闭上眼睛,不再说话。

沉默片刻,他低声道:"雪尘马,软鞭,剑,还有这把匕首,"他拿出清尘的匕首,晃了晃,说,"都在这里了。"

"你也在这里,"秦骏说得很慢很重,"我都还给你,你留下来,嫁给我。"

"这样,我可以考虑放了赵刺竹。"他冷声道,"反正你们的大军没有水,也是死路一条。"

她缓缓地坐起身,看着他,低声道:"你真的不是从前的秦骏了。"

"在你面前,我永远都是从前的秦骏,一点儿都不会变。"他柔声道,"他们是他们,你留下来,做丽水国的王后。"

丽水国。清尘知道,秦骏不会回头了。

"我知道你记挂沐家军,我可以给他们五天水量,让他们回去。"秦骏开出的条件,一个比一个诱人,这似乎已经由不得清尘抗拒了。

清尘默然片刻,绝然道:"我可以死,沐家军可以亡,我是绝对不会嫁给你的!"

秦骏沉默许久,沉声问道:"因为他吗?"

清尘站起身,扭过身去,不理他。

"我会让你死心的。"秦骏拉下脸,张口喊道,"侍卫!"

你在顾念什么?那只是一口水!我不相信,在生死面前,他会选择让给你!哦,即便他那样选了,也没关系,他死了,你还是我的!没有了他,你便只能是我的了——

第四十九章

逼生死秦骏杀人诛心
发狠劲刺竹硬夺丽水

星空辽远,这酷似苏州园林的后院依旧雅致秀美,只是那长廊上一溜灯笼正发出惨白的光,四下里带刀的士兵,掀起了院子里的杀气。

青石板的空坪里,刺竹被带了上来,士兵一把将他推倒在地,他支撑着地面,缓缓地站了起来。清尘正站在他身边,对视之时,刺竹污浊的脸上露出一丝憨笑。

台阶上,秦骏坐在长廊中,冷冷地望着。

"你们两个战一局,谁先刺死对方,我就放了谁。"秦骏的声音,透着凉意。

"噔、噔",两把剑掼在了地上,接下来,是很长一段时间的静默。

"不想比?"秦骏的脸上没有任何表情,"你们俩都不想离开了?必须死一个,另一个才能走。"

话音一落,清尘说话了:"我打不过他。"

"这算什么?弃战不能算。"秦骏话语冰凉,这是他制定的规则,没有变通的余地。

"我打不过他。"清尘微微地仰起头,朝向秦骏,话语中满是无奈,又是无赖,"我一直都打不过他,真要比,那也是我死。"

"哦……"秦骏点点头,思忖道,"那就让你们能耐相当的时候再比试,以示公平吧。"他说,"先来几个,跟赵刺竹比试一下,等他体力弱了,即便你技能差点,总是可以抗衡一下的。"

清尘眼睛一觑,她明白,秦骏就是要让自己亲手杀死刺竹,当然,刺竹死了,他也不会放她走。这一招,够狠,够损,也够毒。他们似乎不可避免地要当着秦骏自相残杀了。

第六个副将上来了,刺竹的对决已经有些力不从心,翻滚,跌倒,那些毫不留情的拳脚,还有不足以让他致命的剑刺刀砍,刺竹的背上、胳膊上、肩膀上、腿上满是新鲜伤口,血水加上先前的污渍和沙土,一身更加的污败不堪。

副将近身一脚,刺竹跌倒在地,他以剑抵地,想站起来,剑柄一挫,又倒了下去,反复两次,终是颤颤巍巍地站了起来。清尘看见,他虽然站直了身体,可是那握剑的手,正在微微颤抖。

刺竹的体力已经不行了,昨夜一夜未睡,突袭回头关后也没有休整,太阳下跪了五个时辰,滴水未进,他不可能撑得住的。清尘的手紧紧地握住了拳头。秦骏虽然态度温和,用心却很阴毒,他今天一定是要刺竹死的。

"行了……"秦骏慢悠悠地喊停,然后说,"给清尘剑。"

清尘接过了剑,缓缓地走向刺竹。

刺竹斜着肩膀,以剑撑地,抬起头来看着她。脸上满是污垢,鼻子不是鼻子,嘴不是嘴,可是那眼睛还是那么有神,没有一丝怯弱。他看着她,轻轻地笑了。

她垂手拎着剑,无力。

"杀了我……"他在说话,却没有声音,只有唇语,喉间早成沙漠。

她听懂了,却摇摇头。杀了你,也不会改变结果。她缓缓转身,对秦骏说:"你放了赵刺竹,我什么都答应你。"

秦骏站起身,徐徐走下座来,低沉道:"为什么?"

"求求你放了他。"清尘看着他,眼睛里水样的光,声音很低,是他不能拒绝的乞求。

他顿了顿,幽声道:"你爱他,是吗?清尘……"

你有自己的原则,不行就是不行,可以自己死,可以不顾念沐家军,可以射杀宣恕,却为何舍不下一个赵刺竹?

"是。"她重重地说这一个字。一瞬间,秦骏犹如万箭穿心。

半晌之后,他默然地点点头,苦笑一声:"他哪点比我强?"

"就算他哪点都不如你，我也还是喜欢他。"清尘平静地说。

秦骏低下头，思虑片刻，柔声道："你这么说，不是逼我杀他？"轻叹一声道，"你不想亲手杀他，是不是？"

清尘，哪怕你爱他，我也要残忍地把你从他心头剔去。一个自私的女人，想活命，又不愿一生负疚，这样的伎俩，素来诡诈的清尘完全是做得出的；刺竹想不到，那就让我来提醒提醒他。不要怪我借刀杀人，只有这样，你才能完全地属于我。

真狡猾啊，秦骏的聪明让清尘无语。要杀便是杀，偏要折腾这番手脚，即便不能抹杀她的爱，也要毁灭她在刺竹心目中的形象。刺竹终究是个死，秦骏却一定要先诛了心，再来杀人。

"那我就成全你！"秦骏扬声道。

话音未落，忽地清尘抬手，就是一剑，直指秦骏胸口！

眼前一道白光，秦骏侧身一仰，还是慢了半拍，躲闪不及，剑一下刺入了左肩颈，没入两寸，人也"嘭"地一声倒在了地上。颈间一丝冰凉，剑已横过来，清尘以迅雷不及掩耳之势，挟持了秦骏。

"刺腿！"只听清尘一声低喝，刺竹执剑疾插秦骏大腿。秦骏疼痛难忍，蜷曲着就要跪下，清尘一把揪住他衣领，拖过来，一边朝门口退去，一边晃着白白的剑刃，冲周遭吼道："让开！"

就这样揪扯着到了正大街，灯火尽处，城门在望，清尘说："牵马！"

拥挤着的士兵们看着秦骏，默然不敢妄动。

"牵马来！"清尘再吼一声，狠劲逼刃，只见秦骏的脖子上现出一条血痕。

"给他马！"远远地，一个声音在咆哮，那是飞马赶过来的秦阶，已经急红了眼。

刺竹上了马，清尘还狠狠地瞪着秦阶，命令："打开城门！"

秦阶看着清尘手里的剑，只一瞬间迟疑，清尘剑刃一挑，又给秦骏开出了一条血口。秦阶又急又恨地喊道："开城门——"

城门缓缓地开了，清尘回头看看，催促刺竹："走！"

刺竹不语，只斜着伸出了手。我们一起走——

清尘看他一眼，正要摇头，冷不丁听见耳旁风响，有人偷袭！反手抬剑一挡，却感觉如承千钧之力，剑刃嗡嗡作响，整个手臂都被震麻，随即虎口处出来一阵剧痛……

糟了,虎口又裂开了!

清尘未及回身,顺势起招,抄起剑,拼尽腕上最后一点气力,将剑朝马屁股上一插!

马剧烈地甩着头,腾蹄乱舞,疯了般地嘶着,发狂地朝城门口跑去……

清尘跌倒在地,后脑上刀风又起,她回头,只看见秦阶狰狞的脸,然而就在一瞬间,一个人死命地扑了过来,罩在清尘身上,回头过去,绝望地喊道:"爹……"

清尘软软地伏在地上,朦胧中,是谁抱起了她。眼前一片迷蒙,点点光亮,是仰面看到了满天的星星,还是那些郡守府里连串的灯笼……

士兵们手忙脚乱地关着城门,就在合拢的那一瞬间,刺竹的白驹已然过隙。

猎猎风中,他不能回头。看一眼,便是痛。这是战争,而清尘,不够残忍。她射杀宣恕的勇气到哪里去了? 她是个军人,怎会不知道,只有活着,才有机会再赢回来?她为什么要在那个时候给出答案?因为她怕,不说,便再无机会开口。可是她不知道,刺竹也害怕,他怕再也没有机会告诉她,他愿意跟宣恕一样,死在她的剑下。

我怎么能丢下你?

我一定要打败秦骏! 攻下丽水城! 夺回清尘!

"清尘……"是谁在耳边轻唤,凉凉的小勺喂进来温软的水……

她吃力地睁开眼睛,看见一张熟悉的脸,秦骏。

"他走了,你答应了的,嫁给我。"秦骏细长的手指,轻轻地将开了她额上的碎发,"如若不然,我爹会杀你。"

"让他杀好了。"她不屑地转过脸去。

"赵刺竹,不会再爱你了。"秦骏不动声色地笑了一下,"作为今后仍可开通关贸的条件,皇帝必须把沐广驰送来丽水。"

"我知道,你不会愿意跟父亲分开。"他柔声道,"现在,你回不去了,只能留下。"

他淡淡地说:"这就是赵刺竹可以离开,你必须付出的代价。"

"不会再是从前了是吗?"清尘尖锐道,"今后你所有的付出,都必须用作交换,是吗?"

"不。"他沉声道,"只此一件,除此以外,所有的一切,都跟从前一样。我对你的爱,还跟从前一样,你要什么我就给你什么,不要任何交换。"

她瞪着他,不满且凶悍。

"你什么时候应允了,我就什么时候告诉我爹,你是个女孩。"秦骏平静地说,"如果他知道你是个女孩,而又不肯嫁给我,以他的做派,你知道他会怎么处置你……"

她并非听不懂其中的潜台词,说辞再委婉,也不过是恐吓,遂冷声道:"我到现在才发现,到底都姓秦,一路货色。"

"我给你三天时间考虑。"秦骏站起身,语气凛然,"要么嫁,要么生不如死。"

这有什么区别?清尘凛声道:"你连死的自由都不给我?"

"你若死了,我便是也死了。"他深吸一口气,走出了房间。

他是无力的。由于沐、秦两家的隔阂,他失去了守护清尘长大的机会。清尘长大了,再也不是从前那个对他顶礼膜拜、片刻不离的孩子,他想告诉她,不管外表怎么变,他还是那个他,可是他知道,她不会相信的,因为,他自己都无法相信。

世事就是这么残忍,他不想改变,却必须改变;他不想勉强清尘,却必须勉强。

拂晓时分,沐家军集合。

刺竹面朝队列,拿着水囊,仰起脖子,喝足了水,然后把水囊倒过来,看着那剩水流出,渗入沙中,顷刻不见。他把空空的水囊一甩,大声说:"生不能猥猥琐琐,死必要轰轰烈烈!我们沐家军是天下名师,断不是贪生怕死之辈!今日,兄弟们,饱饮囊中之水,剩之抛却!待攻下丽水,泉池痛饮!"

"不留后路,竭力而战!不得丽水,宁可战死!"刺竹大吼道,"马革裹尸,方显英雄本色!"

"背水一战,誓夺丽水!"士兵们吼声震天。

刺竹翻身上马,"唰"地拔出刀,振臂朝天,喊道:"冲啊——"

"沐"字军旗翻飞,黑压压的大军涌向丽水城——

房门被推开,秦骏身着甲胄,走了进来。

清尘从凳子上徐徐站起身,眼光落在秦骏手中的剑上。

外头隐约的喊杀声渐近,秦军大势已去。

"快杀了她!我们走!"秦阶走进来,大声催促。

秦骏看了清尘一眼，缓缓地提起了手中的剑。

清尘看着他。

剑尖在颤抖，终于，他慢慢地垂下了手臂。

"我来！"秦阶说着，迫不及待地拔出了刀。

秦骏伸出手，按住了父亲的刀柄，他问："我们还能走到哪里去？"

秦阶一怔，随即恶声道："要死也要拉个垫背的，先杀了沐清尘再说！"

"等我死了，你再杀她吧。"秦骏幽声道，一转身，站到了清尘前面，满面沉郁地望着父亲。

秦阶脸上的横肉抽动了一下，正要说话，忽听院里传来几声惨叫，门口出现了一个高大的身影，赵刺竹！

秦阶一急，操刀，伸手欲抓清尘，秦骏缓缓地按住父亲的胳膊，低声道："算了吧……"伸手一抛，剑"当"地一声脆响，掉在了地上。

秦阶哪里甘心，"啊！"一声大吼，挥刀砍出去，三下五除二便被蜂拥而来的士兵制住，摁在了地上。

秦骏抬头，默默地望了刺竹一眼，怅声道："我还是低看了你……"

"王爷，秦骏颇有才华，也没有掺和秦阶那些天理不容的勾当，虽有谋反罪名，也是身在秦家，身不由己，说到底，他并非十恶不赦之人，这样的人才若收归我用，一定会大有作为的，王爷素有爱才之心，请看在他是一个人才的分上，向皇上求情吧。"刺竹恭声道。

"不可！"易奇气呼呼地一摆手，"杀他爹，不杀他，你保他将来不谋反？"

"是啊，"尉迟迥也插话道，"他再有才，也不能说无过，若他初始肯降，便是能饶，可是凭空整出这么多事情来，他的聪明才智可没用到正途上。"

"就是，从前淮王在，各为其主，还可以理解。后来抛弃了淮王，还谈何情有可原？占了乾州，让我们死战，占了回头关和丽水，又是让我们死战，他一根筋到底，压根就没有想过归降。"王朝雄一语定论，"此人便是枭雄，而非义士，留着多余，是个祸害！"

"我看他不聪明，不知道识时务为俊杰……"另一将军也帮腔。

一时间，众将七嘴八舌地议论开了，只有沐广驰和清尘坐在一边不言不语。

安王看着沐广驰，问道："沐将军，你的意见呢？"

"秦骏这孩子，从本性来说，并不坏……"沐广驰缓声道，"我同意赵将军的意见。"

"清尘？"安王微笑着，转向清尘。

"人在江湖，身不由己，"清尘低声道，"他并非不肯降，只是顾忌江州屠城一事，恐圣上和天下人皆不能饶……"

"你这话不算。"易奇急性子，马上叫起来，"你们是同门师兄弟……"

"那是秦阶的罪过，他并没有参与。"刺竹补充道，"那时候，他一直在外，单独镇守叠泉关。此事不能算在他的头上。"

郑田左右看看，瓮声瓮气道："我们都是将军，不能感情用事。什么事，一码是一码，爹是爹，儿子是儿子。"

易奇有些恼，冷眼瞥着郑田，揶揄道："跳出来了？可惜罗放在苍灵渡摆弄水军，不然你们沐家军还不匀了一个鼻孔出气，自成一统？！到底是淮王帐下同僚，始终都讲些交情……"

"放肆！"安王板起脸来，低声呵斥道，"已成同僚，就要同仇敌忾！本是议事，各抒己见，你出言如是，不妥不当，助长拉帮结派之风，拖出去，先打二十军棍！"

安王瞥了易奇一眼，说："秦骏的事情，我考虑一下。他们父子先关押起来吧。"

刺竹站起来，低声道："败将亦有尊格，请王爷不要为难他们。"

"好，吩咐下去，将俩人单独关押在内院之中，不得刁难，更不得刑讯，一日三餐，等同军士。"安王一摆手，"都下去休息吧。"

众将已经退去，安王坐下来，端起茶，喝一口，心事百转，轻轻一叹，一抬头，却看见清尘还站在堂上，目光炯炯地望着自己。

安王不由得一笑，柔声道："清尘啊……"

"你会求情吗？"清尘直通通地问道。

"你希望我求情吗？"安王软软地把皮球踢过来。

清尘不语，眼里闪过一丝不信任，像极了祉莲。

安王一怔，有些失神，随后，低声道："若是为了刺竹，我不想求情；若是为了你，为了秦骏还算个人才，我愿意求情。"

清尘眨了一下眼睛。

"你不忍杀秦骏，可是你也应该知道，秦骏没有杀你，不是因为心有善念，而是因为他喜欢你，换了你是别人，不知道被他杀多少回了。"安王幽声道，"刺竹对你的心意……如果秦骏死了，对刺竹来说，是件好事。"

清尘看着安王，他的脸上隐隐的狡黠，不知怎的就激怒了她，忽一声，尖利道："爱就一定要不择手段……你对祉莲这样，对我也要这样?!"

"你可以替赵刺竹拿主意吗?他若是这样，只能让我鄙视!"清尘愤然道，"我不是江祉莲!不是那个逆来顺受的江祉莲!你休想操控我!"

安王脸色一僵，顿时无语。

清尘瞪了安王一眼，转身便走。

"清尘!"安王喊一声，清尘没有停步。

"清尘!"安王再喊一声，威严毕现，清尘默默地停下了脚步。

安王沉声道："我会求情的……但是圣上那里只怕已有决定，不是你我可以改变的。圣上虽然宽厚，但是谋逆不是小罪。我一人陈情，朝官们的言论和势力都不容小觑，毕竟秦骏先后几次错失投诚良机，你还是做好思想准备吧……"

话语在耳边飘过，她知道自己人微言轻，连安王都不能改变的事情，她如何能撼动?早就知道结果，她却忍不住还来努力，虽然安王说的都是实情，但他嘴里含糊的话语，还是掩盖不了那般奸诈的用心，令她厌恶。他就是这样逼迫祉莲的吧，温柔和善，却饱含着刺骨的凌厉。

夜色清凉，泉池边，静得只有水声。

清尘站在池边，望着月亮的倒影在水里晃动，散开，好像碎了的白瓷盘。

身后响起轻轻的脚步声。

"清尘。"刺竹的声音，"我也上了一道奏折给皇上，为秦骏求情。"

"皇上不会允许他活。"清尘说，"这都八天了，皇上的旨意说不定快到了。"

"明天大军开拔……"刺竹低声道，"圣旨已经下了，要将秦阶父子带回京城，凌迟处死。"

清尘蓦地转过头来，看着刺竹。大军开拔的同时，也是押解秦阶父子。

皇上是宽厚的，但是这宽厚并不表示他可以容忍驱逐他蜗居淮北十八年的叛军之将，何况才回圣京，皇上急于立威，处死罪恶滔天的秦阶，岂不是大快人心?

清尘一言不发，转身而去。

"别做傻事，清尘。"刺竹一把拧住了她的胳膊。

她恨声道："他可以死，也罪当死，为何要处以凌迟极刑?！"

"清尘！"刺竹用力地拉着她的胳膊，疾声道，"你要相信，安王已经尽力了。"

"我的事情不要你管！"清尘决然道，"我告诉你赵刺竹，当时秦骏说的都是真的！我就是想借他的手杀你，好让自己活下来，又不至于被天下人唾骂。"

"我才不会相信他呢！"刺竹说，"我只相信你亲口说出来的答案！"

"走开！"清尘低吼一声。

刺竹不肯松手。

清尘猛地端起剑鞘，一把拍在刺竹臂上的绑带上，伤口处传来一阵尖锐的疼痛，刺竹一咧嘴，松开了手。

清尘头也不回地走了。

天微微亮，丽水郡守府邸后院。

士兵打开了房门，挑进水来："秦将军，统帅吩咐，请您沐浴。"随后，把干净衣服、发带、腰带一一摆放桌上。

大限到了吧。秦骏起身，一言不发地走近了水盆。

清尘手里拿着一个方盒子，走进了后院。她吩咐了一番，进入屋内。士兵把盥洗后的秦阶和秦骏带了出来，秦阶依旧捆着，安顿在一张椅子上，秦骏则自由地站在院子里，面对着回廊里满满的哨兵，神色自若。

屋内传来了清尘的声音："所有卫兵都退到院子外去，严加警戒。把门锁上，若非我亲自喊门，里不得出，外不得进。"

士兵尽数退去，门外，响起铁镣声，门锁上了。

院子里，异常安静。

第五十章

为情义私自处决钦犯
道真相只为保住性命

"昨夜才赶来,今早又要开拔,够累的,多吃点。"刺竹说着,给肃淳盛了一碗稀饭。

"这不是急着来送圣旨吗,"肃淳说,"真可惜,这么痛快的一仗我都没赶上,若是能亲手擒了秦骏该有多好!"

他喝了一口稀饭,殷殷问道:"清尘呢?要不叫她一块过来吃。"

刺竹看了肃淳一眼,低下头去。尽管肃淳和初尘的婚事已经不能改变,尽管他已经立意紧追清尘不放,但是真要面对肃淳,要说出他心里真实的想法,还是很为难。

安王瞥了刺竹一眼,默然道:"成亲的日子定下了?仪式也都安排好了?"

肃淳一听,脸色红了,有些不自然,晦暗沮丧,知道父亲问这些是故意提醒自己,却也无可奈何。

"王爷!"士兵跑了进来,"昨夜,沐小将军把后院换防,全部换成了沐家军的人。就在刚才,逐出了所有卫兵,不知在里面做什么……"

安王吃了一惊,连忙起身,赶往后院,却见沐广驰站在院门口,急得团团转。

"开门。"安王命令道。

郑田一拱手:"王爷,恕在下难以从命。"

安王背剪双手，凛声道："你知道这是什么罪吗？"

"忤逆之罪。"郑田单膝跪下，"末将奉沐帅之令，把守此门，不得人进，不得人出，违逆了王爷，等沐帅出来，末将任由处置。"

安王无语，转向刺竹："她想干什么？"

刺竹迟疑了一下，低声道："应该没什么事，守卫已经包围了院子，秦骏跑不了，估计是叙叙旧吧……"

"架上梯子，我们上墙看看吧。"肃淳有些好奇。

安王皱皱眉头，略一沉吟，吩咐备几架梯子，只带着沐广驰、肃淳和刺竹上了梯，趴在墙上朝里望去。

房门打开，清尘手握两柄剑，缓缓地走了出来。

椅子上的秦阶忽地直了身子，露出惊讶的神色。

秦骏徐徐转身，他看见了——

她的头发盘在后脑，微微拱起，耳边两只小辫，结着白色的发带，后边披散着一层头发，垂及背中，闪着锦缎一样润滑的光；发髻一边插着两朵粉色的珠花，一边挂着碧玉的簪子，垂下细细的银流苏，随着她的步伐轻轻晃动。

洁白的裙子，在袖尾和裙摆下方，渐变地渲染着粉红，粉红极淡，遥看是一片，细看却又恍若白色，只是同上头的纯白比起来，方才显出；领襟和腰带都是淡绿的底纱，绣着粉色的荷花，撒开的大宽袖，里面扣着护腕，依旧是淡绿清新，从袖摆里露出一节，朦胧得好似月下嫩叶。

她妙曼的身姿，仪态万方，淡淡的清雅，淡淡的娇媚，清新得如同雨后初绽的新莲，更像一个仙子，从池塘绿色的荷叶中踏雾滑行而来。

那张脸，渐渐地近了。

是她，这么多年了，她头一次穿女装，以真面目示人。

秦骏知道，她为他而来。

墙头上，寂寂无声。所有人都看呆了，只有肃淳，更怀着别样的欣喜。

这是我送她的裙子啊，终于穿上了……

"清尘……"秦骏低唤。

她微微地笑了一下，显出淡淡的羞涩："师兄。"

"能这样来给我送行，我，了无遗憾了。"秦骏微笑道，"真漂亮，我喜欢看你这样。"

他对自己的宿命如此坦然，清尘百感交集。秦骏是聪明的，他能想到自己的结局。

清尘低头，看看手中的剑，然后，递一把过去："师兄，我们从来都没有真正比试过，最后一次吧……"

"好。"秦骏一口答应，接过剑，发现原是自己的佩剑，又看看清尘手中的剑，复笑道，"依旧是我送你的那柄？"

"用惯了。"清尘答，"这辈子都不会换的。"

秦骏笑起来，那是真正开心的笑容，带着无限的满足。他柔声道："为什么不喜欢我？"

她想了想，回答："我们太像，你太聪明，跟你在一起，好累……"

他抿嘴而笑，不信："不是这样的……"

她抬起眼睑，正色道："这是原因之一。"

"原因之二呢？"他随即黯然，"不该我姓秦？"

她看着他，缓声道："我喜欢过你的……"

他一怔，望着她，脸上浮现起浓浓的伤感。

"乾州城那次，城隍庙里，我说要你跟我一起走，是真的，可是你说你始终姓秦，他毕竟是你爹……这就是你的选择……"她轻声道，"那么多年，我一直不理解，我爹爱祉莲，安王也爱祉莲，可是他们嘴里都说爱得胜过生命，却还是为了其他而舍弃她……是你让我明白，命不是最重要的，爱比命重要，可是，生命里，还有比爱更重要的……你为了自己认为的最重要的东西：你爹和亲情，选择负我、负义、负天下人，我能说什么呢？"

"从那时开始，我就知道，你死都不会降。"她说，"那我们怎么可能在一起？我那么讨厌安王，却选择为天下苍生而归降，又怎能为了你再让生灵涂炭？你爹声名狼藉，而我爹却洁身自好；就算这些都不考虑，他们积怨日深，以后如何相处？你舍弃不了你爹，可我也是我爹的唯一，他不能没有我，我也不能没有他……"

"不管你承不承认，在你心目中，我都不是最重要的。我能理解，因为我也必须承认，在我心目中，你也不是最重要的……"

"所以，你选择了你爹，明确了自己姓秦，我就只能放弃你，哪怕你在我心里永远都是从前的师兄，一直到现在都没有改变……"她说着，眼里浮起淡淡的泪光，"你对我很好，可我不能爱你，也不能骗你……"

他的眼眶湿润了，嘴唇轻轻地颤抖着，喃喃道："对不起……"

"我也不想你死，劝你降，伤你，想你觉悟，那么多次我盼着能生擒了你，这样你就跟你爹没有关系了，逼得你跟他决裂，再以安王的爱才之心感化你……"眼泪夺眶而出，顺着脸颊流下来，"你有过机会的……你那么聪明，你可以任由我擒了你，不给自己为难，可是你没有，非要一条路走到底……"

他的嘴唇激烈地颤抖起来，仰起脸，朝向天空，憋住心伤。

"原谅我，什么都改变不了……"她轻叹一声，泪如雨下，"你太聪明……"

她抬手拭去眼泪，缓缓地平复了心情，低声道："我来送你最后一程，为你着裙，尽我心意……"

他深深地望着她，微笑着，伸出手来。

她亦是无言，将手放入他的掌心。

他松开腕带，抖落着，覆在她掌背，绕着虎口，慢慢地缠绕："还记得你第一次骑马吗？我坐在后边，抱着你……"

她抬头，看着他，幽深的眼睛像一口深井。

"许多年都不曾抱过你了。"他轻轻放下她的手，柔声道，"我若赢了，你让我抱？"

"好……"她凄然一笑，故作轻松道，"这次，你不会再故意让我了？"

秦骏笑一下为答。

院落里，俩人对站。白粉色的清尘，藏蓝色的秦骏。

剑锋起，只见飒飒英姿，碰刃脆响，剑气如虹，白光炫目，衣裾翻飞，依稀还是归真寺的操场上，对决的幼小少年……

清尘跳起，在惯性中回过身，一招燕式平衡，剑刺出。秦骏只需轻轻一挑，便可避过。他扬起剑，却没有划出应有的幅度，在外围虚晃了半圈，然后一挺胸，手腕轻轻地悬着剑，抵了上来——

"噗"一声，剑入胸口！

"当"一声，他手中的剑落地。

清尘迎上去,紧紧地抱住了,胸前温热潮湿渗透过来,他的头缓缓地落在她肩上:"这样多好啊……"嘴角浮起满足的笑意:"你总是能赢……"

她跪在地上,抱着他,一直感觉到他的手从她的腰际无力地滑落,她的眼泪一涌而出。

"师兄……"她轻声唤道,更是使劲地抱紧了他。

不知过了多久,清尘放倒秦骏,起了身,走向秦阶。

秦阶失神地望着她,神情复杂,喃喃道:"你真是个女孩?"

清尘提起剑,缓缓地挑断秦阶身上的绳索,低声道:"他始终姓秦,你毕竟是他爹……"

秦阶一怔,老泪纵横,抖索着,站了起来,无力地走向秦骏,悲痛地嘟囔着:"都是我害了他,他不该生在秦家……"

秦阶黯然合眼,站定,转过身来,长叹一声:"我若早知道你是个女孩,还跟沐广驰争什么争?"

清尘不语,剑一掼,双手抬起,缓缓地送过去。

"哈哈!哈哈哈!"秦阶忽地仰天,歇斯底里地大笑起来,吼一声,"知之晚矣!悔不当初!"抓过剑,横颈一刎!

清尘漠然地看着秦阶倒在血泊之中,从袖笼里掏出一块丝帕,覆盖在他脸上。

然后,她回屋换下女装,抓在手上出来,盖在秦骏身上,把他的剑擦拭完摆在他手中,这才沉声喊道:"开门。"

门开处,士兵一拥而入,清尘平静地站在门内,坦然地望向安王。

中军大堂,清尘五花大绑地跪在堂下。

安王沉声道:"你可知所犯何罪?"

"私自处决钦犯,按律当诛。"清尘抬起头来,漠然道,"此事由我一人承担,与一切人等无关。"

安王沉默了。众将也都不语。

她早想清楚了,不过就是想让秦骏有尊严地死去,才这样豁了出去。此举虽出格,对于清尘来说,却是有情有义之举,只是圣上寄予厚望的盛况,就这样泡了汤。这个情不管怎么求,都难以平复皇上的怒气了。安王思索着,该要怎么罚?奏折如何上？

"父王，清尘是有功之臣，不能杀之。"肃淳头一个跳了出来，"只怕百姓不肯，沐家军也会不服。"

刺竹缓缓地站起身，出列道："此次出关之战，战功卓著，清尘作为主帅，功不可没，请王爷考虑功过相抵……"

清尘斜了刺竹一眼，不是你主事的吗？我可没操一点心，何来战功？

将军们纷纷站出来求情。

"都回位吧。"安王沉声道，"清尘是我手下，我若罚，必当按律，若不罚，朝中大臣定有非议……还是，拟道奏折，交与圣上定夺吧。"

众将又都不语，这样处理看似公平，却有些不妙。他们与清尘有同僚之情，皇上未必顾及，若是朝臣怂恿，翻出沐家军淮王帐下旧事，清尘能否逃过一劫还很难说。

沐广驰缓缓起身，站到清尘身边，低声道："王爷，要是犯下此罪的是世子肃淳，你会怎么处理？"

将军来了！

安王回答："也交予圣上裁夺。"

沐广驰不紧不慢地说："圣上是肃淳亲叔伯，当然不会杀他。可是清尘算什么？"

安王还未开口，沐广驰的调子就抬高了："不就是杀了两个钦犯吗？他俩回盛京也是死，在这里也是死，不就是提前了些日子?!"

"你犯得着吗？你故意的吧？谁不知道你安王权大势大，你在朝里说话，谁能不听？你就是不罚清尘，那些大臣，谁敢放屁?!"沐广驰眉毛一凛，怒道，"我沐家父子的功劳换你枉法一次，有何不可？"

"广驰，"安王低声道，"不要激动，只是先把清尘关押起来，我们还有时间合计。"

门边的士兵顿了顿，还是走了上来，试图带走清尘。

沐广驰一把推开士兵，咆哮道："谁敢动她一根汗毛，老子砍了他！"手腕一抖，刀已出鞘。

安王皱皱眉头："广驰，少安毋躁。"

"少跟我来这套！我操你祖宗！"沐广驰哪里听得进，猛然间大发脾气，"你就是嫉妒她是我孩子是吧！"他横手一指安王："你嫉妒！一直不服！"

安王轻轻地叹口气，说："广驰你放心，我一定会为她求情的。"

"老子不信你！"沐广驰吼道，"没有我们归顺，你想打过苍灵渡?！不是我夸口，再拖你个十八年，那也可能！你小子过河拆桥是吧，要灭了我父子好彻底拥有沐家军是吧？你当年怎么对付祉莲的，又要故技重施，对付我们父子俩?！"

安王一梗，无奈道："你要相信我，也要相信圣上……"

沐广驰一摆手，拖了清尘就走，士兵蜂拥而至，围住，只听"噌噌"抽刀声一片。

来硬的?！沐广驰恼了，恨声道："沐家军在哪？"

"在此！"郑田吼一声，长刀出鞘，站在了沐广驰身后。帐篷外顿时喊声四起，呼应起来。

中军堂内顷刻剑拔弩张，火药味渐浓。

"沐将军，千万不要冲动……"刺竹赶紧拦在了沐广驰前面，对着清尘使眼色。

"爹……"清尘说话了，慢悠悠清淡得很，"你这是何必呢？我一个人的事情，不要把你扯进去，更不要把沐家军扯进去。皇上那里怎么处理，就听天由命吧。"

她吩咐郑田："叫他们都散了，你也退下……"

郑田迟疑着，看看沐广驰，清尘又说："我爹说了不算，我说了才算。"

沐广驰梗了一下，悻悻地别开脑袋。

清尘看了父亲一眼，凑近前，低声道："你怎么这么不冷静？咆哮公堂也是要治罪的，你还想起兵，好让人家借机把我们一网打尽啊？"

沐广驰斜清尘一眼，满脸阴沉，一手抄刀，一手拉着清尘，一言不发地站在堂上，不肯回座。

过了一会儿，他转向安王，瓮声道："你说，要怎样才可以饶过清尘？"

安王默然着，没有回答。他不知道该怎样回答，作为大帅，他不能纵容部下违法；作为王爷，他需要顾忌朝堂非议；作为长辈，他当然希望皇上赦免清尘；就是出于爱才，他也希望清尘能够从轻处罚……在他这个位置上，要考虑和权衡的东西太多了，他无法给沐广驰任何承诺。

就在安王沉思的时候，沐广驰的脑子里也在飞快地转动，他在掂量，到底何种选择能让清尘得到最大限度的保护。终于，他一咬牙，做出了一个艰难的决定。

刺竹紧张地望着沐广驰，从沐广驰的神态中，刺竹预感到，为了清尘的安危，沐广驰要自己主动说出真相了。

"王爷,你还记得祉莲吗?"沐广驰冷不丁问道。

这个时候提祉莲,还是为了清尘啊。安王沉声道:"我会尽力为清尘说话的。"清尘是祉莲的骨血,爱屋及乌,他不会坐视不理。

沐广驰似乎不关心这个了,还是揪着开始的话题不放:"你还记得你和祉莲在苍灵渡诀别的时候,是什么时候?"

这句话刺痛了安王,他隐忍着,皱皱眉头:"嘉升元年八月初九。"

日子记得挺准。沐广驰转向清尘,抬抬下巴:"告诉安王,你啥时候生日?"

清尘纳闷地望着父亲,低声道:"嘉升二年四月初二。"

沐广驰再次转向安王,嘴角一丝戏谑和冷笑。

安王有些莫明其妙,怔一下,脑袋里忽地轰然一响,人如雷击了一般,僵住。

嘉升二年四月初二出生?该是嘉升元年六月受孕,那时候,祉莲还在王府!安王脑海里电火石光地一闪,想到了荷香垸那小小的篷船,想到祉莲最后一次回娘家,那一碗被江母喝掉的药,母女俩无比晦涩的对白……回到王府后,祉莲的身体状况一直不好……她为何不愿看郎中,而且那么排斥他……

是了!那时候,她就怀上了孩子!那个孩子,就是清尘!

安王望着清尘,眼睛渐渐地开始发直——

他恍如迎头一个晴天惊雷!此时的肃淳,却觉得天崩地裂。

清尘是自己的妹妹?他们那么相像,不是夫妻相?不是巧合?那天然的亲昵和喜爱,不是爱情?是血缘亲和?

这真的是真相吗?

"你已经知道,她是祉莲的孩子,"沐广驰环视堂上一眼,无比清晰地说,"但是你不知道,她是你和祉莲的孩子。"我要让你们所有人都知道,清尘是安王之后,看你们谁敢动她?!

这才是真相!

"清尘的身世,归真寺净空大师和了因大师是最清楚的。"沐广驰说,"你只要亲自去告知他们你已经知道的真相,说是我说出来的,他们就能为你验证这一切。"

"我本来是要带清尘走的,这些事情永远都不打算让你知道,可是,我不能眼睁睁地看着清尘死。"沐广驰默然道,"我早就跟你说过,不管是伤了她,还是杀了她，最后你都会后悔。"

他瓮声道："你口口声声说爱祉莲，你遗憾没有机会补偿她。如果我告诉你，这可能就是祉莲留给你的第二次机会呢，你会怎么做？你终于有机会让祉莲的在天之灵看见，同时也向我证明一下，你到底有多爱她。"

"你可以杀她，那样，你失去的，就不仅仅只是一个祉莲了。"沐广驰冷声道，"当然，你孩子多的是，不用在乎。"

这句话骤然间再一次刺痛了安王，他凛冽地瞪向沐广驰。一转眼，看见清尘。

那是祉莲的脸，是祉莲的眼睛，她正愕然地望着父亲，沐广驰反倒平静得吓人，他看着清尘，轻轻地点头。十八年的秘密，藏得那样深，他背负着祉莲的嘱托，可是，最后，他还是选择辜负她。

众将开始是大吃一惊，一头雾水，这会儿才醒过神来，看见安王摇摇晃晃地起身，颤颤地下了座，梦游似的走向清尘。

他的腿有些发软，短短的十几步，距离太漫长，十八年了，他一直在寻找，想找到那尽头的影像，寻回祉莲的踪迹，却始终走不到头。可是，今天，此刻，她就站在那里。恍惚中，近了，安王眼中那熟悉的身影，不知道是祉莲，还是清尘，那双美丽的眼睛里，满是迷惘……

终于，他伸出双臂，抱紧了她！

祉莲，你回来了。清尘，你是我的女儿啊——

我盼了十八年，找了十八年啊，为何我总是感觉遗落了什么，原来，你是存在的啊……

清尘斜着头，还无措地看着沐广驰，却蓦地陷入一个温暖的怀抱，紧紧地，箍得她快要窒息。她茫然地面对着这个陌生的怀抱，还有这突如其来的真相，无所适从。

"孩子……"耳边传来安王水意盎然的声音，"父王等你十八年了……"

第五十一章 柔弱女临死托孤广驰 新郡主格格不入王府

堂上静悄悄的，不知什么时候，将军们都退去了，只剩下沐广驰、肃淳和刺竹。

安王默默地解开了清尘身上的绳索。

"在军中，你有绝对的自由。"安王说，"此事仍等圣上裁夺……父王，不会让你死的。"

一抬眼，清尘正睁大眼睛看着他，难以置信的神情，没有任何的改变。

安王轻轻地笑了一下，有些心酸："怎么，不希望是父王的孩子？"

她一怔，望向沐广驰，喊道："爹……"

"这都是真的。"沐广驰无力地滑坐到椅子上，话语缥缈，"有些事情，早该告诉你了……"

安王过了苍灵渡后，淮王还在淮南四处征讨，沐广驰把祉莲带到归真寺里，托付给师父净空和师兄了因照顾，住在理斋园里。

看着沐广驰整理房间，祉莲忽然说话了："广驰，你去给我抓服打胎药来。"

沐广驰停住手，坐过来，柔声道："郎中不是说了吗，你身子骨弱，不能打胎，强要喝药，命都会没了……"

"安王不知道你没死，也不知道这个孩子，"沐广驰说，"你放心，我一定把他当成自己的孩子。"

祉莲摇摇头。

"别多想了,"沐广驰说,"他是你的孩子,也是我的,我们俩的孩子啊,将来就姓沐!"

"我让净空大师给他起个名字……"沐广驰呵呵地笑道,"这仗不会打太久,局势稳定了,我就来接你。我答应你,到时候一定跟淮王请辞,不回军营了,将来我们一家三口,和和美美地过日子……"

"我好好地陪陪你……"他柔声道。

她定定地望着他,忽而泪下,颤声道:"广驰……我们回不去了……"

他一怔,脸色微变,细声道:"谁说的,都跟从前一样啊。"

她轻轻地摇头,哭出声来:"我对不起你,我不该……"

"别哭。"沐广驰也有些伤心,正要相劝。

"你听我把话说完……"祉莲低声道,"我不想骗你,我要告诉你,其实我对安王是动过心的……你丢下我,家里逼着嫁过去。初始,他对我很好,我当时心想着,算了,就这样认命吧,只要他一直对我好,也就这么着了……王府虽然不是我喜欢的地方,过得也憋屈,可是已经成了亲了,我还能怎么蹦跶?就像二娘说的,哪个女人不是这样过一生,好在王爷对我也还上心……我就想着,不要孩子,这么混一辈子吧……"

她的眼泪像断了线的珠子一般落下:"可是,就在我安心准备跟他过日子的时候,他!他……"她忽地激动起来,掩面哭泣道:"他在两个月里,娶了三房夫人……每一个,都有特权,反而是我成了敝屣……那些规矩,她们都能破,唯独到了我身上,样样不行……"

"是我不够贞洁,身为你的未婚妻,却嫁给了安王,这都是报应……"祉莲哭泣道,"广驰,我恨他!毁了我的一生!我恨江家!把我往火坑里推!我恨我自己!不能坚守,活该被人欺骗和玩弄!"

沐广驰轻轻地握住了她的手,想安慰她,却不知该说些什么。她的手冰凉,在声泪俱下的控诉中,全身因为痛苦和激动剧烈地颤抖,显得那样的凄苦无助和愤懑绝望。

"忘了吧,一切都会好起来的。"沐广驰摸着她的背,柔声道,"以后你有我了啊。"

"回不去了，广驰……"她依偎在他怀中，凄切道，"我给不了你一个完整的祉莲了，我的心，已经伤透了……我拿什么来爱你……我不能原谅我自己……不能……"她哭泣着，渐渐地晕了过去。

沐广驰无言地抱紧了她，涕泪横流。

禅房外，净空方丈轻声道："广驰，你还是走吧。难道你没有发现，你在这里，她反而更伤心……"

沐广驰默默地低下头去，祉莲纠结在回忆中，见到他便是更加地自责，而他又偏是一个嘴笨的人，除了守着她，别无他法。净空方丈说的不无道理，他左思右想，只得应允，失魂落魄地下了山。

七个多月后，祉莲生下一个女孩，净空方丈取名清尘。

沐广驰还在为淮王征讨东临城，丢下沐家军就往百洲城赶。四天三夜，出现在归真寺。

"快点啊，你怎么才来？"了因急道，"祉莲已经不行了，一口气拖着，就等你来……"

沐广驰一路跌跌撞撞地跑进房间，祉莲躺在床上，气若游丝。

"祉莲……"他大喊着，心如刀割。

她斜斜地靠在枕上，强撑着睁开眼睛，无力地说："把孩子抱过来……"虚弱地抱着襁褓，凄凉地看着孩子，喊道："广驰……"颤颤巍巍地将孩子递过去。

沐广驰赶紧接了。

"我要亲手把清尘交给你，从今往后，她就是你的孩子，代替我陪在你身边……"她说，"我要你发誓，永远也不让安王知道清尘是他的孩子，她就姓沐……"

"我发誓……"沐广驰喃喃道。

"如果你违背誓言，我将永生永世都不会再见你……"祉莲瞪大了眼睛，绝然而低促地说道，"你已负我两次，再不能三次……"她剧烈地咳几声，苍白的脸上激起潮红。

"我发誓！我发誓！"沐广驰连声说。

祉莲缓缓地移开目光，望着净空和了因："大师，你们也发誓……"

"祉莲啊，你为难老衲了，"净空说，"出家人不打诳语，老衲怎么能骗人……"

"你发誓!"祉莲急了,牙关紧咬,脖子上青筋突起,"不然我去菩萨跟前撞死!"

净空长叹一声:"这样吧,祉莲,出家人虽不能骗人,可是,老衲答应你,竭此一生,保持沉默。"

不说,那也行。祉莲看看了因,了因赶紧说:"我亦如是。"

祉莲这才放心,抬手拢住沐广驰抱着襁褓的手,幽幽道:"广驰,她是你的了……"

"不要让安王再把她夺走……"一语落音,溘然长逝。

安王唏嘘着,默然合眼,流下一行清泪。

沐广驰双眼发直,望着地面,低低道:"她是动过心的,如果你能好好待她,好好爱她,只要她愿意跟着你,我也会放手……"

"你为什么不能好好爱她?"他幽声道,"但凡你给了她一点特别的爱,她都不会如此绝望……"他深吸一口气,艰难地吐出最后一句话:"我把清尘还给你,你把没能给祉莲的都给她吧……"

"如果你是真的爱祉莲……"他没有再往下说,默默地起身,走向屋外。

"爹!"清尘的声音在身后响起。

沐广驰顿了顿,没有停下。

"沐广驰!"清尘追上去,大喊一声。

到底还是没忍住,沐广驰回过头来。

"你把我给他,你问过我了?谁准你做主了?我们家里什么时候轮到你做主了?"清尘猛一摆手,"我不同意,这事就不算!"

沐广驰默然片刻,闷声道:"他是你亲爹啊,别任性。"

"你才是我爹!"清尘一跺脚,瘪瘪嘴巴,说话就要哭了。

沐广驰有些无措,顿时红了眼圈,忍了又忍,还是掉头走了。

"沐广驰!"清尘喊一声,呜呜地哭了起来。

安王赶紧走过去,柔声道:"别哭了,父王在呢。"

"我讨厌你!"她忽地恨声道,狠狠地瞪了安王一眼,跑开了。

安王顿觉尴尬,却并不在意,看见刺竹已经越身而过,朝着沐广驰的方向去了,便一扭头,冲肃淳说:"你去陪着你妹妹。"

妹妹?!肃淳有些发蒙,却还是赶紧追了上去。

沐广驰坐在房间里，一言不发，刺竹轻轻地进来，拍拍他的肩膀，然后倒一杯茶放在沐广驰跟前，在他对面坐下。

"沐将军，你这是第三次辜负祉莲了……"刺竹轻声问道，"后悔吗？"

沐广驰默然片刻，回答："不后悔。"随即抬眼看着刺竹，忽地笑了起来，揽了刺竹的肩膀，呵呵地笑了起来。

这一刻，刺竹心里无限感慨。沐广驰，性情中人。

清尘走进屋里，抖开包袱，就开始收拾东西。

肃淳说："你走不了的。"

清尘一怔，便不动了，冷着脸坐下。

"父王是不会让你走的，我长这么大，他从来都没有抱过我……"肃淳轻声道，"你为什么那么讨厌他？"

清尘不说话。

"做郡主有什么不好？"肃淳动情道，"既然我们无缘……只能是兄妹，那我也还是能跟你在一起啊。那条裙子，我就说你穿上一定很美。"

清尘默然片刻，低声道："谢谢。"

肃淳心里既是失落又有些欣喜，五味杂陈，也不知该说什么好，屋内再次陷入沉默。

夜已经深了，清尘还坐在水边，望着幽幽的流水出神。

还未到乾州，圣旨下。皇上得晓清尘是安王之后，龙颜大悦，不但没有追究任何罪责，反而送来一大堆赏赐。太后也欣喜不已，着安王回京后即刻领着清尘觐见，要亲自加封。可是，这些都无法让清尘高兴起来，因为赦罪的圣旨传来，沐广驰即留下一封请辞信离去，甚至都未跟清尘道别。

此刻坐在淮河边，想起那些跟父亲一起度过的日日夜夜，清尘心酸难耐。她终于明白，父亲为何对归降安王迟迟不决，真正的原因竟然在此，他是那么舍不得，为了保住她的命，他还是忍痛割爱。

"清尘。"身后响起刺竹的声音，他坐了下来。

清尘赶紧一抹脸，佯装无事。

"沐将军说，他不后悔。"刺竹一开口，就点中清尘心事。清尘无奈，喟然一声长叹。

"还是那样排斥王爷？"刺竹笑道，"听说这些日子，任王爷怎么请，你就是不肯同去吃饭？"

清尘不语。

"你知道吗？"刺竹轻声说，"那天，你私自处决秦骏，安王其实是可以用强力阻止的，他之所以没有，也是想成全你对秦骏的一片心意……横竖都是死，让你心里好受点而已……安王这个人，还是很体谅人的。"

清尘哼一声："这恰好说明，他想借这件事铲除异己。"

"别这样，你还是对安王有成见。"刺竹低声道，"其实，安王原本就是打算替你求情的，只是对于完全免罚，他把握不大，不管从你的战功，还是安王鼎力求情，都决计不会要你的命，你爹太担心你，一听按律当斩就急了……"

清尘默然，想着当时刺竹一直未曾出声，忽地问道："你早就知道真相的，是不是？"

刺竹顿了顿，回答："是的。"

"一直以职责为重的人，居然知情不报，"清尘冷声道，"你是知道真相后，认为肃淳跟我绝无可能了，这才来跟我表白的吧？"

刺竹大吃一惊，又百口莫辩，急道："不是的，我是到了丽水城里才悟出来的！那一路上，我是想好了，要跟肃淳摊牌，公平竞争的……"他涩涩道，"我之所以知道了没说，是因为……觉得沐将军可敬而又可怜……"

清尘猛一下站起身来，凛然道："你还想着可以娶一个郡主是吗？"

刺竹也立马跳了起来："我是那样的人吗?！"

"你不是一直护着肃淳？其中难道不也是为了维护你们赵家的荣耀？只有我跟肃淳没有可能了，你才会找我！只有娶了安王的郡主，你们赵家才可能富贵长续！"清尘毫不留情将心里话都抖搂了出来，"你不是很讲原则吗？你以为我会相信，你会因为可怜沐广驰而保持沉默？你只是不想对我的表白来得太过突兀！"

刺竹被她这一番话砸过来，半天没回过神，等到清醒过来，清尘已经不见人影了。

没有任何词语能够形容刺竹此刻懊恼的心情，他想不通怎么自己左也是错，右也是错，变成了里外不是人。他多么希望沐广驰还在，借助这个后援，还能解释得清楚，可是沐广驰走了，清尘的心情也不好，他和清尘的关系，就这样走入了一个死胡同。

刺竹一筹莫展,一头扎进水里,顶着浪花出来,遍身清凉,心却依然沉重。

安王端起井水镇过的莲子羹,忽地问道:"清尘那里送了没有?"

"小将军那里今天送了两次。"侍卫回答。

安王点点头,认真地纠正道:"郡主。"他想了想,搁下碗,提起笔来写道:美云吾妻……

百洲城锣鼓喧天,迎接王师得胜回朝。安王未及回府,带着清尘,直接被太后召进皇宫。

后妃们拥挤一堂,都来看清尘,自是啧啧称赞一番,感叹一番。安王满心愉悦地站在那里,在她们的艳羡中笑眯眯地看着清尘,一直没有移开目光。

而后领了封赏,告退出来。

"清尘,不习惯是吗?"看清尘低头不语,没有显出特别的兴趣,安王微笑道,"多来几次,慢慢地就会习惯了,皇奶奶很喜欢你啊,这些晚辈里头,除了初尘和肃淳,从来没有谁这么荣幸地坐在她身边啊。"

初尘?清尘听着,更是闷闷,轻叹一声,却看见安王停下了脚步,喊道:"初尘。"

避也无可避,终是要面对的。清尘抬起头来,望过去。

那个粉蓝的人儿,正殷切地望着自己,眼光中满是深深的怅然。

她依旧英气而沉默,可是那俊美的脸上却写满了心事。

初尘微微一笑,轻声招呼道:"安王叔……""清尘……郡主……"

清尘点点头,提步便走。

安王赶紧跟初尘解释几句,说:"等成了亲,府里多的是时间说话呢……"

初尘哪里听得进去,一转身,喊道:"沐清尘!"

清尘只得停步,初尘缓缓地走近两步,低声道:"依琳才是最幸福的,是不是?"她虽然死了,可是她什么都不知道,这难道不是幸福?

清尘缓缓地回过头来,沉声道:"我说过的,公主成亲,我一定随一份大礼。"

初尘一怔,泪水慢慢地漾开,她吸了一下鼻子,强忍着眼泪,硬气道:"郡主大战才回,早些回去休息吧。"

清尘便是头也不回地走了。

安王匆匆跟上,低声道:"没事呢,有父王在。初尘有些小性子,过几天就没事了，日后，这些结都能慢慢解开的……反正她只能嫁给肃淳，如今这样不也挺好，只是有些遗憾罢了……"

王府里张灯结彩，大门一开，满院子的笑脸，清尘顿时感觉浑身不自在，身子下意识地往后一缩，手已被肃淳拉住："别怕，他们都是来迎接你的。"

安王一扬手，喧闹的人堆安静了。

"清尘回家了，她是四夫人祉莲的女儿，能够认祖归宗，是我安王府的大喜事！"王爷说，"我宣布，从今天开始，清尘郡主在府里，想干什么就干什么，不受任何规矩的限制！"

清尘默然不语，冷不丁肃淳凑过来："这就是说，你是府里的老大……"

一路拉住清尘去往房间，肃淳边走边介绍，正起劲着，猛然间清尘冒出一句硬邦邦的话："我不喜欢这里。"

"这是你的家呀，"肃淳笑道，"你会喜欢这里的。"

四下里，走过下人，无不恭敬有加，清尘只觉得心里堵得慌，肃淳好心地拉她参观了一圈王府，在她眼里，索然无味。

"这就是你的房间了，也是四娘祉莲从前住过的房间。"肃淳说着，推开门，惊讶地喊道，"娘……"

美云起身，柔声道："我等你们好一会儿了。"

她指指四下，只见床上、桌上、架子上摆满了东西，大大小小的盒子，各种各样的包装，将房间弄得拥挤不堪。

"王爷一早就来信了，吩咐我置办的东西，满满几页纸呢……"美云说，"清尘啊，衣服、首饰我都给你备齐了，都是时兴的装样，还有，王爷特意叮嘱，你喜欢穿男装，我也替你做了十套长褂……按府里的规矩，每个小辈每月可做两套新衣，逢节四套，过年六套……你先穿着，下个月我再给你添……"

话一入耳，清尘微微地皱了皱眉头。

肃淳敏感，赶紧给母亲使个眼色。

美云会意，连忙说道："看我又忘了，这规矩不对你呢……这样，你看看这些衣服都喜欢不，不喜欢的话，我们马上另做，随便几套都行，我叫裁缝上府里来……"

看见王妃如此小心，清尘觉得有些过意不去，便说："不用这么麻烦，要有需要，你告诉我地址，我自己去好了。"

"那怎么行啊，"美云冲口而出，"府里的规矩，你可不能随便出去……"

清尘又皱一下眉头。

肃淳赶紧说："没事，父王都准许了的……你要出去，我陪着你。"冲美云努努嘴，美云自嘲道："哎呀，人一老，就容易忘事，我怎么把王爷的吩咐给忘了呢？好了好了，我们再不提什么规矩了。"

她说："这屋里的东西，等会儿你看一下，叫丫鬟来整理好。另外隔壁房间，也拨给你了，专门给你放东西。太后、皇上、皇后还有贵妃的赏赐都放在那间屋里呢。"

"我用不了这些东西。"清尘说，"拿出去分给别人吧。"

"这可都是你的私产呢，"美云笑道，"别那么不在乎，王爷可是费了很多心思的，那些书画、古玩都是他从书房的藏品中选出来的，这院子里，还没哪个孩子有这样的殊荣呢，王爷对你可真是青睐有加啊。"

清尘默然片刻，忽地说："早先，他也是用这一招来哄祉莲的吧？"

"等我安定下来，他的规矩也就要恢复原状了。"清尘坐下来，淡淡道，"王妃娘娘费心了，我不喜欢屋里堆得满满的，都给拿走吧。"

"我清静惯了，"她又说，"我房里不要丫鬟，也不要其他人来串门。"

美云眨眨眼睛，黯然道："好吧。"

入夜，前厅里一家人吃饭，王爷回来，难得的热闹，夫人一桌，孩子们一桌。肃淳带了清尘入座，折身去安排酒水。清尘看见桌上一碗蛋花汤，二话不说，舀了一碗喝起来，才喝两口，忽地觉得不对劲，一桌子大大小小的孩子，都看着自己，有愕然的，有掩嘴笑的，她默默地放下碗，不作声了。

肃淳刚好回转身来，看见清尘如此模样，便笑道："饿了？稍微等一会儿。"

一个女孩轻声道："姐姐，父王还没有来呢。"

清尘忽地明白了，她起身，一言不发地走了。

过了片刻，安王进来了，没看见清尘，一问缘由，坐也不坐，就往她房间去了。肃淳和美云见状，赶紧也过去了。

房间里，清尘默默地坐着，发呆。

"去吃饭啦。"安王柔声道。

清尘动也不动。

安王蹲下来，看着她，温和地说："他们是他们，你是你，以后，你想吃就吃，不用等我。"

她看着他，冷声道："你知道祉莲为什么不喜欢王府吗？"

"知道，"安王说，"规矩太多。"他接着说，"你不用担心，在府里，你可以不用讲任何规矩。"

"所以别人都把我当白痴！"清尘愠道。

"你管他们干什么？不用管他们。"安王笑了，耐着性子道，"你是父王独一无二的，以后不准他们议论你。"他伸手，拉住清尘的手，鼓励道："跟父王来，父王让他们以后都不敢说你。"

清尘想抽出手，但是安王握得很紧，她虽然有些局促，到底还是作罢，跟着安王回到了饭厅里。

所有的人都等着安王到来，当安王牵着清尘出现，直至他安排清尘在自己身边坐下，亲手盛上饭，亲手夹上菜，如若无人。众人眼睁睁地望着，既不动，也不言语。

清尘感觉到无数眼光射在自己身上,有敌视,有羡慕,有不屑,还有冷淡,各种复杂的元素均体现在里面,她忍了又忍,端起碗,却蓦地将碗往桌上一搁,再一次起身离席。

　　安王急了,喊着清尘追了出去,才到门口,"砰"地一下门就关了,安王碰了一鼻子灰。

　　"王爷,吃点东西吧,您晚饭都没吃一口。"美云将托盘推过来。

　　安王闷声道:"清尘还是不开门?"

　　"嗯,丫鬟守着呢,"肃淳说,"我去了几轮了,说给她送饭进去,她也不答话。"

　　安王长叹一声。

　　"王爷,要不……"美云的话还没出口,安王就一口拒绝,"不行!她是我的孩子,我才是她亲爹!她就是不喜欢这里,也只能待在这里,她是郡主!我已经失去祉莲了,不能再失去她!"

　　"别说我不知道沐广驰去哪儿了,就是知道,也不能去找沐广驰,"安王说,"她总要接受现实的。从前沐广驰对她好,我会比沐广驰对她更好,好一千倍一万倍……"

　　"她是祉莲留给我的唯一,我不能让别人抢了去……"安王咬咬牙,仿佛跟自己憋着气,"她不吃饭,我便不吃!"

　　美云为难地看着安王,肃淳顿了顿,轻声道:"叫刺竹来吧。"

　　第二天一大早,安王敲着清尘的房门,喊道:"起来了,跟我去营里。"

　　果然,门开了,穿戴整齐的清尘站在门口。

　　早就起身了啊,还是营里的习惯。安王笑笑,一抬手,下人们鱼贯而入,将早点摆上了桌。清尘转头一看,满满一桌,除了馍馍、煎饼,其他的,几乎都是蛋,蛋花羹、芙蓉蛋汤、荷包蛋、葱花炒蛋、凉拌蛋丝……

　　一瞬间,她忽然想起了秦骏,想起了每次过叠泉关时,他精心准备的那一桌全蛋宴。这一刻,那些回忆呼啸而来,她在骤然的心痛中无法自持,强忍着,一动不动。

　　"昨晚上,你就吃了几口蛋花汤,想来,你是喜欢吃蛋的……父王担心你饿着,所以早上就准备了这些。"安王坐下来,柔声道,"来,父王陪你一起吃。"

　　清尘站着没动。

　　安王笑笑:"父王等会儿去营里,你若是想同去,就要快点哦。"

清尘迟疑了一下,坐下来。安王悠然一笑,给她夹菜,轻声问道:"以前,都是你最先吃饭的吧?"

清尘慢吞吞地说:"是。"

"你吃完,广驰才吃?"安王好奇地问,"那你吃的时候,他干什么呢?"

"他一边夹菜,一边唠叨。"清尘望着白白的粥里碎碎的蛋花,蓦地心酸。沐广驰现在怎么样了?吃饭了吗?他知道,她想他吗?他也在想她吗?

安王奇怪地问:"为什么不跟你一起吃呢?"

清尘回答:"我小时候吃得慢吃得少,他吃得多吃得快,老是担心我吃不饱,所以总是让我先吃,他最后一并把所有的饭菜都收拾掉。"

"那你吃完饭了,又干什么呢?"安王笑着,又回到最开始的话题上。

清尘答道:"看着他吃,给他夹菜,唠叨他。"

安王忍不住笑了,轻声说:"你也唠叨我吧。"

清尘冷冷道:"不敢,您是王爷。"

"你不用把我当王爷看,我只是你爹。"安王抬眼,看着清尘。

清尘咬着馍,淡淡地说:"我爹是沐广驰。"

安王顿了顿,轻叹一声:"可我是亲爹,是改变不了的事实。"

她不说话,埋头啃馍,安王怔怔地望着她,忽地有种不祥的预感,虽然此刻她在他身边,可是,她似乎不会属于他。

安王带着清尘和肃淳才到营里,刺竹就打着招呼,迎了上来。

"清尘在府里还不太习惯,只要她愿意,随时可以来营里待着,只是晚上必须回家吃饭睡觉,这些都交由你负责。"安王看了刺竹一眼,又问了些情况,便走开了。

清尘转头,对刺竹说:"给我安排间房。"

"你不能在这睡觉。"刺竹笑道。

"安王吩咐的,晚上回府吃饭睡觉,其他时间都可以在营里。"

清尘神色不很友好,"你还不肯的话,我立马走人。"

"行吧。"刺竹说着,领她到一间房里,"这是给肃淳临时休息准备的,他也是今天才来,还没住,先给你,我叫人再去收拾一间给他。"

清尘默然地摆摆手。

刺竹前脚一出门,后脚房门就落下了锁扣。他无奈地摇摇头,找安王去了。

安王远远地看见刺竹,先自笑了:"被赶出来了?"

刺竹咧开嘴,呵呵地笑。

肃淳说:"她昨儿肯定一夜没睡。"

安王点点头:"先这样吧,让她多在营里待待,慢慢地熟悉了府里的情况,就能住得惯了。"

刺竹踌躇着问道:"王爷您这是,准备把她当寻常郡主放府里养着,还是……"

"呵呵, 她当然不是寻常的郡主,她是独一无二的,放在府里养岂不是可惜了?"一提到清尘,安王的脸上就不由自主地浮起笑意,"我要把她带在身边,我去哪她就去哪,让全天下人都知道,我多么宠爱她……我原来就想过,不给她任何束缚,她想怎么样就怎么样,只要开心就好……"

"现在,只是先让她接受这个家,慢慢来,不能操之过急。"安王说,"只要她能接受我,接受王府,其他的,仍跟从前一样,不需要她改变什么。"

肃淳愣愣地望着父亲,他忽然明白,昨日父亲的举动,不是因为清尘初来乍到而给予的特殊照顾,而是从此时一直到永远,都将是一成不变的例外。

原来父王真是这么爱清尘啊,全心全意,毫无顾忌。

"只一点,我不希望清尘再跟沐广驰有所接触。我感谢沐广驰,也敬重他,但并不表示我准许沐广驰再来探视清尘。"安王深深地望了刺竹一眼,"如果沐广驰来了,你跟他说清楚,随便他要任何东西,只除了见清尘。"

刺竹涩涩道:"沐将军走后,再也没有任何音讯。"

"这样最好,希望清尘能忘掉沐广驰,亲昵我。"安王背剪着双手,昂首离开,"没有了沐广驰,清尘会接受我的。"他有信心,当年能让祉莲动心,那么一定也能感化清尘。

肃淳望着安王的背影,好一阵子之后,才讪讪地冲刺竹笑了一下,那意味,很明显。安王是比十九年前懂得珍惜了,但是,他的独占欲并没有丝毫的改变。

刺竹有些怅然,他不能改变安王的决定,但是他知道,清尘绝不会是第二个祉莲。

三个简单的菜,两大碗饭吃了个底朝天,刺竹看一眼露底的菜碗,笑道:"味道如何?"

"一般般。"清尘说。

刺竹乐了:"吃了这么多,难道不是味道好?"

"只是我饿了。"清尘回答。

刺竹笑嘻嘻地说："这可是我亲自掌勺,你好歹也说个'好'字。"

清尘默然片刻,坦然道："比起我奶娘的手艺,差远了,勉强可以跟沐广驰相提并论。"

"王府里没能吃饱?唔,这可是个笑话……"刺竹淡淡道,"昨夜王爷曾差人来问我,清尘喜欢什么口味,是不是爱吃蛋……"

清尘默默地垂下眼睑,她知道,今早那么多蛋类食品,不是巧合,可是刺竹这番提点,有些刻意了。

"王爷刚才走的时候,特意叮嘱了你的午饭。"刺竹轻轻地揭开了另一个真相,"难道你没有想过,他是故意先离开的?"

"距离可以缩短,隔阂也是可以消除的,"刺竹轻声道,"你没有感受到他的爱吗?也许跟沐广驰比还有差距,但是对王爷来说,已经难能可贵了。"

清尘微微地觑了一下眼睛,冷声道:"你盼着我们和睦相处,能给你带来什么好处呢?"

刺竹被呛住了,半天说不出话来。

天色渐黑,刺竹再三催促,清尘还没有要走的意思,赖在房间里不动。

"我饿了。"清尘两腿一跷,搁在凳子上。

"王府里肯定都等着你吃饭呢。"刺竹劝道,"马都备好了,你该回去了。"

"我不想回去。"清尘索性全身放松,斜靠在椅背上,闭目养神。

刺竹还要再劝,忽地胳膊被轻轻一拉,他回头一看,惊讶着想说话,还是慢慢地退后了。

"备饭。"清尘说。

"郡主好大的架子呀。"一个声音轻笑。

"叫沐帅。"清尘纠正道。

那声音柔声说:"嗯,不,你是安王府郡主。"

清尘一下直了身体,转过头来,看见安王笑吟吟地站在身后,便无趣地站起身,问:"你来干什么?"

"接你回家。"安王说,"家里人都等你吃饭呢。"

清尘冷冷道:"我不习惯一大屋子人吃饭。"

"父王单独陪你房间里吃。"安王温和地说。

"我就在营里吃。"清尘有些不耐烦。

安王默然片刻:"可以在营里吃,但必须回家睡觉,行吗?"他想着一步步来,慢慢缩短在营里的时间,清尘也在算计着一步步来,慢慢地缩短在王府的时辰,两个人都想着把今日的条件先妥协一半,便是相安无事了。于是各怀心事,算是默许。

桌上,出现了戏剧性的一幕,本是陪吃的刺竹,变成了主角。安王夹菜到了清尘碗里,清尘转瞬原封不动地送到刺竹碗里,安王沉默不语,不停地夹,清尘则不停地转夹,刺竹不好吭声,埋头苦吃。终于,他端开碗,走出了屋子。

安王这才停下筷子,怅然道:"你就这么讨厌父王吗?"

她扭过头去,不说话。

"我是对不起你娘,"安王主动挑开了天窗,"可是这么多年,我一直在后悔,只要你娘再给我一个机会,我不会再让她伤心……"

"你到地底下去跟她说,我不想听。"清尘的回答很干脆。

"清尘……"安王幽声道,"父王很宝贝你的,如果你是男孩,父王一定让你做世子。"

"回府吧。"清尘站起身,言简意赅,"我想睡觉了。"

清尘进入房间的时候,美云正在安排丫鬟整理床铺,看见清尘进来,便笑吟吟地走过来,拉住了她的手:"王爷吩咐过了,以后,你不想去厅里吃饭的时候,厨房就单独给你送餐。来,你看看,这是王爷特意给你做的裙子,是太后赏赐的锦丝做的,在宫里都是稀罕件呢。"

大方盒一打开,清尘吃了一惊,竟是一条雪白渐变粉红的裙子,好像肃淳曾经送的那条。

"肃淳送过的那条,你只穿了一次,让它随了秦骏去了,王爷说,特别漂亮,就叫我仿着那条,用最好的丝绢,再做了一条。"美云看着清尘的眼睛,微笑道,"虽然不是完全一样,但这条更好看,花样是王爷亲手画的,布料是我选的,织工绣工都是宫里数一数二的,紧赶慢赶,都花了十来天,本想昨天就给你,没赶出来,还是拖到了今天。"

美云兴奋地说:"来,试试。"

清尘缓缓地抽回自己的手:"王妃娘娘,我不穿女装。"

"为何啊?你是女孩啊。"美云笑道,"哪有女孩不穿裙子的?"

"女孩为什么一定要穿裙子？"清尘不悦道，"我不穿。"

"你穿过呀……"美云笑道。

"我穿过怎么了？我爱穿就穿，不爱穿就不穿！"清尘忽地火了，"是安王告诉你的，让你注意我的穿着?！"

美云没想到她会发这么大的脾气，吓了一跳，随即低声解释："我……我这么说，是以为你不排斥穿裙子……不是故意惹你不痛快……"

清尘二话不说，拔腿便走。

美云急了，跟在后边追："你要去哪里啊？"

清尘呼啦啦地走着，冷不丁就撞上了一个人，抬头一看，正是安王，若不是肃淳在后边扶着，只怕会跌倒。

"怎么回事？"安王看了美云一眼，美云低声说了几句。

"不是说了吗，这府里什么都由着她，她想穿就穿，不穿就不穿。"安王有些不高兴，"只是叫你送裙子过去，又不是非要她穿不可。"

美云一杵，脸红道："我，只是觉得她一个女孩子家，该是要穿裙子……"

"不要自作主张。"安王说，"她不愿意的事情，都不许勉强。"

"是。"美云恭声道。

安王看了清尘一眼："父王还有些事情要处理，让王妃送你回房间。"

肃淳一个劲儿地使眼色，清尘迟疑了一下，跟着美云走了。

清尘回了房间，美云却没有要走的意思，缓缓地坐了下来。清尘冷声道："王妃娘娘，我想歇息了。"

美云抬起头来，默默地望着清尘，那双熟悉的眼睛，曾经属于另外一个人。此刻美云充满了失落和怅惘，她伤感地垂下头，幽声道："祉莲虽然有个性，却不会冲我发脾气……在这个府里，她也是什么都不喜欢，但态度还是温柔的……"

"因为她觉得你可怜。"清尘淡然道。

美云一惊，抬起头来，看着清尘，嘴唇翕动着，却没有发出声音。

"我不是祉莲，不会做任何的让步。"清尘沉声道，"你们所做的一切，对于我来说，毫无意义。"

美云讪讪道："你当然不是祉莲……王爷是你的爹，他对你的爱，比对祉莲有过之而无不及。"

"你这么维护他，倒当真是个好妻子。"清尘悠然一笑，凉薄道，"可是，你快乐吗？你这样，赢得了他的爱和尊重吗？"

美云笑笑："有啊……"

"那不是爱，也不是尊重，只是一点施舍。"清尘尖锐地说，"只能说，你很容易满足。"

"不说我了，"美云无奈地笑着，想回避这个话题，便说，"王爷很在乎你，这是真的。"

"你们始终是父女，血浓于水。"美云轻声道，"尝试着接受他好吗？"

清尘垂下眼睑，不语。

"你长得多像祉莲啊，可你知道吗，你也很像王爷。"美云轻轻地握住了她的手，动情地说，"你是祉莲的孩子，是王爷心尖尖上的宝贝。如果你是个男孩，世子一定是你……我记得祉莲说过，她不想要孩子，即便非得有孩子，也不希望是个男孩，她许是可怜我，许是喜欢肃淳，可是天既遂了她的愿，也是对我的眷顾，我领了她的情……当年，那么多言不由衷和违心之举，这么多年来一直折磨着我，权且把这看成是她的善良，原谅了我……我会把你当成自己亲生的孩子看待，别说王爷不会容忍你受任何委屈，我也一样……"

"我多么希望有一个你这样的女儿啊，我曾经跟祉莲说过，如果她没有嫁给王爷，将来生个女儿，一定给我肃淳做媳妇……所以，肃淳爱上你，也是注定，"美云黯然道，"可惜，你们是兄妹……"

她叹着气，忽而又笑道："你到底还是要嫁进我们赵家的……"她满心欢喜地笑着："我真想看看你穿裙子什么样子，一定胜过世间所有的女孩，你有祉莲的美丽，还有王爷的俊朗……"她出神地望着清尘，"我想，有了你，王爷此生足矣……"

清尘淡淡地说："他应该还有遗憾，我不是个男孩。"

"不，不是的。"美云连声道，"他之前最大的遗憾，就是失去了祉莲，可是，他找回了你，这是个多大的惊喜，他从来没有想过，世上原来真的还有个你……认回了你的那天，他给我写信说，得回了你，此一生，再无所求。"

清尘深吸一口气，不语。

"我听肃淳和刺竹说过，这几天也觉察到了你对王爷的成见。放下吧，孩子，好好地感受他对你的爱，哪怕是为了你母亲。"美云说着，缓缓地摸了摸清尘的头，柔声道，"不早了，睡吧。"

"清尘！"刺竹的声音传来，肃淳回头，拍拍刺竹的肩膀，上马一溜就走了。清尘站在河边，没有回头。

"才一大早，就这么心事重重的。"刺竹笑道，"沐帅还想打仗呢？"

清尘摇摇头，低声道："我在想为什么要打仗？"

刺竹顿了顿，轻声道："是在想秦骏吗？"

心底微微一颤，他竟然猜中了。清尘默默地低下头去，坐在了草地上，望着幽幽的河水出神。

要说秦骏，也是一个如水的男人，该沉静时沉静，该深邃时深邃，能成为激流，也能变成狂澜。只是他展现给清尘的，一直都是面前这水般的沉静和深邃，丽水城里，她看到了他有成为狂澜的潜质，虽然他隐藏得那么深，没有发威，可是，那带着冷凛的威慑还是击中了她。

是的，刺竹说得对，他不是从前的秦骏了。如果他还是从前的他，不防备她，她自信可以救得了他，可是，他变了，她便不能再阻止他的坠落，眼睁睁地看着他陨灭。但那些真实的记忆，还鲜活在脑海中，像水一般润泽着她的心田。她还记得他的样子，颀长地立于马旁，一手牵着缰绳，一手按着斜挎之剑的剑柄，微微地笑着，他的笑，仿佛春天那一池被吹皱的水，淡淡的波纹，盈满的湖。

她的眼眶渐渐地湿润了。

这一次分别，再不能见。她很明白，若能从头再来，他仍会做出不变的选择。

她吸着鼻子，深深地吁了口气。一斜头，看见刺竹缓缓地伸手入怀中，掏出一封信来："这是秦骏留给你的。"

清尘接过来一看，信封上确实是秦骏的笔迹，她想了想，站起身，转过背，拆了信。

只有三个字——马成双。

清尘收好信笺，转头问道："这封信你哪来的？"

"被擒后，王爷去见过他，他托王爷把这封信交给我。"刺竹低声道，"他说，合适的时候，请赵刺竹将军转交清尘。"

清尘又问："秦骏有匹马的，到哪儿去了？"

刺竹回答："雪风马吧，秦骏跟王爷说，是匹好战马，如果可以，转赠给赵刺竹。王爷把它给我了。这几日，它正闹肠胃，所以我让它休息着。"

清尘缓缓地垂下眼睑，心底一声轻叹。

马成双。师兄，我焉能不懂你的意思？只是，愿望美好，现实却未必尽如人意。

第五十三章

出人意料拒婚难言因
大打出手宠溺不问由

"秦骏为何被叫作探花郎，因为他不适合入仕，不适合从军，做丈夫，倒是一良人。"刺竹低声道，"之所以沦落到穷途末路，也是他爹害了他。他本可以影响他爹，最后却还是毁在'孝顺'两个字上面。"

"你也是个孝顺的孩子。"清尘默然道。

刺竹笑问："为何？"

"你的原则，不就是个'顺'字？"清尘说完，站起身，离开。

"我要是真有那么顺，早就成亲了。"刺竹赶紧站起来，"你其实并不了解我呢，清尘。"

清尘不语，翻身上马，雪尘马掉头，慢慢往回走。

刺竹策马跟上："知道吗，你很喜欢用成见看人啊……"

"你为什么不像打仗那样，去试着了解全面呢？"刺竹说，"比如，王爷。祉莲去后，他发誓府里绝不再多过七位夫人，这么多年，他做到了。"

他顿了顿，低声道："还有，当年让祉莲心有芥蒂的六夫人，王爷自祉莲去后，再也没有去过她的房间，以至于后来六夫人不甘寂寞，跟当年的胡参将有了好情，王爷反是许了她自由，跟了胡参将去了。原本不打算再添夫人的，只是高丽送来一位公主，皇上不想要，便给了王爷，因王爷府里当时只有六位夫人，无由拒绝，这才纳了那高丽公主。"

"难道你不能从中看出,王爷对祉莲还是有情的,而且,从六夫人的处置来看,终归还是大气的。"刺竹说,"人都不能一概而论,秦骏有情,却难免失义,王爷对不起祉莲,却也不能说他无情无义,是不是?"

清尘不回答,一扬鞭,跑远了。

门轻响,肃淳的声音传来,清尘起身开门。

肃淳笑着进来:"怎么转性了?营里也不去了,连着几天,都猫在屋里。"

清尘不答,回到书桌前看书。

肃淳探头一看,竟是《韩非子说》,于是笑道,"不研究兵法了,就读读风花雪月的诗词,若说四书五经女孩儿都可不看,你竟研究这么高深的学问。"

清尘喟然道:"我只想看看,有没有永久和平之法。"

"沐帅不喜欢打仗了?"肃淳大笑道,"我看你是白操心,就算中原永无战争,那你如何能保证外夷不入侵?我朝强大时它都忍不住骚扰,若是劣势,它不是更加逼迫?打仗于它,是掠夺,于我们,是自保。修武之人,未必全是进攻,也当保身啊。沐家武馆,我记得就是这样的宗旨……"话一说完,忽觉漏嘴,立马刹住,瞪眼望着清尘。

清尘并无异样,想一想,放下书,有些郁闷地托腮道:"你说得对。"

"脑袋瓜里,哪来那么多臆想?"肃淳笑起来,"这些事情,不用我们操心。"

"那你操心什么?"清尘斜了他一眼。

"当然是操心我的婚礼。"肃淳坐下来,正色道,"你也不小了,该抓紧了。"

清尘脸一红,不自然道:"还没考虑。"忽一下想起什么,问道,"不是说今天宫里送礼单过来,这会应该到了,你那么操心婚礼,也不去过问一下?"

"轮得到我?我娘,还有父王,都在看呢,再说了,宫里太后、皇后都看过的,有什么好过问的?!还有啊,你对你哥的事也太不上心了,记错了呢,昨儿就对过礼单了,不是今天。"肃淳又把话题转回来,"还是说你吧……我的事情都弄好了,你和刺竹打算如何?"

"不如何。"清尘闷闷道。

"你可是伤了初尘的心……"肃淳偷嘴乐,一看清尘脸色不好,赶紧换个话题,"我知道你不喜欢王府,其实有个好办法,可以让你尽早解脱。"

"嗯。"清尘有口无心地应了一句。

肃淳低沉道:"你嫁了吧,就不用待在这里憋屈了。"

清尘抬起眼,锐利的眼光一刺,肃淳赶紧摆手道:"不是赶你走呢……这不是我的意思,我是怕你跟初尘低头不见抬头见,尴尬呢……这也不是父王的意思,他巴不得你多留些日子……"

"其实,"他咽了口唾沫,轻声道,"是刺竹,他等不及了……"

"这会儿,他们家正在前厅里,向父王提亲呢。"肃淳说完,呵呵一笑。

骤然,清尘就变了脸,倏地一下起身,冲了出去。肃淳飞快地跟上去,只见清尘直奔前厅而去,回想着刚才清尘的脸色,他隐隐觉得有些不对劲,便也加快了步子,去往前厅。

一屋子人正有说有笑着,忽然门"砰"地一声被推开,清尘虎着脸就进来了。冷眼一扫,安王、安王妃美云、赵家夫妇,还有刺竹,都愣愣地望着她。肃淳随后也出现在门内,惶然地看着母亲。

反应最快的还是美云,赶紧起身,拉着清尘过来:"说曹操,曹操到。"她笑吟吟地说,"我就巴望着,了了十几年前的心愿,把清尘送进我赵家……"

刺竹看着清尘,微微一笑,脸也泛起淡淡的红晕。

清尘环顾一眼,转向赵家夫妇:"你们是来提亲的?"

"清尘嘛,"安王笑着解释,"在营里待惯了,男孩子一样,话语少,还直凛凛的,勿怪啊。"

"知道知道,她当惯了统帅,话语不多,说一不二,刺竹早就和我们说了,"赵夫人笑起来,"无妨无妨,我也是直性子,郡主将来肯定跟我合得来。"

清尘这才觉得自己态度不好,便缓和了一下脸色,低声道:"请赵将军和夫人恕罪,清尘不是有意冒犯……"

安王轻轻地笑了一下。清尘虽然脾气不好,却也不是乖张无礼之人。

"没事的。"美云宽慰着,想拉清尘坐下,清尘却慢慢地脱出了手来,沉默片刻,抬头望向赵夫人,"对夫人为人,早有耳闻,赵刺竹将军宽厚,军中有口皆碑,这些均是得夫人教导,今日有幸得见夫人这般有德之母,实乃荣幸。"

一句话,说得得体而熨帖,赵夫人不由得由衷而笑。

肃淳瞥了一眼安王,忐忑之意明显。安王的眼底也掠过一丝不易察觉的不安,清尘如此恭顺,似乎另有他意。

果然,清尘接下来对赵夫人说的第二句话,就让人瞠目结舌了。她说:"我知道赵夫人来所为何事,只是小人愚鲁,实难攀上夫人德馨之家,还请夫人另谋佳媳,为赵刺竹将军缔结百年好合,不要因为在下耽误赵家大事。"

话音一落,赵夫人脸上如花的笑容就僵住了。

美云紧张地望着安王,不知如何是好。

安王倒是异常镇定,微笑着,柔声道:"又怎么了?这几天都没去营里,我当是你们孩子气,使性子呢……"

"以后我都不会去营里了。"清尘看着安王,正色道,"我也不会嫁给赵刺竹。"

"你们不是很好吗?刺竹喜欢你,父王知道,你也喜欢他。"安王轻轻地扬起了手中两张合帖,温声细语,"八字都合好了呢。"

清尘皱皱眉:"你们也不跟我商量一下?"

安王笑起来:"孩子,别说你的婚事,就是天下孩子的婚事,那也是父母之命媒妁之言啊。"

"以前那就算了,"清尘凛然道,"从现在开始,我郑重告诉你,我不愿意。"

"你总要嫁人的,难不成,总是留在府里?"安王笑道,"父王当然是愿意你永远留在王府,陪着父王。"

清尘默然片刻,一字一顿地说:"我不会永远留在王府,我也不会嫁给赵将军。"

安王觉得好玩,大笑起来:"还一口一个赵将军……你们啥时候变得这么生分了?"他不以为然地摆摆手,"都不是小孩子了,吵一吵不是什么大不了的事,你就是这脾气,刺竹也不会介意,就算你不服软,刺竹会让步的……"

"我说认真的。"清尘忽一下加重了语气,厉声道。眉毛倒竖着,一脸寒意,俨然端起了沐帅的威仪。

气氛顿时紧张起来,安王就是想打马虎眼,也糊弄不过去了,只得放软了声音,柔声说:"清尘啊,你拒婚,总得有个理由吧?"

"赵将军知道原因。"清尘说完,转身就走,走到门口,忽地回过头来,对安王说,"我说不行就不行,别想用木已成舟之计,你会后悔的。"

安王一震,他记得隋觉说过的:此子寡言,但言必行、行必果。他心里忽生怯怯之意,因为面前的这个人,是他好不容易得回的珍宝。她于他,或许,也只有一次机会,失去祉莲的恐惧再次攥紧了他的心脏,他感到从未有过的心虚。毕竟,她是统领过千军万马的沐帅，不是当年那个弱不禁风的祉莲。

一瞬间的迟疑，清尘已经出了门，面前又一股风过去，刺竹已经追了上去。肃淳这里正要提步，安王说："让他们俩好好谈谈。"

美云涩涩地问道："清尘是不是怪我们没有提前跟她商量？这毕竟是她自己的事……"

肃淳摇摇头："应该不是这个原因。"

"她跟刺竹之间到底怎么了？"安王疑惑地问道。

肃淳茫然着，使劲在脑海里搜索了一番，回道："他们，好像从乾州城那会就有了点问题……清尘一直回避着他，不晓得是什么原因……"一抬眼，正好看见父亲犀利洞察的眼神，知道自己对刺竹的那点心计没有逃过父亲的眼睛，脸色一红，便不出声了。

安王沉吟，寻思着清尘是在怪刺竹太维护肃淳，像她这样性格的人，不会喜欢刺竹的谦逊，这些在常人眼里的优点或许都是她不能容忍的，毕竟，有个祉莲在先。对爱情缺乏勇气，不管原因如何，对刺竹来说，都是个致命的硬伤。

他笑道："这个事，为了清尘不反感，还是延后再说……让他们俩自己先把该解决的都解决了吧……"

清尘刚刚穿过长廊，刺竹便追了上来，一把揪住她的胳膊："把话说清楚。"

她不回头，他便转到她跟前，一字一顿地问："为什么不肯嫁给我？"

"你知道原因。"她冷冷地回答。

"我不知道。"刺竹说。

清尘淡淡道："我已经回避你很久了，赵将军。如果这件事是出于安王的暗示，那你只须尽责，我这样说你便可以复命了；如果提亲是你提出来的，那么很遗憾，你来错了。"

刺竹看着她的眼睛，沉声道："在丽水城给的答案，你是喜欢我的。"

"那不过是以为你要死了，给个安慰而已。"清尘的表情甚为漠然，"你应该相信秦骏的话，他是最了解我的。"

刺竹瓮声道："我从头到尾都没有相信过他。"

"你怪我在你和肃淳之间犹豫？"刺竹说。

"这还不够吗？"清尘低声道，"在你口口声声爱我的时候，你可以为了肃淳而舍弃我,等你得到了,厌倦了,或者情势所逼,你会选择的肯定也不会是我。对你来说,没有爱不爱,只有血缘的亲疏,或者你的职责、你的原则。"

"不是这样的,清尘……"刺竹喃喃道,有些伤感。他错在先,她拒绝在后,他无话可说。

"那你就自己找答案吧。"清尘看了他一眼,说,"恕不奉陪。"

"你爱秦骏是吗?"刺竹问。

"你怎么认为都行。"清尘既不承认也不否认,头也不回地走了。

他不甘心,再次追上去:"嫁给我吧,你不愿意待在王府,就跟我去赵家,或者我们住营里去。"

"你是为了这个才急着来提亲的?"清尘嗤笑一声,"我早些天去营里,若不是你时时缠着,我怎么会不去了呢?"

"若是两者选,我宁可待在王府,也不愿意跟你在一起相处。"清尘说。

"为什么?"刺竹不肯罢休。

清尘顿了顿,毫不留情地说:"从你决定疏离我的那一刻开始,赵刺竹将军,我就没打算再自讨没趣,但是你若以为决定权在你手里,那你就错了。人的尊重是相互的,我不让你为难,你也不该让我为难。"

刺竹有点迷糊,嚷道:"这算怎么回事?"

"以后不要再来找我了。"清尘说,"我不会再去营里,也不会嫁给你。"言毕抬步,匆匆前行。

刺竹哪里肯依,再次追,猛一下,清尘低喝道:"站住!"

"叫你别跟了。"清尘愠道,"在营里,我是沐帅,在这里,我是郡主,你再动一下,就是抗命,治你个犯上作乱!"

刺竹杵在阶梯上,半晌不敢动弹。直到眼睁睁看着清尘进了房间,这才耷拉着脑袋转身,一抬头,却看见安王和肃淳站在身后,三个人,六只眼睛,都乌溜溜地瞪着。

肃淳最先憋不住笑出声来:"你怎么这么怕她?"

"你不怕她?"刺竹没好气地嘟囔。

肃淳讨了个没趣,不作声了,却听安王幽声道:"别说你们俩,我还怕得紧呢。"

"父王,该吃早饭了。"肃淳在门外喊道。

安王应了，出得门来，正要问清尘的早饭送进房间了没有，忽地看见那头一个背影，正出内院拱门，不是清尘吗？

肃淳也看见了，刚要说话，安王按住他，默默地跟上去，只见清尘走向前厅，安王大感宽慰，加快了步伐。

前厅里正热闹着呢，两大桌子都坐满了人，等着早饭开席。大伙说着笑着，忽地房内瞬间安静了。

清尘走近孩子的一桌，依旧是朝向上次那个小女孩，问道："我坐哪里？"

"你坐我边上吧。"小女孩笑着，露出一边虎牙，"我是最小的。"

美云走过来，柔声道："我给介绍一下……"把这桌的孩子逐个介绍了一番，清尘吃了一惊，加上肃淳和自己，还有已经出嫁的三夫人的大女儿，安王一共有五个儿子、六个女儿。

"这一桌，加上你，正好十个，圆圆满满了。"美云笑道，"都是兄弟姊妹，大家以后要相亲相爱。"

"只要父王不每天单独陪她吃晚饭，我们都可以福泽均沾……"一个男孩话语有些阴阳怪气。美云瞪了那男孩一眼，回头喊道："二夫人，你该好好管教一下，不然王爷会生气的。"

二夫人赶紧起身，拍了一下儿子的脑袋，神色极是不悦。这是府里的老二，比清尘大一岁。

那男孩不甚服气，便犟嘴道："本来十个人一桌就挤了些，好不容易嫁了容新郡主，我们宽松了点，只想着不要再添才好，都庆幸夫人们没有怀孕，谁知，莫明其妙又冒了一个出来，什么规矩都不懂，我还说不得了？"

"你说你是四夫人的女儿，谁知道真假？她人都死了十八年了，你突然就蹦了出来，父王为了你，府里都快翻天了……白疼个什么劲，是不是野种还不一定呢？"那男孩斜着眼睛，气哼哼地说，"听说你还是个什么帅？到外头当你的帅去，回王府逞什么能啊？！因着父王喜欢你，我们都得看你的脸色？"

他看清尘一眼，愤愤道："别以为你现时香，保不定哪天父王又从外头弄一个亲生的回来，你马上就是落地的凤凰不如鸡！"

话是越说越不中听了，清尘缓缓地站了起来。

小女孩赶紧拉住她："王妃会处理的，父王肯定罚他，你不要跟他闹啊。"

"闭嘴！"美云怒道，"太不像话了！"

"我怎么了我?!"男孩大声说,"我说句话都不行了?就该像肃淳那样,对父王唯唯诺诺?我这样不挺好嘛,显得肃淳听话,他那世子的位子我也抢不走,你急个什么劲?!"

"别端起个架子唬我!"他呼地一下站起来,"她再怎么能耐也是妹妹,我当哥哥的今天就想教训她一下,又怎么地?!"

他指头一戳,点着清尘道:"到哪里都长幼有序,在府里,比你大的,都可以管着你,这就是王府的规矩,父王自个儿定的!二哥我今天说你来迟了,教训教训你,这也是府里的规矩!"说话间,拳头就抡了过来——

清尘横手一抓,握了他的拳头一扯,顺势把住他的胳膊肘,一下就将他摁在地上,随即提了他的衣领,拖出前厅,到了院子里。正好院子四角都是大缸,养着金鱼和荷花,她提起人一甩,整个把那二哥的上身掼到了缸里,只压得水花四溅,咕噜噜地冒泡。

全部的人都涌出了房间。

"要出人命了!"二夫人急得大叫起来。

"清尘,不要激动……"美云上前劝说,却被清尘一手推开,摔了个四仰八叉。

管家一见情形不妙,叫上家丁四五人,根本拉不住,三下五除二,就被清尘扫落在地。

"够了!"一声低吼传来,众人纷纷散开,安王出现在了前厅的阶梯上,绷着一张脸。

清尘从水里揪出二哥,一把扔在了地上。

"怎么回事?"安王盯着地上的老二。

美云紧张地看着安王,不敢出声,二夫人未开腔,先就抱着儿子号哭起来:"我的儿啊,若不是你父王来得及时,只怕你这小命就没了……"

安王看了清尘一眼,清尘不羁地望着他,脸上如冰。

"架起来,打。"安王掀了掀眼皮。

管家愣了一下,不知道安王说要打谁。

安王沉声道:"我说过的,府里,清尘可以不遵守任何规矩,任何人挑衅她,就是顶撞我。"

管家这才明白过来,一招手,来人架起老二就打。

二夫人急了,跪在安王跟前磕头:"他不懂事啊,王爷,原谅他吧。"

"他不懂事,你也跟着不懂事?小孩没家教,都是大人没管好,"安王冷冷道,"自己掌嘴。"

　　二夫人吓得身子如筛糠,抬手打自己耳光,一下一下,连扇十来个,安王也没有叫停的意思。她只好硬着头皮继续扇,眼看着两边脸被扇得通红,都肿了起来。

　　美云有些不忍心,轻轻上前拉了拉清尘的衣袖,低声道:"你说句话吧,不然真的会出人命⋯⋯"

　　清尘想了想,迟疑片刻,走到安王跟前,低声道:"算了吧。"

　　他从来都没有看错,她到底还是善良,如祉莲一般的善良。

　　安王缓缓地走下台阶,看着清尘,他的脸上已经添上了不再年轻的皱纹,皱纹布满了温和,嘴角的线条带着威严,却扬着淡淡的笑意,眼神里幽幽的浅笑散开,他抬手,拈着丝帕,沾拭清尘脸上的水珠,可是没想到,清尘倏地一偏头,想要避开。安王的手固执地探了过去,柔声道:"一脸的水花,父王给你擦擦⋯⋯"

　　她低头,没有再躲。

　　丝帕轻轻地点在清尘的脸颊上,细微的感觉传来,那么熟悉,她忽然想起了从前——

　　河边,她哗啦啦地掬水擦在脸上,沐广驰在旁边笑:"别这么鲁莽,秀气点⋯⋯"

　　她恼了,回头狠狠地瞪父亲一眼,沐广驰笑着,将袖子扯起来,贴在她脸上轻轻地点拭,柔声道:"一脸的水花,父王给你擦⋯⋯"

　　一瞬间,她的眼底腾起了雾气。

　　安王见清尘垂头不语,只当她心思细腻,隐了不悦和委屈,顿时心疼,连声问道:"怎么了,清尘?还想要父王怎么做,你说啊……"

　　她缓缓地抬起头来,望着他。这一刻,她才意识到,面前的这个王爷,真的是自己的父亲,他也有爱,他也愿意给她超乎一切的爱,可是,她却知道,若是她被他的爱融化,就会忘记沐广驰。沐广驰才是我的爹。

　　这么久了,这双美丽而熟悉的眼睛,头一次用这样的眼神望着自己,没有戒备,没有敌意,终于有了些身为孩子的感受隐现出来,安王怔怔地,动情地唤道:"清尘,父王的小娃娃……"她就是他的心肝宝贝啊。

　　前院里是异常的安静,所有的眼睛都盯着清尘和王爷。

　　清尘徐徐地环顾一眼,从这些眼光里,她看到了太多复杂的情绪,羡慕、嫉妒、失落、愤恨、无奈,她的眼光停在那个小妹妹脸上,小女孩仰着脸,带着与年纪极不相称的怅然。

　　清尘终于明白,祉莲不属于这里,她也不属于这里。她一转身,飞步回了房间。

　　安王这才回转身来,略带愠怒地扫过众人,低沉道:"今天的事情再也不允许发生,还有下次,挑头起事的废为庶人,逐出王府,其母疏于管教自领休书一封,净身出户。"

众人噤噤，皆不敢言。

肃淳轻轻地扯了一下安王的袖子，安王转头一看，清尘已经从房间里出来了，竟是一副要远足的模样，手里拎着一个小包袱，背着长弓和箭匣，腰挂软鞭，手持宝剑，喊一声："牵我雪尘马来。"

小厮赶紧去了。

这架势端的还是沐帅，喊一声底气十足，安王最喜欢清尘这副模样，让他不由得想起头次见面时她那不可一世的狂傲。如果说清尘颇有乃父之风，那何异于安王当年的意气风发？！活脱脱就是从前沙场点兵的自己。看着她这模样，安王是既得意又欣慰，内心里喜滋滋。

安王上下一打量，穿戴整齐得似乎有些过了头，全部家当都上身了，却蓦地感觉有些不对劲，便疾步迎上前，柔声道："清尘，这是要去哪里啊？"

她眨了眨眼睛，沉声道："我这就走了。"

安王心底一沉，不祥的预感浓了，却仍旧笑着问道："去营里吗？"

"不。"她坦荡而清冷地望着他，"我要去找沐广驰，再也不回来了。"

心一阵抽搐，这打击虽有预料，可也来得太迅猛，安王有些难以自持道："别离开父王，你要父王做什么都可以……"

她顿了顿，轻声道："我知道你在尽力对我好，可是，我努力了，还是不能习惯王府……"

"父王给你找个别院，你不喜欢这里我们搬开了住……你喜欢什么样的院子都可以，不行的话，父王买地给你建，怎么建你说了算，都听你的……"安王说得又快又急，却还是被清尘淡淡地回绝了，"不用那么麻烦，我自有去处。"

"可是你不知道沐广驰在哪啊……"安王脱口而出，"他没有回东林镇，你找不到他的。"

清尘低沉道："我知道他在哪儿，我能找到他。"

"这样吧，你先安心留下，父王派人去找他，等找到了再说。"安王好言劝说。

清尘摇头："你找不到他的，只有我知道他在哪里。"

身后传来了马的响鼻声，清尘回头几步，牵起雪尘马。

"清尘……"安王拉住了马嚼子，不肯松手。

清尘顿了顿，低声道："王爷，算了吧。"

"你是郡主，不能离开王府，父王不能没有你……"安王哽咽道，他不能接受，一切的美好才刚刚开始，怎么能如此残忍地戛然止步？他视若珍宝的，好不容易重新得回的女儿，怎么能这样离他而去？

沉吟片刻，清尘缓缓地抬起头来，注视着安王，轻声说："王爷，你就当从来都没有一个我吧。"

一听这话，安王犹如万箭穿心，他恸声道："我怎么能当没有你？我盼了你十八年……心心念念的，就是希望祉莲为我生个孩子……你是上天赐予的，是上天可怜我，我不能没有你……"

"忘了祉莲吧，忘了我。"清尘瞥一眼四周，"你有这么多夫人和孩子，完全不用太在乎。"

安王一怔，随即说道："多有什么用啊？父王只有一个祉莲，也只有一个你啊。"

她轻轻地摇头："这里属于他们，不属于我。没有我，他们不用改变，所有的都跟从前一样，可是我的到来，打扰了他们之间的平静和平衡……也许你是对的，这是个复杂的家庭，必须用规矩来制衡，不像我的那个小家，只有我和爹，不用顾虑那么多……"

"这样不是挺好吗，王爷，我理解你了。"清尘说着，默默地从王爷的手中抽出马嚼子，一蹬腿，上了马。

雪尘马高高的马背，安王只能仰视，他望着清尘，心痛欲裂地喊道："你娘离开了我，难道你也要走？"

"不要离开父王……"他喃喃道，突来的打击使他顿时显出了沧桑和苍老，凄然而无助。

清尘低头沉吟良久，才缓缓望向安王，轻声道："他只有我一个……"

"如果可以，我用这所有的，跟他换，就换你一个……"安王几欲泪下，他太不甘心，唾手可得的幸福，仿佛就在眼前，上天却要这样残忍地拿去，这比祉莲的离开更让他无法接受。他做错了吗？他很小心，一点都不曾错，清尘怎么忍心离开呢？

"现实是不可以改变的，"清尘默然道，"祉莲已经把我给他了，如果不是他太爱，他可以永远不说……"

"父王给他钱，给他宅子，找人侍候他，给他养老送终……"安王一步一步地妥协，"父王知道你担心他，放不下他，父王把他接过来，就在近边安排好，你随时都可以去看他……只要，你不走。"

雪尘马轻轻地抬着蹄子，她于马背上看着他，许久的沉默之后，她说："我只有一个爹，告辞了，王爷。"

一掉头，勒马便走，雪尘马优雅地甩甩马尾，细碎的脚步踏起来。

"清尘……"安王追上去，颤声道，"父王爱你胜过一切啊……"

马已经越过了前院，在门槛前跨过，清尘低头穿过门廊，没有回头。

"清尘！"安王紧赶慢赶地跟出来，大喊道，"父王好不容易才找到你，给父王一个机会，别离开父王……"

她终于停下了，回头，沉声道："这么多年，你还没有学会吗？放手吧，父王——"

父王……

清尘终于肯叫他了，这是第一声，却仿佛也是最后一声，安王潸然泪下。他留不住她的，她不是祉莲，他留不住祉莲的心，却还留得住祉莲的人，可是清尘是清尘，她比祉莲的决绝更有行动力。

清尘抬手，正要扬鞭，却看见斜刺里一匹马刚好停住，坐在马上的刺竹，正一头雾水地望着她。她深深地看了他一眼，与此同时，鞭子落下，雪尘马毫不迟疑地飞奔而去。而她，也再没有回头。

刺竹狐疑地望着清尘远去，再望向王府大门，安王失魂落魄地扶着门前的石狮子，怅然地喊着："清尘，孩子啊……"

刺竹飞身下马，奇怪地问："怎么了？"

肃淳低声道："清尘走了……"

刺竹一惊，下意识地问："去哪儿了？"

肃淳怕刺激到安王，凑近刺竹耳旁道："她说要去找沐广驰，再也不回来了。"

刺竹斜身，回望一眼清尘离去的方向，忽地一下，明白了过来。

苍灵渡口，凉风习习，一块木板上写着两行字：过渡两个铜板，老少免费。时候已经是中午，正是生意清淡时分，艄公把斗笠盖在脸上，正斜靠在石壁上休息，旁边放着一个竹篮子。

一根竹竿，悄然地拨开了竹篮上的盖布，里头，放着早上备好的两个馍馍和一碗稀饭。

竹竿往上，试图挑起篮把，忽然，一只手伸过来，抓住了竹竿，艄公打雷般的声音响起:"哪个家里的小捣蛋?又来偷你艄公爷爷的中饭?"斗笠一掀,露出沐广驰铜铃般的眼睛:"爷爷我今天要揍得你屁股开花!"

可是,除了手上这根竹竿,四下无人。

沐广驰到处看看,正狐疑着人到哪里去了,忽然听见石阶下传来喊声:"摆渡。"

他顾不得再找调皮鬼,应道:"来了来了,先交钱后过渡,两个铜板。"

"没钱。"底下人故意压低了声音。

沐广驰不快道:"你还想过霸王渡怎么地?"操了桨,走下来,忽地一怔。

这人戴在头上的斗笠怎么这么眼熟?

他回头一看,自己的斗笠已经不见了,于是皱皱眉头,略一思忖,沉声道:"敢问壮士何方英雄?"

那人缓缓地将低垂的斗笠取下来,嫣然一笑:"沐广驰。"

清尘!

沐广驰咧开嘴,只顾得傻笑,清尘两步跨过来,朝他身上一跃,来了个手脚并用的大拥抱:"连沐帅的声音都听不出了,活该你被捉弄!"

"你怎么找到我的?"沐广驰乐呵呵地问。

"你以为自己有多聪明?"清尘不屑地哼一声,"像你这样的呆瓜,花三天想出的去处,我只要眼珠子一转,就能破解。"

"那是,咱沐帅就是聪明过人。"沐广驰笑嘻嘻地说着,摸了一下清尘的头,"几时回去啊?"

清尘恼了,虎着脸道:"我才来,你怎么就赶我走……"

"你是女孩子,今后可不能到处乱走了,要规规矩矩,安安心心待字闺中,准备嫁人。"沐广驰坐下来,轻声道,"你是郡主呢,还要注意身份。"

"那破郡主谁稀罕!"清尘哼一声,"我不回去了。"

"真不回去了?"沐广驰认真地看她一眼。

清尘也郑重地点点头。

沐广驰搓了搓手,为难道:"你看啊,过渡的也没几个人,爹可连自己都养不活……"

"糊弄我吧,你现在挺能的呀,"清尘翻个白眼过去,"我已经蹲守一个时辰了,约莫九人过渡,你挣了十八个铜板,这还不算早上、傍晚生意好的时候呢……"

沐广驰没趣地瘪瘪嘴,又说:"你走了,刺竹怎么办?"

"该怎么办就怎么办呀!"清尘两手一摊,"我跟他说清楚了,不要他了。"

"那么好的小伙子,怎么能给了别人呢?"沐广驰急了。

"人家一大将军,跟着你来做艄公?!还给船娘入赘?!"清尘斜了他一眼,"你能不能别净想好事?!"

沐广驰定定地看着清尘,轻声道:"你真不回去了?"

清尘正色道:"不回去了,我所有家什都带过来了。"

"你还是回去吧,"沐广驰拍拍手掌,"这个郡主我也不稀罕,但是刺竹还真是可惜了,你还是回去,先成了亲,再哄骗过来。"

"我们家的事,什么时候轮到你做主了?"清尘说,"什么要我哄骗他,这分明就是你想哄骗我。"

"清尘,听话。"沐广驰柔声道:"你告诉爹,是不是在王府受什么委屈了?"

"没有。"清尘摇头,"王爷侍候我,就跟侍候祖宗似的。"

"你可不就是他小祖宗。"沐广驰乐了。

清尘一把揽住沐广驰的肩膀,说:"反正我回来了,就不会走了,你好生养着我,等你将来老了,我来养你。"

"祉莲已经把我送给你了,"她嘻嘻地笑着,满嘴无赖,"你若是食言,她定不会饶你。"

这可是戳到痛处了,沐广驰无奈,耷拉着脑袋不作声了。

"放心吧,安王想不到这里的。"清尘说,"你把奶娘送回去了吧?真是狠心啊,她跟了我们一辈子,自己又没有孩子,你送她走,她只能栖身侄子家,寄人篱下……明天我去接她!"

沐广驰抿嘴笑:"这次我能猜到你打什么鬼主意……你不会做饭……"

"我不会做,你会啊!"清尘跳起来,气咻咻地推了父亲一把,"我是心疼你,也是想念奶娘呢!好心居然被你当成驴肝肺!"

"爹说错了行不行?"沐广驰倏地软了下去,"爹回去一定做顿好的给你吃……"

清尘提溜了一下裙摆,眼巴巴地望着,奶娘的身影终于进了院子,她巴巴地问道:"我爹说味道如何啊?"

"你做的,他哪能说不好吃呢。"奶娘笑道。

清尘一脸不高兴:"沐广驰就是没原则,从来都只会说好吃。"

"味道真是不错呢。"奶娘说,"对了,你爹说,晚上有客人来,要你好好地展示一番厨艺。"

客人？清尘正狐疑着，奶娘又说："是你爹江湖上的朋友，就一个人。"

哦，清尘刚起身，奶娘又说："你爹叮嘱，好好打扮一下，别给他丢脸。"

"我就这样不行啊？"清尘看了奶娘一眼，说，"你们成天唠叨，不是要我穿女装，就是要我不出门，这半个月，大步也跨不得，马也骑不得，憋得我天光不见日头的，我都忍了。咋要求又提高了呢？"

"你爹这么要求，肯定是个贵客，"奶娘说，"等会我给你好生打扮一下，穿昨天拿回来的那条新裙子吧。"看清尘一脸不乐意，便说，"你若是称了你爹的心，说不定他就许你骑马出去遛遛了……"

清尘笑起来，忽地又严肃道："来吃晚饭的不是媒婆吧？"

"你放心，男的，是你爹的旧相识。"奶娘信誓旦旦道，"现在人就在渡口，我回来时看见了，绝对不是媒婆。"

饭菜已经上桌，酒水摆好，清尘也洗了脸和手，梳头更衣，被奶娘押着，淑女似的坐在房间里等着。

"奶娘。"沐广驰回来了，问道，"清尘呢？"

奶娘赶紧出去，回答："在屋里等着呢，可像个正经小姐了。"

清尘不屑地耸了耸鼻子，听见沐广驰得意的声音："往后，你得跟我学，怎样调教这个野丫头……"

清尘咬牙切齿，眉毛顿时竖了起来，一想到父亲好面子，赶紧忍住，心道，等客人走了，看我怎么教训你。

"做男人就该有个男人的样子，怎的叫她给吃住了？！"沐广驰扬声道，"清尘，出来倒酒。"

心里恼火着呢，为了秋后好算账，这个戏份还得做足，不能给父亲留以口实。于是轻轻地掀了门帘，婀娜小碎步，袅袅婷婷地走了出来，半低着头，先是侧身道个万福，这才近了桌子，翘着兰花指，拎起酒壶，一股清冽倒入杯中，遂压低声音，莺声道："小女子生性拘谨，不会劝酒，还请客人满饮此杯……"

耳旁忽地爆发出大笑，声音竟是耳熟不已。

清尘缓缓地抬起头来，正看见一个人笑得东倒西歪，那不是赵刺竹？！

清尘顿时拉长了脸，瞪父亲一眼，气呼呼地坐了下来。

"小女子生性拘谨……哈哈，哈哈！"刺竹笑得差点儿岔气，好不容易才止住，脸红红地看着清尘，不停地眨着眼睛，低声道，"你怎么变成这样子了？我还真没认出来……"

沐广驰倒是镇定，面不改色道："比上回营里碰到的那个陈小姐如何？"

清尘端着碗，在桌下飞起一脚踢过去，本想踢父亲，没想到刺竹恰好伸腿过来，一下就中了。刺竹痛得一咧嘴，没有接话。

"我们清尘，可比那个陈小姐强。"沐广驰给刺竹夹菜，自夸道，"尝尝，这是清尘的手艺，这些事情，陈小姐做得来？"

"人家是小姐，不用下厨的。"清尘慢悠悠地说着，又是伸脚一踢，还是想踢沐广驰，要他转话题，没想到其时刺竹正好收腿，一下又落在小腿肚子上，刺竹抽一口凉气，半天没动弹。

"怎么不说话呢？"沐广驰看着刺竹的筷子，殷切道，"好不好吃？"

刺竹连忙圆话："好吃，吃得都顾不上答话了。"

沐广驰高兴了，又是一大筷子菜送过来，堆满了刺竹的碗，大言不惭道："我告诉你，过日子的女人，就该是这样，下得厨房，入得厅堂，还上得马，打得仗……"

"爹……"清尘忍无可忍，低声阻止道，"啥时候女人还须得上得马，打得仗？"

"我沐家的女人就是这个标准。"沐广驰大咧咧地说，"你奶奶，就能骑马，会射箭！"

清尘终于憋不住了，放下碗筷，正色道："爹，你当我嫁不出去了？这是卖布呢？人家要绸缎，你给人家介绍粗布……"

沐广驰怔了一下，说："你怎知道，刺竹喜欢的不是粗布？"

清尘没好气地乜了父亲一眼，转向刺竹："你来干吗呀？"

"客不问来意，"沐广驰使眼色过来，"这样不礼貌。"

"我就是要问！"清尘陡然间高声，"我们家我说了算。"

沐广驰不语了，看看刺竹，然后端碗埋头吃饭。

"走！"清尘站起身，"渡口山上说话去。"

苍灵渡的山上，景色依旧，残阳似血，青山如黛，绿水环绕，恍若一根碧玉腰带，在漫天的晚霞之下，呈现出别样的温柔。

"沐帅……"刺竹吃吃地笑道，"单独把我叫上来，有些不妙呢。"

"废话少说。"清尘坐在石头上，望着夕阳，冷声道，"你怎么找到这里的？"

"你怎么找到沐广驰的？"刺竹笑道，"只要能找着沐广驰，就能找着你。"

清尘斜他一眼。

刺竹缓缓地交出谜底："祉莲在苍灵渡同过去决裂，然心债太重，未能获得新生。沐广驰希望冥冥之中，祉莲能从这里重新开始，所以，他回到这里，来等祉莲。在这里失去，期望从这里找回。"

清尘不语，看着刺竹。他脸上的笑容憨厚而带着淡淡的傻气，正因为这样，就迷惑了所有人，在他迟钝的后面，是不动声色的洞察，或许说，是他的豁达，化解了精明。

"还是你聪明，"刺竹微笑着说，"我们都是男人，能理解他不奇怪，可你一个女孩子，能想到这一层，脑瓜子绝对好使。"

哼，清尘冷笑一声。又开始装傻了，还扔出了奉承的烟幕弹，我那么了解我爹，猜中他的想法又何难？你想遮掩自己的睿智，不用拍马屁，我不会被你哄两下就东南西北都分不清了。

她清清嗓子，正色道："你来干什么？"

刺竹笑道："三个目的，一是替安王捎句话，二是替安王带样东西，三是做一件自己想做的事情。"

"说。"清尘说话言简意赅。

刺竹笑一下，盘腿坐到了清尘面前，咧开嘴，呵呵一笑。

清尘本来绷着脸，一脸横眉冷对，被刺竹如此这般一对付，想想伸手不打笑脸人，不由得叹口气，语气也软了："有话快说吧。"

刺竹这才不紧不慢地说："安王要我告诉你，你有一个爹，但是他希望不要忘记，你还有一个父王。"

清尘默默地望着刺竹，半晌不语。

安王终于学会了放手，他学会了忍着痛成全爱，让他觉醒的力量到底是什么？其实，还是爱啊。

"以后，你会回去看他吗？"刺竹瞪着眼睛，须臾，轻笑，"幸亏你还叫了他一声父王，不然……"他幽声道，"你走后，王爷大病一场。"

清尘不说话，眼睛望着远处渐沉的夕阳。

"王爷还叫我给你带来一样东西。"

他伸手入怀中，掏出一个布包，慢慢地打开，一块血红的玉佩躺在掌心。

"这原本是太后送给王爷的生日礼物，也是当年王爷送给你娘的定情之物，你娘绝望之后，把这块血玉留给肃淳，后来王妃看见，又交还给王爷。"刺竹说，"王爷说，希望你收下。"

清尘默然片刻，到底还是接了，揾在掌心摩挲半天，忽地幽幽一叹。

"我知道，如果只能有一个爹，你一定选择沐广驰。不过，安王愿意跟沐广驰同时拥有你，你应该也是可以接受的。"刺竹低声道，"其实，从一开始你就不愿意留在王府，只不过沐广驰觉得把你留下是最好的安排，所以你也就忍着，尽量去融合……可是，毕竟差距太大，安王愿意为了你打破多年的平衡，你却在失重中慢慢地理解了安王，所以，你的离开既有预谋，也是必然。"

"你始终还是心有体恤的，"刺竹微笑道，"清尘，我一直说，你内心可不是表面上那么冷酷。"

她不语，眼光中犀利的光射过来。

"你这神情，像极了安王……"刺竹笑道，"不言自威。"

清尘闷声道："我宁愿像沐广驰。"

"像！心性为人最像沐广驰！"刺竹哈哈大笑。

"行了，"清尘不耐烦地打断他的话，"说完了没有？说完了就可以走了。"

"我也是饿了。"刺竹摸摸肚子站起来。

"我叫你走，是叫你离开我们家，不是叫你去吃饭。"清尘回身下山。

"留客吃饭都不行？"刺竹说，"我还有一件事没说呢，吃完饭再告诉你。"

哼，清尘不理他。

"我知道你冷淡地对我，是故意的。"刺竹忽然说，"你决定了要离开，知道我不会跟你走，为免大家都痛苦，你就快刀斩乱麻，来了个彻底的一刀两断。"

她浑身一颤，却依旧无言，健步如飞。

"清尘，"他在后边大声喊道，"苍灵渡为鉴，我赵刺竹从即日起，入赘沐家为婿。"

"做我想做的事，就是我真正的原则。"他说。

清尘停住了脚步，回眸时，只见崖顶半轮金黄的夕阳中，刺竹魁梧的身影，像一尊铁钟，他的笑容，灿烂憨厚，依稀还是她第一次回头时所见，从未改变……